FURIOUS RUSH

DE LA MÊME AUTEURE,
CHEZ HUGO ROMAN :

Indécise
Insatiable
Intrépide
Sensible
Sauvage

Ouvrage dirigé par Audrey Messiaen
Collection « New Romance® » dirigée par Hugues de Saint Vincent

Couverture :

Titre de l'édition originale : *Furious Rush*

Département de Hugo Publishing
34-36, rue La Pérouse
75116 Paris

Dépôt légal : mai 2018
ISBN : 9782755637533
Imprimé en Espagne

S.C. STEPHENS

FURIOUS RUSH

TOME 1

Traduit de l'américain
par Lucie Marcusse

Hugo
Poche

NEW ROMANCE®

À mes frères,
dont l'amour des motos a inspiré ce roman.

CHAPITRE 1

Je déteste qu'on m'appelle au beau milieu de la nuit. C'est bien connu, un réveil aussi brusque avant l'aube n'est jamais bon signe. Sur la table de nuit, mon téléphone vibre contre un verre d'eau, ce qui me réveille peu à peu. À l'autre bout de la ligne, sans doute une mauvaise nouvelle qui m'attend. La peur finit par vaincre la fatigue et, à contrecœur, j'ouvre les yeux. Qu'est-il arrivé ? Est-ce que tout le monde va bien ?

J'aimerais pouvoir ignorer le sentiment de panique qui me submerge et plonger à nouveau dans le réconfort tiède du sommeil. Je suis sûre que tout va bien. Ce doit être un mauvais numéro. Pourtant, mon inquiétude persiste. À l'aveuglette, je tends le bras pour attraper le téléphone puis je jette un coup d'œil à l'écran. C'est mon amie Nikki.

– Nik ? Qu'est-ce qui se passe ? je murmure.

Les grands chiffres rouges sur le cadran du réveil indiquent qu'il est encore bien trop tôt. *Il y a vraiment intérêt à ce que ce soit une question de vie ou de mort.* Mais je m'en veux immédiatement d'être aussi insensible. *Pourvu que personne ne soit mort.*

J'entends alors une voix bien trop joviale pour une heure si matinale.

– Kenzie ! Dieu soit loué, tu es encore debout. J'ai un grand service à te demander.

Le ton détendu de sa voix dissipe toute mon inquiétude. Si quelque chose était arrivé, elle n'aurait pas l'air si enjouée. Mais pourquoi m'appelle-t-elle au milieu de la nuit ?

– Je n'étais pas *encore* debout, mais *maintenant* je suis réveillée. Ce n'est pas du tout la même chose. Quel type de service ?

Elle hésite avant de répondre, alors je me remets à paniquer.

– Eh bien… Je me demandais si tu pouvais faire l'aller-retour jusqu'à San Diego avec cinq cents dollars. En liquide.

Je n'en crois pas mes oreilles. Je bafouille avant de me mettre à pester.

– Putain, Nikki ! Tu te fous de moi ? À San Diego ? Maintenant ?

– Je sais, je sais, j'ai merdé. Mais je ne m'attendais vraiment pas à perdre ce soir, je n'ai pas pris assez d'argent sur moi. Allez, Kenzie… Ton père va me tuer si je ne me pointe pas demain… Tu veux bien m'aider, s'il te plaît ?

– Mais enfin, Nikki ! Tu sais bien tout ce que je dois affronter en ce moment, la pression qui monte, la saison qui va commencer. Je veux que mon père soit fier de moi, je veux lui faire honneur…

Je soupire, sentant s'abattre tout le poids de l'espoir que l'on fonde en moi. Parfois, c'est étouffant. Même paralysant.

D'une voix plus douce, j'ajoute :

– Tu sais bien que mon père compte sur moi pour réussir, vu que dernièrement les choses ont été plutôt… difficiles.

Je regarde à nouveau le réveil. Il est vraiment trop tôt.

– Pour faire de mon mieux, je dois être au meilleur de ma forme. Sauf que toi, tu décides de me réveiller à trois heures du matin, Nik !

– Je sais, maugrée-t-elle. Mais je n'avais personne d'autre à appeler. C'était soit toi, soit Myles, qui dort comme une bûche. Rien ne pourrait le réveiller, hormis peut-être une bombe nucléaire.

C'est vrai, notre ami Myles serait capable de roupiller paisiblement pendant un concert de heavy metal.

– Donc, tu savais pertinemment que moi aussi j'étais en train de dormir, mais tu as quand même décidé de me réveiller… C'est bien ce que tu insinues ? je demande.

– Euh, oui… Tu es réglée comme une pendule…

Je fronce les sourcils en entendant son commentaire. Elle a pourtant raison ; je ne peux pas lui en vouloir de dire ça. J'aime la routine, j'aime les choses prévisibles. C'est précisément ce qui m'aide pendant les courses. Quels que soient le jour et l'endroit, dès que je monte sur ma moto, il faut que je sois sûre qu'elle fera exactement ce que je veux. Il en va de même avec ma vie. J'ai toujours voulu savoir ce que me réserve chaque matin. Voilà pourquoi cet appel m'agace particulièrement.

– Nikki…

– Je t'en prie, Kenzie, m'interrompt-elle. Je suis vraiment dans la merde, et tu es ma meilleure amie. Ne me laisse pas au milieu de toutes ces brutes… Et puis, si je meurs ce soir, qui va bien pouvoir faire de ta moto une championne ?

Malheureusement, elle a raison. Nikki est une mécanicienne hors pair – ma mécanicienne de génie – et j'ai besoin d'elle pour réussir mon année. C'est aussi ma meilleure amie. Jamais je ne pourrais la laisser tomber, même si elle s'est mise toute seule dans cette situation.

– Bon, d'accord. Mais tu me revaudras ça, Nikki !

Elle pousse un long soupir de soulagement.

– Je veux bien te donner mon âme, mon premier bébé… Tout ce que tu voudras.

Je m'apprête à lui répondre qu'elle n'a qu'à se contenter de faire de ma Ducati la moto la plus rapide de la planète, mais elle m'interrompt :

– Ah ! Et tu pourrais aussi piocher une centaine de dollars de plus dans ta tirelire ? Une autre course va bientôt commencer et j'ai un très bon feeling sur un des types.

Je suis sur le point de balancer mon téléphone à travers la pièce.

– Non ! C'est stupi… Attends, quoi ? Une course ? Sur quoi es-tu en train de parier, Nikki ?

– Krrrrrrr…… sssssshhhhhhhh. Désolée, Kenzie… crrrrr… ça coupe. Retrouve-moi rue Jackson, sous le pont. Envoie-moi un message si tu ne trouves pas. À tout de suite !

Elle raccroche immédiatement tandis que je ferme les yeux et compte lentement jusqu'à dix.

Je soulève les couvertures et somme mon corps de sortir du lit. Je pose un pied sur le parquet froid. Maudissant Nikki, je me dirige vers l'armoire, où la pile de mes habits bien pliée pour la journée m'attend déjà.

En me brossant les dents face au miroir, je me rends compte que j'ai l'air d'avoir été électrocutée dans mon sommeil. Je me demande si je peux me permettre de passer les quinze prochaines minutes à dompter mes boucles indisciplinées, puis je décide de dédier ces minutes plus tard à quelque chose de plus important.

Je tente de démêler les mèches les plus inextricables avant d'attacher mes cheveux en faisant une queue-de-cheval basse, ce qui me permettra d'enfiler mon casque.

Regrettant d'avoir parlé de ma tirelire de secours à Nikki, j'ouvre l'enveloppe cachée sous mon matelas et en retire cinq cents dollars. Et c'est *tout*. Nikki est folle si elle croit que je vais la laisser perdre encore plus d'argent.

Je glisse les billets dans mon portefeuille, attrape ma veste et les clefs de ma moto, puis je me dirige vers le garage. La moto que j'utilise au quotidien repose paisiblement sous les néons, à côté de mon vieux pick-up. Cette Suzuki n'est pas aussi tape-à-l'œil et aussi rapide que celle que j'utilise pour les courses, mais son allure discrète lui confère une certaine beauté. J'ouvre la porte du garage de la petite maison que je loue en ce moment, fais rouler la moto jusqu'à l'extérieur, puis je fais vrombir le moteur. J'adore tellement ce bruit que j'en oublie presque le fait que le soleil n'est pas encore levé. Presque.

Tout en bâillant, je ferme la porte du garage et j'enfile mon casque, avant de quitter ma ville encore endormie : Oceanside, Californie. Me voici en route pour la dynamique San Diego. Le trajet ne me prend que quarante-cinq minutes mais j'ai du mal à trouver la rue que Nikki a indiquée. Le GPS de mon téléphone semble m'éloigner de l'endroit où je pensais devoir arriver. Je finis par trouver la rue Jackson. Je garde les yeux grands ouverts, ne sachant pourtant pas vraiment ce que je cherche. Puis, soudain, je repère des motos. Je suis donc au bon endroit. *Putain, Nikki. Dans quelle histoire t'es-tu fourrée ?*

Les motos sont garées perpendiculairement le long de la rue, sur au moins deux cents mètres, avec parfois des voitures ou des pick-up entre elles. Une foule de gens zigzague entre les motos pour les inspecter de près, comme s'ils examinaient du bétail avant de l'acheter. Les motards – en jeans troués et vestes colorées en cuir, pâles imitations des vestes de course que je porte pour protéger mon corps et afficher les couleurs de mon équipe – se pavanent autour de leur moto en montrant des sourires fiers, débordants de confiance. Les hommes qui prennent les paris s'époumonent pour promouvoir leurs pilotes préférés, en faisant des promesses mirobolantes. *De zéro à cent kilomètres heure en moins de deux secondes*. Ça m'étonnerait.

Je me gare entre deux motos et envoie un message à Nikki. Je suis là. Où es-tu ?

J'entends immédiatement quelqu'un qui crie mon nom. Je me retourne sur Nikki qui sautille en agitant les bras en l'air. Alors je pousse un soupir, j'éteins le moteur de ma moto et je descends. À peine ai-je retiré mon casque que des gens s'agglutinent déjà autour de ma Suzuki, inspectant les pneus, le cadre, le moteur. Un homme se penche pour toucher le siège pendant que je pose le casque sur le guidon. Je m'empresse de repousser sèchement sa main.

– Ma moto et moi, on ne participe pas à… tout ça. Alors, pas touche. Sinon…

Malgré le ton « effrayant » que je me suis efforcée d'employer, l'homme se met à rire, puis il s'éloigne avec les autres badauds. Tant mieux, parce que je ne sais vraiment pas comment j'aurais pu mettre mes menaces à exécution. Je déteste cet endroit et tout ce qu'il représente. Le simple fait de penser que cette atmosphère miteuse va me suivre jusqu'à la maison – à travers un détail aussi anodin que l'empreinte d'un inconnu sur mon réservoir – me donne la nausée. Toute course doit avoir lieu sur un circuit, avec des règles strictes, une conduite accréditée et des engins spécialement ajustés. J'ai la sensation d'avoir été transportée dans le passé ou, pis encore, d'avoir fait un bond dans un avenir apocalyptique, rempli d'hommes crasseux qui se battent pour un rien. Je n'ai vraiment aucune envie de me trouver là.

Entre-temps, Nikki m'a rejointe. Elle me sourit de toutes ses dents en se postant devant moi.

– Hey ! Tu as trouvé. Super.

Nikki est d'origine latino-américaine. Elle a une belle peau dorée qui, contrairement à la mienne, ne se colore pas à la moindre émotion. Elle s'efforce de ne pas afficher sa culpabilité sur son visage, mais je vois bien que ses lèvres sont légèrement contractées et qu'elle a le regard inquiet. Elle a peur que je sois en colère. Je le suis. Mais il n'y a rien à faire.

– Ouais, dis-je en fronçant les sourcils, je n'ai pas encore réussi à dompter Google Maps, mais j'ai fini par trouver.

Nikki semble se détendre.

– Tu arrives pile au bon moment. La prochaine course va commencer.

Elle a le cran de s'enthousiasmer à l'idée de parier davantage. C'est la goutte d'eau qui fait déborder le vase.

– Mais qu'est-ce que tu fous, Nikki ? Parier sur des courses de rue ? C'est pour ça que tu m'as traînée jusqu'ici au beau milieu de la nuit ?

Je montre du doigt la rue peuplée de compétiteurs potentiels qui attendent patiemment leur heure de « gloire ».

– Tu sais que c'est illégal, pas vrai ? Tu sais que mon père nous renverrait de l'équipe si jamais il apprenait que nous sommes là, hein ? Et puis merde, la Ligue pourrait carrément me bannir de ce sport *à vie* si un de ses représentants me voyait ici et pensait que je participe à ces conneries. Qu'est-ce que tu as dans la tête ? On n'a rien à faire ici !

Nikki fait une grimace et pose sa main sur mon épaule.

– Détends-toi, Kenzie. Personne ne nous verra. Ce serait aussi compromettant pour eux que pour nous de se trouver là, donc ne t'inquiète pas. Et pour répondre à ta question : j'ai en tête de m'en mettre plein les poches ce soir.

Elle marque une pause en faisant semblant de baisser le levier d'une caisse enregistreuse.

– Kling, kling !

Je n'ai même pas le temps de lui rappeler que je suis précisément là parce qu'elle a déjà perdu tout son argent que Nikki serre sa main sur mon épaule et me fait pivoter afin que je regarde de l'autre côté de la rue. Elle pointe du doigt un type posté à côté d'une Ninja trafiquée.

– La prochaine course opposera ce mec à…

Elle me tourne à nouveau dans l'autre sens en désignant un type qui se tient à quelques mètres de nous. Il porte une veste noire en cuir et un jean délavé. Il a l'air calme et confiant, debout à côté d'une Honda, et entouré d'une nuée de filles très légèrement vêtues.

– … celui-ci. La rumeur dit que le mec à la Honda est imbattable, alors je mise tout sur la Ninja.

Je me tourne vers elle, stupéfaite.

– Quoi ? Pourquoi tout miser sur l'autre si c'est le mec à la Honda qui est imbattable ? Tu devrais tout miser sur lui, dis-je en fermant les yeux et en secouant la tête. Et je n'arrive pas à croire que je vienne de dire ça !

Je sors mon portefeuille de ma poche et lui tends les cinq cents dollars.

– Maintenant tu vas régler ta dette et on s'en va.

Plus vite on en aura fini avec cette histoire, mieux ce sera. Nikki semble avoir été délestée de tout sentiment de culpabilité puisque, en prenant l'argent, elle me lance sans scrupules :

– Pas question. On reste. Et je vais tout miser sur ce looser. L'autre est imbattable, mais il va forcément perdre. C'est le b.a.-ba des paris, Kenzie.

Je lève les yeux au ciel.

– Non, c'est le b.a.-ba des débiles comme toi. Mais bon, c'est ton argent, alors…, je lance avant de marquer une pause et de lever mon doigt en l'air comme si je venais d'avoir une révélation. Ah non, suis-je bête ! C'est mon argent !

Je baisse ensuite la main pour enfoncer mon doigt dans son épaule afin d'insister davantage.

– Et puis je t'interdis de parier avec cet argent. Tu règles ta dette et on rentre à la maison. Avec un peu de chance, je vais pouvoir me rendormir quelques heures avant l'entraînement.

– D'accord, d'accord… J'ai compris.

Elle a l'air de bien vouloir se soumettre à ce que je lui dis. J'y crois, jusqu'au moment où elle se retourne et hurle :

– Hé, bonhomme ! Je mise mille dollars sur Hayden !

Le géant à côté du mec à la Honda lève le pouce en direction de Nikki avant de noter quelque chose sur son carnet. Son pari est enregistré. J'ai l'impression que ces gars ne sont pas du genre à laisser quelqu'un changer d'avis. Je tape sur l'épaule de Nikki pour attirer son attention.

– Je t'ai dit qu'on rentrait à la maison ! C'est terminé, les paris !

Nikki mordille ses lèvres charnues. Elle hausse les épaules tout en ayant le cran d'adopter un air penaud.

– Eh bien… maintenant, on n'a plus le choix. Il faut qu'on assiste à la course, sinon ces types là-bas vont nous briser les rotules. C'est comme ça que ça marche, je crois.

Je regarde là où elle pointe son doigt et découvre un groupe de mecs baraqués qui ont tout l'air de raffoler de la castagne. Putain. Je veux rentrer à la maison. Tout de suite.

Je serre les poings, Nikki me tape alors sur l'épaule.

– Tu devrais être contente, Kenzie. J'ai fait ce que tu m'as demandé : j'ai parié sur le favori. J'espère que ce n'est pas ce soir qu'il va perdre…

Elle y réfléchit pendant quelques secondes, puis elle me demande :

– Admettons qu'il s'écrase au sol et prenne feu, tu as encore de l'argent dans ta tirelire, n'est-ce pas ?

Je m'efforce de ne pas me mettre à lui crier dessus à pleins poumons.

– Non ! Je n'ai pas mille dollars ! Qu'est-ce qu'on fait s'il perd la course, Nikki ? je demande, et avant qu'elle réponde, je lève les bras au ciel. Super ! C'est super, putain !

Les banques sont fermées et, de toute façon, je ne peux pas retirer grand-chose d'un distributeur. Comme Nikki, je vais devoir moi aussi passer un coup de fil en plein milieu de la nuit pour qu'on vienne à mon secours. Hors de question d'appeler mon père. Peut-être ma sœur Daphné. Mais toutes ses économies sont réservées aux préparatifs en cours de son mariage. Je doute qu'elle puisse m'aider. Alors peut-être mon autre sœur, Theresa. Mais elle me tuerait, et puis elle raconterait tout à mon père. Envahie par la peur, j'observe l'homme qui va soit me sortir de cette poisse, soit me mettre encore plus dans la merde.

Tenant son casque sous le bras, il flirte avec les filles qui l'entourent. Il est blond, les cheveux courts et ébouriffés, coiffure qui lui a sans doute pris plus de temps qu'il n'y paraît. Vu que toutes les filles autour de lui gloussent comme des adolescentes, j'en déduis qu'il a du charme. En ne faisant que peu d'efforts, il les a toutes à ses pieds. Lorsqu'un trou se forme entre elles et que je parviens à apercevoir son visage, je me rends compte d'un détail : il est vraiment hyper sexy, du genre à me faire fondre sur place.

Les traits de son visage à la beauté sauvage sont d'une parfaite symétrie. Je n'arrive pas à croire que ce mec se trouve à peine à quelques mètres de moi. Sa place est plutôt quelque part sur un panneau publicitaire, à moitié nu, pour vendre un parfum hors de prix à des hommes qui tueraient pour avoir une once de son sex-appeal. Comme s'il sentait mes yeux posés sur lui, voilà qu'il tourne la tête vers moi. C'est alors que nos regards se croisent et ne se quittent plus. Je suis incapable de détourner les yeux. Il y a quelque chose de charnel, de primitif et de dangereux en lui. Quelque chose d'exotique. Je me sens immédiatement captivée, tout en détestant le fait de me sentir ainsi. Ce mec s'est laissé corrompre par un monde qui me révulse, un monde qui crache à la figure de mon sport. De ma *carrière*.

Alors que ses yeux clairs percent des trous dans les miens, ses lèvres se tordent pour afficher un sourire espiègle, à la fois amusé et aguicheur. En gros, ce sourire me hurle qu'il est prêt à assouvir tous mes désirs, à satisfaire toutes mes envies possibles et inimaginables. Mon cœur se met à marteler dans ma poitrine et des sensations endormies depuis bien trop longtemps reprennent vie en moi. Heureusement pour moi, le grand type qui prend les paris pour lui pose sa main sur son épaule, ce qui lui fait détourner les yeux. Une fois libérée de l'intensité de ce regard, je me retourne immédiatement pour ne plus lui faire face. Waouh ! Comment se fait-il que je sois à bout de souffle ? C'est absolument ridicule, je n'ai plus douze ans, j'en ai vingt-deux.

– Ça alors, j'entends dire Nikki. Tu avais raison, j'aurais dû d'emblée parier sur lui. Je ne l'avais pas vraiment regardé. Il est super sexy !

Je prends une longue inspiration et tente de forcer mon corps à obéir à mon cerveau.

– Tu crois vraiment que ce mec est imbattable ? je demande à Nikki.

Elle acquiesce, ce qui me fait fermer les yeux un instant. Une si belle gueule avec, en prime, des talents de pilote de course. Mon Dieu.

Je me racle la gorge et lui demande avec nonchalance :

– C'est quoi son nom, déjà ?

J'aimerais au moins pouvoir poser un nom sur ce visage que je compte bien convoquer plus tard dans mes rêveries.

– Hayden… quelque chose. Ça fait longtemps qu'il est dans le circuit, si j'ai bien compris.

Je prends le risque de regarder par-dessus mon épaule en direction de… Hayden. Il a désormais enfilé son casque, heureusement, mais la visière est levée. Le grand type qui prenait les paris a été rejoint par un Latino tout maigre qui semble donner des instructions à Hayden. Ou lui faire un discours d'encouragement. Cet homme de petite taille mime le déroulement de la course avec ses mains, en représentant des écarts et des explosions. J'espère de toutes mes forces qu'il n'y aura pas d'explosions. Pendant que ce petit homme passe les temps forts du parcours en revue avec excès de dramatisation, le grand type fixe une caméra sur le casque de Hayden.

Lorsque les deux adversaires sont prêts, ils reculent leur moto dans la rue. Des clameurs s'élèvent de part et d'autre des trottoirs. Les parieurs pleins d'espoir se préparent à une nouvelle course. Je pensais ne rien pouvoir ressentir d'autre que du mépris devant ce spectacle. Pourtant, en voyant l'énergie des spectateurs, en entendant le vrombissement des motos, je me sens prise d'un sentiment d'excitation qui remonte le long de ma colonne vertébrale. Contre mon gré, j'esquisse un grand sourire et laisse échapper un cri d'encouragement. Le casque de Hayden se tourne dans ma direction alors qu'il fait rugir son moteur. Mon pouls s'emballe dès que je croise son regard. Il me fait un clin d'œil, puis rabat la visière.

Une fois que les coureurs ont pris position, Nikki m'attrape par le bras.

– Viens, on va voir la course depuis le camion.

Je n'ai aucune idée de ce dont elle parle. Avant que je puisse lui demander plus d'explications, elle me tire vers une camionnette noire garée sur le trottoir. Les portes arrière sont ouvertes et un grand écran, attaché à un bras articulé en métal, est suspendu au-dessus de la foule. L'écran est divisé en deux, chaque partie montrant l'image de la caméra d'un des pilotes. Hayden et son adversaire regardent droit devant et les deux vidéos à l'écran montrent chacune la même rue déserte. Je regarde dans leur direction, ils sont encore à l'arrêt, à hauteur d'un passage piéton, attendant que le voyant lumineux change de couleur.

Je regarde ensuite à nouveau l'écran et retiens mon souffle, dans l'attente que la couleur du voyant change. Dès qu'il devient vert et que les motos démarrent à toute allure, je me rapproche de la camionnette, comme si ça pouvait faire en sorte de soulager toute l'énergie que je refoule en moi. La foule tout autour se met à hurler et à klaxonner à l'unisson. Emportée par l'instant, je me mets sur la pointe des pieds et prie de toutes mes forces en faveur de la vitesse. Il me suffit de regarder les images quelques secondes pour être frappée par la dure réalité de ce que je vois. Il n'est pas question d'un circuit fermé avec un parcours bien défini. Au contraire, c'est tumultueux, explosif et violent. Tout ce qui compte, c'est d'arriver le premier sur la ligne d'arrivée.

Les motos passent aux feux rouges comme si les feux de signalisation ne voulaient plus rien dire. Les rues sont plutôt vides à cette heure de la nuit, mais ils dépassent quelques véhicules sur leur chemin, donnant l'impression que ces derniers sont à l'arrêt. Ils doivent au moins aller à 160 km/h. Ils évitent des obstacles en passant sur le trottoir, zigzaguent dans les courbes glissantes et, plus d'une fois, sont à deux doigts de rentrer dans des voitures qui arrivent en sens inverse.

Je me tourne vers Nikki en affichant clairement mon choc.

– C'est de la folie ! Ils vont finir par se blesser. Peut-être même se tuer !

Nikki exulte en observant l'écran, mais son expression change dès qu'elle prend conscience de ce que je viens de dire. Elle se tourne vers moi, en me regardant comme si je venais de sortir une absurdité. J'imagine que c'est bizarre d'entendre quelqu'un qui atteint facilement les 240 km/h au compteur de sa moto dire cela, mais moi je le fais dans un environnement totalement différent. Que vous le croyiez ou non, ce que je fais est relativement sûr. Des millions de dollars ont été dépensés pour que ce soit le cas. Mais là, c'est vraiment loin d'être sécurisé.

– Ils ne respectent aucune règle du code de la route ! j'ajoute, et j'ai soudain l'impression d'être une vraie rabat-joie.

Il faut pourtant bien que quelqu'un adopte la voix de la raison, parce qu'ils ont tous l'air d'avoir perdu la tête.

Nikki sourit en m'entendant.

– C'est une course, Kenzie. Ils ne peuvent pas vraiment conduire prudemment. À ton avis, pourquoi tout ça a lieu aussi tard le soir ?

– Parce que c'est illégal ! je réponds du tac au tac.

En retour, j'obtiens quelques regards mécontents de la part des gens autour de nous, en particulier de l'homme qui prenait les paris pour Hayden. Ce n'est sans doute pas le meilleur endroit pour parler de l'importance de la loi. Alors je me tais et concentre mon attention sur le grand écran.

C'est alors qu'une des images devient toute brouillée. La caméra finit par nous laisser entrevoir le bitume ainsi que des étincelles. L'image se met à valser, se rapprochant à toute vitesse d'un poteau électrique. La foule autour de moi retient son souffle. Le rival de Hayden ne va clairement pas pouvoir terminer sa course. J'entends au loin la moto de Hayden qui prend le dernier virage, puis Nikki se met à nouveau à me ballotter comme une poupée de chiffon. Elle me tire en se faufilant entre les gens pour que nous puissions mieux voir la ligne d'arrivée. Hayden passe devant nous à toute vitesse. Il est seul. Une clameur retentit, à laquelle viennent s'ajouter les grognements de ceux qui ont misé sur l'autre motard.

Alors que je me demande si quelqu'un s'occupe de ce dernier, Nikki m'attrape par les épaules et se met à me secouer de joie.

– On a gagné, Kenzie ! On a gagné, putain !

– Super, dis-je entre mes dents, pour éviter de me mordre la langue.

Elle me relâche et laisse échapper un cri plein d'enthousiasme.

– J'ai gagné suffisamment d'argent pour pouvoir te rembourser et pour couvrir ma dette ! Tu vois, ce n'était pas si mal de venir !

Je lui lance un regard noir en espérant que le bon sens lui revienne.

– Je te déteste, je murmure.

Nikki lève une main en l'air.

– Je sais très bien que c'est de l'amour que tu ressens. Moi aussi je t'aime, Kenzie. Bon, allons chercher ce que j'ai gagné et puis on rentre pour que tu puisses te reposer. L'année qui s'annonce est importante !

J'ouvre la bouche pour lui faire remarquer que cela fait des plombes que j'attends ce moment, mais voilà qu'elle tourne les talons et me laisse plantée là, bouche bée. C'est à ce moment-là que Hayden s'arrête non loin de moi sur le trottoir. Je tourne la tête vers lui, et c'est comme si le monde venait soudain de passer au ralenti.

Il reste à cheval sur sa moto, les mains sur les poignées et sur l'accélérateur. Si j'arrive à percevoir qu'il m'observe, c'est seulement grâce à son casque, tourné dans ma direction. Puis, tel un prince de conte de fées, il le retire lentement et le passe sous son bras. L'air autour de moi se condense lorsqu'il esquisse un petit sourire en coin qui m'est destiné. Seigneur, ce mec est l'incarnation même de la sensualité.

Il passe sa main dans ses cheveux blonds dégoulinants de sueur. À cause du casque, sa coiffure a changé, mais il lui suffit de quelques coups de doigts pour rétablir ce coiffé-décoiffé qui frôle la perfection. J'ai envie de les ébouriffer à nouveau, de passer mes doigts entre ses mèches, de les serrer dans mes mains tout en frôlant avec ma langue le contour de ses lèvres inouïes.

Waouh ! Non, mais qu'est-ce que je raconte ?

Son regard pénétrant étudie mon visage pendant un long moment. Il y a quelque chose dans ses yeux que je ne parviens pas à saisir. De l'intérêt, ça c'est sûr, mais aussi une sorte de… tristesse. Il me sourit. Cette expression s'évanouit alors si rapidement que je suis sûre de l'avoir imaginée.

– Je ne t'ai jamais vue par ici, dit-il, d'une voix au timbre grave et d'une façon si décontractée qu'on peinerait à croire qu'il vient tout juste de risquer sa vie. J'espère que tu as parié sur moi. Ce serait dommage qu'une fille aussi belle que toi… perde.

Son sourire devient plus suggestif. Un signal d'alerte se met alors à clignoter devant mes yeux. *Zone de danger ! Entrée interdite ! Demi-tour immédiat !* L'avertissement clignote encore plus vivement lorsqu'il descend de sa moto et commence à s'approcher de moi.

Une fois qu'il est à ma hauteur – si près de moi que je sens l'arôme épicé de son parfum –, mon cœur se met à battre tellement fort que je suis persuadée qu'il peut l'entendre, persuadée qu'il voit mon T-shirt se soulever à chaque battement, comme si un oiseau dans tous ses états était caché sous le tissu. Mais qu'est-ce que ce mec provoque en moi ? Est-ce de la nervosité ou de l'excitation, que je ressens ? Je n'arrive pas à faire la différence.

Il me tend la main et déclare avec assurance :

– Je m'appelle Hayden. Hayden Hayes.

Je suis sur le point d'approcher ma main vers la sienne pour le toucher – mes doigts tressaillent rien qu'à cette idée –, quand il ajoute :

– Quel est ton petit nom, poupée ?

Poupée ? Les deux syllabes qu'il vient de prononcer m'atteignent comme l'aurait fait un seau d'eau froide jeté en pleine figure et détruisent toute perspective de rêverie sur lui. Je vis, travaille et respire dans un monde où les hommes me regardent comme si j'étais un être de seconde classe. Pour prouver ce dont je suis capable, je dois travailler beaucoup plus dur, beaucoup plus longtemps, en gardant tout le temps tout pour moi. C'est comme si, par cette adresse avilissante, il venait d'anéantir tout ce travail si dur que j'ai accompli jusqu'à présent.

– Au revoir, dis-je en m'éloignant.

CHAPITRE 2

Lorsque j'arrive à la maison, à la suite de mon aventure à San Diego, le soleil est en train de se lever. Je gare ma moto devant la maison plutôt que dans le garage, puisque je vais en avoir besoin dans quelques heures. Puis je me dirige avec lassitude jusqu'à la porte d'entrée et, une fois dedans, je pose mes clefs dans le panier qui leur est réservé, dépose mes bottes à leur place dans le meuble à chaussures et accroche ma veste sur le porte-manteau. Puis je me demande ce que je devrais faire : me remettre au lit et risquer une arrivée tardive à l'entraînement, ou bien abandonner l'idée de dormir et commencer la journée dès maintenant ? Je pousse un soupir et avance vers la cuisine pour me préparer quelque chose à manger. La première course de la saison, Daytona, a lieu dans une semaine seulement. Impossible de rester cloîtrée à dormir aujourd'hui, bien que j'en meure d'envie.

J'avale rapidement un jus protéiné et file vers la salle de bain pour enfin m'occuper de mes cheveux. Comme maintenant j'ai du temps devant moi, autant en profiter pour défaire tous les nœuds. J'ai hérité des cheveux couleur café de ma mère. Personne d'autre dans la famille n'a des cheveux comme les miens. Mes deux grandes sœurs sont blondes comme mon père. C'est cependant agréable d'y voir un rappel de ma mère. Elle est morte quand j'avais quatre ans, à la suite d'un accident de voiture causé par un homme saoul au volant d'une voiture qui lui est rentré dedans en sens inverse. Elle est morte sur le coup, sans souffrir, d'après ce qu'on m'a dit. Je ne me souviens pas beaucoup d'elle, hormis le fait qu'elle aimait mes longs cheveux ondulés. Ils sont pourtant très contraignants à entretenir et encore plus difficiles à enfiler dans un casque, mais je ne les coupe pas, en sa mémoire. Ce lien, aussi infime qu'il soit, est tout ce qui me reste d'elle.

Dès qu'il est l'heure de repartir, je remets ma veste, mes bottes et attrape mes clefs, puis je me dirige à l'extérieur, vers ma moto. Je suis si fatiguée que, pour la première fois depuis très longtemps, je n'ai aucune envie de m'entraîner. Mais ce n'est pas le moment de flancher car j'entame ma première année de courses en tant que pilote professionnelle.

Je fais de la moto depuis que j'ai trois ans, mais je baigne dans cet univers depuis ma naissance. Mon père est un vrai dieu dans cette discipline. Lorsque les gens du métier parlent de lui, ils prononcent son nom avec tant d'admiration et de vénération qu'on pourrait croire que mon père, Jordan Cox, a inventé le sport et fondé la Ligue – la Ligue américaine de courses motocyclistes.

Le fait que je sois sa fille implique que l'on attend beaucoup de moi. Quand je participe à une course, il ne s'agit pas simplement d'atteindre des objectifs personnels. Non, c'est tout mon héritage familial qui est en jeu. Et cet héritage traverse actuellement des temps difficiles.

Faire tourner une affaire comme la nôtre coûte très cher et dénicher les talents qui pourraient remporter le championnat est une tâche difficile. L'équipe Cox Racing n'a jamais atteint les cinq premières places du podium depuis que mon père a pris sa retraite. Il est très content que je puisse enfin participer à des courses, pas seulement pour mon propre accomplissement, mais aussi parce qu'il a besoin de gagner. Il a besoin de sponsors, de notoriété, de soutiens… et surtout, ne le cachons pas, d'argent. Je ne suis pas la seule de l'équipe à pouvoir remporter des victoires, mais je suis la seule qui est liée à une légende par le sang. Disons que je vais nécessairement être sous le feu des projecteurs.

En arrivant sur la piste d'entraînement familiale, j'aperçois mon père devant le portail d'entrée en train de discuter vivement avec un homme imposant, la chevelure dégarnie. Il est appuyé sur une canne – c'est Keith Benneti. Mon père serre les poings lorsque Keith montre l'enseigne du doigt au-dessus du portail : CIRCUIT COX RACING/ BENNETI MOTORSPORTS. Je me dirige vers eux et un grognement m'échappe. Mon père et Keith se querellent à propos de cette enseigne au moins une fois par an et leur dispute ne finit jamais bien. Quand ils étaient jeunes, ils faisaient partie de la même équipe et se considéraient comme les meilleurs amis du monde. Ils étaient tous les deux de grands champions des pistes, ayant gagné chacun plusieurs championnats. Et puis, un jour, ils ont décidé de créer et de gérer leur propre équipe – Cox Benneti Racing, ou CBR, pour faire court. Ensemble, ils ont acheté un circuit d'entraînement dont ils ont fait la base de leurs opérations, et ils ont gagné de nombreux championnats de la Ligue. CBR est vite devenu aussi légendaire que les deux hommes qui l'avaient créé. Mais le succès n'a pas duré. Je ne sais pas exactement ce qui s'est passé, mais Keith et mon père ont eu un accident lors d'une course. Ils se sont percutés. La vidéo du crash est absolument terrifiante. Ils ont survécu, mais Keith n'a jamais pu s'en remettre complètement. Il a besoin d'une canne pour marcher.

La carrière de Keith s'est achevée en un claquement de doigts, et, depuis ce jour, il en veut à mon père pour ce qui s'est passé sur la piste. Mais, selon moi, ce que Keith a fait ensuite à mon père pour se venger est mille fois pire. Dix mille fois pire. Je n'arrive toujours pas à y croire, je n'arrive d'ailleurs pas à en parler ou à entendre quelqu'un en parler. Disons que Keith a profité de ma mère alors qu'elle traversait un moment difficile dans sa vie. Il a fait fi de tous les codes de l'amitié et du respect, ce qui a failli provoquer la séparation de mes parents.

Lorsque mon père a appris leur liaison… il a tout de suite fait appel à un avocat et mis fin à CBR. Les deux équipes fonctionnent désormais séparément, mais elles partagent toujours le même circuit. Le dernier vestige de leur amitié est une constante source de colère pour mon père. Il souhaitait obtenir le contrôle total du circuit, tout comme Keith. Comme aucun des deux n'était prêt à renoncer, à contrecœur, ils ont opté pour le partage, ce qui, comme on pouvait s'y attendre, n'est pas idéal. La tension constante entre Benneti Motorsports et Cox Racing est si intense qu'elle semble presque se matérialiser dans les airs au-dessus du circuit sous la forme d'un nuage d'essence vaporeux qui n'attend qu'une étincelle pour exploser.

Ne souhaitant pas que cette explosion ait lieu aujourd'hui, je me gare près de mon père et soulève ma visière :

– Tout va bien, Papa ?

Mon père desserre les poings et s'efforce de garder le contrôle. Il est connu pour son calme. D'ailleurs, son opinion sur l'importance du self-control a même été citée dans de nombreux magazines du monde entier. Son adage est gravé dans mon esprit depuis ma naissance : *Ce n'est pas parce qu'on possède la meilleure moto, qu'on est entouré de la meilleure équipe ou qu'on est le pilote le plus doué du monde que l'on gagne une course. Non, la victoire s'explique par le contrôle total des émotions. Gagner revient à se conditionner mentalement, soi et sa moto, pour la victoire.*

Mon père est mon héros, pourtant il se comporte de façon aussi inatteignable avec moi qu'avec tout aspirant champion de course voulant rencontrer son idole. Cette distance émotionnelle, effet secondaire de la contenance qu'il s'impose, n'allait pas changer juste parce que nous partageons les mêmes gènes. Lorsque je suis sur le circuit avec lui, je suis d'abord l'employée de Jordan Cox, et ensuite sa fille.

Le regard toujours vissé sur Keith, mon père me répond :

– Tout va bien, Mackenzie. J'étais simplement en train d'expliquer à Keith, une fois de plus, que nous n'avons pas besoin de dépenser des milliers de dollars pour une nouvelle enseigne, afin que Benneti soit listé en premier. C'est du gaspillage, dit-il en se tournant vers moi, tandis que Keith fronce les sourcils.

Chaque jour qui passe, mon père semble devenir un peu plus vieux, comme si le stress le faisait vieillir plus rapidement que le temps qui passe. Désormais, ses cheveux sont plus gris que blonds ; même ses yeux bleus ont l'air de s'être éclaircis. Ils n'ont pourtant pas perdu de cette lueur caractéristique mêlée d'intelligence et d'autorité. Quand on est face à mon père, c'est comme être face à un directeur d'école, un policier ou un lieutenant de l'armée – quelqu'un dont la présence inspire le respect. Par automatisme, j'ai tendance à me tenir plus droite quand je lui parle.

Désignant le portail du menton, mon père me dit :

– Va te préparer. J'aimerais que tu fasses quelques tours de piste avant midi.

C'est l'heure à laquelle nous devons terminer nos entraînements pour laisser la place à l'équipe Benneti.

– D'accord.

Keith pose alors son regard sur moi, les yeux remplis de colère. Je sais que ce n'est pas seulement à cause de l'enseigne. Il semble toujours en colère lorsqu'il me regarde ; peut-être est-ce la preuve qu'il avait de vrais sentiments pour ma mère. Je suis pour lui un rappel constant du fait qu'elle l'a quitté pour mon père. Mes parents sont restés ensemble malgré son infidélité, elle a même coupé tout lien avec Keith.

– Bonne chance pour cette année, Mackenzie, lance Keith d'une voix grave. Tu vas en avoir besoin.

À ces paroles, une sensation de colère se répand dans ma poitrine, mais je m'efforce de ne pas y prêter attention. Keith est un connard, depuis toujours. Je n'ai pas besoin de chance pour réussir, j'ai des compétences, du matériel de pointe et du sang de champion qui coule dans mes veines. C'est bien plus efficace que la chance. En tout cas, je l'espère. Je n'ai encore jamais fait mes preuves à ce niveau, je suis donc plutôt stressée à l'idée de satisfaire toutes les attentes qui pèsent sur moi.

Je rabaisse la visière de mon casque et fais avancer ma moto. Me voilà dans mon autre « chez-moi ». L'espace qui m'entoure est essentiellement dédié au circuit, sur lequel nous testons nos capacités et poussons toujours plus loin les performances de nos motos. Si l'on compte tous les virages, la piste fait au total cinq kilomètres de long, avec des murs en béton amovibles qui nous permettent de changer le parcours périodiquement. Connaître le circuit sur le bout des doigts est l'une des stratégies de l'entraînement, mais nous devons aussi être capables de nous adapter à toute situation nouvelle.

De part et d'autre de la piste, aussi éloignés que possible l'un de l'autre, se trouvent les bureaux et les garages respectifs de Cox Racing et de Benneti Motorsports. D'un côté, les bureaux Benneti sont tape-à-l'œil, avec une nouvelle peinture criarde et des enseignes lumineuses. De l'autre, les bureaux Cox semblent avoir connu des jours meilleurs, avec une porte de garage cabossée, des morceaux du revêtement arrachés, de la peinture qui s'effrite au sol comme des flocons de neige. Mon père aimerait faire des travaux pour tout remettre en état, mais nous devons d'abord gagner quelques courses.

Je me dirige vers notre garage et gare la moto face à une des portes coulissantes. À l'intérieur, les murs sont recouverts de boîtes contenant tous les outils qu'il est possible d'imaginer. Nous avons trois garages de ce type du côté Cox. Ils renferment toutes les motos et le matériel de l'équipe. Au-dessus du garage se trouve la salle de sport et les bureaux pour la partie administrative. Une symphonie de bruits résonne dans mes oreilles une fois que je suis dedans – le brusque écho d'un métal frappé contre un autre et le sifflement strident d'outils électriques –, et je sens l'odeur d'huile, de graisse et d'essence, qui s'est infiltrée partout. Autour de moi, des monstres mécaniques se font dépecer ou remonter, et ce chaos familier fait immédiatement disparaître toute trace de colère envers Nikki et Keith. Cet endroit est un vrai paradis pour tout mordu de bolides. C'est le lieu que je préfère au monde. Avec le circuit, bien entendu.

Fidèle à ma routine, je commence par m'échauffer en courant cinq kilomètres sur le tapis de course, puis j'enfile ma combinaison en cuir. Lorsque je reviens dans le garage, je tombe sur Myles.

– Salut, Kenzie. Alors, tu es prête pour cette année ? Participer aux championnats, c'est bien plus intense que ce que tu as l'habitude de faire.

Myles est le deuxième meilleur pilote de l'équipe, il arrive presque toujours parmi les dix premiers. Mon père croit beaucoup en lui et l'aime comme le fils qu'il n'a jamais eu. Mais je ne suis pas jalouse, j'aime Myles comme le frère que je n'ai jamais eu.

– J'attends ça depuis ma naissance, Myles, je rétorque avec une assurance que je ne ressens pas vraiment.

Mon père a remporté la toute première course de la Ligue à laquelle il a participé, et bien qu'il n'ait rien dit à ce sujet, je sais pertinemment qu'il attend la même chose de moi. J'enfonce mon doigt dans la poitrine de Myles et ajoute, pour me vanter :

– Je te conseille de profiter tant que tu pourras de ton statut de superstar parce que, après cette année, toi et Jimmy ne serez plus les joyaux de la couronne.

Jimmy est le pilote numéro un. Il a fini sixième au classement total, l'an dernier, ce qui est très prometteur et pourrait enfin redresser l'équipe, en lui faisant atteindre le top cinq.

Les yeux marron foncé de Myles s'illuminent d'un air malicieux et il frotte ses mains comme s'il voulait les réchauffer.

– Une superstar ? Tiens, ça me plaît bien !

Il place ses mains en entonnoir contre sa bouche comme s'il s'adressait à un public.

– Hé, les filles ! Ça vous dit de passer du temps avec une superstar ?

Alors que je suis sur le point de me venger en lui donnant une petite claque, une bouteille d'huile vide le heurte. Je me retourne et aperçois Nikki qui vient enfin d'arriver – elle n'est jamais à l'heure, et sa virée nocturne de la veille n'a rien arrangé.

– Arrête de faire le prétentieux, Kelley.

Bien que Nikki soit une mécanicienne de génie et que personne d'autre qu'elle ne soit autorisé à toucher ma moto, je suis encore fâchée contre elle pour m'avoir empêchée de dormir. Elle me sourit d'un air penaud en percevant mon agacement.

– Tu as… bien dormi ? demande-t-elle.

Pour toute réponse, je lui jette un regard noir, et Myles se penche en avant pour mieux nous observer.

– J'ai raté quelque chose, c'est ça ?

Je me tourne vers lui et réponds d'un ton sec :

– Sache que Nikki a accepté de me faire don de son premier bébé.

Myles sourit tout en se redressant.

– Racontez-moi tout !

– Plus tard, je réponds en l'attrapant par le coude. Il faut d'abord qu'on fasse quelques tours de piste avant que nos ennemis prennent la place.

Je jette un coup d'œil à l'horloge accrochée au mur. Myles acquiesce. Chaque jour, la matinée semble passer de plus en plus vite.

– Allez, on y va.

Je quitte mes amis et me dirige vers le seul amour de ma vie : ma Ducati 848. Décorée de mon numéro de pilote – vingt-deux –, elle est bleu et blanc, brillante, magnifique, et surtout, plus rapide que toutes les autres. Lorsque je suis assise sur elle et que nous allons à toute allure, j'ai la sensation d'être accrochée à un avion qui décolle. Elle est d'une puissance inouïe, testant mes limites, me poussant toujours plus loin. C'est grâce à elle que je peux impressionner mon père.

Nikki nous souhaite bonne chance avant de retourner à son atelier, où l'attend ma moto de rechange, une autre Ducati 848, sur laquelle elle doit travailler. J'accroche mon casque sur la poignée du guidon et pousse ma moto vers l'extérieur ; Myles me talonne avec sa moto, une clinquante Yamaha YZF-R6 bleu et blanc.

Alors que nous nous approchons de la ligne de départ du circuit, je découvre qu'une Honda rouge et blanc fuse déjà sur l'asphalte, affichant fièrement le numéro quarante-trois à l'avant. Juste avant, lorsque j'étais à l'étage en train de m'échauffer, j'ai entendu dire que le parcours venait d'être modifié. On aurait pourtant du mal à croire que ce pilote ne soit pas familier avec le circuit, tant ses manœuvres à chaque virage sont fluides et si homogènes que la moto a l'air d'un être conscient qui saurait instinctivement où aller, tandis que le pilote se contenterait de rester accroché.

Je connais tous les membres des équipes Cox et Benneti et je sais les identifier à leur conduite, mais là, je ne reconnais ni ce type, ni son engin. Je me retourne vers Myles et lui demande :

– Il n'est pas encore midi, n'est-ce pas ?

Myles secoue négativement la tête, alors je me creuse la cervelle pour tenter de me souvenir de mon père mentionnant avoir recruté quelqu'un. Non, pas que je sache. En tout cas, il ne m'a rien dit.

– C'est qui, ce mec ? Qu'est-ce qu'il fout sur notre piste ?

Myles penche la tête sur le côté, pour y réfléchir.

– Je ne sais pas, mais puisqu'il s'entraîne avant midi, ton père a dû le recruter. Les Benneti savent parfaitement qu'il faut respecter cette règle, vu ce qu'il s'est passé la dernière fois.

La dernière fois qu'un des membres de l'équipe Benneti a mis les pieds sur notre piste avant l'heure autorisée, il s'est retrouvé tout nu, scotché à un poteau, en plein milieu du parcours. Bien entendu, les Benneti se sont vengés en cassant les fenêtres des portes de notre garage. Elles sont d'ailleurs toujours recouvertes de cartons car, pour le moment, nous n'avons pas les moyens de les réparer. Afin de préserver notre compte en banque, mon père a dû ordonner à tous les membres de la Cox de mettre un terme à la saga des règlements de comptes contre les Benneti.

Ignorant le rire de Myles, je me remets à inspecter le pilote. Il est rapide et vraiment très bon ; il cadence parfaitement sa position dans les virages. Il se laisse aller vers le sol, faisant basculer son corps sur le côté. Seuls sa jambe et son bras externes dépassent de la ligne que forment son corps et la moto. Son « triangle du soleil » – l'espace entre son genou interne et la moto – est si beau que mon père le prendrait sans doute en photo pour ensuite l'accrocher dans son bureau. Vu combien la compétition est grande dans le domaine professionnel – les courses sont gagnées ou perdues à l'échelle de secondes – et combien de temps, d'énergie et de ressources sont dépensés pour la préparation des nouvelles recrues, je ne suis pas étonnée de voir que ce type est au top. Avec la nouvelle saison qui se rapproche, toute nouvelle recrue se doit d'être impressionnante. Mon père n'accepte que l'excellence, il ne peut pas se permettre de faire autrement. C'est ce qui me rend encore plus nerveuse à l'idée de participer aux courses. Ce n'est pas parce que je suis la fille de Jordan Cox que j'obtiens les choses les doigts dans le nez. Au contraire, je dois lutter pour gagner ma place, comme tous les autres.

Lorsque le numéro quarante-trois termine son tour de piste et ralentit pour sortir, Myles pousse un sifflement.

– Pas mal. Il me fait penser à toi, dit-il, et je fronce les sourcils avant de découvrir que ses yeux noirs laissent entrevoir son amusement. Comme toi, avec lui, pas de gloire sans péril. Il a fait son parcours à pleins gaz, comme chaque fois que tu es sur cette piste et que tu veux tout prouver à tout le monde.

Il hausse les sourcils en me regardant, mais je reste silencieuse. Je dois toujours prouver de quoi je suis capable, et Myles le sait.

Le conducteur de la Honda fait sa sortie de piste pile là où nous nous trouvons. Il ralentit et s'arrête face à nous, éteint sa moto et retire son casque. Je reste bouche bée, les yeux écarquillés. Non, ce n'est pas possible. Mais tous les désirs refoulés depuis si longtemps en moi reprennent vie en le voyant et me confirment que c'est bel et bien possible. L'homme portant si fièrement le numéro quarante-trois n'est autre que le mec canon qui a gagné la course plus tôt ce matin. Qu'est-ce qu'il fout là, sur *mon* territoire ? Il a pourtant tout l'air d'appartenir à ce monde.

Sous le soleil tapant, je découvre que ses yeux sont verts, avec une étincelle de malice insinuant que chaque nouvelle journée passée avec lui pourrait être encore plus intriguante que la précédente. Ajoutez à cela des cheveux blonds, une mâchoire carrée, des traits parfaitement structurés, une carrure athlétique et des lèvres charnues qui évoquent un trésor de plaisirs cachés, et vous obtenez un homme qui attire toute l'attention sur lui, où qu'il aille – comme j'ai pu le constater hier, avec la nuée de groupies qui l'entouraient tandis qu'il participait à une course illégale.

Impossible que mon père ait recruté ce type !

Il descend de sa moto et passe sa main dans ses cheveux en nage. Ses mèches sont désormais en pagaille et cette coiffure ébouriffée est vraiment très séduisante. Je me surprends à laisser échapper un petit grognement. *Ressaisis-toi, Kenzie !*

Il me dévisage de ses yeux couleur émeraude, prenant le temps de m'observer. Je retiens mon souffle et me redresse un peu. M'a-t-il lui aussi reconnue ? Merde… je ne me souviens plus de son nom. Pourquoi faut-il qu'il ait un regard aussi attirant ? Des yeux verts tachetés d'or, pénétrants et intenses, donnant l'impression que lorsqu'il vous regarde, plus rien n'a d'importance. Je pourrais facilement l'imaginer en train d'étudier le parcours de son regard profond. Je pourrais aussi l'imaginer en train d'étudier mes courbes de son regard de braise. Mais je vais où, là ? Stop ! Ou ça pourrait vraiment…

L'air qui me sépare de cet inconnu semble crépiter sous la tension pendant que nous nous toisons du regard. Je suis sûre que seules quelques secondes se sont écoulées, pourtant j'ai l'impression qu'elles ont duré des heures. Qu'est-ce qu'il fout là ? Ça n'a pas de sens. Avant même que j'aie le temps de demander, Myles lui tend la main :

– Myles Kelley. Jolie performance, mec. Tu es nouveau ?

Il me quitte des yeux pour regarder Myles et lui serrer la main.

– Hayden Hayes. Oui, c'est mon premier jour.

– Ah oui, c'est ça, je marmonne en recollant les pièces du puzzle. Hayden Hayes, l'imbattable…

Ils se tournent tous les deux vers moi et je deviens toute rouge. Merde ! Je n'avais pas l'intention de dire ça tout haut. Mais bon, malgré son succès dans la rue, je sais que mon père n'aurait jamais recruté Hayden dans son équipe. Ce n'est pas dans son habitude de fouiller dans les poubelles pour trouver de nouvelles recrues.

Je secoue la tête et décide de remettre fermement Hayden à sa place :

– Tu n'as pas le droit d'être ici.

Myles, sous le choc, écarquille les yeux en m'entendant lui dire ça. Mais Myles ne sait pas que je le connais.

– Kenzic…

Arrête de faire ta garce. Il ne prononce pas la fin de sa phrase, mais c'est cc qu'il insinue lourdement. Je le regarde et secoue à nouveau la tête.

– Ce type est un voyou, Myles. *Jamais* mon père ne l'aurait recruté.

Myles me regarde, l'air de demander : « *Et d'où tu sors ça ?* » Je lui raconterai les problèmes de paris de Nikki plus tard ; pour le moment je veux que cet intrus – peu m'importe qu'il soit sexy – dégage. Il a certainement dû s'introduire en douce sur la piste, on devrait appeler les flics.

Hayden durcit le regard en m'étudiant.

– Doucement, princesse. J'ai autant le droit d'être ici que toi.

Ma colère monte instantanément, puis se transforme en fureur explosive.

– Princesse ? je crache.

Faisant fi de mon indignation, Hayden continue de parler. Seigneur, ce que je le déteste quand il ouvre la bouche.

– Puisque tu ne me crois pas, va demander à ton père. Je suis sûr que Keith serait plus qu'heureux de te montrer le contrat que j'ai signé.

J'ai l'impression que ses paroles m'ont recouverte d'une couche de saletés que je vais mettre des semaines à faire partir.

– Keith Benneti ? Tu penses que c'est mon… Oh, mon Dieu, j'en ai la nausée.

C'est vraiment le cas. J'ai même besoin de poser une main sur mon estomac.

Myles affiche une expression de plus en plus sérieuse à mesure qu'il recolle les morceaux de tout ce que Hayden vient de dire.

– Attends une seconde : tu as signé avec Benneti Motorsports ? Dans ce cas, elle a raison, tu n'as rien à faire ici.

Hayden semble déconcerté, il nous regarde à tour de rôle.

– Et pourquoi ? C'est un circuit d'entraînement et j'étais en train de m'entraîner, déclare-t-il le visage serré et le regard noir.

Merde alors. Il est encore plus attrayant quand il est en colère. Je me racle la gorge et chasse l'image de son visage furieux de mon esprit. Je lui fais alors part des règles du circuit, puisqu'il ne semble pas être au courant.

– Cox Racing se réserve les droits exclusifs du circuit jusqu'à 11 h 59. Benneti peut l'utiliser jusqu'à 23 h 59 – ce qui énerve d'ailleurs particulièrement mon père car l'équipe de Keith a de meilleurs horaires d'entraînement, un détail de plus sur lequel se disputer. Tu es un *Benneti*, alors tu n'as pas le droit d'être là avant midi.

Je ne peux pas m'empêcher de prononcer le nom de son équipe avec mépris. Je n'arrive pas à croire que ce talentueux crétin soit aussi séduisant et qu'il fasse partie de l'équipe rivale de ma famille. Même si finalement c'est bien plus logique : Keith n'hésiterait pas à recruter quelqu'un dans les bas-fonds.

Hayden se met à rire, puis il me regarde avec surprise en remarquant que je ne l'imite pas.

– Quoi ? Tu es sérieuse ? C'est vraiment le cas ? J'ai entendu certains en parler mais j'ai cru qu'ils racontaient des conneries.

Il fronce les sourcils, ce n'est visiblement pas la première fois qu'il est pris pour cible par ses coéquipiers et leurs mauvaises blagues. Je compatis. *Avec eux.*

– Oui, c'est vraiment le cas, je réponds calmement. Tu as enfreint une règle cruciale et tu dois partir. Tout de suite.

Pour toute réponse, Hayden sourit avec calme, l'air de se foutre totalement des règles du circuit. Mais il comprendra lorsque Keith s'en prendra à lui. Cette règle ne vaut pas seulement pour les Cox.

– C'est bon à savoir, ma jolie.

– Pour ta gouverne, je m'appelle Mackenzie. Mackenzie Cox, de l'équipe Cox Racing, fille de Jordan Cox. Et pas « chérie », « poupée », et encore moins « princesse », dis-je en insistant bien sur ce dernier mot.

Hayden hausse les sourcils une fois que j'ai fini de pousser ma gueulante. Je remarque une légère cicatrice en travers d'un de ses sourcils, sans doute une imprudence. S'il ne fait pas plus attention, il va bientôt en obtenir une autre.

– Attends, tu dis que tu es la fille de Jordan Cox… le propriétaire de Cox Racing ?

Il examine ma Ducati avant de poser à nouveau les yeux sur moi.

– Je comprends mieux maintenant, dit-il d'un air dédaigneux. Alors… papa te laisse jouer aux courses, hein ? C'est mignon mais c'est complètement stupide. Les courses ne sont pas un jeu. Ce n'est pas un caprice. Ce sport est dangereux. Si j'étais ton père, je t'aurais encouragée à rester sur les gradins… Peut-être que je t'aurais poussée à devenir mannequin. Tu es plutôt mignonne. Tout pilote qui se respecte a besoin d'une jolie fille pour lui tenir son parapluie. Puis il ajoute en esquissant un sourire narquois : C'est qu'il fait chaud sur la piste…

Une fille à parapluie ? Il se fout de moi ?

– Heureusement que tu n'es pas mon père ! je m'exclame en sentant la colère bouillonner en moi et se transformer peu à peu en rage.

Un sport trop dangereux pour une fille comme moi ? Foutaises. Je sais très bien que ce sport est dangereux, j'en ai la preuve chaque fois que je vois Keith claudiquer sur le parking, mais les risques ne comptent pas : les courses de motos, c'est toute ma vie. Ça l'a toujours été et ce le sera toujours.

Hayden remue lentement la tête en me regardant, alors je serre les poings. Je n'ai encore jamais été en colère au point de vouloir frapper quelqu'un, mais c'est bien ce qui m'arrive. Je vais lui en coller une, puis l'empaler sur la piste pour ensuite lui rouler dessus plusieurs fois avec ma moto, jusqu'à ce qu'il comprenne que je suis son *égale*. J'entends encore ses paroles résonner dans ma tête, « tu es plutôt mignonne », alors je recule mon bras pour me préparer à le cogner. *J'espère que ça ne va pas me faire trop mal.* Mais la douleur en vaut bien la peine.

Seulement, je n'ai pas le temps de lui en décrocher une, car Myles m'attrape le bras.

– Arrête, Kenzie, dit-il en se penchant sur moi pour me regarder dans les yeux. Souviens-toi de ce que dit toujours ton père : le contrôle, c'est le pouvoir. Tu vaux bien mieux que ce type. Ne le laisse pas gagner.

Hayden explose à nouveau de rire, puis il agite la tête.

– Vous êtes un peu crispés, tous les deux, non ? dit-il en me dévisageant, avant de susurrer : Je peux t'aider à fondre, Reine des glaces. Qui sait ? Peut-être qu'une fois que tous ces blocs sur tes épaules auront dégelé, tu iras plus vite… si tant est que tu persistes à vouloir faire des courses de moto. Si tu veux mon avis, tu devrais te cantonner aux poneys.

Je ne suis pas du genre à perdre totalement le contrôle, mais là, je vois rouge.

– Laisse-moi lui en coller une, Myles. Juste une.

Myles soupire tout en retenant mon bras.

– Tu sais que je ne peux pas te laisser faire ça, Kenzie. Et tu sais aussi que nous ne devrions même pas lui adresser la parole. C'est un *Benneti*.

Il chuchote ce nom comme s'il était maudit, et je comprends pourquoi. Respecter le temps qui nous est alloué chaque jour sur le circuit n'est pas la seule règle. Chaque équipe a mis une interdiction en place : celle de ne pas fraterniser, sous quelque forme que ce soit, avec les membres de l'équipe adverse. Ou bien les conséquences seront graves. L'an dernier, deux pilotes de chaque équipe ont été renvoyés après avoir été surpris à regarder des matchs de football ensemble pendant leur temps libre. Mon père et Keith se sont mis d'accord sur ce point et, par la suite, nous avons été prévenus de nombreuses fois : être surpris avec des Benneti est un motif de renvoi immédiat.

Myles jette un coup d'œil en direction des bureaux des Benneti avant de se retourner vers moi.

– Et puis, on dirait qu'il a de la compagnie.

De l'autre côté de la piste, j'aperçois deux Benneti avancer vers nous pour venir récupérer leur brebis égarée et lui en coller une à ma place. Je fais un signe de tête à Myles qui enfile son casque avant de jeter un rapide coup d'œil à Hayden, puis il s'engage sur le circuit.

Je me prépare à le rejoindre quand Hayden m'attrape par le bras. Une sensation de feu et de glace grésille dans ma poitrine. Je me tourne vers lui. Il n'a aucun droit de me toucher. Affichant un visage pétri de sérieux et un regard intense, dont le vert s'est assombri, il déclare rapidement :

– J'apprécierais que tu ne racontes à personne… où tu m'as vu cette nuit.

Le regard en feu, j'inspecte son visage. Être si près de lui me donne de drôles de sensations. Je sens mon cœur battre dans tous les sens.

– Alors, tu m'as reconnue ?

Il retrousse les lèvres, ce qui m'envoie des décharges électriques dans le bras, à l'endroit précis où sa main entoure ma veste.

– Tu n'es pas facile à oublier… miss *Au revoir*.

Je sens que je deviens toute rouge alors que je me remémore la façon dont je l'ai envoyé balader la veille, lorsqu'il m'a demandé mon prénom.

Je tire d'un coup sec pour libérer mon bras et lui lance un regard menaçant qui aurait dû être plus convaincant. Pourtant, mon expression n'incite pas la terreur que j'espérais, au contraire, il se contente de sourire encore plus.

– Pourquoi devrais-je te protéger ? je m'exclame.

Il hausse les épaules.

– Parce que cette histoire est aussi compromettante pour toi que pour moi. À moins que ton père ne cautionne le fait que tu paries à des courses de rue illégales ?

Il soulève un sourcil. Je dois alors fermer les yeux pour effacer cette image envoûtante de ma tête. *Son beau visage ne colle pas avec sa personnalité.*

– Je n'étais pas… Je ne…

J'ouvre les yeux et cesse de piètrement tenter de me défendre. Il a raison. Je n'aurais jamais dû me trouver là. Tout comme lui. Du moins, il a intérêt à arrêter s'il veut vraiment faire partie de la Ligue.

– Tu vas continuer… à faire ça ?

Pendant que je l'observe, subjuguée, ses lèvres esquissent un doux sourire, le genre de sourire qu'un homme diabolique utilise pour se sortir d'une situation compliquée.

– Les courses de rue ? Bien sûr que non ! Tu as eu l'honneur d'assister à ma dernière course. J'en ai fini avec cette vie depuis hier. Puis en faisant un clin d'œil, il ajoute : on peut m'accuser de plein de trucs, mais pas d'être stupide.

– C'est discutable, je murmure.

Il prend un air amusé.

– Oui, c'est vrai. Mais je sais très bien que je serais banni de ce sport à vie si je décidais de continuer à faire… partie de ce monde. Et j'ai fait une croix dessus. C'est à cet autre monde que j'appartiens, maintenant.

Sa voix se durcit et l'expression de son visage se fait plus austère. Il a presque l'air de vouloir s'en convaincre.

– Tant mieux, mais bon, de toute façon, je m'en fiche, dis-je en me tournant vers ma moto.

Les membres de son équipe se rapprochent de nous, et je n'ai pas du tout envie de me retrouver encerclée de Benneti.

J'enfile mon casque, fais démarrer ma moto, tout en sentant le regard de Hayden sur moi. On dirait que des lasers parcourent ma peau et que chaque endroit qu'il regarde se met à picoter. J'aimerais tant que mon cerveau commande à mon instinct primaire de se calmer parce que ce type n'est pas du tout envisageable. Il correspond à tout ce que je ne veux pas, présenté dans un emballage indéniablement sexy. Un emballage que je n'ai aucune intention d'ouvrir.

J'ai besoin de m'éloigner de lui le plus rapidement possible, alors je fais un démarrage brusque et décampe à toute vitesse. Mon père va me tuer car j'ai laissé des traces sur la piste, mais je m'en fiche. J'ai un pressant besoin de vitesse. La vitesse me sécurise. Contrairement à Hayden.

CHAPITRE 3

Le jour suivant, lorsque j'arrive au circuit, je remarque une poignée de gens réunis autour des portes ouvertes du garage, mais je ne suis pas surprise, car je ne suis pas la seule à arriver aussi tôt ce matin. Avec la course de Daytona qui se rapproche à grande vitesse, tout le monde est à fond, enclin à s'entraîner. Mais tout de suite, je me rends compte qu'il ne s'agit pas d'une de ces réunions de motivation où l'on scande *« cette année, on va leur mettre une raclée »*. Quelque chose ne va pas. Il y a trop de grimaces sur leurs têtes et Myles a l'air de vouloir défoncer le mur à coups de poing. Tout en me demandant ce qui se passe, je gare ma moto près des portes et me dépêche de descendre pour le rejoindre.

– Hé, Myles, dis-je en avançant vers lui, qu'est-ce qui se passe ?

Myles désigne l'intérieur du garage où mon père et John, son assesseur, discutent avec le numéro un de notre équipe, Jimmy Holden.

– Jimmy vient de démissionner. Il a trouvé une place chez Stellar Racing. Quel idiot, tout le monde sait que Luke Stellar est un connard.

Puis il pousse un soupir et passe sa main dans ses cheveux bruns.

– Mais le pire… c'est qu'il part avec LDL Motor Oil. Quel enfoiré ! Non seulement il quitte l'équipe, mais en plus il nous vole un sponsor. Salaud.

Le choc est glacial. J'observe John et mon père tenter obstinément de convaincre Jimmy de rester. D'après l'expression de Jimmy, leur tentative semble vaine. Je sais très bien reconnaître la détermination de quelqu'un. Il a décidé de partir, c'était notre meilleur espoir pour atteindre le top cinq cette année, et il emporte avec lui un sponsor qui nous rapporte de l'argent. C'est plus qu'un coup dur pour l'équipe, c'est un vrai désastre. Cela veut dire que Myles et moi devrons combler le vide de son départ, puisque des quatre pilotes restant, nous sommes les meilleurs. Ou, du moins, j'espère faire partie des meilleurs. J'ai l'impression d'être un petit poisson rouge que l'on vient de jeter dans le bassin aux requins pour sauver le monde. La pression vient de passer à un seuil mille fois supérieur. Je ne me sens pas bien.

Loin d'être impressionné par les paroles de mon père et de John, Jimmy attrape un sac en toile et commence à le remplir de ses effets personnels. Myles pousse un long soupir.

– Je ne peux pas regarder ça. Je vais à l'étage soulever des poids, ou frapper dans un punching-ball. J'ai vraiment besoin de taper dans quelque chose.

J'ai envie de le suivre, mais je suis trop sonnée pour pouvoir bouger. Nous avons donné sa chance à Jimmy, mon père lui a montré toutes les ficelles du métier. J'ai peut-être tort de me sentir trahie – après tout, ce n'est que du business –, mais, selon moi, Jimmy nous doit une certaine loyauté en raison de tout ce que nous avons fait pour lui. Surtout maintenant. Nous avons plus que jamais besoin de lui.

Ne pouvant regarder cette scène une minute de plus, mais ne me sentant pas capable de traverser le garage pour aller dans la salle de sport, je me dirige d'un pas rapide vers ma moto et l'enfourche. Je reviendrai quand le traître sera parti.

Ne sachant pas trop où aller, j'accélère pour m'éloigner du garage. Les locaux Benneti se profilent sur ma droite, projetant de l'ombre sur ma moto comme un fantôme maléfique. J'aimerais pouvoir accuser les Benneti du départ de Jimmy. Ce serait beaucoup plus compréhensible. Cela ne me surprendrait pas que Keith lui ait mis la puce à l'oreille. D'une façon ou d'une autre, il faut que ce soit sa faute.

J'évite la base ennemie et me dirige vers la sortie. Comme je ne peux pas m'entraîner sur le circuit avec ma moto de loisir, et que je n'ai aucune envie de rester au garage, je décide d'aller me défouler sur le parking. En étudiant la disposition des voitures garées, j'entrevois une possible piste.

Je souris pour la première fois de la journée avant de faire vrombir le moteur et de me pencher sur le réservoir pour libérer ma moto de loisir. Elle n'est pas aussi rapide que celle que j'utilise pour les courses, mais je profite du fait qu'elle va moins vite pour corriger ma position. Ainsi, je ne perds pas de temps.

Après deux tours, me voici dans ma bulle, totalement concentrée sur ce que je fais. Mais au bout d'un moment, j'aperçois une moto qui me bloque le passage sur la piste. Je peste avant de faire un dérapage pour m'arrêter et d'enlever mon casque.

– Qu'est-ce que tu fous ? je crie à l'idiot qui aurait pu nous causer un accident à tous les deux.

Au moment où le pilote détache son casque, je me rends compte que sa moto m'est familière. Il retire son casque. Je sais où j'ai déjà vu cette moto. Assis sur la Honda de la course illégale, Hayden me sourit avec suffisance. Super.

Il incline la tête sur le côté et déclare calmement :

– Je suis garé sur une place de parking. C'est plutôt à moi de te demander ce que tu fous !

Agacée par lui et par le martèlement de mon cœur, je réplique d'un ton sec :

– Ça ne se voit pas ? Je suis en train de m'entraîner.

Il retrousse les lèvres d'un air amusé. Je déteste le fait de l'amuser autant, mais bon sang… son sourire est vraiment trop beau. Mon cœur se met à battre fort pour des raisons totalement différentes.

– Dis-moi si je me trompe, entonne-t-il lentement en regardant vers le ciel, mais ce n'est pas encore midi, si ? Donc, si je me souviens bien des règles, tu as encore l'accès total au circuit.

J'accroche mon casque sur le guidon et lui lance :

– Oui, c'est bien ça. Je suis étonnée que tu t'en souviennes.

Le sourire de Hayden s'efface, il regarde par terre.

– Oui, disons que j'ai été obligé de m'en souvenir… Je ne pense pas l'oublier de sitôt.

C'est peut-être le fruit de mon imagination, mais je suis presque sûre de l'avoir vu passer sa main sur son flanc et faire une grimace. Ses coéquipiers l'auraient-ils malmené ? Je sais que c'est un goujat, mais de là à le tabasser pour avoir enfreint une règle… ça me semble exagéré. À moins, bien sûr, que je sois celle qui le passe à tabac. Dans ce cas, ce serait justifié.

Hayden finit par lever à nouveau les yeux sur moi et par me faire un sourire contraint.

– On dirait vraiment que tout le monde est à fleur de peau, ici. Comme toi et ce mec, Myles. L'eau doit être contaminée.

Je n'apprécie pas le fait que ses coéquipiers l'aient agressé, mais surtout, je n'apprécie pas le fait que ça me dérange – qu'est-ce que ça peut bien me faire ? –, alors je me redresse sur ma moto et concentre toute mon attention sur sa moquerie à mon égard. Je ne suis pas « à fleur de peau », abruti.

– Je sais que ça peut paraître stupide, mais les règles n'existent pas par hasard.

Il éclate de rire et rapproche sa moto de la mienne. Il ne s'arrête qu'une fois que nous sommes côte à côte – si proches que nos cuisses se touchent presque. Ses yeux ont la couleur du feu, des émeraudes dans de la lave en fusion.

– Je n'ai jamais dit que les règles sont stupides, ma jolie. S'il n'y avait pas de règles… je n'aurais pas la possibilité de les enfreindre, n'est-ce pas ? Je dirais même que les règles comptent plus pour moi que pour la plupart des gens.

Il pose son pied par terre en murmurant ces mots. Désormais, nos pieds se touchent. À son contact, une onde de choc remonte tout le long de ma cuisse.

Je me penche en avant et repousse délibérément son genou.

– Ça n'a pas de sens.

Je ne sais pas si je me réfère aux sensations que j'éprouve ou bien à ce qu'il vient de dire. *Je ne devrais pas me sentir ainsi à cause de lui.* Hayden se mordille les lèvres en me dévisageant, ce qui attire immédiatement mon attention sur sa bouche… un endroit sur lequel je préférerais ne pas m'attarder.

– Je te trouve encore plus revêche que l'autre fois. Quelque chose ne va pas ?

Son commentaire, ou peut-être ses lèvres charnues – oh mon Dieu ! je parie qu'elles sont si douces –, provoquent une certaine agitation en moi.

Hors de question que je discute de mes problèmes avec lui.

– Tu ne sais rien de moi, je m'exclame.

Et tu n'en sauras jamais rien.

Il secoue la tête pour afficher immédiatement son mépris.

– Et toi, tu crois en savoir davantage sur moi ? Tu m'as traité de voyou, l'autre jour. Laisse-moi deviner : papa refuse de t'acheter une moto dernier cri pour ta course ? Quoi, ta *Ducati* ne suffit plus ?

Le ton prétentieux qu'il emploie me fait grincer des dents, mais le pire, c'est ce qu'il dit. Je ne suis pas une petite garce pourrie gâtée qui veut jouer aux courses de motos parce qu'elle s'ennuie – j'en fais depuis toujours. C'est moi qui ai cherché la moto que je voulais et qui l'ai financée, par mes propres moyens. Mon père ne peut pas se permettre d'acheter des motos pour tous les pilotes de son équipe, alors, pour le décharger d'un poids – et parce que je voulais la meilleure moto qui existe –, j'ai pris les devants et je me la suis achetée toute seule. Ou plutôt, en partie. J'ai dû faire un emprunt, contre le gré de mon père. Il ne voulait pas que je m'endette, mais je considère que ce n'est qu'un petit sacrifice, pour aider notre entreprise familiale. Je ne vais pas expliquer tout ça à ce crétin. Et puis, j'ai tout à fait raison de dire que c'est un voyou.

– Dégage… à moins que tu ne souhaites que je raconte à *mon papa* que tu m'embêtes. Il n'a pas beaucoup de patience avec les Benneti. Ni avec les cons en général.

Prenant le parti de lui faire croire que je suis une héritière choyée par son papa n'ayant rien à faire là, je sens des milliers d'échardes qui me transpercent la peau. Je ne suis pas d'humeur à lui expliquer ma vie ou à justifier mes actions. Pas à lui. Il peut penser ce qu'il veut, moi seule connais la vérité. D'ailleurs, qu'est-ce que ce mec peut bien savoir des sacrifices ? Je suis sûre qu'il n'a jamais eu à travailler dur pour mériter les choses. Il a dû voler tout ce qu'il possède, même cette Honda qu'il chevauche.

Hayden remue sa mâchoire avant de me répondre. Son regard de braise est pareil au mien et, le temps d'un instant, je ne saurais dire si les étincelles qui volent entre nous sont dues à la haine… ou à autre chose. D'un ton glacial, il me lance :

– C'est ça… Princesse.

Sur ce, il appuie sur son accélérateur et s'éloigne en filant. Alors je me rends compte que, depuis tout ce temps, je retenais mon souffle.

Lorsque je suis de retour au garage, les choses semblent s'être apaisées. Jimmy est parti. Nikki, elle, vient d'arriver. Elle observe avec confusion les visages abattus de chacun et se rapproche de moi dès que je rentre.

– C'est quoi, toutes ces têtes d'enterrement ?

Elle ne me laisse pas le temps de répondre et me pose déjà une question différente.

– Et pourquoi tu t'entraînais sur le parking ?

J'ouvre la bouche, mais une fois encore, elle m'empêche d'en placer une.

– C'est vrai, ce que Myles m'a dit ? Benneti a recruté un crack qui s'appelle Hayden et cet enfoiré t'a insulté ?

J'attends, pour voir si elle me laisse parler. Comme elle ne pose plus de questions, j'acquiesce.

– Oui, il m'a insultée. Ce mec est un abruti.

Deux fois. Hier et aujourd'hui. Nikki écarquille les yeux et semble vraiment nerveuse. Elle s'assure que personne ne nous écoute, puis elle me demande :

– Tu veux dire que c'est Hayden... celui de la course de rue ? L'imbattable Hayden ? Ce Hayden-là ?

Je lève les yeux au ciel et hoche à nouveau la tête.

– Ouais, le même Hayden.

Malheureusement. Nikki frotte ses mains sur sa salopette, comme si elle était en train de transpirer.

– Merde alors... Comment est-ce possible que ce soit le même type ? Tu penses qu'il fait encore... ça ? Parce que si c'est le cas, il peut se faire bannir de la Fédération, si quelqu'un le découvre.

Le temps d'une seconde, je me demande si je ne devrais pas lui dire la vérité. Finalement, je hausse les épaules et lui dis :

– Comment veux-tu que je le sache.

Je ne veux pas lui dire ce que je sais, parce que ce serait admettre que je lui ai parlé et ça entraînerait des questions du type : *Pourquoi tu lui parles ? Pourquoi il te parle ? Tu veux que Myles et les autres s'occupent de lui ?* Après réflexion, je me dis que je devrais peut-être lui en parler. Non. Ses coéquipiers s'occupent déjà de lui… Comment se fait-il que ça me dérange ?

– Ouais, j'imagine que tu ne peux pas savoir…, murmure Nikki, d'un air distrait.

Elle regarde à nouveau autour d'elle et baisse encore la voix.

– Je sais que tu n'as rien dit à Myles sur les paris et la course de rue. Tu n'as pas l'intention de le faire, hein ? demande-t-elle en me suppliant des yeux. Sinon, il va me tuer. Et puis il finira forcément par vendre la mèche à quelqu'un, tu sais que, quand il est stressé, il n'arrête jamais de parler. Et puis ton père l'apprendrait, je serais virée… Et *j'adore* mon job, Kenzie…

Je l'écoute parler en remuant la tête. Myles n'est pas le seul à ne pas savoir garder un secret. Nikki est une vraie commère.

– Non, bien sûr, je ne dirai rien.

Je me fiche que le secret de Hayden soit révélé, cependant, je me dois de protéger Nikki. Et de me protéger aussi. Hayden a raison. Même si je n'étais là-bas que pour aider Nikki, la situation pourrait se révéler accablante pour moi.

Nikki jubile d'allégresse et le grand sourire qu'elle arbore est presque contagieux. Presque.

– Mais aujourd'hui on a un plus gros problème, je chuchote, et son visage se froisse. Jimmy a démissionné et il emporte LDL avec lui.

Stupéfaite, elle écarquille ses grands yeux noirs.

– Il… Quoi ?

Je soupire.

– Oui… Je dois aller voir mon père pour être sûre que ça va. On se voit plus tard, d'accord ?

Elle marmonne quelque chose, sans doute un « d'accord », et je commence à m'éloigner. Mais je me ravise et me tourne vers elle.

– Au fait, Nikki. Si je garde ma langue dans ma poche en ce qui te concerne, tu dois me promettre de ne plus jamais remettre les pieds dans ce monde-là.

Elle ouvre immédiatement la bouche pour me répondre mais je l'interromps :

– Je suis sérieuse, Nikki, n'y retourne plus jamais.

L'expression de son visage se transforme mais elle acquiesce. Je me sens alors un peu plus légère en la quittant pour aller voir mon père.

Grimpant les marches qui mènent au bureau de mon père, je sens mon cœur qui devient de plus en plus lourd à mesure que j'avance. Mon père ne se confie pas souvent sur ses problèmes financiers, mais je ne vois que des signes qui pointent vers le bas. En plus du manque d'entretien des lieux, les mécaniciens se servent d'outils qui auraient dû être remplacés depuis déjà très longtemps, notre réserve de pièces de rechange est bien trop basse et deux de nos motos de rechange ne fonctionnent plus du tout. Et pour couronner le tout, ma grande sœur, Theresa, m'a récemment avoué que mon père a dû renégocier l'emprunt de notre maison. Une fois de plus. J'ai le sentiment que, pour la Cox Racing, tout va se jouer cette saison. Cette année signera soit une renaissance, soit un échec cuisant. Moi, je ne sais pas si je suis vraiment prête à relever le défi qui m'attend. J'aimerais pouvoir dire que je le suis, répéter à tous ceux qui me le demandent que je me sens prête à conquérir le monde… mais le doute s'installe en moi, et la peur le suit de près.

J'arrive devant la grande porte du bureau de mon père qui est fermée. Je frappe brièvement et mon père répond immédiatement, d'une voix rauque.

– Entrez !

J'ouvre la porte et le découvre assis à son bureau, plongé dans la lecture d'une pile de factures. Il fronce les sourcils tout en passant sa main dans ses cheveux coupés ras. Je rentre dans son bureau et remarque que, sur la plupart des papiers, « Retard de paiement » est tamponné en grosses lettres rouges.

En voyant que c'est moi, il retourne quelques feuilles.

– Mackenzie, je suis content de te voir. Tu t'es déjà entraînée ?

Je fronce les sourcils.

– Non, pas encore.

Il soupire, comme s'il était déçu de ma réponse. Super. Il me suffit de deux secondes de présence pour déjà le décevoir.

– Nous partons pour Daytona dans une semaine. Ce n'est pas maintenant qu'il faut se relâcher.

– Je sais, mais j'ai…

Mais je me tais. Peu importe quelles sont mes intentions de départ, faire l'idiote sur le parking n'est pas un entraînement. Pour mon père, ce n'est qu'une perte de temps. Je décide de changer de sujet.

– J'ai vu ce qui s'est passé avec Jimmy.

Il se penche en arrière sur son fauteuil et regarde ses mains posées sur ses cuisses.

– Ah, oui. C'est… dommage, mais on ne peut plus rien y faire.

Il lève à nouveau les yeux sur moi. Je remarque une forme de lassitude qui semble s'être installée pour toujours dans son regard.

– Dommage ? dis-je en faisant le tour de son bureau pour me poster devant lui. Papa, c'est bien plus que dommage. C'était notre meilleur pilote.

– Mais ce n'est pas le *seul*, répond-il en se relevant.

Il soutient mon regard puis pose une main sur mon épaule.

– Je crois en toi, Mackenzie, et je sais que tu feras *exactement* ce que tu dois faire cette année.

Vu la sévérité de sa voix et la lueur dans ses yeux, mon père ne tolérera que le meilleur de moi-même. Un minuscule compliment caché sous une montagne de responsabilités. Comment puis-je avoir une chance de réussir alors que la barre est déjà placée si haut ?

Je déglutis pour faire disparaître l'anxiété qui me serre soudain la gorge.

– Bien sûr, Papa. Je suis une Cox, après tout.

Ce qui est à la fois une bénédiction et une malédiction. Irais-je plus vite si je n'avais pas le poids de cet héritage sur mes épaules ? Voilà une question à laquelle je n'aurai jamais de réponse.

Un demi-sourire se dessine sur le visage de mon père.

– Ça fait plaisir à entendre. Allez, va faire quelques tours de circuit maintenant. Il faut que tu sois prête pour Daytona et il y a encore du boulot. Comme je te l'ai déjà dit, tu dois améliorer ton endurance. Tu ne peux pas te permettre de te relâcher quand tes muscles fatiguent. Entraîne-toi jusqu'à sentir la douleur, Mackenzie. Et fais attention à ta vitesse dans les virages, ou un jour tu finiras par perdre le contrôle.

Il me donne une petite claque sur l'épaule, puis il revient s'asseoir dans son fauteuil. Me voici congédiée.

Si tu imagines la victoire dans ta tête, alors elle sera tienne. Mon père avait l'habitude de me dire ça quand j'étais enfant et que je participais à des courses sur des pistes poussiéreuses, avec d'autres enfants âgés de cinq ou six ans. À l'époque, c'était l'amusement qui primait. La magie de ces moments s'est estompée, maintenant que tout dépend de ma victoire. Je me souviens aussi d'un autre conseil, répété maintes fois : *c'est ton attitude dans la vie qui trace ton avenir.*

– Je serai prête, Papa.

Il hoche la tête d'une façon polie qui témoigne également de sa satisfaction.

– Je l'espère. Les secondes chances n'existent pas sur les circuits, Mackenzie.

L'expression sombre de son visage me donne des frissons. Non, Cox Racing n'a plus le droit à une seconde chance.

Je quitte le bureau de mon père en me sentant inquiète, mais aussi un peu découragée. Je veux faire de mon mieux mais j'ai peur que ce ne soit pas assez et que mon père me rejette si j'échoue. Pas de façon intentionnelle bien sûr, mais sa priorité a toujours été l'équipe, faire en sorte que nous atteignions tous l'excellence en matière de performances. Il a beaucoup de choses à gérer. Je ne peux pas être à la fois sa fille *et* une pilote pour lui. Pas tant que l'équilibre sera aussi instable. La plupart du temps, cela ne me dérange pas, mais parfois… je voudrais simplement qu'il soit un père et rien d'autre. Je voudrais qu'il oublie l'équipe pendant cinq minutes, qu'il oublie tout ce stress d'un travail qui ne s'arrête jamais et qu'il soit tout simplement fier de moi.

Même si je perds.

***

La semaine suivante, nous voici à Daytona. Je suis une vraie boule de nerfs. J'y suis déjà allée plusieurs fois, pour aider et assister à l'événement avec mon père, mais cette fois je participe à la course et ne me contente plus de la regarder. Je suis à deux doigts d'exploser tellement je suis stressée ; j'ai trop d'énergie en moi, je me sens lessivée, si bien que je n'arrive pas à rester assise pendant la séance d'autographes pour nos fans. C'est bizarre d'avoir déjà des fans, alors que c'est ma toute première course. Pourtant, des douzaines de jeunes filles viennent me voir avec plein d'étoiles et de rêves dans les yeux. Je suis heureuse de constater que, pour une fois, ce n'est pas le résultat de ma course qui compte. Je serai toujours une source d'inspiration pour ces filles, même si j'arrive dernière. *Oh non ! Faites que je n'arrive pas dernière !*

Le hasard a voulu que l'équipe Benneti Motorsports soit placée à côté de nous pour les présentations au public avant la course. Je fais de mon mieux pour ignorer les mannequins et toutes ces filles qui gloussent et s'empressent autour de Hayden et de son équipe, mais leurs éclats de rire attirent mon attention sur leur stand. Les derniers rires proviennent d'un groupe de pré-adolescentes. Hayden s'applique à faire une poignée de main chorégraphiée avec l'une d'entre elles. Il a l'air d'être très à l'aise avec les enfants.

Puis il remarque que je le regarde et mon souffle se retrouve bloqué dans ma gorge. Je m'efforce de détourner le regard pour me concentrer à nouveau sur la fille qui se tient devant moi. Cette dernière pose sa main sur son cœur et déballe à toute vitesse :

– La Cox Racing est l'équipe préférée de ma famille. Ton père est une légende, tu dois vraiment être contente de faire une course pour lui !

Je me prépare à lui répondre, mais elle se penche vers l'avant et me chuchote à l'oreille :

– Pourquoi ton père n'a pas recruté Hayden Hayes ? Il est trooooop canon ! Je ne sais pas comment tu vas faire pour piloter ta moto contre lui. Il me déconcentrerait trop.

Elle utilise une photo de moi pour se ventiler le visage tandis que j'essaie – précautionneusement – de la lui prendre.

– Je vais y arriver, je murmure en signant mon nom sur mon visage.

Une fois l'opération de promotion terminée, je décide d'explorer le terrain. Je me sens encore trop tendue et j'ai besoin de me calmer avant la course. *Contrôle-toi, Kenzie.*

Je regrette immédiatement d'être allée faire un tour quand j'entends une voix familière crier :

– Hé ! Princesse !

Je tourne immédiatement la tête pour lui lancer un regard glacial.

– Ce n'est pas mon nom, je siffle entre mes dents.

Un sourire présomptueux aux lèvres, Hayden me rattrape en courant.

– Tu es sûre ? Ça te va pourtant bien.

Je secoue la tête et poursuis mon chemin, déterminée à l'ignorer. Parler avec ce mec n'apporte que des ennuis. Je ne suis d'ailleurs pas autorisée à le faire. Il fait partie des Benneti. Si quelqu'un nous voyait… je serais virée. Hayden aussi serait renvoyé. Pourtant, malgré ces pensées qui me traversent l'esprit, je trouve très difficile de l'ignorer lorsqu'il ne se trouve qu'à quelques centimètres de moi. Comme une ombre qui bloque le soleil ou une mouche qui vole au-dessus de la tête, sa présence est très intrusive.

– Alors… ton papa t'a bien préparée ? Parce que, tu verras, ce ne sera pas comme faire joujou dans le jardin, ma jolie.

Les yeux en flammes, je me tourne tout à coup vers lui. Il ne s'attendait pas à un mouvement aussi brusque de ma part. Nous nous rentrons dedans. Par fierté, je refuse de faire un pas de côté.

– Qu'est-ce que tu veux, Hayden ?

Son visage n'est plus qu'à quelques centimètres du mien à présent, et je peux clairement distinguer tous les petits détails qui le rendent aussi séduisant : la fine barbe qui pousse le long de sa mâchoire, la discrète cicatrice sur un de ses sourcils, et les taches dorées et bleues qui rehaussent ses yeux émeraude. Ma poitrine se soulève avec frénésie contre son torse et je sens mon cœur battre dans ma cage thoracique. Une énergie explosive m'envahit le corps, sensation familière que je ressens toujours avant une course. Le fait d'avoir la même sensation à cause de lui me laisse perplexe. Pourtant, je voudrais l'attirer contre moi, je voudrais me blottir contre lui.

Ses yeux dévisagent ma bouche. Il passe sa langue sur ses lèvres.

– Je… Il y a un virage en épingle sur ce parcours. Il arrive vite… Tiens-toi prête.

Il semble presque surpris de ce qu'il vient de dire, comme s'il ne comprenait pas pourquoi. Mais le plus bizarre, c'est que son visage semble afficher de l'inquiétude. Est-il vraiment inquiet pour moi ? C'est ridicule. Il ne m'aime pas, je ne l'aime pas. C'est ainsi… entre nous.

Penser qu'il puisse s'en faire pour moi me déconcerte. C'est mignon mais je ne m'attendais pas à ça de sa part. C'est aussi un peu méprisant ; il pense que je ne tiendrai pas le choc. Je me sens encore secouée par le courant qui passe entre nous, et puis toutes les conneries qu'il vient de jeter sur le feu n'améliorent en rien la situation. Je ne sais pas comment prendre ce qu'il vient de dire, alors je crache :

– Je le sais, abruti. J'ai déjà fait un tour d'entraînement.

Tout à coup, son visage devient dur comme la pierre. Tant mieux. Je préfère qu'il soit en colère. Je tourne les talons et me dirige d'un pas raide vers le camp de la Cox Racing. J'ai vraiment besoin de m'éloigner.

Heureusement, Hayden ne me suit pas. Mais il ne peut se résoudre à me laisser partir sans avoir le dernier mot :

– Calme-toi, Reine des glaces. Ce n'était qu'un conseil.

J'ai envie de lui faire un doigt d'honneur mais mon corps bouillonne encore de désirs contradictoires – plus près, plus loin. Hayden est une très mauvaise idée. Mais… quand je suis debout devant lui, que nos corps se touchent, je sens tellement de choses en moi. Une ruée d'adrénaline épineuse hurlant que je suis sur le point de faire quelque chose de dingue, de dangereux… et d'excitant. Un sentiment vraiment agréable, comme avant une course. La différence, c'est que j'attends toujours avec impatience cette montée d'endorphines avant chaque course, mais pas avec Hayden. Non. Je préfère donc l'ignorer et m'éloigner.

***

L'attente a été longue mais l'heure de la course a enfin sonné. Après avoir effectué le repérage du parcours et un tour de piste pour s'entraîner, nous voici alignés sur la grille du départ. Ça y est, c'est le moment de ma première course en tant que pilote professionnelle. Mon cœur et ma respiration s'accélèrent. Mon père attend beaucoup de moi, il faut à tout prix que ma performance soit exceptionnelle aujourd'hui. J'essaie de contrôler mon adrénaline – de *me* contrôler –, je prends une longue inspiration puis bloque mon souffle et expire lentement en comptant jusqu'à dix. Ça m'aide. Un peu.

J'ai fait un très bon tour de qualification, je suis classée à la dixième place pour le départ. Hayden n'est qu'à quelques places devant moi, juste après Myles. En me concentrant sur lui, j'arrive à relâcher certaines tensions, mais je me sens en colère de ne pas avoir fait un meilleur chrono que lui. Je me console en me disant que c'est la course qui compte, pas les qualifications. Dès que possible, je vais dépasser Hayden et rester devant lui. Il ne verra plus que mon dos tout le long de la course. En tout cas, je l'espère.

Ce qui est génial, au début de chaque nouvelle saison, c'est que tout le monde repart de zéro. Une débutante comme moi a donc autant de chances de gagner qu'un professionnel de longue durée qui a déjà gagné cinq fois d'affilée. Tout ce que je dois faire, c'est rester concentrée, rester calme… garder le contrôle. *S'il vous plaît, faites que je gagne aujourd'hui.*

Des vagues de chaleur s'élèvent du goudron, le sol scintille devant moi, comme si j'étais en train d'halluciner. Pourtant, tout est bien réel. Mon rêve, depuis toujours, de concourir à Daytona est sur le point de se réaliser. Je n'ai qu'une ou deux secondes avant que les feux rouges passent au vert et j'en profite pour jeter un coup d'œil à Hayden. Quelle n'est pas ma surprise de voir que son casque blanc et rouge ne regarde pas droit devant, comme tous les autres, mais est tourné dans ma direction. Pourquoi me regarde-t-il comme si j'étais la ligne de départ, comme si j'étais le prix ? Jamais je n'accepterai d'être un prix à remporter pour lui.

Alors que je suis sur le point de lui faire signe de regarder devant lui, il fait un signe de tête et décolle en trombe. Le voilà en train de s'éloigner de moi, c'est alors que je comprends que la course a commencé et que tout le monde avance… tout le monde sauf moi. Je peste et me précipite derrière eux. Putain de Hayden Hayes.

À cause de ma réaction tardive, je me retrouve à quitter le quadrillage du départ vers l'arrière du groupe. Puis je reconnais une moto qui me dépasse – Jimmy le traître – et je me demande pourquoi il a été placé si loin de la ligne de départ. J'accélère et dépasse quelques motos, je m'efforce de rester calme et en contrôle. Aujourd'hui, c'est une épreuve d'endurance, la seule du championnat, et pour m'y préparer, je me suis entraînée spécialement pour tenir la distance : un nombre incalculable de tours sur le circuit, des longueurs sans fin à la piscine, des heures dans l'eau passées à surfer vague après vague et des kilomètres sur le tapis de course. J'ai suivi les conseils de mon père à la lettre et je me sens au meilleur de ma forme. Je me sens prête à affronter ce qui m'attend.

J'ignore tout ce qui se passe autour de moi et me concentre sur le vrombissement de la moto et sur les vibrations du moteur qui me relient au rythme de la route. Une seule pensée s'infiltre en moi : *Trouver Hayden*. La peur et l'inquiétude ont disparu, chaque molécule de mon corps tend vers la concentration absolue. Le bruit de ma respiration résonne à l'intérieur de mon casque tout en se noyant à la fureur du vent, tandis que le paysage flou qui défile dans l'angle de mon champ de vision, me donnant presque la nausée, s'amplifie au moment où j'accélère et atteins une vitesse enivrante. Que j'aime ça !

Je possède une moto haut de gamme, parfaitement conçue pour moi. Comme si elle était vivante et pouvait ressentir ce que je veux, elle répond à chacun de mes ordres. Il me suffit de quelques secondes pour trouver la position parfaite dans les lignes droites – le corps baissé et léger, dépassant le moins possible, pour une aérodynamique optimale, le meilleur placement pour obtenir vitesse et précision –, et me voici en train de dépasser les autres pilotes comme s'ils étaient à l'arrêt.

Contrairement aux circuits de courses de voitures, celui-ci est composé de courbes à droite et à gauche, ce qui représente encore plus de difficultés. Je dois me concentrer sur l'instant présent tout en restant très attentive à ce qui arrive. Les virages sont serrés et très profonds, mon corps est suspendu au-dessous de la moto, avec mon genou et mon coude qui planent à quelques centimètres du sol, qui défile sous moi à une vitesse folle. Un seul faux mouvement et l'équilibre de la moto serait ébranlé, ce qui me ferait voler à l'autre bout de la piste.

J'ai l'arrière de la moto de Hayden dans ma ligne de mire tandis que je dépasse d'autres motos. Aujourd'hui, nous sommes plus de quarante pilotes sur ce circuit de cinquante-sept boucles, mais un seul d'entre eux retient mon attention. Une fois que j'arrive à prendre position à côté de Hayden, mes cuisses se mettent à trembler, à force de contracter les muscles depuis si longtemps. J'accepte la douleur en lui lançant un regard victorieux. *Tu as essayé de me faire prendre du retard, mais je t'ai rattrapé, connard.*

Il finit par sentir mon regard noir et jette un coup d'œil dans ma direction. Je fais un signe du casque, avec la même arrogance que lui au début de la course. Hayden se penche sur sa moto et, contre toute attente, parvient à accélérer davantage. Je fronce les sourcils en le voyant se placer pile devant moi. *Non, pas aujourd'hui, Hayes.*

Je fais basculer mon poids sur la moto et appuie sur l'accélérateur. Je suis en partie consciente des pilotes que nous dépassons, des courbes que nous enchaînons, mais toute mon attention est concentrée sur Hayden. Le temps d'un instant, tout le reste s'évapore. Le suivre à la trace est la seule chose qui m'importe. Je déteste devoir l'admettre, mais poursuivre Hayden déclenche en moi une montée d'adrénaline. *Tu ne vas pas t'en tirer comme ça. Je vais tout faire pour te battre.*

D'après ce que ma moto me fait ressentir, il faut que je m'arrête bientôt au stand de ravitaillement. Mais pas avant Hayden. Je me sens physiquement incapable de quitter la piste tant qu'il y est encore. Heureusement, il doit aussi s'arrêter, et après deux tours de plus, il prend l'allée du stand de ravitaillement.

Je roule jusqu'à m'arrêter à hauteur de mon stand, où mon équipe s'avance déjà avec de nouveaux pneus et de l'essence. Tandis qu'ils s'affairent sur ma moto, mon père s'approche de moi.

– Concentre-toi bien, Mackenzie. C'est là que tu te laisses aller.

Un des membres de l'équipe me fait signe avec son pouce que la moto est prête, alors je lui lance :

– Je sais, Papa !

Je ne perds pas de temps, démarre la moto et m'éloigne en trombe. Ce n'est pas du tout le type d'encouragement dont j'ai besoin. Et s'il me disait plutôt : *C'est bien* ou *Ça va ?* C'est beaucoup mieux que de me rappeler que, malgré mon entraînement intensif, la dernière partie de la course sera difficile pour moi.

Hayden a fait un arrêt très rapide à son stand et se poste à nouveau pile devant moi. Histoire de m'énerver davantage, son dos est encore la seule chose sur laquelle je peux me concentrer. Il se tourne vers moi en soulevant ses fesses – qui font rêver toutes les femmes – et se donne une petite claque dessus. Quelle finesse ! Abruti.

Juste avant de regagner le circuit, je jette un coup d'œil aux grands panneaux. Prise par la course, j'ai complètement oublié les autres pilotes – Hayden est le seul qui m'importe –, mais je suis curieuse de savoir où se placent les autres. Je fais presque tomber ma moto en découvrant mon classement. Je suis juste après Hayden. Nous sommes en lice pour la quatrième ou cinquième place. Si je garde le rythme, je pourrai facilement finir parmi les dix premiers, un vrai record sur ce circuit, pour une femme.

Je mets de côté dans ma tête ce potentiel tournant historique dont je pourrais être à l'origine aujourd'hui et me concentre à nouveau sur Hayden. Pour le moment, je me contente de penser à ma victoire sur lui.

Tour après tour, j'essaie de le dépasser en le contournant, mais il semble avoir un sixième sens et détecte toujours ma présence. Il manœuvre sa moto de sorte que je ne puisse pas le doubler. C'est aussi agaçant que stimulant et je sais que ma victoire sera d'autant plus agréable que le défi aura été grand. Finalement, sur le dernier tour, il fait une erreur fatale : il me laisse une ouverture.

Il s'est mis à prendre des virages légèrement plus serrés qu'avant, si bien que l'espace entre lui et l'intérieur de la courbe s'est espacé. Si je parviens à accélérer au lieu de me retenir sur l'accélérateur, je pourrai filer devant lui. Mais c'est risqué. Cela voudrait dire aborder le virage très vite puis accélérer encore plus après la courbe, sinon Hayden pourrait accélérer de l'intérieur et me couper la route. À cette allure, je pourrais facilement perdre le contrôle de la moto et glisser. C'est pourtant mon seul espoir. La victoire n'est pas pour les âmes sensibles.

À mi-parcours, alors que nous nous approchons du dernier virage en épingle, Hayden ralentit pour préparer sa posture de virage. Mon cœur se met à battre très vite, je refuse de suivre mon instinct et je commence à accélérer. Dans ma tête, j'entends crier que je suis stupide, que je devrais freiner.

Je mets mon genou en position mais c'est trop tard pour écouter la voix qui me raisonne. Je pourrais finir quatrième si je parviens à le doubler. Quatrième ! La tentation est trop grande pour que je puisse y résister.

Je ne fléchis pas et dépasse Hayden sur le côté, là où il a laissé de l'espace. Priant pour que ma moto reste sur la piste et moi dessus, je me penche dans le virage en augmentant légèrement la vitesse. Tout se déroule exactement comme prévu : mon corps est parfaitement équilibré alors que je penche vers l'intérieur, mes pneus sont dans la meilleure position et la route défile sous moi comme une rivière d'asphalte. Je suis si près du sol que je pourrais caresser la surface lisse avec mes gants si je le voulais. Mais voilà que… j'atteins le point de non-retour, glisse et fais voler en éclats la fine ligne de contrôle qu'il me restait. Avant d'avoir le temps de réajuster ma position, je sens que le poids de la moto change, je sens que les pneus perdent leur position et vois la rivière d'asphalte déchaînée se rapprocher de moi.

Ma moto retombe sur le côté, écrasant ma jambe contre le sol. Mon épaule, mon bras et ma main suivent rapidement. Le choc me sidère mais, heureusement, ma combinaison en cuir absorbe la plupart des impacts et, surtout, la friction contre la route. Sans cela, ma peau serait déchirée en lambeaux. L'élan de la moto me fait glisser jusqu'au mur externe. J'ai juste le temps de le voir se rapprocher avant de m'y écraser à toute vitesse. J'ai le souffle coupé, tout devient noir. Non… je ne peux pas m'évanouir maintenant…

Une fois à l'arrêt, je cligne rapidement des yeux pour tenter de réveiller mon corps. Je n'ai pas le temps de m'arrêter. Moto après moto, tous me dépassent et me volent ma place, si durement gagnée. Prise de nausée, je rassemble toute la volonté qui me reste pour m'obliger à me remettre en selle. Étourdie, je me sens un peu en proie au délire. Je dois vraiment me concentrer de toutes mes forces pour seulement mettre ma moto dans la bonne direction. J'ai l'impression que mes bras sont en feu, je sens le goût piquant du sang dans ma bouche et ma jambe palpite. J'ignore la douleur physique et les deux personnes qui me demandent si j'ai besoin d'aide ; je redémarre la moto et persiste à finir cette fichue course. Hayden ne franchira pas la ligne d'arrivée sans moi.

CHAPITRE 4

D'habitude, j'adore ce sentiment grisant de soulagement qui me subjugue à la fin d'une course. Mais là je suis crevée, je meurs de soif et je dégouline de sueur, sans parler de l'immense déception que je ressens. Ça martèle dans ma tête, chaque muscle me fait si mal que j'ai peur de me décomposer comme un fruit périmé. Et puis je boite un peu, parce que j'ai mal dès que j'appuie sur ma cheville. Cela m'inquiète, je ne peux pas me permettre de me blesser cette année. *Cox Racing* ne peut pas se le permettre.

Je veux simplement inspecter ma moto et trouver de la glace quelque part. Mais voilà que j'aperçois Hayden, le poing levé en l'air en direction de la foule comme s'il venait de tout remporter. Il n'est que quatrième, bon sang ! Je n'arrive pas à encaisser le fait qu'il soit mieux classé que moi.

Une fois dans le garage assigné à la Cox Racing, je descends de ma moto et la pose sur son tapis. Je retire mes gants, les glisse dans mon casque et jette le tout à travers la pièce. Mon casque atterrit sur le sol en béton et vrille sans relâche jusqu'à atteindre un des coins de la pièce, ce qui me rappelle mon échec de fin de course et me met encore plus en colère.

– Félicitations, Kenzie ! Treizième ! Pour ton premier Daytona, c'est vraiment bien !

Je me tourne vers Nikki qui fait son entrée dans la pièce. Je ne peux pas retenir une grimace en l'entendant me couvrir de louanges.

– Félicitations ? Tu as loupé ma chute au dernier tour, ou quoi ? dis-je, colère et déception assombrissant le ton de ma voix. Ça ne mérite pas des félicitations, selon moi.

Mais plutôt des critiques. Je n'aurais pas dû me lancer dans cette tentative de dépassement. À quoi je m'attendais, au juste ? Maintenant je vais passer la nuit à me tracasser sur cette décision. Ce sera de l'ordre du miracle si j'arrive à dormir ce soir.

Nikki esquisse une grimace.

– Ah, oui… C'est vrai… Tu vas bien ?

Ignorant toute la douleur qui m'agite des pieds à la tête, je hausse les épaules.

– Je pète la forme.

Elle baisse le regard sur ma moto qui se repose sur son tapis.

– Et la Ducati ?

Elle étudie ma moto et l'inquiétude qu'elle affichait au départ se transforme en réelle préoccupation. C'est drôle, elle a l'air d'une vraie mère poule inspectant son poussin blessé. Ses yeux noirs errent sur la surface de la moto, s'attardent à l'endroit où j'ai heurté le sol. Elle a clairement envie de s'approcher davantage et d'examiner les dégâts, mais la règle interdit que les motos soient touchées avant le contrôle technique officiel de fin de course.

Comme pour se distraire de cette tentation, elle détourne le regard et me demande :

– Tu as entendu ce qui est arrivé à Jimmy ?

Son visage s'illumine car la seconde chose que Nikki préfère sur un circuit, ce sont les gossips.

– Non. Je sais qu'il a été obligé de faire son départ vers l'arrière de la grille de départ, mais je n'ai pas compris pourquoi.

Même si j'en veux à Jimmy de nous avoir quittés, il est bien trop doué pour commencer à l'arrière du groupe. Qu'a-t-il fait pour s'attirer les foudres des arbitres ? Mystère.

Je défais ma queue-de-cheval et tente de mettre de l'ordre dans mes boucles, ce qui se révèle plutôt difficile car mes cheveux sont en sueur, on dirait que je viens de prendre une douche. Nikki me tend une serviette pour que j'essuie mon visage.

– Sa batterie était en charge alors qu'il faisait le plein d'essence, juste après le tour des qualifications. C'est quand même dingue !

Je partage sa stupéfaction. Enfreindre une règle de sécurité aussi basique, c'est du jamais vu pour un pilote du niveau de Jimmy. Ces règles nous ont été martelées par John et par mon père. Cela relève du bon sens : essence plus étincelle de chargeur de batterie égale grosse explosion. C'est bizarre qu'il ait fait ça, mais… c'est peut-être le karma. Il aurait dû rester avec nous.

– Quelle erreur stupide ! Il a fini à quelle place ?

Nikki affiche une expression amusée, comme si elle pensait elle aussi à une vengeance divine.

– Vingt-quatrième. Il n'a pas pu s'en remettre, il a dû y penser pendant toute la course…

Elle se mord les lèvres et jette à nouveau un coup d'œil à ma moto.

Je lui tapote l'épaule en avançant vers une chaise. J'ai vraiment besoin de mettre ma cheville au repos.

– Laisse ma moto tranquille. Je ne veux pas recevoir une pénalité, comme Jimmy, dis-je avant de m'asseoir et de rajouter dans ma barbe : Mon échec suffit déjà amplement.

Nikki se tourne vers moi en posant les mains sur ses hanches.

– Treizième, ce n'est pas mal du tout, Kenzie. C'est même remarquable pour une première fois sur ce circuit.

Oui, j'imagine, mais pour le moment, son opinion ne me réconforte pas. J'ai failli atteindre la cinquième place. Au moment où j'ouvre la bouche pour le lui dire, mon père fait son apparition et me coupe l'herbe sous le pied. Il me lance un regard sévère et dit à Nikki :

– Treizième, c'est loin derrière la cinquième place, là où elle aurait dû finir la course si elle avait bien fait son boulot.

Mon père pose son regard sur moi. Je m'empresse alors de fermer la bouche avant de dire quelque chose que je pourrais regretter plus tard. Son regard bleu d'acier m'examine, sa mâchoire semble figée dans une grimace de déception. Il n'a même pas besoin de me dire ce qu'il pense quand il affiche un air aussi réprobateur, mais je sais qu'il ne peut pas s'en empêcher. Jordan Cox ne sait pas laisser couler les choses. Jamais il ne se contentera d'une simple accolade accompagnée d'un *« tu feras mieux la prochaine fois »*. Il y a trop de choses en jeu. Je vais sans doute entendre parler de cette course pendant toute la saison.

Après une longue inspiration, je me lance en vain pour me défendre.

– Je suis désolée… Mais ce sont seulement les points accumulés qui comptent pour cette course, Papa. Je peux encore atteindre le top.

– C'est en gagnant la course qu'on atteint le top, Mackenzie, et tu sais combien nous comptons sur toi…

Il pousse un soupir et détourne le regard. Les armoiries familiales formant le logo de notre équipe qu'il arbore sur sa poitrine me rappellent avec force dans quelle famille je suis née. Pour le moment, je sens que je ne mérite pas de porter ce nom. Mon père a raison, arriver treizième ne suffit pas. *J'aurais dû faire mieux.*

– Je suis désolée, je murmure.

Je déteste paraître aussi faible, mais que puis-je dire d'autre ? J'ai merdé et nous le savons tous. Mon père a gagné sa toute première course tandis que moi je n'ai même pas atteint le top dix. Il n'y a pas de quoi être fière.

Il pose à nouveau son regard sur moi.

– J'aimerais simplement savoir à quoi tu pensais en doublant comme ça dans le virage ? En accélérant au lieu de freiner ? Tu aurais dû savoir que ta moto ne tiendrait pas le choc, dit-il en secouant la tête – je perçois de la confusion dans son regard. Tu dois connaître tes limites, Mackenzie. Combien de fois devrai-je te le dire ?

Il pointe du doigt ma moto désormais endommagée et Nikki pousse un soupir.

– Je pensais en être capable, dis-je entre mes dents.

La honte me submerge comme une vague. On ne pourrait pas avoir cette conversation en tête à tête ?

– J'ai remarqué que Hayd... que le numéro quarante-trois laissait plus d'espace que d'habitude dans ses virages, alors j'ai cru pouvoir saisir ma chance et le doubler. Sans risque, pas de récompense... tu me l'as souvent répété.

Il soupire.

– En règle générale, je suis d'accord avec ça. Mais dans cette situation, tu as pris la mauvaise décision, Mackenzie. Et pour être tout à fait honnête, je suis choqué que tu aies fait ça. Je pensais t'avoir mieux formée.

Colère et culpabilité se mélangent en moi, mes joues deviennent toutes rouges et mes yeux commencent à piquer de honte. Je ravale mes larmes. Je ne vais pas pleurer devant mon père.

– C'était ma seule erreur, le reste était parfait. On ne peut pas au moins reconnaître ce que j'ai fait de bien, aujourd'hui ?

Il secoue la tête.

– Non. Lorsque l'enjeu est aussi important, je ne vais pas te féliciter d'avoir perdu sept places pour une erreur que tu ne fais plus depuis que tu as huit ans. Tu dois donner encore plus que le meilleur de toi-même. Et le meilleur *des autres*. Impressionne-moi, Mackenzie.

Je presse mes mains contre mes cuisses alors que les paroles qu'il prononce me rétrécissent ; j'ai l'impression de faire un centimètre sous son regard.

– C'est ce que j'essaie de faire.

Ma voix tremble, je déteste ça. J'aimerais lui faire face avec fierté, avec de la conviction et de la confiance dans la voix. Mais lorsque son regard se fait plus sévère et sa posture autoritaire, je redeviens une petite fille de huit ans. Qui n'est jamais à la hauteur des attentes de son père.

Ce dernier plisse les yeux en me regardant lutter contre la honte, la déception et la colère.

– Le contrôle, Mackenzie. Tu dois encore améliorer ton contrôle. Tu laisses ce nouveau Benneti te taper sur les nerfs, te forcer à prendre des décisions irréfléchies. Je ne sais pas grand-chose sur ce numéro quarante-trois, mais je connais Keith. S'il a pris ce type dans son équipe, ce n'est pas par hasard. Keith recherche l'arrogance, l'excès de confiance, la soif de la victoire, à n'importe quel prix. Il recrute des bombes à retardement prêtes à exploser et je parie que ce Hayes… n'est pas différent de ses autres coéquipiers, dit-il avant de pousser un soupir et de secouer la tête. Ne le laisse pas te chercher, Mackenzie. Concentre-toi sur la course, pas sur les autres pilotes. Je sais que c'est difficile mais, cette année, il faut que tu fasses comme si aucun des membres de l'équipe Benneti n'était en compétition contre toi.

J'ouvre la bouche pour lui dire que c'est justement le fait d'avoir l'impression que personne n'était sur la piste à part Hayden qui m'a fait piloter ma moto comme jamais auparavant, mais mon père ne comprendrait pas, alors je me tais. Et puis, moi non plus je ne comprends pas comment le simple fait de rivaliser avec Hayden a pu déclencher une telle chose en moi.

Mon père m'observe avant de poursuivre.

– Tu penses que je suis trop dur avec toi, mais ce n'est que pour obtenir le meilleur. Tu es bien trop douée pour déraper et tu peux faire beaucoup mieux que ce que j'ai vu aujourd'hui.

Il le dit avec douceur, mais pourtant ses propos me heurtent avec une violence semblable à celle que j'ai vécue en heurtant le sol, plus tôt.

– Je vais te pousser et être dur avec toi cette année, mais c'est pour ton bien, tu verras. *Il nous faut* une victoire, Mackenzie… tu le sais.

Chamboulée par les émotions qui me traversent, je le regarde droit dans les yeux. Oui, je le sais… Je le sais même très bien.

D'après son expression, mon père semble attendre une réponse. Je lui fais un signe de tête plutôt sec, c'est vraiment la seule chose dont je suis capable en ce moment. Il montre du doigt le côté où je suis tombée.

– Tu as fait une mauvaise chute. Va voir un des docteurs du circuit puis rejoins-nous au camion pour le débriefing. J'ai beaucoup de choses à dire.

Sur ce, il tourne les talons et s'éloigne. Je n'arrête pas de trembler en le regardant partir. Les poings serrés, je refuse de laisser couler les larmes qui me piquent les yeux. Il a raison. J'ai pris une décision stupide sur le circuit et j'en ai payé le prix cher. Ma moto est abîmée, mon corps peut-être aussi, et surtout, j'ai laissé filer l'opportunité de finir la course à une place prestigieuse qui nous aurait mises, la Cox Racing et moi, au centre de toutes les discussions parmi les commentateurs sportifs. Au lieu de ça, je me suis écrasée contre un mur à presque cent kilomètres à l'heure. Cette image va sans doute passer en boucle sur les chaînes de sport et ce n'est pas le type de couverture médiatique dont ma famille a besoin en ce moment.

Je dévisage Nikki en marmonnant :

– Il faut que je trouve un docteur. À plus tard.

Ma voix tremble un peu trop et le regard de Nikki semble compatissant, ce qui me fait me sentir encore plus mal.

Même si, depuis que l'adrénaline s'est dissipée, je ressens une grande douleur qui lance dans ma jambe, je décide de faire un détour avant de trouver un docteur. Le chemin que je prends me guide tout près du garage Benneti. Le fait d'être si proche du quartier général ennemi me donne la nausée, comme si j'étais en train de passer à côté d'une centrale nucléaire qui a des fuites. Je ne veux pas regarder, cependant mes yeux me désobéissent et balayent leur pièce. Hayden est posté à hauteur d'une des portes du garage, célébrant le prestige de sa quatrième place. Enfin… c'est mon impression – ses coéquipiers se trouvent tous à l'autre bout du garage, ils rient en ouvrant une bouteille de champagne. Hayden est tout seul, il ignore les autres. Visiblement, l'entente entre eux n'est toujours pas bonne. C'est bizarre. Moi qui pensais que ma débâcle les aurait rapprochés.

Hayden ne porte plus son casque, ni ses gants. Seulement ses bottes et sa combinaison en cuir, blanc et rouge, comme son âme. Je fais de mon mieux pour donner à croire que je ne l'avais pas vu, mais, l'estomac noué, je le vois poser ses yeux verts sur moi alors que je passe devant lui. Et voilà qu'il commet l'impensable : il se met à me suivre. Super. Après les remontrances de mon père, je ne me sens pas du tout d'humeur à écouter les conneries de Hayden.

– Pas mal, la course d'aujourd'hui, dit-il en marchant à mes côtés.

Je regarde rapidement autour de nous. Aucun Benneti ne semble avoir remarqué son départ. Tant mieux.

Je me demande si Hayden vient de me dire ça avec sarcasme et je lui jette un regard noir. Contre toute attente, l'expression de son visage semble sincère – parle-t-il sérieusement ? Il a même l'air impressionné, comme s'il ne s'attendait pas vraiment que je parvienne à me défendre. Quel con ! Il pensait vraiment que je ne savais pas piloter, que je ne pourrais pas suivre le rythme, faire ce que j'ai à faire ? Croyait-il vraiment que mon père veut simplement me faire plaisir en me laissant concourir ? Même si je me fiche de ce qu'il pense, ça me fait du mal.

Il me jette un coup d'œil et demande :

– Comment ça va, après ton dérapage ?

Une fois encore, je ne sais pas vraiment s'il se moque ouvertement de ma piètre tentative pour le doubler – ou, pour être précise, de mes multiples tentatives – ou s'il se montre vraiment préoccupé, ce qui serait absurde. Impossible qu'il soit vraiment inquiet pour moi. Ce n'est qu'une manipulation psychologique de plus.

Tout à coup, je m'arrête et me retourne pour lui faire face. Je jette un coup d'œil autour de nous pour être encore sûre que personne de notre entourage ne peut nous voir. Puis j'explose.

– Qu'est-ce que tu insinues par là ?

Il me dévisage comme si je venais de lui parler dans une autre langue et finit par ajouter lentement :

– Euh… Je pensais être assez clair : comment vas-tu ? Qu'est-ce que ces mots insinuent, selon toi ?

Il fronce les sourcils, perplexe, puis ses lèvres esquissent un demi-sourire.

– Tu es en colère parce que j'ai gagné, c'est ça ?

Je m'efforce de ne pas remarquer ses cheveux mouillés, en pagaille, qui lui donnent ce look négligé que seul un mec comme Hayden peut se permettre. Je lui lance d'un ton sec :

– Tu t'es comporté comme un vrai salopard en me coupant la route à chaque opportunité. Tu t'attends vraiment que je ne sois pas en colère ? Sache que je n'étais pas la seule pilote sur la piste. Mais tu étais trop fasciné par moi pour remarquer les quarante autres, hein ?

Il reste bouche bée.

– Quoi ? Non mais tu es sérieuse ? Tu es en colère contre moi pour mon attitude défensive pendant la course ? dit-il d'un ton rageur avant d'ajouter : C'est le jeu, ma chérie, et si c'est trop pour toi, je te conseille de faire un autre sport, où tu n'auras pas aussi peur de te casser un ongle.

Il conclut en esquissant un sourire narquois qui à la fois me rend furieuse et m'attire. Nous sommes si près l'un de l'autre qu'un éclair de frissons me traverse, comme s'il m'avait touchée du regard. Ça alors ! Pourquoi faut-il qu'une course contre *lui* soit aussi… excitante ?

Je recule en espérant mettre fin à ce flux d'énergie entre nous. Mais ça ne change rien. Ma voix tremble quand je parviens enfin à trouver des paroles cordiales.

– Pour la centième fois, ne m'appelle plus jamais « chérie », « ma jolie », « chouchou » ou encore « ma puce ». Je m'appelle…

– Mackenzie Cox, de la grande famille Cox, m'interrompt-il en levant les yeux au ciel. Oui, je sais très bien qui tu es. Et je sais très bien pourquoi tu es aussi remontée contre moi. Ton père peut bien mettre à ta disposition le meilleur matériel qui existe, les meilleures motos, mais jamais il ne pourra te servir une victoire sur un plateau d'argent, hein ? Une victoire, numéro vingt-deux, ça se gagne.

Il parle avec du feu dans ses yeux et une voix bouillonnante, ce qui m'empêche de retenir ce qui bout en moi.

– Va te faire foutre, Hayden, je crache, puis je me retourne et pars à toute vitesse.

Dans ma course, je l'entends crier :

– Faut te détendre, princesse ! Je te fais un massage quand tu veux.

***

J'attends longtemps avant d'être reçue par le docteur du circuit, mais une fois l'examen terminé, il confirme que tout va bien. Certes, j'ai des bleus et quelques égratignures, mais rien de cassé. Juste la cheville légèrement enflée. Le docteur se contente d'indiquer sur mon carnet que je suis en parfaite santé et me renvoie avec pour seul traitement de la glace, des antalgiques et le conseil d'y aller mollo dans les prochains jours.

Alors que je marche lentement vers la zone où sont rassemblés les camions, vans et autres camping-cars de la Cox Racing et où mon père prépare sans doute son discours à mon intention, je croise Myles. Il a fait une performance exceptionnelle, aujourd'hui, il est arrivé troisième, juste devant Hayden. C'est drôle, je ne l'ai pas du tout remarqué devant nous pendant la course.

– Salut, Kenzie, dit-il en souriant jusqu'aux oreilles, Félicitations pour ta course ! Mais tu as fait une sacrée chute… Comment va ta jambe ?

Je soulève le pied pour lui montrer ma cheville enflée, qui ne me fait pas trop mal.

– Ça va, Myles. Ça fait du bien parfois de se prendre une bonne raclée.

Il esquisse un sourire en coin, comme s'il était en train de penser à des choses cochonnes.

– C'est bon à savoir.

Je suis sur le point de lui dire d'arrêter de faire l'idiot quand son regard s'obscurcit.

– C'est Hayden qui était en train de t'embêter, tout à l'heure ?

Mon cœur se met à marteler. Nous a-t-il vus ? Je fais presque semblant de lever les yeux au ciel.

– Ce salaud ne peut s'empêcher de se vanter de m'avoir battue, en prétextant que mon père ne peut pas acheter ma victoire. Qu'il faut que je la mérite…

Même si le simple fait de répéter ses paroles me blesse comme si on pressait un fil barbelé contre ma peau… Hayden a raison. Le matériel m'aide en partie, mais seules les compétences pourront me mener jusqu'à la victoire.

Le visage d'habitude si jovial de Myles se durcit.

– Quel connard ! Si jamais il t'embête encore, Kenzie, tu me le dis.

Je me mords les lèvres et acquiesce. Ça me dérangerait tellement que Myles se dispute avec quelqu'un à cause de moi. Et pis encore, la simple idée d'une altercation entre lui et Hayden… me dérange pour des raisons auxquelles je ne souhaite même pas penser.

Contrariée de sentir des traces d'inquiétude pour Hayden enfouies en moi, je secoue la tête et dis à Myles :

– Je dois aller voir mon père. On se voit plus tard, d'accord ?

– Bien sûr ! répond-il en me donnant une claque dans le dos.

Lorsque j'atteins la zone de la Cox Racing, je reste un peu auprès de Nikki avant d'aller voir mon père. Elle est dans le garage et s'occupe de ma moto de rechange. Suivant les conseils du docteur, je m'installe sur une chaise et pose mon pied sur un banc. J'ai besoin de laisser ma cheville dans la glace. Et aussi d'éviter la déception que je lis dans les yeux de mon père. Mais je ne vais pas pouvoir rester comme ça bien longtemps.

Mon téléphone sonne pendant que je me repose. Je n'ai pas le temps de me plaindre de devoir me lever pour aller le chercher que Nikki est déjà en train de fouiller dans mon sac, près de sa caisse à outils, et me le tend. Je la remercie et jette un coup d'œil à l'écran. C'est Theresa.

– Allô ?

– Oh mon Dieu, Kenzie ! Je viens de voir à la télé que tu t'es écrasée contre un mur. Ça va ? Rien de cassé ? Tu as un une commotion cérébrale ? Tu t'es évanouie ? Tu as vomi ? Parce que j'ai entendu dire que c'est…

Tout le stress dans la voix de ma sœur me fait sourire. C'est vraiment une éternelle angoissée.

– Je te promets que ça va.

– Tu es sûre ? As-tu vu un docteur ? Qu'est-ce qu'on t'a dit ? Dis-moi exactement ce qu'on t'a dit.

Je soupire et lui répète tout ce que le docteur m'a dit. Une fois que j'ai fini, Theresa se tait pendant dix secondes. Puis elle dit doucement :

– Papa est dingue de te pousser à faire des courses. Tu pourrais te tuer.

Je serre les dents, avant de répondre.

– Mais je *veux* faire des courses, Theresa. C'est mon choix, depuis toujours.

Alors que nous avons toutes grandi ensemble dans le monde des courses, mes sœurs n'ont jamais compris pourquoi je voulais en faire partie. Elles ont toutes les deux décidé de ne plus monter à moto quand elles étaient plus jeunes. Mais moi je suis comme mon père. J'ai les courses dans le sang.

Theresa laisse échapper un soupir morne.

– Je sais, mais fais attention, d'accord ?

Pendant que je la rassure, j'entends quelqu'un en arrière-fond qui murmure quelque chose avec amusement. Theresa pousse alors un grognement et crie :

– Non ! Je ne vais pas lui demander ça, Daphné ! Elle a dit qu'elle allait bien.

– Qu'est-ce qu'elle veut ? je demande en retirant ma chaussure.

– Elle veut savoir si tu seras en fauteuil roulant le jour du mariage, et donc si elle doit trouver quelqu'un pour te pousser ou si tu avais déjà quelqu'un en vue ?

Daphné s'est fiancée récemment. Elle ne parle plus que d'une seule chose : son mariage qui approche. Je secoue la tête en entendant les obsessions de ma sœur et dis à Theresa :

– Je vais bien, je vous rappelle plus tard.

Puis je raccroche. J'aurais tant voulu qu'elles ne voient pas ce qui s'est passé aujourd'hui. Nikki laisse la moto de côté pour me regarder, une fois que j'ai terminé ma conversation.

– Tu ne t'es pas fait trop mal ?

Elle m'inspecte de la tête aux pieds comme si elle pouvait m'évaluer du regard, comme elle le fait avec les motos.

– Non, ça va aller. J'ai juste besoin de… repos.

Et d'oublier Hayden. Et d'améliorer mes courses. En fait, il faut que *je* m'améliore tout court.

Nikki m'observe pendant un moment avant de reprendre :

– Au fait… concernant ce que ton père t'a dit… Il est juste stressé, Kenzie. Arriver treizième, c'est très bien. Ta mère serait vraiment fière de toi.

Rien que de l'entendre évoquer ma mère, je sens des larmes chaudes me monter aux yeux et un vide glacial entourer mon cœur.

– Merci, dis-je, en plaçant le sachet de glace sur ma cheville et en ravalant les larmes au bord de mes yeux.

Je n'aime pas montrer mes émotions, elles sont personnelles, privées. Alors que certaines personnes les exposent à tout le monde, je protège les miennes en les gardant à l'intérieur. Du moins, celles qui sont douloureuses.

Par chance, Nikki ne relève pas le trouble dans le son de ma voix et retourne à ses occupations. Je ferme les yeux et en profite pour me détendre le temps d'un instant. Les choses sont si simples, sur un circuit. Accélérer, freiner, tourner, accélérer à nouveau, recommencer. Je pourrais faire ça toute la journée. Mais faire face aux gens, à leurs sentiments… aux drames… c'est beaucoup plus dur.

CHAPITRE 5

Quelques heures plus tard, après le dîner obligatoire avec mon père et l'équipe, me voici enfin de retour à l'hôtel. Je m'écroule sur le lit ; je pense n'avoir encore jamais été aussi fatiguée de ma vie. Parcourant du bout des doigts l'imprimé du dessus de lit sur lequel je suis allongée, je me demande si je devrais éteindre la lumière et essayer de dormir. Si j'en ai vraiment envie, ça devrait être possible… non ? Mais l'interrupteur est si loin… Et puis je n'arrête pas de me repasser en boucle les images de ma chute dans ma tête. Qu'il fasse jour ou nuit dans ma chambre, cela ne changera pas le fait que mon cerveau a décidé de rester éveillé. Rien n'y fait, pas même mes bras et mes jambes qui tombent de fatigue et tous mes muscles qui sont exténués, endoloris. Mon cerveau ne veut pas se taire, alors pas de vrai repos pour moi.

Dépitée, je pousse un soupir et parviens au moins à attraper la télécommande sur la table de chevet. Je fais défiler les chaînes de télé et prie pour trouver quelque chose qui pourra me divertir ou, du moins, me distraire. Rien à faire. Je ne pense qu'à la course. Je voudrais rentrer chez moi, être dans mon lit, dans mon cocon. Peut-être que si j'étais dans mon univers, je parviendrais à arrêter ce film qui tourne en boucle, montrant mon corps qui s'écrase contre le béton et ma moto qui percute le mur.

Nous repartons tôt, le lendemain matin, pour regagner Oceanside. Je me sens prête à rentrer, mais je ressens quand même une forme de réticence. J'ai le fâcheux sentiment que mon échec va être sur toutes les bouches pendant un moment – et ce des deux côtés du circuit –, et je n'ai aucune envie que les gens parlent de moi, surtout de mes bêtises. Mais je veux tout de même me remettre au travail et commencer à me préparer pour la prochaine course, qui a lieu dans le Wisconsin. J'espère que celle-là me réussira mieux.

Après avoir fait défiler toutes les chaînes disponibles au moins six fois, j'éteins la télé. J'ai besoin de quelque chose de plus intéressant pour empêcher mon esprit de plonger dans ces ténèbres chargées d'anxiété. Je me force à me lever et fouille dans mon sac pour en sortir mon téléphone. J'affiche le numéro de Nikki et lui envoie un message.

Je n'arrive pas à dormir. Tu es debout ?

Sa réponse est immédiate.

Oui ! Rejoins-moi au jacuzzi dans vingt minutes.

Je fronce les sourcils et lui réponds.

Je n'ai pas pris de maillot.

Je savais exactement quelle serait sa réponse.

Qu'est-ce que ça peut faire ? Mets-toi à poil !

J'éclate de rire et tape sur le clavier que j'arrive.

Ramène du vin.

Tels sont ses derniers mots.

Je lève les yeux au ciel avant d'inspecter ce que propose le minibar. Il y a bien une bouteille de vin parmi, entre autres, du chocolat, des cacahouètes, des préservatifs et des accessoires de toilette. Cet hôtel pense à tout. J'attrape la bouteille de vin, un tire-bouchon et deux verres. Je ne bois pas d'habitude, mais ce soir je prendrai sans doute un verre. Peut-être que quelques gorgées suffiront à me faire aller au lit. Je dépose le vin sur le lit en me demandant ce que je pourrais bien porter dans le jacuzzi. Ce n'est pas en me baignant toute nue que je vais me détendre. Alors j'attrape une robe de chambre dans la salle de bain et décide que mon soutien-gorge et ma culotte feront l'affaire. Ils sont d'ailleurs plus couvrants que la plupart des bikinis.

Nous avons réservé un hôtel au bord de l'océan, un très joli établissement avec braseros sur la plage et piscines d'eau salée. Ce que je préfère, c'est la piscine ultra-privée et le jacuzzi qui se trouvent sur le toit. Avec le bruit des vagues qui s'écrasent tout près sur la plage et le scintillement, au loin, des lumières de Daytona, le cadre est tout simplement somptueux. C'est exactement ce dont j'ai besoin pour me détendre. J'espère que l'eau chaude n'aggravera pas trop mes éraflures. Ça en vaudra de toute façon la peine.

Je prends la bouteille de vin dans une main, les verres et le tire-bouchon dans l'autre, puis je me mets en route pour le toit. Une fois arrivée, je cherche Nikki des yeux mais ne la trouve pas. Ce n'est pas surprenant.

Je me dis qu'elle arrivera quand elle l'aura décidé et me dirige vers le jacuzzi. Dès que je l'aperçois, légèrement éclairé dans un recoin du jardin, je sens mes muscles surmenés se délester de toute tension. Alors que je me rapproche de l'eau qui fume, je remarque une tête brune qui dépasse à peine de la surface. Nikki semble m'avoir devancée.

– Salut, ma poule, dis-je en posant le vin et en retirant ma robe de chambre. J'ai apporté une bouteille de vin pour toi, comme tu me l'as demandé. Je te préviens, si mon père me botte les fesses à cause de la facture du minibar, je te balance.

C'est alors que la tête brune se retourne vers moi. Mon cœur fait un bond. Ce n'est pas Nikki.

Lentement, un sourire se dessine sur les lèvres de Hayden tandis qu'il se redresse dans l'eau, lorgnant le soutien-gorge et la culotte en dentelle que je porte en guise de maillot de bain. Heureusement que mes sous-vêtements sont noirs et pas d'une couleur pâle qui laisserait en entrevoir davantage. Je regarde rapidement autour de nous ; nous sommes seuls. Malheureusement.

– Regarde qui va là ! dit-il. Numéro vingt-deux. Tu es là pour ton massage, ma belle ? Je suis un peu crevé après cette journée mais ne t'inquiète pas, je suis sûr que je pourrai quand même assouvir tes désirs.

Il ponctue sa phrase d'un clin d'œil qui me donne envie de lui enfoncer la tête sous l'eau pendant quelques minutes. Jusqu'à ce qu'il s'évanouisse.

Troublée, prise au dépourvu, la seule chose que j'arrive à dire est :

– Tu n'es pas Nikki.

Je sens mes joues devenir toutes rouges alors que son regard s'attarde sur mes courbes. Cependant, par fierté, je refuse de me couvrir. Je fais beaucoup de sport pour ma discipline et cela se voit sur mon corps. Rien ne me fait honte… Je me suis même épilée un peu plus tôt.

Ma réponse semble amuser Hayden.

– Non, je ne suis pas Nikki.

Il étend ses bras sur le rebord du jacuzzi et se tourne vers moi. Des gouttelettes d'eau, semblables à des perles, coulent sur sa peau, en traçant le parcours d'un circuit. Cette vision, de la fumée qui sort de l'eau, un homme sexy, est extrêmement érotique, mais Hayden n'est vraiment pas ce que je souhaite avoir en face de moi en ce moment. C'était censé être un moment de détente entre filles.

– Alors comme ça…, dit-il en souriant, vous vous retrouvez souvent pour des soirées lingerie et jacuzzi après les courses avec Nikki ? Si c'est le cas, je prendrai toujours le même hôtel que vous.

Cette colère si familière commence à me piquer le visage, mais je parviens à garder une expression neutre.

– Je ne savais pas que tu étais dans cet hôtel. Je t'imaginais plutôt dans un motel glauque qui fait payer à l'heure, en compagnie du reste des Benneti. Ce serait davantage ton genre.

Ses yeux vert jade s'assombrissent, je sais que j'ai tapé là où ça fait mal. Tant mieux. Je ne devrais pas être la seule à être énervée de cette situation, et puisqu'il continue à me faire passer pour une petite princesse pourrie gâtée, à moi de le faire passer pour quelqu'un qui vient des caniveaux. Vu l'endroit où je l'ai rencontré pour la première fois, je ne suis pas si éloignée de la vérité.

Hayden ouvre la bouche pour parler mais je ne lui laisse pas le temps de décrocher un mot. Je m'assure que nous sommes bien seuls et que personne n'assiste à cette scène, qui pourrait sembler intime, avant de placer avec précaution mon pied dans l'eau, en face de lui. Pas question qu'il me chasse d'ici avec ses paroles infectes, peu importe l'équipe à laquelle il appartient, j'ai trop besoin de ce jacuzzi après tout ce qui s'est passé aujourd'hui.

Si Hayden avait quelque chose à dire, le voilà qui change clairement d'avis. Il reste muet comme une carpe en voyant que je me glisse dans l'eau. La chaleur de l'eau est un vrai délice pour mes muscles, mais ça pique mes plaies, alors je laisse échapper un petit gémissement. Je ferme ensuite les yeux et repose ma tête sur le carrelage qui entoure le jacuzzi. Hayden se racle la gorge et j'entends les douces éclaboussures de l'eau provoquées par son changement de position. J'entrouvre un œil et découvre qu'il me fixe. Dans le silence de nos regards, l'air entre nous redevient électrique et l'eau se transforme soudain en une extension de son corps ; le courant semble caresser tout mon corps. C'est enivrant, intoxiquant, ma respiration s'accélère et mes sens me chatouillent délicieusement d'excitation. *Merde*.

Je suis à deux doigts de sortir de l'eau… mais… la température, presque brûlante, est si agréable que je ne veux pas lui offrir le luxe de partir pour regagner ma chambre d'hôtel froide et déserte, où les fantômes du passé ne cessent de me hanter. J'ai vraiment besoin de ce moment de pause. Pour la première fois depuis la fin de la course, je me sens en paix. Enfin… presque. Le regard de Hayden est trop insistant pour que je puisse totalement me détendre. Des frissons – qui n'ont rien à voir avec l'ajustement de mon corps à la température de l'eau – n'arrêtent pas de me parcourir.

– Quoi ? je lui lance d'un ton sec, en espérant mettre fin à ce qui se passe entre nous et diminuer la sensation d'excitation qui est en train de se frayer un chemin en moi.

Centimètre par centimètre, vague après vague. Hayden détourne le regard, observe le clapotis de l'eau puis pose à nouveau ses yeux sur moi.

– Je peux te demander quelque chose de sérieux ?

J'en suis déconcertée. Nos conversations se résument généralement à un échange d'insultes. Même si je suis curieuse de savoir ce qu'il veut me demander, mon instinct premier est de lui dire non. Il fronce les sourcils, ignore ma réponse et me demande quand même :

– Est-ce que tu as… ressenti ça… toi aussi… pendant la course ?

Mon cœur se met à battre très fort dans ma poitrine. Je sais exactement de quoi il parle. Ce feu, cette attraction, ce sentiment d'être seuls alors que nous étions entourés de milliers de gens. C'était de loin la course la plus intense de ma carrière. Mais je refuse de le lui avouer. Je ne peux pas le faire. Ce serait comme avouer une faiblesse ; jamais je ne dois me montrer faible devant cet homme. Il en profiterait pour me réduire en miettes.

– Je ne vois pas du tout de quoi tu parles et je t'ai dit de ne pas me poser de question.

Il pince les lèvres, agacé, puis il se penche en avant, ce qui lève de petites vagues dans ma direction. Par automatisme, je tente de les éviter. C'est déjà assez de ressentir tout ce qui se passe entre nous, je n'ai pas en plus envie qu'il se rapproche de moi.

– Tu n'as pas senti ce… Comment dire ? Cette connexion entre nous ? Comme si nous étions seuls sur le circuit ? Je suis sûr que oui, vu que tu m'as accusé d'ignorer tous les autres et de seulement me concentrer sur toi.

Il penche la tête sur le côté et des gouttes d'eau roulent sur sa joue, jusque dans le creux de son cou. En voyant cela, mes orteils se recroquevillent de plaisir. L'intimité de l'éclairage joue des tours à mes sens, en le rendant trop séduisant. Mais je ne dois pas oublier l'autre versant de sa personnalité. Je préfère me rappeler que cet abruti n'a jamais su m'appeler par mon prénom et qu'il fait partie de l'équipe d'un homme méprisable qui ferait tout pour écraser mon père.

– Comme je te l'ai déjà dit, je ne vois pas de quoi tu parles, dis-je en désignant l'eau qui s'agite entre nous. Je pense que tu es dans ce jacuzzi depuis trop longtemps, tes neurones ont dû fondre.

C'est *moi,* surtout, qui commence à fondre. Je ferais mieux de partir…

Hayden esquisse un sourire en coin et commence à se déplacer vers moi dans l'eau, en traversant le remous des bulles. Mon cœur se met à palpiter. Je ferais vraiment mieux de partir. Mais Hayden a les yeux plongés dans les miens et m'empêche de bouger. Je ne parviens pas à détourner le regard. Une poussée d'adrénaline, sensation familière, monte en moi, annonçant que quelque chose d'incroyable est sur le point de se produire.

À vos marques…

– Je ne te crois pas.

Sa voix est grave et ses yeux percent des trous jusque dans mon âme. Sans le faire exprès, je mordille mes lèvres. Son regard pénétrant se focalise alors sur ma bouche. Je me demande ce qui se passerait si sa peau incandescente en venait à toucher la mienne.

Il me regarde à nouveau dans les yeux.

– Tu sais très bien de quoi je parle. Tu ne peux pas nier le fait que d'être au coude à coude nous a fait pousser des ailes.

Il s'arrête juste à côté de moi, nos jambes se touchent sous l'eau. Les siennes sont chaudes, fermes et raides. Soudain je me surprends à imaginer ces jambes enroulées autour de moi. Pour me posséder.

Prêts…

– Je n'ai jamais aussi bien piloté pendant une course qu'aujourd'hui. Et je pense que c'est pareil pour toi. Je t'ai observée plusieurs fois pendant tes entraînements et j'ai remarqué quelque chose : tu as tendance à t'inquiéter, tu as peur de décevoir certaines personnes. Moi aussi. Mais ces peurs ne font que te retenir.

Interloquée, je tente d'affronter la chaleur qui me submerge. Comment peut-il savoir que je ressens la pression du poids qu'on place constamment sur mes épaules ? Et lui, qui a-t-il peur de décevoir ?

D'une voix plus douce, il ajoute :

– Mais pendant la course d'aujourd'hui, je pouvais sentir que tu avais laissé de côté toutes ces attentes, parce que tu n'étais concentrée que sur moi. Tu étais bien meilleure en m'affrontant, et pareil pour moi.

Il se redresse dans l'eau en se rapprochant de moi, jusqu'à ce que son torse effleure mon bras. C'est comme si je venais de me prendre une décharge électrique. Je frissonne de partout, je me sens prête… et avide de lui. Comment peut-il remarquer toutes ces choses ? Comment peut-il déceler si facilement ce que je ressens ?

Son regard alterne entre mes yeux et ma bouche. Il semble déchiré, ne sachant pas quoi faire. Finalement, il pose doucement sa main sur ma jambe. Il m'observe pour voir si j'approuve ce geste ou si je le rejette. Ses doigts commencent à glisser le long de ma cuisse, incendiant mon corps. Je brûle de désir, ma respiration s'intensifie.

Oui, touche-moi.

Il entrouvre les lèvres tout en observant chacune de mes réactions, et je sens sa poitrine qui se soulève et retombe à un rythme plus rapide. La paume de sa main remonte le long de ma peau – je vais bientôt exploser s'il n'accélère pas ses mouvements. Devinant l'endroit où ses doigts se dirigent peut-être, je me sens mourir d'excitation. Mais voilà qu'en affichant une expression peinée il s'arrête de bouger. *Putain, mais fais-le ! Touche-moi, prends-moi… libère-moi.*

Avec retenue, il se penche lentement en avant et presse ses lèvres brûlantes contre mon oreille, ce qui me fait frissonner.

– On est magiques ensemble, numéro vingt-deux, souffle-t-il. Avoue que tu as besoin de moi… On pourra alors passer à l'étape supérieure.

Avouer que j'ai besoin de lui ? Passer à l'étape supérieure ? Son audace me rend furieuse.

– Ne me touche pas, je crache.

Hayden recule en me dévisageant, puis il retire sa main de ma cuisse et se décale. Il sort les mains hors de l'eau et les tient en l'air comme pour déclarer forfait.

– D'accord. Comme tu voudras, princesse, dit-il, puis il déglutit, comme s'il tentait de se calmer.

Furieuse contre lui, du fait qu'il soit allé aussi loin, furieuse contre moi de ne pas lui avoir dit plus tôt d'arrêter, je me précipite hors de l'eau. La fumée qui s'élève de ma peau correspond exactement à ce qui se passe dans ma tête, mais ce n'est rien comparé au désir ardent émanant du regard de Hayden pendant qu'il examine chaque centimètre de mon corps trempé. *Profite, connard, parce que c'est bien la dernière fois que tu vois ça.* Je m'écarte du jacuzzi, attrape mon peignoir, le noue autour de ma taille et file.

***

Je me suis laissée exactement un après-midi de repos une fois de retour de Daytona. Puis j'ai repris ma routine, en me rendant au circuit très tôt chaque matin. Le printemps arrive, la sécheresse de l'air est occasionnellement radoucie par de légères brises tièdes. Le soleil n'est levé que depuis quelques heures, mais c'est déjà une si belle journée. Je remercie chaque jour ma bonne étoile de m'avoir donné la chance de vivre dans un endroit aussi idyllique. La Californie du Sud, c'est ce qu'il y a de mieux.

Je prends mon temps pendant mon trajet, le long de la côte qui mène au circuit Cox Racing/ Benneti Motorsports. Je jette un coup d'œil à l'océan qui s'agite sur le côté. Mon père me dit toujours que la visualisation est l'une des clefs du succès. Or, la seule chose que je parviens à visualiser entre la route devant moi et les vagues de la plage, c'est Hayden dans le jacuzzi. Je ne cesse de me répéter ses paroles. *Je n'ai jamais aussi bien piloté pendant une course qu'aujourd'hui. Et je pense que c'est pareil pour toi. On est magiques ensemble.* De la magie noire, oui.

Quelques minutes plus tard, j'arrive à la route qui mène au circuit. Mes pneus crissent, je m'arrête net en découvrant le grand panneau publicitaire du circuit qui jouxte l'autoroute. Quelqu'un a tagué notre nom… Quel geste mature. Je vais devoir le dire à mon père qui va à son tour demander à Keith d'arranger ça, puis ils se disputeront encore à propos du panneau. Parfois, je me dis que mon père devrait se contenter de vendre sa part et de passer à autre chose. Recommencer de zéro. Mais il ne peut pas se permettre d'acheter un autre circuit tout seul, et puis je ne me ferais jamais à l'idée de devoir perdre cet endroit, où j'ai grandi. Pourtant, Keith et mon père arrêteraient de se battre si nous quittions ce lieu, et je n'aurais plus l'appréhension de croiser Hayden. Je pousse un soupir de frustration et continue d'avancer vers le portail. *Enfoiré de Hayden.*

Chaque fois que je repense au courant qui passait entre nous dans le jacuzzi, je me mets à transpirer. C'est allé vraiment trop loin. J'aimerais pouvoir en parler à quelqu'un, mais je ne peux pas. C'est trop effroyable – je suis, de mon plein gré, rentrée dans un jacuzzi avec un Benneti… qui m'a touchée… et j'ai aimé ça. Je fais une grimace de dégoût et m'arrête devant la borne du portail.

Frustrée et agacée, j'insère brusquement mon badge dans la borne, tape le code et retire violemment le badge. Le portail s'ouvre lentement et j'attends avec impatience le moment où les grilles seront suffisamment espacées pour me laisser passer. Même avec mon casque sur la tête, je parviens à entendre le vacarme du circuit – les moteurs qui vrombissent, les outils qui cliquent, des gens qui crient. Tous ces bruits si familiers me réconfortent. Je suis chez moi.

J'avance avec ma moto à travers le parking et me dirige vers la porte qui mène aux garages et à la piste. Je remarque alors qu'une autre enseigne a aussi été vandalisée. Cette fois c'est « Benneti Motorsports » qui a été tagué. Visiblement, quelqu'un de notre équipe s'est déjà vengé de la dégradation du panneau de l'autoroute. Super. Keith va péter les plombs quand il verra ça, ce qui rendra mon père encore plus en colère contre nos gars d'avoir riposté. Tout le monde va être sur les nerfs.

Les bâtiments brillent sous le soleil matinal et j'attends avec impatience de pouvoir renouer avec la vitesse que j'aime. Ma cheville va mieux, les éraflures ont cicatrisé et mes bleus s'effacent peu à peu – je me sens prête pour aller vite. Très vite.

Comme chaque jour, j'ignore les garages des Benneti, puis je me dirige vers ceux des Cox. Nikki, toujours en retard, n'est pas encore arrivée, mais d'autres membres de l'équipe, des mécanos, sont là, ainsi que deux pilotes, Myles et Ralph.

Myles se tient à côté d'une de ses motos. Je lui fais signe et il hoche la tête pour me saluer. Puis il affiche un sourire malicieux et ses yeux noirs s'illuminent.

– Parfait timing. Daphné est là. Elle est à l'étage avec ton père. Ils sont en train de comparer des échantillons de tissus.

Il hausse les sourcils en souriant de plus belle.

– T'es sérieux ? Il faut que j'aille voir ça.

Myles se met à rire tandis que je regarde autour de nous dans le garage, à la recherche de preuves pour le tag de peinture.

– Tu as vu le panneau d'autoroute ?

Je me tourne à nouveau vers Myles, les bras croisés. La colère a visiblement remplacé son humeur légère.

– Oui, quelle bande de cons…

J'observe de près l'expression de son visage.

– Tu as vu l'autre graffiti ?

Un petit sourire se dessine sur ses lèvres.

– Je ne sais pas du tout de quoi tu parles.

J'explose de rire et tends mon poing dans sa direction, qu'il heurte contre le sien. Je ne pense pas qu'il soit à l'origine du tag – ce n'est pas du tout le genre de Myles –, mais sa loyauté envers l'équipe est attachante. Myles ne nous quitterait jamais, même pour une meilleure équipe. Le bleu et le blanc, couleurs de notre équipe, coulent dans ses veines.

Je m'apprête à monter voir mon père et Daphné, mais Myles se met à mimer un lasso avec ses mains.

– Prête à faire la cow-girl, ce soir ? demande-t-il.

Je sais que ce ne sont pas des avances ; il me connaît depuis trop longtemps pour ce genre d'âneries.

– De quoi tu parles, Kelley ?

Il s'arrête et fronce les sourcils.

– Nikki ne t'a pas envoyé de message ? On a décidé de fêter la Saint-Patrick dans un bar où on peut faire du rodéo sur un taureau mécanique. Et bien sûr, tu viens avec nous.

Il sourit de toutes ses dents, comme si son idée était géniale. Maintenant, c'est moi qui fronce les sourcils.

– Ah bon ? Et depuis quand Nikki et toi avez-vous décidé ça ? dis-je en posant mes doigts sous mon menton, comme si j'étais en train de réfléchir. Peut-être après la course de Daytona, quand vous m'avez tous les deux abandonnée dans le jacuzzi de l'hôtel pour aller en boîte ? Sympa de ne pas me tenir au courant de vos plans.

Non, en fait, Nikki m'a bien envoyé un message le lendemain. Myles se gratte la tête en affichant une adorable expression de culpabilité.

– Oui, je sais… On allait t'écrire une fois arrivés dans la boîte… mais il y avait de la mousse partout, alors on s'est laissé distraire… Je suis vraiment désolé.

Je lève les yeux au ciel en entendant sa réponse. Il leur en faut peu pour se laisser distraire.

– Vous n'êtes vraiment pas sympas.

Myles fait la grimace, avant d'esquisser un sourire.

– Alors laisse-nous nous faire pardonner ce soir, d'accord ?

J'entrouvre la bouche pour lui dire que non, que j'ai besoin de me concentrer sur les prochaines courses, mais c'est comme s'il lisait dans mes pensées. Il lève un doigt en l'air et contredit l'argumentation que je dois alors garder pour moi :

– Allez, un seul verre ! Je suis sûr que ton régime te l'autorise. Et puis on va faire du taureau mécanique, Kenzie… Pense à tout le travail abdominal que tu vas faire ! C'est comme une moto qui se rue ; ce bar est le seul endroit où tu pourras faire ce type d'entraînement. Et puis c'est une sortie entre membres de la Cox, on est plusieurs à y aller.

Tu es la meilleure des Cox… ta présence est donc obligatoire.

L'expression charmeuse de son visage ferait flancher la plupart des femmes. Même moi. Je me mets à rire et cède.

– D'accord pour un verre, mais je ne resterai pas tard.

Cette fois c'est lui qui lève les yeux au ciel.

– Je sais, Kenzie. Ce n'est pas demain la veille que tu vas changer, dit-il avant de se frotter les mains. Ça va être super. Nikki vient te chercher ce soir. N'oublie pas de porter du vert. Ou tu te feras pincer les fesses.

Il me fait un clin d'œil.

– N'y pense même pas, Kelley…

Il lève les bras en l'air comme s'il était la personne la plus innocente du monde. Je n'y crois pas une seconde.

Je secoue la tête, le laissant avec sa moto pour me rendre à l'étage voir ma sœur embêter mon père. Je meurs d'envie de le découvrir coincé entre des magazines de mariage. Mon père préférerait sans doute faire tout sauf ça pour elle, mais Daphné a décidé qu'il serait son organisateur de mariage. Elle demande donc son approbation pour chaque aspect de la cérémonie. Et je dis bien chacun des aspects. Rien que la semaine dernière, ils se sont penchés sur les serviettes en papier. Je pense que mon père accepte de se plier au jeu parce qu'il est le seul parent vivant, et qu'il se sent obligé d'offrir à ma sœur le mariage de ses rêves – ce qui va lui coûter un bras. Daphné veut ce qu'il y a de mieux et mon père n'arrive pas à le lui refuser.

Je frappe à la porte et attends que mon père réponde. Il finit par lancer un « Oui ? » et je rentre avec entrain dans le bureau.

Ce que j'y découvre est absolument mémorable : Daphné a transformé le bureau de mon père en une mosaïque de couleurs pastel. Toutes les nuances de rose sont représentées sur le bureau déjà plein à craquer de mon père, sans parler du bleu menthe, de différents verts, du mauve lavande… Alors que Daphné tend à mon père échantillon sur échantillon de différentes teintes de couleur pêche, son visage se tord, affichant son sentiment d'impuissance. On dirait qu'il vient de subir des heures de torture et semble à deux doigts de perdre le peu de raison qu'il lui reste.

Dès que mon père m'aperçoit, il a l'air soulagé.

– Mackenzie ! Dieu soit loué, tu es là.

Je lève mon bras en l'air pour interrompre la demande que je vois déjà venir.

– Je ne peux pas rester longtemps, je dois m'entraîner aujourd'hui, comme tu me l'as demandé.

J'ai autant envie que mon père d'être soumise à l'examen d'une infinie palette de couleurs. Daphné remarque enfin mon entrée et me sourit.

– Salut, Kenzie !

Elle attrape deux échantillons de tissus et me les tend.

– Qu’est-ce que tu en penses ? Nuit d’été ou coulis de fruits rouges ?

Je secoue la tête.

– Pour moi, c’est exactement la même couleur, et aucune des deux ne porte bien son nom. Alors je dis non au deux. Enfin, sérieux ? Nuit d’été ? La nuit, c’est noir, non ? Ça devrait donc être du noir ? Ou encore, du bleu foncé ? Tout ça n’a pas de sens pour moi.

Daphné pousse un grognement et replace une longue mèche blonde derrière son oreille.

– Tu es aussi utile que Papa. Mais si je vous demandais de choisir entre le vert Kawasaki et le jaune Yamaha, vous n’auriez sans doute aucun problème.

Et mon père et moi de répondre en chœur :

– Vert Kawasaki.

Daphné recommence à râler pendant que mon père me lance un sourire. Ce n’est pas tous les jours que nous sommes d’accord, mais je pense qu’il trouve plus facile d’échanger avec moi qu’avec mes deux grandes sœurs. Ce n’est pas un secret dans la famille : mon père aurait voulu avoir des garçons mais il n’aura eu que des filles. Je suis la seule à avoir suivi ses pas dans l’univers des motos. Mes sœurs n’en font plus. Je pense que ça a beaucoup blessé mon père que deux de ses filles abandonnent le sport. Alors je suis devenue le fils qu’il n’a jamais eu. Sauf que je ne suis pas un garçon et que je n’en serai jamais un. Je ne peux m'empêcher de penser que je ne serai jamais vraiment telle qu'il aimerait que je sois.

Daphné se tourne vers mon père et lui déclare :

– Bon, comme je te l'ai déjà dit, tu dois m'aider à choisir les couleurs du mariage.

Elle lui tend un catalogue qui a l'air de faire au moins trente pages.

– J'ai déjà tout feuilleté et j'ai fait la liste de mes couleurs préférées, en expliquant chaque fois pour quelle raison. J'aimerais juste que tu les regardes et que tu choisisses tes cinq couleurs préférées, en argumentant pour chacune. Puis je ferai une synthèse de nos deux listes pour voir si nous sommes d'accord sur certaines couleurs.

Papa lui prend le catalogue des mains avec réticence.

– Ton fiancé ne peut pas t'aider pour ça ? lui demande-t-il avec abattement.

Elle sourit de toutes ses dents et secoue la tête.

– Non. C'est une affaire de famille et, pour le moment, Jeff ne fait techniquement pas encore partie de la famille, dit-elle en faisant un clin d'œil et en tournant les talons. Je vous laisse entre vous pour y réfléchir. Appelez-moi si vous avez des questions. À dans une heure !

Elle nous fait un signe de la main par-dessus son épaule en quittant la pièce. Une fois la tempête partie, le bureau retrouve son calme. Les yeux las de mon père croisent les miens.

– Promets-moi de ne jamais te marier.

– Pas de problème, je murmure en regardant les devoirs qui l'attendent. Papa, tu as vu… ?

L'expression sur son visage me fait taire. J'aurai plus de temps pour lui parler des enseignes plus tard, il a déjà assez de pain sur la planche comme ça.

– Non, rien. Je vois que tu es très occupé, alors je te laisse. Je suis sur le circuit si jamais tu as besoin de moi. Sauf si c'est par rapport au mariage, bien sûr, j'ajoute en riant.

Il pousse un soupir en agitant la tête.

– Trop de rose à mon goût…, murmure-t-il en observant son bureau.

Je continue de rire intérieurement et m'éclipse. En passant la porte, j'entends mon père chuchoter :

– Vivienne… Comment as-tu pu me laisser seul avec tout ce rose ?

Je sursaute en entendant mon père prononcer le prénom de ma mère. Il ne parle pas beaucoup d'elle, je pourrais compter sur le bout des doigts le nombre de fois où il nous en a parlé. Le chagrin pèse encore dans sa voix. Inquiète, je me retourne lentement vers lui.

– Ça va… Papa ? je demande, avec nervosité.

Mon père et moi ne discutons jamais de ce genre de choses. Nous parlons des courses et de mes sœurs un peu loufoques ou encore du mauvais esprit des Benneti. Jamais nous ne parlons de nos sentiments, de nos émotions. En tout cas, pas de cette façon.

Le visage de mon père change immédiatement d'expression, affichant un masque de professionnalisme, alors je me détends. Je sais lui faire face quand il est sévère et puissant, mais pas quand il est triste ou tracassé.

– Bien sûr que ça va, répond-il en me montrant du doigt. Je veux voir tes résultats d'entraînement dès que tu auras fini.

Je fais un signe de tête et me précipite hors du bureau. Crise émotionnelle évitée. Tant mieux.

Lorsque je reviens au rez-de-chaussée, Nikki est enfin arrivée. Elle s'occupe de ma moto principale, remettant en état la carrosserie toute cabossée. Depuis notre retour en Californie, elle n'attendait qu'une chose : pouvoir poser les mains sur ma moto, comme en témoigne l'expression de son visage. J'ai envie de râler et de lui reprocher d'avoir changé ses plans sans me prévenir à Daytona… mais n'ayant pas envie de lui expliquer ce qui s'est passé dans le jacuzzi, je me contente de la saluer et de la laisser travailler.

J'attrape mon sac et file dans les vestiaires pour enfiler ma combinaison en cuir. Une fois que je suis prête, tout le stress que j'avais refoulé me submerge. Je tente de contrôler ce sentiment, comme mon père me le répète toujours, mais je me sens envahie par le doute. J'ai été si peu à la hauteur à Daytona. Il faut que je démontre à mon père que je suis à nouveau sur les rails, qu'on ne peut plus m'arrêter. En soufflant lentement, je pousse ma moto de rechange vers l'entrée du circuit. Je peux le faire.

Ralph est déjà en train de faire des tours quand j'arrive. Alors j'attends. Je m'agite sur mon siège pour tester les suspensions, j'ajuste mes gants, je contracte mes mains pour garder mes doigts au chaud et remue mes orteils dans les bottes. Je veux y aller, je souhaite vraiment impressionner mon père.

Tandis que je patiente, quelqu'un s'arrête à côté de moi et coupe le moteur de sa moto. Je regarde par-dessus mon épaule et découvre Hayden sur sa Honda rouge. Waouh, il est tellement beau sur sa moto, on dirait un dieu grec sur son char. Ses lèvres esquissent un sourire tandis que je détourne immédiatement le regard pour observer le pilote sur le circuit. Si je ne le regarde pas, il ne peut pas m'affecter. Mais Hayden ne me laisse jamais l'ignorer.

– Salut, mon chaton, tu veux qu'on s'entraîne ensemble ? Tu sais que tu pilotes mieux quand tu as une belle vue devant toi.

Je le vois pointer son derrière du doigt. Levant les yeux au ciel, je fais non de la tête.

– Ne prends pas tes désirs pour des réalités… mon chaton.

Ces paroles sortent de ma bouche avec le goût acerbe d'un venin. Pourquoi ne m'appelle-t-il jamais par mon prénom ? Et puis, qu'est-ce qu'il s'imagine ? On ne peut pas s'entraîner ensemble. Il n'a pas le droit de mettre les pieds sur la piste avant midi. Ne se laissant pas décourager par mon ton glacial, Hayden penche sa moto dans ma direction.

– Allez, on s'entraîne ensemble. Ce sera comme à Daytona, et même encore mieux.

Je ne veux pas lui donner la satisfaction de lui répondre, mais je ne peux m'empêcher de lui demander :

– Mieux ? Et comment ?

Je veux simplement lui prouver que son idée est totalement ridicule. Pourtant, je ne devrais pas rester à côté de lui, et encore moins lui parler. Alors je regarde discrètement autour de nous pour être sûre que personne ne nous observe.

D'une voix remplie d'enthousiasme, Hayden dit :

– Si nous ne sommes que tous les deux sur le circuit, il n'y en aura qu'un qui pourra atteindre la première place. Et nous savons très bien qui ce sera… voilà pourquoi tu as si peur de m'affronter.

Je sais qu'il le dit pour me provoquer, pourtant je ne parviens pas à me contrôler.

– Je n'ai peur de rien, dis-je en le fusillant du regard.

– Très bien, répond-il, c'est exactement ce qu'il faut ressentir avant d'entrer sur un circuit. Et ne surtout pas être stressée, comme si c'était ta première fois.

Je reste bouche bée. Comment fait-il pour tout savoir sur moi ? Pendant que je tente de comprendre, Hayden enfile son casque en laissant la visière levée et fait démarrer sa moto. Puis, par-dessus le vrombissement de son moteur, il crie :

– Affronte-moi, Kenzie.

Sur ces paroles, il rabat la visière et démarre en direction de la piste. Je reste immobile, sous le choc. Je ne sais pas ce qui me surprend le plus : le fait qu'il enfreigne la règle du circuit une fois de plus, ou qu'il m'ait appelée par mon prénom.

Je lance un juron, puis j'enfile mon casque. Par prudence, je reste sans bouger quelques secondes de plus. Je ne devrais pas faire une course contre lui, pas dans ces conditions. Si quelqu'un nous voyait… si mon père nous surprenait… Et Ralph, où est-il ? Je parcours le circuit des yeux mais je ne vois plus mon coéquipier. Tout ce que j'aperçois, c'est la silhouette de Hayden qui s'éloigne pour prendre possession de ce qui m'appartient. Je plisse les yeux et fais démarrer la moto. Pas question que je laisse mon circuit à Hayden.

Abandonnant toute prudence, je décolle et me retrouve derrière Hayden en un temps record. Ça me hérisse de l'admettre, mais il a raison. Je pilote mieux lorsque je suis à sa poursuite – je suis plus détendue, j'ai moins peur, comme si la course n'était qu'un jeu et qu'il n'était plus question de prouver ce que je vaux. Mon équilibre sur la moto est parfait, mes changements de position se font en douceur et ma conduite est irréprochable. J'ai le sentiment d'être invincible en voyant ma roue avant se rapprocher de plus en plus de son pneu arrière. *Tu veux que je t'affronte, hein ? Eh bien tiens-toi prêt pour la course de ta vie.*

Nous parcourons le circuit à toute allure en enchaînant les tours. Aucun des deux ne se laisse faire. Dès que je le double et reste quelques secondes devant lui, il me double à son tour. Dans un coin de ma tête, la peur et l'inquiétude tentent de se frayer un chemin parmi l'immense joie que je ressens. Quelqu'un pourrait nous voir, quelqu'un pourrait penser que je suis prête à fraterniser avec un Benneti. Est-ce le cas ? Or, je ne laisse pas l'anxiété prendre le dessus – pas tant que je n'aurai pas gagné. Les seules pensées que je m'autorise consistent à trouver le moyen de le dépasser, de gagner du terrain. J'y suis presque… mais voilà que ma moto se met à faire des siennes. Elle perd en adhérence et en puissance.

C'est là que je remarque l'état de mes pneus et du réservoir d'essence ; j'avance presque en roue libre avec une traînée de fumée noire derrière moi. Je déteste devoir m'arrêter alors que Hayden est en tête, mais je ralentis et commence à me diriger vers la sortie. Il me jette alors un coup d'œil, découvre que je quitte la piste et lève son poing en l'air en signe de victoire. Quel prétentieux ! J'espère qu'en restant plus longtemps il va cramer sa moto et qu'il devra l'expliquer à Keith et à ses coéquipiers. Ils lui feront sans doute la leçon une nouvelle fois, pour ne pas avoir respecté les règles. Bizarrement, quand j'y pense, mon ventre se serre. Peut-être que j'ai peur, moi aussi, qu'on me fasse la leçon.

Mon cœur bat la chamade lorsque je reviens au garage de la Cox Racing. *Reste calme, reste calme. Tu n'as rien fait de mal.* Enfin, ce n'est pas ma faute si Hayden s'est introduit sur le circuit.

En m'approchant, je remarque que plusieurs personnes sont dehors, les yeux rivés sur quelque chose. Mon cœur qui bat déjà très vite se met accélérer de plus belle. Oh mon Dieu… ils ont tout vu. Je m'arrête à la hauteur de Myles et de Nikki et je retire mon casque avant de leur demander ce qui va clairement signer ma perte :

– Quoi ?

Nikki désigne l'écran qui affiche les résultats des entraînements. Merde ! J'avais complètement oublié le panneau d'affichage. Nous avons des puces fixées aux motos pour calculer le temps et la vitesse de nos tours de circuit… et les afficher sur l'écran, accompagnés de nos numéros de pilote. Je prie de toutes mes forces pour que l'écran n'ait pas bien fonctionné et que le numéro de Hayden ne soit pas affiché à côté du mien. Je reste donc stupéfaite en découvrant pourquoi mes coéquipiers sont aussi interloqués.

– Je n'ai jamais fait un si bon chrono…, je murmure, n'en croyant pas mes yeux.

L'écran affiche mes derniers tours de piste et à chaque nouveau tour, je mets le même, voire moins de temps que le précédent. Certains chronos dépassent mon meilleur record de beaucoup. Et surtout… Hayden n'apparaît pas du tout sur l'écran. Soit le système n'a pas bien fonctionné… soit il avait retiré la puce de sa moto. Je suis médusée par ce que je vois – et par ce que je ne vois pas. En m'amusant avec Hayden, j'ai pulvérisé mes précédents records et personne ne semble prendre conscience du fait que cet exploit est dû à cet affrontement avec lui.

D'après ce que je lis sur les visages des gens autour de moi, aucun ne semble m'avoir regardée évoluer sur la piste – ce qui n'est pas une surprise, tout le monde est très occupé. À moins que mon père ou John ne commentent les performances d'un des pilotes, nous nous contentons en général de jeter un coup d'œil à l'écran des résultats quand un pilote a fini ses tours. Je cherche Ralph du regard, puisqu'il m'a peut-être surprise avec Hayden en quittant le circuit. Il est en train de casser la croûte au fond de la pièce et semble plus inquiété par son sandwich que par moi.

Tout sourires, Myles me donne une tape sur l'épaule.

– Pas mal, Kenzie ! Tu as même battu mon meilleur record. Ton père sera aux anges quand il verra ça.

Oui… il va être content. Mais ce sera de courte durée si jamais il apprend comment j'ai fait pour en arriver là.

CHAPITRE 6

Nikki fronce les sourcils en me voyant sortir de chez moi.

– C'est quoi, cette tenue ? Il n'y a rien de vert !

Je porte un pantalon de sport noir en coton et un T-shirt noir de la Cox Racing, alors que Nikki incarne la Saint-Patrick de la tête aux pieds avec son legging vert et son sweat-shirt à trèfle. Ses cheveux sont parfaitement coiffés et son maquillage est impeccable. Comme elle passe beaucoup de temps dans la graisse et la saleté du garage, ou peut-être parce qu'elle est célibataire, Nikki s'apprête toujours pour sortir. Pour être honnête, maintenant qu'elle est là, je n'ai qu'une envie : lui fermer la porte au nez, prendre un bouquin et filer au lit. La journée qui vient de s'écouler m'a perturbée, mon esprit est encore sous le choc. Passer pour une idiote sur un taureau mécanique est bien la dernière chose qu'il me faut. Abdos ou pas.

Nikki flaire que je suis sur le point de la laisser tomber, alors elle m'attrape par la main et me tire en avant.

– Ce n'est pas grave. Myles nous attend, on y va.

J'ai tout juste le temps de fermer la porte de ma maison à clef que me voici tirée par Nikki jusqu'à sa petite voiture deux places. Une fois ma ceinture bouclée, elle me lance un grand sourire.

– Ça va être super, tu verras !

Je me mets à râler et lève les yeux au ciel. Nikki me regarde de travers et démarre la voiture avant de faire marche arrière sur mon allée.

– Je sais que tu n'es pas enchantée à l'idée de venir ce soir, mais pourquoi es-tu aussi maussade ? Tu devrais être contente de ton entraînement d'aujourd'hui. Qu'est-ce qui ne va pas ?

– C'est juste que… j'essaie de digérer cette journée, dis-je, tout en étudiant l'obscurité qui s'étend au-dehors.

J'aimerais trouver une réponse au problème qui me tracasse. Comment se fait-il que piloter face à Hayden soit si bon ? Et pourquoi suis-je bien meilleure quand je fais abstraction de tout et que je me concentre uniquement sur lui ?

Nikki me tape sur l'épaule.

– Que dois-tu digérer ? Tu t'es imposée sur le circuit. Il te suffit de le faire quand ça compte vraiment et tu deviendras la favorite. On ne parlera plus que de la Cox Racing.

Oui… Le faire quand ça compte. Comme si c'était aussi facile. Pourtant, quand j'étais sur la piste avec Hayden… tout paraissait vraiment facile.

Nous arrivons au bar. Myles est assis à l'extérieur avec d'autres membres de notre équipe, Ralph,

Eli – un autre de nos pilotes – et le mécanicien de Myles, Kevin. Myles se tient près de la porte d'entrée avec un T-shirt qui dit *Kiss Me, I'm Irish*. Il pointe du doigt les énormes cornes du taureau qui dépassent de la façade du bâtiment et s'exclame :

– Ce soir, je repars avec !

Je me mets à rire et salue le reste du groupe. Les garçons me font tous un signe amical, puis Eli pousse un sifflement.

– Chapeau, Kenzie, tu as tout dégommé aujourd'hui.

Pour toute réponse, je le remercie car je n'ai pas très envie d'en parler. Seule Nikki ne peut s'empêcher d'en rajouter encore une couche.

– Oh que oui ! s'exclame-t-elle avant de mimer un fusil et de tirer dans les cornes au-dessus de nous.

Myles est le seul à faire semblant d'être touché. Il pose théâtralement sa main sur son torse et se met à vaciller de droite à gauche comme s'il était saoul. Il en fait des tonnes. Je pousse Nikki vers la porte, puis les garçons nous emboîtent le pas. Une fois à l'intérieur, je regarde autour de moi à la recherche de la fameuse bête. Je ne tarde pas à l'apercevoir. Au milieu du bar se trouve une petite arène en contrebas du sol, entourée d'une haute balustrade matelassée et, pile au centre, un « taureau » rectangulaire recouvert de cuir noir et d'une selle.

Nikki y jette un coup d'œil et se met à crier :

– C'est parti !

Mais Myles secoue la tête et pointe le bar du doigt.

– Non, les bières d'abord, et le taureau ensuite. Ça fait partie des règles.

– Ah bon ?

Kevin regarde autour de lui et découvre un tableau énonçant les règles de sécurité, qu'il désigne alors.

– Tu es sûr ? Parce que tout ce qu'on peut lire sur ce panneau c'est qu'en gros… le bar n'est responsable… de rien, dit-il en avalant sa salive, comme s'il ne se sentait pas en sécurité.

Kevin est un peu l'âme sensible du groupe. Comme il le dit souvent à Myles, il n'est pas mécanicien pour rien. Il préfère de loin aller à 100 km/h depuis l'intérieur sécurisant d'une voiture qu'à 250 avec une moto, sans rien pour le protéger. Myles hausse les épaules.

– C'est une règle tacite.

Nikki éclate de rire en voyant le visage de Kevin, puis elle lui donne une claque dans le dos.

– Va pour deux bières, alors ! On ne va pas commencer à enfreindre les règles.

Je fais une drôle de tête en l'entendant dire ça, en me remémorant un certain appel de Nikki reçu très tôt le matin. C'est d'ailleurs cet appel qui, d'une certaine façon, a déclenché tout ce qui se passe avec Hayden. Nikki aperçoit l'expression sur mon visage, alors elle se racle la gorge puis elle se rue vers le bar.

Au bar, Myles commande deux pichets de bière verte. Nous trouvons ensuite une table pour nous tous et nous y asseyons. Je lui rappelle que je ne prends qu'un verre.

– N'essaie pas de remplir mon verre ou de me supplier de finir le pichet. Je bois une bière et c'est tout, Myles.

Il pose la main sur son cœur comme s'il était vexé.

– Je ne pousse jamais personne à boire, Kenzie, et je respecte ta discipline. Je l'admire, d'ailleurs. Si j'avais un peu plus de self-control… j'aurais été capable de dire non aux jumelles Donnelly l'an dernier, dit-il en faisant un clin d'œil.

Kevin, Eli et Ralph restent bouche bée, puis ils lui demandent plus de détails. Nikki lève les yeux au ciel en me regardant. Elle fait un geste obscène avec ses mains qui nous fait toutes les deux exploser de rire. Myles nous sourit tout en nous faisant un doigt d'honneur.

Nikki part aux toilettes et, pendant son absence, nos pichets arrivent. Une fois que la serveuse a fini de nous passer nos verres remplis de bière verte, nous entendons un grand fracas de verre cassé. Je regarde dans la direction d'où vient le bruit et découvre un groupe d'hommes qui haussent le ton à l'autre bout du bar. Un des types, tout maigre, se tient à côté d'un autre à la carrure imposante. Ils me disent tous les deux quelque chose mais je n'arrive pas à me rappeler où je les ai déjà vus. Ils fusillent du regard un troisième homme au visage tout rouge et dégoulinant d'alcool. Une serveuse plutôt énervée s'affaire à côté de ce trio de testostérone pour ramasser les morceaux d'un plateau de verres renversé par terre. L'exaspération de la serveuse et l'expression sur le visage du type tout mouillé permettent de décoder facilement la scène. Et d'anticiper ce qui va se passer.

– Ouh la la, on dirait bien que quelqu'un va s'en prendre une, dit Myles en riant.

Je suis d'accord avec lui. Même s'il est accompagné de son garde du corps, le petit homme maigre qui a visiblement renversé le plateau sur l'homme trempé va bientôt s'en prendre une. Et parfois, il en suffit d'une…

J'esquisse une grimace et attends de voir ce qui va inévitablement se produire… mais tout à coup, quelque chose d'incompréhensible survient. Hayden, oui, Hayden s'interpose entre les deux hommes, les mains tendues sur le côté comme un arbitre. Qu'est-ce qu'il fait là, à jouer au casque bleu ?

En voyant Hayden détendre l'atmosphère avec aisance, j'ai l'impression que c'est moi qu'on vient de frapper. Puis, encore plus choquant, une fois qu'il en a fini avec les types, il se dirige vers la serveuse et lui tend quelques billets – sans doute pour dédommager le désordre causé et arranger la situation avec le bar. Mais pourquoi lui ?

À côté de moi, Myles lance :

– Eh bien, je ne m'attendais pas à ça. Qu'est-ce que Hayden fout là ?

Je suis sur le point de dire la même chose à Myles quand je remarque que Hayden se rapproche d'une fille mince aux cheveux et aux yeux noirs.

Elle semble perturbée par ce qui vient de se passer. Hayden l'attire alors contre lui pour la serrer chaleureusement dans ses bras, puis l'embrasse sur le front, un geste tendre et plein de familiarité. Ils ont l'air de bien se connaître… et semblent être trop intimes pour de simples amis.

Un sentiment insidieux s'empare de moi et me glace le corps. Ça alors, est-ce sa petite amie ? Vu la façon dont il s'est comporté avec moi jusqu'à présent – dans le jacuzzi et sur le circuit –, j'en étais venue à la conclusion qu'il était célibataire. Mais peut-être que non ? Mais qu'est-ce que ça peut me faire qu'il ait une copine ?

Comme s'il sentait que je l'observe, les yeux de Hayden croisent soudain les miens. J'ai envie de détourner mon visage, de l'ignorer, mais je n'y arrive pas. Je me sens coincée. Il soutient mon regard avec une intensité troublante. Bien que nous soyons entourés de gens et qu'il tienne dans ses bras une autre fille – sans doute sa petite amie –, j'ai une nouvelle fois l'impression que le monde entier se rétrécit à nos seules présences.

La fille remarque que Hayden est attiré par quelque chose, alors elle se tourne vers moi. Ses grands yeux noirs affichent une innocence qui me surprend, et sa petite silhouette la rend fragile, cassable. Ils forment un drôle de couple. Ce n'est pas comme si je m'attendais spécialement qu'il soit avec une fille vulgaire… Bon si, peut-être que c'est ce que j'imaginais. Cette fille a juste l'air… trop gentille pour lui.

Elle reporte son regard sur lui et finalement il arrête de me fixer. Posant les yeux sur elle, il secoue la tête, puis il la serre encore contre lui avant de la relâcher. Un tourbillon de colère prend naissance en moi. Vient-il de lui dire que je ne suis personne ? Qu'il ne s'est rien passé entre nous et qu'elle ne doit pas s'inquiéter ? Mais… c'est pourtant la vérité, n'est-ce pas ? Il ne s'est rien passé entre nous et loin de moi l'idée qu'il se passe quelque chose.

Alors pourquoi ma respiration est-elle devenue aussi saccadée ? Pourquoi mon pouls s'accélère ? J'ai besoin d'une distraction, alors je descends ma bière quasi cul sec. Ce n'est tellement pas dans mes habitudes que Myles me regarde en écarquillant les yeux.

Nikki revient et s'assoit à côté de moi. Elle nous observe et demande :

– J'ai raté quelque chose ?

Eli ouvre la bouche pour lui répondre mais je l'interromps :

– On devrait y aller, Myles.

Il jette un coup d'œil à Hayden puis revient sur moi.

– À cause de lui ? Il ne me fait pas peur. S'il commence à nous provoquer, on se chargera de lui.

Nikki regarde par-dessus son épaule pour comprendre de qui on parle.

– Hayden est là ? Et c'est… ?

Elle ne finit pas sa phrase, mais vu l'expression qu'elle affiche, elle a visiblement reconnu les autres types et elle n'a pas envie d'en parler. Parce qu'elle ne veut pas expliquer pourquoi elle les connaît, ce qui voudrait dire que… Mais oui ! Tout fait sens à présent. Je sais exactement où j'ai déjà vu le nain et le géant : à la course de rue. L'homme musclé était celui qui prenait les paris tandis que le petit Latino briefait Hayden avant la course, comme s'il était son coach. Que font-ils là ? Que fait Hayden à traîner encore avec eux ? Et puis, est-ce que Nikki reconnaît aussi sa copine ? J'ai envie de lui demander mais ce ne sont pas mes affaires. Et puis, pour être honnête, je ne sais pas si j'ai vraiment envie de connaître la réponse.

Myles semble vouloir poser des questions à Nikki, alors je tente de le distraire en espérant que cela ne se remarque pas.

– C'est un Benneti. On ne peut pas être vus en sa présence sous peine d'être virés.

– Mais nous ne sommes pas avec lui ! s'exclame-t-il avant de pousser un soupir. Ce n'est qu'un taureau, Kenzie… Allez, c'est mon rêve de monter sur un taureau. Il faudrait vraiment que nous soyons en train de fraterniser avec lui pour être renvoyés. Il se trouve simplement que nous sommes… au même endroit que lui. Je suis persuadé qu'il n'a même pas remarqué notre présence.

Il n'a pas dû voir que Hayden me regardait droit dans les yeux un peu plus tôt… des yeux qui sont encore en train de nous regarder discrètement ; je peux sentir son regard sur moi comme des rayons de soleil un jour d'hiver. Il ferait mieux de s'occuper de sa copine.

Eli acquiesce.

– Oui, ce n'est pas un problème tant qu'il reste là-bas avec ces types, dit-il, puis il se penche en avant comme s'il allait nous divulguer une information top secret. Hé, vous avez entendu la rumeur sur lui ?

Il montre Hayden d'un signe de tête et, comme une élève modèle, Nikki lève la main.

– Oui, j'ai entendu ! Mais je ne sais pas si j'y crois.

Nous nous retournons alors tous dans sa direction et elle commence à se mordiller les lèvres comme si elle regrettait d'avoir parlé et tentait d'effacer ce qu'elle vient de dire.

Cela ne m'étonne pas que Nikki ait entendu une rumeur sur un des pilotes – elle adore les commérages sur les circuits –, mais je veux savoir ce qu'elle a entendu, et où. Cependant, si Eli en a aussi entendu parler, tout le monde doit le savoir. Parfois je suis tellement prise par les courses que je ne me rends pas compte des choses les plus évidentes. Mon cœur bat plus vite tandis que de nombreux scénarios me passent en tête.

– Quelle rumeur ? je demande, en priant pour avoir parlé d'un ton calme.

Nikki enroule une mèche de cheveux autour de ses doigts en regardant autour de la table.

– La rumeur… que j'ai entendue à Daytona.

Eli acquiesce, c'est apparemment là aussi qu'il en a entendu parler. Nikki semble alors se détendre. Elle s'apprête à parler, en plaçant ses coudes sur la table et en esquissant un grand sourire. Mais elle n'a pas le temps de raconter son secret, car Eli l'interrompt.

– Alors, la rumeur dit qu'il a commencé sa carrière dans l'univers des courses de rue.

Eli ricane en prononçant le mot « rue », tandis que Nikki laisse échapper un petit rire nerveux tout en me jetant un coup d'œil.

– Bref, poursuit Eli, on dit qu'il était imbattable… parce qu'il faisait tout pour rester imbattable.

Eli hausse les sourcils d'un air entendu, mais je ne comprends pas ce qu'il insinue.

– Qu'est-ce que ça veut dire ? je demande.

Il me fixe du regard et ajoute :

– Ça veut dire qu'il trafiquait les courses. Il sabotait les motos, s'en prenait aux autres pilotes. Il faisait vraiment tout pour gagner. Et maintenant le voilà qui pilote contre nous… On ferait mieux de couvrir nos arrières.

Trafiquer les motos ? C'est l'infraction la plus grave de notre discipline – une infraction taboue, sacrilège et détestable qui met tout le monde en danger, et pas seulement le pilote dont la moto a été sabotée. La raison pour laquelle nous nous sentons à l'aise avec l'idée de mettre nos vies en danger, c'est qu'il y a toujours un élément de confiance entre tous les pilotes, même entre ceux qui se détestent. Le seul fait de suggérer que quelqu'un puisse saboter des motos ou l'a déjà fait dans le passé est une accusation vraiment sinistre. Je n'arrive pas à croire que quelqu'un puisse en arriver là. Pas même Hayden.

– Arrête, Eli, même les Benneti ne trafiquent pas les motos.

Eli hausse les épaules comme s'il n'avait rien dit de scandaleux.

– Est-on vraiment sûr de ça, Kenzie ? Tu sais bien que Keith est prêt à écraser ton père jusqu'à ce qu'il ne puisse plus se relever. Et s'il avait fait venir ce type pour être sûr que nous échouions ?

J'aimerais le contredire mais je ne peux pas me mettre à défendre Keith, alors je me tais. Et puis… Eli a raison. Et si Keith avait recruté Hayden pour nous mettre des bâtons dans les roues ? Puisqu'il accuse mon père d'avoir ruiné sa carrière, il en est bien capable, selon moi. Mais Hayden est-il capable de se rabaisser ainsi, dans le seul objectif de gagner ? Je n'en ai aucune idée. Je sens mon estomac qui se noue, pour une raison totalement différente.

Je n'ai pas envie de penser à Keith ou à Hayden, alors je fais signe à Nikki de m'aider. Elle me jette un coup d'œil, comprend ma demande et, par chance, change de sujet.

– Eh bien, la soirée a pris un tournant bien déprimant ! Et si on allait s'amuser, maintenant ? Qui veut faire du taureau ?

Tous les garçons sont partants. Ils finissent rapidement le reste de leurs bières. Je remercie alors Nikki en faisant clinquer mon verre contre le sien et en prenant une longue gorgée de ma bière pour la finir. Même si je n'ai bu qu'un verre, je me sens déjà un peu pompette en me relevant. Car en effet je ne tiens pas l'alcool, et c'est surtout pour cette raison que je ne bois pas souvent.

Myles fait la queue pour inscrire nos noms sur la liste tandis que je regarde une fille qui rit en se mettant en selle. Elle porte un débardeur très décolleté et une petite jupe verte – pas la meilleure tenue pour monter sur un taureau, mais les hommes du bar semblent apprécier. Celui qui contrôle le taureau affiche un sourire indécent en mettant la machine en marche. La fille rit tellement fort qu'elle manque de tomber dès les premières secousses. Elle s'accroche mais la bête motorisée se met à bouger d'une façon qui n'a rien à voir avec celle d'un vrai taureau, ce qui provoque mon indignation. Au lieu de tourner en rond et de se ruer, il… remue dans tous les sens. Il donne de tels à-coups que le décolleté de la pauvre fille rebondit à tout-va ; je commence à me dire que c'est justement le but. Elle se penche en avant, ce qui donne à tout le monde une vue plongeante sur son soutien-gorge rose et ne semble pas particulièrement la déranger. Mais moi, oui. Je me sens d'ailleurs doublement agacée lorsque je découvre qu'un traitement différent est réservé à tous les hommes qui passent après elle.

En attendant mon tour, je regarde cinq autres personnes faire leur tentative. Trois hommes et deux femmes. Les hommes ont droit à un taureau plutôt réaliste tandis que les filles se font toutes secouer les nichons. Ça me tape sur les nerfs.

Myles passe son bras autour de mes épaules pendant que je regarde encore une fille se faire projeter au sol avec les applaudissements des hommes autour.

– Tu es prête ? On passe juste après.

Le regard que je lui rends indique clairement que je préférerais de loin lécher la semelle de ma chaussure plutôt que de monter sur ce taureau.

– Je déclare forfait.

Il me regarde comme si je venais de tuer son chaton.

– Quoi ? Non, tu dois le faire !

Je fronce les sourcils. Mis à part réussir ma prochaine course, personne ne me dit ce que je dois faire. Il saisit la colère dans mes yeux et change de ton.

– Allez, s'il te plaît ! On va tous le faire, même Kevin.

Myles fait un petit signe d'encouragement à Kevin qui lui rend un timide salut.

L'air renfrogné, je ne relève pas ce qu'il vient de dire et me contente de pointer du doigt la fille qui sort de la piste en se passant les mains sur les fesses.

– Non, c'est dégradant.

Du bout des doigts, Myles force ma bouche à esquisser un sourire.

– Non, c'est amusant. Tu sais encore t'amuser ? Tu savais le faire à une époque, si je me souviens bien. Mais peut-être que je me trompe de personne.

J'écarte ses doigts de mon visage et secoue la tête.

– Je préfère boire de l'alcool dans le nombril d'un inconnu toute la nuit que monter sur ce taureau.

Myles pince les lèvres, comme s'il était en train de réfléchir.

– Je peux certainement arranger ça…

Il se met à regarder autour de lui mais je le pousse. Quel abruti ! Je me tourne vers Nikki et lui dis :

– Je pense que je vais prendre un taxi.

Pour moi, l'humiliation publique n'est pas quelque chose d'amusant. Ils protestent tous contre moi, surtout Nikki et Myles, mais je leur fais un signe d'adieu et m'éloigne avant qu'ils ne m'obligent à rester. Avec eux, mieux vaut filer rapidement.

Alors que je me dépêche de me faufiler à travers les gens qui font la queue, j'entends une voix familière me dire :

– Tu t'en vas, ma jolie ?

Je regarde sur ma droite et je tombe sur Hayden, le dernier de la file. Il est en train d'observer le spectacle en attendant son tour. Tout seul. Je me prépare alors à lui dire d'aller se faire voir, mais il se penche vers moi et mes mots ne sortent pas.

Mon Dieu, ce qu'il sent bon, comme la brise marine des nuits chaudes d'été.

Son visage se trouve tout près du mien, je distingue des poils blond foncé, châtain et roux parmi sa barbe de trois jours, ce qui me donne envie de l'étudier pendant des heures. Non, je ne veux plus jamais le revoir. Il est déjà pris… et je ne suis pas intéressée. Lorsque Hayden se met à me parler, sa voix est si grave que j'ai l'impression de la sentir vibrer contre ma cage thoracique.

– Le taureau t'a fait peur ? Tu ne devrais pas laisser gagner la peur…, dit-il avant de cligner des yeux et de reculer. Et puis j'ai l'impression que ça fait longtemps que tu ne t'es pas fait… secouer.

Avec ça, je retrouve la parole.

– T'aimerais bien le savoir, hein ? je murmure en me rapprochant de lui.

Mon intention n'est que de le provoquer, car jamais il ne pourra m'obtenir. Seulement, dès que nos hanches se touchent, la chaleur du jacuzzi refait surface et tout le reste se dissout. Comme lors d'une course contre lui, j'ai soudain l'impression que mon champ de vision se rétrécit et, bientôt, je ne vois plus que lui.

Hayden respire de façon plus saccadée. Il y a des flammes dans ses yeux lorsqu'il esquisse un sourire malicieux.

– Peut-être que j'aimerais bien, murmure-t-il, presque trop bas pour que je l'entende.

Il insuffle du courant électrique sur ma peau, mon corps est soudain secoué d'énergie. Ce qu'il vient de dire est totalement déplacé, surtout que sa petite amie n'est pas loin. Mais mon corps ne semble pas s'en soucier. Lorsqu'il se mord la lèvre inférieure, j'ai l'impression que la pièce se met à tourner. Merde alors, on ne se saoule pas avec une seule bière, si ?

Hayden fait brusquement un pas en arrière et secoue la tête comme s'il essayait de vider ses pensées. Ne plus être en contact avec lui revient à se réveiller d'un rêve – les bruits autour de moi s'intensifient, les odeurs du bar deviennent plus fortes. Hayden observe mon visage et son sourire est suffisant.

– Mais c'est encore mieux de te regarder marcher que de te voir sur ce taureau.

Il termine sa phrase en faisant un clin d'œil. Il flirte, cet enfoiré.

Je regarde par-dessus mon épaule pour constater que c'est au tour de mes coéquipiers. Heureusement, ils sont tous occupés à regarder Eli valser dans tous les sens. Comme je ne veux pas donner à Hayden la satisfaction de mater mes fesses en partant, je me tourne de l'autre côté et me dirige à nouveau vers Myles et Nikki, avec le rire de Hayden qui me suit tout le long.

Lorsque j'arrive auprès de Nikki, elle marque un temps d'arrêt puis elle se jette dans mes bras.

– Oh, super ! Tu as changé d'avis.

Je lui fais un sourire peu enthousiaste, puis je dis à Myles en grimaçant :

– Tu me revaudras ça, Kelley.

Pour faire bonne mesure, je me contente de lui tapoter le nez du bout des doigts. Il se passe la main dessus, comme s'il venait d'être piqué par une abeille, puis il finit par me sourire.

C'est au tour de Nikki. Bien entendu, elle en fait des tonnes. Ralph et Myles rient pendant toute sa performance tandis que le timide Kevin détourne respectueusement le regard. Puis c'est au tour de Ralph, qui est étonnamment doué. J'en viens même à me demander s'il a de l'expérience dans ce domaine. Peut-être qu'il est cow-boy pendant son temps libre. Cette image ravive ma bonne humeur le temps d'un instant. Jusqu'à ce que Myles se tourne vers moi et me dise :

– C'est à toi.

Je ne sais plus où me mettre. Mince alors ! Il est trop tard pour faire marche arrière, je décide donc d'afficher un grand sourire et de prétendre que tout va bien.

– Super !

Myles pose sa main sur mon bras.

– Bonne chance !

Prenant une voix confiante, je lui réponds :

– Je suis une pilote professionnelle, je n'ai pas besoin de chance sur un engin aussi stupide.

Faites que je ne tombe pas au bout de cinq secondes !

Je dois avancer jusqu'au type qui contrôle le taureau pour pouvoir entrer dans l'arène où je vais devoir affronter mon sort. Sur un coup de tête, voilà que je frappe des deux mains sur la table du type et que je me penche au-dessus de son tableau de commande. Il me dévisage, les yeux écarquillés. Il doit avoir mon âge, mais on dirait plutôt qu'il a quinze ans lorsque je le fusille du regard. Je prends la voix la plus intimidante possible et lui dis :

– Écoute, mec, tu as intérêt à faire exactement comme pour les hommes, sinon je reviens ici pour t'utiliser comme boule anti-stress. Et j'ai accumulé beaucoup de stress ces derniers temps. Compris ?

Le type cligne des yeux en hochant la tête. J'espère que je vais avoir droit à un taureau normal et pas à celui qui fait remuer les seins. Je ne suis vraiment pas d'humeur à être humiliée ce soir.

Déterminée, je grimpe sur la selle et décide de triompher sur ce taureau, comme j'ai triomphé un peu plus tôt sur le circuit. Si je sais rester suspendue au-dessus d'une route à plus de 240 km/h, alors je peux forcément affronter cette machine qui fait du sur-place. Ça devrait être beaucoup plus facile.

Je lance un dernier regard d'avertissement à celui qui manipule le taureau et m'installe de mon mieux sur la selle, en prévision de la folle chevauchée. Dès que je lui fais signe de commencer, il actionne quelques boutons et le taureau se met lentement à bouger. Je m'accroche au pommeau des deux mains, j'essaie de garder ma position pendant que le taureau commence à tourner. Le mouvement qu'il effectue est étrange, à la fois circulaire et chaloupé. Je n'y suis vraiment pas habituée. Zut. Je ne peux pas tomber de ce taureau. J'ai des choses à prouver.

Une fois que je me sens plus à l'aise avec le mouvement, je lâche le pommeau d'une main et me penche en avant, imitant tous les films de cow-boys que j'ai vus. C'est plus facile à dire qu'à faire, mais au bout de quelques secondes, j'ai l'impression d'y arriver. Ce n'est pas aussi difficile que je le craignais. Les mouvements de la machine ont quelque chose d'étrangement sensuel et le souvenir de mes hanches collées à celles de Hayden ne fait qu'amplifier cette sensation. J'essaie d'ignorer ce chatouillement de désir, mais plus j'essaie, plus il s'intensifie.

Alors que je tourne dans tous les sens, mon esprit se laisse entraîner par mon imagination. Je sais que c'est mal, pour de multiples raisons, pourtant je me mets à imaginer Hayden avec moi sur le taureau. Il me fait face et, à chaque mouvement, je m'écrase contre son corps. Une fois de plus, je sens que le monde rétrécit, seuls Hayden et moi sommes dans ce bar, luttant pour atteindre le même but. Je ne devrais pas me laisser aller comme ça… mais c'est si bon.

Je ferme les yeux et me concentre sur la douleur intense qui commence à se faire sentir dans mes muscles abdominaux, qui me supplient de tout lâcher. J'imagine Hayden qui pose ses mains partout sur moi, sa bouche chaude qui me caresse la peau, son corps qui va et vient en moi et les braises du désir qui se transforment en feu de passion. Savoir qui provoque ces choses en moi met presque fin au brasier, mais le mouvement perpétuel du taureau me pousse au-delà du point de non-retour ; à cet instant précis, je me fiche de mon mépris pour Hayden. Au contraire, ça ne fait que rendre son image plus douce, le mouvement plus érotique et interdit. Sans s'en apercevoir, Hayden est en train de me mener vers quelque chose de très beau, auquel il ne pourra jamais prendre part. C'est une forme de victoire pour moi.

Rien que de penser au fait de jouir, là, devant tout le monde, suffit à faire battre mon cœur à toute vitesse. Le coton très fin de mon pantalon me permet facilement de me concentrer sur le plaisir qui monte en moi. Si j'obtiens un peu plus de stimulation, je sais que je vais m'écrouler instantanément. Ça fait tellement longtemps que je n'ai pas ressenti ça…

Les secousses se font de plus en plus fortes, il devient alors de plus en plus difficile de rester en selle, mais je m'en fiche à présent. Je suis tout près de ressentir quelque chose d'incroyable, j'ai juste besoin de rester un peu plus pour atteindre mon but. Aussi subtilement que possible, je me penche vers l'avant, de telle sorte que tous mes points sensibles sont en contact avec la selle. Le taureau rue pile au bon moment, opérant la bonne pression, et je suis immédiatement envoyée au septième ciel. *Oh… mon Dieu… Putain… Oui, Hayden… Oui.*

Je viens d'être frappée par la dernière vague orgasmique quand le taureau s'arrête soudain de bouger. J'ai le souffle haletant et mon cœur palpite, n'ayant aucune idée de ce que la foule a vu. Comme je suis restée longtemps sur le taureau, ils sont tous en train d'applaudir et de m'acclamer – même le type qui contrôle la bête a l'air impressionné –, mais ont-ils remarqué que je viens d'avoir un orgasme ? Sur un foutu taureau mécanique ? En pensant à Hayden Hayes ? Mon Dieu… Je me sens sale. J'ai envie de crier de frustration, de taper dans quelque chose, de m'enfuir en courant et de pleurer… Mais je dois faire semblant que tout va bien, juste au cas où ils n'auraient rien vu.

Je descends du taureau et parcours nonchalamment la foule des yeux. Personne n'a l'air choqué, scandalisé ou même étonné. Au contraire. Ils ne semblent pas avoir remarqué quelque chose de bizarre pendant ma performance. Vraiment, personne ne s'est rendu compte de rien ? Même Myles et Nikki ont l'air contents de ma réussite. Quelle réussite… Mon cœur jubile d'allégresse lorsque je réalise que j'ai parfaitement caché l'euphorie qui s'était emparée de moi. Puis, par accident, je regarde en direction de Hayden et ma bulle de soulagement éclate instantanément au moment où je croise son regard.

Comme en témoigne le désir ardent qu'il affiche et le fait que sa main soit discrètement posée sur le devant de son pantalon, je me rends compte qu'il sait ce qui vient de se passer. Alors qu'il me dévisage, le souffle haletant et les lèvres entrouvertes, je me sens soudain extrêmement attirée par lui.

Je meurs d'envie de sentir son corps nu et dur enroulé autour du mien. J'ai envie de sentir la douceur de sa peau sous mes doigts et je veux qu'il goûte à la moiteur qu'il provoque chez moi. Je veux ensuite qu'il se glisse en moi, qu'il me donne un autre orgasme incroyable, que nous coopérions ensemble pour atteindre ce but. J'ai envie que nous fassions ensemble ce pas vers quelque chose qui nous dépasse… Et cette envie me fait totalement flipper.

Pas ce mec-là : il est déjà maqué, il ne représente que des ennuis. Ce n'est pas ce que je veux à présent. J'ai trop à faire, trop de pression, trop de choses à prouver… à sauver.

CHAPITRE 7

J'ai besoin de sortir de ce bar. Je jette un œil par-dessus mon épaule et découvre que Hayden est toujours seul, au bout de la file. Ses yeux émeraude sont rivés sur moi et, dès que nos regards se croisent, je sens une vague de chaleur remonter le long de ma colonne vertébrale. J'en ai le souffle coupé, ce qui me fait presque trébucher. Rien que de voir l'ardeur qu'il affiche dans son regard me donne envie de sentir ses mains, ses lèvres et son corps sur le mien. Mon Dieu, si le seul fait de m'imaginer avec lui a pu provoquer une telle jouissance, comment serait-ce de jouir avec lui pour de vrai ? Comment seraient ses baisers ? Sa peau ? Le bruit qu'il fait quand il vient… ?

Le désir que je ressens me rappelle pourquoi j'ai décidé de partir. *Cours ! Et ne t'arrête jamais ! Ce mec n'est pas fait pour toi.* Une fois dehors, je prends une bouffée d'air frais, les mains posées sur mes genoux, comme si je venais de finir un marathon. *Le contrôle, Kenzie. Il faut que tu améliores ce contrôle, une bonne fois pour toutes !*

– Tu pars ?

Cette voix familière me donne des frissons. Non, pas maintenant… Tout à coup, je me redresse et me retourne vers lui. Le regard de Hayden erre sur mon corps et ses lèvres esquissent un sourire beaucoup trop sexy. Que penserait sa copine si elle le voyait me tendre un sourire aussi séduisant. Ça devrait être illégal.

– J'avais tort, murmure-t-il, tellement tort… C'était beaucoup plus excitant de te regarder sur le taureau et maintenant… je ne veux plus jamais te laisser partir.

Son regard est de plus en plus enflammé à mesure qu'il s'approche de moi, comme une panthère qui traque sa proie. Sans le vouloir, je recule. Je ne suis la proie de personne.

– Désolée de te décevoir, mais j'ai un taxi à prendre.

Puis, involontairement, j'ajoute :

– Et toi tu devrais retourner auprès de tes amis.

Il fronce les sourcils en décelant mon ton acerbe. Je tente du mieux que je peux de dompter l'expression de mon visage. À lui de comprendre, ce n'est certainement pas moi qui vais lui rappeler qu'il a une copine.

Hayden réduit la distance qui nous sépare mais je m'entête et refuse de reculer à nouveau. Il est si proche de moi que sa jambe se trouve pour ainsi dire entre les miennes, ce qui me rappelle ce qui s'est passé sur le taureau. Son odeur me consume, ce mélange intriguant qui rappelle à la fois le martèlement des vagues, le sable brûlant et les rayons chauds du soleil qui caressent la peau. Putain, Hayden Hayes. Qu'est-ce qui m'arrive quand il est dans les parages ? C'est comme si ma tête allait dans un sens et mon corps dans l'autre. Ce qui est mal devient juste, les bas deviennent des hauts.

– Je n'ai jamais rencontré quelqu'un comme toi. Tu es différente de ce que je pensais, vraiment différente, dit-il en faisant encore un pas vers moi.

S'il continue à se rapprocher, certaines parties de mon corps vont se ranger de son côté… et je ne veux pas que ça se produise.

– Recule, je siffle entre mes dents, refusant toujours de bouger.

Pinçant mes lèvres, je regrette de lui avoir parlé, ce n'était pas mon intention. Plus aucun mot ne s'échappera de ma bouche.

– Quand tu te laisses aller… tes performances sur le circuit sont tout simplement incroyables. Tu es rapide, précise… avec des courbes parfaites.

Il pose ses yeux sur mon corps et je prends une longue inspiration. Est-il en train de flirter ou de me complimenter ? Dans tous les cas, c'est perturbant. J'ai juste envie qu'il parte.

– Tu sais vraiment piloter, Kenzie, dit-il les sourcils haussés, comme si je l'avais étonné.

Une fois de plus, un homme s'est permis de douter de mes capacités pour la seule raison que je suis une femme, ce qui provoque en moi l'explosion qui n'avait besoin que d'une étincelle. Je brise alors la promesse faite de ne plus parler.

– Merci pour le scoop. Eh non, je ne suis pas qu'une jolie fille ! Je mérite ma place dans l'équipe.

Le temps d'une seconde, il a vraiment l'air heurté par mon commentaire, mais sur ses lèvres finit par se dessiner un sourire.

– Non, tu n'es pas qu'une jolie fille… J'ai dit ça pour t'encourager. Je pense que parfois tu oublies combien tu es douée.

Je rassemble toutes mes forces pour reculer, puis je tourne rapidement les talons afin de partir. Il n'est pas dans ma tête, qu'est-ce qu'il en sait ? Il veut simplement m'énerver. C'est alors qu'il m'attrape par le bras pour m'arrêter.

– Attends, Kenzie. J'ai juste envie de te parler, rien de plus, je te le promets.

– Oui, c'est ça…, je murmure, en arrachant brusquement mon bras.

J'ai vu le désir dans ses yeux. Il veut bien plus qu'une simple conversation et je suis bien décidée à ne pas céder. Je ne devrais même pas lui parler. Et si un de mes amis surprenait ce petit… échange ? Et si sa petite amie nous voyait ? Je n'ai pas envie d'être virée ou qu'on me crie dessus ce soir. Je veux juste partir.

Ayant hâte d'effacer cette soirée de ma mémoire, je sors mon téléphone et je m'enfuis, traversant le parking à toute allure. Plus vite j'appellerai un taxi, plus vite je sortirai d'ici. Mais Hayden, têtu comme une mule, se met à courir derrière moi.

– Attends, Kenzie !

Et comme je ne m'arrête pas, il se met à crier :

– Putain, mais attends !

Il me rattrape et me prend par le bras pour me faire faire volte-face. Je me libère immédiatement de son étreinte. Il n'a pas le droit de me toucher. Le souffle haletant, il lance :

– Tu veux bien te calmer et me laisser te parler ?

Le visage neutre, je lui réponds calmement :

– Voilà, c'est fait.

Puis je me mets à chercher un numéro de taxi sur mon téléphone. C'est alors que Hayden me prend le téléphone des mains et le tient derrière son dos.

– Pourquoi es-tu si chiante ? demande-t-il, en écarquillant les yeux.

L'air se met à grésiller autour de nous. On entend presque le crépitement des étincelles et je sens un courant électrique vibrer dans mes pores, ainsi que dans toutes les cellules de mon corps. Aussi bizarre que cela puisse paraître, le simple fait d'être avec lui me stimule, me nourrit, aiguise mes sens. Que se passerait-il si je cédais ? Si je baissais ma garde ? Si je ne me contentais pas du rêve mais de la réalité ? Non… c'est bien la dernière personne avec qui j'ai envie d'être.

– Rends-moi mon téléphone ! je m'exclame.

– Non, pas tant que tu t'entêteras à ne pas me parler.

Le ton de sa voix est si autoritaire qu'il me rend furieuse. Pour qui se prend-il ? Pour mon père ?

– Te parler de quoi ? je demande en serrant les poings.

Si je le repousse, finira-t-il par me laisser tranquille ? Si je le tire vers mon corps, décidera-t-il de rester ?

Les yeux pleins de passion et de désir, il s'exclame :

– Eh bien, pour commencer, de ce qui se passe entre nous, par exemple.

Son regard glisse sur mon corps et je sais qu'il se réfère à la fameuse électricité dont l'air semble toujours gorgé dès que nous nous rapprochons. Même à cet instant, je la sens contre ma peau. La vision que j'ai eue avec lui m'a aidée à jouir, mais mon corps me fait clairement comprendre que ça ne suffit pas. Ses yeux inspectent chaque courbe de mon corps, ce qui intensifie cette douleur sourde chaque seconde de plus. Non, il fait partie des Benneti. C'est un voyou. Il est en couple. Il n'est pas fait pour moi.

– Je ne vois pas de quoi tu parles, dis-je d'un ton catégorique.

Hayden s'efforce de détacher son regard de mon corps et de le poser à nouveau sur mon visage, ce qui me fait frissonner. Il esquisse un sourire en coin avant de dire :

– Ah oui, c'est ta réponse de prédilection. Tu veux bien passer un autre disque ? Reconnaître que, quand nous sommes ensemble, nous pilotons mieux ? Ça ne sert à rien de le nier, alors arrête. Je sais que je vais plus vite quand tu es à côté de moi. On devrait s'entraîner ensemble.

Rien que la pensée de m'imaginer encore sur ma moto, l'affrontant à toute vitesse, fait battre mon cœur plus vite, et ma tête se met à tourner, alors que je ressens le besoin d'un autre type d'excitation. Oui, j'adore piloter contre lui sur un circuit ; je me sens plus sûre, plus confiante et plus détendue avec lui… j'ai l'impression de devenir enfin la pilote que je suis censée être. Je hais ce sentiment. Je ne veux rien de Hayden, surtout pas les frissons qu'il me procure quand nous nous donnons à fond. Persuadée que je dois mettre fin à ce cercle vicieux, avant même qu'il ne soit mis en place, je lui dis :

– Il est hors de question que je m'entraîne avec toi. Nous n'avons pas le droit d'être sur le circuit en même temps. Nous serions tous les deux virés et tu le sais. Alors, grandis, mon vieux, et débrouille-toi tout seul.

Son regard s'obscurcit.

– Tu es bien meilleure quand on s'affronte. Si tu veux faire grand bruit cette année, faire en sorte que les gens te remarquent, parlent de toi, de la Cox Racing… alors tu devrais t'entraîner avec moi. Et uniquement avec moi.

Il se rapproche encore plus de moi, son corps contre le mien. Ce désir que j'ai du mal à éteindre se déchaîne en moi. Je me sens en proie au délire, j'en veux plus. Mais je suis furieuse qu'il soit le seul à éveiller cela en moi.

– Ne me dis pas ce que je dois faire, dis-je en reculant. Je ne suis pas une gamine.

Il avance jusqu'à ce que nos pieds soient à nouveau collés, respirant difficilement. Contre toute attente, moi aussi.

– Tu es sûre ? Parce que parfois tu te comportes vraiment comme une gamine. Je veux juste t'aider, nous aider tous les deux. C'est si mal que ça ?

Oui, dans notre cas, c'est mal. Nous n'avons pas le droit de nous aider. Et puis, selon les rumeurs, seule sa propre victoire intéresse Hayden. Même si je ne suis pas totalement convaincue de l'histoire du trafic de motos, je crois fermement au fait qu'il ne pense qu'à lui – comme le prouve le fait qu'il flirte avec moi alors que sa copine attend patiemment à l'intérieur. Tout ce cinéma, c'est Hayden qui se vient en aide à lui-même.

Sa respiration est saccadée. Je baisse les yeux et découvre le centimètre de peau révélé par son T-shirt qui se soulève. Tout en sachant que c'est mal, apercevoir sa peau nue est une vraie torture. Mes doigts frémissent, veulent le toucher, l'explorer. Mais je ne céderai pas. Pas avec ce mec. Je relève le menton, ma détermination ayant repris le dessus, et je lui dis :

– Je confirme que je suis une femme et que je suis la fille d'une légende. Je n'ai pas besoin de ton aide. Rends-moi mon téléphone.

Hayden me dévisage pendant au moins trente secondes avant de faire quoi que ce soit. Puis, lentement, il me rend mon téléphone.

– Très bien. Voilà… princesse.

L'air se gorge d'électricité, un orage se prépare à éclater. Il vient de jeter la balle dans mon camp. Que faire, maintenant ? Le contrôle. Mon père veut que je fasse preuve de contrôle. Alors, le téléphone bien serré dans ma main, je fais demi-tour. J'ai bel et bien l'intention de le laisser planté là, de ne lui donner que le privilège de me regarder partir, le dos tourné.

Malheureusement, ça ne suffit pas pour Hayden. Avant que j'aie eu le temps de me mettre en marche, il me dit :

– Attends… une dernière chose avant que tu partes.

Puis il m'attrape, me retourne et m'attire contre son corps.

Ses bras, autour de moi, me serrent avec force. Je me sens prise à la fois de panique et de désir. Que va-t-il me faire ?

– Lâche-moi ! je crie, en me tortillant pour me libérer.

Son visage n'est plus qu'à quelques centimètres du mien, si près que je peux sentir son souffle sur mes joues et l'odeur du whisky qu'il a bu. Sa bouche avance vers moi et mon cœur se met à battre fort. Oh mon Dieu ! Il va m'embrasser. Ses lèvres sont si charnues, si tentantes, si puissantes… Pour moi, c'est grave qu'il trompe quelqu'un avec moi ; que je sois en compagnie d'un Benneti est encore pire… mais… malgré tout, au fond, j'ai vraiment envie de ce qu'il est sur le point de faire. *Oui… embrasse-moi.*

Cependant, avant que nos bouches ne se touchent, ses mains glissent le long de mon dos et il me pince les fesses. Très fort. Je laisse échapper un cri de surprise et de douleur, tandis qu'il se met à rire et me relâche. Je passe ma main sur mes fesses et lui jette un regard noir, si noir qu'il pourrait faire fondre la glace. Intérieurement, je me sens soulagée. Avais-je vraiment envie de l'embrasser ? C'est quoi ce bordel dans ma tête ?

Il me pointe du doigt et déclare :

– Ça, c'est pour ne pas porter de vert ce soir.

Sans attendre ma réponse, il retourne dans le bar. Je reste sous le choc, je n'arrive plus à bouger. Qui pince encore des gens pour la Saint-Patrick ? Et puis pourquoi je m'attendais – ou plutôt je voulais – à quelque chose de plus ?

***

Le lendemain matin, quand j'arrive au garage, Nikki est absente, mais Kevin et Eli sont là. Ils me saluent de la main quand je fais mon entrée et je prie pour qu'ils ne me demandent pas pourquoi j'ai soudain disparu la nuit dernière. Par chance, ils se remettent au travail dès que nous avons fini d'échanger les civilités habituelles – nous sommes tous très occupés avant la course du Wisconsin.

J'ai hâte de faire ma prochaine course. Daytona a presque été une réussite. Celle du Wisconsin le sera forcément.

Après avoir enfilé ma combinaison de cuir, je me dirige vers ma moto principale et l'inspecte de près, à la recherche de traces d'endommagement. Mais on dirait qu'il ne lui est rien arrivé. Elle a l'air toute neuve, grâce aux soins méticuleux de Nikki. Je teste les freins, les amortisseurs, l'arrivée d'air, l'huile, l'essence. Bien sûr, Nikki laisse toujours ma moto en parfait état, comme pour un jour de course, mais j'aime apprendre à la connaître, aller jusqu'à repérer la moindre égratignure de peinture. Ce n'est pas un simple engin ; cette moto est le prolongement de mon âme, et elle n'a qu'une envie, monter en flèche.

– Bientôt, ma belle, je murmure tendrement, en caressant le siège.

– Tu parles aux objets, maintenant ? Tu sais que c'est le premier signe de maladie mentale ?

Je relève la tête et découvre Myles qui avance vers moi. Il a l'air encore endormi et débraillé, comme s'il venait de sortir du lit.

– Tu es arrivé tôt, dis-je en souriant. Tu as perdu un pari ou quoi ?

Il fronce les sourcils, puis il regarde autour de nous.

– Oui… Je dois ranger tous les outils. Tu crois que Nikki va se rendre compte si je mets ceux-là par ici ? demande-t-il avec de l'espoir dans les yeux.

Je reste de marbre et réponds :

– Tu la connais, non ?

Myles pousse un soupir et s'assied sur un tabouret.

– C'est chiant. Cette fille est une vraie diablesse.

Je me mets à rire en attrapant mon casque sur une des tables et lui demande :

– C'était quoi, votre pari ?

Il fait mine de ne pas vouloir en parler.

– Oh, les détails ne sont pas importants.

Tout en faisant rouler ma moto, je lui donne une claque sur l'épaule.

– Tu es bien honnête d'avoir accepté d'aller jusqu'au bout du pari. Moi, je ne l'aurais pas fait.

Il me sourit.

– C'est parce que tu n'es pas un homme. Et que tu n'as pas peur de Nikki comme moi.

– Oui, les deux sont vrais, dis-je en riant.

Je m'apprête à le laisser finir sa tâche ingrate, mais son visage devient perplexe.

– Au fait, que t'est-il arrivé hier soir ? Avec Nikki on t'a cherchée partout mais tu avais… disparu.

Mon téléphone n'avait déjà plus de batterie quand ils ont commencé à me chercher. Je leur ai envoyé un message pour m'excuser, mais visiblement Myles veut en savoir plus.

– Comme je vous l'ai déjà dit, le taureau m'a donné la nausée, alors j'ai appelé un taxi et je suis rentrée à la maison. Après avoir vomi dans les toilettes plusieurs fois.

C'est justement ce mensonge qui me donne envie de vomir, mais je ne peux pas dire la vérité à mes amis. La rumeur selon laquelle il se passe quelque chose entre moi et Hayden se répandrait. Mon père n'aurait alors pas d'autre choix que de me virer. Le bannissement pour cause de contact avec les Benneti est sans pitié, même pour la fille de Jordan Cox.

Myles hausse les épaules et acquiesce comme s'il trouvait cela bizarre, mais il n'insiste pas. Je pousse un long soupir de soulagement et fais rouler ma moto vers les portes du garage.

– Mackenzie se prépare-t-elle à s'entraîner ?

La voix de mon père qui s'élève derrière moi m'arrête net. Je me retourne vers lui.

Il se dirige vers moi avec, dans les mains, les rapports des statistiques.

– Je viens de jeter un coup d'œil aux résultats d'hier. C'est bluffant, tu as battu tout le monde. Essaie de refaire la même chose aujourd'hui. La constance permet d'activer la mémoire musculaire. Et c'est exactement ce dont tu as besoin pour gagner au Road America.

Il tapote mon épaule avant de partir. Je le regarde, bouche bée. C'était une forme de compliment, en tout cas venant de mon père. Il en fait si rarement. Malheureusement, c'est le fait d'être contre Hayden qui m'a fait atteindre ces très bons chronos, hier. Franchement, je ne suis pas sûre de pouvoir répéter cette performance sans lui. Cela m'inquiète, mais il faut quand même que j'essaie. Je n'ai pas le choix.

Plus tard, dans la soirée, je retrouve mes sœurs pour aller faire du shopping. Regarder Daphné essayer un nombre infini de robes de mariage est bien la dernière chose que j'ai envie de faire, mais je lui ai promis de participer à ce rituel. Et puis, Daphné a décidé que notre père devait aussi venir avec nous. Il ne sait plus où se mettre, et ça c'est vraiment très drôle à voir.

– Elle est parfaite, Daphné. Prends-la.

Elle fait tournoyer devant lui sa dernière trouvaille tandis qu'il affiche un sourire affligé qui sous-entend clairement : *faites que quelqu'un vienne me sortir de là !*

Daphné s'arrête alors de virevolter, pose ses mains sur ses hanches et le fusille du regard :

– Tu as dit exactement la même chose à propos des trois autres. Tu ne peux pas toutes les aimer ! s'exclame-t-elle avant de pousser un soupir et de s'asseoir à côté de lui sur le banc blanc matelassé. Où est ton carnet ? Voyons voir ce que tu as noté.

Theresa et moi nous retenons difficilement d'exploser de rire, ce qui nous vaut un regard noir de la part de Daphné. Je me retourne pour observer les mannequins de la devanture tandis que Theresa se penche et chuchote à mon oreille.

– Je n'arrive pas à croire qu'elle l'oblige à prendre des notes sur chaque robe qu'elle essaye. Papa ne va jamais survivre à ce mariage.

Je suis d'accord avec elle, mais malheureusement, ce ne sont pas uniquement les tendances « bridezilla » de Daphné qui vont le tuer. Les prix, sur les étiquettes de toutes les robes que passe Daphné, sont composés au moins de quatre chiffres. Si seulement ma sœur avait des goûts moins sophistiqués.

– Attends de voir les chaussures, dis-je à Theresa, qui se retient de rire mais laisse échapper quelques gloussements.

Je ris alors aussi de bon cœur. Mais soudain, je repère quelque chose à l'extérieur qui me fait immédiatement perdre ma bonne humeur.

Hayden remonte le trottoir d'en face avec la fille de l'autre soir. C'est forcément sa copine. Je sens la bile remonter le long de ma gorge en les regardant marcher. Ils sont si mignons ensemble, et puis tellement à l'aise, comme s'ils se connaissaient depuis des années. Mais ce qui est le plus troublant, c'est la petite fille de sept ou huit ans qui marche entre eux, un gros bonnet sur la tête. Hayden et la fille tiennent chacun l'enfant par la main en faisant balancer leurs bras, comme dans ces images de familles parfaites. Oh mon Dieu… En plus, il a un enfant ? Donc, malgré le courant qui nous traverse parfois… entre lui et moi, il n'y a que les courses qui comptent. Son intérêt est ailleurs. Je ne suis qu'un pion qu'il utilise pour améliorer ses performances. Tant mieux. Loin de moi l'envie qu'il s'intéresse à moi.

– Hé ! Ça va ? demande Theresa en posant son menton sur mon épaule. Tu connais ce type, ou quoi ?

– Non, je réponds en me dépêchant de sourire et en me retournant vers ma famille.

Pour le coup, non, je ne le connais pas.

***

Le temps passe si vite. Voici que nous sommes déjà en train de nous préparer à prendre la route pour Elkhart Lake, dans le Wisconsin, pour le deuxième événement de la saison. J'ai vraiment hâte d'y aller. Je suis bien rétablie de ma chute de Daytona et prête pour faire sauter la treizième place. J'espère vraiment ne pas commettre d'erreurs lors de cette course. J'ai besoin de devenir l'incarnation de la pilote Cox la plus aguerrie. Cette fois, il faut que j'atteigne le podium. Notre entreprise familiale ne parviendra pas à remonter la pente par magie. C'est à moi d'exaucer le miracle pour lequel mon père n'arrête pas de prier.

Le vendredi matin, j'arrive sur le circuit très tôt, à l'heure la plus matinale autorisée. En dehors du tour de qualification et du tour d'entraînement, nous n'avons pas le droit d'être sur le circuit, mais il est important pour moi de bien l'étudier et de visualiser le parcours. Depuis notre stand de ravitaillement, le regard perdu dans le vide, je me représente dans ma tête en train de prendre les virages, de filer à une allure qui fait froid dans le dos sur les lignes droites. Je suis totalement absorbée par ma vision, mais un visage apparaît soudain dans ma ligne de mire et me distrait. Je cligne des yeux, confuse, mes pensées s'envolent, et le sourire de Myles fait surface devant moi.

– Coucou. Qu'est-ce que tu fais ?

Dans mon rêve, je dépasse Hayden, prends la tête du groupe et gagne la course. J'espère que c'est exactement ce qui va se passer ce week-end. Mes entraînements en solo n'ont pas donné les mêmes résultats qu'avec Hayden, je me pose donc plein de questions. Sans parler du fait de savoir qu'il a un enfant…

– Je suis en train de visualiser ma victoire, je réponds à Myles, en feignant un sourire détendu.

Ses yeux noirs s'illuminant d'encouragement, il acquiesce.

– C'est bien. Tu sais ce que ton père dit toujours à propos d'une victoire.

– Il faut la visualiser pour pouvoir l'obtenir, je réponds du tac au tac.

Myles pose amicalement sa main sur mon épaule, pile au moment où un groupe de journalistes s'approche de notre stand.

– Myles Kelley, Mackenzie Cox, acceptez-vous de nous dire quelques mots ?

Je reste de dos et fais une grimace que seul Myles peut apercevoir. Je déteste parler aux journalistes, surtout à ceux de la télé qui pointent leurs grosses caméras sur nous. Je trouve non seulement très gênant d'être filmée en train de parler à un inconnu, mais surtout, la seule chose qui les intéresse est de savoir ce que c'est que d'être la fille de Jordan Cox. Si seulement je pouvais répondre en toute franchise à ces questions… *« C'était comment de grandir avec un si grand modèle ? » C'était super, jusqu'à ce que je commence à faire des courses et que je découvre combien son ombre est grande, ce que vous passez d'ailleurs votre temps à me rappeler. « À quel âge votre père vous a-t-il dit qu'il vous accepterait dans son équipe ? » Vous insinuez que mes gènes sont la seule raison pour laquelle je suis dans cette équipe ? Merci, abruti. « Vous pensez que vous serez un jour capable de gagner un championnat comme votre père ? » Oh… c'est vrai, j'avais oublié. Comme je suis une fille, je n'ai aucune chance d'arriver première. Eh bien, allez vous faire voir.*

Myles me lance un sourire en coin avant de se tourner vers les journalistes.

– Bien sûr, pas de problème, répond-il.

Il n'a pas vraiment le choix. Les organisateurs du championnat insistent pour que tous les pilotes soient courtois avec la presse et répondent à leurs questions. De façon positive, bien entendu. Ils veulent attirer le public vers ce sport, en le représentant sous son plus beau jour. Les pilotes qui racontent des choses négatives aux caméras finissent par être pénalisés et par recevoir des amendes, tout comme ceux qui ignorent les caméras.

Je pousse un soupir, puis l'imite en esquissant un grand sourire aux journalistes qui attendent.

– Myles, comment vous sentez-vous aujourd'hui en vue de la course ? Des inquiétudes ?

Un homme tend le micro à Myles qui se transforme immédiatement en pro, comme toujours dès qu'il y a des caméras. Son habileté à raconter n'importe quoi m'a toujours rendue un peu jalouse. Lorsque des journalistes me posent des questions, j'ai surtout tendance à me transformer en idiote inintelligible.

Tandis que j'écoute Myles leur donner des réponses intelligentes et bien élaborées, mon cœur bat plus vite et mon estomac se serre. Le poids de mon nom est écrasant dans ce type de moments. J'ai l'impression que le monde s'attend à ce que je débite toutes sortes de théories et de concepts profonds chaque fois que j'ouvre la bouche, que j'évoque des idées et des postures qui changeraient à jamais la face de la Ligue – parce que c'est ce que mon père faisait. Ses discours ont changé les règles et influencé la discipline. Mais moi, je ne suis pas comme lui, je ne peux être que ma propre personne. Si la pénalité s'était résumée à une amende, j'aurais vite tourné les talons et laissé Myles répondre à ma place. Malheureusement, refuser de parler à la presse peut ensuite affecter le placement sur la grille de départ. Je ne peux pas risquer d'être placée à l'arrière du groupe.

Réfléchissant encore à ce que je pourrais dire lorsqu'ils me demanderont mon sentiment sur la course qui se rapproche, je me rends soudain compte que Myles s'est arrêté de parler et qu'un silence incommode flotte dans l'air. Myles me dévisage, les sourcils levés, et dès qu'il croise mon regard, il fait discrètement signe en direction des journalistes qui attendent. C'est alors que je comprends. Merde ! Ils m'ont posé une question et j'ai tout loupé. J'ai déjà l'air d'une idiote.

Je me racle la gorge et dis :

– Désolée, pouvez-vous répéter ?

Un journaliste qui semble déjà agacé de devoir se répéter lance :

– Alors, Mackenzie, étant la fille du légendaire Jordan Cox, vous devez avoir beaucoup de pression sur vos épaules pour faire une bonne saison, d'autant que des rumeurs courent sur les problèmes financiers de l'entreprise familiale. Votre père était-il content de vos résultats à Daytona ou était-il déçu de cette fâcheuse chute lors du dernier tour ?

J'ouvre la bouche mais aucun mot n'en sort. Qu'est-ce que je suis censée répondre à ça ? Ce que je finis par dire n'est sans doute pas la réponse la plus diplomatique.

– Je ne suis pas mon père, donc je ne peux pas répondre à cette question. Il vaut mieux que vous la lui posiez directement.

Le journaliste esquisse un léger sourire en coin puis ajoute :

– Je le ferai. Et votre sentiment sur le fait que votre ancien coéquipier Jimmy Holden ait annulé son contrat avec Cox Racing au début de la saison pour rejoindre les rangs de Stellar Racing ? Et sur le fait qu'il ait emporté avec lui un de vos plus gros sponsors ? Ça doit être un sacré coup dur, compte tenu des circonstances déjà fragilisées. Avez-vous des commentaires à ce sujet ?

Sa question me rend folle. Les difficultés qu'éprouve ma famille sont d'ordre privé, pas pour les journaux. Je me lance sans réfléchir et lui réponds :

– Je ne sais pas d'où vous tirez vos informations, mais sachez que notre entreprise va bien. Et c'est Jimmy qui a décidé de tourner le dos à l'équipe qui l'a fait grandir. Je dirais même que son mauvais résultat à la course de Daytona lui a fait payer son ingratitude. Parfois, on récolte la merde que l'on sème.

Le reporter écarquille les yeux et Myles pose la main sur mon épaule pour m'alerter. Mince. Je viens de dire un gros mot dans une interview, juste après avoir ouvertement critiqué un autre pilote.

– J'imagine que je ne peux pas vous demander de couper ma dernière phrase au montage, n'est-ce pas ?

Comme il voit bien que je ne me contrôle plus, le journaliste dit :

– Peut-être… Alors, une dernière question. Être une femme dans un univers totalement masculin doit être difficile, non ? Ressentez-vous la pression d'atteindre un certain… niveau ? Ou êtes-vous contente de votre niveau actuel ?

C'est bien une question piège, non ? Comment répondre sans me mettre encore plus dans le pétrin ? Je réfléchis quelques instants, puis je réponds :

– Je sais de quoi je suis capable et je sais que je n'ai pas encore atteint ce niveau. Je sais aussi que je vais y arriver parce que c'est qui je suis qui compte, et non pas ce que je suis. Donc, non, je ne sens pas de pression particulière parce que je suis une femme. Je suis une femme. Et je veux gagner parce que je suis pilote.

Ma voix s'enflamme un peu sur la fin et j'espère vraiment que le journaliste expliquera ça par de la ferveur et pas par une insulte. Affichant un sourire digne de celui d'un homme politique, le journaliste nous observe, Myles et moi.

– Je vous remercie pour le temps que vous m'avez accordé, dit-il en faisant signe au caméraman de couper.

Tout sourires, le petit groupe part à la recherche d'autres pilotes à harceler.

Je pousse un grognement et enfonce ma tête dans mes mains.

– Oh mon Dieu… ils vont montrer ce désastre à la télé, hein ? Je suis vraiment dans la merde.

Myles pose ses mains sur mes épaules pour me conforter.

– Ça aurait pu être pire, non ?

– Pas vraiment, dis-je en regardant les journalistes au loin, puis je secoue la tête. Mon père était si doué devant la presse, quand il pilotait encore. Les journalistes étaient tous à ses pieds, alors que moi je n'arrive même pas à dire deux phrases, et quand j'y arrive, je ne sors que des choses politiquement incorrectes.

Encore quelque chose qui nous différencie, mon père et moi. Myles me serre l'épaule.

– Vous vous ressemblez beaucoup, Kenzie. Sur un circuit. Et c'est ce qui compte vraiment.

J'aimerais tellement que ce soit vrai, mais nous savons tous les deux que, dans l'univers des courses, ça ne suffit pas d'être un bon pilote. Il faut aussi avoir du charme pour soigner son relationnel avec les sponsors et avoir une personnalité haute en couleur pour rassembler des fans. Je ne suis pas sûre d'avoir tous ces atouts.

C'est alors que je vois une nuée de journalistes se précipiter sur Hayden. Ils ont l'air de saliver à l'idée de parler au nouveau membre charismatique et photogénique de l'équipe Benneti. Hayden leur ouvre grand les bras et les journalistes ont l'air d'être suspendus à ses lèvres. Sa capacité à charmer la presse est encore autre chose qui m'énerve chez lui et qui me frustre. Je sens le doute s'immiscer en moi. Suis-je vraiment faite pour cette vie-là ? Pour les courses, c'est sûr, mais pour le reste…

Je m'empresse de jeter un saut d'eau froide sur ce brasier de doutes. Bien sûr que je suis totalement faite pour ça. Je veux faire ça depuis toujours.

N'écoutant pas la voix agaçante de Hayden qui résonne alors qu'il répond à toutes les questions sur ses débuts triomphants à Daytona, je reprends la visualisation de ma victoire. *Papa compte sur toi, mon équipe compte sur toi, l'entreprise compte sur toi... Tu peux le faire*. Je ferme les yeux et entrevois le circuit. Je me vois commencer à l'arrière du groupe. Puis j'imagine Hayden, je me glisse entre les autres pour le rattraper. Je sens mon corps se détendre alors que je visualise le moment où une opportunité se présente à moi et que je parviens à le doubler. Dans ma tête, la visière de son casque est transparente et je peux voir le choc sur son visage quand je le dépasse. Mon cœur se met à battre plus fort lorsque je m'imagine en train de m'éloigner de lui en un crissement de pneus, atteignant la ligne d'arrivée avec lui derrière moi. Alors j'éteins mon moteur et me retourne vers Hayden, un air de défi dans les yeux. Il s'arrête pile à côté de moi, retire son casque et me dévisage, le regard plein de désir. Soudain, il m'attrape par le cou et m'attire contre lui, me réclamant comme trophée puisque je viens de lui voler sa victoire sur le circuit. Bizarrement, j'ai envie de le laisser faire. Le souffle haletant, je me sens tout excitée lorsqu'il prend ma bouche dans la sienne.

Quoi ? Non ! Fini les rêves érotiques et tordus avec Hayden. Je me somme d'ouvrir les yeux et marque un temps d'arrêt en découvrant que le vrai Hayden se trouve en fait devant moi et qu'il ne me quitte pas des yeux. Je suis encore dans un drôle d'état, alors je prends une longue inspiration avant de lui adresser la parole. Mais j'ai quand même la voix rauque.

– Qu'est-ce que tu fais là ? Tu veux ma photo ?

Il regarde par-dessus son épaule les journalistes qui vont voir d'autres pilotes avant de poser à nouveau ses yeux sur moi.

– Tu médites ? demande-t-il en affichant un sourire narquois.

– Quelque chose dans ce genre.

L'image de notre baiser a ravivé le souvenir du moment torride à la sortie du bar, au cours duquel je le suppliais intérieurement de poser ses lèvres contre les miennes. Maintenant, je ne pense qu'à sa bouche. Il faut que je m'éclipse avant de faire quelque chose que je pourrais regretter plus tard, par exemple faire de ce rêve une réalité.

– Pas la peine de te remuer autant les méninges à propos de demain, reprend-il doucement. Ça va aller.

Sa perspicacité, qui l'amène toujours à déceler la noirceur et les doutes qui m'habitent et que je cache pourtant à tout le monde, me rend folle. Bizarrement, ça m'attire encore plus. Il me comprend.

– On n'a pas le droit de se parler, dis-je en m'éloignant de lui le plus vite possible.

Je ne sais pas où je vais mais je sais que ce n'est pas le moment d'être seule avec lui. Surtout avec tous les témoins potentiels autour de nous. Je dois continuer à avancer, jusqu'à ce que l'image de sa langue qui caresse la mienne s'efface totalement de mon esprit. Les motos. Il faut que je pense aux motos. Ou à la course. Ou à mon père. À tout sauf à Hayden. Il a une copine, un enfant. *Arrête de fantasmer.*

– Kenzie, attends !

Hayden me rejoint en courant, ce qui me donne envie de prendre mes jambes à mon cou. Mais je ne le fais pas, ça ne sert à rien. C'est bien connu, il ne me lâchera pas tant qu'il n'aura pas dit ce qu'il voulait. Dès que nous sommes plus ou moins seuls, il regarde autour de nous puis me demande :

– Comment ça s'est passé, avec les journalistes ? Tu as géré ? Ou tu t'es fait massacrer ?

En quoi ça le regarde ?

– Je n'ai pas envie d'en parler.

Je me précipite dans une allée entre deux garages, à la recherche d'un kiosque à sandwichs. J'ai besoin d'eau. Et aussi d'une douche froide.

Hayden, comme d'habitude, n'écoute pas ce que je dis.

– Tu t'es fait massacrer, hein ? Il faut toujours rester fidèle aux communiqués de ton équipe. Les médias adorent ce genre de conneries. Quand une caméra est pointée sur toi, il faut juste dire des trucs du genre : « Je dois tout à mon équipe, je ne serais rien sans leur soutien. Je n'aurais pas pu en arriver là sans toutes les personnes derrière moi… » La prochaine fois, dis ça, et tu verras ce qui se passe.

Je me demande depuis quand Hayden est un expert de ces choses-là. Depuis sa première et unique course à Daytona ? Il n'est qu'un simple pilote de rue qui arrive de nulle part dans cet univers alors que moi j'y suis plongée depuis toujours. Je m'arrête près d'une grande caravane et enfonce mes ongles dans les paumes de mes mains.

– Je n'ai pas besoin de tes conseils. Va-t'en.

Il me dévisage pendant au moins dix secondes avant de dire quelque chose. Sous ce silence, l'air entre nous devient combustible. Lorsqu'il parle enfin, sa voix est grave et sensuelle, ce qui éveille tout de suite mon désir.

– Quand tu deviens aussi sauvage avec moi, ça me donne juste envie de te pincer à nouveau.

Mon esprit m'ordonne de faire un pas en arrière – tout cela va me mener précisément là où je ne peux pas aller –, mais mon corps refuse d'écouter.

– Tu n'oserais pas, dis-je entre mes dents et en me penchant par mégarde vers l'avant.

Un petit sourire se dessine sur ses lèvres.

– J'aime les défis.

Le souffle haletant, nous continuons à nous dévisager. Je me sens toute rigide, j'attends qu'il fasse… quelque chose. Je ne saurais dire ce qui va se passer s'il le fait ou quelle sera ma réaction s'il ne fait rien. Bon ou mauvais, bien ou mal, j'ai besoin que quelque chose se passe. L'attente va finir par me faire exploser.

La respiration de Hayden s'accélère et ses mains tressautent comme s'il essayait de se retenir de m'attraper et de m'entraîner dans la caravane à côté de nous. Un sentiment irrationnel en moi veut qu'il succombe à la tentation et qu'il le fasse. *Oui, prends-moi et montre-moi combien tu sais y faire avec cette autre catégorie de courbes.*

Sa main se met à caresser ma cuisse et je me raidis. Va-t-il vraiment le faire ? Je laisse échapper un bruit en retenant mon souffle, son regard langoureux devient de plus en plus intense. Il veut clairement plus qu'un simple pincement, et moi, j'ai envie de le laisser faire… mais je me sens mal de vouloir ça. Il a une famille.

– Dis-le, murmure-t-il, tandis que sa main me caresse par-dessus mon jean.

Chaque mouvement me donne encore plus envie de lui. Comme si nous étions connectés par l'esprit, je sais exactement ce qu'il veut que je dise. Je me penche jusqu'à ce que nos torses se touchent.

– Chiche… Je te défie de le faire.

Je prononce ces mots lentement, d'une voix grave et sensuelle. Mon cœur bat la chamade. Qu'est-ce que je suis en train de faire ?

Hayden écarquille les yeux, le désir inonde son visage tandis qu'il m'attrape par les fesses et m'attire contre ses hanches. Je laisse échapper un gémissement en sentant combien il a envie de moi. *Oublie le pincement, prends-moi !*

– Kenzie, enfin te voilà ! Ton père te cherche partout.

En entendant la voix de Nikki, je repousse immédiatement les mains de Hayden et me tourne vers elle. Merde ! A-t-elle vu que Hayden me pelotait ? Comment puis-je expliquer cette situation ? Comment expliquer le fait de me trouver dans cet endroit isolé avec lui ? Nous ne devrions pas nous trouver ensemble dans ces conditions. Nous ne devrions pas être ensemble, tout court !

Nikki nous regarde l'un après l'autre, totalement décontenancée. On dirait qu'elle vient d'assister à une scène radicalement contre-nature. C'est un peu le cas. Les Benneti et les Cox n'ont pas l'habitude de traîner ensemble. En tout cas, pas s'ils veulent conserver leur travail. *Calme-toi, Kenzie. Sois naturelle.*

Mon naturel n'est visiblement pas assez convaincant. Nikki en vient rapidement à la conclusion que les gestes de Hayden n'étaient pas consentis de ma part. Elle n'a pas vraiment tort.

– Qu'est-ce que tu fous avec ma copine, Benneti ? Tu ferais mieux de dégager avant que j'appelle un juge et que je te fasse arrêter pour harcèlement.

Je fais une grimace et jette un coup d'œil à Nikki. Elle regarde trop de séries policières. Hayden lui lance un sourire narquois puis passe nonchalamment une main dans ses cheveux.

– Je suis sûr que personne ne m'arrêtera pour le simple fait de discuter… De toute façon, j'étais sur le point de partir.

– Tant mieux, dit Nikki.

Elle s'avance entre nous deux comme si elle était mon garde du corps. Hayden secoue la tête et s'éloigne tandis que Nikki le fusille du regard. Une fois qu'il est parti, elle se tourne vers moi, inquiète.

– Ça va ? Qu'est-ce qu'il t'a fait ? Qu'a-t-il dit ? Il t'a donné quelque chose à manger ou à boire ? Il t'a touchée ?

Je me souviens alors combien je voulais qu'il me touche et mes joues deviennent toutes rouges. Si seulement elle savait, elle m'écorcherait vif.

– Ça va, Nikki. Il était juste en train de me donner des conseils pour les interviews.

Nikki me lance un drôle de regard, je me rends alors immédiatement compte de mon erreur. Je n'aurais jamais dû prendre sa défense.

– Des conseils ? Aucun des conseils que ce gars te donne n'est à bon suivre. Tu as entendu ce qu'il a dit dans son interview ? *Pour moi, il n'y a pas vraiment de compétition sur un circuit. La seule personne que j'affronte, c'est moi.* Quel crétin prétentieux.

J'écarquille les yeux en entendant ça. Pas de vraie compétition ? Eh bien, c'est ce qu'on verra. Nikki acquiesce lorsqu'elle perçoit la colère qui monte en moi.

– Tu sais très bien pourquoi il pense ça.

Non, je ne pense pas le savoir.

– Non… pourquoi ?

Nikki lève les yeux au ciel.

– Souviens-toi de ce qu'Eli nous a dit l'autre soir dans le bar. La rumeur sur Hayden ? Et si ce n'était pas qu'une rumeur ?

Cette nuit-là, Nikki n'avait pas l'air de croire aux théories du complot d'Eli.

– Je ne pensais pas que tu avais gobé ça.

– Sans doute parce que j'ai fait en sorte de minimiser l'ampleur de la chose, dit-elle en grimaçant. Je ne veux surtout pas que les autres sachent pour les courses de rue – auxquelles je ne participe plus, comme tu me l'as demandé, donc tu peux arrêter de me regarder de travers. C'est juste que… je ne sais pas, Kenzie… Apparemment, il y a eu des accidents bizarres, avec des pannes inexpliquées, alors que lui, il est resté imbattable pendant très longtemps. Je n'en sais rien… Tout ce que je dis, c'est qu'il faut se méfier de lui. Fais attention à toi, d'accord ?

Pour toute réponse, je hoche la tête. C'est tout ce que je parviens à faire.

CHAPITRE 8

C'est une belle journée qui s'annonce dans le Wisconsin. Le temps est parfait pour la course. Road America, le circuit historique d'Elkhart, est le plus long de tous, avec plus de six kilomètres à chaque tour. Douze tours de piste suffisent pour compléter cette course de presque quatre-vingts kilomètres, qui paraît donc plus rapide qu'elle n'est en réalité.

Le départ de la course se rapproche et je ne tiens plus en place. Mon père en profite pour faire son éternel discours sur l'importance du self-control et ajoute :

– Tu es sur la bonne voie, Mackenzie, mais efforce-toi de garder le cap pour atteindre les sommets.

En gros, tout ce qu'il veut dire, c'est : *pas de conneries aujourd'hui, compris ?* J'acquiesce puis passe mon casque. Ses paroles me nouent l'estomac. Je n'ai pas l'intention de faire des conneries, mais parfois, des choses que je ne peux pas contrôler surviennent pendant les courses… Et si je n'arrivais pas à gérer correctement la situation ? J'inhale profondément et m'efforce de penser à quelque chose de beaucoup plus satisfaisant à mes yeux : botter les fesses de Hayden.

Lorsque nous sommes tous alignés sur la grille de départ, attendant que le feu passe au vert, j'arbore un sourire tellement grand que mes joues vont finir par se déchirer. Je me suis qualifiée dans les dix premiers, ce qui me remplit de joie, mais je suis tout de même quelques places derrière Hayden, ce qui ne m'enchante pas. C'est la première fois que je me sens aussi gonflée à bloc pour une course. En me sachant à quelques secondes d'affronter à nouveau Hayden, je ressens une énergie explosive qui déferle dans mes veines, comme des milliers de taureaux prêts à charger. Je manque de faire un faux départ, tellement j'ai hâte de démarrer. Le feu finit par passer au vert pile au bon moment, je suis enfin libérée. Cette fois, pas question que Hayden me vole ne serait-ce qu'une seconde de la course.

Je sens un incroyable coup de fouet lorsque je m'élance vers l'avant. Peu à peu, je me détends dans ma conduite et une seule pensée me vient à l'esprit : rattraper Hayden. Dans ma vision périphérique, la foule dans les gradins devient floue et les autres pilotes de la course ne sont plus que des numéros qui m'obstruent le passage jusqu'à lui. Où est-il ?

Lorsque je l'aperçois plus loin – seules quelques motos nous séparent –, je pousse mon bolide à dépasser ses limites. Ma seule inquiétude consiste à le dépasser. La route semble se soulever et se rapprocher de mon corps dans les virages, me donnant l'impression d'être immobile tandis que la piste bouge. Chaque fois que je me penche sur le côté, perchée au-dessus du goudron, ma moto vrombit en rythme ; ma position est impeccable. Je monte en flèche, l'espoir plein les yeux. Alors que je double quelques motos qui m'ont l'air de faire du surplace, une petite voix résonne en moi. *Rien ne t'empêche de gagner.*

Bientôt, je me retrouve pile derrière Hayden. Comme s'il sentait ma présence, il parvient miraculeusement à accélérer. Mais à chaque nouveau tour, je le rattrape un peu plus. Dès que je serai devant lui, tout le reste suivra. Cette course est la mienne.

Comme si le ciel avait entendu ma requête, lors de la seconde moitié de la course, la moto d'un des pilotes devant nous se met à dégager une fumée noire. Je lève les yeux juste à temps car la moto commence à vaciller et le pilote perd le contrôle ; vu la vitesse à laquelle il va, il est impossible pour lui de faire quoi que ce soit. La moto s'écrase au sol et part en vrille sans s'arrêter, jusqu'à atteindre le centre de la piste. Le pilote est pour sa part éjecté sur le bitume.

On agite un drapeau d'alerte, mais c'est trop tard pour ceux qui sont juste derrière lui. Je fais de mon mieux pour éviter les débris et tente de ne pas regarder le carnage. Je ne sais pas qui vient de faire cette chute, j'espère que la personne va bien.

C'est ensuite au drapeau rouge de faire son apparition, puis au drapeau à damier noir et blanc. La course est arrêtée. Je ralentis, les bras m'en tombent. Non ! J'étais à deux doigts de battre Hayden. Même si je suis inquiète pour le pilote qui vient de s'écraser, je n'arrive pas à croire que la course puisse s'achever ainsi.

Tandis que nous regagnons tous la ligne des stands, je bous à l'intérieur. J'aimerais que le pilote soit secouru, que la piste soit nettoyée et que nous reprenions la course. Elle n'est pas terminée, ça me perturbe. Malheureusement, nous avons dépassé les fameux quatre-vingts pour cent de la distance totale du circuit, ce qui veut dire que, conformément aux règles, elle ne pourra pas recommencer.

Je descends de ma moto et me dirige vers notre stand.

– Je l'avais presque ! Un tour et demi de plus, c'est tout ce qu'il me fallait ! dis-je, en projetant violemment mon casque à travers la pièce.

Heureusement que quelqu'un le rattrape, mon père déteste qu'on abîme le matériel sous l'effet de la colère. Disons qu'il a surtout une aversion particulière pour les accès de colère. D'ailleurs, moi aussi. *Ressaisis-toi, Kenzie*.

Alors que je m'apprête à demander pardon d'avoir ainsi jeté mes affaires, je remarque enfin à quel point l'atmosphère du stand est tendue… et je vois bien que ce n'est pas à cause de moi. Tout le monde semble retenir son souffle et attendre quelque chose. Les poils de ma nuque se hérissent, mon estomac se serre. C'est sans doute à propos du pilote qui est tombé. Il a dû faire une très mauvaise chute pour que tout le monde soit aussi anxieux.

Ils sont tous obnubilés par la télé qui montre différentes portions de piste, alors je les imite et me tourne vers l'écran. Il y a une ambulance sur la piste ainsi que trois ou quatre médecins qui entourent le corps gisant par terre. Je ne sais toujours pas de qui il s'agit.

Je regarde par-dessus mon épaule et repère Nikki qui se ronge les ongles. Je m'avance alors vers elle et lui demande :

– Qui c'est ?

J'étais tellement concentrée sur Hayden pendant la course que je n'ai aucune idée de qui est tombé.

Lorsque Nikki se tourne vers moi, elle a les larmes aux yeux et semble sur le point de craquer. J'en ai mal au ventre. Elle déglutit avant de parler et une larme coule sur sa joue.

– Myles, murmure-t-elle.

Non ! Ce n'est pas possible, Myles n'a jamais d'accident. Pas dans ces conditions. Mais maintenant que j'y repense, en oubliant Hayden, je revois la combinaison bleu et blanc, le numéro douze sur la moto du pilote qui perd le contrôle. Merde… c'est vraiment Myles, et pourtant je ne m'en suis pas aperçue. Qu'est-ce qui ne va pas chez moi ?

Je me sens prise de panique, de peur.

– Est-ce qu'il va bien ? Que se passe-t-il ?

Nikki secoue la tête.

– Je ne sais pas. Ton père est allé voir. John a mis le casque pour écouter les nouvelles… Nous ne savons rien pour l'instant. Mais… félicitations, Kenzie, dit-elle en posant sa main sur mon épaule. Tu es arrivée à la huitième place, c'est extraordinaire. Et puis tu as égalé le record déjà établi par une femme sur ce circuit.

J'étais tellement préoccupée par le fait que la course soit annulée que j'en ai oublié de vérifier mon placement. Je me sens un peu secouée, j'ai besoin de m'asseoir.

– Huitième ? J'ai atteint le…

Je pourrais former une phrase cohérente, mais ce sont les seuls mots que je parviens à prononcer. Nikki sourit et m'attire contre elle. Dès que ses bras sont autour de moi, elle se met à sangloter, ce qui me rappelle comment je suis arrivée à cette place : Myles. Faites qu'il aille bien.

Nous sentant incapables de rester là à attendre d'avoir plus de nouvelles, Nikki et moi décidons d'aller voir du côté du poste de secours, où quelques médecins travaillent à plein temps pour la Ligue. C'est l'endroit où Myles devrait être ramené de la piste. À moins que son dos ou son cou ne soient atteints, dans ce cas, l'ambulance le conduirait tout droit à l'hôpital. J'espère de toutes mes forces qu'il rejoigne d'abord le poste de secours. *Faites que ce ne soit pas grave.*

Le garage transformé en infirmerie de fortune est plein lorsque nous arrivons. L'équipe médicale s'occupe déjà d'un pilote déshydraté, d'un autre qui présente une grosse éraflure, et d'un autre encore qui a besoin de quelques points de suture. Ils paraissent tous les trois énervés d'être pris en charge. Les pilotes préfèrent en général se soigner eux-mêmes, mais les chefs d'équipe tendent à s'y opposer.

Nous entendons le nom de Myles prononcé par un type au téléphone et nous le suivons jusqu'à l'angle de la pièce où une table d'examen est en train d'être installée. Lorsque Myles arrive sur un brancard, je pousse un soupir de soulagement. Dieu soit loué, sa colonne vertébrale est intacte. Beaucoup de monde s'active autour de lui lorsqu'on le porte jusqu'au garage. Je sens mon cœur se serrer en voyant mon ami qui souffre. Son cou n'est pas atteint, mais il y a forcément quelque chose de grave.

– Myles ! Ça va ? je m'exclame en me précipitant pour lui venir en aide, mais les membres de l'équipe médicale m'en empêchent. Une femme en blouse blanche croise les bras et nous bloque le passage.

– Je suis désolée mais, à moins que vous ayez besoin de traitements, vous devrez patienter à l'extérieur.

Il me vient à l'esprit de faire semblant d'être encore blessée à la cheville, mais je me ravise. Mon père pourrait finir par me croire et me contraindre au repos pendant les jours qui viennent.

– Je veux juste savoir comment va Myles Kelley, un pilote de la Cox Racing. Il a eu un accident sur le circuit, pouvez-vous nous dire ce que vous savez ?

J'entends Myles qui pousse des cris de douleur pendant qu'on le déplace sur la table d'examen. Sa plainte me fend le cœur, je ne supporte pas de ne rien pouvoir faire pour l'aider.

La dame regarde derrière elle, en direction de Myles qui se fait enlever sa combinaison en cuir. Elle se tourne à nouveau vers nous et dit :

– Dès que nous en saurons davantage, on vous le dira. Pour le moment, je vous prie de patienter à l'extérieur.

Sur le point de protester encore, j'aperçois mon père parmi les gens qui aident Myles à se déshabiller. Le visage fermé, il nous fait signe de partir puis il ferme les rideaux autour de son lit, pour lui donner plus d'intimité.

Je pousse un soupir et tire Nikki vers l'extérieur du garage. Si l'infirmière ne peut rien nous dire pour le moment, mon père le fera plus tard. Il ne sert à rien de rester dans leurs pattes. Nikki semble lessivée tout en étant très agitée, et cela commence aussi à déteindre sur moi. Je la regarde faire les cent pas et sens une légion de fourmis affluer sous ma peau.

– Dis, si tu as besoin de te défouler, tu peux partir. Je t'enverrai un message dès que j'en sais davantage.

Nikki s'arrête et me regarde.

– D'accord. Je vais retourner au garage… voir si Kevin a eu des nouvelles de la moto de Myles.

Les juges doivent d'abord examiner la moto, probablement pendant des heures, mais Nikki a besoin de s'occuper alors je la serre dans mes bras et la laisse partir.

Mon père finit par sortir de l'infirmerie quinze minutes plus tard. Il a l'air usé en se frottant le visage avec les mains.

– Comment va-t-il ? je demande avec hésitation.

Mon père pousse un soupir.

– Il semble avoir la jambe cassée, et apparemment une fracture à la clavicule, aussi. Ils vont bientôt l'emmener à l'hôpital. On en saura plus à ce moment-là.

Heurtée par tant de sentiments contradictoires – la tristesse, la culpabilité, le soulagement –, je sens mes pensées se mettre à flotter. Des fractures ? Pas étonnant qu'il ait autant souffert. Mince alors, pendant qu'il était à l'agonie sur la piste, la seule chose qui m'intéressait était que la course continue. Et maintenant... Myles a besoin de se reposer. Mais combien de temps cela va durer ? Combien de courses va-t-il rater ? Même s'il n'en loupe qu'une, ce sera un coup dur.

– Combien de temps devra-t-il... ? Je veux dire, si ce sont des fractures, pourra-t-il encore... ?

Je n'arrive même pas à exprimer tout haut mon angoisse. Mon père comprend ma vraie question et secoue négativement la tête.

– Tout porte à croire qu'il ne pourra pas participer au reste de la saison.

Toute la saison… L'année ne fait que commencer et voici qu'elle s'achève déjà pour lui. Myles… Mon Dieu, il va être dévasté.

Mon père pose une main sur mon épaule, m'extirpant de mes pensées.

– Tu as fait une course plutôt convenable, aujourd'hui, Kenzie. Tu as même égalé un record. Mais malheureusement ça ne suffit pas, il ne faut pas se contenter d'égaler un record. J'ai besoin que tu mettes les bouchées doubles pour la prochaine course. Maintenant que Myles n'est plus en mesure de participer, tu es mon seul espoir d'obtenir une victoire. Ne me laisse pas tomber.

C'est comme s'il venait de projeter un bulldozer rempli de déception en plein dans mes entrailles et que cette secousse avait le pouvoir de me plier en deux. « Une course plutôt convenable » ? « Ça ne suffit pas » ? Voilà le seul encouragement que j'obtiens de la part de mon père après avoir égalé un record en place depuis six ans ? Je sais que je ne devrais pas me démoraliser, les compliments, ce n'est pas sa spécialité, mais ça me fait quand même du mal. Et ça me fait peur. Je suis le seul espoir de la Cox Racing ? Donc, si j'échoue…

Comme je n'arrive plus à parler, mon père en conclut que le débat est clos. Il passe devant moi tandis que je fais demi-tour pour le regarder partir. C'est tout ? Sérieusement ? *L'avenir de l'équipe est entre tes mains… ne fais pas tout foirer.* Et c'est censé m'inspirer ?

– C’est vraiment tout ce que tu as à me dire ? je m’exclame.

Mon père s’arrête et tourne la tête vers moi.

– Que veux-tu entendre de plus ?

Je lève une main en l’air puis la laisse retomber sur le côté en faisant un bruit sourd.

– J’ai égalé un record, Papa. Ça veut bien dire quelque chose. Peut-être même que ça mérite des félicitations, ou juste un *« bon boulot, Kenzie »*, *« belle performance »...*

Ou encore « Je t’aime, quoi qu’il arrive » ?

Mon père fronce les sourcils et semble agacé de m’entendre quémander un compliment. Je me sens soudain gênée et j’ai envie de disparaître sous terre. Je n’aurais pas dû l’ouvrir, j’aurais dû le laisser partir. Mon père déteste les gens qui s’apitoient sur leur sort. Il n’est clairement pas dans le métier pour consoler les pleurnicheurs. Il est là pour créer des pilotes. Voilà ce qu’il fait. Et... je respecte cela.

– Ce n’est pas mon rôle de te tenir la main, Mackenzie. Tes amis sont là pour ça. Mon rôle est de te former à être une meilleure pilote et je suis désolé de te le dire, mais quand je t’observe sur un circuit, je vois que tu peux faire beaucoup mieux. Je ne vais pas te faire des compliments superflus alors que je sais que tu vaux bien mieux que ce que tu laisses voir. Ce serait te mentir et mentir à cette équipe que de faire le contraire. Quand tu auras gagné une course, ou mieux encore, quand tu auras gagné de nombreuses courses, alors je lâcherai du lest et te féliciterai. Tu penses sans doute que je suis trop dur avec toi, mais c'est la dure réalité de la situation dans laquelle nous nous trouvons. Tout dépend de toi et je ne vais pas me satisfaire de la huitième place. Pas quand on a, comme toi, le potentiel d'atteindre la première. Maintenant, si tu veux bien m'excuser, j'ai des déclarations à faire.

Sur ce, il s'en va. Rage, tristesse et compréhension se livrent une bataille en moi alors que je l'observe s'éloigner. Il a raison, il n'est pas là pour me materner. Mais d'un autre côté, je suis sa fille, la plus jeune de ses enfants. Où est l'équilibre ? Pour lui, tout se résume au travail. Tout le temps. Peut-être que c'est pour cela que mes deux sœurs ont abandonné la moto. Elles ont rapidement compris ce que je commence à peine à percevoir : mon père ne sait pas combiner le rôle de leader et de père. Il est incapable de porter les deux casquettes.

J'essuie les larmes qui coulent sur mes joues et me retourne vers Myles. C'est alors que je remarque quelqu'un qui m'observe. Hayden. Vu l'expression de son visage, il a clairement assisté à la scène avec mon père. Super. Je n'ai pas du tout envie de me montrer faible face à lui, surtout quand il s'agit de faiblesses liées à ma famille. *Eh oui ! La Cox Racing, équipe légendaire formée par un père et sa fille, est loin d'être parfaite.* Mais la perfection existe-t-elle dans ce monde ?

Je ne veux pas que Hayden me voie ainsi et je n'ai surtout pas envie de lui parler dans cet état. Je ne sais pas quelle serait ma réaction : je pourrais le réduire en morceaux, ou bien m'effondrer dans ses bras. Il m'examine avec inquiétude, une expression que je n'ai pas l'habitude de voir sur son visage et qui me met mal à l'aise. J'aurais préféré qu'il me regarde plutôt avec désir. Qu'il veuille m'arracher mes vêtements.

Hayden jette un coup d'œil en direction de mon père.

– Difficile à satisfaire, dit-il.

Parfois j'ai l'impression que c'est tout simplement une tâche impossible.

– Il a ses raisons, dis-je d'une voix aiguë.

J'ai les yeux qui piquent, des larmes perfides montent en moi. Non, je ne vais pas pleurer devant lui.

– Qu'est-ce que tu fais là ? je demande en clignant des yeux le plus rapidement possible.

Hayden me dévisage d'un air contemplatif, comme s'il était en train de voir les choses sous un jour différent. C'est frustrant, je n'ai pas envie qu'il m'examine. Puis il déclare :

– Tu devrais être contente de l'avoir. C'est plus difficile quand on n'a personne.

Sa voix est douce, compréhensive. Je n'ai pas l'habitude de ça avec lui. Mon cœur se met à battre plus fort, sans que je sache trop pourquoi. Je suis sur le point de lui demander ce qu'il veut dire par là mais voilà qu'une voix retentit derrière lui :

– Hé ! Connard ! Keith veut te voir. Tout de suite !

Je me glace sur place. Oh non ! Quelqu'un a dû nous voir. Mais nous ne faisons rien de mal… nous sommes juste en train de discuter, sans vraiment discuter… Et puis l'instant d'après, je sens une vague de chaleur qui me submerge. Connard ? Ils viennent vraiment de l'appeler comme ça ? Et pourquoi ça me dérange ?

Hayden et moi nous retournons sur deux pilotes de la Benneti qui s'avancent vers nous, en offrant une incarnation parfaite de la suffisance et de la prétention. Je ne leur ai jamais parlé mais je les reconnais : Maxwell et Rodney. Deux gros cons.

Lorsque Maxwell atteint Hayden, il enfonce un doigt dans son torse.

– Qu'est-ce que tu fous ? Tu fraternises avec une Cox ? Intéressant… Si tu nous achètes deux bières en allant voir Keith, on oubliera peut-être de le mentionner, dit-il avant de se tourner vers moi. Salut, poupée.

Hayden esquisse un sourire mais son regard est glacial.

– Fais gaffe, Maxwell. Elle mord, surtout quand des abrutis comme toi lui donnent un petit nom.

Le visage de Maxwell se pétrifie.

– Quand tu auras fini avec Keith, sale morveux, tu pourras nettoyer les motos. Toutes les motos. À moins que tu veuilles qu'on évoque ton petit rendez-vous, bien sûr.

Rodney pousse un grognement et donne un coup de poing à Hayden dans le bras, puis ils repartent tous les deux en se faisant un « high five », comme s'ils venaient de faire quelque chose qui mérite d'être célébré. Bande de cons.

Hayden reste stoïque et immobile, mais cela l'a évidemment touché. Peut-être que c'est à ça qu'il pensait en disant que c'est plus difficile quand on n'a personne.

– Difficiles à satisfaire, hein ? dis-je pour détendre l'atmosphère.

Il esquisse un sourire en coin et le vide glacial qui s'était répandu en lui disparaît instantanément.

– Ouais. Comme ton père, ils sont cons, mais je m'en fiche. Je ne suis pas là pour me faire des amis.

Visiblement, non, puisqu'il vient d'insulter mon père. *Tu ne sais rien de lui.* La colère bout en moi, alors que sa proposition de nous entraîner ensemble me revient à l'esprit, ainsi que l'image de lui marchant dans la rue en compagnie de sa copine et de sa fille. Non, Hayden est définitivement là pour gagner. Sa ferveur à mon égard n'est qu'un moyen pour que j'accepte de m'entraîner avec lui.

– Je dois aller voir comment va Myles, dis-je avec froideur.

Sur le point de lui dire au revoir, je remarque quelqu'un qui se tient près des arbustes et siffle pour attirer l'attention de Hayden. À moins que je ne me trompe… il s'agit du petit homme du bar. Et derrière lui, le gros. Que font-ils là ?

– Euh… Je crois que quelqu'un souhaite te parler.

Est-ce que sa famille est là aussi ? Super. Non mais qu'est-ce que je fais là à lui adresser la parole ? Hayden se tourne pour voir qui je regarde. Lorsqu'il aperçoit les deux types, il pousse un soupir.

– Bon, il faut que j'y aille, dit-il avant de poser à nouveau les yeux sur moi. Jolie performance, aujourd'hui, numéro vingt-deux.

En entendant la sincérité dans sa voix, mon sentiment envers lui change à nouveau.

– Merci…

Je n'aime pas la sensation que je ressens dans mon ventre en le remerciant.

– Tes coéquipiers ne vont rien dire de tout ça à Keith, hein ?

J'espère vraiment que non. Hayden n'a pourtant pas l'air inquiet.

– Je n'ai pas l'intention de me faire virer. Je suis prêt à tout pour qu'ils se taisent. Tu n'as pas à t'inquiéter.

Sa réponse me rassure, mais je sens quand même un malaise qui me traverse.

– D'accord… Bon, à plus, numéro quarante-trois.

Quoi ? Pourquoi ai-je dit ça ? Je ne compte pas le revoir, au contraire, je ne veux plus jamais croiser son chemin. Je le regarde s'éloigner pour retrouver ses amis. Le petit mec montre sa montre du doigt et fait signe par-dessus son épaule. Hayden acquiesce et désigne du doigt le stand Benneti, puis il pose la main sur l'épaule de son ami et commence à s'éloigner. Ses amis ont l'air en colère de le voir partir, comme s'ils pensaient pouvoir immédiatement partir avec lui. Je me demande ce qu'ils étaient en train de se dire, puis je me rappelle que tout cela ne me concerne aucunement.

Agacée par ma curiosité, je rentre dans l'infirmerie pour parler avec Myles. L'atmosphère autour de sa table d'examen est pesante. Le personnel de l'équipe soignante affiche des expressions contraintes. Il me suffit de les regarder pour comprendre que Myles est dans un état grave. Il a le regard plongé au plafond lorsque je m'approche de sa table, le visage tendu comme s'il essayait de réprimer la douleur.

– Myles…, dis-je en posant ma main sur son bras. Comment vas-tu ?

– Tant que je ne bouge pas, ça va, répond-il, la mâchoire serrée, puis il pose ses yeux sur moi, des yeux qui trahissent son désarroi. Et toi, comment tu t'en es sortie ?

J'esquisse un sourire triste et secoue la tête.

– Tu as la jambe cassée et tu me demandes comment je m'en suis sortie ?

Myles hausse les épaules et retient son souffle en fermant les yeux.

– Je préfère ça que de penser à ma performance, dit-il en grognant.

Je me sens prise de chagrin et aussi de culpabilité.

– Je suis désolée, Myles, je murmure en détournant le regard car un malaise s'immisce entre nous deux.

J'aimerais qu'il dise quelque chose de drôle pour le faire disparaître, comme il le fait d'habitude dans ce genre de situations. Mais là, ses yeux se noircissent de colère. Il regarde autour de nous pour vérifier que nous sommes seuls puis il essaye de se rapprocher, ce qui lui fait clairement mal, alors je me penche en avant pour l'aider. Une fois près de moi, il déclare :

– Cet accident n'était pas normal, Kenzie. Il a été provoqué par quelqu'un.

Ce qu'il vient de dire me choque profondément. Ce n'est pas une accusation anodine.

– Myles, tu es sûr que quelqu'un a…, dis-je, mais je n'arrive même pas à finir ma phrase. Les accidents arrivent, c'est horrible, mais ça fait partie des courses, tu le sais.

Il presse ses lèvres l'une contre l'autre.

– Pas comme ça. Tu ne sauras jamais ce que j'ai ressenti quand je suis tombé. Je n'ai pas roulé sur une flaque d'essence, je n'ai pas perdu le contrôle de la moto, je n'ai pas percuté quelqu'un. Non ! Quelque chose a fait un drôle de bruit dans le moteur… et puis il y a eu des étincelles… et soudain, elle s'est mise à vibrer dans tous les sens. Tu sais combien Nikki et Kevin prennent soin des motos. C'est tout simplement impossible que le moteur explose ainsi…

J'aimerais lui dire que c'est plausible, le seul fait de participer à une course altère le matériel, mais je sais qu'il ne m'écouterait pas. Il est en état de choc, il a mal et il préférerait sans doute être inconscient.

– Myles, tu devrais te reposer…

Il se redresse légèrement et siffle entre ses dents.

– Tu as entendu ce qu'Eli a dit. Hayden est capable de tout pour gagner. Je pense qu'Eli a raison et que Hayden a saboté ma moto…

Il ferme les yeux et retombe sur le dos en faisant un bruit sourd. Des infirmiers se précipitent vers lui et me repoussent. Je suis tellement ébahie que je les laisse faire. J'aimerais effacer toutes les balivernes de Myles de ma mémoire, qui sont sans doute dues à la douleur, mais ce qu'il a dit n'arrête pas de clignoter dans mon cerveau : *Hayden est capable de tout pour gagner*. Un écho aux propres menaces de Hayden : *Je suis prêt à tout pour qu'ils se taisent.*

Qu'est-ce que ça veut dire, exactement ?

CHAPITRE 9

Assise sur mon lit à la maison, j'abandonne l'idée de trouver le sommeil. Mon esprit est trop alerte pour pouvoir se reposer. Au lieu de vérifier l'heure, je regarde à travers la fenêtre de ma chambre. L'obscurité s'accroche encore au paysage, mais une faible lueur venant de l'est commence à caresser le ciel. C'est bien trop tôt pour aller au circuit, mais c'est le bon moment pour aller surfer quelques vagues au bord de l'océan. Peut-être que l'eau éclaircira mes idées.

Je sors du lit, avance laborieusement vers le placard et attrape mon maillot de bain ainsi que ma combinaison. Je vis en Californie, mais même ici, l'océan est encore trop froid au printemps. Une fois habillée, j'atteins l'arrière de la maison en un rien de temps. La maison que je loue est petite, composée d'une seule chambre, d'une salle de bain, d'un petit salon et d'une cuisine. Je suis la seule à y vivre, n'ayant même pas d'animal de compagnie. Dans la vie, j'aime la simplicité et l'efficacité. Les murs des couloirs sont nus, la salle de bain ne dispose que d'une brosse à dents et de quelques produits de toilette, tous bien rangés. Les seules photos exposées se trouvent dans le salon, souvenir du mariage de mes parents, de vacances avec mon père et mes sœurs, et de moi sur ma première moto à l'occasion de ma première course. Voilà pour ce qui est de la décoration. En fait, je ne suis presque jamais chez moi. Quand je ne suis pas en déplacement pour une course ou sur le circuit pour m'entraîner, je vais chez des amis ou je rends visite à ma famille. Ma maison ne me sert qu'à dormir la nuit.

Une fois dans mon garage, je contourne ma moto et me dirige vers le pick-up que j'ai racheté à Myles. Je préfère de loin conduire ma moto dans tous mes déplacements, mais parfois ce n'est pas la solution la plus pratique.

Ma planche de surf repose contre le mur du garage. Après l'avoir convenablement installée dans le pick-up, me voilà partie. Dehors, tout est paisible en cette heure si matinale. Calme. Pas une ombre d'agitation, pas de circulation. Juste du silence. Alors que l'aube se lève, les couleurs jaune, orange et rouge parsèment le ciel, le transformant en un si beau tableau qu'il ferait sans doute pleurer même le plus grand des artistes.

En dépit de la beauté qui m'entoure, mes pensées reviennent sans cesse au circuit. Depuis que nous sommes rentrés de Road America, mes chronomètres ont dégringolé. C'est dur de l'admettre, mais mes tours de piste ne sont plus aussi rapides que lorsque j'affronte Hayden. C'est comme si le fait d'être avec lui sur le circuit me procurait une dose d'adrénaline que rien d'autre ne semble pouvoir imiter.

Je repère la route qui mène à ma plage préférée et avance précautionneusement le long du chemin cahoteux. Parfois, d'autres voitures sont garées sur les côtés, utilisés par les gens de la région comme places de parking improvisées, mais aujourd'hui je suis seule.

J'attrape ma planche à l'arrière du pick-up et me dirige à travers l'herbe jusqu'au rivage rocailleux de la plage. Le bruit des vagues qui s'écrasent en rythme me détend instantanément. Je fais glisser ma planche et rentre dans l'océan. Une fois l'eau jusqu'au ventre, je m'immerge entièrement puis je ramène mes cheveux en arrière. La fraîcheur me fait trembler mais, rapidement, je m'habitue.

Je nage au-delà de la zone où les vagues se brisent, puis j'enfourche ma planche. Prenant une inspiration purifiante, je jette un coup d'œil à la crique tranquille. Le lever du soleil a peint le ciel de nuées rose pâle, le rivage est maintenant parfaitement visible. C'est un jour idéal pour faire du surf. Les oiseaux sont déjà debout, ils disent bonjour en gazouillant et l'odeur d'eau salée s'infiltre dans l'air. Bizarrement, cette odeur me fait penser à Hayden. J'aperçois une bonne vague, alors je rame jusqu'au bord pour ensuite me hisser sur mes deux pieds. La montée d'adrénaline que je ressens lorsque je m'élance sur la vague n'est pas aussi satisfaisante que celle des courses de motos, mais elle s'en rapproche. Le sourire jusqu'aux oreilles, je reste en équilibre, au bord du précipice, jusqu'à presque atteindre la plage.

Pendant l'heure qui suit, je m'amuse dans les vagues ; l'océan et moi apprenons à nous connaître en cette matinée si idyllique. Tout le stress de ces derniers temps m'a quitté : la pression de ne pas être à la hauteur de mon nom, l'accident de Myles qui l'empêchera de finir la saison, ses accusations alarmantes sur l'éventuelle responsabilité de Hayden, tous les mystères qui entourent ce dernier et toutes ces choses agaçantes et excitantes que je ressens lorsque nous sommes seuls. Là, il n'y a plus que moi, ma planche et les vagues. Un vrai paradis.

Malheureusement, tout a une fin. Je ne me sens pas encore prête à interrompre ce moment de solitude magique, mais il est déjà l'heure d'aller travailler.

Je me change rapidement dans la voiture et quitte la plage en direction du circuit. J'aperçois le pick-up de mon père. Il est déjà là, ainsi que Kevin, Eli et Ralph. Chose surprenante, la voiture de Nikki est là aussi. Je pense pouvoir compter le nombre de fois où elle est arrivée avant moi.

Nikki est vraiment dévastée par ce qui est arrivé à Myles. Je pense qu'elle s'en veut. Elle n'est pas la mécanicienne principale de Myles mais elle s'occupe toujours de sa moto avant une course ; elle est convaincue d'avoir oublié quelque chose.

Je me gare à côté de mon père, ferme ma voiture, puis je marche en direction du garage. Depuis quelques jours, Nikki et Kevin passent leur temps à inspecter dans les moindres détails toutes les différentes pièces de la moto de Myles, à la recherche de preuves. Après avoir éjecté Myles au sol, la moto a vrillé avant de culbuter et d'être totalement détruite. Elle n'est pas réparable, ni mon père ni Myles n'ont les moyens de la remplacer. Un problème de plus qui repose sur mes épaules. Je suis le dernier espoir de l'équipe Cox Racing.

Nikki me jette un coup d'œil lorsque je fais mon entrée.

– Salut, dis-je, comment ça va ?

Elle pousse un soupir et s'essuie les mains dans un torchon.

– Sa moto n'aurait pas dû réagir comme ça, et maintenant elle est complètement détruite, je n'arrive pas à expliquer ce qui s'est passé.

Elle jette le torchon avec frustration sur son établi.

– Je suis sûre que vous trouverez, dis-je, en essayant de l'encourager.

Elle me sourit à moitié.

– Merci. Au fait… je dois te dire quelque chose, dit-elle, et son sourire disparaît. Tu te souviens de l'interview que tu as donnée à Road America ? Celle qui n'arrête pas d'être passée en boucle à la télé ? Ton père a eu des représentants de la Ligue au téléphone… et ils ont décidé de pénaliser notre équipe d'une amende pour diffamation, à cause de ce que tu as dit sur Jimmy. Quelle bande de moralisateurs !

Elle lève les yeux au ciel. J'ai un nœud dans l'estomac.

– Cet abruti avait promis qu'il couperait ce passage au montage.

Nikki fait une grimace.

– Je sais. En plus, personne ne parle du fait que tu as égalé un record. Ils sont tous focalisés sur cette interview stupide. Et sur l'accident de Myles… Ils n'arrêtent pas d'en parler, c'est écœurant. Ça me donne envie de…

Elle frappe son poing contre la paume de sa main, pour insister. Je souris en voyant combien l'honneur de Myles et le mien lui tiennent à cœur, mais Nikki ne ferait pas de mal à une mouche, je le sais bien ! Et puis, pas question de blesser qui ce soit. Tout cela n'est dû qu'à la malchance et parce que je ne sais pas tenir ma langue.

– Je ferais mieux d'aller voir mon père pour apaiser la situation. Il doit être vraiment en colère.

– C'est dur de savoir avec lui. Il est toujours fidèle à lui-même, mais oui… entre Jimmy qui est parti, Myles pour qui la saison est terminée, le mariage de ta sœur qui devient chaque jour plus cher – tu as entendu qu'elle veut des colombes en plus des papillons, maintenant ? Quelle diva… Bon, disons que pour ton dérapage, ce n'est vraiment pas le moment, dit-elle avant de pousser un soupir puis d'écarquiller les yeux. Je ne veux pas dire que c'est ta faute, j'aurais répondu la même chose.

Ce journaliste est vraiment un enfoiré de l'avoir diffusé.

Je la remercie de tenter de me remonter le moral, puis je monte à l'étage pour affronter mon père. Ça m'a fait du bien d'entendre Nikki me défendre, mais je sais bien qui est en tort.

Dès que je mets un pied dans le bureau de mon père, vu l'expression de son visage, je sais que je vais avoir droit à un sermon. Afin de gagner un peu de temps, j'essaie de le déstabiliser en lui rappelant quelque chose qui doit sans doute l'agacer.

– Alors comme ça… Daphné veut que tu choisisses la chanson de votre danse père-fille ? Tu as pensé à « *Butterfly Kisses*[1] » ? C'est très sentimental, mais c'est facile à danser.

L'expression furieuse de mon père se tord en grimace.

– Ne me rappelle pas que…, dit-il, puis il secoue la tête. J'imagine que Nikki t'a dit, pour l'amende ?

J'acquiesce.

– Elle m'a aussi dit pour les colombes. Daphné veut que ses invités se fassent chier dessus, ou quoi ?

Il croise les bras, alors je pousse un soupir et poursuis :

– Je sais, je sais. Je suis désolée. Tu sais combien je suis nulle en interview et ils m'ont prise par

---

1 Chanson, assez ringarde, souvent utilisée pour la danse père-fille lors des mariages aux États-Unis.

surprise. Chaque fois que je pense à Jimmy, j'ai juste envie de…

Je lève les mains et fais semblant d'étrangler le cou imaginaire de Jimmy. Il esquisse un sourire, qui s'efface rapidement.

– Je comprends ton instinct, Mackenzie, mais tu dois contrôler ce que tu dis autant que ce que tu fais. Peut-être même plus. L'amende n'est pas trop élevée, mais ça suffit pour nous affecter. Surtout que Myles n'est plus des nôtres pour la saison… déclare-t-il en passant une main sur sa figure. Je me fiche que tu sois prête ou non. Tu dois avoir une attitude exemplaire, dès maintenant.

– Je sais, Papa. Je…

Il ne me laisse pas terminer.

– Explique-moi pourquoi la qualité de tes tours ne fait que décliner depuis le Wisconsin ? Il y a trop de relâchement. Tu vaux mieux que ça. Qu'est-ce qui se passe ?

Tu as placé tout le destin de l'équipe entre mes mains inexpérimentées et je ne fais pas le poids. Voilà ce qui se passe. Ne me sentant pas capable de lui avouer toute la pression que je ressens de façon aussi brutale, je hausse les épaules et lui donne une réponse des plus pathétiques :

– Je ne sais pas… J'essaie de faire de mon mieux, Papa. C'est juste que… ça ne marche pas.

Il fronce alors les sourcils avec sévérité. Mon père déteste les réponses foireuses. Il veut de vrais arguments, que je lui explique que mes chronos sont nuls pour une raison X ou Y. Un point c'est tout. L'inexactitude, très peu pour lui.

– Mackenzie, ce n'est pas le moment de faire n'importe quoi. La course de Barber approche à grands pas.

Barber. C'était mon circuit préféré quand j'étais petite et je vais enfin pouvoir participer à une course là-bas. Je me sens comblée mais mon enthousiasme est mêlé d'angoisse. Et si je n'arrivais pas à m'améliorer d'ici là ? Et si j'échouais ? Je ravale ma peur et dis à mon père :

– Je serai prête.

Quoi qu'il arrive.

Comme s'il n'y croyait pas, mon père laisse échapper un soupir las, puis il s'assied sur son bureau, qui, comme d'habitude, croule sous la paperasse – des factures, d'après ce que je vois.

– Je ne comprends pas. Tu étais en voie d'établir de nouveaux records, mais là… je n'arrive pas à comprendre.

Je me mords les lèvres pour garder la vérité pour moi. Je n'ai plus le contrôle sur rien. Ce qui est mal me semble juste, ce qui est juste me semble mal, et la seule façon pour moi d'atteindre l'excellence est d'être aux trousses de Hayden. N'étant pas capable de divulguer mes vraies pensées, je dis la seule chose à ma portée :

– Je vais faire mieux.

Frustré de voir que je n'arrive pas à mettre le doigt sur le problème, mon père répond :

– Est-ce à cause de ce qui est arrivé à Myles ? Es-tu inquiète ? Ça, au moins, je peux le comprendre, dit-il avant de pincer ses lèvres et d'agiter la tête. Myles m'a fait part de sa théorie à propos de sa moto… Il a vu quelque chose exploser… Il est certain que quelqu'un l'a trafiquée et veut qu'une enquête soit ouverte.

Mon sang se glace. Je ne veux pas croire que ce que dit Myles soit vrai, qu'il s'agisse du sabotage de sa moto ou de l'implication de Hayden. Ce doit forcément être un accident. Or, si un juge officiel se penche dessus… il prouverait peut-être le contraire. *Après tout, n'est-ce pas une bonne chose ?* Si Hayden est coupable, il doit être puni. Sévèrement puni.

– Vas-tu… ?

Il soupire à nouveau.

– Non. On ne peut pas récolter assez de preuves après ce qui est arrivé à la moto pour prouver tout acte répréhensible. Pour le moment, on ne s'en tient qu'à des suppositions. Et puis ça ne ferait qu'exaspérer un peu plus les juges de la Ligue, et ils sont assez en colère contre nous comme ça…

Il me dévisage brièvement et j'affiche une grimace avant de parvenir à reprendre un visage normal. Eh oui, à cause de cette stupide interview. Avec des flammes dans les yeux, mon père jette un rapide coup d'œil par la fenêtre qui donne sur le circuit.

– Si Myles a vu quelque chose, s'il l'a senti… alors je le crois. Et je pense que Keith est définitivement capable de faire ce genre de conneries. Il est prêt à tout pour gagner. Et le fait qu'il ait recruté ce fameux Hayden pour faire le sale travail… eh bien, ça ne m'étonne pas. La rumeur dit que Keith l'a trouvé dans la rue. Tu savais ça ?

Je m'efforce de garder une expression neutre.

– Je n'arrive pas vraiment à croire que quelqu'un, même Keith, puisse se rabaisser à un tel niveau, Papa. Il y a forcément une autre explication, non ?

Il doit naturellement y en avoir une. Le visage de mon père s'assombrit tandis qu'il lance un dernier regard par la fenêtre.

– Selon moi, Keith est capable de tout.

Il pose les yeux sur moi et son visage se radoucit pour laisser place à l'inquiétude.

– Fais attention à toi, Mackenzie. Si quelqu'un a effectivement décidé d'en arriver aussi bas… Je ne veux pas que tu sois prise entre deux feux. Je sais que je n'ai pas besoin de te le rappeler, mais méfie-toi des Benneti. De toute l'équipe.

Je ravale la boule qui serre ma gorge et lui réponds :

– D'accord.

Puis je tourne vite les talons pour quitter son bureau. Avant que je m'échappe, mon père m'appelle une dernière fois. Lorsque je me retourne vers lui, son visage est à nouveau celui d'un leader sévère et déçu.

– Il faut que tu te questionnes sur ce qui t'arrives et que tu règles ce problème le plus rapidement possible. Fais tout ce que tu peux pour le régler. Pour moi, pour l'équipe.

Son regard devient lourd, reflétant le fardeau qui l'accable en son for intérieur.

– Je t'en supplie, nous avons besoin de toi.

Sa demande a l'effet d'une piqûre cinglante, mais j'acquiesce et me dépêche de sortir. Il compte sur moi pour apporter la gloire sur son nom, mais je ne suis pas à la hauteur. Il a raison, peu à peu, jour après jour, mes performances se dégradent. Si rien ne change très rapidement, je vais échouer et il fera faillite… Ou pis encore. Il n'y a qu'une solution pour éviter ce fiasco, sauf que je me ferais immédiatement virer de l'équipe si mon père l'apprenait. Et puis merde. Au point où j'en suis… je dois absolument m'entraîner avec Hayden.

J'ai besoin de me nourrir de son esprit de compétition, de me vider de tout ce qui me retient, d'éteindre toutes les lumières autour de moi et de ne me concentrer que sur lui. J'ai besoin de sentir le feu qui jaillit entre nous lorsque nous sommes ensemble. C'est ce feu qui me mènera vers la victoire. Le destin de ma famille en dépend.

Mais comment faire ? Hayden et moi ne pouvons pas nous entraîner ensemble sur le circuit, vu que nous n'avons même pas le droit d'être ensemble au même moment. Retirer la puce de la moto de Hayden aura marché une fois, mais ça ne suffit pas, nous finirions par être surpris. Le circuit est trop utilisé et puis… mince alors ! Suis-je vraiment en train d'envisager d'accepter son offre ? Hayden ?

Ancien pilote de courses illégales ? Le saboteur de motos qui est peut-être à l'origine de l'accident et des blessures de Myles ? Le type dont les amis lancent des bagarres dans les bars ? Qui a une petite fille et une copine ? C'est bien avec lui que j'ai envie de m'impliquer encore davantage ? Ai-je vraiment le choix ? C'est une idée vraiment abominable. Mais c'est ma seule solution.

Tout en me dirigeant vers la salle de sport, je réfléchis à la façon dont je pourrais contacter Hayden. Nous avons besoin de parler, c'est évident, mais nous devons le faire en privé, ce qui est extrêmement difficile dans l'enceinte du circuit. Mon père ne peut rien savoir du secret de ma réussite, surtout depuis qu'il soupçonne Keith d'avoir recruté Hayden afin de s'en prendre à nous. Je me sens gagnée par l'effroi en pensant à ce mec, à qui j'espère pouvoir demander de l'aide pour me perfectionner, mais qui s'apprête peut-être à faire échouer d'autres pilotes. Si cela est vrai, suis-je la prochaine sur la liste ? Mon Dieu, cela donnerait un tout autre tournant à l'arrangement que je suis sur le point de conclure.

Comme je n'ai pas son numéro, je ne peux pas lui envoyer de message pour le rencontrer. Alors je décide de faire la seule chose qui me vient à l'esprit : rôder autour de la piste d'entraînement jusqu'à ce qu'il fasse son apparition. Midi sonne, tous les pilotes qui s'affairent près du circuit ne sont plus que des Benneti – les Cox étant partis –, si bien que je me fais embêter de tous les côtés au motif de me trouver encore à l'entrée de la piste.

– Rentre chez toi, Cox, tu n'es pas la bienvenue ici.

– Tu es perdue, petite ?

Et mon commentaire préféré :

– Tu as cassé ta moto ? Ou un ongle ?

Bande d'abrutis.

– Putain, dépêche-toi, Hayes, je murmure entre mes dents.

Car plus j'attends, plus je me sens mal, étourdie et angoissée. Une voix venant de ma droite répond à mon mécontentement.

– Désolé, je ne savais pas que j'étais en retard.

Je tourne la tête vers Hayden qui fait rouler sa moto dans ma direction. Sa démarche est lente, ferme ; son long corps séduisant est bien défini par la combinaison en cuir moulante qu'il porte. Tout ce que j'aime est étalé devant mes yeux, il m'est difficile de ne pas apprécier cette vision.

Une fois qu'il est si près de moi que je parviens à sentir le parfum d'été de sa peau, il me demande :

– Que fais-tu là, numéro vingt-deux ? On a un rendez-vous galant ? Je n'étais pas au courant. Ce n'est pas le meilleur endroit pour apprendre à se connaître, vu toutes les règles qui nous interdisent de fraterniser.

Ses yeux verts pétillent d'amusement tandis que sa bouche esquisse un sourire qui ferait frissonner de plaisir même la plus frigide des filles. *Non ! Pas question de ça.*

– Il faut qu'on parle. Mais pas ici. Retrouve-moi là… sur cette plage.

Je lui tends rapidement un bout de papier sur lequel j'ai griffonné comment rejoindre mon lieu de prédilection. J'ai aussi ajouté mon numéro de téléphone à la fin. *Je n'arrive pas à croire ce que je suis en train de faire.*

Hayden hausse les sourcils à mesure qu'il lit mon bout de papier.

– C'est un rêve, non ? Comment ça peut être possible ? Tu me donnes un rancard ? chuchote-t-il, en regardant autour de nous pour s'assurer que personne n'est trop près pour nous entendre.

Par chance, nous sommes seuls. Mais pas pour longtemps.

– Demain matin, à l'aube. Ne sois pas en retard.

Sur ces paroles, je m'éloigne avec ma moto. Malgré tous les signaux d'alarme qui pèsent contre nous, il m'est difficile de le quitter. Dans mon dos, je l'entends demander :

– Je peux au moins te demander de quoi il s'agit ?

– Non, dis-je sans même me retourner. Pas ici.

***

Le lendemain, je pars avec ma planche de surf dans l'idée de me relaxer dans l'eau en attendant Hayden, mais je suis dans un tel état que je doute que le surf puisse me détendre. C'est toujours difficile pour moi de demander de l'aide à quelqu'un, mais dans le cas présent m'adresser à Hayden va totalement à l'encontre des lois de la nature. Seulement, je n'ai pas le choix : je refuse de laisser tomber mon équipe, mon père. Je refuse d'être le maillon faible, celle qui enterre pour de bon l'entreprise familiale.

Lorsque j'arrive sur la plage reculée, j'aperçois tout de suite Hayden, assis sur sa moto entre la végétation. Oublié, le surf. *Nous y voilà*. Je me gare près de lui, puis je prends une longue inspiration. Ce n'est rien du tout.

Hayden enlève son casque et se dirige vers moi. Ses mouvements sont fluides et sensuels, comme si c'était lui qui commandait les lois de la physique et non le contraire. Il avance devant mon pick-up, pris par les phares qui illuminent ses cheveux blonds et font briller ses yeux verts, comme des joyaux dans la lumière du matin. Tout à coup, un de mes rêves les plus torrides surgit dans mon esprit : je lui cours après, je le poursuis, puis ses mains, sa bouche, son corps sont sur moi…

Waouh… Je parie qu'il le ressent aussi. Mais ce n'est pas parce que tout ça semble si bon que ce mec est pour moi. En plus d'être un vrai connard et de faire partie d'une équipe entièrement composée de connards, il est avec quelqu'un – c'est comme si l'expression *« mauvaise idée »* était tatouée sur son front. Il faut que je fasse très attention et que je garde la tête sur les épaules. Pourtant, le rythme de ma respiration s'accélère dès qu'il s'arrête devant ma portière. Mon cœur s'emballe. Il y a un côté sombre en moi qui meurt d'envie de faire un faux pas, de vivre un bref moment d'union, quelque chose d'intense à ajouter à mes rêveries avec lui. *Non, arrête ! Reprends tes esprits et garde le contrôle.* Voilà ce que je me répète comme un mantra, en fermant la portière du pick-up et en avançant dans la fraîcheur matinale.

Une fois près de lui, à une distance qui me convient, je m'arrête. Ses yeux étudient chaque centimètre de mon corps. Je n'ai plus froid.

– Tu voulais me voir ? En tête-à-tête ? Vas-tu me dire de quoi il s'agit ?

– Tu… as raison. Je suis bien meilleure lorsque je concours contre toi.

Ces mots sont difficiles à dire. Priant pour que mes joues ne soient pas devenues toutes rouges, je reste le dos droit et redresse le menton. Je suis tellement raide que je dois avoir l'air d'une recrue de l'armée. Mais cela me donne au moins l'impression de préserver ma fierté, même si ce n'est pas le cas.

– Oui… c'est vrai.

Le sourire de Hayden devient de plus en plus sensuel. La façon dont ses yeux brillent et dont ses lèvres se retroussent réveille ce qu'il y a de plus instinctif en moi, invoquant des sensations que je ne parviens jamais à rendormir lorsque je suis en sa présence. Mon corps susurre des pensées obscures et dangereuses à mon cerveau. Par exemple, *Regarde ses lèvres. Imagine-les sur ton corps. Quel mal y a-t-il à ça ?*

Non. Je pourrais faire beaucoup de mal à beaucoup de gens et je ne veux pas que cela se produise. Cela me coûte mais je parviens enfin à chasser ce besoin d'attention et de sensualité. Je suis là pour lui demander de s'entraîner avec moi afin d'améliorer ma performance lors du prochain événement de la saison. Rien de plus.

– Ne te fais pas d'idées, je ne fais que parler des courses.

Comme s'il était capable d'entendre mon débat intérieur, son sourire s'élargit.

– Mais moi aussi.

Agacée de voir que les choses ne se passent pas comme je l'avais prévu, je lâche :

– Écoute, ma famille a des problèmes et je suis la seule qui peut nous sortir de là.

J'écarquille les yeux en réalisant ce que je viens d'avouer. J'avais simplement l'intention de lui dire que j'ai changé d'avis et que j'accepte de m'entraîner avec lui, sans lui donner davantage de détails.

Son visage s'adoucit alors qu'il me dévisage.

– Quel genre de problèmes ?

J'essaie de gagner du temps et tente d'inventer une explication, quelque chose de moins noir que la vérité. Même si nos soucis d'argent ne sont pas un secret, il a sans doute entendu les rumeurs, je ne me sens pas à l'aise pour en parler avec un inconnu. Ma gorge se serre.

Il a l'air de comprendre ce qui me tiraille et se penche pour me regarder dans les yeux.

– Quel genre de problèmes, Kenzie ? répète-t-il en douceur.

Quelque chose dans le ton de sa voix me dénoue la gorge.

– Notre meilleur pilote nous a quittés en début de saison, emportant avec lui un de nos plus gros sponsors. Et puis Myles s'est cassé la jambe et ne peut plus participer au championnat, sans parler de ma sœur qui veut un mariage de star et à qui mon père semble incapable de refuser quoi que ce soit… Disons que ça risque d'être la dernière saison de la Cox Racing… À moins que je ne commence à gagner. Ou du moins, à obtenir une médiatisation plus favorable. Nous avons besoin de sponsors, de publicité, nous avons besoin de… victoires.

Le fait de lui confier mes problèmes rend mes mains moites et mon cœur fait des bonds. Mais je prends une longue inspiration et me prépare à tout lui dire.

– Mes chronos sans toi sont bien loin de ceux que j'obtiens en étant avec toi, donc… si je veux sauver l'équipe de ma famille… j'ai besoin de toi. Pour m'entraîner.

Je me dépêche de rajouter ces derniers mots pour qu'il ne se fasse pas d'idées.

Hayden pose le regard sur la planche de surf posée à l'arrière de mon pick-up, tout en réfléchissant à sa réponse. Il affiche une expression très sérieuse, presque sévère lorsqu'il me regarde à nouveau.

– Cette année est aussi très importante pour moi. Sans doute pour des raisons différentes… mais c'est pareil…

Il referme la bouche tandis que dans ma tête je me pose plein de questions. Je sais pourquoi moi je me bats, mais lui, pourquoi lutte-t-il ? Pour la gloire ? La richesse ? Plus de filles à engrosser ? Oui, c'est sans doute ça.

– Bon, d'accord, numéro vingt-deux, dit-il en souriant. Mais personne ne peut savoir que nous travaillons ensemble. Nous ne pouvons en parler à personne. Personne, c'est compris ? Je sais que tu es proche de ton équipe… Tu t'en sens capable ?

Attendant ma réponse, il soulève le sourcil qui comporte une cicatrice. C'est une évidence, personne ne doit savoir que nous complotons ensemble.

– Oui, je murmure, ma voix refusant de parler plus fort.

Hayden passe une main dans ses cheveux tout en étant plongé dans ses pensées. Il est si beau.

– Nous devrons nous retrouver sur le circuit la nuit. C'est le seul moment où nous pouvons être seuls sur la piste.

Seuls. Ce simple mot me fait frissonner. Est-ce une erreur si terrible ?

– Les garages sont fermés la nuit, dis-je en fronçant les sourcils. Et je n'ai pas les clefs des nôtres.

Si je ne les ai pas, alors je doute que Hayden ait celles des garages de Keith.

Mais voilà qu'il esquisse un sourire en coin.

– Ne t'inquiète pas pour ça. Je saurai nous faire entrer.

Soudain je me sens mal à l'aise. Avec qui suis-je en train de pactiser ?

– D'accord… Mon père reste en général au garage au moins jusqu'à dix heures, voire onze heures. On peut se retrouver vers minuit, d'accord ?

Hayden regarde en l'air comme s'il vérifiait son emploi du temps dans sa tête. Vraiment ? Il a des plans aussi tard que ça, le soir ? Sans doute avec sa petite amie… Il acquiesce et finit par dire :

– Oui, ça marche. À plus tard, numéro vingt-deux.

– À plus tard…

Nos regards se croisent. On dirait que ses iris tourbillonnent, en dégageant des pouvoirs hypnotiques. Je n'arrive pas à détourner les yeux. Il se rapproche et je me sens soudain vraiment pleine de désir. Chacun de mes sens s'éveille, comme une fleur qui s'épanouit sous le soleil. L'air frais chatouille ma peau, et le bruit des vagues à quelques mètres de moi retentit dans mon cerveau. Mais tout ce que je peux voir, c'est Hayden. Ses yeux, sa peau, ses lèvres qui se rapprochent toujours plus des miennes…

Il lève le bras et pose sa main sur ma joue. À ce contact, la réalité revient au galop et toutes les raisons qui font que je ne veux pas qu'il me touche refont surface. *Pas lui.* Je le repousse en posant mes mains sur son torse.

– Hé ! Ce n'est pas parce que j'accepte de m'entraîner avec toi que tout est permis.

Le choc qui s'affiche sur son visage me fait buter sur mes mots.

– Enfin, je veux dire… Tu es avec cette fille… et puis tu as une petite fille, bordel ! Tu ne devrais pas…

J'ai envie de disparaître dans un trou et ne plus jamais refaire surface. Ce n'est pas du tout le genre de conversation que je voulais avoir avec lui. Ce qu'il fait et avec qui il le fait n'a pas du tout d'importance.

– Mais de quoi tu parles ? demande-t-il, visiblement interloqué.

Merde. Maintenant il faut que je lui explique que je l'ai espionné.

– Dans le bar… Cette fille… Je t'ai vu aussi en ville avec elle et une petite fille, vous aviez l'air si…

Je ferme les yeux, mortifiée, puis j'en rouvre un.

– Ce n'est pas ta copine ?

Hayden pose ses yeux sur mon épaule avant de revenir sur moi.

– Attends, tu parles d'Izzy ? Tu m'as vu avec sa fille et tu as pensé…

Initialement étonné, il devient tout à coup si amusé par la situation que je réalise que j'ai tout faux. Donc, alors ce n'est pas la mère de son enfant.

– Il n'y a absolument rien entre Izzy et moi. Elle est comme ma sœur, dit-il en riant. Et Antonia est tout sauf ma fille. Je suis célibataire, Kenzie, si c'est ce que tu veux savoir.

Ses yeux s'illuminent de malice. Je me sens gênée et mal à l'aise ; j'aimerais juste courir jusqu'à l'eau et me tapir sous les vagues pendant au moins une heure. Alors je m'exclame :

– Est-ce que tu es impliqué dans ce qui est arrivé à Myles ?

Je vais voir Myles aussi souvent que je peux et il reste persuadé que son accident a été causé par Hayden. La bonne humeur de Hayden disparaît en un clin d'œil, le voici maintenant qui affiche un visage froid et dur comme le fer.

– Quoi ? Pourquoi tu me demandes ça ? Et pourquoi tu vas imaginer ce genre de choses ?

C'est mieux. Je préfère être une source de colère plutôt qu'une source de moquerie.

– La rumeur dit que tu excellais dans les courses de rue parce que tu faisais toujours en sorte de gagner. Que tu es prêt à tout pour atteindre la gloire.

Une veine dans son cou se met à palpiter, il devient de mauvaise humeur.

– Et tu crois toutes les rumeurs que tu entends ?

Les flammes dans ses yeux font battre mon cœur plus vite, pour une raison étrange. Comment peut-il être si séduisant quand il a les nerfs en feu ?

– Non, mais je sais que nos mécaniciens ne parviennent pas à expliquer ce qui est arrivé à la moto de Myles. Je pense aussi qu'il est trop doué pour perdre le contrôle sans raison. Et quand il dit qu'il a entendu quelque chose éclater dans le moteur et puis qu'il y a eu des étincelles avant que sa moto ne soit totalement détruite… eh bien, j'y crois aussi.

Hayden affiche une drôle d'expression et il semble absorbé dans ses pensées lorsqu'il détourne le regard. Est-ce de la surprise ? Ou de la culpabilité ? Ses traits se radoucissent à nouveau quand il me regarde.

– J'ai quitté la rue pour une bonne raison, Kenzie, et je n'ai pas l'intention d'y retourner. J'essaie de repartir de zéro et je n'ai aucune envie de tout faire foirer. À toi de me croire ou pas, mais sache je n'ai pas touché à la moto de Myles.

Je ne sais pas si je dois le croire. Mais malheureusement, j'ai trop besoin de lui pour lui tourner le dos.

CHAPITRE 10

Vers onze heures du soir, j'ai l'impression d'avoir rêvé ce qui s'est passé plus tôt avec Hayden. Je n'ai pas fait ça, n'est-ce pas ? Pactiser avec l'ennemi ? Derrière le dos de mes coéquipiers ? Que cela leur plaise ou non, Hayden est véritablement la clef de notre avenir. Il a le pouvoir de libérer ce qui est caché en moi.

L'horloge avançant, je fais les cent pas dans mon salon. Je me sens coupable de me préparer pour aller sur le circuit à une heure aussi tardive. Je devrais déjà être en train de dormir, de recharger mes batteries, sans désobéir d'un seul coup à toutes les règles de mon père. Traçant un sillon sur mon tapis bleu ciel, je me demande si je ne devrais pas annuler. Il suffirait de quelques heures pour que Hayden comprenne que j'ai changé d'avis. Mais… que faire ensuite ? Accepter avec grâce mes performances qui dégringolent ? Et puis merde !

Je passe les mains dans mes cheveux avec frustration, implorant mon esprit de se taire, de se détendre, d'aller faire un tour ailleurs pour la soirée, de laisser la place à mon instinct, pour une fois. Pile au moment où mon cerveau me fait comprendre que mon instinct peut aller se faire voir, mon téléphone sonne.

Je pousse un soupir tout en me dirigeant vers la table basse. Je ne reconnais pas ce numéro mais, d'après le message, je sais très bien de qui il s'agit. *À dans vingt minutes, 22. Ne sois pas en retard.* Merde, pourquoi ai-je donné mon numéro de téléphone à Hayden ?

J'enregistre son numéro dans mon téléphone sous le nom « Gros Débile », puis je glisse mon téléphone dans ma poche et attrape ma veste. Allez, finissons-en.

Peu de temps après, le phare de ma moto illumine l'enseigne *Circuit Cox Racing/ Benneti Motorsports* récemment réparée. C'est étrange d'arriver là de nuit. Et surtout d'avoir rendez-vous avec un Benneti… Hayden. Célibataire, qui plus est. C'était presque mieux quand je pensais qu'il était pris. Cette mystérieuse fille et son enfant instauraient une sorte de distance entre nous, mais depuis que tout cela n'existe plus, je me sens plus exposée. Le fait de me retrouver ici seule avec lui est une très mauvaise idée, mais c'est mon dernier espoir…

Je n'arrête pas de regarder autour de moi alors que je parcours le peu de distance qui me sépare du portail ; j'ai comme l'impression que mon père me voit, qu'il peut sentir ma trahison. Tu ne comprendrais pas, Papa, mais je fais ça pour toi.

J'utilise ma carte magnétique et compose le code pour ouvrir le premier portail donnant sur le parking. Ça ne devrait pas poser de problèmes, à moins que mon père ne décide de vérifier l'historique d'activité. Seulement, tout le monde utilise le même code, même les Benneti, donc il pourrait simplement voir que quelqu'un est entré dans le circuit la nuit. Je traverse le parking jusqu'au portail du circuit, où Hayden m'attend, assis sur sa moto. Cette entrée, comme les garages, est fermée à clef.

Je roule jusqu'à ce premier obstacle qui nous bloque le passage. Hayden en profite pour retirer son casque et se diriger jusqu'au cadenas qui maintient le portail coulissant fermé. C'est alors qu'il me lance un sourire bien trop attrayant et qu'une fois de plus je maudis le destin de nous avoir mis dans cette situation. Pourquoi n'est-il pas en couple avec cette fille ? Ce serait tellement plus simple d'être en sa compagnie.

Hayden s'accroupit et observe le dessous du cadenas.

– Si tu le casses, ils sauront que quelqu'un était là, dis-je pour le prévenir.

Le circuit n'a pas de caméras de surveillance, mais ce sera bientôt le cas si cette histoire tourne mal. Il me jette alors un regard exprimant clairement un *Je ne suis pas stupide*, ce qui m'amuse. Mais aussi, *Ce n'est pas mon premier coup*. Ça, c'est plus inquiétant.

Il attrape des outils dans sa poche puis se concentre à nouveau sur le cadenas. Il entreprend d'essayer de l'ouvrir et je secoue la tête, n'en croyant pas mes yeux.

– Tu as abandonné l'univers de la rue, à ce que je vois ? je murmure.

Esquissant un sourire présomptueux, il me regarde par-dessus son épaule.

– J'ai dit que j'essayais de laisser ce monde-là derrière moi. Mais parfois les techniques de la rue sont bien utiles.

Son sourire se transforme en grimace alors qu'il s'affaire à nouveau avec le cadenas. Avant que je puisse lui demander ce qu'il veut dire par-là, le cadenas cède. Affichant son triomphe, Hayden l'accroche au grillage et pousse le portail. Puis il écarte les bras sur le côté et mime une révérence, comme pour souhaiter la bienvenue à une princesse. Quel idiot !

Je fais rouler ma moto jusqu'au garage Cox et attends que Hayden me rattrape. Je n'arrive pas à croire que je suis sur le point de le laisser forcer la serrure du bâtiment de mon père. Malheureusement, il faut le faire. Hayden se gare derrière moi et descend pour commettre sa transgression. Il s'agenouille devant la porte principale du garage et sa veste en cuir se soulève légèrement, laissant apparaître un bout de peau au-dessus de son jean. Au moins, ça me distrait du délit d'effraction qui a lieu juste sous mes yeux et qui aboutit en un temps record. Hayden se retourne tandis que je suis encore en train de loucher sur le bas de son dos. Ce n'est que lorsque je perçois un mouvement de sa part que je déplace mes yeux sur son visage. Merde. Je déteste qu'on me prenne la main dans le sac. Ce n'est vraiment pas bien parti.

Le sourire en coin de Hayden en dit long. *Tu aimes me regarder sous cet angle, hein ?* Non, pas vraiment. Enfin, peut-être… Je pousse un grognement avant de pénétrer dans le garage et d'allumer les lumières. Hayden regarde autour de lui en acquiesçant. Lorsque ses yeux se posent à nouveau sur moi, il dit :

– Je vais dans le garage de Keith. On se retrouve sur le circuit ?

Je hoche la tête en guise de réponse, alors il tourne les talons et décampe. Je suis maudite ! Je ne peux m'empêcher d'être totalement envoûtée par le mouvement de ses fesses lorsqu'il s'éloigne. Pourquoi je ne parviens jamais à rester concentrée quand je suis avec lui ?

J'enfile rapidement ma combinaison de cuir, puis j'entreprends un contrôle technique de ma Ducati. Une fois qu'elle est prête, j'ouvre la porte du garage et la fais rouler jusqu'à l'extérieur.

– Prête pour une virée nocturne, ma chérie ? je susurre en la caressant.

Les lumières du circuit s'allument lorsque je m'approche de la piste, puis l'écran d'information clignote avant de s'éclairer. Le silence est inquiétant. J'ai l'habitude de voir cet endroit envahi par le bruit et par le chaos, mais tout est si calme maintenant que j'entends le courant électrique grésiller dans les lampadaires. Quelques minutes plus tard, le vrombissement de la moto de Hayden retentit parmi cette quiétude inhabituelle. Je l'observe s'arrêter non loin de moi. Rien que de le voir vêtu de sa combinaison rouge et blanc, assis sur sa Honda rouge et noir, me donne des frissons. Comme s'il représentait ce feu rouge prêt à passer au vert, je n'ai qu'une hâte : foncer à toute vitesse.

Hayden affiche un large sourire lorsqu'il soulève sa visière.

– Tu es prête, ma jolie… euh… Kenzie ?

Je souris en l'entendant se corriger. Il est donc capable d'apprendre. Tant mieux, parce que j'ai bien l'intention de lui apprendre deux ou trois trucs, ce soir.

– Oui, comme jamais, je déclare avant de demander : Celui qui est en tête au bout de vingt tours a gagné ?

Il acquiesce, alors je démarre tout de suite et l'abandonne dans la poussière. Ce n'est pas juste de ma part de ne pas l'attendre, mais ce n'est pas ce qui me préoccupe actuellement. Je n'ai envie que d'une chose : le battre.

Avant même de l'entendre, je sens qu'il m'a rattrapée. C'est comme si mon corps était capable d'identifier sa position géographique. Une fois qu'il me talonne, je force ma moto à aller plus vite. S'il n'arrive pas à me rattraper, alors il ne pourra jamais me doubler, et je suis déterminée à remporter cette course. Les couleurs défilent et deviennent floues autour de moi. La moto vrombit et vibre en rythme et en harmonie avec la route.

Même si je suis submergée par l'adrénaline, je sens un sentiment de paix s'installer en moi. Affronter Hayden me permet de trouver mon équilibre encore plus efficacement que le surf. Le monde se fige, le flux de mes pensées s'arrête. L'instinct est tout ce qui me reste.

Hayden finit par arriver à ma hauteur, mais je ne lui laisse pas un seul centimètre de plus. Mon cœur palpite alors que je pousse ma moto toujours plus et qu'un grand sourire se dessine sur mon visage quand je fais le dernier tour de piste en le devançant. Enfin ! Je l'ai battu.

Il ralentit pour atteindre la sortie de piste et je lève mon poing en l'air. Victoire ! Nous arrêtons nos motos sur la voie d'entrée et je descends. Je défais mon casque, le jette au sol et lève les deux bras au ciel.

– Yes ! Je t'ai eu !

Hayden secoue lentement la tête avant de retirer précautionneusement son casque. Il affiche une expression amusée en me regardant célébrer ma victoire.

– Tu pourrais au moins faire semblant que ce n'est pas la première fois que ça t'arrive, numéro vingt-deux, dit-il en descendant de sa moto.

Ses paroles ne m'empêchent pas de sauter de joie et de l'étaler devant lui. Pour le taquiner, je fais même semblant de mimer une corde de rodéo que je lui lance. Il écarquille les yeux et esquisse un sourire des plus séduisants avant de se mettre à rire. Je m'en fiche. Cela vient juste de me prouver quelque chose.

Ou, plus exactement, deux choses : une, que le fait d'affronter Hayden me permet vraiment d'améliorer mon temps, comme l'atteste l'écran des résultats à côté de la piste ; deux, que je suis capable de battre le dieu des courses de rue. Donc, si je parviens à le battre lui, je peux tous les battre.

Hayden penche sa tête dans ma direction. Bizarrement, il affiche un grand sourire alors que je viens de le battre.

– Jolie performance, Cox.

Son compliment est inattendu. Je sens alors une bouffée de chaleur envahir ma poitrine et se propager jusqu'à chaque extrémité de mon corps. *Jolie performance.* Des mots si simples, pourtant je ne les ai pas souvent entendus. Je me sens obligée de dire quelque chose en retour.

– Merci, j'en avais vraiment besoin.

Je n'arrête pas de sourire ; j'ai l'impression d'être capable de tout. De pouvoir être qui je veux. De pouvoir tout remporter.

Hayden me regarde d'une façon qui me met un peu mal à l'aise, mais qui ne me gêne pas tant que ça. La chaleur et le bonheur que je ressens dans ma poitrine transforment peu à peu les étincelles qui se manifestent avec lui en quelque chose de tiède et de docile, une sorte de caramel qui pourrait être étiré, modelé… enroulé autour de mon cœur. Un sentiment vraiment dangereux pour moi. Il n'y a pas d'avenir avec lui. Pas de possible *nous* auquel je puisse rêver. Même s'il n'est pas pris, comme je le pensais, il reste un Benneti, et moi une Cox.

La moindre intimité entre nous a le pouvoir d'altérer nos carrières et de nuire à ma relation avec mon père pour toujours. C'est déjà très mal que nous nous retrouvions en cachette ici ; le reste est tout simplement impossible.

– Non, c'est toi que je remercie, murmure-t-il en faisant un pas vers moi.

La sincérité que je lis sur son visage précipite les battements de mon cœur ; j'ai le souffle haletant, comme si je venais de courir un marathon.

– Pourquoi ? je demande, en faisant inconsciemment un pas vers lui.

Mon Dieu, il est encore plus désirable lorsqu'il ne se comporte pas comme un salaud. Ça me donne envie d'oublier tous les obstacles qui se dressent entre nous. Avant de me répondre, il retire ses gants et les pose sur sa moto. Une étincelle passe dans son regard, ce qui rend encore plus difficile de résister à la tentation de le regarder droit dans les yeux.

– Pour avoir accepté de t'entraîner avec moi, finit-il par dire. Et pour être si belle. C'est presque douloureux de te regarder.

La surprise me fait entrouvrir la bouche.

– Je…

Hayden se penche vers moi et fait passer une mèche de mes cheveux derrière mon oreille. Il esquisse un sourire tendre tandis que ses doigts effleurent ma joue et mes lèvres. Je retiens mon souffle. On dirait qu'il vient d'allumer une mèche à l'intérieur de moi qui, dans dix secondes, va exploser. Je devrais partir en courant. Je devrais l'inviter chez moi…

– Mackenzie ? demande-t-il à voix basse.

– Oui ? je murmure.

Aurais-je dû dire non ?

– Est-ce que tu… ?

Au beau milieu de sa question, un bruit de sirène ressemblant à une sonnerie d'alerte à la bombe retentit. C'est son téléphone qui sonne. Hayden fait la grimace, puis il jette un coup d'œil à l'heure affichée sur le tableau de bord du circuit.

– Il faut que j'y aille. Mais on se retrouve demain à la même heure ?

Ses yeux semblent illuminés par l'espoir que je dise oui. Et j'ai envie de dire oui. Comme j'ai envie de savoir qui l'appelle en pleine nuit… et ce qu'il était sur le point de me demander…

– Je serai là.

Je t'attendrai.

***

Le lendemain, j'arrive plus tard que d'habitude sur le circuit – il fallait bien que je dorme, après tout –, mais je ne me sens pas si fatiguée que ça. Au contraire, je me sens pleine d'énergie, vivante, prête à conquérir le monde. Mon esprit me commande d'être très vigilante lorsque je fais mon entrée dans le garage de la Cox Racing. Il faut que je sois extrêmement attentive à toute preuve risquant d'être découverte et susceptible de révéler ce que j'ai fait. Mais mon cœur refuse de se taire et d'écouter ma tête.

Cette course contre Hayden a ouvert quelque chose en moi et je n'arrête pas d'y penser. Ou plutôt de penser à lui – son compliment, ses doigts sur ma peau, sa question laissée en suspens… J'ai attendu avec impatience que le soleil se lève à nouveau pour pouvoir encore y goûter. Je deviens totalement accro à l'exaltation que je ressens avant de l'affronter, ou peut-être que c'est simplement à lui que je suis en train de devenir accro. Je devrais arrêter avant que ce ne soit trop tard. *C'est déjà trop tard, idiote.*

Une voix me tire de mes pensées.

– Il était temps que tu arrives, j'étais prête à lancer un avis de recherche.

Je me tourne sur Nikki, agenouillée devant ma moto. Le reste d'adrénaline qui tourbillonnait en moi s'évapore instantanément lorsque je l'aperçois en train d'inspecter le moteur. J'ai refait le plein d'essence, changé les pneus pour laisser ma moto dans le même état où je l'ai trouvée, mais s'il y a bien une personne capable de découvrir quelque chose, c'est Nikki. Mince, que dire si elle remarque une anormalité ? *Je n'arrivais pas à dormir hier soir, alors je suis venue faire quelques tours de circuit.* Bof. Elle me connaît trop bien pour avaler ça. Même si c'est presque la vérité.

Pendant que j'attends, les nerfs en pelote, que ma trahison soit découverte, Nikki me dit évasivement :

– Hier, j'ai tiré Myles hors de chez lui pour qu'on sorte. Il est devenu un vrai ermite depuis l'accident. Comme il ne peut plus conduire, il dit qu'il ne veut aller nulle part. Je lui ai dit que c'est précisément pour ça qu'il a des amis avec des voitures. Il s'est plaint toute la soirée mais je pense quand même qu'il s'est amusé. En tout cas, il a eu droit à plein de shots gratuits de la part des serveurs. Je t'ai envoyé un message pour que tu nous rejoignes, où étais-tu ?

– Je dormais, je réponds du tac au tac, en m'asseyant près d'elle sur un tabouret.

Ai-je bien vissé le bouchon du réservoir d'essence, comme elle le fait d'habitude ? Elle ne semble pas inquiète pour la moto, alors je me détends. Tout va bien. Elle ne sait rien. Je me sens pourtant coupable, Nikki est ma meilleure amie et je lui mens…

– Ça va ? demande-t-elle soudain, les sourcils froncés et le visage inquiet.

Je me force à sourire.

– Oui. Comment va Myles ? Il semble si… déprimé quand je vais le voir. Je me dis qu'il va reprendre du poil de la bête un jour, mais ça ne semble pas être encore le cas.

Je me sens d'autant plus coupable en réalisant ça. Je devrais être plus présente pour lui. Pourtant, j'ai besoin de me concentrer sur mes performances. Je commence à abandonner mes amis pour poursuivre l'excellence, et je déteste ça. Malheureusement, je n'arrive pas à tout conjuguer.

Nikki ouvre la bouche mais la referme aussitôt. Puis elle secoue la tête et finit par dire :

– Je suis plutôt inquiète à son sujet. Il ne parle que de Hayden.

Je laisse échapper un long soupir.

– Oui, je sais…

Et pis, je sais que Myles a peut-être raison d'avoir des soupçons. Je ne devrais plus jamais revoir Hayden.

– Myles est vraiment persuadé que Hayden a provoqué l'accident, même s'il n'y a aucune preuve… Je lui ai dit qu'il devient comme Keith, qui ne cesse d'accuser ton père de tout. Il faut qu'il oublie tout ça avant de devenir aussi cinglé que Keith.

Elle regarde autour de nous dans le garage pour s'assurer que personne ne l'a entendue. Le simple fait de prononcer le nom de Keith tout haut garantit l'hostilité de mon père.

Ses yeux noirs reflètent son inquiétude.

– Tu veux bien lui parler, Kenzie ? Le convaincre qu'il est simplement en colère d'être blessé et qu'il cherche une excuse.

– Bien sûr. Je passerai peut-être le voir ce soir.

Je ne retrouve Hayden qu'à minuit, j'ai donc le temps. L'air soulagée, Nikki se relève et me serre dans ses bras.

– Oh, merci ! Je déteste vraiment le voir dans cet état. Il ferait mieux de nous emmener voir des courses de cafards que de comploter la ruine de Hayden.

Mon corps se fige dans ses bras.

– Sa ruine ?

Nikki pousse un soupir et recule.

– Oui… C'est de pire en pire, Kenzie. Plus vite tu t'occuperas de lui, mieux ce sera.

Je la rassure en lui promettant d'aller le voir et l'enregistre en priorité dans la liste des choses que je dois faire. La ruine de Hayden conduirait indéniablement à la mienne. Je ne peux pas le laisser faire, trop de choses sont en jeu.

Après mon entraînement physique – une heure à soulever des poids puis une heure sur le tapis de course –, je fais quelques tours de piste pour que mon père sache que je m'accroche. Contre toute attente, mon chrono est bien meilleur que celui de la veille. Pas aussi bon que la nuit dernière avec Hayden, mais tout de même mieux. Mon père me fait même un signe d'approbation lorsque je me prépare à partir. Donc, dans l'ensemble, c'est une bonne journée qui s'achève.

Plus tard, je conduis ma moto en direction de l'appartement de Myles. Chez lui, toutes les lumières semblent éteintes, mais je suis sûre qu'il n'est pas encore couché. Je doute que quelqu'un d'autre que Nikki ait réussi à l'extirper de chez lui, alors je vais tambouriner à sa porte.

– Myles ? C'est Kenzie. Ouvre-moi.

Pas de réponse. Je recommence et attends encore quelques minutes. Comme rien ne se passe, je m'agenouille pour regarder à travers la serrure. Aurais-je l'intention de m'inspirer de Hayden pour forcer la serrure ? Pourquoi pas, si j'avais ses outils… et si je savais comment faire.

Je me demande si je devrais essayer avec ma carte de crédit et c'est alors que la porte s'ouvre. Je lève la tête en direction de Myles qui me dévisage.

– Kenzie ? Euh... Tu as fait tomber quelque chose ?

Je me relève tout de suite et esquisse un sourire innocent.

– Euh... Non, je voulais juste passer te voir. Comment vas-tu ?

Myles ouvre grand la porte et indique l'intérieur de son appartement plongé dans l'obscurité. On dirait qu'il vient de se réveiller, ou qu'il dort depuis des jours. Il a les yeux rouges, les cheveux en pagaille et des vêtements tout froissés. Sa jambe fracturée est maintenue dans un plâtre et il utilise une béquille pour marcher jusqu'à son canapé.

– Ça va super, Kenzie. Super bien.

Il s'assied dans le salon tout noir comme s'il était normal. La petite pièce est envahie de boîtes de plats livrés. Au moins, il mange, c'est déjà une amélioration par rapport à la dernière fois. J'allume la lumière et le rejoins sur le canapé. Il fait la grimace devant tant de luminosité.

– Allez, Myles. Arrête de te faire autant de mal. Ta jambe va bientôt guérir, tu seras de retour l'année prochaine.

Il me regarde d'un air désabusé.

– Tu penses vraiment qu'il y aura de quoi faire un retour l'année prochaine ?

Je serre la mâchoire tout en le fixant du regard.

– Je ne laisserai pas l'équipe t'abandonner, je te le promets.

Myles pousse un soupir puis il me caresse le bras.

– Je sais que vous ne me laisserez pas tomber, dit-il à la manière d'un parent qui essaie de rassurer un enfant tout en ne croyant pas un seul mot de ce qu'il dit.

Je ressens la douleur d'un coup de poignard dans le dos. Il ne me croit pas capable de gagner. Je ravale la blessure tandis que Myles soupire à nouveau.

– Ce n'est pas la jambe qui pose problème. Je me suis fracturé la clavicule. Ça va vraiment me causer des soucis. Ils ont fait tout ce qu'ils pouvaient mais je serai sans doute toujours gêné par ça…

Le chagrin que je lis sur son visage dissout la violence de ses paroles. Il est blessé, il déprime. Il a besoin de moi. Je passe mon bras autour de ses épaules.

– Ça va aller, Myles. Nikki et moi nous t'aiderons à traverser cette épreuve. On est là pour toi, quoi qu'il arrive. Je suis là pour toi.

Il me regarde avec une soudaine sévérité.

– Vraiment ?

– Bien sûr, je réponds.

Il acquiesce sèchement.

– Alors aide-moi à me venger de Hayden.

Mon corps se raidit.

– Myles…

Comment le persuader que Hayden n'a rien à faire avec l'accident sans avoir l'air de le défendre ? Impossible. Et puis je ne saurais dire si Hayden est impliqué ou pas. Tout ce que je sais, c'est que j'ai besoin de lui pour améliorer mes performances, donc j'ai vraiment besoin de convaincre Myles que ce serait pire de se venger de Hayden que de ne rien faire. Ça me rend malade d'être obligée de le faire.

– Mon père ne tolère pas les représailles. T'en prendre à Hayden ne fera que déclencher des réactions en chaîne de la part des Benneti. Ça pourrait aller très loin… Et si mon père remonte jusqu'à toi, tu seras viré. Je t'en supplie… Pour le bien de ta carrière, laisse tomber, d'accord ?

Il me lance un regard noir avant de soupirer.

– Oui… Tu as sans doute raison.

Le fait qu'il soit d'accord me soulage, même si la culpabilité que je ressens quant à la véritable raison qui me pousse à le convaincre de laisser Hayden tranquille ne diminue pas.

– Bien sûr que j'ai raison. Et si on allumait les lumières ? Je vais faire à manger et puis on peut regarder un film, d'accord ?

Il fait la grimace.

– Euh… d'accord, mais je ne suis pas favorable à ce que tu cuisines. Pas question que je mange un de ces plats au tofu dont tu te nourris exclusivement.

Je lève les yeux au ciel et lui dis :

– Que dis-tu de spaghettis, alors ?

Il ouvre grand la bouche.

– Quoi ? Tu acceptes de manger des sucres lents ? C'est moi qui ai eu un accident, pourtant c'est toi qui es devenue bizarre…

Je fronce les sourcils et lui tape le bras.

– Mais non !

Pas vraiment. Enfin, peut-être que oui. Le temps que je passe avec lui semble s'éterniser, ce qui m'attriste – j'adore traîner avec mes amis, d'habitude –, mais j'ai envie d'être ailleurs. Des yeux verts n'arrêtent pas de s'immiscer dans mes pensées, ainsi que les mots « pour être si belle » qui passent en boucle dans ma tête. Je n'arrive même pas à me concentrer sur le film que nous regardons. Dès qu'il est terminé, je fais semblant de bâiller et je lui souhaite une bonne nuit.

Lorsqu'il est enfin l'heure de retrouver Hayden, mon cœur se met à battre avec fureur, comme une locomotive qui prend de la vitesse. Je suis impatiente de le voir. Non, je veux plutôt dire que je suis impatience de l'affronter.

Quand j'arrive, il est déjà sur le parking, assis sur sa moto avec son casque sous le bras. La lumière des lampadaires fait briller ses cheveux blonds, mais ce n'est rien comparé à la lueur séductrice de ses yeux.

– Salut, numéro vingt-deux. Je t'ai manqué ? demande-t-il en esquissant un sourire.

Oui, bizarrement… il m'a manqué. Mais jamais je ne l'avouerais devant lui.

– Ce qui m'a manqué, c'est de te mettre une raclée, dis-je pour le taquiner.

Il éclate de rire, alors je sens mon ventre qui se noue.

– Tu es prête ? demande-t-il en faisant un signe de tête en direction du cadenas qu'il va forcer.

J'acquiesce avec enthousiasme. *Oui, ça fait un moment que je suis prête pour toi.*

Cette pensée ardente me fait hésiter. Non… Je ne suis pas prête pour lui dans ce sens-là. Je ne suis prête pour rien de ce genre, et jamais je ne le serai. Pas avec lui. Je ne sais rien de réel sur lui… et je ne pense pas croire à la moitié de ce qu'il me dit. Ce qui rend toute cette situation encore pire.

Hayden penche la tête sur le côté tout en m'observant.

– Ça va ?

Mince, il faut vraiment que je dompte l'expression de mon visage si je veux que les gens arrêtent de me poser cette question.

– Oui, allons-y.

Hayden a les yeux plongés dans les miens. Le lien entre nous est si puissant que je ne peux pas détourner le regard, même si je le voulais. Je ne pense pas le vouloir, parce que pendant que nous nous regardons droit dans les yeux, j'ai l'impression de sentir mon corps renaître, mes mains, mon visage, ma poitrine… mon cœur.

Il finit par rompre le charme et se déplace vers le portail.

– Rapproche-toi. Je vais te montrer comment on fait, dit-il, ce qui me fait hausser les sourcils.

– Pourquoi aurais-je besoin d'apprendre à forcer des serrures ?

Mince. N'est-ce pas ce que j'aurais justement aimé faire chez Myles ? Avant même que Hayden ne réponde par une de ses piques malicieuses, je m'accroupis à côté de lui. Autant profiter de cette opportunité pour apprendre quelque chose de nouveau.

Hayden se met à rire, puis il m'explique tout ce qu'il fait. Une fois le cadenas ouvert, il me montre à nouveau l'astuce lorsque nous atteignons le garage Cox. Je ne suis pas sûre de pouvoir le faire toute seule, mais j'ai compris le concept.

Une fois que les projecteurs sont allumés et que tout est prêt, je demande à Hayden combien de tours nous devons faire cette fois.

– Tu veux en faire vingt ? Ou cinquante, pour plus de défi ? dis-je.

Un grand sourire aux lèvres, Hayden enfile son casque et soulève la visière. Il jette un coup d'œil en direction du grand écran du circuit, réfléchit une seconde et dit :

– Va pour trente.

Puis il me regarde, les yeux débordant d'allégresse.

– Et si, juste pour le fun, on ajoutait un pari ? Si je gagne, tu dois répondre honnêtement à une question.

Je sens mon cœur qui fait un bond rien qu'à l'idée de jouer à « action ou vérité » avec lui. Que veut-il savoir ? Aurai-je le courage de répondre ? Je ne suis pas particulièrement douée pour les confidences, surtout quand des émotions et des sentiments sont en jeu. Accepter de reconnaître le courant qui passe entre nous ne nous aiderait pas à mieux piloter. Mais une fois de plus, peut-être que j'ai simplement peur, ce qui ne me plaît guère.

Je ne veux avoir peur de rien. Alors, serrant la mâchoire, je repousse mes inquiétudes et réponds :

– Et moi, qu'est-ce que j'obtiens si je gagne ?

Il penche sa moto vers moi.

– Qu'est-ce que tu veux ?

Ses pupilles brûlent avec intensité, ma gorge se serre.

En voilà une question… La réponse est à la fois extrêmement simple et profondément compliquée. J'ai envie d'obtenir le respect de mon père, de devenir une championne, de gagner, de sauver l'équipe de ma famille. Je veux que Hayden… m'aide à le faire.

J'ai l'impression qu'une partie de moi se déchire alors que je simplifie la vérité et laisse échapper de ma bouche :

– Tout ce que je veux, c'est faire la course.

Ce qui est vrai, mais ce n'est pas la vérité la plus complète. *Qu'est-ce que je veux, au juste ?*

Hayden me dévisage quelques secondes puis il rabat sa visière et fait démarrer sa moto. L'adrénaline monte en moi tandis que je l'imite. J'adore ce moment, cette excitation qui annonce un moment de libération. Nous roulons vers la piste, puis nous nous mettons en position. Je me penche sur le guidon tandis que Hayden lève trois doigts en l'air. Une joie extrême, de l'ordre de la jouissance, me submerge quand il entame le décompte. Encore quelques secondes de plus et je pourrai enfin relâcher toute cette énergie accumulée.

Lorsque le « zéro » retentit, j'explose, tout comme Hayden. Nous nous envolons de la ligne de départ avec une telle vitesse que je dois m'agripper à ma moto pour tenir bon. Je laisse échapper un éclat de rire lorsque mon cerveau se détend et que je ne me concentre que sur un seul but : grimper en flèche sur le circuit avec lui. Je vis pour ça, plus que je ne veux l'admettre. À mesure que nous progressons côte à côte, prenant des virages serrés à gauche, à droite, luttant pour être devant, tous les obstacles entre nous disparaissent. Il n'y a plus de tension, de passé secret ou d'avenir mystérieux, pas de passion ardente bouillonnant sous la surface et pas d'inquiétudes. Rien que la joie de vouloir gagner. Et lorsque je franchis la ligne d'arrivée à un quart de seconde derrière lui, je sais que tout cela est justifié. Pour une raison que j'ignore, Hayden est mon centre, j'ai besoin de lui pour garder l'équilibre. Sans lui… je me sens perdue.

Nous avons le sourire jusqu'aux oreilles en quittant la piste. Le casque accroché à son guidon, Hayden me regarde avec curiosité et prudence.

– Je t'ai battue… tu me dois une réponse.

Le malaise prend alors le dessus sur ma bonne humeur.

– Non, je n'ai jamais dit que j'acceptais ce pari, dis-je en retirant mon casque.

Affichant un sourire en coin, il se met à secouer la tête.

– Tu as fait la course contre moi, ce qui veut dire que tu as accepté le défi.

Il termine sa phrase en me lançant un clin d'œil. Merde. Ses cheveux ébouriffés lui vont si bien ; des gouttes coulent le long de son cou. Je préférerais les lécher plutôt que de répondre à sa question.

Hayden perçoit mon incertitude, alors il hausse les épaules et ajoute :

– Si tu ne veux pas répondre à une question, alors tu peux avoir droit à une action.

Vu le sourire suggestif qu'il me tend, je sais très bien de quel type d'action il s'agirait. Le désir commence à troubler mes pensées, alors je réponds du tac au tac :

– Qu'est-ce que tu veux savoir ?

Il se met à rire devant ma réaction soudaine, puis il reprend son sérieux. Mon cœur s'emballe. Zut alors. Il va forcément me demander une chose à laquelle je ne voudrai pas répondre. Je le sais. Mais quoi ? Il faut que je m'en aille, j'ai peur de perdre connaissance. Esquissant un sourire avenant, Hayden agite la tête.

– Hé, détends-toi, Kenzie. Je ne te propose pas de sauter dans le vide… C'est juste une question.

Je prends une longue inspiration et me force à sourire. Il a raison, c'est juste une question… et je n'ai pas à lui répondre si je n'en ai pas envie. Lorsqu'il voit que je me suis calmée, il reprend :

– Je voulais savoir… pourquoi ça te dérangeait autant de penser que j'étais avec Izzy ?

Je grince des dents, la honte s'abattant sur moi.

– Qu'est-ce qui te fait dire que ça me dérangeait ?

Il retire un de ses gants, se penche en avant et pose son doigt sur mon front.

– Tu as une petite veine qui se gonfle quand tu es en colère. Je n'arrive juste pas à comprendre ce qui aurait pu te mettre dans cet état.

Son doigt reste sur mon front et se met à glisser le long de la ligne de mes sourcils. J'en ai le souffle coupé. Pourquoi la moindre petite chose m'affecte autant, quand je suis avec lui ? Et si je me laissais aller ? Et si je me perdais dans ces sensations ? Ce serait comment ? Je fais disparaître ces pensées de ma tête et lui dis :

– Je ne sais pas de quoi tu parles. Ça ne me dérangeait pas du tout. Tu peux coucher avec qui tu veux.

Hayden me lance un regard en coin, comme s'il savait que ce ne sont que des balivernes. Puis son sourire devient encore plus grand. En me regardant dans les yeux, il susurre :

– Avec qui je veux ?

L'intensité de son regard réchauffe l'air entre nous, je peux sentir que mon visage se réchauffe. Il parle de moi…

– Oui… je murmure, sans le faire exprès.

Merde ! Je viens vraiment de dire ça tout haut ? Hayden écarquille les yeux et entrouvre la bouche. Il passe sa langue sur ses lèvres et je dois me retenir de pousser un gémissement.

– Kenzie… murmure-t-il en penchant sa moto encore plus près.

Inconsciemment, je me retrouve attirée contre lui. Sa tête se penche vers moi et la mienne vers lui. Nous sommes parfaitement alignés, il ne nous reste plus qu'à avancer un peu vers l'avant. *Embrasse-moi.*

Il est si près que je peux sentir sa respiration sur mes lèvres. Puis son foutu téléphone coupe le silence. Encore ? Sérieux ? Comme la nuit dernière, nous sommes là depuis plus d'une heure et il est tard. Qui essaye de le joindre à une heure pareille ? Hayden recule aussitôt. Il jette un coup d'œil à l'heure affichée sur le tableau de bord avant de me regarder à nouveau.

– Je suis désolé… je dois y aller. On remet ça demain ?

– Le même coup de fil deux nuits d'affilée. Tu as des rendez-vous avec d'autres personnes que moi ? je demande sèchement.

Je sais que je ne devrais pas m'en préoccuper, mais ça me dérange vraiment de me rendre compte que je ne suis pas la seule à qui il dédie ses soirées. Hayden me répond en souriant mais son regard reste prudent.

– Tu es si mignonne quand tu es jalouse.

Je lève immédiatement ma défense, si rapidement que j'entends distinctement un claquement dans ma tête en rétorquant :

– Je ne suis pas jalouse… À demain, Hayden. Pour l'entraînement.

J'insiste bien sur ce dernier mot, pour qu'il ne se fasse pas d'idées sur ce qui se passe entre nous…

CHAPITRE 11

Après un mois et demi d'entraînements de nuit avec Hayden, j'assiste à une réelle amélioration de mes performances pendant la journée. C'est tellement satisfaisant de constater que, petit à petit, cet entraînement avec Hayden porte ses fruits et que j'ai de plus en plus confiance en moi. J'aimerais pouvoir crier au monde entier que j'ai enfin trouvé la clef du succès. Malheureusement, cela doit rester secret.

Le fait de voir Hayden presque tous les soirs me fait vraiment tourner la tête. Le courant électrique qui crépite entre nous ne faiblit pas, au contraire, c'est de pire en pire. Un soir où nous étions tout près l'un de l'autre, à nous regarder dans les yeux, sa main a effleuré ma cuisse. C'était presque douloureux de devoir résister au désir d'attraper sa main et de l'attirer vers moi. Mais je refuse de dépasser certaines limites avec lui. Je suis tout à fait consciente du fait qu'il se contente de m'utiliser pour ses propres performances… et loin de moi l'idée de le laisser se servir de mon corps, en plus de mes qualités de pilote.

Mais parfois j'ai du mal à m'en souvenir, parce que quand je suis seule avec lui, c'est comme… une évidence. À la suite de la partie d'action ou vérité, nous nous sommes mis à parler de plus en plus ; je me sens chaque fois plus à l'aise avec lui. Je ne sais toujours pas ce qu'il manigance, mais il a pris une place si importante dans ma vie que je ne peux pas m'imaginer arrêter de le voir. Et puis, lorsque nous sommes seuls sur le circuit, j'ai tendance à oublier qui il est, ce qu'il représente, ce dont il pourrait être capable. Je me contente d'apprécier le temps passé avec quelqu'un qui me pousse à être la meilleure. Je commence à me sentir très… libre… avec lui. Et ça me terrifie. Ce qui m'aide, c'est que, presque à chaque séance, il reçoit un appel quand nous avons terminé. Il n'explique jamais la raison de cet appel. Chaque fois que je lui demande, il préfère rester évasif, ce qui nous permet ainsi de garder les distances nécessaires. Bien que je me sente libre avec lui, Hayden n'est pas quelqu'un à qui je peux faire confiance.

Ma double vie s'avère bénéfique pour ma carrière. Je me sens cependant vraiment coupable envers mes coéquipiers, surtout lorsqu'ils me complimentent sur mes performances. Mais affronter mon père reste ce qu'il y a de plus dur. Quelques semaines après le début de mes entraînements de nuit avec Hayden, il m'a dit :

– Tes chronos s'améliorent, Kenzie, tu rattrapes le temps que tu as fait à Road America. En allant un peu plus à la salle de sport, tu obtiendras le coup de pouce qui te permettra d'affronter la course de Barber.

Il a même fini par poser sa main sur mon épaule. C'est sûr que ce n'est pas un éloge dithyrambique, mais c'est déjà un début. Ça me donne envie de me dépasser, de travailler plus, de repousser mes limites… de sortir de ma zone de confort.

Ayant en mémoire le compliment de mon père, c'est avec un grand sourire aux lèvres que je pénètre dans le garage Cox, en cette belle matinée de juin. Nikki est là, elle prépare ma moto. Myles est avec elle, ce qui fait plaisir à voir. Je lui ai souvent rendu visite, depuis la dernière fois. Il se remet peu à peu de sa dépression et retrouve progressivement son allégresse, lui qui est d'habitude toujours de bonne humeur. Malheureusement, il s'accroche encore férocement à sa haine pour Hayden.

Nikki se relève en me voyant.

– On dirait que ça paye d'arriver plus tard que d'habitude. Non seulement tes performances ne font que s'améliorer, mais en plus tu as l'air vraiment pleine d'énergie, aujourd'hui. Peut-être que tu devrais commencer à faire des grasses matinées, toi aussi, dit-elle à Myles pour rire.

Je lui souris en haussant les épaules et rétorque :

– Mais j'ai de l'énergie tous les jours. Si j'étais un des Sept nains, je serais forcément Joyeux !

Effectivement, je me sens particulièrement de bonne humeur aujourd'hui. Nikki lève les yeux au ciel puis elle regarde Myles d'un air incrédule. Il se tourne alors vers moi, le visage sérieux. Il me regarde droit dans les yeux avant de finir par éclater de rire, si fort qu'il porte sa main à sa clavicule et geint entre deux rires. Essuyant les larmes qui lui sont montées aux yeux, il s'exclame :

– Joyeux ! Elle est bonne, celle-là, Kenzie !

J'essaie de lui lancer un regard noir mais je n'arrive même pas à faire semblant d'être en colère. Je me mets à rire à mon tour et prends congé pour aller enfiler ma combinaison.

Quelques minutes plus tard, me voici en train de foncer à une allure folle sur le circuit. Le parcours n'a pas été changé depuis la semaine dernière et, comme je m'y entraîne deux fois par jour, je le connais vraiment par cœur. Mon esprit divague tandis que j'aborde les virages. J'imagine que je suis en compagnie de Hayden, qu'il se trouve à quelques centimètres devant moi ou, parfois, derrière moi. Je me rappelle combien je ris chaque fois que je le double. Puis je pense à ce qui se passe après, quand nous nous arrêtons devant l'entrée de la piste, qu'il enlève son casque tout en descendant de sa moto et qu'il plonge son regard dans le mien…

Après l'entraînement, nous en profitons généralement pour discuter un peu, avant de repartir chacun de notre côté. La plupart du temps, Hayden me pose des questions sur ma famille – il veut savoir où j'ai grandi, ce qui est arrivé à ma mère, la vie avec mes sœurs. Mais lui reste plutôt discret. Je n'ai obtenu que très peu d'informations à son sujet jusqu'à présent. Je sais qu'il est fils unique, que sa couleur préférée est le bleu. Je n'ai jamais trop insisté, ayant sans doute un peu peur de découvrir des choses que je redoute. C'est déjà assez compliqué comme ça de sentir que non seulement je suis extrêmement attirée par lui, mais aussi que je… l'aime bien. Alors si je découvre qu'il est vraiment aussi toxique que Myles et mon père le prétendent… eh bien… disons que je ne suis pas encore prête pour que cette bulle explose. J'ai encore trop besoin de lui.

Alors que j'évolue sur le circuit, je jette un coup d'œil du côté des Benneti. Je suis en train de prendre le long virage qui se trouve tout près de leur garage. Je discerne alors un attroupement, ce qui pique ma curiosité. Est-ce Hayden, là-bas, au fond ? Qu'a-t-il fait depuis que nous nous sommes quittés, la nuit dernière ? Où est-il parti après ce mystérieux appel… ?

Je suis sur le point de finir la boucle quand j'aperçois quelque chose qui me choque tellement que je braque sur mes freins. Ma moto proteste à cause du brusque changement de vitesse. Je manque de faire un gros dérapage mais parviens à garder le contrôle. Reprenant mon souffle, je regarde à nouveau derrière moi la partie visible du garage des Benneti, au-dessus du mur de pierre qui entoure le circuit. J'aperçois quatre types, trois qui sont clairement en train d'en attaquer un : le pauvre mec du milieu se fait pousser dans tous les sens par le trio de brutes. Ma respiration se bloque lorsque je découvre que le mec malmené n'est autre que Hayden. Je sais que ses coéquipiers ne l'aiment pas, mais je n'imaginais pas qu'ils puissent devenir violents avec lui. Ils finissent heureusement par arrêter, se mettant à rire de Hayden, puis ils semblent se décider à le laisser tranquille.

Or, soudain, je vois bien qu'ils n'ont pas dit leur dernier mot. Horrifiée, je les regarde attraper Hayden par les bras, le maintenir prisonnier, et l'un deux le frapper au ventre. Je descends immédiatement de ma moto pour courir vers lui et lui venir en aide, quand la réalité me rattrape de plein fouet : je ne peux pas l'aider. Il est en territoire Benneti, je n'ai pas le droit de mettre un pied au-delà du mur qui démarque le circuit. Je ne devrais même pas être en train de regarder la scène de façon aussi peu discrète, au cas où quelqu'un me surprendrait. Pourtant, je ne parviens pas à détourner le regard. *Sors-toi de là, Hayden !* me dis-je en enlevant tout à coup mon casque.

Hayden tente désespérément de se libérer, mais les brutes le maintiennent fermement de chaque côté et les coups qu'ils lui infligent sans cesse à l'estomac l'empêchent de reprendre son souffle. Il ne peut pas se défendre. Le type en face de lui hurle tout en le rouant de coups.

– Tu crois que tu es meilleur que tout le monde parce que tu es le petit chouchou de Keith ? Tu crois que tu vaux mieux que nous parce que tu vis au-dessus de son garage et que tu manges sa bouffe ? Tu n'es rien, espèce de pourriture ! Il t'a trouvé dans les poubelles, et quand il en aura fini avec toi, c'est là-bas que tu retourneras. Toutou de Keith ou pas, si jamais tu touches encore à nos motos, on te tue !

Ce que j'entends me fige sur place. Qu'a-t-il fait à leurs motos ? Et… Quoi ? Il vit avec Keith ? L'étonnement que je ressens se transforme en rage lorsqu'ils continuent à le frapper. Quoi qu'il ait fait, ils n'ont pas le droit de le toucher ! Pile quand je ne peux plus tolérer une seconde de plus de voir Hayden en souffrance, pile quand je me sens prête à perdre mon travail pour me lancer à sa rescousse, il finit par dégager un de ses bras. Puis, en quelques secondes, il attaque le type qui retient son autre bras. Le voilà enragé, transformé en tornade. En un temps record, il met les trois types à terre, le souffle haletant et crachant du sang.

Hayden donne un coup de poing au type qui l'a cogné dans le ventre, puis il se penche sur lui et hurle :

– Si tu me touches encore une fois, je te casse tous les os.

Je souhaiterais être outrée par ce qu'il vient de faire… mais je ne le suis pas. Je l'observe s'éloigner pour rejoindre le garage et un sourire se dessine sur mon visage. Bon sang… Il assure, Hayden. D'une certaine manière, ça le rend encore plus sexy. Mais qu'a-t-il bien pu faire pour mettre ses coéquipiers dans une telle colère ?

Lorsque je retourne sur le parking du circuit, plus tard dans la nuit, Hayden est déjà là. Le casque posé sur sa moto, il est arrêté devant la porte principale et fait sautiller en l'air sa trousse en cuir remplie d'outils qui lui servent à forcer les serrures. Il affiche un sourire détendu et jovial quand il me voit. On ne saurait deviner qu'il a été au centre d'une bagarre plus tôt dans la journée. Il est tout simplement… beau à croquer.

– Salut, numéro vingt-deux. Aujourd'hui, c'est ta soirée.

Je soulève la visière de mon casque au moment où j'arrête ma moto à côté de lui et lui demande :

– Ma soirée pour quoi ? Pour gagner ? Ça, je le sais déjà.

Je lui tends un sourire taquin et il se met à rire.

– Non. Enfin, on verra plus tard. Je voulais parler de *ça*…

Il me tend sa trousse à outils avec une expression pleine d'enthousiasme, comme s'il appréciait réellement l'idée de me voir passer du côté obscur.

Je me mordille les lèvres tout en secouant la tête.

– Non, merci. Ça suffit avec les activités illégales.

Il hausse un sourcil.

– Tu as déjà fait des choses illégales, toi ?

Je regarde autour de moi et dis :

– Tu veux dire, en dehors de *ça* ? Euh… une fois, j'ai dépassé la limitation de vitesse dans une zone « école ».

Il se met à rire tellement fort qu'il se plie en deux.

– Tu es tellement mignonne.

Voulant que la bouffée de chaleur qui a envahi ma poitrine disparaisse, je lui arrache les outils des mains.

– Très bien, alors je vais essayer.

Je suis prête à tout faire, du moment qu'il arrête de se moquer de moi.

J'enlève mon casque et m'agenouille devant le cadenas. Je l'ai vu faire un nombre incalculable de fois, mais je n'ai encore jamais essayé. Hayden me montre quel outil utiliser tout en m'expliquant comment les cadenas fonctionnent. Et j'arrive à le faire céder avant même qu'il ait fini son cours.

– Waouh, tu as ça dans le sang, dit-il avec fierté.

Je lève les yeux au ciel et lui rends ses outils.

– Ne crois pas que je vais t'aider à faire ton prochain cambriolage.

Je pensais qu'il se mettrait à rire, mais au lieu de ça, il fronce les sourcils.

– Je ne suis pas un voleur.

L'indignation dans son regard est si grande que je me sens prise au dépourvu.

– Je sais, je murmure, même si je ne suis pas entièrement sûre de ce fait.

Comme si je n'avais rien dit de dérangeant, il change immédiatement d'expression, affichant de l'amusement.

– Mais je suis plutôt doué pour faire des blagues. Il suffit de demander au principal de mon ancien lycée ! Un jour, avec mes amis, on a récupéré des dizaines de serpents qu'on a enfermés dans son bureau. Ils n'étaient pas dangereux, bien sûr, mais il en avait la phobie. Il n'est donc plus retourné dans son bureau pendant des semaines, préférant se retrancher dans le bureau du concierge.

Je pouffe de rire en imaginant Hayden dompteur de serpents.

– Quoi ? Mais c'est vraiment méchant…

– C'est lui qui était méchant, dit-il en haussant les épaules.

Je secoue la tête et lui demande :

– Est-ce que vous vous êtes fait prendre ?

Il esquisse un grand sourire qui me donne envie de toujours le faire sourire comme ça.

– Non, Félicia a longtemps craint que nous ne soyons découverts, mais monsieur Dixson n'a jamais eu aucune idée de qui étaient les coupables. Je pense qu'il en a conclu à un phénomène paranormal.

Bouche bée, je laisse échapper :

– Félicia ?

Hayden baisse le regard par terre.

– Oui… La fille avec qui…

Puis il pose à nouveau son regard sur moi et reste silencieux quelques secondes avant de dire :

– On était proches pendant un temps… mais elle est partie, maintenant. Voilà. Prête pour la course ? demande-t-il en changeant brusquement de sujet.

Un mélange de compassion et de jalousie se répand en moi, mais je m'efforce rapidement de combattre la jalousie pour ne garder que la compassion. Il semble vouloir se protéger en restant vague et je comprends qu'il ne veuille pas en parler, qu'il se cache dans le silence et tente de détourner l'attention. Cette Félicia a dû compter pour lui, j'en suis sûre.

– Elle t'a fait souffrir, c'est ça ?

Il détourne immédiatement le regard.

– Elle n'est plus dans ma vie depuis longtemps, donc ça n'a plus d'importance.

Son visage est si triste. Ça a forcément de l'importance, il ne veut simplement pas en parler.

– Je suis désolée que ça n'ait pas marché.

Même si je suis quand même contente. L'expression sur son visage fond dans un sourire.

– Ne t'inquiète pas, c'était une relation… toxique.

Penchant la tête sur le côté, il me dévisage longuement.

– Tu me fais un peu penser à elle.

J'écarquille les yeux et sens mes joues devenir rouges.

– Ah bon, je suis toxique, pour toi ? Eh bien, sache que c'est un sentiment partagé, dis-je avec un sourire en coin.

Il se met à rire, puis agite la tête.

– Non… tu n'as rien à voir avec elle, c'est juste… que tu…

Il marque une pause et m'étudie.

– C'est troublant comme tu lui ressembles, murmure-t-il presque trop bas pour que je puisse l'entendre.

Son regard est devenu si intense que mon cœur s'emballe.

– On devrait… y aller, je murmure.

Il cligne des yeux, comme si le charme venait d'être rompu, puis il acquiesce et nous nous dirigeons vers les garages.

Lorsque nous arrivons devant celui de la Cox, j'essaie à nouveau de crocheter la serrure du cadenas. Contre toute attente, c'est vraiment facile pour moi. J'imagine que j'ai ce don, mais je n'ai pas l'intention de m'en servir – à part pour rentrer par effraction dans le circuit de ma famille chaque nuit… Mon père aurait une crise cardiaque s'il me voyait faire.

Je prépare ma moto tandis que Hayden va dans son garage et prépare la sienne. Nous nous retrouvons sur la ligne de départ, comme d'habitude, mais je me rends compte que Hayden a la main posée sur le ventre. Pas de façon marquée, mais je sais pourquoi, j'ai assisté à toute la scène. J'ai envie de lui demander quelque chose à ce propos, mais il se penche sur son guidon et annonce :

– À vos marques, prêts…

Dès qu'il clame « Partez », je décolle comme si j'avais la police aux trousses. La montée d'adrénaline et d'euphorie me remplit alors que je prends les devants de cette course infernale à travers les courbes du circuit. La peur de me faire prendre est d'habitude toujours omniprésente lorsque nous venons ici la nuit, mais cette fois, cette inquiétude est lointaine. Me laisser aller et vivre l'instant présent avec Hayden me remplit de joie, de paix intérieure et d'un sentiment d'excitation inhabituel. Je me sens emportée par toute la sensualité ambiante : les vertiges que je ressens du fait de devancer Hayden, le vrombissement de ma moto, le goudron qui défile à toute vitesse sous moi. La réaction de mon corps est déroutante. Les courses de motos m'ont toujours procuré des sensations intenses, depuis des années, mais avant de rencontrer Hayden, je n'avais jamais ressenti autant de plaisir sur le circuit.

Je continue à avancer, l'esprit planant délicieusement, et j'atteins la ligne d'arrivée en première place. Pour célébrer ma victoire, je me cabre sur la roue arrière de ma moto. Mon Dieu que c'est bon ! J'ai presque envie de recommencer, juste pour ne pas laisser retomber l'euphorie que je ressens.

Hayden se rapproche et éclate de rire en me voyant faire. Il enlève son casque et dit :

– Une des choses que j'adore quand je t'affronte, c'est de te voir célébrer ta victoire.

Puis il fait une grimace en bougeant, ce qui me rappelle qu'il n'est pas vraiment en grande forme ce soir. Je redescends un peu de mon petit nuage lorsque je me rends compte qu'il a mal.

En retirant mon casque, je me demande si je devrais lui poser des questions sur la bagarre. Sans doute parce que je suis encore enivrée par la course, ou parce qu'il s'est un peu confié à moi plus tôt, je n'ai soudain plus peur du tout. J'ai envie de quelque chose de vrai, je veux une réponse à tous les mystères qui l'entourent… j'ai envie de prendre le risque de faire éclater sa bulle.

– Que s'est-il passé aujourd'hui ? Avec tes coéquipiers ? je clarifie. J'ai vu la bagarre…

Hayden écarquille tellement les yeux qu'ils semblent sur le point de sortir de leurs orbites.

– Tu as tout vu ?

J'acquiesce, la mâchoire serrée.

– Je ne me suis jamais sentie aussi impuissante de ma vie. Je voulais faire quelque chose, mais à cause de cette stupide interdiction… j'étais bloquée à regarder la scène comme une idiote.

Merde, alors, pourquoi je lui avoue tout ça ? C'est trop personnel, trop intime, et pourtant, en découvrant la surprise dans son regard, je ne regrette pas de l'avoir dit.

– Tu voulais m'aider ? demande Hayden, d'une voix douce.

Je le regarde droit dans les yeux sans pouvoir encore répondre. J'ai l'impression que chaque cellule de mon cerveau s'est transformée en gelée gluante sous son regard magnétique. Son sourire finit enfin par délier ma langue.

– Alors, que s'est-il passé ? je demande. Pourquoi ils s'en sont pris à toi ?

Il affiche une expression dure en se remémorant l'événement.

– Keith est parti tôt, aujourd'hui. Il avait rendez-vous chez le docteur, je crois. Bref, quand il est parti, l'équipe s'est transformée en… Tu as déjà vu le film *L'Île oubliée* ?

J'acquiesce et il m'adresse un sourire en coin.

– Je suis le dernier arrivé dans l'équipe, je suis donc une cible facile. Ce n'est pas surprenant qu'ils s'en prennent à moi dès qu'ils en ont l'occasion. Mais ce n'est pas grave, je sais me défendre contre ces abrutis, ajoute-t-il en me faisant un clin d'œil.

Non, clairement, non. Il est seul contre tous. Il ne devrait pas piloter pour les Benneti, ce n'est pas une équipe faite pour lui. Mais alors, quelle équipe pourrait être la sienne ?

– Mais ce n'est tout de même pas normal. Tu devrais raconter à Keith comment ils te traitent.

Suis-je vraiment en train d'imaginer Keith comme figure paternelle pour Hayden ? Ce n'est pas si farfelu, étant donné qu'ils vivent déjà ensemble. Mais rien que le fait de penser à Keith en train d'influencer Hayden, je sens mes poils qui se hérissent. Et ça ne fait que rendre les rumeurs à son sujet encore plus plausibles.

Hayden éclate de rire.

– Tu veux que je moucharde ? Non merci. Ce n'est pas mon genre. Et en plus, tu penses vraiment que ça pourrait arranger les choses ? demande-t-il avant de marquer une pause et de secouer la tête. Tu peux être sûre qu'ils finiront par se lasser et passer à autre chose. Il faut juste que je tienne bon. Et s'il y a bien une chose que je sais faire, c'est tenir le coup dans des situations merdiques.

Même s'il sourit, une douleur ancienne est ravivée sur son visage – difficile à distinguer mais impossible à ignorer. *Que t'est-il arrivé ?* Trop curieuse pour me contenir, je lui demande :

– C'est comme ça que tu as appris à te battre ? À cause de situations merdiques ?

J'ai envie de le toucher, de caresser son visage… mais je me retiens. Il hausse les épaules comme si ça n'avait pas d'importance.

– J'ai été placé en famille d'accueil, donc j'ai souvent été rejeté, et j'ai appris à m'adapter.

– Oh… Je suis désolée.

Il a dû se sentir si seul. Moi j'ai toujours été entourée par ma famille. Je n'arrive même pas à imaginer de ne pas en avoir une. Son expression se radoucit à mesure qu'il esquisse un sourire.

– Une fois de plus, ce n'est pas la peine d'être désolée. C'est sûr que ce n'était pas super… mais je ne serais pas là où j'en suis aujourd'hui sans mon passé. Et j'aime ma situation… actuelle.

Affichant un sourire langoureux, il se rapproche encore plus de moi, si bien que nos jambes se touchent ; son regard devient ardent comme la braise. Je sais alors qu'il parle du moment présent. Ici… avec moi.

C'est la première fois qu'il se confie à moi, et il y a tant de choses que je voudrais savoir sur lui. Mais l'envie de l'aider est encore plus poignante que ma curiosité. Hayden m'a toujours mise à l'aise pour que je me confie, donc je souhaite faire la même chose pour lui, mais j'ai besoin qu'il réponde à une question.

– Hayden… Qu'est-ce que tu as fait aux motos de tes coéquipiers pour qu'ils soient aussi énervés contre toi ?

Ses yeux se remplissent immédiatement de colère. Il fait un pas en arrière et le fait de perdre son contact me glace.

– Je n'ai rien fait à leurs foutues motos, s'exclame-t-il. Cette putain de rumeur, dont tu m'as parlé… ces enfoirés pensent que c'est vrai. Alors quand un des mécaniciens oublie de remplacer une bougie sur la moto de Rodney et que le moteur a des problèmes, c'est forcément ma faute. Merde, alors ! Je pensais avoir laissé toutes ces conneries derrière moi, mais visiblement, ce n'est pas le cas.

Il évite de me regarder après avoir dit tout ça. Les poings serrés, il respire de façon saccadée. C'est manifestement un sujet épineux.

– Ça va ? je demande, sans savoir vraiment s'il répondra.

Il me regarde avec un sourire contraint.

– Oui, ça va, c'est juste que…

Il hésite et je perçois dans son regard le débat intérieur qui l'anime. Lui non plus ne sait plus s'il peut me faire confiance. Je lui souris en espérant qu'il prenne ça pour un encouragement.

– C'est juste que quoi ?

Il referme la bouche et détourne le regard avant de finir par poser à nouveau ses yeux sur moi.

– Tu ne veux pas qu'on aille ailleurs ? On pourrait aller manger un bout ? J'ai les crocs.

Je me sens momentanément déçue qu'il change de sujet mais je suis interpellée par sa proposition. Et plus surprenant encore, j'ai envie de dire oui. Ce soir, Hayden m'a révélé beaucoup de choses. Je n'ai pas encore envie de le quitter. Je me rappelle alors que d'habitude, c'est l'heure à laquelle il reçoit normalement un appel.

– Tu veux dire que ce soir ton téléphone ne va pas sonner pour un rendez-vous au beau milieu de la nuit ? je m'exclame.

Il y a de l'amertume dans ma voix, mais Hayden se contente de me sourire, les yeux rivés sur moi.

– Non, ce soir, c'est avec toi que j'ai rendez-vous.

Le sentiment de soulagement est si grand que j'en ai le souffle coupé.

– Bon, alors… oui, j'irais bien manger quelque chose.

Hayden semble vraiment étonné que je dise oui. Comme moi.

– Super. Je vais tout éteindre et je te retrouve sur le parking.

C'est ta dernière chance pour te dépêtrer de cette situation. Contente-toi de lui dire que tu ne te sens pas bien et que tu préfères rentrer directement à la maison.

– D'accord, je te retrouve sur le parking.

Mais mince, alors ! Qu'est-ce qui ne tourne pas rond, chez moi ?

J'ai l'impression d'avoir reçu un coup sur la tête. Je rentre ma moto au garage, m'assurant minutieusement qu'elle est exactement dans le même état où je l'ai trouvée. Pourquoi mon corps veut-il prendre le contrôle et refuse-t-il de revenir à la raison ? Parce que j'ai aperçu une blessure chez ce type qui semble pourtant être un dur à cuire ? Parce qu'il y a trop de choses qu'il ne me montre pas ? Parce qu'il n'arrête pas de dire que je suis belle, talentueuse et drôle ? Parce que j'ai plus besoin que je ne le pensais d'entendre des choses positives sur moi ? Mon Dieu, suis-je si pathétique que ça ? Bon, j'ai juste accepté d'aller manger avec lui, ce qui n'ira pas plus loin qu'une omelette. Et puis, c'est l'occasion de le laisser se confier davantage.

Je fais rouler ma moto de loisir jusqu'à l'extérieur du portail et je m'arrête pour attendre Hayden. Alors que j'imagine dans ma tête un plat d'œufs brouillés – la seule chose prudente à laquelle je peux penser –, je distingue quelque chose au loin, sur l'autoroute. Une voiture aux phares allumés commence à ralentir juste avant le virage de la sortie du circuit. Mon cœur fait un bond lorsque je vois que les phares s'engagent sur la route qui mène directement jusqu'à nous.

Prise de panique, j'éteins le phare de ma moto. Merde ! Merde ! Merde ! Je tourne la tête, soulève ma visière et hurle par-dessus mon épaule :

– Hayden ! Il faut qu'on parte !

Heureusement, il n'est pas loin et m'entend. Il fonce vers moi, le phare déjà éteint, et jette un coup d'œil à la route, sur laquelle un pick-up se rapproche, lentement et sûrement. Est-ce la voiture de mon père ? Aucune idée. Putain…

Hayden laisse échapper un juron et se précipite vers le portail, le referme vite et replace le cadenas. Quelques secondes plus tard, il enfourche à nouveau sa moto.

– Suis-moi, dit-il, puis il décolle.

Il s'éloigne de l'entrée principale et fonce en remontant le parking qui entoure une bonne partie du circuit. Je me mets immédiatement à sa poursuite.

Le parking se transforme finalement en grand espace vide goudronné, puis évolue à nouveau en champ de terre. Une fois que nous sommes assez éloignés de l'entrée, le mur d'enceinte du circuit est suffisamment haut pour nous permettre de ne pas être aperçus. Mon cœur bat à cent à l'heure dans ma cage thoracique. Si on nous surprenait ici, ensemble, au beau milieu de la nuit, ce serait fini. Virés. Peut-être même arrêtés par la police pour effraction. Ma carrière avec la Cox Racing s'achèverait en un claquement de doigts. Eli ou Ralph devraient alors se charger de sauver l'équipe… ce qui n'est pas près d'arriver. Nikki en aurait le cœur brisé, Myles ne me m'adresserait plus jamais la parole. Comment pourrais-je même regarder mon père dans les yeux ? Faire face à ma famille ? Et Hayden… Il devrait sans doute retourner dans la rue. Est-ce que quelqu'un d'autre que Keith lui donnerait une chance ?

Repoussant ces pensées désespérées, je décide de me concentrer sur l'instant présent, plutôt que sur des hypothèses de ce qui pourrait se passer. Nous avons presque atteint l'arrière du circuit. Alors que je me demande quelle est la prochaine étape de notre plan d'évasion, Hayden pointe du doigt le grillage qui entoure tout le complexe. À moins qu'il n'ait une pince capable de le couper, je ne suis pas sûre que ce soit une bonne idée. Selon moi, nous devrions rester le plus près possible du mur. Nous serions invisibles, à moins bien sûr que quelqu'un ne décide de faire une perquisition des lieux, ce qui est peu probable. Sauf si c'est John. Il est très pointilleux sur la sécurité et il tanne toujours mon père d'installer des capteurs de mouvement. Merde.

Projetant de la terre derrière nous dans notre élan, nous finissons par atteindre la clôture. Hayden descend de sa moto et se met à chercher quelque chose. Il semble trouver, marque une pause, puis se met à tirer sur des maillons du grillage. Quoi ? Qui a bien pu faire un trou dans la clôture ? Et comment se fait-il que Hayden le sache ? Me sentant un peu menacée, je le regarde faire en silence. Il arrache un fragment de grillage assez grand pour faire passer nos motos. Hayden me laisse passer en premier, puis une fois qu'il se trouve de l'autre côté, il referme le trou en remettant les maillons en place. À moins de vraiment observer le grillage en détail, on ne pourrait pas deviner que cette porte existe. Hayden a visiblement sa propre porte d'entrée dans mon sanctuaire. *C'est une blague ?*

Je le dévisage tandis qu'il grimpe sur sa moto.

– À la plage ! crie-t-il, en faisant un geste vers l'autoroute.

Ce n'est pas le moment de lui poser des questions, nous ne pouvons pas rester ici ; certaines parties de l'autoroute sont visibles depuis le circuit, surtout depuis les bureaux, au deuxième étage du garage. Comprenant où il veut que nous allions – la plage secrète que je lui ai montrée –, je démarre brusquement en faisant projeter des cailloux derrière moi. Mon cœur ne commence à se calmer que lorsque je suis sur l'autoroute, en direction du centre-ville. C'était vraiment moins une.

Hayden me rattrape dans la nuit noire, sur une route déserte. Puis il commence à essayer de me doubler sur le côté. *Ah non, je crois que ça ne va pas être possible !* Sans y réfléchir, je me penche en avant et accélère. *Voyons voir ce que tu as dans les tripes, quarante-trois.*

Il en faut peu à Hayden pour réagir à ma provocation. Une seconde plus tard, il me rattrape et notre vitesse augmente à mesure que nous luttons pour dominer la route. Au fond de moi, je sais que ce que je fais est totalement dangereux et stupide, mais il est tard et la route est dégagée. Et puis, je suis trop envoûtée par l'envie de le vaincre pour pouvoir m'arrêter.

Je suis tellement concentrée sur les courbes de la route que j'en oublie presque de prendre le virage qui mène à la plage. Je le prends de façon un peu trop serrée, alors ma moto glisse en faisant un dérapage dans la terre. Hayden atteint la zone de parking un poil derrière moi. *Oui, je l'ai eu !*

Son visage irradie lorsqu'il retire son casque.

– Putain, Kenzie ! C'était dingue !

Mon cœur bat encore très fort lorsque je détache mon casque.

– Oui… C'était moins une !

La poussée d'adrénaline qui s'est répandue en moi se manifeste par un petit rire nerveux.

– Heureusement que tu savais pour le grillage. D'ailleurs, comment ça se fait ?

Hayden se mord les lèvres avant de répondre.

– Disons que j'avais l'habitude de m'entraîner sur ce circuit avant d'obtenir une place dans l'équipe.

Il m'adresse un sourire en coin censé m'amadouer, mais je n'arrive pas à croire ce que je viens d'entendre.

– Tu t'es entraîné… ? Attends… Quoi ? Es-tu déjà entré par effraction dans le garage Cox ? As-tu utilisé nos motos ? La mienne ?

Le regard qu'il affiche en dit long. Mon sang ne fait qu'un tour ; je bous de rage. Le sentiment initial de menace qui m'effleurait au moment de l'ouverture du grillage n'est rien comparé au sentiment de violation que je ressens à présent. Il a piloté mon bébé !

– Tu es sérieux, Hayden ? Tu t'es servi de ma moto ?

Il m'adresse un sourire aguicheur.

– Un gentleman ne révèle jamais ses secrets.

Sautant de ma moto, je jette mon casque contre son torse, il le rattrape avec adresse.

– Gentleman, mon cul ! Je ne peux pas croire que tu aies utilisé ma moto. Tu ne vois pas combien c'est grave ?

Reposant mon casque, Hayden descend de sa moto. Les mains en l'air, il marche vers moi, debout, les poings serrés. Je sais bien qu'il ne s'agit que d'une moto, mais je suis néanmoins très en colère. Il s'est servi de ma moto sans que je le sache. Et sans mon autorisation !

– Écoute, peu importe que ce soit vrai ou pas… Je suis désolé. C'était il y a longtemps, à l'époque je n'étais pas… la même personne.

Il se met à rire mais s'arrête net lorsqu'il voit que je ne suis pas d'humeur à plaisanter.

– Ce n'est pas comme si je te connaissais et que je l'avais fait pour t'énerver, Kenzie. Pour moi ce n'était qu'une belle moto sur laquelle je voulais faire un tour.

Mes yeux crachent du feu. C'est ainsi qu'il me perçoit, moi aussi ? Une chose sympa avec laquelle s'entraîner ?

– Ma Ducati est un chef-d'œuvre de grande vitesse. Pas un jouet pour que tu t'amuses.

Pareil pour moi.

– Je le sais, murmure-t-il, d'une voix si douce et sensuelle que ma colère faiblit un peu.

Il s'avance plus près de moi, ce qui me donne des frissons.

– Je suis désolé pour ta moto, mais… je n'ai pas envie que cette nuit s'achève. Pas toi ?

Oh mon Dieu… Qu'est-ce qu'il me demande ?

– Non… mais il le faut bien. Et puis il est tard… Je devrais rentrer. *Avant de faire quelque chose de stupide, par exemple t'inviter chez moi.*

Hayden attrape ma main, ses doigts sont encore froids à cause de notre course dans le vent, mais sous son toucher j'ai l'impression de me brûler.

– Attends… on a encore le temps d'aller manger un bout. Je sens qu'après cette frayeur on en a tous les deux besoin. Et de boire, aussi. Et peut-être de prendre une part de gâteau.

Je me souviens alors que nous avons failli être surpris, puis que nous avons conduit trop vite sur l'autoroute. C'était tellement stupide de ma part, mais sur le moment, je ne me posais pas de questions.

– Je ne bois pas d'alcool. Et je ne mange jamais de gâteau.

Je baisse les yeux sur nos doigts entrelacés. Pourquoi je ne le repousse pas ?

Hayden fait un pas de plus vers moi, son visage n'est plus qu'à quelques centimètres du mien.

– Tu es sûre ? Ces derniers temps, tu as l'air d'accepter de faire des choses que tu ne pensais jamais te permettre. Peut-être que tu as besoin de réévaluer tes limites.

En ce moment, j'ai justement l'impression de ne plus avoir de limites. *Amène-moi au bord de la falaise et je fais le grand saut avec toi.* Ses yeux examinent mon visage. Décèle-t-il que je respire plus fort ?

– Tu es tellement belle au clair de lune, murmure-t-il. J'aimerais que les phares des motos soient éteints et que seule la lune t'éclaire.

D'après le ton de sa voix, il le pense vraiment. Nue sous la lune. Avec lui. Le désir brûle en moi, m'électrise. Ça me paraît… si bon.

Il passe sa langue sur ses lèvres et commence à se pencher vers moi. Lentement. Comme si le temps n'avait plus d'importance. Il pose ses doigts sur ma joue, m'attirant vers lui. Mes lèvres s'entrouvrent, prêtes à le recevoir. Et pile quand nous allons nous embrasser… son foutu téléphone se met à sonner. L'horrible sonnerie retentit et brise totalement la magie de l'instant.

Serrant les dents, je siffle :

– Si tu ne changes pas cette fichue sonnerie, je te jure que la prochaine fois je balance ton téléphone dans l'océan.

Hayden recule et la réalité me frappe à nouveau violemment. Qu'est-ce que j'étais sur le point de le laisser faire ? Je ne peux pas l'embrasser ! Et encore moins le laisser m'embrasser. Trop de questions qui restent sans réponses à son sujet, comme : qui l'appelle toutes les nuits ? Et pourquoi il ne répond jamais à ces appels et ne regarde jamais sur son téléphone pour vérifier qui cherche à le joindre ? Cette sonnerie doit être enregistrée pour une personne spécifique et je souhaite vraiment découvrir de qui il s'agit.

– Et puis, qui t'appelle toujours au beau milieu de la nuit ? je demande, en faisant rapidement un pas en arrière.

À contrecœur, il abandonne ma joue et hausse les épaules.

– Un… ami.

Encore un mystère. Il semble n'avoir que des gens mystérieux autour de lui.

– À presque deux heures du matin ? Il est arrivé quelque chose ?

Hayden me lance un sourire.

– Non, Kenzie. Tout va bien. Je vais juste devoir remettre notre dégustation de gâteau à une autre fois.

Après avoir annulé nos plans, il se penche vers l'avant et pose ses lèvres sur ma joue. Avant même de me laisser le temps de reprendre mon souffle, il susurre à mon oreille :

– Bonne nuit, numéro vingt-deux.

CHAPITRE 12

Je suis très nerveuse lorsque j'arrive sur le circuit, le lendemain matin. J'ai l'impression qu'à tout instant ça peut péter. Pourtant, Hayden et moi avons tout fermé, tout éteint, tout verrouillé… personne ne devrait savoir que nous étions là.

Je ne commence à me détendre que lorsque je suis sûre que personne ne semble être au courant de mes délits. Quand c'est notre tour de céder la piste, je décide d'aller courir à l'extérieur plutôt que sur le tapis de course ; un peu d'air, c'est exactement ce qu'il me faut. J'attache mes cheveux indisciplinés en queue-de-cheval, enfile mes baskets et sors.

Lorsque j'atteins le portail, j'aperçois Hayden qui s'entraîne. Faisant semblant de devoir lacer mes chaussures, je m'arrête pour l'observer. Son chrono est bon, mais pas aussi exceptionnel que d'habitude. On dirait bien qu'il a lui aussi besoin de moi. Tout en le regardant, je repense à tous les mystères qui ont fait leur apparition hier soir. Qui l'appelle sans arrêt ? Est-il impliqué dans l'accident de Myles ? Que s'est-il passé entre lui et cette fameuse Félicia dont il ne veut pas parler ? Quelles répercussions a eu sa vie en famille d'accueil sur lui ? Était-il heureux ?

Peut-être que j'ai tort à son propos. Peut-être qu'il s'est battu corps et âme pour tout ce qu'il a obtenu dans la vie. C'est peut-être pour cette raison qu'il avait tendance à me regarder avec mépris quand nous nous sommes rencontrés. À ses yeux, j'ai dû passer pour une fille trop gâtée, une fille à qui tout a été servi sur un plateau d'argent. Les chemins qui nous ont chacun amenés jusqu'ici sont inéluctablement très différents : j'ai toujours eu accès à ce que je voulais alors que Hayden a dû se battre pour en arriver là où il est. Mais peut-être que nous ne sommes pas si différents que ce que j'ai pu le penser au début. Nous luttons tous les deux pour le respect. Nous sommes de vrais battants, pourtant on est donnés pour perdants.

Au fond, j'ai l'impression que Hayden et moi sommes de la même équipe, et j'aimerais tant pouvoir sauter sur ma moto et le rejoindre sur le circuit. Pour la première fois de ma vie, l'interdiction qui plane sur nos équipes respectives me semble totalement ridicule. Et puis, Hayden n'est pas vraiment un Benneti… Il n'a juste pas d'autre endroit où aller. Nous sommes punis à cause des options limitées de Hayden et ce n'est pas juste. Pourtant, jamais je n'arriverais à convaincre mon père du contraire. Ni Keith…

Je me redresse pour m'éloigner, mais je me sens vraiment captivée par la façon dont Hayden se déplace sur sa moto. En étudiant ses transitions fluides, je repense à la rage qu'il ressent à propos de la rumeur qui le suit. Il était si en colère que des gens puissent penser qu'il sabote des motos. L'intensité de sa réaction doit être la preuve de son innocence quant aux soupçons de mon père et de Myles, non ? Il essaie de changer, il l'a d'ailleurs dit lui-même. Alors pourquoi tout gâcher ? Pour gagner, voilà tout. Pour réussir. Pour sortir une bonne fois pour toutes de la rue. *J'ai quitté la rue pour une bonne raison, Kenzie, et je n'ai pas l'intention d'y retourner.*

– Kenzie, qu'est-ce que tu fais là ?

Je sursaute en voyant Myles, appuyé sur sa béquille, les sourcils froncés.

– Tu m'as fait peur, Myles ! J'étais juste… en train de partir… pour aller courir.

Je lui fais un sourire qu'il ne me rend pas. Mon cœur s'emballe. Soupçonne-t-il que j'étais en train d'observer un pilote Benneti ? Il fouille dans la poche de son pantalon et en tire un bout de papier. On dirait la feuille de suivi des chronos.

– Je crois que tu as oublié ça, hier. Heureusement, j'étais le premier à rentrer dans le bureau ce matin et ça venait de sortir de l'imprimante.

Il me tend la feuille et mon cœur fait un bond. C'est bien une feuille de suivi, consignant les tours que Hayden et moi avons faits hier soir. Nous avons complètement oublié d'effacer les données de l'ordinateur. À la fin de notre course, un rapport a été imprimé, comme d'habitude, dès que l'ordinateur s'est allumé. Il contient nos numéros de motos, la date, l'heure… tout. Merde !

Agitant le bout de papier, Myles fait en ricanant :

– Tu veux bien m'expliquer ce que tu faisais ici au beau milieu de la nuit ? Avec lui ?

Il fait un rapide hochement de tête en direction de Hayden. Mes mains deviennent toutes moites alors que je froisse la preuve.

– Ne dis rien à mon père, je t'en supplie… Je ne veux pas être virée.

Je me mets à regarder frénétiquement autour de nous. Nous sommes bien seuls, hein ? Personne ne peut nous entendre ? Myles m'observe comme si je venais de lui demander quelque chose d'impensable.

– Alors dis-moi pourquoi tu étais avec lui. Lui. Parmi tous les autres, dit-il avant de pointer du doigt par-dessus son épaule. Putain, Kenzie ! Tu m'as planté un couteau dans le dos, là.

Mon regard alterne entre Hayden et Myles, je tente désespérément de penser à quelque chose qui pourrait me sauver. Or seule la vérité peut m'aider.

– Parce que… pour des raisons que j'ignore, mes performances sont meilleures quand je l'affronte. Et j'ai besoin de m'améliorer. J'ai besoin d'être la meilleure. Tu sais bien ce qui est en jeu.

Il ferme les yeux et secoue la tête.

– Je sais juste que tu fais une grosse erreur.

Lorsqu'il rouvre les yeux, il me regarde avec une extrême dureté.

– Et je sais qu'à cause de lui tu es en train de changer. Rentrer par effraction sur le circuit, faire tout ça dans le dos de ton père, cacher la vérité à tes amis… Ça ne te ressemble pas, Kenzie. Il ne fait que te corrompre.

La panique s'empare de moi tandis que j'essaie de défroisser la feuille :

– Mais regarde mon chrono, Myles ! Regarde ! C'est la preuve qu'il m'aide.

Il m'arrache le papier des mains.

– Tu n'as pas besoin de ce genre de béquille, dit-il en soupirant et en posant sa main sur mon épaule. Tu peux le faire seule. Tu n'as pas le choix.

Je sens mes entrailles qui se glacent. On dirait une menace.

– Qu'est-ce que tu veux dire par là ?

Myles contracte la mâchoire et se donne du courage avant de lancer sa bombe.

– Ça veut dire que soit tu arrêtes de le voir… soit je raconte tout à ton père.

Une fois sa sentence prononcée, il tourne les talons et s'éloigne avec la preuve de ma trahison dans la main.

– Myles… s'il te plaît !

Il ne me répond pas et se contente d'avancer jusqu'au garage. J'ai envie de tomber à genoux et de pleurer de frustration. Non. Ce n'est pas possible ! La course de Barber a lieu le week-end prochain. J'ai besoin de Hayden pour me garder en forme. Je ne peux pas me permettre de mettre fin à mes entraînements avec lui maintenant… Même si cela implique de mentir à l'un de mes meilleurs amis.

***

Lorsque nous arrivons au Barber Motorsports Park, juste à l'extérieur de Birmingham, en Alabama, je me sens plus détendue que les jours précédents. Chargée à bloc, je suis prête à affronter le monde et à laisser ma marque dans l'histoire. Ce qui me calme, c'est aussi que Myles est resté chez lui et que je n'ai pas besoin de lui mentir pendant quelques jours. Le fait de passer du temps avec lui, d'essayer de le convaincre que j'ai compris mon erreur et que j'ai coupé les ponts avec Hayden – ce qui n'est pas vrai – est un travail à temps plein. La culpabilité est insoutenable mais c'est le prix à payer. Voilà en tout cas ce que je me dis.

Alors que nous sommes en train de préparer le stand de l'équipe sur ce circuit historique, j'ai tellement d'énergie que j'ai du mal à me contenir ; une vraie pile électrique. C'est presque l'heure. Enfin.

– Tu as besoin d'un calmant, Kenzie ? Je suis sûre que je peux faire venir quelqu'un pour t'en procurer un.

Nikki grimace en me regardant faire les cent pas tandis qu'elle essaie d'installer son matériel.

– Non, je rétorque. Je vais très bien, j'ai juste… Je suis prête pour la course, dis-je en claquant des mains. J'aimerais déjà être sur la ligne de départ.

C'est vraiment trop pour moi de devoir encore attendre un jour avant de commencer.

– Tu sais que je t'aime très fort, mais là tu me rends dingue.

Elle attrape mon sac et me le lance.

– Je t'en supplie, retourne à l'hôtel, bois, danse, rencontre un mec et va t'envoyer en l'air. Je m'en fiche, tant que tu me laisses travailler en paix.

Je suis sur le point de protester contre ce qu'elle suggère, mais elle semble vraiment stressée et fatiguée, avec des cernes sous les yeux. En plus d'être autoritaire, mon père est un vrai perfectionniste, et il attend la même chose de tous ses employés, surtout depuis que les risques sont si grands. Comme je suis le meilleur espoir de l'équipe et que j'ai besoin de Nikki pour réussir, mon père est sans doute dur avec elle. Probablement autant que Daphné l'est avec lui : elle lui a donné des ordres stricts, avant que nous partions, pour s'assurer que mon père l'aide à choisir le gâteau du mariage. Elle ne s'arrête jamais.

Prise de compassion, je m'adresse à mon amie :

– Désolée, Nikki. Je veux bien partir mais je ne veux pas te laisser toute seule. Il vaut mieux que tout le monde aide, non ? Je vais essayer de contrôler mon excédent d'énergie… dis-moi simplement ce que je peux faire.

Je pose mon sac sur une des tables et fais tomber par terre une caisse remplie d'outils. Un grand bruit métallique retentit et tout le monde tourne la tête vers nous. John lance un regard noir à Nikki. Elle pousse un grognement, ramasse mon sac et me le tend à nouveau.

– Si tu veux vraiment m'aider, laisse-moi tranquille ! s'exclame-t-elle. S'il te plaît… ajoute-t-elle d'une voix plus calme.

Voyant bien que je ne fais qu'empirer les choses, j'acquiesce.

– D'accord, je m'en vais… Désolée.

Me sentant vraiment nulle, je me dirige tout droit vers le parking. Et maintenant, qu'est-ce que je pourrais faire pour dépenser toute cette énergie ?

Comme par magie, mon téléphone sonne. Je le sors de ma poche, jette un coup d'œil à mon écran et souris en découvrant que c'est « Gros Débile » qui m'appelle. Je fronce les sourcils et regarde rapidement autour de moi. J'envisage d'ignorer l'appel mais je suis trop curieuse pour le laisser tomber sur ma messagerie. Prenant une voix basse, comme si quelqu'un pouvait deviner le nom de code que j'ai donné à Hayden, je lui dis :

– Tu ne devrais pas m'appeler.

– Je sais, mais je saute au plafond depuis tout à l'heure, j'ai besoin d'une distraction… et je parie que toi aussi.

Sa voix grave me donne des frissons. Rien que l'idée d'être seule avec lui me fait vibrer. Mais l'équipe de Hayden a pris ses quartiers dans un hôtel différent du nôtre. Je ne peux pas faire irruption dans ce lieu rempli de Benneti.

– Tu sais bien que je ne peux pas te rejoindre, dis-je en me rapprochant de ma voiture de location. Il y a trop de témoins.

Et surtout, ça me semble être une mauvaise idée de se retrouver dans une chambre. Avec un lit.

– Je pensais plutôt qu'on pourrait se retrouver dans un endroit neutre. Tu as une voiture ?

– Oui, dis-je, en ouvrant la portière.

Mince alors, j'envisage vraiment de le retrouver ? Loin du circuit, sans le prétexte qui rend d'habitude nos rencontres acceptables ? Oui, c'est bien ce que je projette de faire.

– Super. Il y a un lac, au sud de la ville. On se retrouve là-bas, à l'embarcadère ?

Il m'explique l'itinéraire pour arriver jusqu'au lac avant de murmurer :

– À tout de suite, numéro vingt-deux.

– À plus, quarante-trois, je réponds en démarrant ma voiture.

Je repose mon téléphone et hésite, les mains sur le volant. Mais qu'est-ce que je fais ?

Je sors du parking et prends la direction du lac indiqué par Hayden. J'arrive avant lui, quelques minutes plus tôt que prévu. Je me gare sur le parking en me demandant ce qu'on peut bien faire à un embarcadère. Bizarrement, je m'en fiche. Le simple fait de traîner avec lui m'occupera et me permettra de calmer mon excitation pour le lendemain. C'est pour ça que j'ai dit oui, n'est-ce pas ?

Hayden se gare à côté de moi dans un cabriolet coupé sport qui semble très rapide. Jalouse, je referme la porte de ma sécurisante Ford Focus. Mon père ne nous laisse jamais louer des voitures trop puissantes lorsque nous sommes en déplacement ; il ne veut pas prendre le risque d'accidents avant une course. De toute façon, nous n'avons pas les moyens de louer une voiture comme celle de Hayden.

Il ouvre sa portière et je remarque qu'il porte un short kaki, une casquette Benneti Motorsports et un T-shirt noir du fameux bar à taureau où nous nous étions rencontrés il y a un moment déjà, ou du moins c'est l'impression que j'en ai. Franchement, je n'approuve ni sa casquette, ni son T-shirt. Avec son sourire détendu, Hayden ressemble plus à un vacancier qu'à un pilote qui stresse à l'idée d'une course qui se rapproche. Comme si le soleil venait de réapparaître après être resté caché pendant des jours derrière les nuages, le simple fait de le voir – son sourire, ses beaux yeux verts – me réchauffe de l'intérieur. Pourquoi est-il toujours aussi appétissant ?

– Salut, dit-il, en souriant de plus belle.

J'aimerais tellement qu'il ne me fasse pas autant d'effet, que je trouve un autre moyen de dépenser mon énergie et que nous n'ayons pas à toujours nous cacher. Mais je m'avance vers lui.

– Salut.

C'est bizarre d'être seule avec lui. Bizarre… et splendide à la fois.

– Alors, qu'est-ce que tu proposes de faire ?

Il esquisse un sourire langoureux ; mon cœur fait un bond. Puis il plonge sa main dans sa poche et en tire une flasque.

– Et si on commençait par boire un coup ?

Je secoue automatiquement la tête.

– Non, pas question.

Il lève les yeux au ciel et me tend la flasque.

– Allez, prends une gorgée. Ça ne va pas te tuer, Kenzie. Ça va juste te détendre… Tu m'as l'air un peu tendue.

Je lui arrache la flasque des mains, la débouche et prends une longue gorgée. Le whisky me brûle la gorge. Mais je ne réagis pas, je me contente de sourire et de lui rendre la flasque. Hayden se met à rire, puis, à son tour, il prend une gorgée. Je regarde autour de nous et m'imprègne de la beauté des lieux. Quelques bateaux sont à l'eau, profitant de la belle journée. Sur l'herbe, un couple fait un pique-nique. C'est un endroit idyllique et calme, parfait pour passer du temps avec… un ami.

Hayden fait un signe vers l'embarcadère. Il me tend à nouveau la flasque pendant que nous avançons vers lui. Je prends une nouvelle gorgée en m'asseyant sur le bois érodé. Je sens que je commence à me relaxer… je n'étais pourtant pas si tendue que ça, juste un peu anxieuse, impatiente. Trépignant de commencer.

De l'autre côté du lac, j'entends des motos qui foncent à travers les bois, ça me fait frissonner. *Bientôt*. Je tends à nouveau l'alcool à Hayden et voilà que tout à coup celui-ci me demande :

– As-tu déjà pensé à faire de la moto cross ?

Je lui souris.

– Oui. J'ai même commencé sur des motos cross quand j'étais petite, mais mon père ne m'a pas laissée continuer. Il pense que la moto tout-terrain… est inférieure. Une dégradation de la noblesse de notre sport. Jamais il n'aurait laissé une de ses filles se consacrer à ça.

Hayden écarquille les yeux et je me mets à rire.

– Je pense que ça lui fait peur. Aller vite, c'est une chose, mais aller vite sur de grosses bosses, c'en est une autre.

Hayden acquiesce.

– Effectivement.

Il prend une bonne gorgée et je lui demande :

– Et toi, tu y as déjà pensé ?

Il ne répond pas tout de suite après avoir avalé le liquide. J'ai l'impression qu'il ne va pas le faire. Finalement, il dit :

– Avant que Keith ne me trouve, je n'envisageais aucune carrière, surtout pas dans l'univers des courses professionnelles. Il m'a donné…

Hayden s'arrête. Je suis sûre qu'il a fini de parler, je me sens déçue car j'attendais avec impatience qu'il se confie à nouveau, encore un peu. Comment pourrais-je lui faire confiance si je n'apprends pas à le connaître ? Seulement, ai-je vraiment besoin de lui faire confiance… ?

– Il t'a donné un endroit pour vivre, je me risque à dire. J'ai entendu tes coéquipiers dire que tu vis au-dessus de son garage…

Encore un obstacle de plus. Il me dévisage et je perçois clairement la lutte dans le fond de ses yeux. J'ai envie de lui dire qu'il peut me parler, même de Keith, mais il finit par dire :

– Oui, il me laisse dormir chez lui, partager sa bouffe, ses motos… tout. Voilà une raison de plus pour que ces abrutis me détestent, mais je me fiche de ce qu'ils pensent. Avant de rencontrer Keith, ma vie… c'était de la survie. Keith m'a donné un but, un rêve… il m'a donné de l'espoir. D'où je viens, il n'y a pas d'espoir. Alors mes coéquipiers vont devoir faire avec… car je n'ai pas l'intention de partir.

Il me regarde avec une telle intensité, avec tant de ferveur dans les yeux que j'ai du mal à respirer. J'ai envie qu'il se penche contre moi, qu'il me touche. *Je pourrais te sauver. Tu n'as pas besoin de Keith.* Mais comment pourrais-je faire le poids contre quelqu'un qui l'a sorti des ténèbres et lui a donné tout ce dont il avait besoin ? Mince. Sa dévotion pour Keith est beaucoup plus profonde que je le pensais. Un courant d'air glacé se propage en moi ; je réfléchis à ce que Hayden serait capable de faire pour Keith, lui qui lui donne une direction, un avenir… un espoir furtif. Il ferait sans doute tout pour lui, comme moi pour mon père.

Soudain, je me dis que je ne devrais pas être là, alors je détourne le regard. Mais ses doigts se posent sur ma mâchoire, tournant mon visage dans l'autre sens.

– Quoi ? chuchote-t-il.

Je n'ai pas envie de répondre mais son regard pénétrant m'empêche de me taire.

– Keith déteste mon père, il le tient pour responsable de la fin de sa carrière. Il a séduit ma mère, l'éloignant de mon père pendant un temps. Je le déteste, et toi… tu le décris comme une sorte de héros et je… je ne peux pas…

Je suis prise au dépourvu par l'émotion qui transparaît dans ma voix, celle-ci tremblote tellement que j'ai même du mal à comprendre ce que je dis. Tout ce que je lui explique est encore douloureux… J'en ai assez de garder ça pour moi.

Hayden prend mon visage entre ses mains et me tient à quelques centimètres de sa bouche. Les yeux plongés dans les miens, il me dit avec émotion :

– Je ne suis pas comme lui, Kenzie. Je sais qu'il n'est pas parfait. Je ne suis pas bête, je sais qu'il m'aide par intérêt. Mais ça ne me dérange pas.

J'essaie de détourner le regard mais il ne me laisse pas faire.

– Je ne m'attends pas à ce que tu lui pardonnes. Pas question. Il s'est tapé ta mère, c'est normal de le haïr. Mais Kenzie… nous ne sommes pas comme eux. Leurs problèmes ne sont pas les nôtres.

J'entrouvre les lèvres, sentant une vague de désir monter. Ses paroles résonnent à l'intérieur de moi, elles apaisent mes fragilités, calment la douleur que sa loyauté pour Keith a ravivée. Je me raccroche entièrement à ses mots rassurants. *Non, nous ne sommes pas comme eux. Leurs problèmes ne sont pas les nôtres.*

Soudain, Hayden se relève.

– Quelle ambiance morose ! Je propose qu'on rectifie ça.

Il me tend la main et je me relève lentement en attrapant ses doigts.

– Tu me fais confiance ? demande-t-il, en haussant les sourcils.

Voici LA question clef, n'est-ce pas ? Or, il vient de me montrer une nouvelle facette de sa personnalité et je me sens encore plus proche de lui qu'avant.

– Oui, je murmure.

Serrant fort ma main, il me fait avancer. Sentir la paume de sa main contre la mienne est comme sentir du feu contre ma peau. Il me conduit au bord du lac, près d'une cabane où reposent quelques kayaks et canoës. Il désigne les kayaks du doigt et me dit :

– On fait la course ?

– Quoi ? Dans l'eau ? Avec ça ?

Il sourit et acquiesce.

– Ça me détend d'être dans l'eau.

Je me sens toute heureuse, nous avons quelque chose en commun.

– Moi aussi.

– Super, dit-il en souriant. Alors aide-moi à les mettre à l'eau.

Je secoue la tête.

– Mais ils ne sont pas à toi.

– Je sais, c'est pour ça qu'il faut qu'on se dépêche, dit-il en montrant l'eau.

Je fronce les sourcils et il pose sa main libre sur ma joue.

– Je veux te voir sourire, ma belle.

J'ai envie de le gronder de m'avoir donné un petit nom, mais je suis tellement décontenancée par ce qu'il vient de dire. Mon Dieu, il est vraiment… incroyable. *Tu veux me voir sourire et moi, je veux que tu m'embrasses.* Mes lèvres s'entrouvrent à nouveau mais je me dépêche de les refermer. Non. Ça ne ferait que rendre la séparation plus difficile, nous n'avons pas d'avenir ensemble. Leurs problèmes ne sont peut-être pas les nôtres, mais ils affectent nos vies. Pour l'instant.

– Bon, d'accord.

Je n'arrive pas à croire que je viens d'accepter. Hayden relâche ma main et pointe du doigt un kayak pour moi. Je regarde autour de nous et l'attrape avec une pagaie puis je me précipite vers la plage aussi rapidement que possible. Mon cœur s'emballe et les frissons que je ressens en faisant quelque chose de si spontané et de dingue me remplissent de légèreté. Comment fait Hayden pour m'entraîner dans ce genre de situations ?

Ce dernier m'imite quelques secondes plus tard. Nous nous ruons dans l'eau, trempant nos chaussures et nos chevilles lorsque nous nous installons dans les kayaks. Je ris tout en attrapant la pagaie et commence à ramer vers le large. J'entends Hayden qui lance derrière moi :

– Voilà ! C'est exactement ce que je voulais voir.

Nous passons plus de deux heures dans le lac, à faire la course d'un côté à l'autre. Hayden gagne à deux reprises, puis je gagne deux fois, et au bout d'un moment nous arrêtons de faire la compétition et profitons simplement du moment pour nous amuser. Je suis triste lorsque le ciel s'obscurcit. Nous allons devoir partir.

Après avoir ramené les bateaux dans la cabane, nous marchons en direction de nos voitures. Je sais que je vais voir Hayden dans un jour, pendant la course, mais je n'ai pas encore envie de lui dire au revoir.

– Bon, j'imagine qu'il est temps de rentrer, dit-il une fois que nous avons atteint nos voitures.

– Oui…

Je ne peux pas en vouloir plus. Il faut qu'il retourne auprès des siens, et moi des miens. C'est aussi simple que ça.

Hayden fait un pas vers moi, les bras tendus, comme s'il me demandait l'autorisation de me toucher. Ma respiration s'accélère alors que je fais un pas dans sa direction. C'est ainsi que je lui donne mon accord. Il entoure ses bras autour de moi et je ferme les yeux. Mon Dieu que c'est bon. Il sent si bon les épices et l'interdit. Je blottis ma tête dans son cou pour pouvoir mieux le sentir. Nos joues se touchent ; je laisse presque échapper un gémissement. Sa bouche est si proche, il suffit que nous tournions la tête pour que je puisse poser mes lèvres contre les siennes. Il pourrait prendre les miennes… Je pourrais m'abandonner à lui, corps et âme.

– Hummm, tu rends les adieux difficiles…

– Toi aussi. J'aimerais…

J'aimerais ne pas avoir dit ça. J'aimerais que nous n'ayons pas à nous cacher, j'aimerais que cette histoire puisse mener quelque part.

Hayden recule et me regarde dans les yeux avec une étincelle d'espoir.

– Tu aimerais quoi ?

– J'aimerais… te souhaiter bonne chance pour demain, je déclare. Mais pas trop, parce que j'ai quand même l'intention de gagner.

Son expression change un peu, puis il affiche un sourire en coin.

– C'est ça, on verra bien.

Il recule et me fait un baisemain. C'est une jolie façon de me laisser partir, un clin d'œil au surnom qu'il me donnait au début de notre… bref, peu importe. Quelle idiote !

Avant de changer d'avis, je me force à rejoindre ma voiture. Hayden semble se forcer lui aussi, marchant d'un pas raide jusqu'à la sienne. Une fois chacun au volant, les moteurs allumés, Hayden fait vrombir son accélérateur. Ce qui atteint directement la zone de mon cerveau qui meurt d'envie de vitesse. *Okay, Hayden. Accroche-toi.* Je recule brusquement, fais demi-tour et fonce vers la sortie. Hayden se lance à ma poursuite.

Ma petite voiture ne pourra jamais tenir le coup bien longtemps. Voilà qu'il me double sur une ligne droite et que je me sens excédée de voir ses feux arrière me narguer ; c'est si naturel pour moi de faire la course contre lui. Ce n'est que lorsque nous atteignons d'autres voitures que je me rends compte de ce que nous faisons. Lorsqu'il se met à slalomer entre elles – et que, plus choquant encore, je l'imite pour le poursuivre –, un signal d'alarme résonne dans mon cerveau, m'alertant que je suis devenue stupide, que je vais trop loin, que je ferais mieux de ralentir et de le laisser gagner. Et puis merde !

Je le traque de près jusqu'à ce qu'il se gare sur un parking. Je suis si fière que ma petite voiture ait tenu le rythme que ce n'est qu'au moment de sortir et d'apercevoir l'hôtel de Hayden qui se dessine derrière nous que je réalise où nous sommes. Mince, je l'ai suivi jusqu'à chez lui. Je ne devrais pas être là.

Hayden sourit en marchant jusqu'à moi puis il me serre à nouveau dans ses bras.

– Tu m'as presque eu ! s'exclame-t-il.

Il relâche son étreinte et me regarde avec adoration.

– C'était génial. Tu es géniale. Allez, viens avec moi, Kenzie. Il ne va rien se passer. C'est juste que je n'ai pas encore envie de te dire au revoir.

Tout semble si parfait que je n'arrive pas à refuser. Mais j'exprime mon inquiétude.

– On pourrait nous surprendre.

Hayden secoue négativement la tête.

– Ma chambre est au rez-de-chaussée. Je peux te laisser rentrer par la fenêtre qui donne sur l'arrière.

Son pouce glisse le long de ma joue. À son contact, ma peau devient brûlante.

– Personne ne te verra, Kenzie. Je te le promets.

Et voilà que j'acquiesce avant même de m'en apercevoir. Hayden me conduit alors vers l'arrière de l'hôtel, nous nous recroquevillons, regardant attentivement autour de nous pour détecter toute personne que nous connaîtrions. Personne à signaler. Nous continuons à avancer sans être vus.

Hayden observe les alentours, à la recherche d'un indice qui pourrait confirmer quelle fenêtre correspond à sa chambre. Lorsqu'il la repère, nous nous arrêtons.

– C'est celle-ci. Attends-moi ici. Je reviens ouvrir la porte coulissante dans dix secondes, je te le promets.

Je me sens trop exposée, et folle de me retrouver dans cette situation.

– Quoi ? Tu ne sais pas forcer une porte coulissante ? je rétorque sur le ton de la rigolade.

– Pas sans la casser, dit-il avec un sourire en coin.

Alors qu'il s'apprête à tourner les talons pour regagner le hall d'entrée de l'hôtel, la porte coulissante de sa chambre s'ouvre brusquement. Hayden et moi échangeons des regards affolés, puis il se place devant moi pour me protéger.

Un type maigre, d'origine hispanique, que je pense reconnaître, sort de la pièce et Hayden laisse échapper un soupir de soulagement.

– Putain, Bon Plan. Qu'est-ce que tu fous dans ma chambre ? Tu m'as foutu la trouille !

L'ami de Hayden… Bon Plan ? – qu'est-ce que c'est que ce prénom ? – est en train de manger les cacahouètes du minibar.

– Et toi, qu'est-ce que tu fous là, à rôder dans le noir ? J'ai cru que tu allais te faire cambrioler, mec. J'allais te protéger.

Il regarde autour de Hayden et finit par poser son regard sur moi, puis il écarquille les yeux comme s'il me reconnaissait. Il fait un pas en avant et dit :

– Ça alors… Félicia ? Tu étais passée où ?

Je sens les poils de mon cou qui se hérissent. Ce type connaît la fameuse Félicia ? Hayden se remet devant moi pour me cacher davantage.

– Ce n'est pas Félicia, dit-il avec irritation. Maintenant tu vas me dire ce que tu fous là ? Je pensais qu'on était…

Il s'arrête et me jette un coup d'œil, le visage prudent. Bon Plan hausse les épaules.

– Il s'est passé quelque chose. Je pensais qu'on… pourrait en parler.

Il se penche ensuite sur le côté pour pouvoir à nouveau me regarder.

– Désolé, sosie de Félicia, mais Hayden ne couchera pas avec toi ce soir. On doit parler entre mecs. Compris, ma jolie ?

Il me demande si je comprends ? La seule chose que je comprends, c'est que ce type est une ordure. Ressentant sans doute mon agacement, Hayden se retourne vers moi et pose ses mains sur mes épaules. Visiblement navré, il fait la grimace en me disant :

– Je suis vraiment désolé…

Sa mâchoire se contracte et je discerne son pouls battant fort contre sa peau.

– … pour tout. Mais je te vois demain… hein ?

Le regret est palpable dans son regard. Non mais… sans blague ? J'étais vraiment sur le point de rentrer dans sa chambre ? Et il en profite pour me mettre un vent ? À cause de… ce loubard ? Il n'a visiblement pas coupé les ponts avec la rue. Je ne sais même pas pourquoi j'en suis étonnée ; peut-être parce que nous sommes à des milliers de kilomètres de chez nous et que je n'imaginais pas tomber sur un de ses amis voyous ici. Ou peut-être parce que j'ai totalement gobé son mensonge sur le fait de vouloir oublier la rue. Je voyais Hayden comme un diamant brut n'attendant qu'à être poli. Mais il semble vouloir rester brut. Mieux vaut s'en rendre compte maintenant, avant que quelque chose ne se passe entre nous. Une aubaine cachée, en somme.

– Oui… À demain.

Je foncerai devant toi et je raflerai tout.

CHAPITRE 13

Hayden et Bon Plan disparaissent dans la chambre. Comme le rideau est tiré, je ne vois rien, mais j'aimerais quand même essayer d'entendre quelque chose. J'ai tellement envie de savoir de quoi ils discutent. Alors je pose mon oreille contre la vitre et tente de distinguer ce qu'ils disent. Je n'entends pour ainsi dire que les battements de mon cœur – rester l'oreille collée à la porte d'une chambre d'hôtel pour espionner des gens, ce n'est pas vraiment mon truc. Ils parlent trop bas pour que je puisse comprendre, mais j'entends le ton de voix de quelqu'un en colère. J'espère que c'est Hayden ; j'espère qu'il lui en veut d'avoir interrompu notre rendez-vous. *Ouh la… Quoi ? Un rendez-vous ? Non, ce n'est pas du tout ça.* Nous étions juste en train de tuer le temps. D'ailleurs, ça suffit pour aujourd'hui.

Lorsque je reviens à mon hôtel, j'ai du mal à me détendre. Nikki m'a envoyé un message, sans doute pour sortir, mais je l'ignore. Je n'ai pas envie de bouger à nouveau. Je veux rester assise sur mon lit et me concentrer sur la course de demain. Voilà ce qui compte vraiment, pas les mystères qui entourent Hayden. Il n'est qu'un moyen pour atteindre une fin. Il faut que je me souvienne toujours de ça.

Je me réveille tôt, le lendemain matin. À travers la fenêtre, le ciel n'est parsemé que de quelques lueurs roses. On a annoncé une belle journée, pas trop chaude ni trop froide, avec un ciel bleu à perte de vue, un temps parfait pour une course.

Une inspection matinale de toutes les motos qui participent à la course va bientôt avoir lieu, alors je me prépare et me mets en route vers le circuit. Je n'ai pas l'obligation d'y assister, puisque Nikki et le reste de l'équipe s'en occupent, mais je n'arrive plus à dormir, alors autant faire quelque chose d'utile.

Nikki est déjà arrivée, elle a l'air beaucoup plus reposée que moi. Lorsqu'elle m'aperçoit, elle a un mouvement d'hésitation.

– Oh la la, tu as une sale tête. Ça va ?

Je fronce les sourcils et lui lance un chiffon.

– Oui, ça va… mauvaise nuit.

Nikki pointe du doigt les motos de la Cox Racing qui attendent sagement le contrôle technique avant la course, sur leurs tapis. Avant l'entrée sur le circuit, chaque moto est minutieusement inspectée dans la zone de contrôle, mais avant et après les courses, elles sont directement inspectées au stand. Tant que ce contrôle n'a pas été effectué, seuls deux mécaniciens ont le droit d'y toucher et rien ne peut être modifié postérieurement.

Tout changement sur une moto serait repéré au moment du contrôle d'après-course et les amendes sont sévères, tout comme les points enlevés et les pénalités pour des courses ultérieures. Personne ne s'amuse à toucher aux motos une fois qu'elles ont reçu l'approbation des inspecteurs. Du moins, en théorie. Depuis l'accident de Myles, mon père a décidé que nous ne laissions plus jamais une seule moto sans surveillance. Myles est tellement convaincu que Hayden est le coupable qu'il a persuadé mon père de prendre plus de précautions. Hayden est-il coupable ? Je me sens nauséeuse rien qu'en envisageant cette possibilité. *Non, il ne prendrait jamais ce risque, même pour gagner. Il a envie d'une vie meilleure.*

Me sortant de mes pensées, Nikki me dit :

– Tu veux bien surveiller les motos une seconde ? Je vais aller me prendre un café, et peut-être de quoi manger.

Elle pose sa main sur son ventre et se plie en deux, comme si elle était dévorée de l'intérieur.

– Bien sûr, dis-je en hochant la tête. Je veux bien un café, s'il te plaît.

Elle lève son pouce en l'air avant de partir. J'attends là, près des motos, pendant vingt longues minutes, puis je commence à m'ennuyer. Ça ne me réussit pas de rester assise à ne rien faire. J'aime l'action, le mouvement. *Bon, Nikki... Tu es partie en Colombie pour nos cafés, ou quoi ?* Je fais des tours sur le tabouret, attendant que Nikki ou les inspecteurs fassent leur apparition, quand le chef de l'équipe, John, arrive au stand.

– Tu es arrivée tôt. Tant mieux. Ton père souhaite te parler.

John est aussi tendu que mon père avant une course. J'ai du mal à croire qu'ils aient été jeunes un jour. Je montre du doigt la rangée de motos :

– Il faut que je surveille le matériel.

John hausse les épaules.

– Je vais les surveiller. Ton père est dans sa caravane.

Je hoche la tête dans sa direction et me dirige vers le sanctuaire du circuit, le cœur de l'événement. La grande caravane de mon père se trouve dans la zone réservée à la Cox Racing. Je monte les quelques marches qui mènent jusqu'à la porte puis je frappe doucement. Sa réponse est immédiate.

– Entrez.

Sans savoir pourquoi, mon cœur s'emballe lorsque j'ouvre la porte. Et s'il savait que j'ai été avec Hayden la veille ? Que j'ai fini dans sa chambre d'hôtel ?

– Papa ? John m'a dit que tu voulais me voir ?

Je me racle la gorge au beau milieu de ma phrase. *Calme-toi, Kenzie. Reprends ton contrôle.* Mon père lève les yeux sur moi et esquisse un bref sourire. En le voyant, je me détends.

– Oui, je voulais te voir pour te dire qu'un sponsor potentiel va assister à la course aujourd'hui. Pour te voir toi, en particulier. C'est vraiment important pour l'équipe, Mackenzie. Tu sais combien nous avons besoin de soutien en ce moment.

Ses yeux plongent à nouveau sur toute la paperasse qui s'étale devant lui. Je sais que « soutien » veut dire argent. *Je sais, Papa. C'est pour ça que je te trahis en voyant Hayden.* En voyant mon père froncer les sourcils au moment où il pose à nouveau les yeux sur moi, je ne suis pas sûre d'être à la hauteur pour impressionner un gros sponsor. Son manque de confiance en moi est accablant. Pourtant, je possède une arme secrète qu'il ignore. Grâce à Hayden et à nos entraînements de nuit, je suis parfaitement préparée pour aujourd'hui. C'est en renversant le monde, en le rétrécissant, en le réduisant à nous deux que je vais gagner. Hayden est mon atout.

– Je vais faire de mon mieux, Papa, comme à chaque course.

Mon père acquiesce, l'esprit ailleurs, puis il regarde attentivement autour de lui, dans sa caravane. Une fois qu'il est sûr que nous sommes seuls, il me dit :

– Myles est persuadé que Hayden est dangereux… que les Benneti sont dangereux. Je veux que tu gardes les yeux bien ouverts, aujourd'hui. Si tu remarques la moindre chose bizarre, tu viens me voir.

En entendant ça, je me glace. Myles a promis qu'il ne dirait rien sur mes entraînements de nuit avec Hayden, tant qu'il est certain que je ne le vois plus. Sa méfiance envers Hayden est telle qu'il va jusqu'à demander à mon père de s'en mêler… Combien de temps me reste-t-il avant qu'il ne rompe le silence ? Notre amitié est-elle plus forte que sa haine ? Je l'espère.

– D'accord, Papa.

Il plisse les yeux.

– Je suis vraiment sérieux, Mackenzie. J'ai analysé les rapports des courses de Daytona et de Road America et j'ai remarqué un phénomène qui m'inquiète.

– Qu'est-ce que tu veux dire ?

Il pousse un soupir.

– Entre la non-présentation d'un pilote à une conférence de presse, un moteur qui a explosé, des pilotes tombés malades, des pièces illégales, et bien sûr, l'accident de Myles, tout s'est transformé en pénalités qui n'ont fait que propulser les pilotes Benneti en tête des classements, au-delà des pronostics… Notamment Hayden.

Je me mords les lèvres si fort que je me fais presque saigner.

– Papa… c'est ce qui arrive dans les courses, c'est normal.

Ça ne peut être qu'une coïncidence. C'est facile de commencer à voir le mal partout quand on le cherche.

Il plisse ses yeux couleur d'acier.

– Je suis dans le métier depuis assez longtemps pour discerner le vrai du faux. Il y a quelque chose qui ne tourne pas rond, et si quelqu'un est prêt à tomber dans ce travers, c'est bien Keith. Alors… fais attention, d'accord ?

– Oui. Bon… je ferais mieux de retourner auprès des motos, dis-je, quelque peu démoralisée.

Les paroles de Hayden me reviennent alors en tête : *Leurs problèmes ne sont pas les nôtres.* Était-il sincère ? Ou était-ce simplement un moyen de détourner mon attention ? Non, ça ne peut pas être lui. Je lève les yeux. Mon père acquiesce avant de retourner à ses papiers.

– Merci, Mackenzie. Peut-être que c'est de la paranoïa… mais on ne peut pas se permettre un problème de plus. Il vaut mieux être trop prudent que d'avoir des regrets, murmure-t-il en passant une main dans ses cheveux blonds grisonnants.

Je quitte le bureau de mon père en me sentant déchirée. J'ai envie de croire que ce n'est que le fruit du hasard – non, il faut que j'y croie –, parce que penser différemment me rend malade. Jamais je ne pourrais accepter un deal avec quelqu'un d'aussi tordu. Il y a cependant des choses chez Hayden dont je ne suis pas sûre. Je ne le connais pas très bien et les gens qui sont ses amis… Il ne sait visiblement pas bien s'entourer. C'est la seule chose dont je suis convaincue.

Lorsque je retourne aux motos, je n'aperçois ni John, ni Nikki. Mais quelqu'un d'autre, au bout de la file, accroupi entre ma moto et celle d'Eli. Est-ce un inspecteur ? Ça ne peut être que ça… Sinon… Mince. Me préparant à l'éventualité de devoir botter les fesses de quelqu'un, je me précipite vers ma moto. Je m'arrête net en découvrant une touffe de cheveux blonds. Il s'agit de… Hayden.

J'ai l'impression que la Terre vient de s'arrêter de tourner mais que je m'efforce de rester debout.

– Hayden ? je demande, la voix hésitante. Qu'est-ce que tu fais là ?

Il se relève d'un bond, puis il affiche un sourire insouciant.

– Punaise ! Tu m'as eu ! J'étais… je voulais te faire peur.

Mon cœur bat dans tous les sens. Ce n'est pas possible.

– Qu'est-ce que tu es en train de faire à ma moto ?

Il jette un coup d'œil à ma Ducati.

– Je me cachais. Mais visiblement, pas assez bien, ajoute-t-il avec un rire nerveux.

Non, c'est faux. Il ne mettrait pas sa carrière en danger pour simplement me faire peur, il n'est pas stupide. Mais ce n'est pas le moment d'exiger des réponses. John et Nikki pourraient revenir à tout instant… Nous pourrions être surpris ensemble.

– Tu n'as rien à faire ici. Il faut que tu partes, dis-je en regardant nerveusement autour de nous.

Il s'avance vers moi, attrape ma main.

– Je sais, mais je n'arrête pas de penser à ce qui s'est passé hier. Je n'arrivais pas à dormir, et je… j'avais besoin de te voir avant la course. Je voulais te présenter mes excuses. J'ai l'impression de t'avoir laissée tomber mais ce n'était pas du tout mon intention. Tu dois me croire.

Vraiment ? Je sais qu'il aurait aimé aller plus loin, hier… comme moi. Mais il ne s'est rien passé, et maintenant c'est trop tard. Je repousse délicatement sa main et lui dis :

– Tu t'es déjà excusé, c'est bon. Retourne à ton stand avant que John ou mon père ne débarquent.

Il pousse un soupir.

– Oui… Je sais, dit-il, puis il ajoute avec de l'espoir dans les yeux : Tu veux bien passer du temps avec moi ce soir, après la course ? Il n'y aura pas de contretemps ce soir, je te le promets.

– Oui… peut-être.

Je ne devrais pas accepter… mais j'ai envie. Il fronce les sourcils.

– Tu as donné deux réponses différentes. Laquelle est la bonne ?

Je le pousse vers la sortie du stand.

– Ma réponse c'est « Tu dois partir, maintenant, on en parle plus tard ».

– D'accord.

Il fait la moue avant de s'éloigner. J'agite la tête en le voyant faire, momentanément amusée, mais mon cœur ne se calme pas, même une fois qu'il est parti. Qu'est-ce qu'il faisait là ? Où sont Nikki et John ? Les motos n'étaient pas censées rester sans surveillance. La peur s'empare de moi à mesure que je me rapproche de ma moto. Il n'avait pas les mains sales, graisseuses, et puis, il n'avait pas d'outils sur lui… alors qu'a-t-il bien pu faire ? Rien. Pourquoi s'en prendrait-il à ma moto, de toute façon ? Me faire du mal lui ferait du mal en retour. Mais si Keith lui a ordonné de faire quelque chose… serait-il capable de refuser ?

– Alors, Kenzie, les inspecteurs sont passés ?

Je me retourne vers Nikki qui avance à grandes enjambées vers moi.

– Euh… Je ne sais pas.

Elle fronce les sourcils.

– Comment ça, tu ne sais pas ? Tu étais là, non ?

Je hausse les épaules et déclare :

– John a surveillé les motos pendant un petit moment. Ils ont dû passer quand il était là.

C'est vraiment la seule raison pour laquelle John les aurait laissées sans surveillance. Peut-être qu'il ne partage pas les mêmes inquiétudes que mon père et qu'il pensait qu'elles seraient en sécurité après l'inspection. En théorie, elles devraient l'être. Ma première année dans le milieu en tant que professionnelle n'aurait jamais dû être aussi entachée de méfiance. Ce n'était pas comme ça, avant l'arrivée de Hayden.

Le regard glacial de Nikki ne semble pas se réchauffer, alors je change de sujet :

– Tu ne devais pas nous rapporter du café ?

Elle a les mains vides. Sales, mais vides. Avec une mine renfrognée, elle secoue négativement la tête.

– Je n'en ai pas trouvé. Tu devrais aller te préparer, je vais vérifier si les motos ont été inspectées.

Je lui fais un sourire et lui dis :

– Super ! Et… tu veux bien jeter un coup d'œil à la mienne ? Je sais que tu ne peux plus y toucher, mais assure-toi juste que tout est…

Je ne termine pas ma phrase. Je me rends compte que je ne peux pas lui demander de but en blanc si ma moto a été trafiquée. Je ne pourrais pas ensuite lui expliquer pourquoi je soupçonne que ce puisse être le cas – il ne faut pas qu'elle sache que Hayden est passé me voir.

– Que tout est… quoi ? demande-t-elle, déconcertée.

Je ne peux vraiment rien lui dire de plus, à part lui avouer que je souhaite faire preuve de prudence.

– Oh, ce n'est rien, je sais que tout va bien. Mais… il y a un gros sponsor qui nous rend visite aujourd'hui et j'aimerais vraiment les épater.

Nikki se détend alors immédiatement et esquisse un sourire rassurant.

– Ah, d'accord… Ne t'inquiète pas, Kenzie. Ton bébé est en parfait état.

Elle pose sa main sur mon épaule, car elle sait à quel point cette course est importante pour la famille.

Zut… Je ne peux pas lui demander de vérifier s'il y a quelque chose de louche. Je dois me contenter d'espérer que Hayden n'ait rien fait. Et puis mince, quoi ! C'est horrible de ne pas pouvoir être certaine que ma moto n'a rien. J'ai envie de faire confiance à Hayden, mais… est-ce vraiment sage ?

Tout ne se passe pas au mieux lors de mon tour d'essai, ce qui m'inquiète. Ma moto me paraît différente, mais je suis tellement anxieuse que je me demande si ce n'est pas simplement dans ma tête. J'ai failli demander à Nikki de préparer ma moto de rechange pour la course, mais elle aurait voulu savoir pourquoi et je ne pourrais pas lui expliquer. C'est forcément dans ma tête. Il n'y a rien de louche. Seuls des doutes qui subsistent, que je ne peux pas m'autoriser. Ce sont précisément les doutes qui tuent, dans ma discipline.

Lorsque nous sommes tous alignés sur la grille de départ, je ne cesse de me répéter que je suis parfaitement préparée pour cette course. Rien ne pourra m'arrêter ; aucune peur ni aucune insécurité ne me retiendra. J'excelle dans ce que je fais, me voilà parée pour le décollage.

Je ne me retourne pas mais je sais que Hayden se trouve deux places derrière moi. Je sens son regard dans mon dos. Être qualifiée devant lui au départ me donne le regain de confiance dont j'ai cruellement besoin. J'aurai une longueur d'avance sur lui que je n'ai pas l'intention de perdre.

Soudain, le feu change de couleur. Je le regardais de façon si intense que je vois encore le rouge briller dans le vert, ce qui me fait penser à Noël.

Comme si nous ne formions qu'un seul être vivant, le groupe de motos se jette vers l'avant. Déterminée à garder ma place, mais en faisant attention à ne pas relâcher trop vite l'embrayage, je libère toute la vitesse contenue au démarrage et accélère aux côtés de mes rivaux. J'ai presque envie de regarder derrière moi pour voir à quel niveau

Hayden se trouve dans le groupe, mais je ne peux pas le faire. La route qui se déploie devant moi requiert toute mon attention. C'est un peu étrange de me retrouver devant lui, j'ai tellement l'habitude de le poursuivre. Afin de duper mon esprit, je prétends que le pilote devant moi est Hayden. Je l'imagine même en train de se retourner et de me faire signe de l'affronter. Je me pince les lèvres et atteins presque le plafond de mon accélérateur. *Je vais t'avoir, Hayes.*

Les minutes, les jours peuvent bien défiler. Je n'ai plus conscience de rien. Je me sens animée d'un sentiment d'euphorie, totalement prise par l'instant présent. Me voilà enfin sur mon circuit préféré. Lorsque je venais à Barber avec mon père, étant plus jeune, j'avais l'habitude de disparaître pendant des heures au musée vintage d'à côté, ou de passer ma journée à explorer les lieux. Mais maintenant que je suis en train de participer à une course ici, aucun de mes précédents souvenirs ne fait le poids.

Avec ses dix-neuf tours réglementaires et ses quatorze virages, le circuit nous tient en haleine. Entre les courbes, les accélérations et la lutte que je livre pour chaque centimètre de gagné, tout en essayant de ne pas laisser d'ouverture aux autres, je me sens physiquement et mentalement épuisée quand la course touche presque à sa fin. Tirant encore des forces de mes heures d'entraînement physique, je pousse ma moto toujours plus, malgré la fatigue. Lorsqu'on indique qu'il s'agit du dernier tour, j'esquisse un sourire. J'ai réussi à garder mon élan et je suis à la quatrième place. Il ne me reste plus qu'à maintenir cette position pendant un peu plus de trois kilomètres. À moi la gloire.

Mais voici que ma moto se met à trembler.

Je suis tellement en harmonie avec mon engin que je remarque immédiatement la différence. Je sais que quelque chose ne va pas. Hayden, quel connard ! Il a bel et bien touché ma moto. Il m'a eue. Mais pourquoi ? Il a besoin de moi… nous étions partenaires.

Choquée, en colère et un peu effrayée, je ralentis. Pas de beaucoup, mais un rien suffit à ce type de vitesse. Quatre personnes me dépassent à toute allure, y compris Hayden. Des quatre, seul Hayden tourne la tête vers moi en me doublant. Est-il en train de se réjouir de voir qu'il a réussi son coup ? Quelle idiote j'ai été de lui faire confiance !

Lorsque j'atteins la ligne d'arrivée, l'avant de ma moto vibre tellement que je claque des dents. Dépitée, je garde les yeux rivés sur l'écran des résultats, attendant qu'ils soient affichés. Je prie de toutes mes forces pour que, par magie, je sois encore à la quatrième place. Mais j'ai bien vu les pilotes me dépasser. Je sais que ce n'est pas possible.

Mon nom et mon temps s'affichent sur l'écran. Huitième place, comme à Road America. J'ai l'impression qu'on m'a donné un coup de poing dans le ventre, je n'arrive pas à retenir toutes mes larmes de frustration et de déception. J'ai travaillé si dur et pourtant je n'ai pas gagné une seule place. Ce n'était pas censé se passer comme ça. Je devais finir en tête, battre un record, impressionner les sponsors… Sauver Cox Racing.

C'est surtout la colère et la trahison qui m'assaillent quand j'arrive au stand. Nikki vient tout de suite me voir.

– Kenzie, que s'est-il passé ? Tu étais en tête et puis…

Le visage pâle, elle regarde ma moto.

– Il y a eu un problème avec elle, hein ? J'ai dû oublier quelque chose…

J'enfonce mes ongles dans les paumes de mes mains en marchant nerveusement. *Non, Hayden s'est foutu de moi.* Il n'est pas comme Keith, il est pire. Il a fait en sorte que je lui fasse confiance. Eh bien, il va prendre la mesure de ma colère la prochaine fois que je le croise. Et il veut que je passe du temps avec lui ce soir ? Il pense vraiment que je vais avoir envie de traîner avec lui après ça ?

Mon père arrive au stand, l'air renfrogné.

– Tu tenais la quatrième place, Mackenzie. Ça aurait beaucoup plus impressionné les sponsors que la huitième place. Pourquoi as-tu ralenti ?

Je bous à l'intérieur de moi. C'est alors que je m'exclame :

– Ma moto s'est mise à trembler… comme celle de Myles à Road America. Heureusement que je n'ai pas eu d'accident.

Comment Hayden peut-il m'avoir fait ça ? Pourtant je n'ai pas vu d'étincelles comme Myles ou encore entendu une explosion… Mon père écarquille tellement les yeux qu'ils sont presque tout blancs. Sa respiration s'accélère et il pose la main sur sa poitrine. On dirait qu'il est en train de faire une crise cardiaque.

– Quoi ? Quelqu'un a touché à ta moto ? Ça va ?

Je n'ai pas l'habitude de le voir s'inquiéter pour moi, ou pour quoi que ce soit d'autre. Mon père est toujours… zen. Même le jour de mon dérapage, il n'était pas aussi inquiet. Et pourtant, là, il semble terrifié. Souhaitant presque effacer ce que je viens de dire pour qu'il puisse se calmer, je réponds :

– Ça va, ce n'était rien.

Nikki semble perplexe.

– Attends… Je me souviens que tu m'as posé des questions sur ta moto, Kenzie. Tu avais l'air inquiète. Je pensais que ce n'était que le stress de devoir impressionner les sponsors, mais… soupçonnais-tu déjà quelque chose avant que la course ne commence ?

Je voudrais pouvoir tout rembobiner et changer tellement de choses. Je panique et les mots se mettent à sortir tout seuls de ma bouche.

– Non. C'est juste que je l'ai vu rôder autour des motos, alors je pensais qu'il…

Merde. Je me pince les lèvres pour me faire taire mais c'est trop tard. J'en ai trop dit.

– De qui tu parles ? me demande mon père, le regard insistant. Qui as-tu vu ?

Je secoue la tête. Que dire ?

– Je n'ai pas… je n'ai pas vu qui c'était… Ils sont repartis trop vite. Mais la moto semblait intacte, alors j'ai juste…

Mais pourquoi j'ai ouvert la bouche ? Tout ça est en train de prendre une telle ampleur, il faut immédiatement que je rectifie la situation. Je prends une longue inhalation pour me calmer et lui dis :

– Ce n'est rien, Papa. Ma moto a tremblé, c'est tout. J'ai réagi de manière excessive…

Ne croyant pas un mot de mon mensonge, mon père affiche un regard si menaçant que j'en ai la frousse.

– Non, tu n'as pas réagi de manière excessive. Si une personne rôdait autour de nos motos, alors ça ne fait pas de doute. C'était Keith et son voyou. Tout ça a commencé depuis qu'il a recruté cet enfoiré. Et personne d'autre que Keith n'en a après moi, c'est forcément lui. Quel salaud, je n'arrive pas à croire qu'il s'en prenne à ma fille !

Il parle si bas que seules Nikki et moi pouvons l'entendre. Tant mieux. Sans preuves, mon père ne peut rien faire contre Keith. Et s'il rapporte quelque chose aux juges de la Ligue sans avoir de preuves, Cox Racing pourrait avoir des problèmes. C'est bien la dernière chose que je souhaite.

Je souffle et pose ma main sur le bras de mon père pour tenter de l'apaiser.

– C'était juste un problème de moto. Quelque chose de mal fixé. Ça arrive, et ça ne veut pas dire que quelqu'un l'a touchée.

Mon père plisse les yeux en me regardant.

– Ne sois pas naïve, Mackenzie. Tu vois quelqu'un rôder autour de ta moto et ensuite tu as des problèmes ? Ça veut bien dire quelque chose. Ça veut même tout dire ! Keith est allé trop loin, cette fois, il ne s'en tirera pas comme ça.

Et il décampe avant même que j'aie eu le temps de dire autre chose. La peur prend maintenant le pas sur ma colère. Que va faire mon père ?

Ignorant l'équipe et mes coéquipiers qui me félicitent et tentent de me consoler, Nikki et moi nous lançons à sa poursuite. Nous espérons le rattraper avant qu'il ne fasse quelque chose de stupide, comme d'aller se plaindre auprès d'un juge. Bien que je sois terrifiée à l'idée de ce qu'il s'apprête à faire, et des possibles retombées sur l'équipe, je me sens quand même réconfortée de voir à quel point il s'inquiète pour moi. Malgré le caractère horrifiant de la situation, je me sens… aimée.

Lorsque je rattrape enfin mon père, il est en marche vers le stand de Keith. Ce n'est pas du tout une bonne idée.

– Papa, non ! Attends !

Mon père n'en fait qu'à sa tête, je ne parviens pas à l'arrêter. Se frayant un chemin parmi les pilotes Benneti, il lance d'une voix tonitruante :

– Pourquoi tu as fait ça ?

Le visage perplexe, Keith regarde autour de lui, dans son stand, parmi ses pilotes. Il fait glisser sur son nez ses grosses lunettes aviator et dit calmement :

– Je pense que tu t'es trompé d'endroit, Jordan.

Tout en courant vers mon père, je vois Hayden qui observe la confrontation avec étonnement. Je tire sur le bras de mon père pour l'obliger à me suivre, mais il refuse de reculer. Pas cette fois. Posant ses mains sur le torse de Keith, mon père le pousse brusquement vers l'arrière et s'exclame :

– Espèce de salaud ! Tu n'as pas pu obtenir ma femme, alors tu laisses ce voyou s'en prendre à ma fille !

Keith trébuche sur sa jambe faible et tombe par terre. Tout le monde s'immobilise et regarde la scène. Bien que l'agitation autour de nous soit grande, je jure que j'aurais pu entendre une mouche voler. Hayden se faufile entre les gens pour aider Keith à se remettre debout. Retirant ses lunettes, les joues toutes rouges, Keith hurle :

– Tu es allé trop loin, Jordan ! C'est mon stand ! Je ne te permets pas de venir ici et de…

– Ton voyou s'en est pris à ma fille !

Mon père fait un pas vers Hayden mais je le retiens par le bras. Hayden me regarde droit dans les yeux, le regard en feu. Il est énervé, mais pas contre moi. Déconcerté, Keith pose son regard sur moi avant de revenir sur mon père. Lui aussi a de la colère dans les yeux.

– De quoi tu parles, Jordan ? Tu as perdu la tête ?

Ignorant la question de Keith, mon père enfonce son doigt dans le torse de Hayden.

– Je sais que tu as touché à la moto de Mackenzie. Je sais que tu es derrière tout ça !

Hayden passe de la colère au choc, puis de nouveau à la colère.

– Ne me touche pas, vieux schnock ! siffle-t-il entre ses dents, les poings serrés.

Je me souviens du sort que Hayden a réservé à ses coéquipiers lorsqu'ils l'embêtaient, alors je tire sur le bras de mon père.

– Papa, il faut qu'on y aille. Maintenant ! je crie.

Mais il est trop déterminé à s'occuper de Hayden et ne m'écoute pas. Keith semble surpris et offensé par la crise de colère de mon père.

– Contrairement à d'autres, Jordan, je n'ai pas besoin de saboter des motos pour gagner.

Il affiche un tel dédain, en sous-entendant que seul mon père est capable de tricher. Mon sang ne fait qu'un tour, ce qui rend de plus en plus difficile de retenir mon père.

– Je n'ai pas besoin de tomber aussi bas, Cox. Contrairement à toi, je dispose de cet atout qui s'appelle le talent, poursuit Keith. C'est d'ailleurs ce que Vivienne aimait chez moi.

Entendre Keith prononcer le nom de ma mère me met hors de moi. Quant à mon père, il fait une croix sur le peu de contrôle qui lui restait.

– Espèce d'enc…

Il prend de l'élan avec son bras pour lui donner une droite. Plus rien ne l'arrête. Son poing s'écrase sur la mâchoire de Keith, faisant un bruit sourd. Ce dernier tombe à nouveau par terre. Tels des frelons protégeant un nid attaqué, l'équipe Benneti se met en branle. J'entends quelqu'un crier d'appeler la sécurité tandis que d'autres se précipitent sur mon père. Il les repousse, puis il se prépare à frapper Hayden, qui esquive le coup avec aisance mais qui lève à son tour les poings.

– Non ! je crie dans sa direction.

Si je compte ne serait-ce qu'un peu pour toi, je t'en supplie... ne frappe pas mon père. Hayden me lance un bref regard, puis il baisse la garde. Mon père en profite alors pour lui décrocher à nouveau une droite et cette fois il l'atteint. Hayden titube, des suites du coup qu'il vient de recevoir en pleine face. Je fais un bond pour aller l'aider mais une main m'en empêche.

– Kenzie ! Aide-moi à sortir ton père de là !

Je me retourne et découvre Nikki, toute pâle, qui observe la scène avec horreur. Elle a raison. Je l'aide à retenir mon père de taper… tout le monde. Nous attrapons chacune un de ses bras afin de le sortir de là, mais il tente sans cesse de revenir, voulant, je cite, « terminer la besogne ». Il ne finit par se calmer que lorsque nous sommes de retour dans sa caravane. Je tremble en arrivant, tant l'adrénaline et le choc ressentis sont forts. Je n'ai jamais vu mon père s'emporter comme ça, jamais ! Une nouvelle facette de sa personnalité vient de se révéler et ce n'est pas beau à voir. Je me pose alors plein de questions : combien de temps une personne en colère peut-elle tenir avant de craquer ? Peut-être que le contrôle absolu n'est pas aussi miraculeux qu'il le proclame.

Mon père est tout blanc lorsque Nikki et moi l'asseyons sur le canapé.

– Je n'aurais jamais dû faire ça. Je n'aurais jamais dû perdre mon sang-froid. Je n'aurais pas dû… je n'aurais pas dû…

Je reconnais à peine mon père. Lui qui est toujours maître de toute situation, de ses émotions. Le fait de me savoir en danger, puis d'entendre Keith prononcer impitoyablement le nom de ma mère, l'a totalement fait craquer. Je ne sais pas ce qui va se passer maintenant. Il va forcément y avoir des conséquences sévères ; on ne peut pas frapper quelqu'un pendant un événement officiel et ne pas être pénalisé. Que Benneti Motorsports soit impliquée ou non dans l'incident qui s'est produit sur le circuit aujourd'hui, c'est Cox Racing qui va devoir payer.

Mon père passe sa main sur son visage en se relevant et commence à arpenter son bureau.

– Merde alors ! Je n'aurais pas dû perdre le contrôle comme ça. Personne ne va me croire, maintenant…

– Papa…

Je ne sais pas quoi dire, quoi faire. J'ai envie à la fois de le réconforter, de lui donner une claque et de le remercier de m'avoir défendue. J'opte pour le sentiment de gratitude, qui semble être la meilleure attitude.

– Je ne sais pas trop ce qui va se passer, maintenant, mais je te remercie de m'avoir défendue.

Je sais que tu essayais juste de me protéger et je suis… désolée de ce qui s'est passé.

Le reste de colère se dissipe immédiatement de son visage et est remplacé par un désespoir si profond que je regrette d'avoir parlé.

– Ce n'est pas ta faute, Mackenzie. Tu n'es absolument pas responsable de ce qui est arrivé.

Je m'apprête à lui dire que ce n'est pas sa faute non plus quand quelqu'un frappe à la porte de la caravane.

– Jordan Cox ? Mon nom est Charles Collins, représentant de la Ligue. J'ai besoin de vous parler à propos de l'incident qui s'est produit avec Benneti Motorsports. Pouvez-vous venir me voir, s'il vous plaît ?

Mon père ferme les yeux. Il semble fondre sur place, comme si tous les os de son corps s'étaient transformés en gelée. Il a soudain l'air d'avoir pris quinze ans de plus. Rouvrant les yeux, il nous dit calmement :

– C'est le moment d'affronter les conséquences. À plus tard.

Priant pour que ce ne soit pas aussi catastrophique que je l'imagine, je hoche la tête :

– Bonne chance, Papa.

L'air totalement abattu, il secoue la tête.

– La chance n'existe pas, Mackenzie, pas plus que les coïncidences.

Dans le silence qui suit son départ, Nikki pose sa main sur mon bras.

– Je vais aller m'occuper de ta moto… voir si je peux comprendre ce qui s'est passé.

Je pousse un grand soupir, acquiesce et la regarde s'éloigner. Une fois qu'elle est partie, je ferme les yeux et me demande comment je pourrais occuper mon esprit en attendant d'avoir des réponses.

Une voix grave vient pourtant me tirer de ma réflexion.

– Comment vas-tu, Kenzie ?

Je rouvre les yeux et découvre Hayden sur le seuil de la porte. Je trouve ça vraiment malvenu qu'il se trouve dans le bureau de mon père, mais en même temps, je me sens quand même un peu contente de le voir. Je n'ai pas vraiment envie d'être seule en ce moment.

– Tu n'as rien à faire ici.

Il ferme la porte de la caravane, puis il s'avance vers moi.

– C'est le seul endroit où je veux être. Ça va ?

Il pose sa main sur mes bras en me regardant dans les yeux, l'œil gauche contusionné et gonflé. Demain, il va avoir un sacré œil au beurre noir.

Cependant, je ne décèle que de l'inquiétude dans son regard. Et je ne comprends pas. Mon père a attaqué Keith puis il s'en est pris à Hayden. Il ne devrait même pas pouvoir me regarder dans les yeux, à présent.

– Tu n'es pas en colère ? je demande.

Il se pince les lèvres puis répond :

– Je suis vraiment énervé. Ton père n'aurait jamais dû s'en prendre à Keith. Mais…

Il hésite. Son visage, comme sa voix, se radoucit.

– … toi, ça va ?

La sincérité qu'il affiche réchauffe mon cœur, mais j'ai encore des inquiétudes, des choses que je souhaite clarifier. Me souvenant de tout ce qui s'est passé, je sens la rage remonter le long de ma colonne vertébrale. *Je te faisais confiance*. Alors je le repousse.

– Qu'est-ce que tu as fait à ma moto, Hayden ? Et ne dis pas que tu n'as rien fait, parce que je sais que ce n'est pas vrai ! Je l'ai senti… Quelque chose n'allait pas.

Hayden soupire et je sens quelque chose se déchirer dans ma poitrine. Il s'est vraiment foutu de moi.

– Écoute, Kenzie, ce n'est pas ce que tu crois…

– Alors dis-moi ce que c'est, parce que franchement je ne vois pas ce qui m'empêche de te dénoncer.

Mis à part le fait de me faire virer une fois que Hayden aura révélé combien nous étions proches. Il pousse à nouveau un soupir.

– Bon, la vérité c'est que… je n'étais pas là pour toi. Mais je te jure que je n'ai pas touché à ta moto. Je devais juste… vérifier quelque chose. C'est tout ce que je peux dire.

Son visage devient distant, pensif. Quant à moi, mon sang se glace. N'arrivant pas à en croire mes oreilles, je m'éloigne de lui.

– C'est tout ce que tu peux dire ? Et c'est censé me rassurer ?

Hayden secoue la tête en faisant un pas vers moi.

– Je te protège, Kenzie. Jamais je ne te ferais de mal. Jamais ! Tu comptes vraiment pour moi. C'est ça qui devrait te rassurer.

Il vient de m'avouer un beau sentiment, qui me donne des frissons de plaisir, mais je ne peux pas risquer ma carrière pour des sentiments.

– J'ai merdé face aux sponsors, Hayden. Tu sais combien ma famille a besoin d'eux en ce moment. Ou plutôt… combien on en avait besoin…

Mes épaules s'affaissent quand je prends la mesure de la réalité de notre situation.

– Je n'ai aucune idée de ce qui se passe pour mon père en ce moment même. C'est peut-être fini pour nous. S'en prendre à un chef d'équipe… pendant une course. C'est la fin…

Hayden pose soudain ses doigts sur la ligne de ma mâchoire, relevant mon menton pour que je le regarde.

– Tant que tu y crois encore, ce n'est pas fini, Kenzie. Continue à te battre, et ne t'arrête jamais.

Il me regarde droit dans les yeux, avec ferveur. J'en ai le souffle coupé. Je me dis qu'il va éloigner sa main, reculer, prétexter qu'il doit partir – comment expliquer cette situation si quelqu'un entre dans la caravane ? – mais… il ne fait rien. Il garde sa main sur mon visage, les yeux rivés sur moi, comme s'il était à la recherche de quelque chose. De mon approbation ? De mon rejet ? Je suis dans un tel état que je ne sais pas vraiment ce que je voudrais qu'il fasse. En tout cas, j'aimerais qu'il fasse quelque chose.

– Hayden…

Le simple fait de prononcer son nom m'est difficile. Qu'est-ce que je veux de lui ?

Son visage change d'expression. Confus, il m'observe de près. Puis il secoue la tête… et pose ses lèvres contre les miennes. Mon instinct premier est de le repousser, mais mon cœur explose de sensations et de désir. C'est comme si nous étions à nouveau en train de faire la course, comme si nous étions seuls au beau milieu d'une foule de milliers de personnes. Je l'attire contre moi, voulant ressentir au plus près l'excitation, la chaleur. J'en veux plus… tellement plus. J'enroule mes doigts dans ses cheveux, griffe son corps, tire sur ses hanches. Comme un animal en cage qui vient d'être libéré. Ça ne me suffit pas. Je ne me reconnais plus. C'est si bon de me laisser aller.

Hayden est tout aussi débridé. Il m'embrasse comme s'il en mourait d'envie depuis dix ans. Sa langue trouve la mienne, je pousse un gémissement et m'agrippe à ses épaules. Mon Dieu, ce qu'il sent bon, un mélange de cannelle et de sex-appeal. J'enroule mes jambes autour de lui, l'attirant davantage contre moi. *Encore plus*. Je sens son érection à travers ses habits, pressée contre moi. Moi aussi j'en veux plus. *Oui, c'est exactement ce que je veux. J'en ai besoin. Je me fous que nous soyons rivaux, que nous soyons ennemis, que ce soit totalement interdit. Faisons-le…*

Ses mains caressent mon corps, il enfonce ses doigts dans ma combinaison comme s'il voulait me l'arracher. À l'idée d'être complètement nue devant lui, je me sens soudain au bord d'un orgasme foudroyant. Il lui suffit de me toucher, de sentir combien j'ai envie de lui et je suis à ses pieds. Mais pas ici. Pas comme ça.

Je ne peux pas le faire alors que mon père est en train de se faire remonter les bretelles par les représentants de la Ligue, pendant que notre équipe est sans doute en train de faire faillite pour toujours. Ce serait encore une trahison de plus que de faire l'amour avec Hayden ici. Les mains sur son torse, je le repousse fermement. Il respire plus profondément, les yeux remplis de désir. Je déglutis et reprends mon souffle, puis je lui dis :

– Il faut que tu partes… avant que quelqu'un ne fasse irruption.

Il tente de reposer ses lèvres sur les miennes, mais je refuse. S'il parvient à nouveau à m'embrasser, je n'aurai sans doute plus la force de le repousser. Mon corps hurle de le laisser faire, de me soumettre à tous les plaisirs érotiques qu'il suggère. Mais non, je ne peux pas l'écouter. C'est à ma tête de prendre le dessus, à présent, je n'ai pas le choix.

Alors que j'essaie de reculer, Hayden m'attire contre son corps.

– Je sais que je devrais m'en préoccuper, dit-il en grognant, mais là, tout de suite, je m'en fiche, ajoute-t-il en me serrant dans ses bras. J'ai envie de toi, Kenzie. Chaque fois que je te vois, j'ai envie de toi. J'ai envie de sentir tes mains sur mon corps, tes jambes autour de moi, j'ai envie de t'entendre gémir dans mon oreille, de sentir la lavande dans tes cheveux. Depuis ce foutu taureau, la seule chose qui m'obsède, c'est d'être en toi, de te faire jouir, d'abattre les murs que tu as bâtis autour de toi… et que tu me supplies de recommencer.

Il se penche en avant, si bien que ses lèvres effleurent presque les miennes.

– Les courses me font planer… Mais avec toi, je me sens vivant.

C'est trop pour moi. Passant mes mains dans ses cheveux, j'attire son visage vers le mien. Lorsque nos lèvres entrent en collision, je laisse échapper un gémissement. Mon Dieu que c'est bon. Tandis que nos bouches affamées se dévorent, il défait ma combinaison puis il la fait glisser le long de mes épaules. Chaque partie de mon corps qu'il touche me brûle. Jamais je n'ai eu autant envie de lui que maintenant. Mais je refuse cependant de faire ça ici.

Poussant un grognement de frustration, je rassemble toutes les forces qu'il me reste et parviens à le repousser. Ensuite, je me précipite rapidement derrière le bureau de mon père, avant que mon corps ne reprenne le dessus. Je me sens davantage en sécurité avec ce meuble entre nous deux. Mais combien j'aimerais qu'il se jette sur moi et qu'il me prenne sur le bureau. Décontenancée par mon propre désir, je lève mes bras vers lui pour l'empêcher de s'approcher.

– Moi aussi j'ai envie de toi, mais nous ne pouvons pas aller aussi loin… et tu le sais. Tu dois partir. Tout de suite.

– Kenzie…

Il ferme la bouche et fronce les sourcils, comme s'il ne savait plus quoi me dire. Je veux simplement qu'il me dise au revoir. Je me sens torturée par le regret et je n'ai pas envie qu'il me voie dans cet état. Nous n'aurions pas dû ouvrir la boîte de Pandore, nous n'aurions pas dû goûter au fruit défendu. Parce que nous ne pourrons jamais nous contenter d'une seule fois…

Les yeux pleins de souffrance, Hayden murmure :

– Est-ce que je te verrai plus tard, ce soir ? Comme on avait dit ?

Je n'ai jamais eu autant envie de dire « oui » dans ma vie. Mais tout ce que je parviens à dire, c'est « non ». *Je n'ai pas le droit. Et toi non plus.* Hayden me regarde pendant de longues secondes, puis il tourne les talons et se dirige vers la porte. Alors qu'il presse la poignée, je m'entends prononcer son nom. Il se retourne vers moi et je murmure :

– Merci de ne pas avoir frappé mon père. Je sais que tu t'es retenu… et… pour moi, ça compte beaucoup.

S'il en avait eu envie, il aurait pu frapper mon père, mais lorsque je lui ai demandé de ne pas le faire, il a obtempéré. Pour cette raison, il va avoir un œil au beurre noir. Je lui en suis vraiment reconnaissante. Il esquisse un bref sourire.

– Plus les jours passent et plus je me sens capable de tout pour toi, Kenzie… Ça me fait vraiment flipper.

Il disparaît avant de me laisser le temps de répondre.

CHAPITRE 14

Le verdict est tombé sur ma moto. C'est l'usure de la fourche avant qui aurait causé des vibrations. J'aurais dû garder la même vitesse, ne pas ralentir ni réagir de façon aussi excessive, causant des problèmes à tout le monde.

Les juges ont décidé de sanctionner tous les pilotes de la Cox en rajoutant trente secondes à nos temps respectifs. Ça semble peu, mais dans notre discipline, c'est énorme. Je suis passée de la huitième à la dixième place. Eli et Raph ont terminé encore plus loin. Ils sont tous les deux en colère mais ils ne peuvent malheureusement rien y faire. Mon père étant allé trop loin, la Ligue a décidé de faire en sorte que ces sanctions servent d'exemple.

En plus de la pénalisation de pilotes, Cox Racing doit aussi payer une grosse amende. Mon père refuse de nous dire à combien elle s'élève mais je sais qu'elle va faire un sacré trou dans nos économies déjà affaiblies. Et pour couronner le tout, aucun sponsor n'a accepté de nous soutenir.

Tout est ma faute. Ma réaction a failli désintégrer l'équipe pour de bon. Ça me rend malade.

Lorsque nous sommes de retour à Oceanside, un nuage noir plane sur chacun de nous. Le désespoir est palpable dans les garages de la Cox. Personne ne sait ce que l'avenir nous réserve et tout le monde est à bout.

Ignorant l'humeur morne de mes coéquipiers, je vais à l'étage pour voir mon père. Il n'a pas dit grand-chose depuis son retour de la réunion avec les juges. Il s'est contenté de mentionner rapidement les sanctions et l'amende, puis il s'est muré dans un silence de plomb. Il est sans doute encore en colère. Perturbé. Dévasté. Il a travaillé si dur, toute sa vie durant, et voilà que tout s'effondre devant ses yeux. Ça me fend le cœur. J'ai envie de l'aider, mais je ne sais pas comment faire. Suis-je encore suffisamment bonne pilote pour nous sauver ?

Montant les marches d'un pas lourd, je réfléchis aux différentes paroles rassurantes que je pourrais lui dire. Elles me paraissent toutes aussi nulles les unes que les autres. J'ai presque envie de faire demi-tour et de revenir au garage, mais je ne peux pas. Mon père et moi ne sommes pas très doués pour les discussions à cœur ouvert, mais il faut que j'aille jusqu'au bout. C'est ma faute, après tout, s'il ne va pas bien, je me dois d'être là pour lui. Au bout du compte, il est mon père et je suis sa fille. Je ne l'abandonnerai pas.

Après avoir frappé à la porte de son bureau, j'attends qu'il me donne la permission d'entrer.

J'ouvre délicatement la porte et me faufile à l'intérieur. Alors que je me rapproche de lui, mon cœur bat plus vite et mes paumes de main deviennent toutes moites. Je déteste vraiment cette situation, je donnerais tout pour que notre entrevue se transforme en simple discussion sur mes chronomètres. J'aimerais tant que nous puissions ignorer toutes ces émotions du week-end et nous contenter de parler de la course. Je pourrais parler de ça pendant des jours avec lui. Mais il est temps d'évoquer quelque chose de plus sérieux, de plus difficile pour nous deux.

– Salut, Papa… Comment vas-tu ?

J'ai envie de me donner une claque. *Il traverse une crise émotionnelle et tu lui demandes comment il va ? Putain, Kenzie…*

– Je pense qu'on devrait… parler de ce qui s'est passé ce week-end. Tu n'étais pas dans ton… état normal. Tu m'as fait peur. Ça va ?

Mon père finit par lever les yeux vers moi. Il est dans un sale état, avec des cernes sous les yeux et une barbe épaisse sur le visage. Ses cheveux, d'habitude si bien coiffés, sont en pagaille, comme s'il n'avait cessé d'y passer la main. De toute évidence, il ne va pas bien. Prouvant une fois de plus que nous sommes définitivement faits de la même étoffe, il ignore totalement ma question et mes inquiétudes.

– Ah, Kenzie. Je suis content de te voir. J'ai quelques mots à te dire avant que tu ne commences ton entraînement.

Vu le professionnalisme de son ton, j'ai l'impression que ce n'est qu'un jour comme les autres. Comme si de rien n'était, comme s'il n'avait jamais pété les plombs ni attaqué la moitié de l'équipe Benneti. J'ai très envie de lui laisser changer de sujet et de continuer à faire semblant, mais une petite voix en moi hurle *Fuir les problèmes n'est jamais une solution !*

– Papa… tu n'as pas… répondu à ma question. Tu t'en es pris à Keith. Tu l'as frappé !

Et Hayden aussi. Mais je garde cette pensée pour moi. Parler de Hayden devant mon père n'est vraiment pas une bonne idée, surtout avec le souvenir de ses lèvres contre les miennes, si vif encore dans mon esprit. Je ne peux m'empêcher de penser tout le temps à lui depuis ce moment si intense dans la caravane de mon père. Nous avons enfin admis que nous étions attirés l'un par l'autre… Il m'a enfin embrassée. Mais cela ne doit jamais se reproduire. Pourtant… Je ne lui ai pas parlé depuis que nous sommes rentrés et, au fond, j'en meurs d'envie. Et lui, en a-t-il aussi envie ?

J'écarte ces pensées et poursuis :

– Tu criais… Tu étais… incontrôlable. Je ne t'avais jamais vu comme ça. Jamais. Alors, dis-moi la vérité… Ça va ?

Je déteste que ma voix tremble, que mon cœur batte si fort et que la sueur se répande sur mon corps. J'aimerais savoir parler à cœur ouvert, mais je n'y arrive pas. Chaque mot est un combat. Mon père reste inanimé, comme s'il était passé en mode pilote automatique. Il regarde son bureau et se met à remuer des papiers.

– Je suis touché de voir que tu t'inquiètes, Mackenzie, mais... ça va, dit-il, puis il me regarde et ajoute : Aujourd'hui, quand tu t'entraîneras, fais attention à ta position. Tu es encore trop en hauteur sur ta moto en fin de virage. Quand tu accélères, reste penchée vers le bas à mesure que la moto se relève.

Je me contente de le dévisager, abasourdie. Il refuse ouvertement de me parler. Après tout, est-ce vraiment une surprise ? Moi non plus, je ne lui dis pas tout.

– Oui... D'accord, Papa. Je vais travailler là-dessus.

N'ayant donc rien de plus à lui dire, je m'apprête à partir. Une fois que j'ai la main sur la poignée, il m'arrête.

– Au fait, je vais faire une déclaration publique, ce soir, mais comme tu es de la famille, je me dois de te le dire avant les autres...

Je me retourne et le regarde s'asseoir à son bureau. Pour la première fois de ma vie, je le trouve petit. Il semble enfin perdre un peu de sa maîtrise et laisse échapper un long soupir.

– Je... C'est la dernière saison de la Cox Racing. Après ça... j'arrête.

Après cette confession, son regard semble mourir. Tout espoir est en train de mourir.

Le souffle coupé, je me tais pendant au moins dix secondes. J'ai l'impression d'avoir reçu un coup de batte de baseball sur la tête. Mon cerveau vibre. *Non, ce n'est pas possible.* Cet endroit est bien plus qu'un simple circuit pour moi. C'est là que nous discutons, que nous formons un groupe uni, que nous travaillons, que nous jouons… C'est là que j'ai grandi. Je n'arrive pas à imaginer que ce soit fini, qu'il passe dans d'autres mains. Et l'équipe… Pour qui d'autre que mon père pourrais-je piloter ?

– Papa, non. Tu ne peux pas…

Il lève une main pour me faire signe d'arrêter.

– Je n'ai pas le choix, Mackenzie. J'ai essayé de faire tout ce que je pouvais… Mais l'amende, la mauvaise presse… le manque de sponsors, de victoires… Il n'y a pas d'autres solutions pour nous sortir de cette ornière. C'est trop tard. Mieux vaut s'avouer vaincu… et passer à autre chose.

Ses épaules s'affaissent et il détourne le regard. Son manque de confiance en moi me bouleverse au plus haut point. Le temps d'une seconde, ma vision et mon ouïe se brouillent. Pourtant il a raison… Mon meilleur placement, c'est la huitième place. Pas si mal pour une débutante, mais pas assez pour lui. Mais je ne suis pas prête à jeter l'éponge. Il y a encore deux courses. Nous avons encore le temps.

– Papa… je peux encore gagner. Ne me laisse pas tomber.

Ma voix n'est qu'un murmure. Mon père pose à nouveau les yeux sur moi. Il a le regard vide.

– Je ne te laisse pas tomber, Mackenzie. J'ai déjà commencé à chercher une nouvelle équipe pour toi. C'est loin d'être la fin pour toi, je te le promets.

Non, c'est simplement la fin pour lui. La fin de son équipe, de son héritage, de la raison pour laquelle il se lève chaque matin. Que pourrait bien faire mon père sans l'équipe ? Et moi, que pourrais-je faire sans lui ?

– Papa…

Un sourire triste se dessine sur son visage.

– Tu ferais mieux d'aller t'entraîner, Mackenzie. Tu dois rester au niveau pour t'attirer une bonne équipe.

Il faut que je parte. Les larmes me montent aux yeux, la peine et la déception m'accablent. Mon père hoche la tête avec raideur, puis je me précipite hors de son bureau et dévale les escaliers. Je dois partir loin. Très loin. J'évite toutes les personnes que je connais et fonce hors du garage, courant en direction du portail. La tête baissée, je sors mon téléphone. Il n'y a qu'une personne avec qui je peux parler de tout ça. Sans hésitation, j'écris à Hayden. *Mon père va liquider l'équipe. Il jette l'éponge.*

Hayden répond tout de suite. *Je viens d'arriver au circuit. Retrouve-moi à l'arrière, au trou dans le grillage.*

Je m'assure que personne ne puisse me voir, puis je me dirige vers le parking. J'aperçois au loin Hayden qui disparaît à l'angle du mur qui entoure le circuit. Quand je suis sûre que je suis bien seule, je le suis. Les larmes coulent le long de mes joues quand je le rejoins au grillage. Hayden me prend dans ses bras avant que je puisse dire un mot. Sentir son torse contre moi et ses bras musclés autour de moi fait un peu fondre mon chagrin.

– Je suis vraiment désolé, Kenzie, murmure-t-il à mon oreille.

Je suis surprise.

– Pourquoi es-tu désolé ? je demande, en faisant un pas en arrière pour le regarder dans les yeux.

Je m'attendais à de la curiosité, à de la sympathie, mais pas à tant d'inquiétude de sa part. Il hausse les épaules et me regarde droit dans les yeux avec tant d'intensité que je ne peux plus détourner le regard.

– Je sais combien Cox Racing compte pour toi et pour ta famille et combien vous avez travaillé dur pour cette équipe. Je suis désolé de ce qui vous arrive.

Mes yeux piquent à nouveau quand je l'entends prononcer ces paroles. Un flot de souvenirs martèle mon cerveau : jouer à cache-cache dans le bureau de mon père, faire la course à vélo sur le circuit avec mes sœurs, obtenir des bonbons de la part des pilotes… l'impression vague d'entendre la voix de ma mère, son odeur, son rire, son affection. Ce lieu a bercé mon enfance, et devoir l'abandonner me fait encore plus de mal que je ne l'aurais cru.

Je renifle et secoue la tête.

– Je n'ai pas l'intention d'arrêter de me battre. Mais je ne sais pas quoi faire. Par où commencer pour arranger les choses ?

Hayden se met à caresser mes bras et c'est comme s'il réinjectait de la vie en moi. *Il existe forcément un moyen de changer cette situation. Ce n'est pas trop tard !*

– Il veut la liquider tout de suite ? Ou tu as un peu de temps devant toi ?

Je prends une longue inspiration et lui réponds :

– Il va faire une déclaration ce soir pour dire qu'il liquidera l'équipe à la fin de la saison. J'ai deux courses pour changer le cours des choses.

Peut-être que si j'en gagne une, ou mieux encore, si je remporte les deux, la tempête médiatique serait telle que mon père changerait d'avis. Cela lui donnerait l'espoir de continuer. Hayden acquiesce en écoutant ma réponse.

– Alors entraîne-toi davantage, encore plus longtemps. Nous ne nous arrêterons pas tant que tu ne seras pas imbattable.

Je ne sais pas comment nous allons faire, mais je suis touchée qu'il veuille m'aider. Surtout que le fait de promettre de me rendre imbattable, aussi impossible que cela puisse paraître, insinue qu'il est prêt à renoncer à sa victoire. *Si seulement Myles et mon père pouvaient te voir à présent... Ils changeraient forcément d'avis sur toi.*

– Merci, je murmure, en espérant qu'il comprenne combien je lui en suis reconnaissante.

Son beau visage m'étudie pendant longtemps, des secondes de silence, et mon pouls s'accélère sous son regard pénétrant. Non pas par désir. Cette fois, c'est quelque de plus profond... de plus tendre. Quelque chose d'absolument terrifiant. Ce qu'il m'a dit dans la caravane résonne à nouveau dans mon esprit alors que nous nous dévisageons. *Plus les jours passent et plus je me sens capable de tout pour toi, Kenzie... Et ça me fait vraiment flipper.* Hayden secoue la tête comme s'il tentait de se réveiller d'un rêve. Il esquisse alors un petit sourire et je fais de même.

– Je t'en prie, numéro vingt-deux. Tu as dit que ton père ferait la déclaration ce soir ?

J'acquiesce, et il ajoute :

– Alors invite-moi chez toi, on la regardera ensemble, puis on élaborera un plan d'attaque… Ou on boira des coups, comme tu veux.

Il baisse ses yeux sur mes lèvres quand il finit de parler. *Mince, qu'est-ce que je veux ?* Il lève à nouveau les yeux vers les miens. Ils me transpercent, répandent un feu en moi, comme si on effleurait un cierge magique sur ma peau. C'est alors que je me rappelle où nous nous trouvons, je me souviens de tous les bâtiments, de tous les gens et de l'agitation qui nous entourent et nous font suffoquer. Tout ce que je vois, ce sont les raisons qui nous empêchent d'être ensemble. Mais je me souviens à nouveau de la sensation de ses lèvres contre les miennes, à quel point c'était agréable d'être blottie contre lui, de sentir mon esprit s'éteindre, de me laisser aller, de grandir… en étant avec lui.

Mon côté discipliné m'oblige à refuser – c'est trop risqué, trop dangereux, ça ne peut nous mener qu'à quelque chose d'impossible et d'imprudent. Mais bizarrement, le mot m'échappe.

– D'accord.

Puis je griffonne mon adresse.

Merde. Qu'ai-je fait ?

***

Hayden arrive chez moi plus tard dans la soirée, trente minutes avant l'interview de mon père sur Infosport. Ce dernier a quitté le circuit un peu plus tôt dans l'après-midi pour filmer la déclaration. J'imagine qu'il est de retour chez lui maintenant, et qu'il s'est sans doute mis à boire. Je me sens un peu coupable de ne pas être avec lui quand l'interview sera diffusée. Mais je ne suis pas d'accord avec sa décision. *Je peux encore nous sauver, Papa.* Il le faut.

Dès que j'entends Hayden remonter l'allée de ma maison, j'ouvre la porte du garage pour qu'il y cache sa moto. Personne de mon entourage ne doit la voir, elle pourrait être identifiée. Une fois que je le fais entrer chez moi, il se met à observer ma modeste demeure avec un sourire aux lèvres.

– Je ne m'attendais pas à ça, murmure-t-il, en posant un sac de courses sur l'îlot de la cuisine.

– À quoi tu t'attendais, au juste ? je demande.

J'ouvre le sac, qui semble contenir des plats chinois à emporter qui dégagent une odeur délicieuse. Ce que j'ai faim ! J'en oublie presque que Hayden Hayes se tient dans ma cuisine. Ce dernier semble très à l'aise. Il se hisse pour s'asseoir sur le plan de travail, faisant comme chez lui.

– Quelque chose de… plus grand, j'imagine, répond-il en haussant les épaules. Tu es la fille d'une légende, alors je me disais que…

Sa réponse me fait sourire. Je me retourne vers lui et m'appuie contre le comptoir en croisant les bras.

– Tu imaginais une vie de princesse. Mais je ne suis pas comme ça. J'ai toujours été… simple. Mon père aussi, dis-je en laissant échapper un petit rire. En fait, la seule de la famille à faire des excès, c'est ma sœur, Daphné. Je n'ai jamais vu un budget de mariage aussi élevé.

Ce qui me fait froncer les sourcils. Mon père pourrait économiser sur le mariage de Daphné pour sauver l'équipe, mais il continue à tout lui passer… et elle en veut toujours plus. Elle n'est pas au courant de la situation. Mais elle le sera peut-être après la déclaration télévisée de ce soir. Encore faudrait-il qu'elle lève le nez de ses magazines de mariage. Hayden s'esclaffe puis il pousse un soupir. Je m'en rends compte et repousse toutes les pensées sur Daphné. Il a l'air… troublé.

– Ton père… ce qu'il a dit à Keith avant que la situation ne dérape… Il pense vraiment que Keith sabote des motos ?

Je serre la mâchoire et me redresse.

– Je n'ai pas vraiment envie de parler de Keith maintenant. Pas avec tout ce que mon père est sur le point de perdre, ce que nous allons perdre…, dis-je en agitant la tête. Tu as faim ?

– Mackenzie…

Sa voix indique qu'il veut aborder quelque chose de sérieux mais je n'en ai pas envie. Pas s'il s'agit de Keith. Nous pouvons parler de moi, de lui, peut-être même de nous, mais je ne veux pas parler de Keith. Je le réitère, avec fermeté cette fois, pour qu'il comprenne :

– Tu as faim ?

Hayden semble vouloir protester, mais avec résignation, il répond :

– Oui, j'ai faim. Je ne savais pas quoi choisir entre thaï et chinois, alors j'ai pris un peu des deux.

– Ce n'est pas à peu près la même chose ? je demande, contente de voir qu'il laisse tomber.

L'expression condescendante qu'il affiche en dit long.

– Mais pas du tout ! Je n'arrive pas à croire que tu dises ça ! dit-il en attrapant le sac.

Il dispose les petites boîtes sur le comptoir et m'explique toutes les différences qui existent entre les plats qu'il a commandés. Je ne l'écoute qu'à moitié, préférant observer la façon dont son corps bouge sous ses vêtements. C'est beaucoup plus fascinant pour moi que la recette de la sauce aux cacahouètes.

Soudain, il se retourne avec une boîte ouverte dans les mains. Je relève vite les yeux vers son visage, mais je suis quand même surprise en flagrant délit de reluquage. Il retrousse langoureusement les lèvres et se plante devant moi en sortant de la boîte une fourchette enroulée de nouilles et murmure :

– Goûte-moi ça, et tu comprendras.

En le regardant droit dans les yeux, j'entrouvre la bouche et le laisse y placer la fourchette. Je ferme les yeux et sens toutes les épices sur ma langue.

– Humm, c'est vraiment bon, dis-je après avoir avalé le dernier morceau.

– Oui, je te l'avais dit…

La chaleur de sa voix me fait rouvrir les yeux. Il repose la boîte sur le comptoir et me regarde comme si j'étais son repas. Le souvenir de notre baiser frénétique me revient, agitant mes sens et abaissant ma garde. *Serre-moi encore dans tes bras. Presse tes lèvres contre les miennes. Parle-moi, désire-moi, fais ce que tu veux de moi. Je n'attends que ça.*

– Tu me fais perdre la tête… murmure-t-il en rapprochant ses lèvres des miennes.

– Ah bon ? je demande.

Sa simple présence me donne des vertiges. Je me sens plus légère que l'air avec lui. Ses lèvres se rapprochent des miennes, mais au dernier moment, elles changent de direction. Je retiens mon souffle. Elles effleurent mes joues et s'arrêtent au-dessous de mon oreille.

– Tu n'as pas idée… chuchote-t-il, son souffle chaud contre ma peau.

Mon corps passe à la vitesse supérieure. J'ai envie qu'il fasse bien plus que cette mise en appétit. Il fait glisser ses lèvres sur la ligne de ma mâchoire et je frissonne de façon si incontrôlable qu'il pense probablement que j'ai froid. Le désir se propage en moi quand sa bouche atteint mon menton. *Oh, oui…*

Soudain, quelqu'un frappe à la porte. Nous sursautons, espérant que le silence fasse partir ce visiteur. Pas de chance. Quelques secondes plus tard, la sonnette retentit, puis j'entends une voix familière dire :

– Tu es là, Kenzie ? C'est Nikki, ouvre !

Merde ! Nikki ne partira pas tant que je n'aurai pas dit quelque chose. Pas avec toutes ces lumières allumées qui signalent clairement ma présence. Si elle veut vraiment me parler, elle est capable de tambouriner à ma porte, sans se soucier des voisins, d'appeler mon téléphone sans cesse et de finir par casser une fenêtre pour rentrer. Elle sait se montrer extrêmement persévérante, si la situation le demande.

Alors, par-dessus mon épaule, je crie :

– Une seconde, Nikki !

Et maintenant, quoi ? Dans la cuisine, il y a une porte qui donne sur le jardin, alors je fais signe à Hayden de partir par là-bas. Une fois qu'il comprend, il dit en grognant :

– Et ma moto ? Elle est dans ton garage.

Je secoue la tête et lui dis :

– Tu peux la récupérer plus tard. Nikki ne doit pas savoir que tu es là.

J'espère juste qu'elle n'ira pas dans mon garage. Hayden ne semble pas se réjouir d'être chassé de chez moi, mais il comprend pourquoi il doit partir. Une fois qu'il est dehors, je me précipite vers la porte d'entrée pour que Nikki ne s'inquiète pas de voir que je mets trop de temps. Pourtant, lorsque j'ouvre la porte, elle me demande :

– Tout va bien ?

– Oui, j'étais à la salle de bain.

Elle fronce les sourcils en passant la porte.

– Ah bon ? Tu avais l'air beaucoup plus près que ça.

Je m'en veux, mais Nikki ne dit rien de plus, elle semble passer à autre chose.

– Tu vas regarder l'interview ? demande-t-elle en jetant ses affaires sur le canapé. J'allais regarder ça chez moi mais je n'y arrive pas… Quand John nous a annoncé ce qui allait se passer après le départ de ton père… je n'arrivais pas à y croire. Il va tous nous mettre à la porte ? Il va vraiment liquider l'équipe ?

J'acquiesce, en haussant les épaules. Je ne pense pas que mon père voulait que John l'annonce à l'équipe, mais il devait être énervé. John travaille aux côtés de mon père depuis si longtemps, et voilà que ce dernier décide de jeter l'éponge sans même y réfléchir. Il ne doit pas trouver ça juste. Mais c'est l'entreprise de mon père. Techniquement, il peut en faire ce qu'il veut.

– Oui… il va la liquider.

À moins que je n'arrive à le convaincre de ne pas le faire. Nikki pose sa main sur son ventre.

– J'ai besoin d'un verre.

Elle se dirige vers la cuisine avant que je puisse l'en empêcher. Je suis sûre que Hayden n'a laissé aucune preuve derrière lui. Mais mon cœur se met à battre fort. Je retiens même mon souffle en la regardant détailler la pièce.

Surprise, elle me dit :

– Eh bien, tu as faim, toi ! Il y a de quoi nourrir un bataillon. Ce n'est pas dans tes habitudes. Tu es sûre que ça va ? Comment tu encaisses la nouvelle ?

Je me détends un peu, vu qu'elle semble ne se douter de rien.

– Comme tu peux le voir, je mange parce que je suis stressée…

Et je mens comme je respire. Nikki attrape des baguettes et hoche la tête.

– Je comprends. Moi aussi je me suis goinfrée de chips toute la journée. Je n'arrive pas à croire ce qui se passe, dit-elle en piochant dans une des boîtes de poulet aigre-doux, le visage mélancolique. Franchement, ça me fait flipper, Kenzie. Pas toi ? demande-t-elle en me regardant.

Je pousse un soupir et attrape une boîte.

– Oui… moi aussi.

Au moins, ça, c'est vrai. Je ne peux pas m'imaginer ne pas travailler pour la Cox, sans parler d'abandonner le circuit sur lequel j'ai grandi. Ne plus avoir ce lien tangible avec le souvenir de ma mère.

Nikki me regarde avec des yeux tristes.

– Est-ce vraiment la seule solution ? À combien s'élève l'amende ?

– Il ne veut même pas me le dire, mais j'imagine que c'est une grosse somme. Et puis il y a aussi mon amende pour cet entretien avec la télé, le mariage de ma sœur, le départ de Jimmy… Tout s'accumule.

Nikki tord la bouche.

– C'est nul. Ton père ne mérite pas ça… Il est un peu difficile, mais c'est un homme bon et un bon patron. Je déteste l'idée qu'il doive… J'espère simplement qu'il finira par rebondir et changer d'avis. J'adore travailler pour Cox Racing.

Oui, moi aussi, et c'est pour ça que je vais continuer à me battre. Elle a l'air si déprimée à l'idée de devoir quitter l'équipe que je la serre dans mes bras pour la réconforter.

– Ça va aller, on va trouver une solution…

Puis je recule et ajoute :

– L'interview va bientôt commencer. J'ouvre une bouteille de vin ?

Elle esquisse un sourire.

– Oui, parfait.

Une fois le vin servi, nous ramenons les plats dans le salon. Je prépare les assiettes tandis que Nikki cherche la chaîne Infosport. L'interview vient de commencer, Nikki s'assied sur le canapé à côté de moi. J'attrape sa main lorsque mon père, le visage sombre, apparaît à l'écran. Je l'ai déjà vu faire des grands entretiens à la télé, mais c'est quand même bizarre de le voir sur grand écran en train de parler de ses échecs personnels et professionnels. Il ne peut pas parler de Cox Racing sans évoquer Benneti Motorsports, ils sont liés, même dans la mort.

Bizarrement, tandis que mon père raconte le destin tragique de Cox Racing, je n'arrête pas de penser à Hayden. J'aimerais qu'il soit là avec moi. Je me sens coupable d'avoir envie d'être avec lui plutôt qu'avec Nikki. C'est ma meilleure amie, ma confidente, mon meilleur soutien, et pourtant elle ne suffit pas à combler le vide qui s'ouvre en moi. J'ai besoin des yeux verts de Hayden pour oublier ma tristesse. *Ça ne peut pas être la fin de l'équipe.*

Cependant mon père prononce fermement le contraire.

– Eh bien, Jordan Cox, le monde entier vous écoute. Qu'avez-vous à nous dire ce soir ?

– Je… Je vais liquider l'équipe Cox Racing à la fin de la saison. Pour de bon.

Pour de bon ? Non, il n'y a rien de bon dans tout ça. Nikki a les larmes aux yeux lorsqu'elle repart. J'ai l'impression de ne pas pouvoir tenir le coup non plus. Mon téléphone dans la main, je m'apprête à écrire à Hayden pour lui dire de venir récupérer sa moto. Mais s'il revient, est-ce que j'accepterai qu'il reparte ? Cela me fait hésiter. Je n'ai pas envie d'être seule, mais Hayden n'est pas une bonne idée. Je n'aurais jamais dû l'inviter. Heureusement que Nikki n'a rien découvert. J'espère que son retour à pied n'était pas trop dur pour lui. Il habite avec Keith, mais où ? À quelle distance d'ici ? Je ne le sais pas et je n'ai pas vraiment envie de le savoir. La maison de Keith est bien le dernier endroit où j'ai envie de mettre les pieds.

Je suis sur le point d'envoyer mes excuses à Hayden quand je remarque que la porte de la cuisine donnant sur le garage est entrouverte. Par curiosité, je pousse la porte et regarde à l'intérieur. Mon pick-up est là, ma moto aussi… mais la moto de Hayden a disparu. Quel salaud ! Il a réussi à revenir dans la maison et à ressortir avec sa moto. Alors que Nikki était là ? Et nous n'avons rien entendu ? Ce qu'il est doué… Pourquoi l'ai-je laissé venir chez moi ?

Tandis que j'y réfléchis, mon téléphone sonne. Je regarde l'écran. C'est un message de Myles. Je suis déçue que ce ne soit pas plutôt Hayden. Mais à la lecture du message, je sens mon cœur faire un bond : Ton père liquide l'équipe à cause de Hayden. Tu me crois, maintenant ?

Je peux presque sentir physiquement Myles, à l'autre bout du fil, le regard fixé sur son téléphone, dans l'attente d'une réponse de ma part. C'est la seule chose qui pourrait l'apaiser. Si je ne dis pas ce qu'il faut, il racontera à mon père ce que j'ai fait. Si mon père est en colère contre moi, il ne m'aidera pas à trouver une nouvelle équipe. Je déteste cette situation, mais voilà mon dilemme. Il faut que je trouve une autre équipe à la hauteur de Cox Racing. Tout est si compliqué…

Je ferme les yeux et souffle profondément, sans vraiment me sentir mieux après. Puis je tape ma réponse avec une boule dans le ventre. Oui, je te crois.

Non, en fait, non. Mais je ne peux rien dire d'autre.

CHAPITRE 15

Les jours qui suivent l'annonce faite par mon père, mon téléphone n'arrête pas de sonner. Tout le monde est sous le choc. Ils semblent tous penser que je pourrais faire changer mon père d'avis. Theresa veut procéder à une intervention, elle a l'air de penser que mon père traverse une crise de la cinquantaine. Daphné aussi est inquiète, mais elle est tellement prise par son mariage qu'elle parle surtout de ses propres problèmes. J'ai dû la rassurer en lui répétant au moins trois fois que notre père avait déjà payé la majorité de ses folies, qu'elle n'avait donc pas de soucis à se faire.

Alors que la routine s'est à peu près réinstallée, j'ai repris mon entraînement avec Hayden en cachette. Je passe presque chaque soirée avec Myles et Nikki, pour sauver les apparences et les convaincre que je pense que les Benneti sont diaboliques et que Hayden est leur instrument de destruction. C'est terriblement difficile de parler négativement de Hayden, de me retenir de mentionner des choses que mes amis ne savent pas sur lui, comme le fait qu'il a été placé en famille d'accueil et qu'il a eu une vie difficile, que Keith lui a donné une opportunité qui ne se présente pas deux fois dans une vie. Je ne suis pas sûre que ces éléments les fassent vraiment changer d'avis sur lui. Après tout, ça rend l'idée de son instrumentalisation par Keith encore plus probable.

Chaque soir, quand je me sépare de mes amis, je retrouve Hayden sur le circuit. Fidèle à la parole qu'il m'a donnée, pour me rendre imbattable, nous nous entraînons plus longtemps et de façon plus soutenue que jamais. Or, plus les jours passent, plus je sens l'espoir me quitter. Ça ne suffit plus de gagner… Le problème immédiat, c'est que ma famille est fauchée. J'ai besoin d'argent. De beaucoup d'argent. Je ne pourrai pas obtenir toutes ces sommes en me contentant de gagner des courses. Comment pourrais-je gagner une grosse somme d'argent à temps pour que mon père change d'avis sur la dissolution de l'équipe ? Je n'en ai aucune idée. Ça me tue de ne pas trouver de solution.

– Allez, Kenzie ! s'exclame Daphné, en m'agitant par l'épaule pour que j'arrête de m'apitoyer sur mon sort. Amuse-toi ! Détends-toi ! C'est mon enterrement de vie de jeune fille, enfin ! Tu pourras broyer du noir en pensant à la vie demain. Ce soir, on est là pour s'amuser. Allez, bois !

Je me retiens de pousser un soupir. Ce n'est pas la première fois qu'elle me dit ça depuis le début de la soirée.

– Je ne peux pas, Daph. Je m'entraîne pour la course à Monterey en ce moment. Tu sais combien cette course est importante.

Poussant un grognement pour bien montrer son exaspération, elle ajoute :

– Mais c'est encore dans longtemps ! Je suis sûre que tu peux boire d'ici là.

Je lui souris et lève mon verre d'eau.

– Pas si je suis celle qui conduit.

Elle lève les yeux au ciel et tente d'enlever une plume rose tombée sur ses cheveux. Elle n'y arrive pas alors je me penche pour le faire.

– Merci, dit-elle en pouffant de rire.

Puis elle concentre à nouveau son attention sur la paille en forme de pénis qui dépasse de son cocktail bleu : le verre est aussi gros qu'un bocal à poisson et c'est déjà son troisième.

La musique du club est si forte que je sens mon cerveau vibrer. Daphné a invité six amies qui boivent toutes au même rythme que la future mariée, ce qui veut dire que je vais devoir escorter le troupeau du club à la grosse Jeep de Daphné, puis faire en sorte que personne ne vomisse pendant le trajet de retour. Ça ne m'enchante pas, j'aurais bien aimé pouvoir prendre un verre. Seulement, j'ai tellement de soucis que je risque de ne pas m'en tenir à un seul. Il faut bien que l'une d'entre nous soit sobre ce soir.

J'aimerais tant que Theresa ne soit pas clouée au lit par une grippe, elle aurait pu m'aider. S'occuper de Daphné n'est pas une tâche facile. Le diadème et le voile de mariée qu'elle porte en font une cible irrésistible pour les hommes. Ils ont tous l'air de vouloir la convaincre d'une ultime aventure avant qu'elle soit officiellement hors du marché. Daphné a réservé le carré VIP – avec bouteilles de champagne à cent cinquante dollars –, si bien que les regards insistants des hommes ne sont pas trop gênants. Mais on vient quand même nous demander de danser toutes les quinze minutes.

Chaque fois que ma sœur décide d'aller se trémousser avec un mec, je reste à la table avec l'alcool, pour surveiller que personne ne mette de la drogue dans nos verres. Quand les cocktails bleus et les bouteilles de champagne hors de prix sont vides, ma patience est à bout. Ma priorité c'est de m'entraîner, pas de faire du baby-sitting.

– Il est temps d'y aller, Daphné. Le bar ferme.

Je me dis que la privation d'alcool est la seule chose susceptible de la faire partir.

– Quoi ? Non… Je ne suis pas prête.

Elle renverse le bocal à poisson contre ses lèvres, tentant en vain d'absorber une dernière goutte.

Je l'oblige à le reposer sur la table.

– Non. Il est temps de partir, maintenant… Jeff t'attend.

Le nom de son futur mari produit un gros effet sur elle.

– Oh… Jeffy ! Je l'aime, dit-elle en se penchant contre moi, un sourire gourd aux lèvres.

– J'espère bien, je murmure, écrasée par le poids de son corps.

Elle me pointe du doigt et lance :

– Il te faut un copain, Mackenzie. Tu devrais te trouver un mec comme Jeff. Un mec fort, gentil… monté comme un taureau.

Ses copines éclatent de rire comme si c'était la chose la plus drôle qu'elles aient jamais entendue, mais moi, ça me donne la nausée. Je n'ai vraiment pas besoin de cette image dans ma tête pour nos prochaines réunions de famille. Et puis, j'ai presque quelqu'un dans ma vie… C'est juste que je ne peux pas en parler. Je ne pourrais même pas caractériser notre relation, mis à part le fait qu'elle est compliquée.

Après avoir payé la facture au bar et donné un pourboire aux serveuses – avec l'argent que mon père nous a donné pour la soirée –, je regroupe les filles, qui sont toutes saoules, et parviens à les entraîner dehors. C'est difficile car elles n'arrêtent pas de s'éloigner. Soudain, je me sens solidaire des gens qui ont des enfants. Mais au moins, les enfants écoutent quand on leur hurle dessus. Les gens bourrés, ça les fait rire. Ils n'en font qu'à leur tête.

Nous avons garé les voitures sur un parking qui se trouve de l'autre côté d'une route à quatre voies. Comment vais-je pouvoir les faire traverser en toute sécurité ? Aucune idée. Je lève les bras en l'air pour qu'elles m'écoutent, ou qu'elles essayent, en tout cas.

– Écoutez-moi ! Dès que le feu passe au vert, vous allez toutes me suivre.

Une des filles commence déjà à traverser. Il est tard, la route est déserte, mais quand même ! Je viens juste de lui dire de ne pas le faire. Je me précipite vers elle et je lui lance sèchement :

– J'ai dit qu'on traverse quand le feu est vert ! Il est vert pour toi, Daisy ?

Elle hausse les épaules alors je serre les poings. Ma sœur me revaudra ça. Elle a intérêt. Le feu passe enfin au vert et je leur ordonne de se dépêcher, comme une cane appelant ses canetons.

– Allez, c'est parti. Et on reste en file indienne !

Je jette un coup d'œil au feu pour voir s'il est sur le point de changer de couleur. C'est alors que j'entends un bruit familier. Des motos. Des motos qui vont à toute blinde. Je tourne la tête en direction du bruit. Les voilà qui foncent vers nous. Vu la vitesse à laquelle elles vont, il est clair qu'elles ne vont pas s'arrêter pour nous. Comme nous sommes encore trop loin du trottoir d'en face et que les filles ont trop bu pour savoir revenir de l'autre côté, je hurle :

– Tout le monde se regroupe contre moi !

Puis j'écarte grand les bras. Peut-être que si nous sommes toutes serrées les unes contre les autres, ces connards seront capables de nous éviter.

Les filles poussent des cris perçants et se jettent contre moi. Je regarde par-dessus leurs têtes et jette un regard noir aux deux salauds qui sont clairement en train de faire une course. Je ne reconnais pas la moto blanc et noir, mais l'autre…

Je pivote la tête pour suivre du regard les deux motos qui nous contournent. Le pilote de la Honda rouge et blanc tourne son casque dans ma direction avant d'accélérer de plus belle. La moto, le casque, le jean, la veste, ça ne fait aucun doute. *Qu'est-ce que tu fous à participer à une course de rue, Hayden ?*

Certaines filles se mettent à pleurer maintenant que le danger est écarté, mais je suis trop en colère pour pouvoir les réconforter. Les pièces du puzzle de Hayden commencent à se mettre en place. Je comprends mieux maintenant, les appels de nuit, ses réponses vagues quand je lui posais des questions. Quel enfoiré ! Il n'a rien abandonné. Et il m'a menti !

– Bon, les filles, on va courir jusqu'à la voiture le plus rapidement possible.

Je les pousse vers le véhicule, puisque aucune ne bouge. Elles se plaignent, mais quand je leur dis que d'autres motos arrivent, elles se mettent enfin en marche.

Une fois que nous sommes plus ou moins bien installées dans la Jeep, je démarre la voiture et fonce pour sortir du parking. Une des filles se met à hurler lorsque la voiture zigzague dans un virage.

– Ralentis, Kenzie ! crie ma sœur.

– Je ne vais pas vite, je mens. Vous avez l'impression que je vais vite parce que vous avez trop bu.

– Ralentis quand même un peu, dit-elle en posant sa main sur sa bouche.

J'acquiesce, mais je n'ai aucune intention de le faire. Je veux rattraper Hayden, savoir ce qui se passe et pourquoi il choisit de mettre sa carrière et notre relation en péril…

Je ne me rends pas compte de toutes les infractions que je commets en tentant de garder les feux arrière de sa moto toujours en vue. Lorsque nous atteignons un endroit que je reconnais – des rangées de voitures, de motos, et une foule de gens –, je finis par ralentir. Je me gare sur un trottoir, bien avant la « ligne d'arrivée », éteins le moteur et me retourne vers la cargaison en état d'ébriété.

– Écoutez-moi bien. Je vais sortir pour aller parler à quelqu'un, je n'en ai pas pour longtemps. Surtout vous restez à l'intérieur… Il y a un groupe de mecs dehors… ils sont armés et ils pourraient vous tirer dessus. Alors je vous conseille de rester dedans et de ne faire aucun bruit.

Quelques filles se mettent à couiner, une se met à pleurer. Ma sœur a les yeux écarquillés, elle semble terrifiée. Ça finira par me retomber dessus. Lorsque j'ouvre la portière, Daphné me saisit par le bras.

– Qu'est-ce que tu fiches ? C'est dangereux !

Je dégage sa main et lui souris pour la rassurer.

– C'est bon, j'ai un garde du corps qui m'attend. Je ferme la voiture à clef. Je reviens tout de suite.

Avant qu'elle n'ait le temps de protester davantage, je ferme la portière et verrouille la voiture. J'espère que je pourrai les convaincre que ce n'était qu'un mauvais rêve sur le chemin du retour.

Et aussi, j'espère qu'aucune d'entre elles ne vomira dans la voiture en mon absence.

Je remonte la rue à la recherche de Hayden. Il me doit des explications. Je le repère aux côtés de son ami Bon Plan et du gros type du Road America et du bar. Bon Plan est en train de donner une liasse de billets à Hayden. J'observe l'argent passer de main en main et ça fait tilt. L'argent ! Il fait des courses pour gagner de l'argent... beaucoup d'argent, étant donné que je n'aperçois que des billets de cent dollars.

Gardant mon sang-froid, je m'avance pile devant Hayden et attends qu'il me remarque. Il est tellement absorbé par la liasse qu'il est en train de compter qu'il met du temps avant de se rendre compte de ma présence. C'est d'ailleurs Bon Plan qui me voit en premier.

– Salut, sosie de Félicia. Qu'est-ce qui t'amène, ma petite ? Tu voulais me revoir, hein ? Tu n'arrêtes pas de penser à moi depuis l'autre fois ? Ça m'arrive tout le temps, dit-il d'un ton hautain.

Hayden relève subitement la tête et me regarde droit dans les yeux. La contusion jaune autour de son œil semble s'assombrir tandis que son visage devient tout blanc.

– Merde, murmure-t-il.

Je hausse les sourcils. *Eh oui, merde*... Il enfonce alors l'argent dans ses poches et lève les mains en l'air.

– Je peux tout expliquer.

Je fais signe que les preuves sont là.

– Pas la peine. Combien as-tu gagné ?

Bon Plan se frappe les mains.

– Cinq mille balles, bébé !

J'écarquille les yeux. Cinq mille balles ? Pour une course ? C'est la somme totale ou bien seulement la part de Hayden ?

– Waouh…

Bon Plan ne tient plus en place, il doit sans doute en obtenir une bonne partie.

– Oui, et c'est un petit gain. La prochaine fois, mec, on doublera la somme.

Étonnée, je dévisage Hayden. La prochaine fois ? Combien de courses fait-il ? Hayden regarde le sol, se sentant visiblement coupable. Son ami semble vouloir profiter du silence pour me draguer.

– Alors, ma jolie, on se présente, ou tu préfères que je continue à t'appeler « sosie de Félicia » ?

Il tente de passer son bras autour de moi, mais je le repousse.

– Je m'appelle Mackenzie et je n'aime pas qu'on me touche.

Il s'incline, comme si j'étais une reine.

– Je suis Tony, mais tout le monde m'appelle Bon Plan.

– Et pourquoi ? je demande.

Ai-je vraiment envie de le savoir ? Il sourit de toutes ses dents et écarte grand les bras.

– Parce que j'ai toujours un bon plan pour toi, répond-il, puis il tape le gros type sur l'épaule. Et voici Grognon.

Je suis sur le point de poser la même question à propos de la signification de ce surnom quand le type pousse un grognement dans ma direction.

– Et votre rôle, c'est d'aider Hayden avec… tout ça, dis-je en faisant signe autour de moi, les paris battant leur plein.

Une nouvelle course va avoir lieu.

– Kenzie…, murmure Hayden, mais Bon Plan lui coupe la parole.

– Ouais. On lui trouve des bons plans. On organise son emploi du temps, même pour les courses dans d'autres régions. Ma sœur Izzy nous aide aussi, parfois, quand elle peut. Elle a une petite fille, alors elle ne peut pas venir avec nous, la nuit.

Je reste sous le choc. Ce type est une vraie mine d'informations. J'aimerais lui poser plus de questions, mais Hayden me saisit par la main et m'entraîne plus loin.

– Je peux te parler une seconde ?

Je lui jette un regard noir et déclare :

– Je trouve que Bon Plan m'explique bien la situation. Tu veux ajouter quelque chose ?

– Oui, s'il te plaît.

Il fait signe en direction du bout de la rue et, à contrecœur, je le laisse me conduire là-bas. Nous faisons quelques pas et je lui dis :

– Tu n'as jamais rien abandonné, hein ? Tu m'avais dit que je t'avais vu faire ta dernière course, mais c'était faux ! Tu voulais juste me faire taire, c'est ça ?

Hayden soupire.

– Non, c'était vrai. Je pensais vraiment en avoir fini avec les courses de rue. Mais…

Je tire sur mon bras pour libérer ma main et je me tourne vers lui.

– Mais quoi ? Tu te rends compte de ce que la Ligue pourrait faire si jamais ils t'attrapent ? Ce ne serait pas une simple amende. Tu serais banni de ce sport à vie ! Tous tes rêves ne feraient que partir en fumée, dis-je en faisant claquer mes doigts pour insister sur ce dernier point. Tu veux vraiment tout risquer pour… l'argent ? Où as-tu la tête ?

– Je ne le fais pas pour l'argent, dit-il en me suppliant du regard. Je ne m'attends pas que tu comprennes… mais je n'ai pas le choix.

Vraiment ? C'est ça, son argument ?

– Tu as raison, Hayden : je ne comprends pas. Tu veux bien faire l'effort de m'expliquer ?

Il passe sa main dans ses cheveux en nage, les ébouriffant gracieusement.

– Écoute, je suis désolé pour toi et tes amies, mais je ne pense pas que ce soit le moment de…

– Parle ! je l'interromps. Ou je commence à passer des coups de fil.

C'est du bluff – j'ai trop besoin de lui pour le dénoncer –, mais il semble vraiment inquiet que je le fasse.

– C'est à cause d'Izzy, lâche-t-il.

Je ne sais pas à quoi je m'attendais, mais sans doute pas à ça.

– Izzy ? La fille que tu considères comme ta sœur ? Pourquoi… ?

Un sentiment de jalousie s'empare à nouveau de moi. Il risque sa carrière… pour une fille. J'ai envie de tourner les talons et de partir en courant. Mais j'ai besoin de réponses… alors je reste.

– Ce n'est pas ce que tu crois, ajoute-t-il. C'est à cause de sa fille, Antonia. Tu sais… l'enfant que tu as vu avec moi ?

Je suis encore plus perdue. Qu'est-ce que cette fillette a à voir avec tout ça ? À moins que…

– Tu m'as menti sur ça aussi ? C'est bien ta fille ?

Il pousse un soupir et secoue négativement la tête.

– Non, ce n'est pas ma fille, mais je me sens responsable d'elle. Elle fait partie de ma famille.

Il regarde en direction de ses amis.

– Je voulais vraiment faire une croix sur les courses de rue. J'allais le faire, mais Antonia… Elle est tombée malade, il y a quelques années. Une leucémie, dit-il, et ses yeux tristes se posent sur moi. Nous pensions qu'elle était guérie, mais… la maladie est de retour. Izzy fait tout ce qu'elle peut, mais elle est seule, elle a déjà du mal à joindre les deux bouts, alors elle n'a vraiment pas les moyens de…

Il hésite et agite la tête.

– Tu sais combien ça coûte d'avoir un enfant très malade ? Même avec l'aide de l'hôpital pour enfants ? Izzy ne peut pas travailler à temps plein… alors, je fais ce que je peux pour l'aider.

Il lève ses yeux sur moi, nos regards ne se quittent plus. Mince alors. Il ne fait pas ça pour l'argent… Il risque sa carrière pour un enfant, un enfant malade, en plus. Mon Dieu. Son altruisme me coupe le souffle. Si seulement je pouvais raconter ça aux autres, ils le regarderaient d'une façon totalement différente.

Il me fixe et j'ai envie de répondre quelque chose, mais je ne sais pas quoi dire.

– Je suis… je suis tellement… Ce qu'elle traverse, c'est horrible.

Hayden presse ses lèvres et une lueur de détermination illumine son regard.

– Cette enfant, c'est toute la vie d'Izzy… et je ne peux pas la laisser souffrir alors que je peux l'aider. Bon Plan, Grognon et moi… voilà comment nous les aidons, depuis le départ. Je ne sais pas quoi faire d'autre. En tout cas, rien de moins illégal que les courses. Donc, oui, je sais que c'est stupide et je sais que je ne peux pas continuer à le faire, que je risque de me faire prendre. Mais Izzy, Antonia… c'est ma seule famille. Les seules personnes qui ont toujours été là pour moi. Je ne peux pas les laisser tomber.

Au ton de sa voix, je remarque qu'il s'agit d'un sujet très sensible pour lui, ce que je comprends. Je ne peux pas lui en vouloir dans cette situation. Jusqu'où pourrais-je aller – ou, plus exactement, jusqu'où suis-je déjà allée – pour aider ma propre famille ?

Au bout d'un moment, je lui dis :

– Je dois ramener ma sœur et ses copines chez elles. Elles ont bu, dis-je, et je ne peux m'empêcher de sourire en repensant à ce que je leur ai raconté pour qu'elles restent dans la voiture. Si tu veux tout savoir, je leur ai dit de ne pas mettre un pied dehors parce que sinon quelqu'un leur tirerait dessus. Je ne sais pas combien de temps cette menace va être efficace. Mais j'aimerais parler plus longtemps de ça avec toi. Tu veux bien venir… chez moi… demain ?

Ces mots sont plus durs à dire que je ne le pensais. En attendant sa réponse, je me transforme en vraie boule de nerfs. Il se mordille les lèvres avant de dire :

– D'accord.

Puis il me sourit.

– Tu as vraiment dit à ta sœur qu'elle se ferait tirer dessus ?

Je me pince les lèvres pour ne pas sourire mais j'échoue.

– Oui… et je sais que… ça va me retomber dessus.

– Pas forcément… Ce n'est vraiment pas un quartier recommandable, tu n'es pas si loin de la réalité avec ta mise en garde.

Je lui fais un sourire en coin, avant de vraiment m'inquiéter pour la sécurité de ma sœur. Je lui fais signe de la main pour dire au revoir et me dépêche vers la voiture. Sa réponse flotte dans les airs.

– À plus, numéro vingt-deux.

Mon cœur s'emballe. *Oui… à plus.*

Lorsque je rentre dans la voiture, je m'aperçois que ce n'était pas du tout la peine que je me presse.

Elles dorment toutes à l'intérieur. Et par miracle, personne n'a vomi. Daphné murmure quelque chose à propos de Jeff quand je démarre la voiture, et c'est la seule chose qu'elle prononce de tout le trajet. Je dépose chaque fille chez elle. Essayer de leur faire passer leur porte est si compliqué que j'espère ne jamais avoir à refaire ça dans ma vie. Le dernier arrêt est pour ma sœur ; heureusement que Jeff est là pour m'aider. Il n'arrête pas de rire tout en mettant Daphné au lit.

Quelque chose me vient à l'esprit au cours de mon trajet en moto jusqu'à chez moi. Une idée dangereuse et ridicule, mais une très bonne idée. Une fois ma moto au repos pour la nuit, je me mets à faire les cent pas dans mon salon ; cette idée ne me laisse plus tranquille. Hayden risque tout pour aider sa famille. Il est temps que je fasse la même chose.

Le lendemain soir, j'ouvre la porte de mon garage dès que j'entends la moto de Hayden remonter mon allée. J'ai les mains moites, à cause de ce qui me trotte dans la tête, mais aussi de la présence de Hayden chez moi. Cette fois, il ne devrait pas y avoir de distractions pour mettre fin à l'attraction qui éclate chaque fois entre nous et qui pourrait devenir délicieusement désastreuse. Mais ce n'est pas la raison qui l'amène ce soir. Non, ce soir, nous allons parler business.

Hayden me suit jusque dans le salon une fois que nous avons bien caché sa moto dans mon garage. Il ressemble à une star de Hollywood, avec son jean troué et sa veste en cuir. Je me demande alors si je ne devrais pas changer les règles de la soirée et ne pas seulement me contenter de parler business. Ça ne ferait pas de mal de sentir sa langue autour de la mienne, non ? Je ne sais franchement plus quoi penser. Mais je sais que ce serait faire quelque chose qu'on ne pourrait plus effacer. Je ne sais pas si je suis prête pour ça.

Les mains dans les poches et le menton baissé, il lève son regard ardent sur moi. J'ai du mal à me souvenir de la raison pour laquelle je l'ai invité.

– Tu voulais me voir ? demande-t-il d'une voix grave.

– Oui…

Oh que oui. Hayden secoue la tête et son expression change totalement. Il semble à nouveau inquiet. Il sort les mains de ses poches et fait un pas vers moi.

– Écoute, je sais que tu es en colère contre moi, je suis désolé de t'avoir caché la vérité, mais je ne suis pas…

– Je ne suis pas en colère, je l'interromps.

Une expression de confusion des plus adorables s'affiche sur son visage.

– Ah bon ? Je pensais que tu serais vraiment énervée.

Sa surprise me fait sourire.

– Non, je comprends… Tu veux aider ta famille. Moi aussi… dis-je, puis je prends une longue inspiration. C'est justement pour ça que je voudrais participer à la prochaine course de rue avec toi.

J'entends presque une horloge faire tic-tac avant que tout explose. J'observe le visage de Hayden devenir sévère, comme celui de mon père.

– Non, dit-il d'un ton ferme.

Nous manquons d'air. Il est sérieux ? Monsieur Je Ne Respecte Rien me dit non ?

– Quoi ? « Non », et c'est tout ? Maintenant, oui, je suis en colère.

Je me rapproche de lui et enfonce mon doigt dans son torse.

– Tu n'es pas mon chef, Hayden. Je demande simplement ton aide pour commencer… mais je n'ai pas besoin que tu me fasses la morale. Je vais le faire de toute façon. Cox Racing a besoin d'argent, de beaucoup d'argent. C'est ma seule solution pour sauver l'équipe de ma famille.

Hayden lève les yeux au ciel, visiblement peu impressionné par mes arguments. Peut-être qu'il est agacé que je lui vole sa part. Après tout, il a besoin d'argent, lui aussi.

– Je ne ferai pas la course contre toi, si c'est ça qui t'inquiète. Je n'ai pas l'intention de te faire perdre de l'argent pour Antonia, mais d'après le peu que je sais des courses de rue par Nikki, il y en a plusieurs par nuit, non ? Certaines auxquelles tu ne participes pas ?

Il fronce les sourcils et répond :

– Oui, il y a différentes… commence-t-il, mais il s'arrête et agite la main comme s'il voulait effacer un mauvais rêve. Kenzie… Réfléchis à tout ce que tu risques…

Je secoue tristement la tête.

– Mon équipe sera liquidée à la fin de l'année. Je ne risque rien.

Il fait un pas vers moi et pose ses mains sur mes bras.

– Tu peux encore rejoindre une autre équipe, Kenzie. Ne jette pas tout par la fenêtre.

C'est là que j'ai une révélation. Non, je ne pourrai jamais piloter pour quelqu'un d'autre. Je resterai toujours fidèle à mon père. Je suis liée à lui. S'il sombre, alors je sombre avec lui.

– Je n'en ai pas envie, Hayden. Si je ne peux pas piloter pour ma famille… alors je ne veux piloter pour personne. Je préfère jeter l'éponge plutôt que d'appartenir à une autre équipe.

Hayden resserre ses mains sur mes bras. Je sens qu'il est frustré par ce que je dis. Il comprend cependant ma loyauté, même si elle est peu judicieuse.

– Ce n'est pas une bonne idée, Kenzie. Pendant les courses de rue, on peut facilement se blesser, voire être tué. Il n'y a pas de règles, pas de filets de sauvetage, de drapeaux d'alerte pour faire ralentir tout le monde. C'est dangereux.

À l'entendre, mon cœur fait un bond, mais je soulève le menton et affiche toute ma défiance.

– Je m'en fiche.

Lâchant mes bras, il se passe les mains dans les cheveux.

– Non, je ne te laisserai pas faire.

Je me sens furieuse.

– Pourquoi es-tu si chiant avec moi ? je hurle.

Il se rapproche encore plus pour me défier du regard et crie à son tour :

– Parce que je tiens à toi !

Et puis, d'une voix plus calme, il ajoute :

– Et je n'ai pas envie de te perdre à cause d'une stupide course de rue.

La colère me quitte lorsque j'entends ces mots. Il tient à moi…

– Alors aide-moi, Hayden. Montre-moi ce que tu sais. Apprends-moi le secret qui te permet d'être en sécurité.

Il pousse un soupir et pose son front contre le mien.

– Il n'y a pas de secret pour être en sécurité.

Je regarde vers le haut pour voir ses yeux, pour que nos lèvres se touchent presque, et je murmure :

– Je sais… mais apprends-moi quand même.

Il laisse échapper un grognement.

– OK. Je vais t'aider. Mais simplement parce que je sais que tu le feras même si je ne t'aide pas. Sache cependant que je ne suis pas d'accord.

J'effleure ses lèvres avec les miennes et dis d'une voix grave :

– Je ne te demande pas d'être d'accord… je te demande de le faire.

Il pousse un gémissement.

– Il n'y a qu'une seule chose que j'aimerais faire maintenant…

Me sentant téméraire, sauvage, insouciante et, pour la première fois depuis longtemps, vraiment pleine d'espoir, je susurre contre sa peau :

– Alors fais-le…

Hayden presse ses lèvres contre les miennes. Je cours à ma perte.

Alors que sa bouche me consume, réveillant chaque nerf dans mon corps, la logique tente de reprendre le dessus. *C'est stupide, futile, inutile.* Hayden ne pourrait jamais être accepté dans ma famille et je ne pourrais jamais abandonner les miens. Alors que sa langue se glisse entre mes lèvres puis caresse la mienne, mon esprit s'autodétruit et explose de plaisir. *Merde à l'avenir, je veux juste me sentir en vie, là, tout de suite.* Personne ne me fait me sentir autant en vie que Hayden.

Je lui arrache son manteau et cette fois c'est Hayden qui prend vie. Ses mains parcourent tout mon corps : mon ventre, mon dos, mes seins. Plus, j'en veux plus ! Comme s'il m'avait entendue, il m'attrape par les fesses et me soulève. J'enroule mes jambes autour de sa taille et plonge mes doigts dans ses cheveux. *Oui, emmène-moi loin de tout ça. Très loin.* Il fait glisser ses lèvres de ma bouche à ma joue, puis il murmure, à bout de souffle, dans le creux de mon oreille :

– Tu as envie de moi, Kenzie ?

Je me cambre contre son corps et me blottis dans son cou, répondant à sa question sans prononcer un mot. Il laisse échapper un gémissement langoureux qui m'attise, mais il refuse de bouger tant que je n'aurai pas répondu de vive voix. J'abandonne ma fierté et approche mes lèvres de son oreille.

– Oui, je susurre entre deux souffles.

Alors, il se met immédiatement en mouvement. Avançant à l'aveuglette, trébuchant dans mon salon, nos bouches à nouveau connectées, Hayden prend la direction de ma chambre. Il m'amène jusqu'au lit, puis il me fait tomber dessus. Ce mouvement brusque me surprend tout en instiguant mon désir. Mon cœur se met à battre aussi fort que lorsque nous faisons la course, comme si nous luttions pour avoir chacun le dessus. Je l'observe se tenir debout au-dessus de moi, auréolé par la lumière du couloir. Je passe ma langue sur mes lèvres. *Savoure ta victoire, revendique-la... Elle est à toi... Je t'appartiens.*

Hayden croise les bras, attrape le bord de son T-shirt et le fait passer par-dessus sa tête, exposant tous ses muscles bien définis. Je les veux contre moi. Je veux y faire courir mes ongles et ma langue. J'attrape à mon tour le bas de mon T-shirt, mais Hayden m'en empêche.

– Non.

Étonnée, je fronce les sourcils. C'est alors qu'il esquisse un sourire espiègle.

– C'est à moi de faire ça, murmure-t-il.

Mince alors ! C'est tellement torride. Pourtant, mon besoin d'indépendance obstiné s'oppose momentanément à la vague de plaisir que ces mots provoquent en moi. Lentement, mes doigts relâchent le T-shirt et je m'allonge sur le matelas. Je n'ai pas envie de réfléchir, de dicter tout ce qui va se produire, j'ai juste envie de sentir les choses. *Guide-moi et je te suivrai.*

– Bien, chuchote-t-il, en caressant mon corps du regard.

Il retire lentement ses chaussures, puis ses chaussettes et son jean. Lorsque j'aperçois la bosse sous son caleçon, je me tortille de plaisir. Hayden s'avance au bord du lit et se met à ramper vers moi. Il fait glisser ses mains le long de mes jambes en avançant, puis il s'arrête pour m'embrasser sur la cuisse. Même à travers mon jean, cette sensation est délicieuse. Quand il a atteint mon entrejambe, il y dépose un baiser et je pousse un petit cri. J'essaie de l'attraper et de le faire remonter vers moi. Avec un sourire, il attrape ma main et enlace ses doigts avec les miens.

– Pas encore, murmure-t-il.

Puis il ramène mes mains au-dessus de ma tête et les pose sur un des barreaux de la tête de lit.

– Accroche-toi et, quoi qu'il arrive, ne lâche pas le barreau.

Je reste incrédule, les yeux rivés sur lui. Il est si sûr de lui, si puissant. Mon corps tremble d'excitation et je me rends compte que j'ai vraiment envie de me laisser aller, de le laisser faire ; un sentiment enivrant dont je n'ai pas l'habitude, moi qui suis toujours tellement dans le contrôle. Mon régime, mon entraînement physique quotidien, ma routine. Avant de rencontrer Hayden, je ne voulais que de l'ordre dans ma vie. Mais là, je veux exactement le contraire. Il suffit que je le laisse faire. Je m'accroche au bois et ferme les yeux en faisant retomber ma tête vers l'arrière. *Oui... Fais ce que tu veux de moi.*

Il pousse un gémissement approbateur et se concentre à nouveau sur mon jean. Il commence à le déboutonner ; ma respiration s'accélère. Je me mords les lèvres et serre encore plus fort le barreau de bois. D'un mouvement fluide, il retire mon jean, puis ses mains et ses lèvres recommencent à tracer doucement des sillons sur mes jambes vers le haut. Une fois qu'il a atteint le haut, je sens son pouce qui m'effleure par-dessus ma culotte et je retiens mon souffle – j'en ai la tête qui tourne, tout s'intensifie autour de moi. Il m'enivre. Je sens sa bouche tiède au-dessus de l'endroit où je le désire.

– Hmmm… tu es toute mouillée, murmure-t-il en me caressant à nouveau avec le pouce. C'est pour moi ?

Il arrête tout et ne recommence pas tant que je n'ai pas répondu.

– Oui…

Comme pour me remercier de ma réponse, il écarte ma culotte et passe sa langue sur moi, pour me goûter. Alors je crie.

– Oh oui !

Il recommence à me lécher, me caressant ainsi jusqu'à ce que je ne parvienne plus à former des mots cohérents. Puis il s'arrête net et je n'arrive pas à reprendre mon souffle. Lui non plus.

– Tu es si savoureuse que je ne peux plus m'arrêter… mais je veux aussi m'occuper du reste…

Il se met à m'embrasser sur le ventre, tout en remontant et en passant ses bras dans mon dos pour défaire mon soutien-gorge. Lorsque le tissu glisse, je sursaute, puis je pousse un gémissement. Je n'ai jamais autant désiré une bouche sur mes tétons de ma vie. Je cambre mon dos, le suppliant de m'explorer. Sa langue trace un sillon brûlant sur ma peau. Lorsqu'il atteint enfin un de mes tétons, je me tortille sous lui à mesure que le feu se répand de moi. Pourquoi est-ce aussi bon ?

Il grogne contre ma peau, suce mon téton, me provoque. Une de ses mains descend jusqu'à ma culotte et palpe mes fesses, puis son pouce me caresse à nouveau. Le souffle haletant, je sens la sensation de plaisir augmenter. C'est si bon, mais j'en veux plus.

– Tu es tellement belle, marmonne Hayden en arrachant ma culotte et en changeant de position, si bien que son doigt caresse maintenant mon téton tandis que sa bouche lévite au-dessus de mon bas-ventre, désormais exposé.

– Je veux te voir jouir, déclare-t-il fermement.

Puis il colle sa bouche sur moi. Les sensations s'intensifient infiniment et mon corps entier se raidit ; un sentiment d'extase explose en moi. Je ne sens rien d'autre qu'un plaisir extrême. Je ne suis qu'à moitié consciente des bruits qui s'échappent de ma bouche, des gros mots, des gémissements, des geignements qui semblent durer pendant des heures. Alors que je reviens à nouveau doucement sur Terre, je reprends mes esprits et redécouvre le visage de Hayden devant moi. Les yeux écarquillés de désir, il m'observe.

– Tu es juste incroyable quand tu jouis, mon amour. Touche-moi, maintenant…

J'ai les mains toutes raides quand je relâche enfin la tête de lit, mais lorsque je glisse ma main dans son caleçon et que je le sens, le barreau de bois me semble frêle en comparaison. Je laisse échapper un gémissement et mon corps recommence à frissonner.

– Oh, tu es tellement dur.

Hayden m'embrasse la joue, puis l'oreille.

– C'est l'effet que tu as sur moi. Depuis toujours…

Il me caresse doucement tout en retirant son caleçon. Une fois que nous sommes nus, il pose sa main sur mon visage.

– Si tu ne veux pas aller plus loin, il te suffit de dire non. Je me rhabille et je pars. Je ne t'en voudrai pas, dit-il, puis il esquisse un sourire. Ce que tu m'as déjà offert suffit pour ce soir.

Je me mords les lèvres tout en me demandant si nous ne devrions pas en rester là. Nous sommes déjà allés si loin. Suis-je prête pour laisser toute prudence de côté ? Suis-je prête pour prendre ce virage avec lui ? Je ne suis pas sûre, ce qui veut dire que je devrais lui dire de partir. Mais le fait de sentir les pulsations de son corps contre ma cuisse, ses muscles fermes sous mes mains et les braises de son regard… Je ne peux pas lui dire non. Je suis déjà allée si loin… Et puis quand je repense à ce qui est arrivé à mon père après des années passées à refouler ses émotions, peut-être que j'ai besoin de me défouler. Peut-être que j'ai besoin de Hayden beaucoup plus que je ne le pense.

Je caresse son dos et le maintiens collé contre moi.

– J'ai envie de ça… J'ai envie de toi.

C'est tout ce qu'il lui faut. Ses lèvres retrouvent les miennes et il ne me demande pas à nouveau si je suis prête. Sa bouche descend le long de mon cou tandis que ses doigts glissent entre mes jambes. Je gémis de plaisir, heureuse de pouvoir le toucher, cette fois. Tandis que sa bouche se déplace sur mes seins, j'enroule ses cheveux autour de mes doigts. Son doigt va et vient en moi, alors je fais glisser ma main le long de son torse, trouve son sexe tout dur et le serre fort. Nous poussons un gémissement en même temps.

Lorsqu'il semble ne pas pouvoir tenir plus longtemps, je l'implore de se glisser en moi. J'écarte ma main et il pousse lentement à l'intérieur de moi. Nous laissons échapper des cris qui témoignent de notre incrédulité. Je n'ai jamais autant aimé sentir un homme à l'intérieur de moi. C'est comme si les sensations électrisantes qu'il me procure en touchant ma peau se prolongeaient à l'intérieur de moi. Chacun de ses mouvements m'amène au plus près du gouffre. Hayden adopte un rythme lent et constant, une vraie torture. Je finis par le supplier :

– Plus vite, Hayden, s'il te plaît… plus vite !

– Kenzie…, murmure-t-il à mon oreille.

Puis il fait exactement ce dont j'ai besoin. L'orgasme qu'il m'a donné plus tôt n'est rien en comparaison du plaisir que je ressens à présent. Il explose une seconde après moi, en criant mon nom et en s'affalant sur le côté.

Je le serre fort et tente en vain d'ignorer la vague de tendresse que je ressens. *Ça ne veut rien dire, ça ne veut rien dire...*

CHAPITRE 16

Quand mon cœur cesse enfin de marteler dans mes oreilles et que ma respiration ralentit, la raison reprend le dessus, ressuscitant avec elle un flot de culpabilité et de doutes. Ai-je fait une erreur monumentale ?

Le silence de la pièce, que seuls brisent nos souffles haletants, me rend nerveuse. Il ne devrait pas être ici. Aussi magique que cela ait été, ce qui vient de se passer entre nous ne peut plus jamais se reproduire. En étant avec lui, ce n'est pas seulement ma carrière qui est en jeu. Si nous recommençons, mon cœur finira aussi par être en danger et je préfère autant mettre en péril quelque chose de concret, comme un job.

L'esprit à la dérive, je me repasse en boucle la scène de ces dernières minutes, à la fois euphorisante et déconcertante. Un mot, prononcé par Hayden, m'obsède. Je le répète ; c'est plus fort que moi.

– Mon amour…

– Humm, marmonne Hayden à côté de moi, la voix fatiguée.

Les joues en feu, je me tourne vers lui et lui dis :

– Tu m'as appelée « mon amour ». Tu n'es pas censé faire ça.

Je sais que ce que je dis est ridicule, après ce que nous venons de vivre, mais c'est la seule chose que je me sens capable d'exprimer. Je ne peux pas supporter ce silence une seconde de plus.

Hayden pouffe de rire, puis il me fait un sourire qui me donne envie de l'embrasser à nouveau. C'est alors que je me remémore toutes les parties de mon corps qu'il a dévorées avec sa bouche. Je frissonne. Non, il vaut mieux ne pas y penser.

– Ah oui, c'est vrai. Et je dois te présenter mes excuses ? demande-t-il en tournant la tête vers moi.

– Tu devrais partir, je murmure.

– Il fait presque jour, répond-il en fronçant les sourcils.

Je tourne la tête vers lui et acquiesce.

– Je sais, et c'est pour ça que tu dois partir. N'importe qui pourrait passer à l'improviste. Et je te rappelle qu'on essaie de sauver nos carrières, pas de les détruire…

Il s'appuie sur ses coudes et me dévisage avec attendrissement.

– Bon… d'accord.

Ça me fait du mal de le voir céder aussi facilement. Ça ne devrait pourtant pas m'affecter, il n'y a pas d'autre éventualité. Alors pourquoi cela me pince le cœur ? Je tire la couverture vers moi et parle pour calmer le chaos qui s'élève en moi.

– Tant mieux. Parce que c'est trop dangereux…

Il acquiesce à nouveau, presque sans réfléchir.

– Je sais.

La douleur devient encore plus forte.

– Très bien. Donc, tu comprends que tout ça ne peut plus… se reproduire. C'était une erreur, dis-je, tandis que la tristesse m'envahit.

Il fronce les sourcils.

– Une erreur ? Le meilleur coup de ma vie est une… erreur ?

Ses paroles me réchauffent le cœur tout en m'affligeant à la fois. Ne voit-il pas que c'est pour le mieux ?

– Nous prenons déjà trop de risques en nous entraînant ensemble… Il vaut mieux, pour notre bien, que nous en restions là.

Je discerne clairement de la colère sur son visage alors qu'il désigne son corps nu de la main.

– Tu te rends bien compte que c'est trop tard, non ?

Oui, je le sais. J'ai même envie de le toucher. De le laisser me toucher. Je veux qu'il m'ordonne de ne pas bouger et de le laisser me donner sans cesse du plaisir… Mais ce n'est pas possible.

– Je te demande simplement… de ne plus aller aussi loin, d'accord ? dis-je d'une petite voix. On peut se contenter de piloter ensemble, non ?

Il écarquille les yeux.

– Donc, tu veux que j'ignore tout ce que j'ai ressenti pour toi ? Que j'oublie ton visage quand tu jouis ? Les gémissements que tu fais quand je te touche ? Ton odeur délicieuse… ?

Mon corps frissonne, déjà prêt pour un autre round. Le simple fait de l'entendre parler comme ça me fait mouiller ma culotte, j'ai envie qu'il me touche, qu'il me provoque, qu'il me goûte. *Oh oui, encore une fois…*

– Oui…, je chuchote en réprimant les sensations qui éclosent en moi afin de pouvoir répondre honnêtement à sa question. Je veux juste que tu m'entraînes pour les courses de rue. Que tu m'apprennes à gagner.

Il secoue la tête et sort du lit, contractant ses muscles en marchant, ce qui ne m'aide pas à dissiper le désir qui monte. Plus vite il partira, mieux ce sera. Il enfile son pantalon et me lance :

– D'accord… Comme tu voudras. Je m'en vais et je ferai donc semblant que rien de tout cela n'est arrivé. Aucun problème.

Je dois me mordre l'intérieur de la bouche pour m'empêcher de lui avouer que ce que je veux vraiment, c'est sa bouche à nouveau sur moi.

Le lendemain matin, comme chaque fois que je passe la nuit à faire quelque chose de dangereux que mes amis et ma famille n'accepteraient pas, je suis à bout de nerfs lorsque j'arrive sur le circuit. J'ai l'impression que mes vices sont marqués sur mon front – salope, traîtresse, idiote. Mais je n'ai pas le choix. Il n'y a qu'une seule chose pour laquelle j'ai succombé faute d'avoir su résister. Ne souhaitant pas m'appesantir sur ça aujourd'hui, je confine toutes ces pensées dans un coin de ma tête.

Ou du moins, j'essaye. Toute la journée, je ne cesse de penser à l'idée d'être avec lui. À ses muscles fermes, ses lèvres douces et ses mains baladeuses. À la façon dont il me guidait, dont il me mettait en appétit, à ses caresses qui me donnaient l'impression d'être un animal en cage voulant être libéré. Je n'ai jamais rien vécu de tel et je doute que cela m'arrive encore. J'ai l'impression qu'on m'a retiré une partie de moi et que jamais plus je ne serai un être complet.

– Alors, c'était comment l'enterrement de vie de jeune fille de ta sœur, samedi soir ? demande Nikki, tout en fouillant dans sa caisse à outils.

– C'était bien, je marmonne, n'étant pas d'humeur à parler.

Je regarde à travers la porte ouverte du garage, en direction du bâtiment Benncti. Hayden s'y trouve-t-il en ce moment ? Pense-t-il à notre nuit ensemble, lui aussi ? Est-il en colère que je veuille en rester là ? Ou comprend-il ma décision ? Acceptera-t-il de m'apprendre à piloter pour la rue ?

– Vous êtes allées où ? Dans un bar, au bowling ? Dans un club de strip-tease… ?

L'esprit toujours obnubilé par Hayden, je rétorque :

– Ouais.

Nikki arrête subitement ce qu'elle était en train de faire et se redresse pour me dévisager.

– Vous avez fait les trois ? Ça ne m'étonne pas que tu sois fatiguée !

Je secoue la tête pour effacer toute trace de Hayden et lui réponds :

– Disons que la nuit a été longue.

Et puis la nuit suivante a été encore plus longue et plus belle. Jamais je n'oublierai ce week-end.

Nikki se met à rire et je décide de prendre congé pour aller m'entraîner. J'ai besoin de me distraire et, surtout, j'ai besoin d'être au top de ma forme. Maintenant plus que jamais. Myles est déjà dans la salle de sport quand j'arrive. Il lui reste encore un mois dans le plâtre et sa clavicule est loin d'être réparée. Il a l'air un peu perdu. J'ai envie de l'éviter, sachant ce qu'il pense de Hayden, c'est trop lourd pour moi de lui parler. Mais nous sommes amis et l'amitié passe en premier.

– Salut, Myles, dis-je en grimpant sur un vélo elliptique.

– Salut, Kenzie, répond-il d'une voix morne. J'essaie de rester en forme, vu que je vais devoir trouver une autre équipe pour l'année prochaine… mais je ne peux pas faire grand-chose. Je me sens tellement nul…

Il a le regard perdu à travers la fenêtre qui donne sur le complexe, avec le bâtiment Benneti Motorsports en ligne de mire. J'approche ma main des boutons de la machine tout en essayant de trouver quelque chose d'encourageant à dire.

– Ça va aller, Myles, tu verras. L'équipe n'a pas encore dit son dernier mot.

Pas tant que je ne serai pas intervenue. Myles me dévisage avec dureté.

– Avec cet enfoiré qui sabote nos motos, c'est comme si c'était déjà fait.

Il tend sa béquille dans ma direction puis il se met à boiter vers ma machine.

– Tu comprends, maintenant, qu'on ne peut pas se tourner les pouces et laisser Hayden nous mettre dans la merde ?

Je sens mes joues devenir toutes rouges et je me dépêche d'attraper ma bouteille d'eau. Je prends une longue gorgée et lui dis :

– Nous n'avons aucune preuve et mon père a déjà assez aggravé notre situation comme ça avec les juges de la Ligue. Si nous nous plaignons…

Myles m'interrompt en poussant un soupir.

– Je sais. C'est juste que… j'aimerais tellement qu'on puisse prouver que c'est lui. Avoir quelque chose à utiliser contre lui. Il doit bien y avoir quelque chose ! C'est vraiment impossible que ce type soit irréprochable.

Habituée à ce genre de conversations, je lui lance un regard plein de compassion que j'espère convaincant.

– Je comprends… mais nous n'avons rien contre lui. C'est chiant !

Je ne supporte pas de devoir faire semblant de partager ses idées, mais ai-je vraiment le choix ?

Myles a l'air de se mettre encore plus en colère, mais il finit par pousser un soupir.

– Oui… Je sais. Mais si tu vois quelque chose qu'on pourrait retenir contre lui, tu me le fais savoir, d'accord ? Si nous parvenons à l'arrêter, nous pourrons sauver la Cox Racing.

Il a l'air si plein d'espoir que je me contente d'acquiescer. Super. Jamais je n'avouerai quelque chose sur Hayden à Myles. D'une part, parce que je ne pourrais pas dénoncer Hayden sans me dénoncer et, d'autre part, parce que je n'ai pas envie de le mettre dans la merde. Myles devra se contenter de sa frustration. Et moi, de faire avec ma culpabilité.

Toute la journée, ces inquiétudes me trottent dans la tête. Aucune solution magique ne semble se présenter à moi. De retour chez moi, alors que je prépare le dîner, je reçois un message de Hayden contenant un lieu et une heure de rendez-vous et je suis soulagée de voir qu'il tient sa promesse. J'avais peur qu'il ne change d'avis. Nous allons bel et bien nous entraîner à faire des courses de rue. Le peu d'innocence qui me reste va bientôt disparaître.

Je quitte ma maison au milieu de la nuit pour retrouver Hayden. À ma grande surprise, il n'est pas seul lorsque j'arrive au lieu de rendez-vous. Bon Plan le turbulent et Grognon le calme sont là aussi. Hayden ne veut-il plus être seul avec moi, maintenant ? Bizarrement, je me sens déçue.

Je gare ma moto à côté de la sienne et jette un coup d'œil à Bon Plan et Grognon, debout sur le trottoir, en train de discuter à côté de leur voiture. Ils ne sont visiblement pas là pour participer à la course.

Je soulève ma visière et me tourne vers Hayden. Les choses sont-elles désormais bizarres entre nous ? Il me dévisage pendant un moment sous son casque puis il soulève sa visière à son tour. Je retiens mon souffle en découvrant son regard de braise. J'imagine qu'il a pensé à moi. Mais je n'arrive pas à savoir si c'était en bien ou en mal. La gorge sèche, j'avale de la salive avant de pouvoir lui poser une question.

– Je pensais qu'on serait seuls. Que font-ils là ?

Hayden jette un coup d'œil à ses amis avant de me regarder à nouveau.

– Ce sont eux qui commandent. Si tu veux participer aux courses, c'est eux que tu dois impressionner, pas moi.

Mon ventre se noue tandis que je jette un coup d'œil aux deux types devant moi. Je pensais que je n'avais besoin que de l'accord de Hayden… On dirait bien que non. Pas grave, je vais y arriver. Ils ne semblent pas encore avoir remarqué ma présence, alors je fais vrombir mon moteur pour obtenir leur attention. Bon Plan ne semble pas apprécier d'être interrompu. Mais il finit par sourire et par taper dans ses mains.

– Félicia numéro deux ! Comment ça va, ma jolie ?

Je me force à lui sourire.

– Je m'appelle Mackenzie, tu te souviens ?

– Ah oui… Kenzie. Alors comme ça tu veux rejoindre la cour des grands, hein ?

Le monde passe au ralenti. C'est ma dernière chance de changer d'avis. Or, j'acquiesce sèchement.

– Oui, mais je ne veux pas faire de courses contre Hayden.

Grognon renâcle avant de croiser ses gros bras. Bon Plan le regarde et acquiesce, comme s'il venait de dire quelque chose d'intelligible.

– Oui, je sais !

Il se tourne à nouveau vers moi en faisant la moue :

– Tu as peur d'affronter mon protégé ?

Je plisse les yeux et fais vrombir mon moteur.

– J'ai mes raisons. Ça n'a rien à voir avec la peur.

Intrigué, Bon Plan me dévisage et commence à me poser des questions, mais Hayden l'interrompt.

– Allez, Tony, arrête. Laisse-la te montrer ce qu'elle sait faire.

Bon Plan fronce les sourcils en croisant le regard de Hayden.

– D'accord, comme tu voudras.

Il claque des mains et esquisse un grand sourire.

– Bon, alors, la première chose que tu dois savoir, c'est que… il n'y a pas de parcours précis à respecter. Simplement des bornes à atteindre. Quatre bornes, pour être exact. Pendant une vraie course, il y a des personnes postées à chaque borne pour vérifier que personne ne triche. Mais vu que là on s'entraîne, on va devoir te faire confiance.

Il me fait un clin d'œil et je lève les yeux au ciel. *Et si tu évitais de me draguer, s'il te plaît. Je ne suis pas du tout intéressée par toi.* Je jette un coup d'œil à Hayden en pensant cela. Mince alors, il est tellement sexy sur sa moto. Est-il vraiment d'accord avec ce que nous avons décidé hier ? N'est-il pas plutôt en colère ? Et puis merde, il faut que je me concentre sur les courses, sur ce qui compte vraiment, et que j'arrête de m'inquiéter à son sujet. C'est ma seule chance de sauver ma famille de la faillite.

Bon Plan poursuit son explication en indiquant où se trouvent les bornes. Les trois premières bornes se trouvent au centre-ville, la dernière correspond à la ligne de départ. Le premier pilote à atteindre les quatre bornes a gagné. C'est aussi simple que ça.

– Allez, ma petite, montre-nous ce que tu as dans le ventre, lance Bon Plan, en me faisant à nouveau un clin d'œil.

– Prête ? demande Hayden sèchement, le regard distant.

Est-il en colère contre moi ? Je ne voulais pas lui faire du mal. Ne souhaitant pas qu'il perçoive mon affliction, je rabats ma visière et hoche la tête dans sa direction. Il m'imite et m'indique de le suivre jusqu'au passage piéton qui coupe en deux la rue calme où nous nous trouvons. Il arrête sa moto en positionnant le pneu au niveau du marquage au sol et je fais de même. Il y a un feu rouge pile devant nous. Je me sens alors submergée par un mélange familier d'anxiété et d'excitation. Même si nous ne sommes pas sur un vrai circuit, j'ai déjà envie de foncer, de le braver.

Hayden se penche sur son guidon pour se préparer au décollage. Moi aussi… et dès que le feu passe au vert, nous voici enfin libérés. Comme si nous partagions le même esprit, nous démarrons en même temps. Je me rends alors rapidement compte que les courses de rue n'ont rien à voir avec ce que je fais d'habitude. Sur un circuit officiel, je peux me permettre de suivre mes instincts et ma logique, de les laisser prendre le dessus et m'entraîner toujours plus loin. Mais dans la rue, ils doivent être muselés. Lorsque nous arrivons à la hauteur d'un feu rouge, pour la première fois je ne sais pas quoi faire. J'ai envie de ralentir et de m'arrêter, mais Hayden accélère et je n'ai pas le choix, je dois en faire autant. Rien n'a été mentionné à cet égard, mais j'ai le sentiment qu'il faut que je batte Hayden, ou du moins que je le talonne de très près, pour être invitée à rejoindre cet univers.

Griller un feu rouge ne m'a jamais paru aussi condamnable. J'en ai la nausée, mais ça finit par passer, et au suivant, je me sens déjà moins mal. Nous sommes au beau milieu de la nuit et la plupart des rues sont désertes. Tout se passe bien, personne n'est en danger. Il suffit que je me le répète.

Hayden et moi sommes au coude à coude en arrivant à la première borne, un café que je fréquente souvent. Comme la course a lieu dans la ville où j'ai grandi, je sais exactement où se trouve la deuxième borne – un pressing –, et je connais un raccourci qui y conduit. Alors que Hayden continue tout droit, je prends un virage serré à droite en direction d'une petite allée, trop étroite pour laisser passer une voiture, mais parfaite pour une moto. Je la remonte à toute allure et atteins la route principale, me plaçant ainsi devant Hayden. Je le vois regarder derrière lui avec surprise, ne s'étant pas rendu compte de ma ruse. Puis il se penche vers l'avant pour accélérer.

Je me mets à rire et, sans difficulté, je reste devant lui lorsque nous franchissons la deuxième borne. La troisième borne se trouve à l'angle d'un restaurant mexicain, à l'autre bout de la ville. Pour y parvenir, nous allons devoir traverser une voie ferrée. Mais à cette heure de la nuit il ne devrait pas y avoir de trains. Alors que nous dévalons la rue parallèle à la voie ferrée, je m'aperçois que j'avais tort de penser ça. Les phares d'un train brillent au loin, avançant dans la même direction que nous. Le train va atteindre le passage protégé avant nous ; nous devrons nous arrêter.

Je ralentis en me demandant si je pourrais essayer de trouver un autre passage, mais Hayden me dépasse à toute vitesse. Contre toute attente, il accélère de plus en plus, refusant de ralentir. Ça alors, va-t-il vraiment tenter de battre le train ? Il est fou ou quoi ? Mais s'il arrive à le battre alors que moi j'attends… je ne pourrai plus le rattraper.

Il aura gagné. Et je ne serai plus en mesure d'aider mon père.

Je maudis le destin et accélère au maximum. *Fais comme si le train n'existait pas, comme s'il n'était pas plus rapide que toi, comme s'il n'allait pas te tuer si jamais tu passes au mauvais moment.* Je me rapproche du passage protégé à toute allure, mais ça ne suffit pas. Alors je récite une petite prière et commence un décompte. *Trois... deux... et puis merde, nous y voilà.*

Hayden et moi traversons la voie ferrée si près l'un de l'autre que le conducteur du train n'a probablement eu le temps de voir que la forme d'une très longue moto. Le gros klaxon du train retentit. Il fait vibrer ma moto et mon cœur fait un bond. Dieu soit loué, il ne nous a pas percutés.

J'aimerais pouvoir prendre quelques secondes pour apprécier le fait d'être encore en vie, mais Hayden fuse vers la prochaine borne. Je comprends mieux pourquoi il est imbattable. Il n'a peur de rien.

Arrivés au restaurant mexicain, nous prenons un virage et débutons notre course folle jusqu'au point de départ. Hayden est encore devant moi et me provoque. Je le suis de très près, n'étant pas prête à abandonner. Je prends le risque de m'engager sur un chemin différent que je pense plus rapide. C'est bizarre de ne soudain plus l'avoir devant moi, mais si j'imagine qu'il est là, si je visualise son feu arrière, je sens encore la même énergie que quand je le poursuis pour de vrai.

Les rues, les intersections se succèdent et j'appuie fort sur l'accélérateur, tentant de le battre sur la ligne d'arrivée. J'ai peur qu'il ne soit déjà arrivé et que ses amis décident de ne pas me prendre. Non, j'ai tellement besoin de cette opportunité.

Fonçant dans le dernier virage, je finis par retomber sur la rue du départ. Et Hayden n'est nulle part en vue. Il a déjà dû finir. Tout en sentant la déception m'envahir, j'accélère encore de plus belle. Il faut au moins leur montrer que j'ai la niaque. Ça ne peut que jouer en ma faveur.

Lorsque ma moto atteint le passage piéton, je remarque que les amis de Hayden sont encore là. Tant mieux. J'espère que j'ai réussi à les impressionner par ma persévérance. Je ralentis et réalise que ce n'est pas moi qu'ils dévisagent bouche bée, mais quelque chose derrière moi. Je me demande si un flic me suit ou, pis encore, quelqu'un de mon entourage. Puis je tourne la tête. Hayden arrive après moi et manque de m'écraser. *Oh mon Dieu ! Je l'ai battu !*

J'arrête ma moto, retire mon casque et le lance dans les airs. Hayden se gare à côté de moi avant d'enlever son casque. Paraissant à la fois agacé et émerveillé, il secoue la tête.

– Je n'arrive pas à croire que tu m'aies suivi sur la voie ferrée.

– Je te suis partout où tu iras, je susurre, sans trop savoir ce que je veux dire par-là, mais à cet instant je m'en fiche.

Si nous étions seuls, je l'aurais tiré contre moi pour poser ma bouche sur la sienne et le supplier de me faire à nouveau monter au septième ciel…

– Putain, mec ! Elle t'a eu ! Elle a battu Hayden Hayes, l'imbattable !

Bon Plan accourt vers nous tandis que Hayden me dévisage de son regard de braise, comme s'il savait exactement à quoi je pense.

– Oui… Elle m'a eu… murmure-t-il.

Mais vu l'expression de son visage, je suis sûre qu'il ne parle plus des courses. J'ai envie qu'il se penche vers moi et qu'il prenne ma bouche dans la sienne, puis qu'il fasse glisser ses lèvres le long de mon cou, sur ma poitrine… Merde, alors, rien que de penser à lui dans mon lit, je me mets à frissonner de désir. Il est comme un fruit défendu, je ne peux pas y toucher mais je n'arrête pas d'y penser. A-t-il le même problème que moi ? Ou est-il trop en colère ?

Heureusement que Bon Plan se faufile entre nous, rompant le charme.

– Quiconque réussit à battre Hayden obtient son ticket d'entrée pour la course de son choix. La prochaine session a lieu jeudi. J'appellerai Hayden pour lui communiquer le lieu et l'heure, dit-il, puis il affiche une expression sournoise : J'en déduis que tu seras avec lui…

Il ne me laisse pas le temps de répondre et se tourne vers Hayden.

– Tu en as de la chance ! C'est comme si tu te faisais Félicia une deuxième fois, mec. Mais cette fois, ne la laisse pas péter un câble et disparaître. Quelle connasse ! Izzy lui en veut encore de les avoir laissées tomber, elle et Antonia.

Une myriade de sentiments défile sur le visage de Hayden. Colère, rage, puis tristesse.

– Ouais, mais… Kenzie et moi ne sommes pas ensemble… C'est seulement pour les courses.

Il le dit avec une once de mépris, ce qui me rend furieuse. D'accord, il est en colère contre moi. Je peux le comprendre. Cette situation m'agace aussi mais nous ne pouvons rien y changer. S'en prendre à l'autre ne sert à rien. Je finis par me détendre et décide de simplifier les choses en affichant mon accord.

– Oui… juste pour les courses.

Bon Plan semble étonné, ne comprenant sans doute pas pourquoi deux personnes aussi attirées l'une par l'autre ne couchent pas ensemble.

– D'accord…

Il donne une tape dans le dos de Hayden comme pour – ce n'est pas une blague – le consoler. Puis il s'éloigne et regagne la voiture avec Grognon. Ils démarrent et s'en vont.

Je jette un coup d'œil maladroit à Hayden, ne sachant pas trop quoi dire. Une seule chose me vient à l'esprit :

– Merci. Je sais que tu ne voulais pas… mais je t'en suis vraiment reconnaissante.

Je détourne le regard, puis j'entends Hayden répondre doucement :

– Je te l'avais… je tiens toujours mes promesses.

Sa voix est pétrie de mélancolie, si bien que mon cœur se serre. Ce serait tellement facile, là, maintenant, d'oublier tout ce qui nous sépare et de lui demander de venir chez moi. Mais ça ne ferait que rendre les choses plus difficiles. Je peux cacher à mon père le fait d'avoir un partenaire de course, de faire des courses illégales et d'avoir un amant… mais serais-je capable de vivre une vie faite de secrets ? Hayden appartient à l'équipe Benneti, ce qui veut dire qu'il ne pourra jamais m'appartenir.

– Bonne nuit, Hayden, je murmure.

Je suis surprise de sentir que des larmes me montent aux yeux. Ça ne devrait pas me faire autant de mal, mais c'est inévitable. Même un simple au revoir devient insupportable.

CHAPITRE 17

Le jeudi arrive et j'ai la nausée toute la journée. Lorsque le soleil se couche enfin, je finis vraiment par avoir besoin de vomir. Même si j'ai déjà fait une course dans les rues de la ville avec Hayden, je n'arrive pas à croire que j'ai accepté tout ça. Pour sauver mon équipe. J'espère que les risques que je prends porteront leurs fruits.

C'est un autre type de stress que je ressens lorsque j'arrive au lieu de rendez-vous et que je me gare à côté de la moto de Hayden. En si peu de temps, les choses ont tellement changé entre nous que je me sens désorientée, prise de vertige. Que sommes-nous à présent ? Je ne saurais caractériser notre relation. Je ne peux que reconnaître qu'elle est imprudente.

Hayden fait un signe de main pour me saluer dès qu'il m'aperçoit. Il est tellement beau dans son blouson en cuir. Il porte un T-shirt blanc et un jean retenu par une ceinture noire, dont la grosse boucle ronde en métal brille comme un phare, réveillant mon désir. *Déshabille-moi*... J'éteins le moteur, puis j'inspire profondément avant de retirer mon casque. *Nous ne sommes que des partenaires d'entraînement.*

J'accroche mon casque au guidon et descends de ma moto avant de me diriger vers Hayden qui discute avec Grognon et Bon Plan. Ce dernier sourit en me voyant.

– Ah, Félicia numéro deux est là !

Hayden lui donne un coup dans le torse.

– Pour la énième fois, ce n'est pas son nom.

Bon Plan se passe la main sur son torse en exagérant une grimace. On dirait que Hayden lui a cassé une côte.

– Oui, bon, d'accord. Kenzie… Maître Ken, Killer Ken, Kenikaze…

Ça m'énerve mais je le laisse énumérer ses surnoms stupides. Kenikaze, c'est toujours mieux que Félicia numéro deux. Ou que « ma jolie ».

– Quel est le plan ? je demande, en espérant ne pas avoir l'air trop nulle.

Hayden se retourne vers moi en affichant un sourire triste. Il ne semble plus en colère, je préférais quand il l'était.

– Seuls deux pilotes s'affrontent à chaque course. Histoire d'attirer moins l'attention. Tu es en lice pour la première course de la soirée, contre – il observe la foule et pointe du doigt un type à l'autre bout de la rue – le mec à la crête verte. C'est un vétéran, comme moi, alors fais attention.

Puis il repose ses yeux inquiets sur moi. J'esquisse un sourire insouciant et tente de faire de mon mieux pour avoir l'air imperturbable.

– Je t'ai battu, Hayden. Pourquoi devrais-je avoir peur de lui ?

Il affiche alors un sourire séducteur qui me coupe le souffle.

– Effectivement, murmure-t-il.

Je me mords les lèvres et tourne la tête pour inspecter les lieux. Ce serait plus facile pour moi d'ignorer ce que dit Hayden si je ne le trouvais pas aussi attirant.

Le type à la crête verte est entouré de son équipe, qui recueille les paris. Une foule de gens s'empresse autour de lui. Je suis ébahie de voir combien de personnes viennent assister à ces courses. Aussi étrange que cela puisse paraître, avant que Nikki ne m'amène ici, je n'avais aucune idée de l'existence de ce monde, en dehors des films. Et maintenant, non seulement j'en fais partie, mais je suis sur le point d'y marquer mon empreinte.

Bon Plan m'explique le déroulement et m'indique les différents endroits où se trouvent les bornes. La course se déroule à une trentaine de minutes de Oceanside, je ne connais pas très bien les rues. Le lieu des courses change tout le temps, donc je n'aurai pas souvent l'avantage de connaître le terrain.

Une fois que Bon Plan est sûr que je sais me repérer, il me dit :

– Si tu bats ce type, tu remportes vingt-cinq pour cent de la mise.

Ce qui me fait froncer les sourcils.

– Vingt-cinq ? Et les soixante-quinze autres pour cent ?

Bon Plan affiche lui aussi son irritation.

– Les organisateurs empochent quinze pour cent, moi je prends le reste. Ce n'est pas gratuit de faire des courses, ma chérie. Si jamais tu perds, moi je perds dix mille balles.

Interloquée par la somme qu'il vient d'annoncer, j'en oublie de relever le petit nom qu'il me donne.

– Dix mille dollars ? Pour participer à une course ?

Mon Dieu. Bon Plan acquiesce de façon détachée.

– Oui, dix mille dollars. Pourquoi tu penses que je t'ai testée face à Hayden avant de te prendre ? Je devais être sûr que tu vaux l'investissement, dit-il en haussant les épaules. Mais si tu ne veux pas partager avec moi, tu peux payer toi-même les frais de participation. Pour ça, il faudrait de toute façon que les organisateurs acceptent de t'adresser la parole, ce qui m'étonnerait… Voilà pourquoi je suis là. On ne m'appelle pas Bon Plan pour rien.

Je n'ai pas d'autres questions. Effectivement, c'est aberrant de savoir combien d'argent il empoche sur mon dos, mais malheureusement je n'ai pas de telles sommes, ni ses contacts dans le milieu pour pouvoir participer en solo. Et si je gagne ce soir, ce sera quand même un bon début pour aider mon père. Et puis je sais que Bon Plan aide aussi Izzy, donc, tout n'est pas perdu…

– D'accord, je réponds rapidement.

Il acquiesce, comme s'il s'y attendait.

– Ne te décourage pas. Tu recevras aussi une petite partie des paris que nous prenons de notre côté avec Grognon. Si tu veux parier sur toi, on peut t'avancer une mise avec grand plaisir.

Je rejette immédiatement son offre, j'ai déjà assez de pression pour gagner, inutile de rajouter des dettes. Je regarde Bon Plan commencer à prendre les paris, ce qui me rend nerveuse. Je fais les cent pas pendant que Grognon fixe une caméra sur mon casque. Merde. Ça va vraiment se produire. J'ai besoin de ça, j'ai désespérément besoin de gagner. Hayden interrompt ma frénésie en posant ses mains sur mes épaules. Il se penche vers moi et me regarde droit dans les yeux.

– Je sais que tu n'as pas l'habitude de ce milieu et que tu flippes. Mais tu vas y arriver. Calme-toi et fais-toi confiance.

– J'aimerais vraiment que tu arrêtes de faire ça, lui dis-je.

– De faire quoi ? répond-il en souriant.

– De t'immiscer dans mon cerveau sans demander la permission, je réponds en fronçant les sourcils. Ce n'est pas juste, vu que moi je ne sais pas lire dans tes pensées.

Il se met à rire avec peine et détourne le regard.

– Je n'en suis pas si sûr… dit-il, puis il repose ses yeux sur moi et hausse le sourcil qui porte une cicatrice. Je n'ai pas lu dans tes pensées. Il suffit de te regarder pour voir que tu es stressée. Il faut que tu sois sûre de toi. Personne ne va parier sur toi si tu as l'air de vouloir te pisser dessus.

J'inspire profondément et secoue la tête.

– Je me fiche des paris… Ce qui m'importe, c'est de gagner. Je n'ai pas le choix.

Son visage se radoucit et il chuchote :

– Je sais, mais plus les gens misent sur toi, plus Bon Plan te fera participer. Tu dois faire en sorte qu'il soit satisfait de toi si tu veux continuer. C'est comme avec les sponsors et les caméras. À la fin, que les courses soient légales ou pas, l'enjeu reste le même.

Ça ne m'aide pas du tout à me calmer. Je suis vraiment nulle pour ces choses-là.

– Super. C'est bon à savoir.

Hayden pousse un soupir.

– Ça ne t'aide pas vraiment, hein ? Bon… Alors j'ai une idée. Mais promets-moi de ne pas me taper…

– Pourquoi je te…

Sans attendre la fin de ma question, Hayden colle sa bouche contre la mienne. Je suis trop prise au dépourvu pour réagir, mais un tourbillon de sensations s'éveille en moi, effaçant toute mon anxiété. Je lui rends son baiser avec voracité. Mes doigts glissent sur son torse, saisissant son T-shirt. Je tente désespérément de l'attirer contre moi. Il fait glisser ses mains le long de mon dos en m'enveloppant dans son odeur, dans sa virilité la plus pure. Autour de moi, le monde s'efface. Il n'y a plus que Hayden et moi, la chaleur, le désir et… une force immatérielle que je n'ose pas nommer.

Sa langue caresse la mienne, je gémis de plaisir. *Oui, encore*. Et puis soudain… il n'est plus là. Les paupières lourdes, j'ouvre difficilement les yeux. Lorsque ma vision devient claire, je distingue Hayden qui me regarde avec méfiance. Je réalise enfin ce qu'il vient de faire et réagis sans réfléchir : je lui donne un coup sur le bras. Il se passe la main dessus et recule en prenant un air renfrogné.

– Hé, je t'avais dit de ne pas me taper.

– Et je n'ai rien accepté du tout. Tu n'as pas le droit de…

Il lève les bras en l'air et m'interrompt :

– Tu te sens encore stressée ?

Avec le souvenir de ses lèvres contre les miennes… Non, je ne suis plus du tout stressée. Ce que je ressens est totalement différent.

– Ça ne te donne quand même pas le droit de faire ça.

J'essaie de prendre un air menaçant mais j'échoue, comme le confirme le sourire qu'il arbore.

– Je sais, murmure-t-il, c'est pour ça que c'est aussi agréable…

Je sens mon cœur se réchauffer en voyant qu'il redevient dragueur. Peut-être que tout pourrait redevenir comme avant – avant que nous ne couchions ensemble. Mais vu à quel point j'ai envie de l'embrasser, j'en doute. Heureusement, Bon Plan se rapproche de nous et annonce que la course va bientôt commencer.

– Hé, les amoureux, il est temps que la petite bombe leur en mette plein la vue.

– On n'est pas des amoureux, dis-je pour le corriger.

Il me fait un sourire en coin.

– Oui, c'est ça…

Puis il se retourne vers Grognon et lui dit :

– Tu savais, toi, que l'inspection de la bouche était devenue obligatoire avant les courses ?

Grognon semble trouver ça drôle. Je lui arrache alors mon casque des mains.

– Montre-moi où je dois aller.

J'ai besoin de vitesse. Tout de suite. Bon Plan éclate de rire et pointe du doigt le passage piéton qui sert de ligne de départ. Mon adversaire est déjà en place. Une fois que je suis prête, une personne de la foule crie :

– Au prochain feu vert, partez !

Mon cœur s'emballe, tellement je suis impatiente de démarrer, tandis qu'une petite voix à l'intérieur de moi hurle : *Tu es folle ! Ne fais pas ça !* Non, je ne suis pas folle, c'est ma seule chance de gagner des milliers de dollars… Impossible de refuser.

Le feu passe au vert et je mets la gomme. Le type à la crête me dépasse mais je le suis de près. Comme je ne connais pas bien la ville, je m'en tiens aux suggestions de Bon Plan. La situation devient stressante lorsque mon adversaire prend un virage à gauche alors que je continue tout droit. Mais Hayden m'a expliqué que, quelquefois, les pilotes prennent d'autres chemins, non pas pour gagner du temps mais par stratégie. Hayden aussi le fait parfois alors qu'il n'y a pas de réel avantage. Cela permet simplement de déstabiliser l'adversaire, de le faire douter de ses choix. C'est le doute, qui fait souvent la différence dans une course serrée. Je me raccroche à ce que je sais et puis mon adversaire finit par réapparaître. Derrière moi, cette fois.

Je reste en tête en franchissant les trois bornes suivantes. Chaque fois, les personnes qui se tiennent aux bornes, détenant une torche, nous font un appel de lumière pour confirmer qu'ils nous ont vus. Une fois que nous avons passé l'avant-dernière borne – un café à côté d'une station essence –, nous faisons demi-tour pour prendre la direction de la ligne de départ, notre dernière borne. Mon adversaire a une poussée de courage, ou peut-être d'adrénaline, et me rattrape, se postant à mes côtés. Je ne le devance plus que de quelques centimètres.

Hayden m'a expliqué qu'il n'y a en réalité que deux règles pour ce genre de courses : ne pas faire de faux départ et ne rater aucune borne. Mais ici… interagir avec son adversaire n'est pas sanctionné. C'est juste très dangereux. Sur la dernière ligne droite, je laisse ma moto se rapprocher de la sienne. Concentré sur la ligne d'arrivée, il ne s'écarte pas. Nous sommes si près l'un de l'autre qu'il me suffirait de me pencher sur le côté et de lui donner un coup. Au lieu de ça, je lui fais un petit bisou… avec ma moto.

Je suis secouée par l'intensité du choc mais, contrairement à lui, je m'y attendais. Dès que sa moto se met à vibrer, mon adversaire ralentit, me permettant ainsi de le devancer. Oui ! Maintenant il me suffit de tenir encore dix secondes… huit… six… trois… un. Putain, j'ai gagné !

Une cohue se forme autour de moi dès que je m'arrête. Quand je retire mon casque, la première chose que j'aperçois, c'est le visage de Hayden. Il a l'air à la fois contrarié et fou de joie. Je lance mon casque à Grognon et me jette dans les bras de Hayden.

– J'y suis arrivée ! je crie en le serrant fort.

Ce n'est que lorsqu'il entoure ses bras autour de moi que je me rends compte de mon geste. Mais je suis tellement comblée par ma victoire que je ne bouge pas. Cependant, Hayden me repousse. Il me retient par les bras et me jette un regard noir.

– Ça ne va pas la tête, d'être rentrée dans ce type ? Tu aurais pu avoir un accident. Il n'y a pas de murs de sécurité dans la rue, Kenzie !

Sur le moment ça ne m'a pas paru si risqué, surtout comparé à l'idée de perdre. Mais maintenant que je ne plane plus, je comprends combien c'était stupide.

– Il fallait que je gagne… Et puis j'ai fait attention… je te le jure.

Remuant la tête, Hayden entoure à nouveau ses bras autour de moi.

– J'ai créé un monstre, murmure-t-il.

– Un sacré monstre ! s'exclame Bon Plan, en se rapprochant de nous. Allez, on va fêter ça. C'est moi qui invite. Enfin, façon de parler, vous paierez vos verres.

Hayden s'écarte de moi et Bon Plan m'attrape par les épaules.

– Waouh, c'était incroyable ! Je m'en veux de ne pas t'avoir dénichée plus tôt. Ça alors ! Voici ta part. Cinq mille balles et mille balles de plus pour les paris que nous avons pris. Pas mal, pour une première fois.

Il plonge la main dans sa poche et me tend une liasse de billets de cent. Je n'ai jamais eu autant de billets entre les mains. C'est enivrant, et ça semble totalement surréaliste. Six mille dollars, gagnés en un clin d'œil, en me contentant de faire ce que je fais tous les jours. Soulagée, heureuse, j'ai l'impression de voler. Je peux vraiment y arriver. Je peux aider mon père et sauver l'équipe de ma famille. Tout ira bien.

Me voici en train de regarder la course suivante, avec la perspicacité de quelqu'un qui vient de participer. J'observe attentivement leur parcours, les vitesses, les virages. J'ai désormais l'impression que le monde est un circuit géant.

Avant que Hayden ne commence sa course – la dernière de la nuit –, j'aperçois une poignée d'hommes qui semblent inspecter les rues avoisinantes, qui parlent parfois à travers des talkies-walkies, assurant, semble-t-il, la sécurité des lieux. Sans doute pour anticiper l'arrivée de la police. Cela me fait frissonner et me rappelle que c'est l'un des dangers des courses de rue, plus pour moi et Hayden que pour tous les autres. Pourtant, je veux rester, j'ai besoin de voir Hayden terminer sa course.

Les dernières minutes avant la fermeture des paris sont très agitées. Les pilotes prennent place. Il me vient à l'esprit de miser six mille dollars sur Hayden. Mais je ne peux pas prendre ce risque, même si sa victoire est presque garantie. Le feu passe au vert et les deux pilotes démarrent à plein régime. Je me précipite vers le camion qui diffuse les images des caméras sur leurs casques. L'adversaire de Hayden est bon, il arrive à le doubler. Hayden le rattrape rapidement, puis l'autre accélère, en le laissant encore derrière, puis Hayden arrive à nouveau à le rattraper. J'ai presque envie de me ronger les ongles en observant ce va-et-vient incessant. Cette course est sans conteste très serrée.

Bon Plan et Grognon sont à mes côtés, encourageant Hayden en poussant de grands cris qui font mal aux oreilles.

– Allez, Hayes ! J'ai besoin de nouvelles chaussures, d'une montre en or, de boutons de manchette incrustés de diamants et d'une Cadillac, tant qu'on y est ! hurle Bon Plan, en frappant Grognon sur l'épaule avant de se mettre à rire.

Ses commentaires matérialistes m'énervent. Hayden est en train de mettre sa carrière en jeu pour aider une amie… pour aider la sœur de Bon Plan. Quittant l'écran des yeux, je me mets à dévisager Bon Plan.

– Et ta sœur ? Ta nièce… ? Tu les aides, comme Hayden ?

Il semble agacé par ma question.

– Personne n'aide Iz comme Hayden. On dirait qu'il se prend pour le père de l'enfant, dit-il en levant les yeux au ciel, puis il se reprend. Enfin, bien sûr que je lui donne de l'argent de temps en temps, mais ce n'est pas ma faute si elle s'est fait engrosser. Ce n'est pas mon problème.

Son insensibilité me hérisse les poils.

– C'est ta famille.

Il hausse les épaules.

– Oui, c'est bien pour ça que je l'aide de temps en temps. Mais il faut qu'elle finisse par se prendre en main. Bref, comme on dit : « Donne un poisson à une personne et elle mangera un jour, apprends-lui à pêcher et elle mangera toute sa vie. »

C'est ça… J'ai envie de lui dire qu'il peut mettre sa parabole du poisson là où je pense. Je n'ai pas rencontré Izzy, mais elle m'a l'air d'être quelqu'un de bien. Elle affronte une situation horrible, elle ne fait pas la manche. Sa fille est malade, elle souhaite désespérément la sauver. Pourtant Bon Plan ne semble intéressé que par l'argent. J'ouvre la bouche pour lui dire ce que je pense, mais quelque chose survient à l'écran. Les gens se mettent à se plaindre et à lever les mains en l'air sous la colère. J'essaie de comprendre ce qui se passe. La caméra de Hayden continue de montrer les images de la route qui défile à grande vitesse, mais celle de l'autre pilote ne montre plus que son moteur qui dégage de la fumée.

Quelques minutes plus tard, Hayden fuse à travers la ligne d'arrivée et j'ai envie de sauter de joie. Mais je n'arrête pas de penser à la rumeur qui court sur lui : il n'a jamais perdu une course de rue et j'en ai la preuve sous les yeux. Soit c'est l'homme le plus chanceux du monde, soit tous ceux qu'il affronte sont maudits. C'est flippant. Pourtant je l'ai déjà battu et je m'en suis sortie indemne. Ce n'est sans doute qu'une coïncidence.

Bon Plan et Grognon félicitent Hayden, alors je me dirige vers lui et le complimente à mon tour. Il a déjà enlevé son casque et affiche un grand sourire. Bon Plan n'arrête pas de le taper sur l'épaule.

– Douze mille balles, mec ! Voici ta part. Je te l'avais dit, quand les gens savent que tu participes à une course, les paris grimpent. Tout le monde veut te battre, mais personne n'y arrive ! Allez, on va trinquer. Retrouvons-nous au Haven.

Hayden prend l'argent que lui tend Bon Plan et se tourne vers moi.

– Tu veux venir ?

Je me mords les lèvres et acquiesce. Entre la prise de risque et ma victoire, je ne tiens pas en place.

– Oui, je veux bien.

J'en ai même très envie. La foule se disperse, les pilotes s'éclipsent si rapidement qu'ils semblent ne jamais avoir été là. Un sourire au coin des lèvres, je saute sur ma moto et démarre. Me voici qui pars… là où le vent me mène. Hayden me suit et je ne peux pas résister à l'envie de le provoquer.

Je soulève mes fesses de la selle et me donne une fessée, puis j'accélère. *Poursuis-moi, Hayden.*

Il se lance immédiatement à mes trousses, et nous voilà au coude à coude. Hayden prend un virage à gauche et je le suis. Je prends un virage à droite et il me suit. Faire la course contre lui, c'est comme les préliminaires. Chaque virage est une caresse, chaque accélération, une étreinte. L'air frais refroidit mes mains et se glisse dans les manches de mon manteau, à la manière des doigts de Hayden. Mon souffle se fait lourd sous mon casque, se faisant l'écho du désir qui monte en moi. Je plane tellement que je me dis que la meilleure façon de couronner cette soirée serait de passer le reste de la nuit dans les bras de Hayden, nue. Si je prends le chemin de ma maison, me suivra-t-il ?

C'est alors qu'il s'arrête devant un entrepôt abandonné, avec des motos garées à l'entrée. J'en reconnais certaines de la course, la moto de Bon Plan est là aussi. J'entends de la musique qui retentit puissamment à l'intérieur du bâtiment. Je parviens même à en ressentir les pulsations sur mon siège. Hayden retire son casque et se dirige vers moi.

– Ce n'est sans doute pas le genre de soirées dont tu as l'habitude, dit-il en me tendant la main.

J'ai tellement envie de le toucher que je lui prends la main avec force après avoir accroché mon casque au guidon.

– La nouveauté ne me fait plus autant peur qu'avant.

Hayden affiche un sourire en coin.

– Oui, j'ai remarqué, dit-il d'une voix grave et langoureuse.

Les poils de ma nuque se hérissent. Il me fait un grand sourire, puis il me pousse à travers la porte. Le monde rétrécit, je n'aperçois plus que ses lèvres fendues. Jusqu'à ce que nous soyons à l'intérieur.

Trois ou quatre projecteurs éclairent certaines parties de la pièce, mais le reste est plongé dans l'obscurité. Tous les types de vices y règnent : drogues, alcool, cigarettes, sexe… Tout ce qu'on peut imaginer. Je me demande à quel âge Hayden a fait son entrée dans ce monde-là. Je suis sûre qu'il était bien trop jeune pour affronter tous ces… excès.

Dans un coin, sept ou huit frigos brillent sous un projecteur, et quelques serveuses s'activent à fournir des boissons à la foule assoiffée. À l'autre bout de la pièce se trouvent quelques tables autour desquelles certains jouent au poker. Au centre, d'énormes enceintes sont accrochées au mur et font résonner une musique assourdissante.

Bon Plan et Grognon sont au bar et c'est là que Hayden me conduit. Lorsque nous arrivons, Bon Plan hoche la tête pour nous saluer puis il demande à la serveuse de servir deux autres verres d'un cocktail mystérieux, composé d'au moins six liqueurs différentes et arrosé de Coca pour diluer le tout.

Bon Plan lance un regard noir à Hayden.

– Vous en avez mis du temps. Je pensais que la vitesse n'avait pas de secrets pour vous.

Hayden lève les yeux au ciel en tendant un billet à la serveuse.

– Certaines choses se dégustent, dit-il en me regardant droit dans les yeux.

J'en ai des bouffées de chaleur. Effectivement, certaines choses méritent de se faire lentement. Nous sirotons nos cocktails au bar tout en discutant avec Bon Plan, Grognon et d'autres pilotes. Lorsque nos verres en plastique sont vides, Hayden les jette à la poubelle et me tend à nouveau la main.

– Tu danses ?

Quelques personnes se déhanchent au centre, mais ce n'est pas vraiment comme dans une boîte de nuit. Disons qu'ils sont plutôt en train de s'emballer en rythme sur la piste. Mais ce cocktail est fort et je me sens encore agitée par les frissons de la course. Et puis, à l'idée d'avoir les mains de Hayden posées sur moi…

– Oui, je murmure, en le laissant ouvrir la marche.

Il m'amène dans un coin sombre de la pièce, puis il m'enlace, m'attirant contre lui. Dès que nos corps se touchent, quelque chose s'ouvre à l'intérieur de moi. Je baisse un peu ma garde et le laisse faire, alors que je devrais plutôt le repousser.

Il fait glisser une main le long de mon dos tandis que l'autre se rapproche dangereusement de mes fesses. J'enroule mes bras autour de son cou et me colle contre lui avant de lever mes yeux affamés sur lui, en espérant qu'ils transmettent ce que j'ai en tête. *Prends-moi, maintenant, tout de suite. Peut-être que ce n'est pas trop tard.*

Hayden me sourit et commence à bouger. Nous ne sommes en rythme qu'avec nous-mêmes, et ça me va très bien.

– Ce que tu es belle ce soir. Je sais que je t'ai déconseillé de participer à ces courses, et c'est toujours mon avis, mais j'ai le sentiment que tu es vraiment douée pour ça. J'avais raison, dit-il en souriant. Tu n'as peur de rien, tu es courageuse, intelligente et… tellement belle. Tu es vraiment parfaite, Kenzie. Tu ferais tomber tous les hommes à tes pieds.

Il est devenu si sérieux, si admiratif que mon cœur s'emballe.

– Arrête, je murmure. Nous ne pouvons pas aller jusque-là, ce n'est pas possible. C'est déjà assez difficile d'être attirés l'un par l'autre.

– Arrêter quoi ? demande-t-il d'un air amusé. De te faire des compliments ?

– Oui, parce que quand tu me dis des trucs comme ça, j'ai envie de te… faire des choses. Mais ce n'est pas possible, tu le sais.

Frappée par la dure réalité de mes paroles, j'essaie de me détacher de son étreinte. Je n'y arrive pas, il est trop fort pour moi.

– C'est toi qui dis que ce n'est pas possible, reprend-il d'une voix brûlant de désir. C'est toi qui dis que notre histoire n'a aucune chance… alors qu'elle a déjà commencé.

La passion de son regard m'enivre. J'ai envie de céder, mais je dois au moins tenter de rester ferme. Je le fais pour nous, pour que tout soit plus facile sur le long terme.

– Mais tu sais très bien pourquoi on ne peut pas. Il n'y a aucun avenir possible pour notre histoire, Hayden. On ne ferait que décevoir les gens autour de nous. Tu perdrais ton travail, je perdrais mon père. Tout ça pour quoi ?

– Oh mais Kenzie ! Tais-toi et laisse-toi aller, grogne-t-il en rapprochant sa bouche de la mienne.

Je pousse un gémissement en sentant ses lèvres si douces proches des miennes. Lorsqu'il recule, je n'arrive plus à respirer. Il rapproche à nouveau ses lèvres et j'avance les miennes. Tout chez lui est à croquer, la tentation est trop grande.

– D'accord… je susurre dans sa bouche.

Oh oui... Je sens qu'il nous déplace mais je me fiche de savoir où nous allons. Ses lèvres sont contre les miennes, sa langue frôle la mienne et sa main agrippe fermement mes fesses. Je me sens euphorique, je ne réponds plus à aucune logique.

Lorsque je sens mon dos cogner le mur, je laisse échapper un cri. Quelque part au fond de ma tête, je suis consciente que nous sommes dans un entrepôt plein de gens, mais l'endroit où nous sommes est plongé dans l'obscurité et puis ils sont tous déjà occupés par leurs propres plaisirs charnels. Personne ne semble remarquer que nous nous embrassons contre le mur.

Sa bouche se pose sur mon oreille, je ferme les yeux pendant qu'il me mordille et me lèche. Alors que mes mains se raidissent dans ses cheveux, il susurre à mon oreille :

– Tu me fais tellement d'effet… j'ai envie de te rendre la pareille.

Je ne vois pas trop ce qu'il veut dire par là jusqu'à ce qu'il se mette à déboutonner mon jean. Je suis sur le point de le repousser quand il murmure :

– Laisse-moi faire. Laisse-moi te faire jouir ici, maintenant.

J'ouvre les yeux et regarde autour, dans cette pièce bizarrement éclairée. Personne ne fait attention à nous, tout le monde s'en fiche. Et puis, Hayden est collé à moi, personne ne pourrait rien voir, de toute façon. Avant de connaître Hayden, je n'aurais jamais imaginé faire quelque chose de la sorte, mais à présent… j'en veux plus. Je cambre mon dos et lui dis :

– Vas-y, fais-le.

Il pousse un grognement dans mon oreille puis il glisse sa main dans mon jean et dans ma culotte. Je suis déjà tellement prête pour lui que, lorsqu'il me touche, j'enfonce mes ongles dans son crâne, lâche un cri et pousse la tête vers l'arrière.

– Oh, Kenzie… Tu es si… J'ai envie de toi. Jouis pour moi, grogne Hayden.

Ses doigts font des petits cercles contre moi, me procurant beaucoup de plaisir. Mon Dieu ce qu'il me fait du bien. J'aimerais qu'il en fasse plus, j'aimerais que ce soit sa bouche, j'aimerais qu'il me pénètre. Je déplace mes mains sur ses épaules et m'accroche à lui car je commence à trembler. Je cherche ses lèvres pour étouffer mes cris dans sa bouche sans alerter les gens autour.

Ses hanches épousent les miennes, et son membre dur qu'il presse sans cesse contre moi m'excite. Je dois vraiment prendre sur moi pour ne pas déboutonner son jean.

Il glisse un doigt en moi et je parviens à chuchoter :

– Oui… encore…

Il s'arrête pour ajuster sa position, puis il introduit un autre doigt tout en continuant à caresser mon bouton. J'agrippe son cou et nous scellons nos bouches l'une à l'autre avec passion. Je pousse plusieurs cris à mesure qu'une onde de plaisir explose en moi.

Nous nous regardons ensuite dans les yeux, le souffle haletant. Les yeux brûlant de désir, Hayden retire lentement sa main de mon jean puis il glisse un de ses longs doigts dans sa bouche. Les yeux fermés, il me dévore. Lorsqu'il les rouvre, il semble avoir encore plus faim qu'avant.

– Ce n'est pas la même chose que de te goûter directement, mais j'ai envie de m'en contenter. Pour l'instant.

Serai-je assez forte pour refuser encore une fois ?

CHAPITRE 18

De temps en temps, Bon Plan appelle Hayden pour lui communiquer l'endroit où se déroule la prochaine course. Chaque fois que j'en remporte une – ce qui est presque systématique –, je cache les billets chez moi et réfléchis à une manière subtile de donner tout l'argent à mon père, ne pouvant pas me contenter de le lui remettre sans explication. Il voudra forcément savoir d'où il vient. Et je ne peux pas lui dire la vérité. Je ne peux pas non plus me contenter de faire un virement sur le compte en banque de l'entreprise. Mon père est bon comptable, il s'en rendra compte.

C'est tellement frustrant d'avoir la solution à tous nos problèmes entre les mains sans pouvoir la partager directement avec lui. Je vais devoir mettre une stratégie en place. Comme avec Hayden. J'ai réussi à ne pas coucher avec lui au cours des deux dernières semaines. Non pas que nous n'ayons rien fait du tout. L'excitation que je ressens avant une course se manifeste souvent quand je suis avec lui. De temps en temps, nous flirtons, en nous caressant, en nous embrassant et en allant parfois même jusqu'à l'orgasme… mais sans jamais vraiment coucher ensemble. Je suis assez fière de moi de ne pas avoir cédé. Mais je me sens complètement frustrée. Il y a des fois où j'aurais tout donné pour le sentir en moi… Seulement, ce que nous faisons est déjà assez imprudent comme ça. Malgré tous ces moments où j'arrive à oublier la dure réalité, chaque fois que je retourne au circuit de ma famille, je me prends la même claque dans la figure.

Myles est toujours de mauvaise humeur quand il vient nous rendre visite, surtout lorsqu'il voit que Hayden est libre d'aller et venir du côté des Benneti. Nikki angoisse à l'idée de devoir trouver un nouveau travail à la fin de la saison. Mon père est occupé à me trouver une autre équipe qui soit à la hauteur. Tout le monde est dans les choux, d'autant que Theresa s'est mis en tête d'organiser pour Daphné la traditionnelle fête en l'honneur de la future mariée au garage Cox. Elle dit vouloir le faire là pour que tout le monde puisse participer, mais je sais qu'en vérité c'est pour pouvoir dire adieu à ce lieu. Ils ont tous baissé les bras, sauf moi.

Plus déterminée que jamais à ne pas accepter la défaite, je remporte la course de cette nuit. Hayden gagne aussi la sienne, et comme chaque fois, nous finissons dans un des squats pour célébrer nos victoires avec les autres pilotes. Je me sens un peu coupable de me sentir heureuse alors que chez moi tout s'effondre. Mais je suis vraiment en train d'essayer d'arranger la situation. Et puis…

je n'arrive pas à dire non à Hayden lorsqu'il me demande de l'accompagner.

Depuis que nous sommes arrivés, j'ai bu quelques cocktails assez forts et je me sens bien, libre, détendue, insouciante. Je ne pense pas au nombre de calories que je suis en train d'avaler, je ne me soucie pas des excès que je suis en train de faire. Mes problèmes sont loin ; je parviens à tout mettre de côté pour vivre l'instant présent. C'est vraiment agréable de se laisser aller, même le temps d'une soirée.

Hayden me regarde avec insistance, comme toujours quand il veut me fait comprendre qu'il aimerait faire plus que simplement boire et discuter. J'adore découvrir ses yeux qui scintillent quand il a envie de moi, ça déclenche une sensation primaire en moi. Sans doute parce que je ne lui laisse jamais le droit de m'obtenir. Il n'y a eu que cette fameuse fois…

Il se penche et dit à mon oreille :

– Il y a une pièce à l'arrière de ce bâtiment. Tu veux aller voir ?

Je sais parfaitement ce qu'il sous-entend. Oui, j'ai envie. J'en ai même trop envie. J'esquisse un sourire et lui réponds avec malice :

– Oui… Pourquoi pas ?

Il sourit à son tour et me tend la main. Bon Plan lève les yeux au ciel en nous regardant partir. Il se met à mimer des choses indécentes. Ce type est tellement immature. Si nous n'avions pas besoin de lui pour participer aux courses, j'aimerais pouvoir demander à Hayden de couper les liens avec lui. Il se comporte vraiment comme un ado de treize ans.

Hayden me conduit à travers un couloir faiblement éclairé. Je ne sais pas à quoi a pu servir ce lieu mais il y a encore de l'électricité. Nous inspectons les alentours, sans pour autant parvenir à trouver cette fameuse pièce. Le bout du couloir est encombré de piles de cartons qui forment une sorte de labyrinthe. Hayden se faufile entre les cartons et mon cœur se met à battre de plus en plus vite. J'ai hâte de me blottir contre lui, de l'embrasser, de le laisser me toucher… partout.

Lorsque nous atteignons les dernières boîtes empilées, il me tire vers lui. Il y a si peu de lumière que je ne vois pas grand-chose. J'attends que mes yeux s'habituent à l'obscurité. Quand je distingue enfin le désir qui perce ses yeux, ma respiration s'accélère.

– Je t'ai dit combien je te trouve sexy, ce soir ? dit-il.

Je me mords les lèvres et secoue la tête.

– Non, tu ne l'avais pas encore dit…

Il esquisse un sourire qui me fait frissonner.

– Laisse-moi te montrer alors, dit-il en déboutonnant son jean.

Je ne tiens plus en place, j'ai tellement envie de le toucher. Il fait un pas vers moi, me collant contre le mur, puis il prend ma main et l'attire vers lui.

– Touche-moi, murmure-t-il à mon oreille.

Dès que mes doigts effleurent son membre tout dur sous son caleçon, je suis secouée de frissons.

Il a tellement envie de moi qu'il doit en avoir mal. Je dois faire quelque chose pour le soulager. Mais non, ce serait cruel. *Plus cruel que de le laisser souffrir ?* Je glisse ma main sous son caleçon et entoure mes doigts autour de son sexe. Il pousse un long soupir langoureux qui m'enflamme tout entière.

– Oh, Kenzie… Oui… Touche-moi.

Je commence à le caresser. Sa bouche trouve ensuite la mienne et il m'embrasse avec fougue.

– Ne t'arrête pas, murmure-t-il.

J'accélère mes mouvements et il pousse un grognement. Il fait ensuite glisser ses doigts sur mon T-shirt pour caresser mes seins.

– Partons d'ici. On va chez toi ?

Il me pince un téton et je pousse un cri, le serrant encore plus fort.

– Non…

Mais si… Hayden repousse ma main et m'attrape par les poignets pour me bloquer les bras contre le mur. Agacé, il s'exclame :

– Pourquoi, non ? On va faire ça dans ce genre d'endroits encore longtemps ? Si nous étions dans un lit, je pourrais t'embrasser tout le corps… te lécher… t'attacher… murmure-t-il avec un sourire en coin.

J'ai tellement envie de dire oui que mon corps me brûle. Comme s'il pouvait sentir que je suis à deux doigts de céder, il enfonce sa main dans mon jean et me caresse sous la culotte.

– Tu mouilles. Putain, mais c'est du gâchis…

Il se penche et me glisse à l'oreille :

– Je pourrais déjà être à l'intérieur de toi.

Il parle de façon beaucoup plus crue que d'habitude et j'adore ça. J'en veux plus. Un gémissement m'échappe.

– Oui… Je pourrais être en train de plonger en toi… sans m'arrêter… jusqu'à ce que tu prennes ton pied… poursuit-il.

Son doigt se met à imiter ce qu'il décrit et je dois lutter pour persévérer dans mon refus.

– Hayden, dis-je en geignant.

Je n'en peux plus, je vais exploser si je le laisse faire.

– Oui ? demande-t-il en mordillant mes lèvres.

Je suis sur le point de lui demander de me ramener chez moi quand quelqu'un se met à fouiller dans les cartons.

– Hayden, tu es là ? Vous avez fini de baiser ? Je viens de découvrir quelque chose de dingue, il faut que je te parle.

C'est Bon Plan qui vient nous déranger. *Il se fout de nous ou quoi ?* Hayden recule brusquement. Il commence à se rhabiller et je l'imite. Mon cœur est prêt à exploser. Quel enfoiré ! Ou peut-être que je devrais le remercier car j'allais céder.

Hayden a le visage rouge de colère lorsque Bon Plan atteint notre planque.

– Qu'est-ce qui est si important au point de ne pas pouvoir attendre notre retour ? crie-t-il.

Une main posée sur son cœur, Bon Plan fait semblant de s'attendrir en nous voyant.

– Oh… Je vous ai interrompus ? Je suis vraiment désolé, mais j'ai une bonne nouvelle à t'annoncer, mec !

On dirait un enfant qui vient d'apprendre qu'il va à Disneyland.

– C'est officiel ! Vous êtes tous les deux qualifiés pour la course de ce week-end !

Il lève ses deux paumes de main en l'air, attendant que Hayden lui fasse un « high five ». En vain. Grinçant des dents, Hayden murmure :

– Ça aurait pu attendre.

Moi, je ne comprends pas : nous avons déjà un événement très important ce week-end.

– Attends… quoi ? Ce week-end ? Mais on n'est pas libres. On a déjà une course.

Bon Plan se frotte les mains.

– Je sais ! C'est moi qui vous y fais participer.

Je secoue négativement la tête en levant une main en l'air.

– Non ! C'est une course de la Ligue, ce week-end.

Bon Plan acquiesce lentement, comme s'il s'adressait à un bébé.

– Oui, je sais. La vraie course, c'est après.

Ça fait enfin tilt. Toute étonnée, je me retourne vers Hayden.

– Alors comme ça tu fais des courses de rue au moment des courses officielles ?

Mais bien sûr ! Suis-je bête ! C'est pour ça que j'ai parfois aperçu Bon Plan et Grognon sur les circuits. Ou cachés dans sa chambre d'hôtel. Hayden prend un air penaud.

– Je participe toujours aux courses que Bon Plan me trouve, Kenzie. Et tu sais très bien pourquoi.

C'est vrai. Je comprends totalement ce qui le pousse à y participer. C'est justement ce qui rend tout encore plus compliqué.

– Alors, c'est oui ? demande-t-il, et j'ai l'impression qu'il ne se réfère pas qu'à la course.

Deux choix s'offrent à moi : soit je continue à mener cette vie secrète avec Hayden, à nous cacher dans la pénombre. Soit j'avoue tout à mon père, qui me déshéritera. Et j'accepte de tout perdre : mon rêve, mon amant, ma carrière, ma famille. Or, ce n'est qu'en hésitant encore entre ces choix que je parviendrai peut-être à faire de bonnes choses. Alors j'acquiesce.

– Oui…

***

Quelques jours plus tard, nous voici à Monterey, en Californie. Nous nous préparons aux deux prochains grands événements du week-end : la course de la journée et celle de la nuit. Je ne saurais dire laquelle me fait le plus envie. Et surtout je ne sais pas laquelle des deux viendra le plus en aide à Cox Racing. La seule chose que je sais, c'est que Hayden sera présent aux deux, pour me soutenir, me pousser à aller de l'avant… et qu'il veut de moi plus que ce que je lui donne.

Avant la course de la Ligue, je participe à une séance de dédicaces. Le nombre de gens qui font spécialement la queue pour me voir est juste incroyable. J'ai été tellement distraite et stressée par le besoin de sauver mon équipe que j'ai tendance à oublier le fait que ma première année en tant que pilote professionnelle est extrêmement satisfaisante. D'ailleurs, si je continue à être classée parmi les dix premiers, je serai la première femme à avoir de tels résultats. Mes fans croient beaucoup en moi. « *Tu es la meilleure source d'inspiration de la Ligue* », « *J'espère te ressembler un jour quand je serai grande* », « *Je peux avoir ton numéro ?* ». Je me contente de signer mon nom sur la photo que me tend le type qui vient de me demander ça. Ma vie amoureuse est déjà bien assez compliquée.

Après la signature des autographes, je déjeune avec mon père. Il a tendance à manger seul puisque tout le monde lui reproche sa décision de liquider l'équipe à la fin de la saison. Certains pilotes sont même déjà partis. Notre équipe est donc réduite au minimum et s'accroche désespérément à l'espoir que mon père change d'avis, si, par miracle, la situation s'améliore. C'est à ça que je me raccroche, c'est mon rempart pour surmonter la culpabilité qui me ronge.

Mon père est déjà en train de manger un sandwich à son bureau quand je m'introduis dans sa caravane.

– Salut Papa, je peux manger avec toi ?

Il esquisse un petit sourire.

– Bien sûr, Mackenzie. Ça me changera de John. Il ne fait que parler d'investisseurs, ces derniers temps. Il pense que nous pourrions nous associer à une autre équipe, pour sauver Cox Racing, dit-il en soupirant. J'ai déjà eu un associé dans le passé… et tu sais bien comment ça s'est terminé. Ma réponse est donc non. Quand une tempête s'annonce, il faut se préparer au pire et attendre. Mais quand des tempêtes ne cessent de s'abattre… il faut se contenter de sauver ce qu'on peut et passer à autre chose.

– Papa… je…

Je peux nous sauver. Je gagne plein d'argent, pour toi. Je peux être ton associée… Mais je ne peux pas lui avouer ce que je fais. Je n'y arrive pas. Mon père se racle la gorge, ne me laissant pas terminer ma phrase. Il désigne la chaise en face de lui et dit :

– Tu as entendu les dernières nouvelles ? Un pilote a raté la session de dédicaces ce matin, il a été disqualifié, mais il ne peut manifestement pas participer à la course. Il est apparemment tombé malade ce matin après l'entraînement. Tout le monde dit que c'est bizarre parce qu'il était en pleine forme, hier.

Je sais ce qu'il veut me faire croire, mais ce n'est pas si extraordinaire que ça qu'un pilote tombe malade avant une course.

– Papa, ça ne veut rien dire.

Mais il secoue la tête.

– Il y a eu trop d'incidents étranges cette année. Des pièces illégales par-ci, de mauvaises bougies d'allumage par-là, ou encore des pneus échangés… Des pilotes qui ne peuvent pas avoir commis ces erreurs de débutant se retrouvent pénalisés. Ce n'est pas normal ! conclut-il en poussant un grognement.

Mais si. Ce sont des choses qui arrivent toujours au cours d'une saison. Seulement, pas de façon aussi régulière…

– Papa, tu as les juges de la Ligue sur le dos, après ce qui s'est passé à Barber. Tu ne peux pas…

Pointant son doigt sur moi, il me coupe la parole :

– Tout ce que je te dis, c'est de faire attention à toi et à tes affaires.

J'acquiesce. C'est tout ce que je peux faire. Après le déjeuner, l'heure de la course arrive. Nos positions sur la grille de départ doivent être réajustées à la suite de l'abandon du pilote malade. Son absence est comme un avertissement, je fais cependant de mon mieux pour l'ignorer. C'est normal, ça fait partie des aléas des courses. Hayden ne s'en prend jamais aux gens, que ce soit ici ou dans la rue. Ce n'est qu'une coïncidence, rien de plus.

Alors que nous nous avançons pour nous placer sur la grille, je me retrouve un instant tout près de Hayden. Il soulève sa visière et me dit :

– Bonne chance, numéro vingt-deux.

Puis il me fait un clin d'œil et je sais que, sous son casque, il me sourit. Je me mets à rougir comme une écolière et détourne le regard. Non mais sérieux… Je suis pilote professionnelle, tout de même. Je ne devrais pas me laisser avoir par un sourire.

Le feu passe au vert et je démarre en trombe. Les virages défilent, je talonne Hayden. C'est ma position préférée, en plus, bien sûr, d'être devant lui. Chaque fois que je l'affronte, je sens mon cœur qui palpite dans ma cage thoracique, j'ai le souffle haletant. Bon sang, ce que j'aime ça.

Soudain, de la fumée signale un accident au loin sur la piste. Mon euphorie s'éteint. Nous allons trop vite pour pouvoir éviter ce qui se profile à l'horizon. Il ne nous reste plus qu'à prier. Je poursuis Hayden à travers les débris de plusieurs motos écrasées par terre. Nous arrivons à passer à travers, mais d'autres pilotes derrière moi n'ont pas cette chance ; ils se font absorber par le chaos, sans pouvoir atteindre l'autre côté. Des drapeaux d'alerte sont brandis un peu partout autour de nous, et les pilotes comme nous qui sont encore debout sont obligés de s'arrêter pour évacuer la piste.

J'ai les larmes aux yeux en découvrant toutes les motos en mille morceaux. J'ai eu de la chance. J'aurais très bien pu faire partie des débris. Voilà les risques inhérents à ma discipline, mais j'ai accepté ce facteur il y a déjà très longtemps. Sauf que Myles et mon père ont pris le contrôle de ma tête, en n'arrêtant pas de dire que quelque chose cloche, que ce n'est pas aussi accidentel et innocent que je veux le croire. Et s'ils disent vrai… alors personne n'est en sécurité.

Une fois la piste évacuée, nous sommes autorisés à finir la course. C'est difficile de recommencer, tellement de pensées tourbillonnent dans ma tête, des peurs, des doutes et des inquiétudes pour les pilotes qui sont tombés. Mais je les repousse pour me concentrer sur ce qui m'attend. Et pour gagner. C'est sans doute parce qu'il y a moins d'adversaires et que j'ai adopté une concentration optimale que j'atteins la troisième place. Mon meilleur classement et un record féminin sur ce circuit. Hayden finit deuxième, son meilleur classement aussi. Et même si je dois accepter de donner une interview à la fin de la course, je suis aux anges.

Je l'ai fait ! Nous avons réussi ! Je finis enfin par récolter ce que j'ai semé, tout mon dur labeur, tous nos entraînements. Le soulagement et la joie s'emparent de moi. Il n'est pas trop tard pour arranger les choses. Mon père s'en rendra compte et changera d'avis. Tout va s'arranger. Il le faut bien !

Mais lorsque j'aperçois mon père, je vois bien qu'il n'est plus du tout enthousiaste pour Cox Racing… il est simplement heureux pour moi et pour mon avenir prometteur.

– C'est super, Mackenzie. Un tel résultat garantit une excellente équipe pour toi la saison prochaine. Continue comme ça.

Il se retourne pour partir mais je le saisis par le bras.

– C'est tout ? « Ça te garantit une excellente équipe » ? Et notre équipe, Papa ? Ne vois-tu pas que ma victoire peut nous sauver ?

Il pose les yeux sur ma main, je le relâche immédiatement.

– Non. Je ne vois du potentiel que pour toi. Cox Racing, c'est fini. Je te l'ai déjà dit.

***

J'en veux à tout le monde lorsque j'arrive sur le lieu de rendez-vous pour la course de la nuit. Hayden le remarque tout de suite.

– Hé, ça va ?

Il me regarde droit dans les yeux comme pour lire dans mes pensées.

– Ouais… J'essaie juste de continuer à me battre alors que tout le monde semble avoir renoncé.

Hayden affiche un sourire en coin et, d'après son expression, il semble savoir de quoi je parle.

– Oui, je comprends.

Effectivement, le seul qui puisse comprendre ce qu'on ressent quand on se bat constamment contre l'impossible, c'est lui. Ça fait tellement de bien de savoir qu'il me comprend. Mais j'ai aussi peur de ça. Partager ce lien avec lui, cela veut dire partager mon cœur. Avec la possibilité qu'un jour il soit brisé. Seulement, il m'est impossible de ne pas être liée à lui. Ce serait comme demander au soleil de ne pas se lever au seul motif qu'il me brûle. Il faut juste que je sois prudente. Hayden doit sans doute ressentir la même chose. Au fond, nous ne sommes pas si différents l'un de l'autre, ce qui ne fait que rendre les choses encore plus difficiles.

Hayden fronce les sourcils, comme s'il entendait et partageait tout ce que je pense.

– Je voulais te féliciter pour aujourd'hui mais je n'ai pas trouvé le moment. Keith et mes coéquipiers étaient constamment sur mon dos, dit-il, avant de secouer la tête comme pour s'éclaircir les idées, puis il sourit. J'avais tous les regards braqués sur moi, je ne pouvais pas me rapprocher du camp Cox, tu comprends ?

J'acquiesce. Pour la même raison, je n'ai pas pu le féliciter, à cause de cette foutue interdiction qui nous empêche d'être ensemble. Du moins, en théorie… Hayden se met à rire en observant la rue qui se remplit rapidement.

– C'est bizarre, hein ? Ici, on a plus de liberté que sur notre lieu de travail, alors qu'on peut se faire arrêter. C'est à croire que rien n'a plus de sens, dit-il, puis il me regarde à nouveau avant de murmurer : L'univers est têtu… comme cette fille que je connais bien.

Le sourire sur son visage me donne chaud au cœur. Soudain, tous les secrets que nous partageons me semblent justifiés. Puis j'entends la voix de Myles et de mon père dans ma tête qui susurrent de me méfier de Hayden. Je laisse alors cette phrase m'échapper :

– Bizarre, l'accident d'aujourd'hui, tu ne trouves pas ?

Il affiche une drôle d'expression puis il ouvre la bouche… pile au moment où Bon Plan fait son apparition.

– Voilà les stars ! Vous êtes prêts ? Ça promet, ce soir !

Hayden sourit.

– Je suis prêt depuis ce matin, dit-il.

Je lui jette un regard noir mais il ne me regarde pas, comme si je n'existais plus, préférant s'intéresser à Bon Plan. Ce dernier ne semble pas remarquer la tension qui s'est installée entre nous. Il me pointe du doigt.

– C'est toi qui commences, Kenzinator.

Je pousse un grognement en l'entendant prononcer ce surnom puis je pars chercher ma moto. Comme la course a lieu pas très loin de chez nous, Bon Plan et Grognon ont fait revenir nos autres motos au moyen de leur remorque. J'ai vraiment eu du mal à faire confiance à Bon Plan pour mon matériel. Hayden a fini par me rassurer. Autrement, je ne l'aurais jamais laissé toucher ma moto.

Tandis que Grognon prépare mon casque, j'inspecte celle-ci. Tout a l'air d'aller, mais il vaut mieux vérifier. Je sens quelqu'un dans mon dos et, en relevant la tête, je découvre Hayden qui me dévisage, le visage sombre.

– Tu as raison à propos de l'accident, c'était bizarre. Mais les courses sont toujours imprévisibles et parfois des choses bizarres se produisent…

Il regarde dans le vide pendant quelques secondes. Lorsqu'il revient à lui, il sourit avec nonchalance.

– Bonne chance, Kenzie.

Il repart sans me laisser le temps de lui répondre et je sens l'effroi me nouer le ventre. *Parfois des choses bizarres se produisent ?* On dirait qu'il s'invente des excuses… mais pourquoi ? Serait-il simplement en train de dire ce que je ne cesse de répéter : notre sport est dangereux et les accidents arrivent. Je n'arrive pas à saisir ce qu'il sous-entend et ça a le don de m'énerver.

Alors que j'essaie de ne pas trop me tracasser à ce sujet et de ne retenir que les encouragements de Hayden, Grognon s'approche avec mon casque. Il est temps de me préparer pour la course. Mon cœur bat la chamade dès que je me mets en ligne. *Parfois des choses bizarres se produisent.* Soit. C'est pour ça que je suis très assidue dans mon entraînement et que je me maîtrise parfaitement. Pour éviter les choses bizarres. Pourtant, c'est toujours quand je me laisse aller et que j'imagine Hayden derrière moi que je suis meilleure. Je ne peux pas être à la fois prudente et intrépide. Il faut que je choisisse. Seulement, si je veux pouvoir aider ma famille, il n'y a qu'une seule solution : fermer les yeux et foncer.

Le feu passe au vert et je décolle comme si je n'avais plus rien à perdre mais tout à gagner. Dans la plupart des situations, ma détermination suffit pour gagner, mais cette fois, mon adversaire semble aussi fou que moi et, malheureusement, il a une meilleure moto. J'aurais pu facilement le devancer avec la moto que j'utilise pour les courses officielles, mais avec celle-ci, je ne peux pas aller aussi vite. À la troisième borne, je me trouve à un bon mètre de mon adversaire. Je vais perdre.

Puis quelque chose éclate sur la moto de devant et le pilote perd immédiatement le contrôle. Nous sommes en train de nous rapprocher d'un virage. Voilà qu'il glisse et s'écrase sur une benne à ordures. Je n'arrive pas à y croire ! J'accélère jusqu'à la borne suivante, la ligne d'arrivée.

Mon « équipe » saute de joie à mon arrivée. Hayden m'enlace dès que je descends de ma moto. Ce n'est qu'après, lorsque nous fêtons ma victoire, que je réalise qu'elle est due à une défaillance… bizarre de la moto de mon adversaire. Comme Hayden l'a dit, des choses bizarres se produisent pendant les courses, sauf que ça survient surtout quand il est dans les parages. Trop fréquemment pour n'être qu'une coïncidence. Et maintenant, ces événements étranges m'arrivent aussi. Au fond, je profite de quelque chose d'abominable. Hayden est la seule personne qui veut me voir gagner.

Je ne sais pas quoi faire parce que, que ce soit bien ou mal, j'ai désespérément besoin de continuer à gagner.

CHAPITRE 19

Les semaines suivantes, Hayden et moi continuons à participer à ces courses en secret, et mes victoires s'accumulent. Je n'ai d'ailleurs pas perdu une seule course depuis Monterey, même si je n'aurais jamais dû en gagner certaines. C'est très perturbant de savoir qu'une force secrète m'aide. Je me sens sale, comme si j'étais une voleuse. Mais j'ai besoin de l'argent, alors je me tais et ne parle à personne de mes craintes et de mes inquiétudes.

De toute façon, je ne peux vraiment parler à personne. Sauf Hayden. Et vu qu'il est peut-être derrière tout ça, je n'ai pas envie de m'adresser à lui. Ce dilemme ne fait qu'empirer les choses. En effet, si c'est vraiment grâce à Hayden que je gagne toujours, alors c'est aussi pour cette raison que Myles ne peut plus piloter cette saison. Je trahis un de mes meilleurs amis chaque fois que j'accepte de parler à Hayden. Chaque fois que je m'amuse avec lui, que je lui souris… que je l'embrasse. Je suis quelqu'un d'horrible. Tout en me préparant à partir pour le circuit d'entraînement, je me demande combien de temps je vais encore pouvoir rester le cul entre deux chaises. De quel côté j'atterrirai ? Parce que je vais forcément finir par tomber.

Myles marche d'un pas lourd dans le garage lorsque j'arrive. Sa jambe est guérie, maintenant, mais sa mauvaise humeur est toujours présente. Il est encore déterminé à faire payer Hayden. Un stress de plus dont je me passerais bien… parce que je ne suis pas convaincue que Hayden soit innocent. Il me jette un coup d'œil et dit sèchement :

– Je n'arrive pas à croire que depuis des mois ce salaud est libre de piloter.

– On ne peut pas le lui interdire tant qu'on n'a pas de preuves.

J'espère que mon visage ne me trahit pas ; la culpabilité est en train de creuser un trou dans mon ventre. Myles me jette un regard noir.

– Il est coupable. Et je ne renoncerai pas tant que je n'aurai pas trouvé des preuves.

Il se précipite à l'extérieur. Je m'en veux encore plus car je déteste ne pas pouvoir soutenir Myles – je ne veux pas qu'il dénonce Hayden, j'ai trop besoin de lui. J'ai envie qu'il reste. Si seulement Myles pouvait laisser tomber cette histoire. Ruiner la carrière de Hayden n'améliorera pas la sienne. Et puis à force de ruminer, il se détruit. Cependant, je comprends pourquoi il n'y arrive pas. Si quelqu'un m'empêchait de piloter, ne serait-ce que pour un an, je deviendrais chèvre. Et comme

Myles, je voudrais me venger. Nikki arrive pile quand Myles est parti.

– Qu'est-ce qui lui arrive, demande-t-elle, avant de pousser un soupir. Hayden, c'est ça ? Je n'arrête pas de lui dire de passer à autre chose mais il continue à s'entêter.

Elle remue la tête, témoignant de son incompréhension. Malheureusement, moi je comprends, et c'est pour ça que je me sens aussi mal de ne pas le soutenir davantage.

– Oui, il veut tout faire pour qu'il soit viré du monde des courses.

Nikki se tait, puis elle lance :

– Je pense qu'il est temps que nous lui disions pour les courses de rue.

Mon cœur se met à battre si fort que j'entends le fracas d'un océan dans ma tête.

– Quoi ? je m'exclame.

Sait-elle ce que je fais avec Hayden ? Nikki déglutit, comme si elle était nerveuse.

– Tu te souviens ? Hayden était à cette course… pour laquelle je t'avais fait venir. Je sais que ce n'est pas bon pour nous, surtout pour moi… mais je pense que nous devrions l'avouer à Myles. Et je suis quasi sûre que Hayden continue d'en faire. Donc Myles pourrait le griller. J'ai encore des contacts, je pourrais facilement savoir le lieu de la prochaine course, dit-elle, et son visage s'assombrit. Myles sera vraiment en colère contre moi de savoir que j'ai parié… mais il pourrait enfin salir la réputation de Hayden et passer à autre chose.

Merde ! Merde ! Merde ! Oui, c'est sûr, non seulement il salirait la réputation de Hayden, mais aussi la mienne. Et une fois que Myles aura découvert que je lui ai menti, que j'ai pactisé avec l'ennemi, et que je suis même allée encore plus loin, en couchant avec lui, il m'éliminera de la liste de ses amis et racontera tout à mon père. Dans sa colère, il pourrait même me dénoncer aux organisateurs de la Ligue. Ma carrière serait terminée, et Cox Racing, morte et enterrée. Je ne peux pas laisser faire ça.

– Si j'étais toi, je ne ferais pas ça, Nikki. Myles… Nous avons déjà eu de longues conversations sur les courses de rue. Il déteste ça, encore plus que mon père. Il pense que ceux qui y participent sont… des sous-hommes. Jamais il ne te pardonnerait.

Bon sang, je suis nulle. Pourtant mes paroles semblent avoir l'effet escompté. Nikki devient toute pâle, mais son visage se durcit, comme si elle acceptait la pénible vérité.

– S'il n'arrive pas à passer à autre chose, eh bien… il faudra lui dire. J'ai une solution pour l'aider et je n'ai pas l'intention de rester les bras croisés à regarder mon ami devenir fou. C'était vraiment stupide de ma part d'assister à ces courses de rue.

Comment vais-je me sortir de cette situation ? Je ne peux pas arrêter les courses, je suis trop près du but, avec bientôt assez d'argent pour pouvoir annuler la dette de l'équipe. Hayden ne peut pas arrêter non plus, cette petite fille dépend de lui.

Nous avons tous les deux besoin de temps. Je sais d'avance que ça ne va pas lui plaire, mais je le dis quand même :

– D'accord, mais ne lui dis pas tout de suite. Est-ce que tu peux attendre que nous ayons participé à la course du New Jersey, la dernière de la saison ?

Elle me regarde comme si je venais de lui demander de saboter ma moto.

– Quoi ? Pourquoi ?

Je ravale les larmes de frustration et de honte qui montent et lui donne une version incomplète de la vérité.

– Je ne sais pas pourquoi, mais je vais beaucoup plus vite quand je suis contre Hayden. J'ai besoin de lui sur le circuit si je veux sauver cette équipe… Je t'en supplie…

Nikki me dévisage pendant quelques secondes sans rien dire. Quand elle parle enfin, je me sens soulagée. Et coupable.

– Bon, d'accord, Kenzie. J'attendrai que la saison soit terminée.

Lorsque je retrouve Hayden, plus tard dans la nuit, pour une autre course de rue, je veux lui raconter ce qui s'est passé avec Nikki. Il faut que nous quittions le monde des courses de rue après le New Jersey, ou bien tout nous explosera à la figure. Ce sera difficile de faire une croix sur l'argent, surtout pour Hayden, mais nous n'avons pas le choix. Nous ne pouvons pas continuer à appartenir en même temps à deux mondes aussi différents.

En tout cas, moi je ne peux pas. Je m'éloigne de mes amis, de ma famille, je mens à tous ceux que je connais. Je ne me reconnais plus.

– Hayden… Je…

Avant que je puisse lui dire quoi que ce soit, Bon Plan se rapproche de nous. Il est surexcité.

– Mad Mackenzie ! Tu ne vas pas en croire tes oreilles ! J'ai un truc de malade à te dire.

Toi non plus tu ne vas pas y croire : bientôt je vais démissionner et emporter avec moi ton meilleur pilote.

– Quoi ? je demande en sentant un vide se creuser en moi.

– Tu es prête ? Le Los Angeles Mondo est de retour.

Il s'imagine que je sais de quoi il parle.

– C'est quoi ?

Voyant mon manque d'enthousiasme, il fronce les sourcils.

– Le Los Angeles Mondo ? C'est la plus grande course de rue de la côte Ouest.

Je demeure inexpressive et il lève les yeux au ciel.

– Putains de débutants. C'est la plus grande course et la meilleure. Tout le monde veut y participer mais ça coûte très cher : cent mille balles de droits d'entrée. Donc, il n'y a que la crème de la crème.

J'en ai la mâchoire qui tombe. Bon Plan sourit enfin.

– Cent mille balles ?

Seigneur. Si je gagne cette course, j'aurai assez pour sauver Cox Racing.

– Tu peux compter sur moi, lui dis-je.

Une fois que c'est dit, toutes les pensées sur mon envie de faire une croix sur cet univers s'effacent. *Encore une victoire et je jette l'éponge*. Sans jamais regretter. Bon Plan me fait un high five.

– Je t'inscris direct.

Il se retourne vers Hayden qui me fixe du regard.

– Et toi, H ? Tu participes aussi, hein ?

Hayden me contemple encore quelques instants avant de se tourner vers Bon Plan.

– Tu sais bien ce que cet argent pourrait apporter à Izzy et à Antonia. Grâce à ça, elles ne seraient plus dans le besoin pendant un long moment… Donc, bien sûr que je participe.

Je suis tellement soulagée d'entendre ça. Si Izzy n'a plus besoin d'argent pendant un moment après sa victoire – et je suis sûre qu'il gagnera –, alors il n'aura plus besoin de participer aux courses de rue. Une course de plus, et puis basta. Une fois qu'il aura arrêté, je lui dirai ce que Nikki a l'intention d'avouer à Myles sur son implication dans les courses illégales. Hayden ne prendra alors sans doute plus le risque d'en faire, nous serons tous les deux protégés… et Myles ne pourra plus que courir après une ombre.

***

La course a lieu la veille du mariage de ma sœur. J'aurais dû y penser avant d'accepter. Mais le « Mondo » est la seule solution qui me reste. Je ne peux pas refuser. Et puis la course se déroule bien avant la cérémonie, je peux sans problème enchaîner les deux. Je vais sans doute être fatiguée, mais je rattraperai mon sommeil une fois que j'aurai résolu les problèmes de ma famille.

Je rentre chez moi après la répétition de la cérémonie du mariage qui s'est très bien passée, suivie d'un long dîner dans un luxueux restaurant de fruits de mer. J'y reste quelques heures à tuer le temps avant de me mettre en route pour Los Angeles. Mon enthousiasme grimpe en flèche à mesure que je me rapproche. C'est peut-être le jour J. Je vais enfin pouvoir sauver ce qui me tient tant à cœur. Si je gagne.

La lueur vive des lumières de la ville se profile au loin et je souris en gagnant le lieu de rendez-vous. Je déborde d'énergie car je suis à deux doigts de régler tous les problèmes de la Cox Racing. Je mets du temps avant de trouver la rue qui sert de ligne de départ. Hayden est déjà là quand j'arrive. Il me fait signe et indique une place à côté de sa moto pour que je me gare. Il y a tellement de monde. On dirait que la moitié de la ville est là.

Je commence à me sentir nerveuse lorsque je me gare près de lui, mais une fois que j'entrevois son grand sourire, tout s'évapore. Hayden est un très bon pilote. Je me suis beaucoup améliorée depuis que je m'entraîne avec lui. Au départ, c'était le secret de mon succès mais, malgré ce que j'ai dit à Nikki, toute seule, je suis un atout non négligeable.

– Tu es prête, numéro vingt-deux ? demande-t-il en passant une main dans ses cheveux en pagaille.

J'acquiesce.

– Ça pourrait vraiment tout changer pour nous, Hayden. On pourrait tirer un trait sur les courses de rue. On pourrait…

Je n'achève pas ma phrase car ma pensée disparaît. Que nous gagnions ou perdions ce soir, ça ne changera rien au fait que nous ne pouvons pas être ensemble. Le sourire de Hayden se crispe un peu quand il devine ce que je pense. Mais il ne tarde pas à se ragaillardir.

– Oui, c'est le grand jour. Un vœu exaucé…

Sa voix devient si solennelle que je ne sais plus s'il parle seulement de la course. *Voilà donc ce que nous sommes l'un pour l'autre ? Un vœu exaucé ?* C'est une telle évidence pour moi que j'en ai peur. Nous nous regardons droit dans les yeux, perdus dans nos pensées quand, soudain, Bon Plan passe ses bras autour de nos épaules.

– Ça y est, les amoureux ! C'est le jour J ! Cette course va me faire atteindre les sommets, dit-il en levant les bras en l'air avant de mimer une explosion. Je vais devenir une légende : le meilleur manager de Californie.

Quand il prononce le mot « manager », je me dis qu'il veut plutôt dire « maquereau ». Ça me donne la chair de poule.

– Hayden et moi n'avons pas encore gagné. Et n'oublie pas que c'est notre talent qui te permet d'atteindre… les sommets.

Il affiche un sourire factice.

– C'était sous-entendu. Nous formons une équipe, rétorque-t-il.

Je me retiens de lui dire que j'ai déjà une équipe. Que la seule raison qui me pousse à faire ces courses illégalement est justement de venir en aide à mon équipe. Comme s'il me sentait sur le point de mordre, Hayden m'attrape par le coude.

– Quand est-ce qu'on commence ?

Bon Plan fait signe en direction de la rue, où deux pilotes s'avancent vers la ligne de départ.

– Vous passez après ces deux losers.

Tandis que les pilotes se préparent, un déluge de paris de dernière minute retentit autour de moi. J'entends les gens hurler leur mise à Grognon, qui note tout sur son carnet. J'écarquille les yeux en entendant les chiffres. Cinq mille. Dix mille. Vingt mille. Des sommes indécentes misées sur du hasard. Pourtant ça me fait réfléchir… J'évite en général de parier, mais avec tout l'argent que je peux faire ce soir… peut-être que cette fois je devrais miser ?

Sur un coup de tête, je me retourne vers Bon Plan et lui dis :

– Place quinze mille balles sur moi. Et quinze mille sur Hayden.

Bon Plan sourit et transmet mon ordre à Grognon.

– Qu'est-ce que tu fais ? souffle Hayden à mon oreille.

– Je double mon argent, dis-je.

Puis j'ai l'impression de me prendre un seau d'eau sur la tête. Si Hayden est hésitant, peut-être que je ne devrais pas être aussi confiante. Je me retourne sur-le-champ vers Bon Plan.

– Attends, j'ai changé d'avis. Je ne veux plus parier, en fait.

Il esquisse un sourire en coin avant de secouer la tête.

– Désolé, ma belle, mais une fois le pari placé, plus moyen de revenir en arrière.

L'angoisse monte en moi quand je repense à ce que je viens de faire. Bon, j'ai suffisamment d'argent pour couvrir les pertes éventuelles, mais j'ai besoin de chaque centime gagné pour aider mon père. Je n'ai pas le choix, il faut que je gagne.

Les paris prennent fin, et les pilotes se penchent en avant, prêts pour le départ. Une fois que le feu sera passé au vert, ils démarreront. Je me demande combien je vais pouvoir gagner, je me tourne vers Bon Plan pour lui demander s'il sait. Ma question est recouverte par le bruit d'une sirène qui retentit dans la nuit. Lorsque je me retourne pour voir ce qu'il se passe, j'aperçois des gyrophares surgissant à un coin de la rue. Des lumières bleues et rouges. Mauvais signe. Les flics.

– Hayden ! je m'exclame en me tournant vers lui.

J'ai l'impression que tout tourne au ralenti autour de moi, comme si je m'étais figée sur place. Non… Je ne peux pas être arrêtée, aller en prison. Ça ne peut pas finir comme ça. Hayden écarquille les yeux lorsqu'il prend à son tour conscience du danger. Puis il m'attrape par les épaules.

– Dépêche-toi de rentrer chez toi. Va le plus vite possible. Je te retrouve là-bas.

Je refuse de le laisser là, mais Hayden me pousse vers ma moto avant que je puisse m'y opposer.

– Pars, Kenzie ! Je serai derrière toi, je te le promets.

Il se précipite vers sa moto, alors je le crois. J'enfonce mon casque sur ma tête, enfourche ma moto et démarre. Je passe la première et fonce sur le trottoir bondé de gens qui se dépêchent de fuir. J'essaie de les contourner le plus prudemment possible, mais j'en heurte quelques-uns. Pas le temps de faire des politesses, il faut que je me tire d'ici.

Lorsque je finis par atteindre une petite rue adjacente, j'accélère le plus vite possible. Dévalant le goudron, j'entends à nouveau retentir les sirènes. Plusieurs sirènes, de plusieurs voitures différentes, certaines plus loin que d'autres. Elles sont clairement en train de poursuivre des gens. Il y en a qui vont se faire arrêter, ce soir.

Je ne peux pas ralentir pour vérifier si Hayden est derrière moi. J'espère juste qu'il n'est pas loin. Je ne sais pas vraiment par où passer, je vais de ruelle en ruelle et finis par me perdre. Je sens des gens derrière moi, mais j'ai trop peur de me retourner. Mon cœur bat si fort, on dirait que quelqu'un joue le « Vol du bourdon » dans ma poitrine. Ce n'était pas censé se passer de cette façon. Cette course s'annonçait comme la solution à tous mes problèmes. Sauf que, maintenant, c'est le début des emmerdes.

Par chance, la ruelle que je remonte donne sur une rue que je reconnais. Dieu soit loué. Je ne prends pas le temps de m'arrêter pour m'assurer que la voie est libre et fonce à travers les quatre voies, puis je tourne à gauche. J'entends des voitures klaxonner, des pneus qui crissent, mais personne ne m'est rentré dedans. Le souffle haletant, j'accélère de plus belle. J'aurais pu me faire tuer. N'est-ce pas pire que de tout perdre ? Pour être honnête, à ce stade, je ne sais plus.

Ensuite, je ralentis et jette un coup d'œil derrière moi. Pas de flic à mes trousses. Dieu merci. Mon soulagement n'est que de courte durée car je n'aperçois pas Hayden. Je ne peux pas le laisser se faire arrêter. Tout en me demandant intérieurement si j'ai perdu la tête, je fais demi-tour et reviens vers la ruelle.

Je n'ai aucune idée du chemin que j'ai suivi jusqu'ici, je ne sais pas comment je vais faire pour le retrouver. Alors j'avance à l'aveuglette en prenant des rues qui me semblent vaguement familières. Tout ce que je sais, c'est qu'elles me ramènent vers le lieu du danger, au lieu de m'en éloigner. Chaque cellule de mon corps me supplie d'abandonner cette mission totalement folle… mais je ne peux pas partir sans Hayden.

Me voici maintenant perdue dans ce labyrinthe. Mais pile au moment où je jette un coup d'œil à une des rues adjacentes, j'aperçois Hayden avec une moto de police à ses trousses. Merde ! Que faire ? Le laisser là ? Ou l'aider ? La question ne se pose pas. Nous sommes ensemble, envers et contre tout.

Je fais crisser mon pneu arrière et repars en sens inverse. Hayden est dans une rue parallèle à la mienne. Je me dépêche pour tenter de les devancer, puis je prends une rue à gauche qui devrait normalement couper la leur. Si mon timing est bon, je devrais parvenir à passer pile entre Hayden et la moto de police et ainsi déstabiliser le flic assez longtemps pour que Hayden puisse s'échapper. En revanche, c'est moi qui risque d'être pourchassée.

Lorsque j'atteins le croisement, je ralentis et prie pour que mon plan fonctionne. Je suis tout de suite soulagée de voir Hayden passer, puis je mets toute la gomme, en priant pour ne pas rentrer dans le flic. Je passe tout juste devant lui, à quelques centimètres seulement de sa roue avant. Je me retourne et vois le flic freiner de toutes ses forces, puis faire une tête à queue avant de s'arrêter. Je n'attends pas une seconde de plus. Plus vite. Plus vite. *Faites qu'il ne me poursuive pas.*

Le temps me semble très long, mais je finis par reprendre la rue que je connais. Et encore mieux, cette fois j'aperçois les panneaux indiquant l'autoroute. Je veux quitter la ville au plus vite et laisser tout cela derrière moi. En priant silencieusement, je regarde autour de moi pour voir si Hayden a réussi à trouver son chemin. Je pousse un soupir de soulagement en l'apercevant non loin de moi. Heureusement, il est seul. Avons-nous vraiment réussi à nous échapper ? Je n'arrive pas à y croire. Je ne tiens plus en place, il faut que je me calme. Surtout, il ne faut pas que nous ayons l'air de fuir. Ce qui veut dire que nous devons respecter le code de la route.

Mes mains tremblent lorsque nous nous arrêtons à un feu rouge. J'ai l'impression que la police peut surgir à tout moment, de n'importe quelle rue. J'ai tellement envie de prendre mes jambes à mon cou que le simple fait de rester sans bouger est une vraie torture. Je me tourne vers Hayden pour me distraire. Il me fait un signe de tête pour me rassurer puis il lève la main pour me faire comprendre de rester à l'arrêt. Il semble percevoir mon envie de démarrer. Heureusement qu'il va bien. Que tous les deux nous allons bien.

Hayden a l'air de se souvenir de quelque chose et regarde autour de nous. Des voitures circulent face à nous – des voitures normales et des camions, pas de flics en vue – et personne ne se trouve derrière nous. Perplexe, je regarde Hayden descendre de sa moto et se dépêcher d'enlever un film plastique recouvrant sa plaque d'immatriculation. Le policier qui le poursuivait n'a sans doute pas pu relever son numéro de plaque… ce qui veut dire que nous ne courons plus de danger. Où a-t-il acheté ce truc ? Et quand l'a-t-il placé sur sa plaque ? Hayden met le film dans sa poche et se remet en selle. Déconcertée, je le dévisage. Je pense souvent avoir déjà tout vu, avec lui, mais il arrive encore à me surprendre. Seulement, là, j'aimerais juste rentrer à la maison.

Le reste du trajet se déroule sans histoire, mais je me sens encore submergée par l'adrénaline lorsque nous arrivons chez moi et cachons les motos dans le garage. Bon sang, c'était moins une ! Une fois dans ma cuisine, je n'arrive pas à me calmer. J'ai l'impression d'avoir des milliers d'aiguilles sous la peau qui me ravitaillent en caféine. Je me sens tellement anxieuse, les nerfs à bout. Mais surtout, je me sens soulagée. Nous avons réussi à y réchapper.

– Oh mon Dieu, Hayden ! On aurait pu… on a presque… Merde, alors !

Je défais d'un coup sec la queue-de-cheval qui retient mes cheveux tout emmêlés et commence à faire les cent pas. C'était trop risqué. Vraiment trop risqué. Hayden me regarde d'un air incrédule.

– Tu es revenue pour moi. Je t'avais dit de ne pas le faire, d'aller directement chez toi, sans regarder en arrière. Mais tu es revenue. Pourquoi ?

– Parce que je ne pouvais pas les laisser t'arrêter, dis-je. Tu essaies de reconstruire ta vie… de sauver cette petite fille. Tu ne mérites pas d'aller en prison pour ça.

Au fond, je me dis que ce n'est pas la vraie raison. *Ta souffrance devient automatiquement la mienne.* Hayden fait un pas en avant et me saisit par les bras.

– Tu étais libre mais tu as décidé de te remettre en danger, pour moi. Pourquoi ?

– Je viens de te le dire, je m'exclame en essayant de me dégager de son étreinte.

Avouer que j'ai des sentiments pour lui ne changerait rien entre nous. Ça ne ferait que rendre la situation plus difficile. Ne comprend-il pas ? Apparemment, non.

– Ta réponse ne me suffit pas, déclare-t-il.

Je vois bien qu'il n'a pas l'intention de reculer d'un centimètre tant que je ne lui aurai pas avoué pourquoi j'ai tout risqué pour lui.

– Dis-le, murmure-t-il. Arrête de tout garder pour toi, Kenzie.

Je me sens perdue sous son regard pénétrant. Et subitement, je n'ai plus du tout envie de m'écarter de lui.

– Parce que je tiens à toi, je susurre d'une voix presque inaudible.

J'entends presque le craquement d'une porte qui s'ouvre à l'intérieur de moi quand je prononce ces mots. Mon cœur s'ouvre, accepte de lui faire de la place. *Dis-lui tout le reste, que tu n'arrêtes pas de penser à lui, que tu t'inquiètes pour lui... que tu l'aimes.* Oh mon Dieu... Oui, je l'aime... Mais je ne peux pas lui avouer ça. Ça ne ferait que nous faire du mal.

– Tu tiens à moi ? Vraiment ? demande-t-il d'une voix douce.

J'essaie de dire quelque chose, j'essaie d'expliquer ce que je ressens sans vraiment le dire, mais c'est impossible. Les mots restent bloqués et ne parviennent pas à sortir de ma bouche. Hayden sourit, comme s'il me comprenait.

– À une époque, je pensais que garder les choses pour moi, ça les faisait disparaître. On me trimbalait partout quand j'étais gosse, rien n'était stable, rien ne semblait jamais vrai. Mais avec Izzy et Bon Plan… et Félicia… pour la première fois j'ai eu un point d'appui dans ma vie. Et puis Félicia… elle a tout bousillé quand elle est partie du jour au lendemain sans rien dire. Je peux te jurer… que… je ne voulais plus jamais ouvrir mon cœur à quelqu'un. J'ai essayé de te garder à distance. Si tu savais combien j'ai essayé ! Mais j'avais besoin de toi, et puis tu m'as plu… et maintenant… je t'aime. C'est trop tard. Je ne peux plus garder ça pour moi.

Je reste bouche bée et frissonne. Il m'aime ?

– Hayden, je…

Les mots me manquent. Il m'aime… et je l'aime. Notre histoire est une véritable tragédie. Hayden esquisse un sourire encore plus grand.

– Je t'aime pour tout ce que tu es, tout ce que tu fais. Et je comprends bien que ça ne changera rien. Dans notre cas, l'amour ne suffit pas. Mais ce que je ressens pour toi ne changera pas. Garder ce sentiment pour moi ne nous protégera d'aucune souffrance. Rien ne nous sauvera, Kenzie. Nous sommes condamnés. Mais je t'aime. Et je ne regrette rien.

Un sanglot remonte le long de ma gorge. Chaque parole prononcée a la saveur d'un adieu douloureux qui me changera à tout jamais.

– Reste. Reste avec moi, ce soir. Ne pars pas…

Il caresse ma joue puis mes lèvres du bout des doigts.

– Pour rien au monde je ne partirais.

Sa bouche remplace son doigt. Je dévore avidement ses lèvres. Tout semble si fort, pourtant on dirait que c'est la dernière fois, comme si nous étions en même temps en train d'ouvrir une porte et de la refermer. Je suis dans tous mes états. J'ai besoin de lui, alors je commence à retirer sa veste, là, dans la cuisine.

– J'ai envie de toi, je murmure en faisant glisser mes doigts le long des muscles fermes de son torse. Conduis-moi dans la chambre.

Il pousse un gémissement en déplaçant sa bouche vers mon oreille.

– Je veux te prendre dans toutes les pièces.

J'ai tout de suite envie qu'il me fasse l'amour, là, sur la table de ma cuisine. Alors je commence à tirer sur son T-shirt pour qu'il l'enlève. Il le fait passer par-dessus sa tête. Une fois que sa peau est nue, je rapproche ma bouche de sa clavicule et baisse ma main vers son jean. J'en veux plus.

Hayden m'arrête.

– C'est ton tour, dit-il en défaisant ma veste, qui tombe par terre.

Puis il effleure ma peau, juste au-dessus de la ceinture de mon jean. J'essaie d'enlever mon T-shirt, mais encore une fois, il m'en empêche.

– Laisse-moi faire, murmure-t-il.

Il glisse ses mains jusqu'à mes côtes, soulevant mon T-shirt sur leur passage. Il se penche pour embrasser chaque centimètre de ma peau, désormais nue. Lorsqu'il atteint mes seins, je sens ses baisers à travers mon soutien-gorge. C'est comme si on m'électrocutait. Il finit par retirer mon T-shirt et par le jeter au sol.

– Tu es magnifique, si parfaite.

Il me caresse doucement l'épaule, saisissant mon soutien-gorge entre ses doigts et l'entraînant avec lui. Ses mouvements, délibérément calculés, me rendent dingue. Nous venons juste de commencer et je meurs déjà d'envie de le sentir au plus profond de moi.

Il m'embrasse sur l'épaule quand la bretelle glisse, puis il répète la même chose sur l'autre épaule. Lorsque le soutien-gorge tombe au sol, il pose une main sur un de mes seins et je frissonne de plaisir. Puis il pose sa bouche sur mon téton et me caresse avec la langue. Je laisse échapper un gémissement puis je le supplie de ne pas s'arrêter.

Ma peau frémit tandis qu'il provoque mes sens. Il pose ses doigts sur mon jean et commence à me déboutonner. *Oh oui...* Je l'aide à tirer mon jean vers le bas, puis à retirer mes chaussures, mes chaussettes. Je finis par ne plus porter que ma culotte alors qu'il est encore à moitié habillé. Mais je m'en fiche. J'aime être nue devant lui.

– Où veux-tu me prendre ? je demande, le souffle haletant et les doigts glissés sous ma culotte, prête à l'arracher quand il me l'ordonnera.

Hayden ferme les yeux le temps d'une seconde, comme si mes paroles s'étaient transformées en caresses sur son sexe. J'adore le satisfaire à ce point. Je veux qu'il soit heureux… tout le temps. Parce qu'il compte… tellement… pour moi. Il rouvre les yeux et sa main se pose sur mon bassin, au niveau de mes mains. Il m'aide à baisser ma culotte jusqu'au sol.

– Hisse-toi sur le plan de travail, murmure-t-il.

Le souffle haletant, je fais ce qu'il me dit. À présent, je pourrais vraiment faire tout ce qu'il me demande.

– Allonge-toi et ferme les yeux, dit-il.

Le Formica est froid mais vivifiant contre ma peau. Je ne laisse jamais rien sur ce plan de travail, le préférant toujours dépouillé, accessible. Je ne pensais jamais m'en servir un jour de cette façon. La rangée de lumières au plafond forme des cercles chauds contre ma peau, comme si j'étais exposée pour lui. Je me cambre, ferme les yeux et attends mon amant, mon âme sœur. *Touche-moi, Hayden. Je t'appartiens.*

Je l'entends retirer ses vêtements et je ne tiens plus en place. Puis je le sens placer mes jambes sur ses épaules. Je me mets alors à respirer de façon si saccadée que j'ai peur de m'évanouir. Il m'embrasse les cuisses, puis il s'arrête. Je l'entends pousser un soupir langoureux.

– Tu es tellement belle, murmure-t-il. Tu es déjà prête pour moi. Je parie que tu es si délicieuse…

Et puis il se met à m'effleurer à cet endroit du bout de la langue. Une onde de choc me traverse. Poussant un cri, je m'agrippe aux bords du plan de travail pour ne pas tirer encore davantage sa tête contre moi.

– Oh, oui… tu es vraiment délicieuse, halète-t-il. Kenzie… J'ai tellement besoin de toi.

Quelque chose dans sa voix qui témoigne d'une forme de souffrance, d'une crainte. Je sais qu'il ne parle pas seulement du sexe. *Moi aussi j'ai besoin de toi.*

– Hayden, je t'en prie.

Je n'ai pas envie de penser à l'impossibilité d'un avenir ensemble. Je veux juste savourer le moment présent avec toi. Sa bouche revient contre moi, sa langue me caresse, parfois il me suce. Il m'attise, me fait prendre mon pied. Il est ferme, agressif, dominant, et pourtant, ça ne suffit pas. Je lâche le rebord pour prendre sa tête entre mes mains et la bloquer contre moi. *Jamais je ne te laisserai partir.*

J'ai l'impression de me rapprocher d'un précipice. Sentant que je vais jouir, Hayden ralentit, provoquant une tempête d'euphorie. Je ne peux plus contenir mon extase. Alors que le pic de jouissance diminue, Hayden attire mes hanches au bord du meuble et me pénètre. Je retiens mon souffle tandis qu'il fait naître une nouvelle vague de plaisir.

Je remue mes hanches contre lui. Il gémit avec frénésie, se rapprochant du nirvana. Moi aussi, j'y suis presque.

– Putain, murmure-t-il.

Ses doigts effleurent mes tétons puis glissent le long de mon ventre pour atteindre mon clitoris.

– Jouis en même temps que moi, Kenzie. Je t'en supplie, jouis avec moi.

Je sens qu'il se rapproche de l'orgasme. Son pouce me caresse exactement comme il faut pour que je le rejoigne.

Mon corps se raidit quand la vague de plaisir m'inonde à nouveau. J'empoigne le rebord au-dessous de ma tête en criant. Hayden jouit la seconde d'après. Pendant qu'il gémit, je me sens totalement en paix avec moi-même.

Alors que le plaisir redescend lentement, que nos souffles et nos cœurs reprennent peu à peu leurs rythmes normaux, je me sens soudain accablée. Combien de fois encore pourrons-nous faire l'amour ainsi avant de devoir nous séparer ?

Hayden se retire et me tend une serviette accrochée près de lui, puis il me prend dans ses bras. Il me tient fort contre lui, comme si lui aussi savait que ça ne pourrait durer. Je laisse échapper un soupir de satisfaction en enroulant mes bras autour de lui. *Oui, c'est ça, l'amour*.

Hayden m'embrasse sur le front avant de me soulever dans ses bras et de me porter jusqu'à la chambre. Il m'allonge sur le lit dans le noir, puis il m'aide à me glisser sous la couette. Une fois que nous sommes emmitouflés dans mon lit, je me tourne vers lui et attire sa bouche contre la mienne en priant de tout mon cœur de pouvoir le garder avec moi. Que nous puissions rester là, pour toujours, dans ce lit et oublier le monde extérieur.

Quand nos lèvres se rencontrent, je ressens, dans la force avec laquelle il m'embrasse, la même prière de sa part. Nous essayons de nous raccrocher à quelque chose qui ne peut pas exister. Nous perdrions tout. Le prix à payer est trop cher, malgré tout l'amour que je ressens pour lui.

Hayden soupire contre ma peau, un souffle à la fois pétri de bonheur et de tristesse. Il passe ses doigts dans mes cheveux tout en me serrant fort contre son torse. Nous avons peur. Maintenant que nous sommes amoureux… la vraie souffrance commence.

CHAPITRE 20

Je suis réveillée par les caresses d'une langue sur mon téton, un réveil plutôt agréable mais troublant. Je mets du temps à me souvenir de ce qui s'est passé la veille. La course officielle désastreuse, la fuite pour échapper aux flics, le moment torride avec Hayden dans la cuisine… Hayden qui me déclare sa flamme… Ignorant la souffrance que nous avons ressentie hier soir en nous endormant dans les bras l'un de l'autre, je passe mes doigts dans ses cheveux. Il pousse un petit gémissement. Notre amour est condamné mais au moins nous avons vécu ce moment ensemble. Un moment parfait.

Voyant que je ne dors plus, Hayden dépose un baiser dans mon cou.

– Salut, dit-il d'une voix grave et langoureuse. Content que tu sois réveillée.

– Tu ne m'as pas trop laissé de choix, je réponds en penchant la tête en arrière pour qu'il puisse m'embrasser tout le long du cou.

Je l'entends rire doucement tout en mordillant le lobe de mon oreille.

– J'adore le matin.

Je ne peux m'empêcher de sourire, moi aussi j'aime le matin, mais pour une tout autre raison désormais. Hayden dépose un baiser sur ma joue tandis que ses doigts caressent l'intérieur de mes cuisses. Je ne suis pas certaine d'être prête pour ça, mais il touche si délicatement ma peau que ma respiration s'accélère. Il m'en faut plus. Il se hisse au-dessus de moi puis il me pénètre lentement. Nous retenons notre souffle, puis nous exhalons de soulagement.

– C'est si bon de te faire l'amour… Je ne veux plus jamais m'arrêter, dit-il en m'embrassant tendrement.

Je suis entièrement d'accord. Il se met à remuer les hanches alors je me contente de pousser un gémissement.

Le rythme de ses mouvements est régulier et mesuré. Je me sens partagée entre l'envie d'une explosion des sens inoubliable et celle que ces sensations si agréables ne s'arrêtent jamais. Finalement, je ne parviens plus à retenir mon orgasme, je le sens monter en moi. Maintenant que je suis au bord du gouffre, je ne veux plus faire marche arrière.

J'agrippe les hanches de Hayden et le retiens contre moi. Alors que le volume de mes cris augmente, Hayden plonge sa tête dans le creux de mon épaule et se raidit sous l'effet du point culminant de jouissance qui s'annonce aussi en lui.

– Oh oui, Kenzie, oui… Maintenant… Jouis avec moi.

Il éjacule dans une position parfaite ; j'explose à mon tour en griffant ses hanches. Mon orgasme me bouleverse et me consume. Je ne pourrai jamais plus être la même après avoir fait l'amour avec cet homme.

Hayden retombe à côté de moi, le souffle haletant contre mon oreille. Je le serre fort, dans un effort désespéré de me raccrocher coûte que coûte à l'euphorie et d'oublier que ce sera sans doute notre dernier instant ensemble.

– Bon sang, pourquoi avons-nous attendu autant ? dis-je.

Hayden se met à rire tout en se blottissant dans le creux de mon cou.

– J'ai essayé de te le dire mais tu ne m'écoutais pas. Tu es si têtue que ça te joue des tours.

– C'est justement grâce à mon entêtement que nous sommes de meilleurs pilotes, je rétorque.

Il relève la tête pour me contempler avec un sourire infiniment sexy.

– C'est vrai, murmure-t-il.

Puis il m'embrasse tendrement et roule sur le côté. Je pousse un soupir lorsqu'il s'éloigne de moi et Hayden me regarde à nouveau, avec amusement.

– J'aimerais recommencer, mais j'ai d'abord besoin de m'hydrater.

Pour toute réponse, je lui tape l'épaule. Mais je ne dis pas non à l'idée de recommencer… Nu, il quitte la chambre. J'en profite pour enrouler le drap autour de moi avant de le suivre. Quand j'arrive dans la cuisine, il est en train d'enfiler son caleçon. La pièce est parsemée de vêtements et de souvenirs. À l'avenir, je ne pourrai plus me servir de ce plan de travail sans penser à Hayden.

J'ouvre un placard, saisis un verre et le lui donne. Pendant qu'il le remplit, j'observe les signes de nos ébats. Je jette un coup d'œil à sa veste, ce qui me rappelle quelque chose.

– Ce truc que tu mets sur ta plaque d'immatriculation, c'est pour cacher les chiffres ?

– Oui… C'est une invention de Bon Plan. Tu étais déjà partie quand il l'a placé sur ma moto avant que je ne m'enfuie. Il en garde toujours quelques-uns sur lui en cas de descente de flics. Je le trouvais trop parano, mais finalement, il avait raison.

Il fronce les sourcils et remue la tête comme pour repousser de mauvaises pensées. Il lève son verre pour prendre une gorgée et son téléphone se met à sonner. Alors il le repose pour aller ramasser sa veste et saisir son téléphone. La sonnerie particulièrement agaçante nous indique de qui il s'agit.

– Salut, Bon Plan… ça va ?

Hayden fait une grimace et écarte le téléphone de son oreille. Même moi je peux entendre la voix irritée de Bon Plan.

– Oui, j'ai vu que tu as essayé de m'appeler plusieurs fois cette nuit. J'étais… occupé. Désolé. Kenzie et moi allons bien. Nous avons réussi à nous échapper.

Je deviens toute rouge quand je croise son regard. Je n'ai pas entendu son téléphone sonner une seule fois, nous nous sommes laissés emporter.

Hayden écoute ce que Bon Plan lui dit, puis il demande :

– Tout le monde s'en est sorti ?

Soudain, il devient pâle.

– Quoi ? Grognon a été arrêté ? Il est… ? Tu vas le sortir de là ? Ils ont porté plainte ? Est-ce qu'il avait son carnet sur lui ?

Je me sens prise d'effroi. J'ai placé un pari. Mon nom est sur ce carnet, en tant que pilote et parieuse. Je suis doublement dans la merde si Grognon s'est fait arrêter avec. Hayden ferme les yeux. Aucune idée de ce que ça veut dire. Puis il ajoute calmement :

– Mais tout est chiffré, c'est bien ça ?

Il pousse un soupir de soulagement. De mon côté, je respire enfin à nouveau. Ma vie s'était mise à défiler devant mes yeux.

– Bon, d'accord. Fais-moi savoir quand il rentre chez lui.

Il raccroche et je panique.

– Grognon a été arrêté ? Il va aller en prison ? Et moi ? Mon nom est sur ce carnet ?

Je regarde frénétiquement autour de moi comme si les flics allaient débarquer à tout moment dans ma cuisine. Hayden secoue négativement la tête en avançant vers moi. Il pose ses mains sur mes épaules.

– Tout va bien, ne t'inquiète pas. Ils l'ont juste arrêté pour refus d'obtempérer. Ils n'ont pas assez de preuves pour l'accuser du reste. Le carnet ne comporte que du code, Grognon est le seul à pouvoir le déchiffrer. Les flics voulaient simplement nous faire peur. Ils n'ont rien contre nous.

J'ai un mouvement de recul.

– Eh bien, ils ont réussi leur coup. J'ai peur maintenant. Je ne peux plus faire ça, Hayden. Je ne peux pas me permettre de tout perdre en un battement de cil : ma famille, ma carrière, ma liberté… C'est vraiment trop. Fini les courses de rue. Peu importe que Bon Plan m'en veuille, c'est fini.

Hayden semble me comprendre. Il ajoute d'un ton rassurant :

– D'accord. Je lui dirai que tu ne veux plus en faire et je ferai en sorte qu'il ne t'embête plus.

D'une main, je retiens le drap autour de moi, de l'autre, je caresse sa joue.

– Il faut que tu abandonnes, toi aussi. C'est trop dangereux. Tu as trop à perdre.

J'écarte ma main et me prépare à lui annoncer le pire.

– J'ai une mauvaise nouvelle… Je pensais que ça n'aurait pas d'importance parce que nous aurions assez d'argent après cette course pour tout arrêter, que nous tournerions la page.

Hayden fronce les sourcils en me dévisageant.

– Quelle mauvaise nouvelle ?

Je me mords les lèvres, j'aimerais tellement ne pas avoir à lui annoncer ce que mes amis projettent de faire. Il les détestera. Mais je doute de toute façon que l'amitié soit possible entre eux.

– Nikki et Myles… veulent…

Je marque une pause afin de prendre une longue inspiration et de tout lui avouer d'un coup.

– Myles te tient pour responsable de son accident. Il veut absolument que tu sois viré. Il est carrément obsédé par ça. Nikki était là le soir où je t'ai vu pour la première fois. Elle a l'intention de dire à Myles ce qu'elle sait sur toi parce qu'elle veut l'aider à te surprendre sur le fait… pour que tu sois banni.

J'agite la tête en espérant lui faire entendre raison.

– Grâce à moi, nous avons du temps : elle m'a promis de ne rien lui dire avant la course du New Jersey. Mais après, tu ne pourras plus continuer, Hayden. Tu pourrais tout perdre… Autant abandonner tout de suite.

Hayden contracte la mâchoire. Il est en colère. Après un long silence, il secoue lentement la tête.

– Je ne peux pas arrêter. Tu le sais bien. Mais je te remercie de m'avoir dit ce que… tes amis ont prévu. Il suffit que je le sache… Je recouvrirai systématiquement ma plaque d'immatriculation, je garderai toujours le visage couvert, j'utiliserai un faux nom… Mais tant que Izzy et Antonia ont besoin de moi, je n'abandonnerai pas. Désolé si ça te dérange.

Mes yeux commencent à piquer. Tout espoir disparaît.

– Tu ne peux pas continuer à avoir un pied dans chaque monde. Tu vas finir par perdre l'équilibre, par te blesser…

Il attrape ma main et me dit doucement :

– Je dois essayer, Kenzie. Je dois continuer de me battre tant que je peux, et je sais que tu comprends.

J'ouvre la bouche mais je n'ai plus rien à dire. Ma compréhension n'efface pas pour autant toutes les inquiétudes que je ressens à son égard. Alors que j'essaie de trouver les mots qu'il faut, Hayden me sourit.

– J'aimerais bien qu'on reparte sous la couette… mais tu as un mariage, aujourd'hui, non ?

Il fait un signe de menton vers l'horloge accrochée au mur.

– Merde ! Je suis censée retrouver ma sœur dans une heure au salon de coiffure. Elle va me tuer si je suis en retard.

Hayden se met à rire et me relâche. Son regard semble pourtant mélancolique. Ça me fend le cœur de le voir comme ça.

– Je t'aurais emmené avec moi si c'était possible… tu le sais bien ? dis-je.

Il acquiesce et sourit de façon tendre et triste à la fois.

– Oui, je le sais.

Je n'aime pas du tout le voir comme ça. Je ressens la même chose.

– Qu'est-ce que tu vas faire, aujourd'hui ? je demande pour changer de sujet.

Il hausse les épaules.

– Je pense aller m'entraîner sur le circuit. C'est calme pendant les week-ends. Et c'est agréable d'être seul parfois…

Je sais que ses coéquipiers sont des enfoirés et qu'il est tout seul contre eux. Ça me met dans une colère folle. Il ne devrait pas être rejeté au sein de sa propre équipe. Hayden fronce les sourcils en m'observant réfléchir à tout ça.

– Ça va ? demande-t-il.

– Oui, c'est juste que… *J'aimerais que tu arrêtes les courses de rue. Que tes coéquipiers t'acceptent. Que mon père t'accepte. Que tu puisses venir avec moi faire la fête auprès de ma famille aujourd'hui.*

– J'aimerais juste que les choses soient différentes.

Il se penche vers moi et m'embrasse.

– Je sais, moi aussi. On se voit ce soir ? Après le mariage ?

Je fais un sourire un peu triste et acquiesce. Pour l'instant, contentons-nous de prétendre que notre histoire pourrait fonctionner. C'est le seul moyen qu'il reste pour que nous continuions à nous battre.

***

Quelques heures plus tard, me voici coiffée et maquillée, de façon trop chargée. Je me sens à la fois mieux… et dix fois pire. J'ai tiré un trait sur les courses illégales. Je me sens enfin libérée de toute la culpabilité que je ressentais. Je peux respirer à nouveau en présence de ma famille. Mais le chagrin a pris le dessus, et je n'arrive pas à supporter son poids. Est-ce aussi la fin de mon histoire avec Hayden ? Je ne peux plus continuer à le voir dans le dos de mon père. Et lui ne peut plus continuer à faire des courses dans le dos de Keith. À bien y regarder, notre histoire était terminée avant même d'avoir commencé.

Et mon père… Sans les courses de rue, je n'ai pas les moyens de l'aider. Même si je remporte le championnat de la Ligue, ce ne sera pas assez. C'est trop tard. Je dois me contenter de trouver une nouvelle équipe. Mais comment faire avancer mon rêve en abandonnant mon père sur le bord du chemin ? Je dois malheureusement encaisser ma défaite. Je ne suis pas arrivée à le sauver, ni à repartir du bon pied. J'espérais gagner autour de deux cent mille dollars, or je n'ai remporté que le tiers de cette somme. Ça ne suffit pas. Il est temps de faire une croix sur le rêve de mon père. Et de quitter Hayden.

Pour la centième fois, je pousse un soupir. Daphné me jette un regard exaspéré. Irradiant de beauté et d'élégance, elle est resplendissante dans sa robe ornée de milliers de perles qui scintillent. Ses longs cheveux blonds sont ramassés dans un chignon agrémenté de mèches ondulées et d'un diadème. Une vraie princesse dont c'est enfin le jour de gloire. Elle entend bien ne voir personne gâcher sa journée, surtout pas moi.

– C'est bientôt fini, Mackenzie. Promets-moi de ne pas gigoter cette fois, d'accord ? Hier, pendant la répétition, on aurait dit que tu avais envie de faire pipi.

J'aimerais lui rétorquer quelque chose de désobligeant, mais je n'en ai pas la force. Nous voici en train d'attendre dans un jardin adjacent à celui où Daphné scellera son union avec son homme pour le restant de sa vie. Jeff est un mec bien, totalement dévoué à ma sœur, faisant tout pour la rendre heureuse, même lorsqu'elle est extrêmement difficile. Il est fait pour elle. Le fait qu'ils aient réussi à se trouver me rend un peu triste.

Leur mariage se déroule à l'extérieur, au bord d'un bel étang savamment décoré, avec un pont et des fontaines aux couleurs du mariage, le rouge et l'orange. Les interminables rangées de chaises blanches sont agrémentées de roses orange et rouges. Des violonistes entonnent des morceaux traditionnels. De l'autre côté de l'étang, loin de la vue des invités, se trouve une cage renfermant un couple de colombes. Elles seront lâchées pendant la cérémonie, au moment où les époux se retourneront vers les invités après avoir prononcé les vœux. C'est *too much*.

De là où je suis, je peux voir les rangées de chaises qui commencent à se remplir. Les amis, la famille et les connaissances de ma sœur et de son futur mari arrivent. Mon père attend avec nous pour conduire Daphné jusqu'à l'autel. Theresa et moi sommes demoiselles d'honneur. Le reste de notre famille prend place au premier rang, nos grands-parents, des tantes, des oncles et quelques cousins. Les rangs suivants sont remplis par les membres de la Cox Racing, avec John, Nikki et Myles, entre autres. Ça fait chaud au cœur de voir que Daphné les a tous invités. Même si bientôt l'équipe n'existera plus, ils font tous partie de la famille.

J'essaie d'attirer l'attention de Myles et de Nikki pour les saluer mais ils regardent ailleurs. Nikki est splendide, comme toujours lorsqu'elle se fait belle pour une fête, mais je la vois se ronger les ongles, geste qu'elle ne fait que lorsqu'elle est très anxieuse. Myles est très beau dans son costume, mais il affiche un visage de marbre qu'on pourrait facilement confondre avec les statues du jardin. Qu'est-ce qui se passe ?

Me voilà rongée par une angoisse supplémentaire. Theresa pose alors sa main sur mon épaule et agite ses boucles blondes en secouant la tête quand je la regarde.

– Mieux vaut que personne ne te voie ou Bridezilla va se mettre en colère.

Elle me fait un grand sourire en posant les yeux sur Daphné qui semble déjà être en train de se plaindre auprès de l'organisatrice du mariage.

Pauvre femme… Theresa se retourne ensuite vers moi et chuchote :

– Tu crois qu'elle a choisi ces robes pour nous torturer ? Les miennes n'étaient pas du tout comme ça.

Elle a raison. La robe choisie par Theresa était de style ancien, une véritable parodie d'*Autant en emporte le vent*, mais au moins la couleur était jolie. La robe choisie par Daphné est d'un orange affreux censé s'accorder avec les couleurs du mariage. Et ce n'est pas tout, elle s'accompagne d'un énorme nœud rouge au-dessus des fesses. C'est bien la robe la plus moche que j'aie jamais vue.

– Je suis sûre qu'elle se venge du jour où, à sept ans, j'ai coupé les cheveux de toutes ses poupées.

Theresa se met à rire puis elle me regarde avec tendresse.

– J'ai hâte de voir ce que tu choisiras pour nous à ton mariage.

Mon ventre se noue et j'en ai presque un sursaut. Ce n'est pas près d'arriver. Pas avec Hayden, en tout cas. Je cligne vite des yeux pour effacer la brume qui teinte ma vision.

– Tu penses vraiment que je vais me marier un jour ? Moi qui n'ai presque pas le temps de me doucher, ça m'étonnerait que j'ai un jour le temps de sortir avec quelqu'un.

Theresa se met à rire tandis que Daphné nous rejoint.

– Qu'est-ce qui vous fait rire ? demande-t-elle, et ses yeux bleus se gorgent d'inquiétude. Quelque chose ne va pas ? C'est la musique ? Les chaises ? Les fleurs ? Quoi ?

Theresa et moi posons une main sur son épaule et mon père se poste derrière elle.

– Tout va bien, Daphné. Tu peux te détendre maintenant, susurre-t-il.

Elle n'a pas l'air rassurée, mais elle acquiesce. Je regarde mon père puis mes sœurs et mon cœur se serre.

– J'aimerais tellement que Maman soit parmi nous, je murmure.

J'entends Theresa renifler tandis que mon père pose ses yeux sur moi.

– Elle est là, Mackenzie. Je te le promets…

Soudain des larmes menacent de gâcher mon maquillage. Je me retourne alors vers Daphné qui évente sa main devant ses yeux en espérant faire sécher les siennes avant que le mascara ne se mette à couler. Son visage manifeste à la fois sa tristesse et sa colère, ce qui me fait sourire.

Elle dirige son regard sur moi et s'exclame :

– Pas d'émotions avant la cérémonie, Kenzie ! Tu veux ma peau ou quoi ?

J'éclate de rire et, bien qu'elle me jette un regard noir, l'atmosphère se détend. J'espère que ça va durer.

La cérémonie commence enfin. Je remonte l'allée jusqu'à l'autel au bras du garçon d'honneur qui m'a été attribué. Lorsque les violonistes se mettent à jouer la marche nuptiale, tous les invités se lèvent pour Daphné. Je sens les larmes monter à nouveau en regardant mon père marcher à ses côtés. Pour la première fois depuis longtemps, il a vraiment l'air heureux, plein d'amour et de fierté pour sa fille. J'espère qu'il ressent la même chose pour moi et je prie pour qu'il ne découvre jamais toutes les choses que j'ai faites dans son dos. Comprendrait-il que j'ai fait ça pour lui ? Mais au fond, est-ce que ça compte ? Une trahison reste une trahison.

Mon humeur change pendant la cérémonie car celle-ci dure plus d'une heure, avec lecture de poèmes à l'eau de rose, citations de la Bible et autres chansons sentimentales. Une fois la célébration terminée, Daphné et Jeff remontent l'allée en tant que mari et femme. De mon côté, je suis à deux doigts de pousser un hurlement de soulagement. J'ai très mal aux pieds dans mes chaussures à talon inconfortables, et puis je n'arrête pas de penser à toutes les choses que moi je ne pourrai jamais avoir. J'ai besoin de boire un verre. Peut-être même plusieurs.

Les chapiteaux de la réception ont été dressés dans les jardins. Il y a assez d'alcool pour inonder toute la ville d'Oceanside. Alors que Daphné et Jeff s'entretiennent avec les invités qui font patiemment la queue pour leur parler, je m'éclipse en direction du bar. Dès que j'atteins les barmans soigneusement apprêtés, une voix lance derrière moi :

– Deux whiskys, s'il vous plaît. Et doublez la dose.

Je regarde par-dessus mon épaule. Myles se tient debout près de moi. Il a l'air épuisé, comme s'il n'avait pas dormi depuis des jours.

– Hé… ça va ? je demande.

Myles hausse les épaules.

– Je ne sais pas, Kenzie. Franchement, je ne sais plus quoi penser.

Il me regarde fixement, ce qui me glace le sang.

– De quoi tu parles ? Qu'est-ce qui ne va pas ?

Myles ne dit plus rien, il se contente d'attraper les verres et de m'en donner un. Il prend une gorgée puis agite la tête.

– J'ai besoin de réponses, Kenzie. De réponses honnêtes.

Mon cœur se met à battre fort.

– À propos de quoi ? je demande.

Je lève le verre contre mes lèvres et laisse le liquide brûlant envahir ma bouche. Une sensation à la fois abominable et divine. *Ne t'en fais pas, il ne sait rien*. Myles se penche en avant et murmure :

– Tu couches avec Hayden ou tu te contentes simplement de faire des courses illégales avec lui ?

J'avale immédiatement le liquide et me brûle la gorge, ce qui rend mon objection à ses accusations vraiment pitoyable.

– Quoi ? Qu'est-ce que… De quoi tu parles ?

Je tousse, bafouille, des larmes se forment dans mes yeux. Mais ce n'est rien, en comparaison du sentiment de panique extrême qui m'empêche de respirer. *Il sait tout. Merde ! Comment est-ce possible ?* Nikki se précipite vers nous et passe sa main sur mon dos.

– Putain, Myles, on avait dit de rester subtil, non ?

Elle lui jette un regard noir et lui rend mon whisky, puis elle me conduit plus loin. Myles nous suit. Je regarde Nikki et découvre qu'elle a l'air aussi fatiguée que Myles. Mon Dieu… qu'est-ce qui se passe ?

Nikki semble afficher beaucoup plus de compassion que lui.

– Je suis vraiment désolée, Kenzie. Je sais que tu m'avais demandé d'attendre avant de dire à Myles pour Hayden et les courses de rue, mais je n'ai pas pu. Il était en colère, il voulait tellement avoir quelque chose contre Hayden et je savais…

– Elle savait ce que tu manigançais ! hurle Myles.

Autour de nous, plusieurs personnes l'entendent. Je sens alors de nombreux regards inquisiteurs se poser sur moi. Je me sens très mal. Nikki fusille à nouveau Myles du regard, puis elle agite la tête dans ma direction.

– Je ne savais rien, je te le jure. Mais, bon sang, Kenzie… Dans quel pétrin t'es-tu fourrée ?

Je m'arrête net et lève les mains en l'air.

– Je ne sais pas de quoi vous parlez, dis-je à voix basse.

C'est un mensonge, et pourtant, c'est en partie la vérité. Je ne peux rien leur dire tant que je ne sais pas précisément ce qu'ils savent. Myles se poste devant moi.

– On t'a vue. On est allés à la course de Los Angeles et tu y étais.

Je deviens toute pâle et j'ai la nausée.

– Oh…

Myles me lance un regard glacial.

– Eh oui ! Nikki m'a tout dit ! Et elle savait qu'il y aurait une course à L.A. J'allais enfin pouvoir me venger de Hayden. Mais je ne m'attendais vraiment pas à t'y trouver aussi. Tu n'as pas idée du choc que j'ai eu en te voyant, Kenzie. Avec lui.

Il brandit son téléphone et se met à faire défiler des photos prises par lui. La foule, les motos, les pilotes alignés sur la ligne de départ, Hayden seul avec sa moto puis avec moi, pendant que je me prépare pour le prochain tour. Il a des preuves. Je suis dans la merde la plus totale.

– Ne montre pas ça à mon père, dis-je en le suppliant.

Myles se met à rire avec chagrin.

– Malheureusement, ce n'est pas la première fois que nous avons cette conversation, Kenzie. Et tu me demandes à nouveau de ne rien dire ? Tu vas encore me faire croire que tu as changé, mais tu vas continuer à coucher avec l'ennemi dans mon dos, c'est ça ?

Il le dit si fort que tout le monde autour de nous l'entend, j'ai le ventre tout noué.

– Non… ce n'est pas le cas…

Pourtant si. Je ne peux rien dire pour ma défense. Des larmes de honte se mettent à couler sur mes joues. Voyant que je persiste à tout nier, Myles devient rouge de colère.

– Tu n'arrives toujours pas à dire la vérité, hein ? C'est à cause de lui que j'ai eu un accident,

Kenzie ! Que j'ai loupé toute la saison ! Il aurait pu me tuer ! Et tu t'en fous ?

– Bien sûr que non. Laisse-moi t'expliquer…

J'essaie de poser ma main sur lui pour le calmer mais il recule brusquement.

– Ne me touche pas ! s'exclame-t-il en tremblant de rage.

Nikki essaie de l'apaiser mais tout ce tumulte finit par attirer l'attention de mon père. Mon estomac se retourne lorsque je l'aperçois s'avancer vers nous.

– Mackenzie ? Myles ? Que se passe-t-il ? Je vous entends vous disputer à l'autre bout du jardin.

Il fait un signe de tête en direction de Myles et, voyant que ce dernier a deux verres à la main, il les prend et les repose sur une table. Il se poste ensuite devant nous, les mains sur les hanches, et me dévisage.

– Dites-moi ce qui se passe.

Je n'ai pas le temps d'en placer une, Myles me coupe l'herbe sous le pied. Il brandit son téléphone vers mon père et lui dit :

– Votre fille participe à des courses de rue illégales avec un pilote de l'équipe Benneti, Hayden Hayes, le connard qui a saboté ma moto. Et pour couronner le tout, je suis à peu près sûr qu'elle couche avec lui.

Voilà comment tout explose. Je ne peux plus me sauver, je ne peux plus sauver Hayden. Je ne peux plus sauver personne. Myles devient tout pâle lorsqu'il prend la mesure de ce qu'il vient de dire.

Il essaie de reprendre son téléphone mais c'est trop tard, mon père le lui arrache des mains et se met à parcourir les photos, en écarquillant les yeux à chaque image.

Lorsqu'il les a toutes vues, il rend froidement le téléphone à Myles.

– Je vois, dit-il d'une voix glaciale et détachée, sans aucune émotion.

Désespérée, j'attrape mon père par le bras.

– Ce n'est pas ce que tu crois.

Si, pourtant, si. Transformant la vérité, je lui dis :

– Hayden n'a fait que m'aider à y participer. C'est moi qui voulais, moi seule. Il refusait de m'aider mais je l'ai menacé de le faire de toute façon. Parce que je voulais gagner de l'argent pour sauver notre équipe. Pour t'aider.

Sentant que mon cœur est sur le point de se fendre, j'ajoute en pleurant :

– Je voulais simplement t'aider à sauver ton équipe, Papa. Et j'ai réussi. J'ai presque quatre-vingt mille dollars à la maison pour toi. Tout est pour toi ! Allons chercher l'argent maintenant. Je t'en supplie ! Laisse-moi te montrer ! Laisse-moi t'aider.

Mon père n'en revient pas quand il entend le montant récolté. Même Nikki et Myles semblent ne pas en croire leurs oreilles. Puis mon père ferme les yeux et pince ses lèvres si fort qu'elles deviennent blanches. Lorsqu'il ouvre à nouveau les yeux, il contient sa colère.

– Nous en parlerons plus tard, après la réception du mariage de ta sœur.

Il tourne les talons et s'éloigne sans regarder derrière lui. Je sais que je viens de le perdre. Je le sens, au plus profond de mon âme. C'en est fini de mon père et sans doute de mon avenir. Et aussi, de Hayden.

Nikki est la première à parler.

– Tu as vraiment gagné quatre-vingt mille dollars ?

Le regard éteint, je me retourne vers Myles.

– Oui, j'ai gagné cette somme. Pour sauver Cox Racing. C'est tout ce que j'essayais de faire, Myles. Et tu viens de tout… détruire.

Affichant tout son regret, Myles secoue la tête.

– Ce n'était pas mon intention, c'est sorti tout seul. J'étais furieux… je suis désolé…

Il brandit à nouveau son téléphone.

– Regarde, j'efface toutes les preuves. Toi et Hayden… vous n'aurez pas de problèmes avec la Ligue.

J'essuie le mascara qui a coulé sur mes joues et lui réponds :

– On sera quand même virés de nos équipes. Il n'y a pas besoin de preuves pour l'interdiction qui pèse sur nous, dis-je, la voix tremblante. On a été surpris ensemble en dehors du circuit… C'est une preuve suffisante pour Keith et pour mon père… Et tu sais quoi ? La Ligue n'aura sans doute pas besoin de preuves si mon père leur avoue ce que sa fille a fait… ils le croiront sur parole. Tu viens de détruire ma carrière, Myles.

Myles détourne le regard, je me sens écrasée par la tristesse. C'est vraiment la fin. Au mieux, je vais être virée. Au pire, je serai bannie du sport à vie. Hayden va sans doute m'accompagner dans ma chute… Avec un peu de chance, il sera simplement viré. Est-ce qu'une autre équipe acceptera de le recruter ? J'ai essayé de bien faire et voilà que tout part en fumée… à cause de la vengeance de Myles.

– C'est vous qui avez appelé les flics ?

Myles et Nikki se regardent avant de se tourner vers moi. Leurs visages sont si pâles, leurs expressions pleines de culpabilité… Je sais d'avance ce qu'ils vont répondre. Nikki a les yeux qui brillent, comme si elle savait que ce qu'elle s'apprête à avouer endommagera notre amitié pour toujours.

– On ne savait pas que tu allais venir. Lorsque nous sommes arrivés et que nous avons constaté ce qui se passait… que nous avons vu Hayden… tu n'étais pas encore là. Tu n'es arrivée qu'après… Nous avions déjà appelé les flics… C'était trop tard pour faire marche arrière… Nous étions tellement…

Sa voix s'éteint, alors Myles prend la parole :

– Nous étions en colère, Kenzie. Nous avions l'impression d'être trahis… Alors nous ne t'avons pas prévenue. Nous t'avons laissée là-bas, juste avant que les flics arrivent… et je suis… désolé, murmure-t-il. Je m'en veux tellement.

Nikki lance à Myles un regard noir.

– Je me sentais vraiment mal, sur le moment. Je n'arrêtais pas de me demander si je devais aller chez toi pour être sûre que tu allais bien, dit-elle en reniflant. Nous aurions dû te prévenir… te parler. Nous aurions dû faire ça autrement.

Myles pousse un soupir et regarde le sol.

– Je voulais juste me venger de Hayden…

– Eh bien sache que c'est raté ! je m'exclame.

Rage et tristesse tourbillonnent violemment en moi, je n'arrive plus à faire la différence.

– Hayden s'en est tiré.

C'était moins une. Le regard de Myles bout de colère. Il souhaite toujours punir Hayden. Ça ne cessera jamais. Et je serai toujours au beau milieu de tout ça. Il ouvre la bouche mais je n'ai pas envie d'entendre ce qu'il veut dire. Et puis, il n'y a rien de plus à dire. Les dégâts sont faits. Étouffée par la détresse, je leur dis :

– Hier, c'était ma dernière chance d'obtenir la somme qui pouvait sortir Cox Racing de la faillite pour de bon. Et vous m'en avez empêchée.

Nikki fait immédiatement un pas en avant, les bras tendus.

– Kenzie… je suis tellement…

Je recule, une main en l'air.

– Non ! Pas maintenant.

Vous m'avez pris Cox Racing... et vous m'avez pris Hayden. Je tourne les talons. J'entends Myles et Nikki m'appeler mais je les ignore. Trop d'émotions m'envahissent, les larmes montent. Je veux être seule pour pouvoir m'effondrer.

CHAPITRE 21

L'organisatrice du mariage m'aide à retrouver mon sac au vestiaire, ensuite, je me dirige le plus vite possible vers le parking. Lorsque je suis enfin dans ma voiture, je me demande si je dois appeler Hayden et lui annoncer que c'est fini. Je n'arrive pas à le faire. Je ne peux pas le détruire avant même de lui avoir avoué combien il compte pour moi. Et surtout, je ne supporte pas l'idée de le perdre. Des deux choses que je vais perdre à jamais, Hayden est celle qui laissera la cicatrice la plus profonde dans mon cœur. À la pensée de ne plus revoir ses yeux émeraude, son sourire en coin et ses cheveux en pagaille, le souffle me manque. Ne plus pouvoir faire la course contre lui, ne plus pouvoir lui parler, ne plus pouvoir me laisser aller avec lui… c'est trop difficile de renoncer à tout ça. Je ne peux pas encore me résoudre à lui dire que c'est fini, parce que tant que je ne dis rien, on pourra peut-être encore passer une dernière nuit ensemble.

Une nuit, ce ne sera jamais assez. Impossible de contenir ma tristesse après cette pensée. Le front sur le volant, j'éclate en sanglots.

Je ne sais pas combien de temps je pleure, mais mes larmes finissent par sécher. J'ai mal à la tête, la gorge toute sèche et mon cœur… J'ai l'impression que mon cœur ne pourra plus jamais fonctionner comme avant. Je fais ce que je peux pour essayer de penser à autre chose, en vain. Seule la douleur que je ressens est omniprésente, dans mon cœur et jusqu'au bout de mes orteils.

Je regarde vers le bas et remarque que ma robe est tachée de larmes ; on dirait que je viens de passer sous une pluie diluvienne. Tout à coup, je me sens coupable. Je devrais être en train de célébrer le mariage de ma sœur avec ma famille, pas là, à me cacher pour pleurer. Seulement, je ne sais pas si je vais être capable de faire semblant d'être heureuse, ou encore, de rester en compagnie de mes soi-disant amis. Ou de mon père. Il est furieux contre moi, et il a d'ailleurs le droit de l'être.

Je décide de soutenir ma sœur, malgré mes problèmes. Je nettoie mon visage et ouvre la portière. Lorsque je pose les pieds sur les graviers du parking, je distingue quelqu'un qui s'approche de moi. Je sens mon cœur faire un bond en découvrant mon père.

Je prends une longue inspiration et me prépare à l'affronter. Il faut au moins que j'accepte avec grâce ce qui va me tomber dessus. Le visage sévère, mon père s'arrête devant moi.

– Que fais-tu là ? demande-t-il en jetant un coup d'œil aux voitures vides autour de nous. Tu as loupé les toasts et le gâteau.

– J'avais besoin de retrouver mes esprits, dis-je, la voix éraillée mais constante.

Il acquiesce, l'air d'approuver que je fasse ça en privé.

– Et tu… les as retrouvés… tes esprits ?

– Oui.

Il le faut bien.

– Très bien. Alors nous pourrions… parler… de ce que tu as fait, dit-il, mal à l'aise. Autant le faire ici, tant que nous sommes seuls.

Je baisse le regard vers le sol. L'air se fait lourd autour de nous. Mon père et moi ne sommes pas doués pour parler de nos tourments. Ou peut-être que c'est seulement moi. Je n'arrive pas à m'ouvrir aux autres. Hayden est le seul à avoir réussi à briser la glace. Ça lui a pris du temps. Mon père veut savoir ce qui se passe et je ne sais pas quoi lui dire. Dois-je continuer à mentir ou tout lui avouer ? Dans tous les cas, je suis sûre qu'il va me virer. Si ce n'est pas pour les courses de rue, alors ce sera à cause de l'interdiction propre à notre équipe.

Hayden et moi n'aurions jamais eu à nous cacher si cette interdiction n'existait pas. Et je n'aurais jamais commencé à tisser tous ces mensonges. Myles se serait sans doute fait une autre opinion sur Hayden s'il avait eu le droit de lui parler. Nikki aussi. Et peut-être même mon père. Ils verraient ce que j'ai vu en lui, si seulement ils apprenaient à le connaître. Foutue interdiction. Qui existe à cause de Keith… et de ma mère.

Avant leur liaison, rien n'était interdit. Keith n'aimait simplement pas mon père à cause de son accident. Mais quand ma mère a fini par coucher avec Keith… les choses ont pris une toute autre tournure. Je ne comprends toujours pas pourquoi. Comment ma mère a-t-elle pu trahir ainsi mon père ? Est-ce que mon père pense automatiquement à cette trahison chaque fois qu'il voit Keith ? Est-ce pour cela que subsiste encore aujourd'hui l'interdiction de côtoyer les Benneti ? Mon père serait-il plus tolérant si ma mère était encore vivante ?

Je lève les yeux sur lui. Il n'arrive pas à me regarder et je sais ce qui lui trotte dans la tête. Il veut me poser des questions sur Hayden, sur les courses de rue… il ne sait simplement pas par où commencer. Je me racle la gorge et décide de briser le silence en lui posant une question qui me taraude depuis des années.

– Papa… Est-ce que Maman et toi étiez… heureux ?

Mon père semble très surpris par ma question.

– Pourquoi me demandes-tu cela ?

– J'étais juste en train de penser à Maman… et à Keith, dis-je en me sentant soudain en colère. Pourquoi a-t-elle fait… ? Je veux dire, comment a-t-elle pu… ?

Je ne finis pas mes phrases, mes pensées s'éteignent. Je n'aurais pas dû me mettre à parler de ça. Mon père a déjà assez de soucis en tête.

Contre toute attente, il me sourit.

– Tu veux dire, comment a-t-elle pu autant s'égarer ?

Je me contente d'acquiescer et le petit sourire de mon père se transforme pour laisser place à un soupir. Il enfonce ses mains dans ses poches et répond calmement :

– À l'époque, je me posais tous les jours cette question, Mackenzie. Selon moi, les problèmes ont commencé après l'accident avec Keith qui… a mis un terme à sa carrière, dit-il. Puis il ferme les yeux. C'était une erreur stupide, que je n'aurais jamais dû commettre. J'ai mal évalué la distance qui nous séparait, j'ai percuté son pneu alors que nous finissions un virage… Nous avons tous les deux perdu le contrôle mais lui est rentré dans un mur…

Il marque une pause, comme si les images de ce moment défilaient à nouveau devant ses yeux. Puis il les rouvre et poursuit :

– Je suis sûr que tu as vu la vidéo. C'était juste un accident, mais Keith a refusé de voir les choses de cette façon et il ne m'a jamais pardonné. Nous étions les meilleurs amis du monde, de vrais frères. Nous atteignions les sommets ensemble. Je n'aurais jamais pu imaginer que quelque chose nous séparerait un jour. Pourtant c'est ce qui s'est passé. Keith a cherché à me faire du mal après cet accident… et il a fini par trouver un moyen.

Alors que mon père se remémore le passé, son visage devient triste. Ça me fait du mal rien que de le voir.

– C'est bizarre ce que l'esprit retient. Parfois j'oublie le jour de ton anniversaire et celui de tes sœurs, j'arrive même à oublier le mien, mais le jour où j'ai appris pour ta mère et Keith… est gravé dans ma mémoire.

Il marque une pause, ses yeux se brouillent. En temps normal, j'aurais cherché une excuse pour ne pas rester, mais cette fois je touche son bras pour le soutenir. Un petit sourire illumine son visage et je suis contente de voir ça.

– Tous les soirs, je rentrais tard du circuit. En général, ta mère dormait déjà. Mais cette nuit-là, elle était encore debout. Elle faisait les cent pas dans notre chambre et ses yeux étaient tout rouges, comme si elle avait récemment pleuré… ce qui était plutôt habituel.

Déconcertée par ce que j'entends, j'essaie de comprendre. Elle était triste ? Souvent ? D'après tout ce que j'ai entendu sur ma mère, jamais je n'ai entendu parler d'une quelconque tristesse. J'imagine qu'elle n'était pas parfaitement heureuse avec mon père – sinon pourquoi aurait-elle eu une liaison avec un autre ? –, mais je ne pensais pas qu'elle était aussi déprimée.

Décelant mon étonnement, mon père explique.

– Ta mère… Elle n'a jamais vraiment été la même après vos naissances. Bien entendu, elle vous aimait plus que tout au monde, mais elle était… différente. Tout le temps… triste. Après coup, j'ai su qu'elle souffrait d'une sévère dépression post-partum. C'est ainsi que les docteurs appelent ça, mais à l'époque, tout ce que je savais, c'est qu'elle pleurait beaucoup et que rien de ce que je faisais ne semblait la rendre heureuse.

Il regarde ses pieds et sort les mains de ses poches pour les passer dans ses cheveux.

– Je ne savais pas quoi faire, alors je passais le plus clair de mon temps au circuit, dit-il, sur la défensive. Je n'avais pas le choix. Faire marcher l'équipe n'a jamais été une tâche facile.

Je hoche la tête pour lui témoigner mon soutien, mais plus il parle, plus je sens mon enfance se transformer, s'altérer. Les parents sont censés être parfaits. Mais c'est une mascarade. Ils sont juste… normaux. Et faillibles, comme tout le monde. Mon père grince des dents et son regard s'assombrit. Il arrive au moment le plus difficile de l'histoire.

– Keith… cet enfoiré… passait à la maison quand Vivienne allait au plus mal, qu'elle était vulnérable. Il s'est servi de sa souffrance, de sa solitude et il a tout fait pour la tourner contre moi, pour la convaincre de me quitter… juste pour se venger de l'arrêt de sa carrière.

Ses mains se contractent, formant des poings. Je me dis que si Keith était là, il lui collerait à nouveau une beigne. Au bout d'un moment, il relâche la pression.

– Ils m'ont tous les deux caché leur liaison pendant des mois, jusqu'à ce que Vivienne ne supporte plus la culpabilité et m'avoue tout. Ce soir-là, quand je suis rentré, elle était en train de faire les cent pas dans la chambre. Elle m'a dit qu'elle ne pouvait plus continuer à vivre dans le mensonge… et elle m'a avoué ce qu'elle avait fait.

Il devient songeur, revivant sans doute la pire nuit de sa vie. Puis ses yeux se brouillent davantage. Je n'ai jamais vu mon père pleurer. Jamais. Je me sens hors de moi de le voir tenter de ravaler ses larmes.

– Comment a-t-elle pu te faire ça ? Même en étant déprimée, comment a-t-elle pu coucher avec lui ?

Mon père pousse un soupir.

– Tout n'est pas sa faute, Mackenzie. Je ne la défends pas, mais je me sais en partie responsable. Je savais qu'elle n'allait pas bien, mais je ne savais pas quoi faire… alors j'ai préféré ne pas m'occuper d'elle et ignorer ce qu'elle traversait. Keith… il lui a donné l'attention dont elle manquait, il écoutait ses problèmes et il lui disait ce qu'il fallait pour la rassurer… alors que moi, je m'obstinais dans le travail, je me cachais pendant qu'elle pleurait… Ce n'était pas juste.

Son regard devient triste, cette ancienne culpabilité semble le miner à nouveau. Ça me fait vraiment du mal de le voir ainsi.

– Tout comme le fait de te tromper, j'ajoute avec douceur. Elle est allée trop loin. C'était sa décision. Tu n'as pas à t'en vouloir.

Je me mords les lèvres, puis je lui demande :

– Comment as-tu pu lui pardonner ?

Il esquisse un sourire morne.

– À l'aide de beaucoup de séances chez le psy. Et de beaucoup de patience, de compréhension, et de communication. Vivienne n'allait pas bien, seulement quand elle a fait appel à moi, je n'ai pas été là pour elle… alors elle s'est raccrochée à ce qu'il lui offrait. J'ai mis du temps à lui pardonner, mais nous avons fini par traverser cette épreuve et nous en sommes sortis plus forts, dit-il, et son visage se referme. En revanche, Keith… Je ne lui pardonnerai jamais ce qu'il a fait. S'en prendre à moi, à Vivienne, à vous… à toute notre famille. Nous étions comme des frères. Il n'aurait jamais dû. Rien ne sera jamais comme avant entre nous.

Ce n'est pas une surprise que mon père déteste Keith. Je le déteste aussi, plus que jamais, à présent. Le seul côté positif de la liquidation de Cox Racing, c'est que mon père n'aura enfin plus rien qui le retiendra à Keith.

– Pourquoi es-tu resté si longtemps sur ce circuit ? Pourquoi n'as-tu pas vendu ta part dès que tu as appris leur liaison ?

– C'est difficile à expliquer… Il y avait trop de choses en jeu. Ma fierté. Je ne voulais pas que Keith pense qu'il avait réussi à me chasser, qu'il pense avoir gagné la bataille. Et puis aussi d'un point de vue pratique. Ce circuit est parfait pour ce dont j'ai besoin, et partager les frais avec quelqu'un d'autre était nécessaire… Et puis c'est là que sont mes souvenirs les plus précieux. Mes filles y ont grandi, elles y ont fait leurs premiers pas. C'est là aussi que tu es montée sur ta première moto. J'ai demandé ta mère en mariage dans mon bureau… Je peux encore sentir son parfum chaque fois que je rentre dans cette pièce, dit-il avant de pousser un soupir. Même maintenant, après tout ce qui s'est passé, si je pouvais garder Cox Racing en activité, je le ferais. Tu sais, je n'ai vraiment pas envie de mettre la clef sous la porte, Mackenzie.

Le cœur lourd, je l'implore de changer d'avis.

– Alors ne le fais pas. Sers-toi de mon argent. Demande un prêt. Trouve un associé… Fais quelque chose ! Il y a bien une solution, Papa.

Il esquisse un sourire et secoue la tête.

– Je ne peux plus obtenir de prêts. Et quatre-vingt mille dollars, c'est bien, mais ça ne ferait que combler les trous sans pour autant régler tout le problème. Je n'ai pas trouvé d'associé qui accepte de collaborer avec moi, en dehors de John, mais il n'a pas les moyens. Mackenzie, crois-moi, j'ai essayé par tous les moyens de trouver une solution à notre situation. Il n'y en a pas. Il est temps de laisser derrière nous les souvenirs de ta mère. Le circuit n'est pas le seul endroit où subsiste son esprit. Elle est en chacune de vous… surtout en toi, dit-il avec mélancolie. Tu lui ressembles tellement, c'est presque douloureux parfois de te regarder. Mais c'est une douleur agréable.

Je dois ravaler mes larmes au moins dix fois après ça. Mon père a l'air mal à l'aise quelques instants, puis il poursuit :

– Je ne sais pas y faire avec les émotions. Malheureusement, je me dois d'abord d'être ton patron, alors parfois, je suis distant. J'en suis désolé. J'ai juste envie que tu réussisses. Je veux que tu ailles jusqu'au bout de ton potentiel et que tu atteignes l'excellence, dit-il en plaçant sa main sur mon bras. Je ne te le dis pas assez… mais je suis extrêmement fier de toi, ajoute-t-il avant de froncer les sourcils et de retirer sa main. Ce qui rend ce que tu as fait encore plus dur à encaisser. Des courses de rue… ? À quoi tu pensais, au juste ?

Je me sens inondée à la fois par la joie et par la tristesse. Enfin, j'entends ces mots que j'attends depuis si longtemps… mais ils sont teintés de malheur parce que j'ai trahi mon père et notre héritage familial, en faisant quelque chose d'illégal et de sordide. J'en suis malade.

– Tu vas me dénoncer à la Ligue ? je murmure.

Il passe sa main sur son visage avant de se masser les tempes. Il laisse échapper un long soupir, comme si le poids du monde reposait sur ses épaules.

– Myles m'a dit qu'il a effacé les photos, donc je n'ai pas de preuves… mais… en accusant ma propre fille, les juges se contenteraient de…

Il marque une pause pour me regarder et mon cœur s'emballe. *La réponse est donc oui ?* Il finit par secouer la tête.

– Non, je ne vais pas te dénoncer, Mackenzie. Sans preuves, n'importe quel avocat parviendrait à te refaire piloter, donc ça ne sert à rien que je perde mon temps et détruise ma réputation, dit-il avant d'afficher un petit sourire.

Je sais qu'il est content d'avoir une raison de ne pas le faire. Il suit les règles, parce qu'il a toujours été honnête et droit, mais il ne veut pas que j'arrête de piloter. Je me sens tellement soulagée que mon père fronce les sourcils en le voyant.

– Mais j'espère que tu te rends compte de l'ampleur de ce que tu as fait. C'est mal.

Je m'en rends compte, c'est justement pour ça que c'était aussi difficile pour moi. Je secoue la tête comme si je voulais faire disparaître mon sentiment de culpabilité et lui dis :

– Je le sais, je n'ai fait ça que pour l'argent. Tu étais si déprimé après ton amende pour avoir frappé Keith, et puis nous avions de telles dettes que gagner les courses de la Ligue ne suffisait plus. La seule solution pour nous sauver était de faire quelque chose de radical.

Son regard redevient sévère, le même qu'il affiche lorsque j'ai fait une erreur sur le circuit et qu'il me corrige.

– J'apprécie ton geste, vraiment, mais c'était stupide. Il n'y a pas de protection dans les courses de rue, pas de drapeaux d'alerte, pas d'inspection des motos ou d'arrêts au stand. En revanche, il y a des feux rouges, des piétons et d'autres motocyclistes ignorant totalement qu'ils se trouvent au beau milieu d'une course. Non seulement c'est interdit, Mackenzie, mais c'est extrêmement dangereux. Tu aurais pu te tuer. Je ne veux pas enterrer une autre femme dans ma vie, à cause d'un accident stupide.

Il secoue lentement la tête, la peine transforme son visage, le rend encore plus sombre. J'ai du mal à le regarder dans les yeux, alors je baisse le regard.

– Je suis désolée. Je ne voyais pas les choses comme ça. Je voulais juste… sauver notre équipe, ton héritage, dis-je en relevant à nouveau les yeux sur lui.

Sceptique, mon père pousse un soupir.

– C'est toi l'héritage, Mackenzie. Ne le vois-tu pas ?

Mes yeux se gorgent de larmes. Je n'avais jamais vu la situation sous cet angle.

– Je… je suis désolée.

Mon père m'observe attentivement.

– Oui, je sais que tu es désolée. Mais c'est la seule chose qui me semble vraie dans ton histoire. Ce que tu as dit plus tôt… je n'y crois pas. Il est impossible que tu aies eu cette idée toute seule. Ce Hayes ne t'a pas juste donné des informations. Qu'est-ce qui se passe vraiment entre toi et ce Benneti ?

Mon instinct premier me pousse à lui mentir. J'ai envie de protéger Hayden et de ne rien dire à mon père. J'ai envie de continuer à soutenir qu'il est vraiment innocent et que c'est moi qui l'ai menacé de me faire participer à ces courses. Or, mon père vient de m'ouvrir son cœur. Je ne peux pas lui mentir.

– Ce n'est pas ce que tu penses, Papa. Hayden est quelqu'un de bien et il a ses propres raisons pour participer à ces courses. Des raisons aussi justifiables que les miennes.

Il laisse échapper un grommellement en signe de désaccord.

– Ses raisons ne comptent pas, Mackenzie. Tu n'as pas le droit d'être avec lui. Et puis, tu ne peux pas lui faire confiance. Sais-tu qu'il vit avec Keith ? Il dépend de lui pour tout. Si Keith lui demande de perforer tes pneus, il le fera. Sans aucune hésitation.

– Non. Il ne le ferait pas. Il…

Je referme si brusquement la bouche que je me mords la langue. *Il m'aime et je l'aime. Il ne me ferait jamais de mal.* Mais je ne peux pas dire ça tout haut. Mon père serait furieux d'apprendre que notre relation est vraiment sérieuse. Ça ne l'aiderait pas à changer d'avis sur Hayden, ça ne ferait que le rendre encore plus méfiant. Malheureusement… mon père a peut-être raison. Je ne pense pas que Hayden puisse me faire du mal, mais en ce qui concerne les autres… Je suis persuadée qu'il m'a aidée à gagner des courses de rue, ce qui rend son implication dans l'accident de Myles possible. Je ne sais pas jusqu'où peut l'entraîner sa loyauté pour

Keith. Serait-il capable de refuser un ordre ? Je n'ai pas envie de connaître la réponse. Le visage de mon père se tend, comme s'il décelait exactement ce que je pense.

– Il le ferait, Mackenzie, et c'est pour cette raison… que je dois intervenir. Il faut que ça cesse.

J'ai l'impression de sentir la terre s'ouvrir sous mes pieds et d'être aspirée. Ce n'est pas possible.

– Tu vas me virer ?

Je suis convaincue qu'il va confirmer mon renvoi, pourtant, il fait signe que non.

– Il ne reste plus qu'une course, après quoi la saison s'achève et l'équipe n'existe plus. Te virer maintenant ne servirait à rien.

Il ne me punit donc pas en me renvoyant prématurément de l'équipe ?

– Alors qu'est-ce que tu vas faire avec moi ? je demande, sans être vraiment sûre d'avoir envie de le savoir.

Son expression reste impassible.

– Rien. Tant que tu me promets de ne plus jamais le revoir.

Mon cœur se met à cogner de façon saccadée une fois que je prends conscience de ce qu'il vient de dire. Il ne me punit pas de ne pas avoir respecté l'interdiction concernant les Benneti, ni d'avoir fait des courses de rue ? Mais il exige que je coupe tout lien avec l'homme qui me chamboule, me bouleverse, me consume… Même si l'amour que je ressens pour lui m'effraie, même si je sais que ça ne mène nulle part… et même si j'ai des doutes sur ses méthodes et sa loyauté, la perspective d'être virée de mon équipe me semble beaucoup plus facile à vivre que celle de devoir me passer de Hayden.

– Et… si je… le revois ? Qu'est-ce qui se passe ?

Il se met à râler et frappe avec la main sur la carrosserie de ma voiture.

– Ne me cherche pas, Mackenzie ! Ne m'oblige pas à sacrifier notre relation pour te sauver, lance-t-il d'une voix éreintée et suppliante.

Mais la menace n'est pas encore assez claire pour moi, bien que la peur me glace déjà le sang.

– De quoi tu parles ? Qu'est-ce que tu ferais si je continuais à le voir ?

Ses épaules s'affaissent, il paraît plus âgé, comme s'il vieillissait, là, sous mes yeux.

– Si je n'ai pas d'autre choix… je suis prêt à ruiner ta carrière. Je suis capable d'aller jusque-là par amour pour toi.

Mon cœur s'arrête de battre le temps d'une seconde particulièrement douloureuse.

– Quoi ?

J'ai dû mal entendre. C'est la seule explication possible. Le visage triste mais résigné, il ajoute :

– Tu m'as bien entendu, Mackenzie. Arrête de voir ce garçon ou je ferai en sorte que personne ne te recrute. Pas même Benneti.

Un rire sinistre lui échappe, mais je ne trouve pas ça drôle du tout.

– Tu n'es pas… sérieux ?

– Je n'ai jamais été aussi sérieux, déclare-t-il.

Je me sens prise d'une telle rage que j'en ai la tête qui tourne.

– Tu ne peux pas me faire ça, tu ne le connais même pas ! Tu ne fais qu'écouter ce que les gens disent de lui et ils ont tort ! je m'exclame.

Mon père hésite, réfléchissant avant de répondre.

– Tu as changé. La fille que je connais n'aurait jamais risqué sa carrière en participant à des courses de rue. La fille que je connais n'aurait jamais menti à ses amis et à sa famille et jamais elle ne se serait cachée sur un parking pour pleurer au lieu de fêter le mariage de sa sœur. Avoue-le, tu n'es plus la même, Mackenzie… à cause de lui.

Tout ce qu'il dit est vrai, mais ce n'est pas la faute de Hayden. J'ai fait mes propres choix, aussi terribles soient-ils, souvent par désespoir, pour aider ma famille. J'essaie de trouver un argument que mon père ne pourra réfuter.

– Si je suis meilleure pilote, c'est grâce à lui.

Il détourne le regard, avant de le reposer sur moi.

– Ça va sans doute te paraître étonnant, venant de moi, mais s'il y a bien une chose que j'ai apprise ces dernières années, c'est que… les courses de motos, ce n'est pas le plus important dans la vie.

Puisqu'il refuse de comprendre, autant lui mentir. Au point où nous en sommes, à quoi bon ? Je lève les bras en l'air et lui lance :

– Je ne suis pas avec lui. Comme je te l'ai déjà dit, je me servais de lui, c'est tout. Hayden ne compte pas pour moi.

En disant cela, je sens une douleur atroce se répandre en moi, comme si je venais de déchirer mon cœur et qu'il ne tenait plus qu'à un fil. Je suis sûre que mon père ne croit pas un mot de mon mensonge, mais il sourit.

– Tant mieux. Alors nous n'avons pas de problème.

Si, on a un problème, même des centaines de problèmes.

– Félicite Daphné de ma part. Je rentre à la maison.

Mon père change d'expression, c'est maintenant de la déception qui luit dans son regard. Je ne sais pas à quoi il s'attendait après avoir lâché son ultimatum, mais il devait bien se douter que cela ne me plairait pas. Il veut ruiner ma carrière ? Parce qu'il pense que je peux mieux faire que Hayden ? Parce que, selon lui, Hayden n'est qu'un voyou aux ordres de Keith ? Mais il ne sait rien des espoirs de Hayden, de ses rêves, d'Izzy et de sa fille malade. Mon père refuse de prendre le temps de regarder au-delà des apparences… il ne le fera jamais. Je me retrouve à devoir choisir entre Hayden et mon père. Mais pourquoi fallait-il que Hayden soit un Benneti ?

Je m'installe dans mon pick-up et mon père me dit :

– Un jour tu me remercieras, Mackenzie. Je te le promets.

Un jour je le remercierai de son chantage ? N'importe quoi. Je claque la portière, allume le moteur et l'abandonne.

Pendant le trajet, je me sens fatiguée. Cette altercation avec mon père m'a épuisée. Je ne comprends pas qu'une conversation au départ si émouvante ait pu me mettre aussi en colère. Je ne me suis jamais sentie aussi proche de mon père que lorsqu'il s'est confié sur ma mère, mais maintenant… j'ai l'impression qu'un gouffre s'est creusé entre nous, avec pour moyen de traverse un pont de corde bancal. Sauf que je ne sais pas si j'ai envie de traverser ce pont… ou de le détruire.

J'essaie d'arrêter d'y penser en accélérant sur l'autoroute. Le passé est trop douloureux, le présent trop lugubre. Mon père a parlé de sacrifice, mais c'est exactement ce qu'il me demande de faire. Sacrifier Hayden, sacrifier ma carrière, ou bien sacrifier ma relation avec lui. Comment puis-je choisir entre les trois ? C'est comme s'il me demandait de choisir quel membre je souhaite qu'on m'arrache. Il n'y a pas de bon choix face à ce dilemme. Soit c'est Hayden qui va souffrir de ma décision, soit c'est mon père. Et moi, dans tous les cas.

Lorsque j'arrive chez moi, je m'écroule sur le lit et décide d'y rester. Je ne me lève que pour aller aux toilettes et me laver les dents. Peut-être que c'est le seul moyen de survivre à tout ça : rester au lit, pour ne pas affronter la vraie vie. J'ai besoin de passer un jour sans penser, sans rien décider. Si je refuse de prendre une décision, alors rien ne pourra me faire du mal.

Je pensais mon plan infaillible jusqu'à ce que, sur les coups de dix heures du soir, quelqu'un frappe à ma porte. La vision floue et le corps léthargique de n'avoir fait que dormir tout l'après-midi, je grommelle en entendant la sonnette, mais je ne me lève pas. Sauf que la personne intensifie les sonneries, alors je pose un oreiller sur ma tête pour atténuer le bruit. Finalement, j'entends le visiteur impromptu entonner la chanson « Vive le vent », toujours avec la sonnette, alors je finis par soulever les couvertures et me lever.

J'ouvre brusquement la porte sur Hayden. Ce n'est pas une surprise, il voulait venir chez moi après le mariage. Récemment douché, les cheveux parfaitement ébouriffés et portant une fine barbe de trois jours, il est dans un bien meilleur état que moi. Il est même très attirant. Tout ce que je veux, c'est me blottir contre lui. Voilà exactement pourquoi il ne devrait pas être là. Je n'ai pas encore pris de décision, je n'ai même pas commencé à y réfléchir.

Il pose sa main sur le cadran de la porte et me dévisage en penchant la tête sur le côté.

– Ça va ? On dirait que tu viens de te battre contre un grizzly… et que tu as perdu le combat.

Je fronce les sourcils et secoue la tête.

– Il est tard, Hayden… Tu ferais mieux de partir.

J'essaie de refermer la porte mais il pose sa main pour m'en empêcher.

– Tu n'as pas encore répondu à ma question. Et puis, il n'est pas trop tard pour nous.

Je pousse un soupir et ouvre grand la porte.

– Tu ne devrais pas être ici, si quelqu'un aperçoit ta moto…

Mais je me dis que, finalement, tout ça n'a plus d'importance. Qu'est-ce que je vais bien pouvoir faire ?

– Alors ouvre ton garage. À moins que tu ne préfères que je rentre par effraction ? dit-il en haussant les épaules. Ça ne me dérange pas, mais ce serait plus simple que tu l'ouvres.

J'hésite, puis je fais un pas en arrière pour le laisser entrer dans la maison. Une fois à l'intérieur, il m'observe silencieusement alors que je referme la porte. Sa veste en cuir déboutonnée est vraiment tentante : j'ai envie d'y glisser mes doigts et de sentir les muscles fermes de son ventre, de son flanc, de son dos ; qu'il me serre dans ses bras. J'ai envie de faire comme si rien n'avait changé, alors que rien n'est plus comme avant.

Au lieu de se déplacer vers la cuisine, Hayden continue de rester debout à me dévisager. Ce n'est que quand je m'apprête à lui demander ce qu'il attend qu'il hausse les sourcils et me dit :

– Tu n'as toujours pas répondu à ma question : est-ce que ça va ?

J'ouvre la bouche, mais il m'arrête en posant son doigt sur mes lèvres.

– Avant que tu ne dises quoi que ce soit, n'essaie pas de me dire que tout va bien, parce que tu as une tête de déterrée et que tu n'as vraiment pas l'air d'aller bien. Dis-moi la vérité. Dis-moi ce qui s'est passé.

Je lui lance un regard noir et repousse sa main.

– J'ai une tête de déterrée ? Merci, c'est exactement ce que je voulais entendre.

Son visage se durcit, il me regarde avec insistance.

– Arrête d'essayer de changer de sujet. Qu'est-ce qui s'est passé ?

Je pousse un soupir et passe mes mains dans mes cheveux. J'ai envie de lui parler, mais pour lui dire quoi ? Devrais-je mettre fin à notre histoire maintenant ou continuer encore un peu ? Aucune de ces deux options ne me paraît envisageable.

– J'étais juste… en train de réfléchir à des choses.

Ce qui est vrai. Mais c'est vague et alarmant. Hayden affiche désormais son inquiétude.

– À propos de nous ?

Je me mords les lèvres pour m'empêcher de lui répondre. Je ne me sens pas prête pour ça. Voyant que j'hésite, Hayden pousse un soupir.

– Bon, j'ai compris… c'est à propos de nous. Peut-être que je peux t'aider, alors, dit-il en se penchant et en me regardant droit dans les yeux. Arrête de compliquer les choses, Kenzie. Qu'est-ce que tu ressens pour moi ?

Si je lui réponds, j'aurai l'impression de faire un choix, alors j'essaie plutôt d'éviter sa question.

– Qu'est-ce que ça peut faire ? Il n'y a pas d'avenir pour nous.

– Ça compte, pour moi. Tu sais que je t'aime, Kenzie. Tu es tout ce que je veux. Et je sais que nous ne pouvons pas… hésite-t-il en fronçant les sourcils. C'est compliqué entre nous… mais ça ne veut pas dire que c'est impossible. Je cacherai ma moto dans ton garage chaque nuit, s'il le faut. Tant que je peux être avec toi…

Il se penche et m'embrasse. Je ressens une explosion dans mon cerveau et j'ai l'impression que mon cœur se gonfle et perd la vie. Il recule et murmure :

– Qu'est-ce que tu ressens pour moi ?

Tu es tout pour moi. Mais je ne peux pas perdre ma famille à cause de toi, et ça me rend malade de devoir choisir entre les deux hommes que j'aime le plus au monde. Dans mon silence, Hayden me caresse la joue.

– Kenzie, susurre-t-il. Parle-moi… Confie-toi… Tu n'as pas à me dire que tu m'aimes si ce n'est pas le cas. Dis-moi juste ce que tu ressens.

Ses lèvres effleurent à nouveau les miennes et je sens les murs s'abattre à l'intérieur de moi. J'ai envie de lui avouer tout ce que je ressens pour lui, de lui dire que je suis prête à tout risquer pour être avec lui. J'ai envic d'être à lui, de lui expliquer qu'il est le seul à me faire sentir aussi vivante.

– Je…

Je t'aime tellement. Tellement que je ne sais pas si pourrai vivre sans toi. Et ça me terrifie. Mes paroles restent bloquées dans ma gorge. Hayden m'embrasse à nouveau, espérant sans doute délier ma langue. Puis ses baisers deviennent de plus en plus intenses et il laisse échapper un gémissement. Ses mains se posent dans le bas de mon dos, il m’attire vers lui. Nous voilà collés l’un à l’autre, comme il se doit.

Ses lèvres se rapprochent de mon oreille.

– Kenzie… je t’en prie… parle-moi.

Je ferme les yeux et arrête de penser. Je laisse mon cœur décider.

– Je veux être avec toi. Je veux être toute à toi. Et je veux que tu m’appartiennes. Je… je t’aime aussi.

Le poids de l’indécision me quitte lorsque je rouvre les yeux. Je me sens libre. Ça y est, j’ai choisi. Et je sais que je vais devoir vivre avec ce choix. Avec Hayden à mes côtés, je suis capable de tout. Et mon père… il finira par accepter. S’il a pu pardonner à ma mère de l’avoir trompé, alors il pourra aussi me pardonner mon choix. Il suffit que nous soyons discrets jusqu’à ce que je trouve une nouvelle équipe. Ce serait trop négatif pour son image de me dénoncer après mon recrutement.

Je me sens plus légère que l’air et me mets à rire en me jetant dans les bras de Hayden. Il rit aussi, l’air plus heureux que jamais. Nous pouvons enfin donner vie à notre histoire. Je glisse mes doigts dans ses cheveux et, entre deux baisers, je lui dis :

– Je veux que tu me fasses l’amour.

Il pousse un grognement approbateur et me prend dans ses bras.

– C’est la deuxième meilleure chose que j’ai entendue de la soirée.

Nous nous dépêchons de cacher sa moto et, dix minutes plus tard, nous voici dans ma chambre plongée dans le noir. Le désir martèle en moi avec force. Je n'arrive pas à parler, à penser, j'ai juste besoin de ses lèvres contre les miennes. Nos baisers sont frénétiques et affamés, je lui arrache ses vêtements tout en le poussant vers l'arrière, pour nous rapprocher du lit. Lorsque je suis aussi nue que lui, je me demande si je ne devrais pas sauter dans ses bras pour qu'on fasse l'amour debout. Je ne peux pas attendre une seconde de plus.

Conscient de mon impatience, Hayden me repousse tendrement.

– Nous avons toute la nuit devant nous, murmure-t-il en saisissant doucement ma main, puis en me conduisant vers le lit pour m'y allonger avec douceur. Tu as dit que tu voulais faire l'amour, alors je vais te montrer comment on fait.

Je fronce les sourcils.

– Je sais très bien comment on fait.

– Vraiment ? demande-t-il un sourire aux lèvres.

Puis sa main remonte le long de mon bassin. Sentir sa peau contre la mienne est vivifiant. Je ferme les yeux. Il s'allonge à côté de moi et m'attire contre lui avant d'entourer ses jambes autour des miennes. Sa main glisse dans mon dos, puis sur mon épaule, et enfin sur un de mes seins. Je retiens mon souffle. Il m'embrasse tendrement et finit par murmurer :

– Tu mérites toute mon adoration.

J'en doute, après toutes les erreurs que j'ai commises ces derniers temps, mais c'est si bon de sentir son corps contre le mien que je ne vais pas le contredire. Il frotte ses jambes contre les miennes tandis que sa main se déplace sur mon ventre, sur ma hanche. Il me caresse tout le corps et je ressens une drôle de sensation, celle d'une douleur qui peu à peu s'efface, remplacée par quelque chose de beaucoup plus intense.

Il me fait rouler sur le ventre et caresse mon dos. Je suis au paradis. Puis ses lèvres glissent le long de ma colonne vertébrale. À nouveau le paradis. Ses doigts atteignent mes jambes, continuent de me choyer. Alors que sa bouche se déplace plus bas, il me provoque en approchant un doigt entre mes cuisses. Je laisse échapper un cri, sentant une onde de plaisir se répandre en moi. Il laisse ses doigts à cet endroit, tout en pressant son torse contre mon dos et en embrassant mon épaule.

– Je veux que tu te sentes bien. Tu es resplendissante, Kenzie, murmure-t-il à mon oreille.

Il me fait à nouveau rouler sur le dos. Toute pensée cohérente s'envole, je ne sens plus que du désir. Et de l'amour. Hayden fait glisser ses lèvres le long de mon cou, de ma poitrine. Il embrasse mes seins, mes tétons puis mon ventre. Quand il atteint mes cuisses, je me tortille déjà de plaisir, le souffle haletant. J'ai l'impression d'être un animal en cage, prête à détruire le lit s'il ne me touche pas là où j'en ai tant envie. Ses paroles me calment.

– Nous avons toute la nuit devant nous. Je ne vais pas arrêter de te donner du plaisir.

Il me lèche pile où je voulais. *C'est si bon.* Puis il rapproche sa bouche. Je me sens à nouveau au bord du gouffre. Plus rien ne compte. Euphorique, je sens sa bouche rejoindre la mienne. Il m'embrasse tendrement et presse le bout de sa queue contre ma fente.

– Regarde-moi, susurre-t-il.

J'ouvre les yeux et découvre qu'il me contemple. Puis lorsqu'il caresse ma joue, je vois tellement d'amour et de tendresse dans son regard que je me fiche presque de faire l'amour. Tout ça me suffit. Mais dès qu'il s'enfonce en moi, le sentiment de ne faire plus qu'un avec lui s'intensifie. Sa bouche s'ouvre mais il ne ferme pas les yeux, il ne détourne pas le regard. Nous nous contemplons fixement, droit dans le cœur et dans l'âme, nos corps unis.

Ses hanches se mettent à bouger en rythme. Le sentir aller et venir en moi n'a jamais été aussi puissant et intense qu'aujourd'hui. Sans comprendre pourquoi, je sens des larmes me monter aux yeux.

– Oh oui…, je murmure en lui griffant le dos et en l'attirant contre moi.

Je ne veux jamais que ça s'arrête. Hayden resserre son étreinte, tout en allant plus en profondeur et plus vite. Il serre ma main et pose son front contre le mien. Accélérant son mouvement, il m'embrasse avec passion. La pression augmente, je sais qu'il ne nous reste plus que quelques secondes sur terre. Je repousse la tête en arrière en gémissant.

– Hayden…

Ses mains serrent les miennes. C'est tout le soutien dont j'ai besoin pour me laisser aller. Un cri m'échappe alors que mon orgasme éclate. Hayden pose alors une de ses mains sur ma joue pour m'obliger à le regarder. Pendant que je me laisse envahir par le plaisir, il jouit à son tour, en murmurant :

– Je t'aime.

J'entoure mes bras autour de lui et pose ma bouche contre la sienne. *Je t'aime aussi.*

CHAPITRE 22

Les trois semaines qui suivent sont extrêmement difficiles pour moi. Mon père me demande très souvent comment vont les choses. Sa question reste assez vague, mais je sais très bien quelle est son intention : savoir si j'ai arrêté de voir Hayden. Je lui réponds toujours la même chose : *Ne t'inquiète pas, Papa, j'ai fait ce que tu m'as demandé.*

Mais ce n'est pas vrai, et je me sens tellement coupable que j'évite de rester seule avec lui autant que possible. J'ai toujours un nœud à l'estomac, je ferais mieux de reprendre les courses de rue. Au moins, je gagnerais de l'argent. Seulement ça ne compte plus : c'est bien la fin de Cox Racing.

De plus, je me sens harcelée par la montagne d'excuses que ne cessent de me faire mes meilleurs amis. Nikki et Myles sont dévastés par ce qu'ils ont fait, surtout Myles, puisque c'est lui qui a avoué la vérité à mon père. Ils n'arrêtent pas de m'envoyer des messages, de m'appeler tous les jours. La colère m'a permis de garder mes distances au début, mais cet ascenseur émotionnel m'épuise.

Assise sur un tabouret, j'observe Nikki retourner ma moto. Je me demande si je ne devrais pas lui parler avant que la culpabilité et les regrets ne finissent par me ronger. Mais je ne suis pas du genre à me confier facilement, Nikki doit d'ailleurs toujours me sortir les vers du nez. Cependant, je n'en peux plus d'être seule, perdue sur cet îlot d'émotions qui va bientôt couler.

– Hé… Nikki ?

Elle laisse immédiatement tomber sa clef à molette et se retourne vers moi. Ça fait longtemps que je n'ai pas été celle qui lance la conversation, ou qui, tout simplement, accepte d'y participer. Ces derniers temps, Nikki n'obtient quasi que des réponses monosyllabiques de ma part.

– Oui, qu'est-ce qu'il y a ? Tu as faim ? Tu as soif ?

Son excès de zèle me fait rire mais tous mes problèmes me reviennent en tête et je pousse un soupir. Ma vie a-t-elle toujours été aussi compliquée ? Je regarde autour pour m'assurer que nous sommes seules et lui demande :

– Je peux te parler ?

Nikki s'empresse de hocher la tête.

– Bien sûr ! C'est à propos de ce qui s'est passé pendant le mariage ? Myles et moi sommes vraiment désolés. Ce n'était pas du tout notre intention. Je ne sais pas ce que t'a dit ton père. Il n'en a parlé à personne, pas même à John, dit-elle avant d'écarquiller les yeux. Ne va pas croire que j'ai demandé…

Je pousse un soupir.

– Non, ce n'est pas… enfin, peut-être que c'est lié. Mais avant que je ne te dise quoi que ce soit, tu dois me jurer, sur notre amitié, que tu garderas tout pour toi. Et cette fois, Nikki, c'est très important… Tu ne peux en parler à personne, pas même à Myles.

Je lui dirai moi-même, quand je serai prête. Nikki pose sa main sur son cœur. J'ouvre la bouche mais rien ne sort. Je garde ces choses pour moi depuis si longtemps que j'ai du mal à me lancer. Je prends une longue inspiration et lutte contre la tension qui me tétanise. Je peux le faire.

– Je… je suis amoureuse de Hayden.

Même si je reste immobile, une grimace aux lèvres, attendant qu'elle m'assassine, je me sens soulagée. C'est si agréable de me confier enfin à quelqu'un à propos de lui. Nikki me regarde comme si je venais de me taper sur le front avec sa clef à molette.

– Quoi ? Tu es… ? De Hayden ? Hayes ?

Son étonnement me donne envie de rire, mais ma situation actuelle est trop douloureuse pour laisser place à la joie.

– Oui, je sais… Ça m'a choquée moi aussi, la première fois.

– Comment c'est possible ? demande-t-elle, perplexe.

Un sourire morne aux lèvres, j'entame la confession de tous les secrets que je cache depuis si longtemps.

– Au début, c'était juste pour les courses. Je n'étais pas assez bonne pour rendre mon père fier de moi et, comme je te l'ai déjà dit, Hayden et moi obtenons de bien meilleures performances lorsque nous pilotons ensemble, donc… nous entrions par effraction sur le circuit la nuit pour nous entraîner ensemble. J'ai fait mes meilleurs chronos avec lui, quand tout le monde dormait.

Nikki reste bouche bée.

– Vous êtes entrés par effraction sur le circuit ? s'exclame-t-elle.

Je me mets enfin à rire un peu en découvrant sa réaction.

– Oui, j'ai même forcé la serrure une fois ou deux.

Elle se contente de me regarder avec insistance, le visage pâle, comme si elle ne me reconnaissait plus.

– Je pensais qu'il avait arrêté les courses de rue jusqu'au soir de l'enterrement de vie de jeune fille de Daphné… où il a failli m'écraser.

Je souris en y repensant, puis je fronce les sourcils.

– Ça semblait être la seule solution pour sauver Cox Racing, à l'époque, alors… je l'ai supplié de me laisser participer. Au départ, il a refusé catégoriquement. Il avait vraiment trop peur que je me blesse… nous nous sommes disputés à ce sujet. Mais c'était le prix à payer pour sauver l'équipe, ou du moins, essayer de la sauver. J'ai donc fini par le menacer de le faire, avec ou sans lui.

Nikki manque de tomber du tabouret.

– Tu as toujours été si… obéissante… si stricte. C'est comme si tu venais de m'annoncer qu'en douce tu es une star du porno ou un truc de ce genre. J'ai vraiment du mal à comprendre.

Je lève les yeux au ciel à sa comparaison, mais je comprends ce qu'elle veut dire. Ça s'est fait si graduellement que je ne me suis même pas rendu compte de mon changement. Enfin, pas de façon évidente.

– À partir d'un moment, j'ai commencé à ressentir de l'attirance pour Hayden. Au début, ce n'était que physique mais très intense… Plus j'ai appris à le connaître, plus mes sentiments pour lui ont grandi. J'ai tout de suite su que nous serions condamnés. Je savais que ça n'avait pas de sens que je tombe amoureuse de lui… mais c'est arrivé, dis-je avec des larmes qui me montent aux yeux, tout en regardant fixement Nikki. Je l'aime tellement, Nikki. Je l'aime, et pourtant mon père préfère ruiner ma carrière si je continue à le voir. Il m'a dit qu'il ferait en sorte qu'aucune équipe ne me recrute l'année prochaine si je ne quitte pas Hayden. Je le crois. Seulement, je ne peux pas arrêter de le voir, je me sens tellement vivante lorsque je suis avec lui. Je suis vraiment incapable de le quitter, et donc je suis dans la merde.

J'essuie frénétiquement les grosses larmes qui coulent le long de mes joues. Affichant un mélange d'empathie et de surprise, Nikki se lève et me prend dans ses bras.

– Putain, Kenzie… Je ne savais pas.

Puis elle recule, fronce les sourcils et ajoute :

– Pourquoi tu ne me l'as pas dit plus tôt ?

Je sèche mes larmes et lui réponds :

– Parce que… tu sais que ce n'est pas facile pour moi, de parler de ce genre de choses. Et puis, Hayden… m'est interdit et tout le monde le déteste, Myles, mon père… J'avais peur que tu le racontes et que je sois virée, si je te le disais.

Elle ouvre la bouche pour se défendre et je l'interromps.

– Ne nie pas, tu es incapable de garder un secret…

Esquissant une grimace, elle acquiesce.

– En fait, je me disais que tu ne saurais pas garder le secret et que tout serait détruit. Sauf que… je ne voulais simplement pas qu'on me dise que je faisais quelque chose de stupide, que je commettais une grosse erreur. Je ne voulais pas qu'on essaie de me dissuader, je ne voulais pas accepter la vérité. Et puis, je suis tombée amoureuse de Hayden et c'était trop tard.

Le visage de Nikki se radoucit. Elle essuie quelques larmes qui coulent sur mes joues, je ne me suis même pas aperçue que j'avais recommencé à pleurer.

– Tu l'aimes au point de risquer ta carrière pour lui ? Depuis que je te connais, les courses sont ce qu'il y a de plus important pour toi.

Un sourire illumine mon visage.

– Ça peut paraître dingue mais… oui. Je préfère faire une croix sur ma carrière que sur lui.

Nikki sourit et ses yeux brillent, comme si elle était sur le point de pleurer. Elle est heureuse pour moi, et le fait de voir qu'elle accepte la situation diminue grandement la douleur. Elle écarte les bras comme pour à nouveau me serrer contre elle, mais je l'en empêche en l'attrapant par les mains.

– J'aimerais vraiment vous garder tous les deux dans ma vie, alors j'ai besoin que tu me promettes de ne rien dire à personne. C'est du sérieux, Nikki. Tant que mon père ne sait pas que je continue de voir Hayden, il ne fera rien pour saboter ma carrière.

Nikki me dévisage en silence pendant de longues secondes avant d'acquiescer. Je passe mes bras autour d'elle et la serre fort en la remerciant de ne rien dire. Mon cœur est toujours aussi à vif quand je prends congé d'elle, mais au moins, j'ai l'impression de mieux respirer maintenant que j'ai partagé mes angoisses.

Je décide de quitter le circuit plus tôt que d'habitude et me dirige vers ma moto de loisir. Mon téléphone sonne pendant que je marche. Un message de Hayden : Retrouve-moi à l'arrière du circuit, à notre endroit.

Je sais qu'il se réfère au trou dans le grillage mais je ne peux pas y aller. J'évite à tout prix de le rencontrer ailleurs que chez moi : pas d'entraînement de nuit, pas de bars, même en dehors de la ville, pas d'échanges pendant ses courses de rue. L'enjeu est encore plus grand qu'avant. Je ne peux pas prendre le risque qu'un rendez-vous avec Hayden remonte aux oreilles de mon père. Mais comme je ne veux pas que Hayden soit au courant de toute l'affaire avec mon père et Myles, je garde pour moi la raison qui me pousse à être aussi prudente. Si Hayden apprenait que Myles et mon père savent tout – mon père ne dit rien à Keith parce qu'il le hait, mais cela pourrait changer s'il apprenait que je continue à fréquenter Hayden –, il serait alors aussi dévasté que moi. Et je ne veux pas que ça se produise. Pas tant que la saison n'est pas terminée.

Je regarde du côté des Benneti et aperçois Hayden en combinaison devant les portes du garage, le téléphone à la main. Il regarde dans ma direction sans vraiment avoir l'air de me voir. Je soupire et lui réponds : Je ne peux pas. Je déjeune avec Daphné. C'est beaucoup plus difficile pour moi de lui mentir à lui qu' à mon père, mais je ne peux pas prendre le risque d'être vue avec lui. Pour toute réponse, il fait la moue. Je me sens alors coupable. Tu viens ce soir ? je lui demande. D'accord. Mais j'arriverai tard, j'ai une course.

Je serre mon téléphone dans ma main, j'aimerais lui demander de ne pas y aller. Peut-être que si je lui promets des choses coquines, il choisira plutôt de rester avec moi, ce soir. Mais Izzy et Antonia en souffriraient, ce qui n'est pas mon intention. Je veux simplement qu'il soit sain et sauf. Et depuis que les courses de rue ne sont plus un secret, il n'est pas en sécurité.

Fais attention, d'accord ?

Je fais toujours attention, ma chérie. Eh oui, maintenant que tu es ma chérie, je peux t'appeler comme ça. Si ça ne te plaît pas, tu n'as qu'à me fouetter plus tard. Ou peut-être que ce sera moi qui te fouetterai.

Les joues toutes rouges, je lui lance un regard aguicheur. Ne me tente pas, Hayes. Malgré la distance qui nous sépare, je le vois rire et ça me réchauffe le cœur. Si je parviens à rester en équilibre sur la fine ligne de toutes les déceptions que je suis en train de causer, peut-être que, finalement, rien ne m'éclatera à la figure.

Pour atténuer un peu mon mensonge, j'appelle Daphné et lui demande de déjeuner avec moi. Elle est beaucoup plus calme depuis son mariage, c'est devenu plus agréable de passer du temps avec elle. Bizarrement, elle n'était pas en colère contre moi, bien que j'aie raté la moitié de la journée. Elle était un peu pompette, si bien qu'elle n'en a pas trop tenu compte.

Après un déjeuner plaisant, je rentre à la maison et enfile mon maillot de bain. J'ai très envie d'aller goûter l'océan. J'attache ma planche de surf sur mon pick-up et je rejoins mon endroit préféré. C'est le début de l'après-midi, en milieu de semaine, une heure avant la sortie des écoles. La plage est déserte. À moi le paradis.

Je commence à affronter les vagues, jusqu'à ce que je me rende compte que je ne suis plus seule. Hayden est posté sur la plage, au bord de l'eau ; il me fixe. Regagnant le rivage, j'arrive à sa hauteur.

– Qu'est-ce que tu fais là ?

Il parcourt ma tenue des yeux et mon corps se met à frissonner.

– Je suis allé chez toi, et tu ne répondais pas, malgré « Vive le vent » et « We Wish You a Merry Christmas » sur la sonnette. Alors je me suis dit que tu devais être ici.

J'esquisse tout de suite un grand sourire mais je fronce aussitôt les sourcils. Il ne devrait pas être avec moi dans un lieu aussi exposé.

– Tu devrais être en train de t'entraîner pour la course du New Jersey qui a lieu ce week-end.

– Non, je devrais être en train de faire l'amour à ma copine.

Il effleure mon bikini du bout des doigts et je frémis.

– Hayden, je murmure, sans savoir vraiment si je veux qu'il arrête… ou qu'il continue.

Il lève les mains en l'air.

– Tu ne voulais pas me voir ce matin, mais j'ai quelque chose pour toi et je ne pouvais pas attendre ce soir.

Il glisse sa main dans sa poche et en tire une petite boîte à bijoux. J'écarquille les yeux et sens mon cœur faire un bond. Non ! Il ne va pas faire ce que je pense ? Pas encore, c'est trop tôt. Enfin, peut-être que mon père lâcherait l'affaire si Hayden et moi étions mariés… Mais non ! Je suis bien trop jeune pour me marier.

– Qu'est-ce que c'est ? je demande, le souffle haletant.

Il me regarde bizarrement le temps d'une seconde, puis il secoue la tête.

– Ce n'est pas ce que tu crois.

Il ouvre la boîte et je regarde à l'intérieur. Elle contient une bague qui repose sur un coussin de velours. Pas une bague de fiançailles, mais une magnifique bague composée de trois anneaux d'argent qui s'entremêlent pour créer le symbole de l'infini, brillant sous le soleil.

– Mon Dieu ! Hayden… elle est tellement belle !

Je commence à l'enfiler à ma main droite, mais il m'arrête.

– Regarde à l'intérieur… Elle est gravée.

Je la rapproche de mon visage et essaie de déchiffrer les petites lettres. *De tout mon cœur, ton Gros Débile.*

Je le regarde ahurie et il sourit de toutes ses dents.

– Tu pensais que je n'avais pas remarqué mon nom sur ton téléphone, hein ?

Je deviens toute rouge et son regard se dirige sur mes seins.

– Putain, Kenzie, j'en peux plus de te voir comme ça.

Je pouffe de rire et enfile la bague. Elle est pile à la bonne taille.

– Je suis en train de faire du surf, ce n'est qu'un maillot de bain.

– C'est un bikini, murmure-t-il en effleurant un de mes seins. Un joli bikini…

Puis il glisse sa main dans mon dos.

– Un très joli bikini…

J'adore sentir sa peau contre la mienne, je laisse échapper un geignement. Et voilà, je cède, je m'offre à lui. Mais ce n'est jamais assez.

– Allons chez moi, je murmure.

Il attrape ma planche de surf et la dépose sur le sable. Puis il me soulève pour m'asseoir dessus.

– Restons ici, dit-il en m'allongeant sur la planche.

Je regarde autour de nous, la plage est toujours déserte.

– Mais on pourrait nous voir…

Je n'ai pas le temps de finir ma phrase que Hayden a déjà écarté mon bas de bikini pour y poser sa bouche. Ma vision devient floue. Je n'aperçois plus que les arbres et les rochers, je n'entends plus que les vagues et ne sens que sa langue qui me caresse et m'envoie des décharges de plaisir. Le moment est parfait, je n'ai pas envie d'arrêter. Même si quelqu'un faisait irruption, je ne lui dirais pas d'arrêter. Je n'en serais pas capable.

Alors que sa bouche continue de remuer contre moi, ses mains me caressent les seins et me pincent les tétons. Ensuite, il fait glisser sa bouche jusqu'à mon cou et se place au-dessus de moi, tout en chuchotant à mon oreille combien il a envie de moi et combien je suis belle. Je défais la braguette de son pantalon et le libère.

Il entre en moi et je réalise à quel point c'est bon d'être avec lui. J'attrape des deux mains la planche au-dessous de moi et sens la bague heurter la fibre de verre pendant que nous nous rapprochons du point culminant. Oui, tout ça en vaut la peine. Hayden est ce que je désire le plus au monde.

***

En ce samedi matin, nous bouclons les ultimes préparatifs avant la dernière course de la saison. Elle a lieu sur le circuit New Jersey Motorsports Park de Millville, dans le New Jersey. Je n'arrive pas à croire qu'il s'agit déjà de la dernière course de l'année. C'est la fin d'une époque, la fin de Cox Racing. Cette fois, mon classement n'a plus d'importance. Les choses ne seront plus jamais les mêmes après cette course. Mon père va mettre la clef sous la porte, je vais devoir trouver une nouvelle équipe, changer mes motos de couleur, enlever les logos des sponsors. Un nouveau départ, en somme. Hayden n'aura plus à craindre pour sa carrière une fois que Cox Racing sera liquidée. Cependant, ce dernier événement ressemble plus à un enterrement qu'à une fête pour moi.

L'excitation dans l'air est pourtant palpable. Il n'y a que trente points de différence entre la première et la dixième place. Les dix premières places du championnat de la Ligue sont encore accessibles à tous – cette saison, personne n'a de place assurée. Ce qui explique l'espoir que tous les pilotes ressentent.

La réunion obligatoire de toutes les équipes se déroule sans histoire : personne n'arrive en retard, personne n'est malade. Une seule chose demeure inquiétante : la rage sourde qui anime Keith et mon père, tels deux étalons sauvages qui tentent momentanément de se maîtriser. Évidemment, s'ils étaient seuls, cela se passerait autrement.

Moi aussi j'ai l'impression de tenter de me contenir, ne contrôlant plus mon corps. Hayden est juste derrière Keith. J'essaie en vain de ne pas le regarder. Le simple fait d'être dans un espace confiné avec lui, même si plein de gens nous entourent, m'empêche de respirer, de me concentrer. Chaque fois que j'arrive à détourner le regard, je sens la chaleur du sien sur ma peau. Et quand je le regarde à nouveau, nous n'arrivons plus à nous quitter des yeux. Bien qu'il affiche une expression décontractée, ses yeux en disent long. *J'ai envie de toi. J'ai besoin de toi. Je t'aime. Allons ailleurs pour que je te le prouve.*

Je ne peux pas céder. Pas ici. Nos rencontres nocturnes ne peuvent plus avoir lieu. Pas tant que nous sommes entourés de pilotes susceptibles de parler. Les choses pourraient remonter aux oreilles de Keith ou de mon père. La réalité fait que nous ne pouvons pas nous fréquenter tant que nous serons loin de chez nous. C'est de la torture.

Mon père m'épie tout le long de la réunion et, quand celle-ci se termine, il me saisit par le bras pour que je reste près de lui. Agacée, je m'exclame :

– J’allais juste voir si Nikki a besoin d’aide. Si tu ne me crois pas, tu peux lui demander.

Il plisse les yeux, n’appréciant pas le ton sur lequel je lui parle. Derrière lui, j’aperçois Hayden qui nous regarde avec inquiétude. Il ne sait toujours pas que mon père est au courant pour nous… et qu’il s’imagine que c’est fini entre nous.

Relâchant mon bras, il me dit :

– C’est ta dernière course, ta dernière chance d’impressionner le public. Deux bonnes équipes m’ont contacté pour toi : Excess et YTK. Si ta performance est à la hauteur aujourd’hui, il y a de fortes chances pour qu’elles t’ouvrent leurs portes.

Je connais ces deux équipes et il a raison, elles sont d’excellente réputation. Mais elles sont basées sur la côte Est, ce qui voudrait dire vivre à des milliers de kilomètres de Hayden pendant la saison d’entraînement… En gros, pendant presque les trois quarts de l’année.

– Ce sont les seules options ? Tu veux vraiment m’envoyer vivre en Caroline du Nord ou en Virginie ? À l’autre bout du pays ? Loin de tous ceux que j’aime ?

Il fait une drôle de grimace, en se demandant sans doute qui figure sur cette liste.

– N’en fais pas toute une histoire, Mackenzie. Ça fait partie du boulot. Jusqu’à présent, tu n’y as pas encore fait face parce que tu es rentrée dans le milieu à travers moi. Mais sache que tout le monde passe par là, sans se plaindre. Il y a des milliers de gens prêts à prendre ta place si tu n’es pas disposée à faire ce sacrifice, dit-il en regardant derrière moi. C'est comme ça et pas autrement, Mackenzie. Sinon, c'est fini.

Il s'éloigne après avoir proféré ses menaces et je serre mes poings. Hayden a vu notre échange, il semble curieux et inquiet. À l'intérieur de moi, je sens la colère qui bout. Le piège de mon père vient de se refermer sur moi. Alors, c'est ça, sa stratégie pour me garder le plus loin possible de Hayden ? Me placer dans une équipe à l'autre bout du pays ? C'est vraiment son objectif, ou simplement une précaution de plus pour que je lui obéisse ? Dans tous les cas, il a décidé de me pourrir la vie. Si je veux avancer dans ma carrière, il faudra forcément que je le fasse sans Hayden. Vu sa dernière remarque, il ne fait aucun doute que si je refuse les équipes qu'il a choisies pour moi et si je décide de me débrouiller toute seule pour en trouver une, il me dénoncera auprès de la Ligue pour que je sois bannie. Je sais qu'il a encore suffisamment d'influence pour le faire. Mon père m'a coincée dans une impasse, dans une prison. Il n'y a pas d'autre issue possible si je veux continuer à être pilote de course. Comme si, un jour, j'allais en plus le remercier. *Je t'emmerde, Papa. Jamais je ne te remercierai de me faire ça.*

Je regarde sur le côté et découvre que Hayden me regarde avec de gros yeux, l'air de dire qu'il veut absolument me parler. Mais je ne peux pas évoquer tout ça avec lui, surtout pas tant que nous sommes ici. Je lui fais un bref sourire en espérant que ça l'apaise pour le moment. Il ne semble pas s'en satisfaire mais Keith l'appelle, alors il le suit.

Lorsque je rejoins enfin mon équipe, je suis furieuse. Je croise Myles qui a toujours l'air aussi affligé, ce qui ne fait rien pour améliorer mon humeur. Il est venu avec nous pour dénicher lui aussi une nouvelle équipe, sauf que, contrairement à moi, il est libre de négocier avec celles qu'il veut. Il lui suffit de les convaincre qu'il est en bonne santé et que son arrêt ne l'a pas défavorisé. En temps normal, j'aurais tout fait pour l'aider, mais là, j'ai surtout envie de l'éviter.

Il se dirige vers moi. Je tourne les talons, mais il court pour me rattraper.

– Mais arrête, Kenzie ! Il faudra bien un jour que tu acceptes de me parler. Alors autant le faire tout de suite, crie-t-il.

Si je n'en veux plus à Myles, je ne suis cependant pas encore arrivée au stade de lui parler. Sa trahison est allée trop loin et m'a fait beaucoup de mal. N'étant pas d'humeur à régler nos problèmes maintenant, j'accélère le pas. Cependant Myles arrive à ma hauteur et me saisit par le bras. Je lui jette un regard noir et réplique d'un ton sec :

– Lâche-moi, Myles.

Il lâche mon bras et rabat ses mains dans ses poches.

– Alors, parle-moi. Je t'ai dit des millions de fois combien je suis désolé, Kenzie. Qu'est-ce que tu veux de plus ? demande-t-il, visiblement irrité.

Entre la conversation que je viens d'avoir avec mon père et le culot de Myles, je n'arrive plus à contenir ma colère.

– À cause de toi, mon père décide de m'envoyer à plus de trois mille kilomètres l'année prochaine. Je voulais rester auprès de ma famille. Au lieu de ça, il décide de m'en écarter. Ce ne sont pas tes excuses qui vont changer le cours des choses !

Myles écarquille les yeux.

– Trois mille kilomètres… ?

Il fronce ensuite les sourcils.

– Tu n'es pas obligée d'aller là où il veut, Kenzie. Viens avec moi, je vais aller aborder quelques équipes aujourd'hui, dont une en Californie. Je suis sûr qu'ils te prendront, tu es tellement douée.

Des larmes de colère et de tristesse me montent aux yeux.

– Je ne peux pas. Mon père refuse de me laisser prendre une autre voie que celle qu'il a choisie pour moi. Si j'essaie de désobéir… il ruinera ma carrière.

L'étonnement qu'il affichait avant n'a rien à voir avec le choc qui apparaît maintenant sur son visage. Il regarde autour de nous avant de se pencher en avant et de chuchoter :

– C'est à cause de ce que je lui ai dit sur toi et Hayden ? Écoute, je peux lui dire que c'est faux, que j'ai tout inventé.

Pour la première fois depuis longtemps, il me fait sourire, mais sans grande allégresse.

– Merci, Myles, mais… c'est trop tard. Il t'a cru. Et puis… tu disais la vérité sur nous. Je l'aime, sauf que je ne peux plus être avec lui.

En tout cas, pas sans en payer le prix très cher. Myles me regarde à la fois avec colère, incrédulité et peine. Et puis, finalement, il semble réaliser que ce qui compte le plus, c'est notre amitié.

– Je suis désolé, Kenzie. Je ne peux pas vraiment dire que je comprends… mais je suis désolé que tu ne puisses pas être avec lui.

Je sens les larmes prêtes à jaillir. Je n'ai vraiment pas envie de pleurer ici.

– Alors n'en parle à personne.

Il grince des dents, mais acquiesce. Une fois que j'obtiens sa parole, je m'éloigne.

– Je vais voir Nikki et vérifier les motos. La course va bientôt commencer.

Myles me regarde fixement, on dirait qu'il veut me prendre dans ses bras. Alors je m'éloigne le plus rapidement possible. Tout ce mélange d'émotions qui s'abat sur moi juste avant la course n'est pas bon. Mais je me dis que la course ne compte plus tant que ça, finalement. Mon destin est déjà tout tracé. Je n'ai pas mon mot à dire.

Quand j'arrive au garage où se trouvent nos motos, je cherche à apercevoir un membre de l'équipe. La pièce semble vide, mais il doit bien y avoir quelqu'un.

– Nikki, tu es là ? J'ai besoin de te parler… Tu ne vas pas croire ce que mon père vient de me dire.

Personne ne répond. J'entends le tintement métallique d'un outil qui tombe au sol. Dans l'espoir qu'elle puisse me conseiller, je me dirige vers le bruit.

– Mon père a vraiment dépassé les bornes cette fois, et je ne sais vraiment pas comment je vais faire pour…

Je perds la voix en découvrant ce que jamais je n'aurais pensé voir un jour : Hayden accroupi au pied d'une de mes motos avec une clef à molette à la main, touchant visiblement au moteur. Oh mon Dieu… c'est vraiment lui qui sabote les motos depuis le début. Et maintenant il s'en prend à la mienne…

Son visage devient tout pâle lorsqu'il se tourne vers moi.

– Putain ! je m'exclame en faisant un pas en arrière.

Il pose l'outil et se relève d'un bond.

– Ce n'est pas ce que tu crois, Kenzie.

Il fait un pas vers moi mais je lève la main en l'air.

– Non, c'est pire. J'allais tout envoyer balader pour toi : ma carrière, ma famille… tout ! Alors que c'est toi qui sabotes les motos ? Mon père et Myles avaient raison sur toute la ligne…

Ma vision se brouille, mon cœur fait des siennes. J'ai l'impression que je vais m'évanouir. Ou vomir. Peut-être les deux. Hayden secoue violemment la tête.

– Non, ils ont tort sur moi. Je ne fais rien, je te le promets.

Il m'attrape par les bras pour m'empêcher de fuir, et je suis trop sonnée pour avoir le réflexe de me libérer.

– Je me disais qu'ils avaient peut-être raison, dis-je. Après avoir enchaîné les victoires dans la rue, même quand je n'aurais pas dû gagner, j'ai commencé à sérieusement avoir des doutes sur toi. Je ne savais pas quoi en penser. Mais jamais je n'aurais imaginé que tu puisses t'en prendre à moi.

J'arrive enfin à reprendre suffisamment mes esprits pour dégager mes bras. Hayden semble totalement paniqué. Il passe ses mains dans ses cheveux en répétant :

– Je ne fais rien. Je t'en prie, Kenzie, tu dois me croire. Je t'ai dit que jamais je ne te ferais de mal.

Il essaie de me prendre dans ses bras, mais je le repousse.

– Alors tu peux me dire ce que tu fais là ? je hurle.

J'ai la sensation que le béton sous mes pieds s'est transformé en sables mouvants. Toutes mes certitudes étaient fausses.

– J'essaie de réparer quelque chose ! crie-t-il. Puis il sort un boîtier de sa poche.

– Qu'est-ce que c'est que ça ? je demande en sentant mon corps qui se glace.

Il serre le boîtier dans sa main.

– Quelque chose qu'il valait mieux retirer de ta moto.

Je perçois de la colère dans sa voix et de la rage dans ses yeux.

– Je te jure que je ne suis pas impliqué dans ce qui se passe, Kenzie.

Mon cœur palpite.

– Donc, il se passe bien quelque chose, hein ? Et tu es forcément impliqué…

Il ferme les yeux et siffle entre ses dents :

– Je ne peux pas… Je n'étais pas sûr…

Quand il rouvre les yeux, son regard est éreinté.

– Je ne peux pas t'expliquer. Il faut simplement que tu me fasses confiance quand je te dis que jamais je ne te ferais de mal.

– Et Myles, tu lui ferais du mal, à lui ? Est-ce que tu as… blessé Myles ?

Ma gorge est si sèche que chaque mot est difficile à prononcer. Le visage de Hayden se décompose, comme s'il redoutait précisément que je lui pose cette question.

– Sans le faire exprès, chuchote-t-il.

Les murs qu'il avait réussi à abattre autour de moi se dressent à nouveau si violemment que je sursaute. Hayden s'avance vers moi, avec l'air de vouloir m'aider, et je lève les bras devant moi pour l'en empêcher.

– Ne t'approche pas de moi.

– Kenzie, je t'en supplie…

Tout mon corps se met à trembler.

– Non… Je n'ai pas envie d'entendre ça. Dégage !

– Putain, Kenzie, ne fais pas ça ! Laisse-moi t'expliquer.

Colère, souffrance et trahison tourbillonnent si brutalement en moi que, s'il ne part pas, je vais finir par attraper la clef à molette et à lui assener des coups avec.

– Putain mais dégage ! je hurle.

Le visage serré, il commence à reculer.

– Très bien, je pars. On en reparlera une autre fois.

– Il n'y aura pas d'autre fois, Hayden. C'est fini entre nous.

Je ressens tellement de colère dans mon ventre que je ne souffre pas une seconde en lui disant ça, mais je sais que la douleur de notre rupture me rattrapera plus tard. Je n'ai pourtant pas le choix. Je ne peux plus lui faire confiance, au moins c'est clair, maintenant. Hors de question que je fasse une croix sur ma carrière et ma famille pour lui.

Hayden ouvre la bouche pour dire quelque chose, et nous entendons tous les deux la porte du garage s'ouvrir. Frustré, Hayden me jette un coup d'œil avant de se précipiter en courant vers la porte secondaire, à l'angle de la pièce, qui était verrouillée ce matin.

John fait irruption la seconde d'après, avec un grand verre de soda dans une main et un plateau de nachos dans l'autre. Il s'arrête net en me voyant.

– Mackenzie… J'étais juste…, dit-il avant de pousser un soupir. Ne dis pas à ton père que j'ai laissé les motos sans surveillance. Ma femme ne me laisse jamais manger ce genre de cochonneries, elle a toujours une armée d'espions pour l'épauler. Ce n'est que pendant les déplacements que je peux me faire plaisir…

Pour toute réponse, je me contente de secouer la main. Je m'en fiche. Je me fiche de tout. Tout est fini.

Je me prépare pour la course avec la sensation que tout mon corps est engourdi. Je n'arrive pas à croire qu'après tout ce que j'ai fait pour garder Hayden, ce soit juste… terminé. J'ai presque envie d'aller voir mon père pour lui avouer tout ce que je sais sur Hayden, contacter les représentants de la Ligue et leur dire ce que je viens de voir. Je me demande même si je ne devrais pas annuler ma participation à la course, laisser la saison se terminer sans moi. Mais rien que d'y penser, j'en ai la nausée, alors je ne fais rien. Au lieu de ça, je passe une éternité à scruter la bague que Hayden m'a offerte. J'observe le symbole de l'infini en me demandant s'il a un jour été honnête avec moi. Est-ce que je compte pour lui ? Ou suis-je simplement une victoire de plus ?

Mon téléphone sonne quatre fois d'affilée pendant que je contemple la bague dans ma main. Comme je suis sûre qu'il s'agit de Hayden, je laisse chaque appel tomber sur la messagerie. Il devra se contenter de me laisser sous forme de message l'excuse bidon qu'il a inventée. Et peut-être que dans cinq ans, quand je ne serai plus aussi furieuse contre lui, j'écouterai ce message. Disons plutôt dans dix ans.

– Ça va, Kenzie ? Tu ne réponds plus quand on t'appelle ?

Je regarde Nikki par-dessus mon épaule. Elle me dévisage avec inquiétude. Je n'ai pas eu l'opportunité de lui raconter la dernière nouvelle sur mon père, mais j'ai l'impression que ça ne sert plus à rien. Au bout du compte, ça me semble être une excellente idée de partir dans une équipe à l'autre bout du pays.

– C'est juste que… c'est la dernière fois que je vais faire une course pour Cox Racing. Alors j'essaie de me concentrer.

La réalité de ce que je viens de dire me frappe enfin violemment. C'est vraiment la fin de l'équipe de ma famille. À partir de maintenant, où que j'aille, je travaillerai pour des inconnus. Nikki semble bouleversée.

– Je sais… Cox Racing était la seule équipe pour qui je voulais travailler quand j'ai passé mon diplôme de mécanicienne. Et puis j'ai obtenu le job… Un rêve devenu réalité. Et maintenant, c'est la fin. Je n'arrive toujours pas à y croire.

La plaie que Nikki vient d'ouvrir sans le savoir fait peu à peu disparaître tous les signes d'engourdissement de mon corps. Je ne vais jamais réussir à terminer la course si je laisse mes émotions prendre le dessus. Je les enfouis au plus profond de moi et lui réponds :

– J'y penserai demain. Aujourd'hui, ce qui compte, c'est de tout donner.

Nikki esquisse un sourire plein de fierté tandis que mes pensées vont à cent à l'heure.

– Tu vas tous les défoncer, Kenzie. Toutes les équipes voudront te recruter. J'espère juste qu'on ne sera pas trop éloignées l'une de l'autre. Et de Myles, aussi.

Une larme coule sur sa joue. Elle s'empresse de l'essuyer et de se mettre au travail. Je glisse la bague dans mon sac et décide aussi de m'occuper. C'est trop douloureux de penser à tout ce que je devrai bientôt quitter : ma famille, mes amis… ma maison.

Un peu plus tard, me voici sur la grille de départ, attendant que le feu passe au vert. J'essaie de rester concentrée devant moi, d'ignorer tous les autres pilotes autour, mais je ne peux pas résister et je jette un coup d'œil à Hayden, quelques places derrière moi. Je sens alors mon estomac se nouer et l'excitation habituelle monter en moi. Mais cette fois, ce sont des sensations déchirantes. Je ne peux pas voir l'expression de son visage à travers la visière de son casque mais je peux l'entendre dans ma tête. *Ne me quitte pas. Laisse-moi t'expliquer.* Sauf qu'il n'y a rien à expliquer. Il est coupable, un point c'est tout. Je me force à regarder devant moi, à affronter mon avenir, en dépit de tout ce qui se passe.

Lorsque le feu passe au vert et que toutes les motos vrombissent, je décolle. Bien que je sois devant Hayden, j'accélère surtout pour pouvoir m'éloigner de moi-même. Je ne veux pas que Hayden me manque, mais c'est déjà le cas. Je ne veux pas penser à lui, pourtant je n'arrête pas de penser à nos meilleurs moments ensemble. Je suis au beau milieu d'une course, bon sang ! Je n'ai pas le temps pour ces conneries ! Pourquoi je n'arrive pas à oublier mes sentiments et à revenir au temps où je ne savais même pas qu'il existait ? J'étais heureuse à l'époque, ignorant totalement les sentiments qu'il ferait naître en moi et toute la souffrance qu'il alimenterait. Autant demander au béton de ne pas être aussi dur, à l'océan d'être sec ou au ciel de ne pas être aussi vaste.

Pourquoi laissons-nous nos cœurs devenir si vulnérables ? Il y a un vide tellement profond en moi que même le fait de vivre mon rêve de petite fille ne comble rien. Comme lors d'une éclipse, tout est ensoleillé autour de moi, mais sombre et vide à l'intérieur. J'ai tellement mal.

Je dois mettre fin à ce flux de pensées pour me concentrer sur la course. J'ai encore du boulot. Penchée sur ma moto, je fais semblant qu'il s'agit de notre première course et que j'ai un compte à régler avec lui. *Battre Hayden. Tous les battre.* J'oublie ma peine de cœur et laisse les endorphines me submerger, vivre dans l'excitation du moment. Le puissant moteur qui vrombit sous moi me propulse vers l'avant. La route défile sous mes pieds et le paysage se brouille de façon vertigineuse sur les côtés. Me voici en paix.

Tour après tour, je me concentre uniquement sur la route et sur le fait de devoir dépasser chaque pilote devant moi. Les pilotes et les couleurs ne font plus qu'un et, soudain, tous ceux que je pourchasse semblent n'être qu'une seule et même personne : Hayden. Je ne m'inquiète pas de savoir ce que cela signifie alors que je me penche dans les virages, mes genouillères frôlant presque le sol. Je pousse ma moto jusqu'à ses limites absolues et n'entends plus que le sang résonner dans mes oreilles et ma respiration profonde faire écho dans mon casque.

C'est une course très serrée. À mi-parcours, toujours pas de vainqueur qui se démarque. Nous sommes au moins quinze à nous battre encore pour la première place. Nous nous engageons dans une série de virages en « S », en file en indienne, et avançons en parfaite harmonie, comme si nous ne formions qu'un seul être… quand soudain, tout déraille. À l'avant de la file, une moto tombe. Peut-être même deux, ou trois. Je ne saurais dire. Tout ce que je sais, c'est que je me retrouve coincée, des motos par terre nous bloquent le passage. Nous sommes trop près les uns des autres et allons trop vite pour pouvoir nous arrêter à temps. Il n'y a plus qu'à espérer de ne pas faire partie de ceux qui tombent, en faisant des écarts. Mais nous sommes trop nombreux et nous risquons de tous nous rentrer dedans. Les motos vacillent, tombent puis glissent sur l'asphalte. Les pilotes sont éjectés au sol et beaucoup se font écraser par les motos qui percutent en suivant la zone de l'accident.

Partout où je regarde, je ne vois qu'un grand carnage : des pièces de motos étalées par terre, de la fumée dense et des pilotes étendus au sol ; je n'aperçois pas vraiment de voie pour pouvoir passer à travers. Il ne me reste plus qu'une seconde pour prendre une décision, rectifier ma trajectoire, faire quelque chose pour sauver ma peau… Je me fige, en m'imaginant déjà percuter une moto, m'écraser au sol, sentir mes os qui se brisent, le poids des autres motos et des autres pilotes me rentrer dedans jusqu'à ce que je ne puisse plus respirer…

Je t'aime, Papa, malgré ta tête de mule et ta froideur. Je t'aime, Daphné, je t'aime, Theresa. Je vous aime, Myles et Nikki. Même toi, John, d'une certaine façon. Mais surtout... Hayden, je t'aime à la folie.

Mon cœur fait un bond dans ma poitrine alors que ma vie défile devant mes yeux. C'est alors qu'un pilote fonce devant moi. Il me coupe la route et m'aide à reprendre mes esprits. Instinctivement, je fais un écart pour éviter la collision et je réussis miraculeusement à éviter la zone d'accident en passant par une portion encore accessible sur la droite de la piste. Alors que je dépasse le chaos, je jette un coup d'œil au pilote qui vient de me sauver. Par son action, j'ai pu éviter les motos au sol. Mais lui, il a dû accélérer pour pouvoir me doubler et prendre ma place, ce qui veut dire qu'il va les percuter avec beaucoup plus de force.

Dès que je me sais en sécurité de l'autre côté du carnage, je ralentis et me redresse pour observer les motos. Il n'y a qu'une seule personne qui pourrait prendre de tels risques pour moi mais… mon Dieu… j'espère que ce n'est pas lui.

J'ai du mal à distinguer les pilotes parmi toutes les motos cabossées. Et puis soudain, comme dans une scène de film apocalyptique, j'aperçois une moto sans pilote glisser au sol avant de s'arrêter pile devant moi. Mon cœur se serre quand je découvre le numéro. Mon pire cauchemar : c'est la moto numéro quarante-trois. Hayden. Non… Pourquoi a-t-il fait ça ? Il a préféré traverser les portes de l'enfer pour me sauver la vie. Il s'est sacrifié pour moi et je sais, sans l'ombre d'un doute, que ma vie ne sera plus jamais la même après cela.

CHAPITRE 23

Le circuit est plongé dans le chaos. Les ambulances se précipitent vers le lieu de l'accident et on ordonne à tous les autres pilotes de rejoindre leurs stands. Je reste aussi près de la zone qu'on nous l'autorise et regarde avec horreur les motos peu à peu dégagées et les pilotes pris au piège apparaître. On les évacue sur des brancards. Je me dis que j'aurais pu faire partie du carnage. Ça aurait dû être moi. Pas lui !

Je regarde autour de moi et repère quelques membres de l'équipe Benneti à proximité. Keith et d'autres sont rassemblés, les visages pâles, bras dessus, bras dessous, pour se soutenir. Ils ont l'air terrifiés. Pas pour les motos, pas pour la victoire. Non. Pour les leurs. Ceux qui sont piégés, blessés et peut-être même mutilés ou morts. *Faites que Hayden ne soit pas mort, je vous en supplie !*

J'entends Nikki hurler mon nom derrière moi. Elle arrive à se frayer un chemin parmi la foule pour me rejoindre et me prend dans ses bras avec une telle force que je n'arrive plus à respirer.

– Dieu soit loué, tu vas bien. Je t'ai vue foncer en direction des motos, puis je t'ai perdue de vue. Il y avait de la fumée partout… Tu n'es pas revenue au stand… Je pensais que tu ne t'en étais pas sortie…

Elle m'étreint encore plus fort tout en tremblant. J'ai du mal à respirer mais je reste ainsi dans ses bras. Lorsque Nikki me relâche, j'essaie d'essuyer mes larmes. Mais c'est une tâche impossible parce qu'elles n'arrêtent pas de couler. Pourquoi je n'arrête pas de pleurer ?

– Mon Dieu, c'était horrible, Nikky, je bafouille. J'allais percuter les autres quand… il… il m'a fait faire un écart. J'ai trouvé une sortie, mais pas lui Il…

Je me mets à pleurer de plus belle et n'arrive plus à parler. Il m'a protégée, il m'a sauvée. Il m'aime et je l'aime. J'aurais dû lui faire confiance, j'aurais dû le croire. Et maintenant c'est peut-être trop tard pour lui dire que je suis désolée.

– De qui tu parles, Kenzie ? demande-t-elle en écarquillant ses yeux inquiets.

– Il… il a percuté les autres à ma place. Il m'aime…

Nikki comprend enfin.

– Oh… c'est Hayden qui t'a sauvée, c'est ça ?

Je hoche frénétiquement la tête, avant de reculer pour regarder à nouveau la piste. Il n'y a presque plus que des débris par terre, les pilotes ont tous été évacués. Je ne vois Hayden nulle part. Ai-je raté son évacuation ? Merde ! Je me tourne vers Nikki et lui dis :

– J'ai besoin de trouver Hayden, de savoir s'il va bien.

Je m'apprête à partir mais Nikki me retient par le bras.

– Attends, Kenzie, ton père te cherche. S'il découvre que tu es à la recherche de Hayden… il va péter un plomb, tu le sais.

Je m'en fiche. J'ai besoin de savoir si Hayden est toujours vivant.

– Il m'a sauvé la vie, Nikki, et je veux être sûre qu'il va bien. Je me fiche que ça aille à l'encontre des règles de mon père… Je ne vais pas ignorer quelqu'un qui a tout risqué pour moi. Ce n'est pas ce qu'il m'a appris, j'ajoute, la tête haute.

Nikki me fait un sourire triste, mais elle me laisse partir.

– J'espère que tu le trouveras, murmure-t-elle, et d'après le ton de sa voix, je sais que ce qu'elle veut vraiment dire est « J'espère qu'il en vaut vraiment la peine ».

Oui, il en vaut la peine.

Les organisateurs essaient de m'empêcher de rejoindre la piste, mais je ne me laisse pas faire. Il faut que je sache, et tant que je n'aurai pas trouvé Hayden, je ne baisserai pas les bras. La plupart de ceux qui sont encore sur le lieu de l'accident ne sont que des secouristes et des inspecteurs qui tentent d'élucider ce qui s'est passé. Personne ne connaît Hayden, personne ne peut me dire ce qui lui est arrivé. C'est si frustrant de rester sans nouvelles.

Je vais leur arracher la tête s'ils ne me mettent pas bientôt sur la bonne piste.

C'est alors que je tombe sur Myles. Voir quelqu'un que je connais me fait presque pleurer. Enfin quelqu'un qui peut comprendre de quoi je parle. Il va sans doute pouvoir m'aider. Prise de panique, je l'attrape par le T-shirt et le tire vers moi.

– Tu as vu Hayden ?

Myles jette ses bras autour de moi.

– Kenzie… Putain, je suis tellement content de voir que tu vas bien. C'est une vraie boucherie.

Je le serre aussi fort que lui, puis l'inquiétude s'immisce à nouveau, je le repousse et le regarde droit dans les yeux.

– Dis-moi que tu as vu Hayden.

Il presse ses lèvres ; l'expression de son visage me donne la chair de poule. Il semble afficher à la fois de la compassion, de la colère… de l'indécision, comme s'il ne savait pas comment me le dire. Je vais avoir un malaise s'il ne parle pas.

– Myles… je t'en supplie. Je sais que tu ne l'aimes pas, mais j'ai besoin de savoir s'il va bien. Ils l'ont conduit à l'infirmerie ? Tu sais où il est ?

Il secoue la tête.

– Je l'ai vu dans une ambulance… et j'ai entendu les médecins dire au chauffeur d'aller directement à l'hôpital. Je ne sais pas ce qu'il a, mais… il ne bougeait pas. C'est tout ce que je sais. Je suis désolé, Kenzie, mais il a eu un choc très violent…

Ses paroles restent bloquées dans ma poitrine. Ils le conduisent directement à l'hôpital ? Ça veut dire que c'est sérieux, que son pronostic vital est engagé. Je me mets à courir. Je ne sais pas trop où je vais ni comment je vais pouvoir me rendre là-bas, mais je m'en fiche. Mon Dieu, ce n'est pas possible !

Je finis par me calmer, assez pour retrouver ma voiture de location et me rendre jusqu'à l'hôpital le plus proche. J'espère être au bon endroit. Je me précipite vers l'accueil et tape sur le comptoir.

– J'ai besoin d'informations sur Hayden Hayes, dis-je à bout de souffle à une des infirmières. Il vient d'être emmené ici avec un groupe de pilotes de motos qui ont été blessés. Pouvez-vous me dire s'il va bien ?

L'infirmière me dévisage de la tête aux pieds, je porte encore ma combinaison.

– Vous êtes sa femme ?

J'acquiesce, prête à tout pour pouvoir accéder à lui.

– Oui.

Elle jette un coup d'œil à son ordinateur et fronce les sourcils.

– Heu…

– « Heu » quoi ? je demande en essayant de lire son écran.

Elle me regarde avec suspicion.

– Sa fiche dit qu'il n'est pas marié.

Bien que soulagée d'être au bon endroit, je sens mes yeux se remplir de larmes. Ma voix tremble quand je me mets à parler.

– Je vous en prie, j'ai juste besoin de savoir ce qui lui est arrivé, s'il va bien… je marque une pause et voilà que les larmes se mettent à couler sur mes joues. Il m'a sauvé la vie, je veux être sûre qu'il va bien.

L'infirmière affiche davantage de compassion.

– Je suis désolée, je ne peux rien vous dire… Mais sachez qu'il n'y a qu'un seul ascenseur qui mène de la salle d'opération à la salle de réveil. Vous pourriez patienter là-bas… dit-elle en montrant un des couloirs du doigt.

L'espoir refait surface. Salle d'opération… salle de réveil. Ça veut dire qu'il est vivant… et qu'il devrait survivre à ce qu'on lui fait. Je ne supporte pas de savoir qu'on l'opère, sans pour autant savoir ce qu'ils essaient de réparer. Mais au moins, je sais où aller. C'est mieux que rien.

– Merci, je murmure.

L'infirmière me tend un mouchoir puis je file. Après avoir trouvé l'ascenseur, je dois à nouveau attendre en faisant les cent pas. Chaque fois que les portes coulissantes de la zone interdite d'accès s'ouvrent, mon cœur fait un bond. Pourtant, ce n'est jamais lui. Alors que je m'apprête à aller revoir l'infirmière pour lui demander davantage d'informations, les portes s'ouvrent et je reconnais enfin sa chevelure blonde en pagaille.

J'accours vers lui.

– Hayden ! dis-je en me penchant au-dessus du lit qui le transporte, étudiant son visage – il a des bleus et quelques plaies, mais il est toujours aussi beau.

Mais il semble absent, tente d'écarquiller les yeux, sans parvenir à les ouvrir bien longtemps.

– Kenzie… murmure-t-il.

Les infirmières qui poussent son lit essaient de me faire reculer mais je suis trop occupée à le regarder. Je ne comprends pas ce qui ne va pas. Peut-il bouger ? Marcher ?

– Il va bien ?

Il serait en soins intensifs et pas en salle de réveil, si son état était vraiment grave, n'est-ce pas ? Une des infirmières me lance un regard sévère mais elle finit par compatir, ressentant sans doute ma détresse.

– Il a le poignet cassé, quelques côtes fêlées, une petite fracture au fémur et un léger saignement interne, mais il va bien. Il a eu beaucoup de chance, d'après ce qu'on m'a dit. Ça aurait pu être pire.

Je m'arrête. Il va bien. Je prends le temps d'enregistrer la nouvelle puis je me rue à nouveau vers eux au moment où ils s'arrêtent pour attendre l'ascenseur. Pas question de perdre encore Hayden.

Je n'ai pas le droit de rester dans la salle de réveil, alors, encore une fois, je dois attendre, ce qui me rend malade. Keith finit par arriver. Je reste hors de sa vue pendant qu'il s'entretient avec une infirmière et prie pour pouvoir voir Hayden sans qu'il le sache. Je veux m'assurer qu'il va bien, mais je ne veux pas détruire sa carrière. Finalement, j'aperçois Hayden dans un fauteuil roulant, on le déplace vers une des chambres. Keith est occupé à parler à des journalistes alors je me dépêche de rentrer dans la pièce. Il est éveillé, maintenant, et il sourit en me voyant.

– Dieu soit loué… tu vas bien, numéro vingt-deux…

J'acquiesce et je sens mes yeux se remplir de larmes. Je m'avance pour poser ma main sur son bras mais je découvre son plâtre.

– Oui… grâce à toi.

Il hoche la tête puis il fait une grimace.

– Tant mieux, dit-il entre ses dents.

Ils doivent forcément lui donner des médicaments pour la douleur, mais il semble quand même avoir mal. J'ai tellement de peine de le voir souffrir.

– Je suis vraiment désolée, Hayden.

Soudain, son regard s'aiguise.

– Ne t'inquiète pas. Si c'était à refaire, je ferais exactement la même chose… Je ferais tout pour te protéger.

Ne sachant pas quoi lui dire, j'essuie mes larmes et m'assieds au bord de son lit. Nous restons silencieux pendant quelques minutes, un silence suffocant, tout comme l'odeur forte d'antiseptique qui nous entoure. J'ai tellement de choses à lui dire que je ne sais pas par où commencer. N'ayant que peu de temps avant que Keith arrive, je me lance :

– Pourquoi as-tu fait ça ? Pourquoi te sacrifier pour me sauver ? Tu m'as fait tellement peur.

Ma voix tremble tellement que mes questions sont presque inintelligibles. Hayden me comprend et laisse échapper un long soupir.

– Parce que je ne pouvais pas supporter l'idée de te voir percuter les autres… Ça m'a fait très peur. Et je ne sais pas gérer cette peur, la peur de te perdre. Je… je sais qu'on ne peut pas être ensemble, je sais que ton père pense que je suis le diable et que tu penses que Keith est le diable. Je sais que tu te poses des questions sur moi, sur ce que je faisais… mais la vérité est simple : je t'aime. Et que je ferais tout pour te protéger.

Je sais qu'il dit vrai, je l'ai vu dans ses yeux, son amour absolu pour moi. Je ressens la même chose et je veux qu'il le sache.

– Je t'aime, Hayden. Je ne pensais pas que c'était possible d'aimer autant quelqu'un. Pour être honnête, ça me donne le tournis. Mais je suis si heureuse d'être tombée amoureuse de toi. Je me sens enfin… entière.

Hayden semble comblé, comme si c'était ce qu'il rêvait d'entendre depuis très longtemps. Mais peu à peu, sa joie s'étiole.

– Moi aussi je ressens la même chose… ça ne fait que rendre encore plus insupportable le fait de ne pas pouvoir être avec toi.

Je me rapproche de lui sur le lit et attrape sa main.

– On peut être ensemble, Hayden. Je veux que nous soyons ensemble. Je n'ai jamais été aussi sûre de moi. Je me fiche que mon père décide de ruiner ma carrière. Je préfère arrêter les courses si je ne peux plus m'entraîner avec toi.

Hayden paraît décontenancé.

– Comment ça ? Ton père va ruiner ta carrière ?

C'est le moment de tout avouer, alors je laisse échapper un soupir.

– Mon père a découvert la vérité sur les courses de rue, sur nous… Sachant que Cox Racing cessera d'exister la saison prochaine, menacer de me virer ne lui suffisait pas. Il… il fera en sorte que personne ne me recrute si je continue de te voir.

Hayden reste silencieux, sidéré, puis il s'exclame :

– Non ! Il ne peut pas faire ça ! Détruire ton avenir à cause de moi ? Je ne le laisserai pas faire.

Je souris en voyant à quel point il veut prendre ma défense. Puis mon sourire disparaît.

– Ça n'a plus d'importance. Les équipes qu'il a trouvées pour moi sont toutes sur la côte Est. Je refuse de travailler pour une équipe à des milliers de kilomètres de toi. Tout ça parce que mon père ne veut pas que je sois recrutée par une équipe locale… Je préfère donc arrêter les courses. C'est aussi simple que ça.

Je me sens à la fois écœurée et soulagée d'avoir pris cette décision et de m'y tenir fermement. Le visage de Hayden s'assombrit tandis qu'il essaie de se redresser.

– Tu ne peux pas faire ça, piloter est ton rêve le plus cher.

C'était mon rêve. Faire une croix dessus, c'est comme arracher une partie de mon âme. Sauf que j'arriverai à vivre sans une partie de mon âme, mais pas sans une partie de mon cœur.

– Ça ira, ne t'inquiète pas.

– Peut-être qu'il n'a pas dit ça sérieusement. Enfin, tu es sa fille ! Il ne ferait pas ça à sa propre fille, si ?

Je m'efforce de rester impassible.

– Eh bien, si. Il s'est servi de cette menace pour m'obliger à ne plus te voir, mais je ne l'ai pas écouté. Mon père ne dit jamais des choses en l'air, il va toujours au bout de ses menaces. Quand il apprendra que nous sommes ensemble, que je reste en Californie avec toi plutôt que d'aller dans une des équipes qu'il a choisies pour moi, ma carrière sera terminée.

Hayden pousse un soupir et détourne le regard.

– Je suis désolé.

– Je le sais, je murmure.

Il pose à nouveau son regard sur moi et me demande :

– Pourquoi acceptes-tu de tout perdre pour moi ? Je n'en vaux pas la peine, Kenzie.

Je pose ma main sur sa joue.

– Si. Tu es tout ce que je veux. Je t'aime, je peux me passer des courses, mais je ne peux pas me passer de toi.

Je rapproche ma bouche de la sienne et nous nous embrassons. Prise de désir et de passion, je sens ma peau frissonner. J'en veux plus, toujours plus. Mais nous devons attendre, Hayden doit d'abord se rétablir. Dès qu'il ira mieux, nous pourrons enfin nous montrer ensemble et braver l'interdiction. Puisque j'abandonne mon statut de pilote professionnelle, aucune règle ne nous empêchera plus d'être ensemble. Mais avant d'aller plus loin, j'ai tout de même besoin d'explications sur ce qu'il faisait avec ma moto avant la course.

Je recule et cherche son regard.

– Si j'abandonne la seule carrière que j'ai toujours voulue…

Il profite de ma pause pour m'interrompre :

– Kenzie, je ne pense pas que tu devrais…

Mais je poursuis comme s'il n'avait rien dit :

– … alors j'ai besoin que tu me dises exactement ce que tu fabriquais avec ma moto. Tu as dit que tu réparais quelque chose, mais quoi ?

Hayden pousse un soupir et ferme les yeux. Il a l'air épuisé et je ne sais pas si c'est à cause des antalgiques ou de ce qu'il est sur le point de révéler.

– Avant toute chose, je veux que tu saches que je n'étais pas du tout au courant.

Il rouvre les yeux et fronce les sourcils.

– Non, ce n'est pas tout à fait vrai. J'avais des soupçons mais je ne voulais pas savoir… alors je n'ai pas posé de questions.

– Tu n'as pas posé de questions sur quoi ? je demande, soudain très nerveuse.

– Myles et ton père ont raison : quelqu'un sabote des motos. Mais ils se trompent de coupable, déclare-t-il.

Mon cœur bat à toute allure.

– C'est Keith ? je demande avec du venin dans la voix.

La personne qui fait ces sabotages est responsable des blessures de Myles. Et de celles de Hayden. Bon sang ! L'accident d'aujourd'hui était-il criminel ? Dans tous les cas, Keith apparaît comme le seul suspect. Mais alors, comment expliquer toutes mes victoires de courses de rue ? Keith ne sait rien de tout ça. Si ce n'était pas Hayden qui m'aidait… alors qui ?

– Ce n'est pas Keith… mais Bon Plan.

Son surnom retentit dans toute la pièce et j'arrive enfin à recoller toutes les pièces du puzzle. La rumeur, mes victoires, les accidents…

– Pourquoi… ? Comment… ? Je ne comprends pas.

Hayden pousse un soupir en observant son plâtre.

– J'ai mis du temps à faire le lien, moi aussi. Je n'en ai pas encore parlé avec lui mais je sais que c'est lui le coupable. Lui et Grognon. Je les ai déjà vus traîner autour des circuits pendant des courses de la Ligue, et puis un jour, j'ai vu Bon Plan poser un appareil sur une moto. Je ne suis pas sûr de ce que c'était, mais pendant la course, cette moto a eu des problèmes. Sans doute un appareil déclenché à distance, assez petit pour ne pas être remarqué, et une fois que le mal est fait, il n'y a plus de preuves.

Son visage devient soudain plus sombre.

– J'aurais dû en parler à quelqu'un, j'aurais dû faire quelque chose pour arrêter ça, mais Bon Plan… c'est uniquement grâce à lui que je peux participer aux courses de rue. J'ai besoin de lui pour aider Antonia. Alors j'ai décidé de me taire. Mais pas seulement pour cette raison : nous sommes tellement liés l'un à l'autre que, s'il se fait arrêter par la police, je risque de tomber moi aussi. En tout cas, c'est sûr qu'il fera tout pour m'entraîner avec lui.

Il se racle la gorge et tente d'esquisser un sourire rassurant. C'est peine perdue, j'ai le ventre tout noué.

– J'ai donc commencé à inspecter les motos, pour essayer de minimiser les dégâts. Mais je ne savais jamais à qui il s'en prenait alors, la plupart du temps, je ne trouvais rien.

– Jusqu'à aujourd'hui… où tu as trouvé quelque chose sur ma moto.

Merde alors ! Bon Plan m'a visée. Et sans Hayden, j'aurais été au cœur de l'accident d'aujourd'hui.

– Oui… cet enfoiré ! Il se plaignait de toi depuis que tu as arrêté de travailler pour lui. Je ne pensais pas qu'il s'en prendrait à toi par respect pour moi, mais visiblement il n'a de respect pour personne.

– Pourquoi fait-il ça ? je demande.

Ça n'a pas de sens pour moi. Hayden pousse un soupir et répond :

– Il est accro aux paris, depuis toujours. Il intervient pour changer le résultat des courses et se faire plus d'argent. C'est moi qui lui ai permis d'accéder aux courses de la Ligue. Je me sens tellement bête. Jamais je ne me suis demandé pourquoi j'accumulais autant de victoires dans la rue, pourquoi ces pannes survenaient pendant des courses très serrées… toutes ces petites choses bizarres qui semblaient toujours jouer en ma faveur. J'aurais dû m'en rendre compte mais j'avais besoin d'argent, alors j'ai préféré fermer les yeux.

Je pose ma main sur son bras pour le réconforter.

– Moi aussi j'ai fait pareil, Hayden. Je savais que certaines de mes victoires étaient douteuses, mais j'avais tellement besoin d'argent… que j'ai fini par accepter, dis-je en souriant un peu. Une fois de plus, je pensais que tu étais derrière tout ça. Pendant longtemps, je me suis sentie déchirée. J'ai fini par me convaincre que ce n'était pas toi, alors je n'ai rien dit. Ou plutôt… j'espérais que ce ne soit pas toi.

Hayden affiche lui aussi un sourire.

– Ce n'était pas moi, dit-il. Enfin, c'est quand même en partie ma faute. À cause de moi, Bon Plan est rentré dans cet univers, dans ta vie… il s'en est pris à toi…

– Mais il ne m'a pas eue. Tu l'en as empêché. Et tu m'as sauvé la vie, j'ajoute en lui caressant le bras.

Son expression ne change pas.

– Non, mais il a quand même réussi à faire du mal. Regarde combien de gens ont été blessés cette fois. J'ai ignoré toutes ces coïncidences parce que je ne voulais pas affronter la vérité. Même quand je ne pouvais plus nier que Bon Plan était derrière tout ça… je n'ai rien fait pour l'arrêter parce que j'avais trop besoin de lui, dit-il, pris de colère. Sauf que cette fois, il est allé trop loin. C'est fini, je ne veux plus entendre parler de lui. Ni de Grognon. Terminé pour moi de vivre dans l'entre-deux. J'adore mes amis, mais ils ne valent pas la peine de mourir… Contrairement à toi.

Je sens mon corps se réchauffer, puis je me penche en avant et pose mes lèvres contre les siennes. Je l'embrasse avec fougue. Ce baiser regorge de tout ce que je ressens pour lui, de passion et d'amour. Au cours de ces derniers mois, Hayden est devenu le centre de mon monde et ça me soulage tellement de savoir qu'il n'est pas responsable de tous ces accidents. Il n'a rien fait de mal, à part les courses de rue, mais il tire enfin un trait dessus. Je me demande ce que ça implique pour Izzy et Antonia mais je sais que, pour Hayden, c'est une très bonne nouvelle. Il est libre. Moi aussi.

Hayden semble pourtant inquiet. Je caresse sa joue et lui demande :

– Qu'est-ce qui ne va pas ?

Il fait une grimace, comme s'il sentait à nouveau la douleur.

– C'est tellement difficile pour moi de me dire que tu abandonnes le sport, dit-il avant de pousser un soupir. Je ne peux pas te laisser faire ça, Kenzie. Tu ne peux pas abandonner les courses pour moi. Je sais combien ça compte pour moi, pour toi… je ne peux pas accepter que tu baisses les bras.

Les sourcils froncés, j'ai un mouvement de recul.

– Je ne veux pas vivre sur la côte Est. C'est le seul choix que m'offre mon père. Je n'abandonne pas seulement à cause de toi. De toute façon, ce ne serait pas pareil de piloter pour une autre équipe, dis-je en poussant un long soupir. Je voulais sauver l'équipe de ma famille, mais j'ai échoué. Mon père avait raison… il est temps de passer à autre chose.

Ce que je dis ne semble pas alléger son tracas.

– Tu finiras par me détester, déclare-t-il à voix basse.

J'esquisse alors un grand sourire et secoue la tête.

– Non, ça n'arrivera jamais.

Il ne dit rien de plus, mais j'entends quand même l'écho de ses pensées. *Si... ça arrivera.* Histoire d'oublier cette voix menaçante, je me jette à nouveau contre lui et dévore ses lèvres. Au moins, il ne peut plus dire que nous sommes condamnés quand nous nous embrassons aussi passionnément.

Au bout de ces longs baisers, j'approche ma bouche de son oreille.

– J'ai hâte de t'avoir à nouveau dans mon lit.

– Ça va être tellement long d'attendre… Quand est-ce que je pourrai rentrer ?

Je me mets à rire. Je n'en ai aucune idée. La seule chose dont je suis sûre, c'est que, quand il rentrera, ce sera avec moi.

***

Ça me coûte de devoir quitter la chambre de Hayden, mais avec Keith dans les parages, je ne peux pas me permettre de rester. Et puis, je sais que nous serons bientôt réunis. Rien ne peut plus nous séparer.

Le sourire aux lèvres, je finis par m'en aller. Mais ma bonne humeur se dissipe aussitôt quand j'arrive dans le couloir. Mon père se tient là, plus en colère que jamais. Même lors de son altercation avec Keith, il n'avait pas l'air aussi furieux que maintenant.

– Papa ? Qu'est-ce que tu fais là ?

Mon père contracte ses mains, le corps tremblant tellement il se retient.

– Myles et Nikki ne voulaient pas me dire où tu étais mais j'ai fini par leur faire cracher le morceau.

Il les a sans doute menacés. J'affiche une grimace, puis je soupire.

– Qu'est-ce que tu leur as dit ?

Il fait un pas en avant et ignore ma question.

– Tu me testes, Kenzie, c'est ça ? Crois-moi, tout ce que je t'ai dit est vrai : je préfère bousiller ta carrière plutôt que de te laisser être avec lui.

Il montre du doigt la chambre de Hayden, la main tremblante de rage.

– Il m'a sauvé la vie, Papa. C'est lui qui m'a fait changer de trajectoire pour percuter les autres à ma place.

Moi aussi je désigne la porte de sa chambre, mais sans trembler.

– C'est grâce à Hayden que je ne suis pas dans cette chambre.

Je peux lire un mélange d'émotions sur son visage : colère, doute, haine et, aussi surprenant que cela puisse paraître, une forme de gratitude.

Le temps d'un instant, il ne trouve plus ses mots. Le fait que Hayden m'ait protégée va au-delà de ce qu'il peut concevoir. J'aurais tout aussi bien pu lui dire qu'un super-héros m'a sauvé.

– Mackenzie… Tout est arrivé si vite, tu ne peux pas en être sûre…

Je l'interromps en lui jetant un regard glacial.

– C'est lui qui m'a sauvé la vie, Papa.

Il affiche alors toute sa désapprobation.

– Il t'a peut-être… aidée… pour une raison ou une autre… mais ça ne change rien. Ça n'excuse rien. Tu ne peux pas être avec lui.

Je prends une longue inspiration. Autant en finir.

– Bien sûr que si. En tant qu'adulte, j'ai le droit de choisir avec qui je veux partager le reste de ma vie. Je l'aime, il m'aime et nous sommes ensemble, que cela te plaise ou non.

En regardant fixement mon père, je distingue presque de la fumée qui sort de ses oreilles. Puis il ferme les yeux, épuisé. Il a soudain l'air plus vieux, plus frêle, comme si la vie l'avait giflé trop de fois.

– Je t'en supplie… Ne me force pas à faire ça, Mackenzie.

– Tu n'as pas besoin de le faire, Papa. C'est décidé, j'abandonne la moto.

Puis je passe devant lui, en ajoutant :

– Comme tu me l'as dit l'autre jour, il n'y a pas que les courses qui comptent dans la vie.

CHAPITRE 24

J'ai le cœur qui bat à cent à l'heure lors du trajet jusqu'au circuit. C'est fait. J'ai coupé les liens avec mon père, ma famille et mis fin à ma carrière, en envoyant tout balader pour un mec que je connais depuis moins d'un an. Ça n'a pas de sens, mais pourtant je ne regrette pas mon choix. Je dois vivre ma vie à ma façon, et pas comme mon père le décide.

Lorsque j'arrive sur place, le chaos règne encore. Partout autour de moi, les gens sont dévastés. La plupart veulent des explications, d'autres ont besoin d'un don de sang. Parmi les vingt-quatre pilotes de la course, dix ont été touchés par l'accident. Et quatre d'entre eux ne sont plus du tout en condition de participer à la course. Personne n'est mort, d'après ce que je vois, mais il y en a au moins un qui ne pilotera plus jamais. C'est affreux. La cupidité de Bon Plan a blessé tant de personnes.

Puisqu'un trop grand nombre de pilotes et de motos ne sont plus en état, les organisateurs du championnat ont décidé de prononcer la course terminée, en retenant le placement établi avant l'accident, ce qui n'a fait que mettre encore plus de gens en colère. Les juges, déterminés à découvrir ce qui s'est passé, sont constamment sur le dos des pilotes et des équipes. Dès que j'arrive, je dois répondre aux questions d'un enquêteur. Une fois cela terminé, je me sens vidée et je ne suis pas sûre d'avoir fait ce qu'il fallait.

Je n'ai rien dit de ce que Hayden m'a raconté à l'hôpital car je ne sais pas si dénoncer Bon Plan pourrait se retourner contre Hayden. Après tout, c'est lui qui l'a introduit dans les courses officielles. Serait-il puni, lui aussi ? N'ayant pas de réponse à cette question, j'ai préféré me taire.

Plus tard dans la soirée, les organisateurs du championnat publient leur analyse de l'accident. Selon eux, celui-ci a été causé par de nombreux moteurs en surchauffe et par deux motos qui sont tombées au même moment et de la même façon. Beaucoup trouvent la coïncidence louche, mais personne ne parvient à imaginer qui peut être assez stupide pour faire une telle chose. Personne ne sait, sauf Hayden et moi.

Lorsque je rentre enfin à l'hôtel après un interminable après-midi d'allers et retours entre le circuit et l'hôpital, j'aperçois Nikki et Myles assis au bar de l'hôtel. Ils sont silencieux, le regard plongé sur leurs verres encore pleins. J'ai plutôt envie de les ignorer et de regagner directement ma chambre, mais j'en ai marre de me disputer avec tout le monde. Et puis j'ai envie de boire un verre. La journée a été forte en émotions.

Myles affiche un sourire hésitant lorsque je m'assieds entre lui et Nikki.

– Salut, Kenzie… Tu as vu ton classement ?

Je secoue négativement la tête. J'ai été trop absorbée par d'autres choses. Et puis, je n'ai pas vraiment envie de savoir. Vu que les courses ne font désormais plus partie de ma vie, mon dernier classement n'a pas d'importance. Je réalise alors combien les courses vont me manquer…

– Tu as fini troisième. Et cinquième du championnat. C'est un record pour une femme… et pour Cox Racing. Tu sais combien ton père nous a poussés pour atteindre le top cinq. Plutôt impressionnant pour ta première année, Kenzie ! dit-il en levant son verre pour trinquer.

– Un record ? Dans le top cinq… ? Personne de la Cox Racing n'a encore atteint ce classement depuis que mon père a pris sa retraite. Ni toi, ni Jimmy… Jamais je n'aurais cru… Ça alors…

Je n'avais pas du tout pris conscience de ma performance. Ces derniers mois, je ne m'intéressais plus vraiment à mes résultats. Seul récolter de l'argent comptait. J'avais perdu le sens de la victoire et alors que j'apprends cette nouvelle, je sens des larmes qui me montent aux yeux. Maintenant que c'est fini, maintenant que c'est trop tard… tout reprend enfin à nouveau son sens.

Voyant que je suis émue, Nikki passe sa main dans mon dos.

– Hé, ne t'inquiète pas, Kenzie. C'est le premier record d'une longue série. D'ailleurs, je parie que tu feras encore mieux l'année prochaine.

Je renifle et m'essuie les yeux.

– Il n'y aura pas d'année prochaine. J'abandonne les courses. C'était mon dernier jour aujourd'hui.

Je me dis que, de toute façon, cette victoire ne représente rien. Bon Plan a saboté tellement de courses… Qui sait à quelle place j'aurais fini si l'année s'était déroulée normalement. Je serai quand même dans le livre des records… J'ai réussi… Mais tout est fini, à présent. Cette réalité m'accable.

Interloqués, Nikki et Myles me regardent comme si je venais de leur donner un coup poing dans le ventre.

– Abandonner ? Mais tu ne peux pas…, dit Myles sans finir sa phrase. C'est à cause de nous ? Parce que nous avons dit à ton père que tu étais à l'hôpital avec Hayden ? Il était en colère quand il t'a trouvée ?

« En colère ». L'expression est un peu faible. Je dirais plutôt « enragé ».

– Non, ce n'cst pas à cause de vous. Je tire un trait sur les courses parce que je veux être avec Hayden. Mon père m'empêche de continuer à le voir tout en continuant à piloter. J'ai dû faire un choix…

Peu importe ce que pense Myles, c'est mon choix et je l'assume. Nikki me regarde comme si elle était sur le point de pleurer.

– Tu es en colère contre nous d'avoir parlé à ton père ? On t'a encore mise dans la merde ?

Je lui souris en sentant la mélancolie se dissiper un peu. Je sais que ça va aller.

– Non, je ne suis plus en colère contre personne. J'en ai assez des règles et des interdictions, de cacher ce que je ressens… J'aime Hayden. Nous sommes ensemble… J'espère simplement que vous comprenez.

Craignant qu'ils ne me rejettent, comme mon père, je les regarde avec anxiété. Nikki semble accepter, mais Myles fronce les sourcils.

– Et ce qu'il m'a fait, Kenzie ?

– Ce n'était pas lui, Myles. C'était…

Je m'arrête avant d'évoquer Bon Plan. C'est plus sûr pour Hayden si je garde cette information pour moi.

– Hayden est coupable de beaucoup de choses, mais il est innocent en ce qui concerne ton accident. Il n'a rien fait à ta moto. Il essayait même de nous protéger. Tu dois me croire sur parole.

Myles plisse les yeux d'un air inquisiteur.

– Tu sais quelque chose.

Je jette un coup d'œil en direction du bar pour être sûre que personne ne peut nous entendre.

– Je ne peux rien dire. Il faut que vous me fassiez confiance, dis-je.

Myles pousse un soupir et hoche la tête.

– Je te fais confiance. Je ne pense pas pouvoir lui faire confiance pour l'instant… mais toi, oui.

– Tant mieux, dis-je en passant mes bras autour d'eux. Parce que je ne sais pas si je pourrais en plus perdre mes deux meilleurs amis. Je deviendrais folle, c'est sûr.

Nikki se met à rire, puis elle soupire.

– Je n'arrive pas à croire que ce soit la fin… Ton père qui ferme boutique. Myles et moi qui devons nous débrouiller. Toi… qui prends ta retraite. C'est tellement surréaliste. Ce n'était pas du tout la façon dont j'avais imaginé ta première année de pilote professionnelle.

Moi non plus.

– Hé, dis-je en me tournant vers elle. Tout ne sera pas si différent. Je reste à Oceanside et on peut encore faire des choses tous les trois. Même si nous ne devons plus travailler ensemble, rien ne changera entre nous. Marché conclu ? je demande en leur tendant la main.

Ils me la serrent chacun à leur tour.

– Marché conclu, lancent-ils à l'unisson.

Le reste de la soirée est plutôt calme de mon côté. Même si mon avenir est incertain, je me sens rassurée de ne pas être seule. J'ai Nikki, Myles et Hayden. Et ça suffit.

Le lendemain, alors que mes amis se mettent en route pour l'aéroport, je vais à l'hôpital rendre visite à Hayden. Dès que je rentre dans sa chambre, je tourne les talons. Mais c'est trop tard, il m'a vue.

– Cox ? Qu'est-ce que tu fais là ?

Keith Benneti se tient auprès de Hayden, appuyé sur sa canne. Il a l'air énervé, se tourne vers Hayden et le fusille du regard. Keith semble maîtriser aussi bien que mon père l'art du regard désapprobateur.

– Tu veux bien m'expliquer ce qu'un membre de la Cox Racing fait dans ta chambre d'hôpital, Hayden ? Je pensais t'avoir clairement expliqué les règles.

Hayden devient blanc comme un linge.

– Keith… Je peux t'expliquer…

Hayden risque de perdre son travail, alors j'interviens.

– Je ne fais plus partie de l'équipe Cox Racing. J'ai démissionné.

Keith se retourne sur-le-champ vers moi, le regard amusé. Ça me rend malade de voir qu'il s'en réjouit, cet homme a déjà causé tant de souffrance à ma famille. Je fais tout pour ignorer la bile qui remonte le long de ma gorge. C'est le bonheur de Hayden qui m'importe maintenant, et je ne vais pas laisser cette interdiction stupide nous brûler les ailes.

– Tu as… démissionné ? demande-t-il, en esquissant un sourire suffisant.

Je ravale mon indignation et me redresse.

– Oui. Je ne fais plus partie de Cox Racing, et puis de toute façon, l'équipe va bientôt être liquidée… L'interdiction ne s'applique plus. J'ai autant le droit que vous d'être ici.

Son regard s'assombrit, mais très vite il jubile, laissant échapper un éclat de rire.

– Tu démissionnes de l'équipe de ton père à la fin de son existence lamentable ? Chapeau !

Et on dit que je suis un connard… Putain, tu as vraiment dû l'anéantir. Et si ce n'est pas encore le cas, je suis sûr que quand il apprendra que sa fille couche avec un Benneti, ça le rapprochera encore de la tombe, dit-il avant de désigner Hayden. N'hésite pas à t'amuser avec mon meilleur pilote. Ça ne me pose pas de problème, tant que tu es une ex Cox.

Il se met à rire puis il claudique vers moi et pose sa main sur mon épaule. Je me retiens pour ne pas avoir un mouvement de recul.

– Sois douce avec lui dans les semaines qui viennent. Il me le faut en pleine forme pour la prochaine saison. À toi le top cinq l'année prochaine, Hayes. Retiens bien ce que je viens de dire.

Sur ce, il prend congé, nous laissant seuls. Je n'arrive pas à croire que Keith accepte de nous savoir ensemble. Même si c'est surtout pour lui une forme de vengeance, j'ai du mal à comprendre. Hébétée, je me dirige vers le lit de Hayden et m'assieds tout près de lui.

– Il nous donne la permission de sortir ensemble… juste pour emmerder mon père ?

L'air tout aussi stupéfait que moi, Hayden acquiesce.

– Oui… On dirait bien. Il n'est pas aussi mauvais que tu le crois, ajoute-t-il en cherchant mon regard.

Je l'embrasse puis je secoue la tête.

– On ne sera jamais d'accord sur ce point.

Dans mes oreilles retentissent soudain les paroles de Keith – *tant que tu es une ex Cox* –, ce qui bizarrement me serre le cœur. Je ne fais plus partie de Cox Racing. C'est fini. Repoussant cette pensée douloureuse, je change de sujet.

– Il t'a dit à quelle place tu as fini ?

– Sixième du classement général. Et toi ? demande-t-il en esquissant un sourire.

– Cinquième, dis-je, sans pouvoir me retenir de sourire à mon tour.

Je suis encore sous le choc de mon résultat. J'aimerais tellement le mériter, et non pas le devoir aux sabotages de Bon Plan. Je pensais que Hayden serait peut-être déçu que je sois classée devant lui, mais il semble simplement heureux pour moi.

– Vraiment ? C'est génial, Kenzie !

Son compliment me donne des frissons. C'est presque aussi bon que d'entendre les félicitations de mon père. Mon père ne m'a pas dit un mot depuis notre altercation à l'hôpital. Il n'a même pas commenté mes bons résultats.

– Oui… j'ai battu un record en tant que femme et aussi pour Cox Racing. Personne n'avait atteint le top cinq depuis que mon père est à la retraite.

Mon père devrait se sentir fier au lieu de m'éviter. Hayden se penche vers moi, pose sa main sur ma joue et m'embrasse.

– C'est super, Kenzie… Et triste à la fois.

Il pousse un soupir tout en cherchant mon regard, sans doute pour voir comment je vais. Ça va à peu près.

– Qu'est-ce que tu vas faire, maintenant que tu n'es plus pilote ? demande-t-il.

– Je ne sais pas vraiment. Journaliste sportive, peut-être ?

Il me fait un sourire en coin.

– Tu détestes les interviews.

– Je déteste répondre à des questions. Mais les poser, ce n'est pas si mal. C'est juste que… j'aimerais rester dans l'univers de la moto.

Impossible d'imaginer ne plus aller aux courses, ne plus sentir les gaz d'échappement, ne plus entendre les moteurs qui vrombissent, la foule qui crie, les pilotes qui s'impatientent. Hayden me dévisage en souriant.

– Tu pourrais toujours faire hôtesse, dit-il en se moquant.

Je lui lance un grand sourire.

– Et je pourrais aussi te casser l'autre poignet.

Hayden se met à rire puis il prend ma main.

– Tu trouveras quelque chose, Kenzie. J'en suis sûr.

Je hoche la tête en l'entendant. Oui. Je vais trouver le moyen de passer à autre chose. Je n'ai pas le choix. Après un long silence, Hayden ajoute :

– Tu sais… Tu pourrais travailler pour Keith ? Tu es une pilote hors pair, je parie qu'il te recruterait, quoi que dise ton père aux autres équipes. Keith se fiche de ce que pense ton père.

Je réfléchis quelques instants avant de lui répondre.

– Oui, c'est vrai… Sans doute que Keith me prendrait dans son équipe pour faire du mal à mon père, mais… je préfère de loin ne plus jamais monter sur une moto que de piloter pour ce type. Je sais que tu l'aimes bien, mais je ne peux vraiment pas…

Hayden m'interrompt en posant ses lèvres sur les miennes.

– Je sais, dit-il. Ne t'inquiète pas, tu trouveras quelque chose qui te correspond.

Je lui souris et pose ma tête sur son épaule. Quelque chose qui me correspond… en dehors des courses de motos ? Ça me semble impossible mais je ne veux pas perdre espoir. Rien que de voir jusqu'où Hayden et moi avons réussi à aller, je me dis que, si nous sommes parvenus à améliorer notre situation et à être ensemble, tout est possible. Ce n'est pas la fin de mes rêves.

Alors que nous profitons de ce moment à deux, quelqu'un frappe à la porte. La seconde d'après, deux personnes que je ne m'attendais pas du tout à voir font leur entrée : Bon Plan et Grognon. Grognon reste fidèle à lui-même en armoire à glace impassible, tandis que Bon Plan a les mains sur ses yeux.

– Salut, mec. Je peux regarder ? C'est pas trop moche ?

Il écarte légèrement les doigts pour entrevoir Hayden et l'expression amusée de son visage disparaît.

– Oh, salut, sosie de Félicia… Je ne savais pas que tu étais là.

Je me redresse trop vite, Hayden tressaille de douleur.

– Qu'est-ce que tu fais là ? je demande.

Le visage sombre, Bon Plan croise les bras.

– Je te retourne la question, espèce de lâcheuse. T'as l'intention de chauffer Hayden et puis de le laisser en plan, comme tu l'as fait avec moi ?

– Je n'ai pas…

Je m'applique à calmer ma respiration.

– J'ai décidé d'arrêter les courses avec toi et je n'ai pas de comptes à te rendre. En revanche, vu que toi tu as essayé de saboter ma moto, tu as des comptes à me rendre !

Bon Plan fait semblant d'être surpris.

– De quoi tu parles ? dit-il, puis il se tourne vers Hayden. De quoi elle parle ? Tu lui as dit quoi, mec ? Tu n'as pas encore fait ça, hein ?

L'ombre d'un doute vient à nouveau me ronger mais je serre fort la main de Hayden. Bon Plan ne fait qu'essayer de sauver sa peau. Hayden fronce les sourcils en examinant son ami.

– Arrête ton char, Bon Plan. Je t'ai vu trafiquer les motos mais j'ai réparé celle de Kenzie. Si je suis dans cet état, c'est à cause de toi. Tu t'es bien foutu de ma gueule. Je pensais qu'on était amis, mais je me trompais.

Grognon fait un pas en avant mais Bon Plan pose sa main sur son torse pour le retenir.

– Le… sport que tu as choisi est dangereux, mec. Tu le sais depuis le début. Je suis juste venu voir comment tu vas, mais tout ça… dit-il en montrant le lit du doigt, c'est ta faute, pas la mienne.

Hayden serre ma main si fort que je sens un craquement d'os.

– Tu vas continuer à faire semblant de ne pas être responsable ? Des gens sont blessés, Bon Plan. Kenzie a failli y passer !

Bon Plan fait la moue, comme si ça l'amusait de savoir que j'ai failli finir sur un lit à côté de Hayden. Quel connard ! Haussant les épaules, il dit à Hayden :

– Comment puis-je être responsable de ce que tu as choisi de faire pour gagner ta vie ? Je t'avais dit que c'était une perte de temps. Je t'avais dit que je pouvais te faire gagner plus d'argent si tu travaillais pour moi. C'est toi qui as insisté pour devenir respectable et toutes ces conneries. Tu t'es foutu de ma gueule, Hayden. S'il y a quelqu'un qui doit être en colère, c'est moi.

Son visage devient tout rouge.

– N'importe quoi, murmure Hayden.

Il s'agite, comme s'il souhaitait se relever, mais je pose ma main sur son épaule et lui lance un regard désapprobateur. Pas question qu'il se batte avec ce voyou alors qu'il est censé se reposer. Hayden me regarde et s'allonge à nouveau sur le lit.

Posant ensuite ses yeux sur Bon Plan, il crache :

– C'est fini. Ne m'appelle plus, ne m'écris plus, ne cherche plus à me voir. J'arrête de faire des courses de rue et d'essayer de devenir ton ami. Dorénavant… tu n'existes plus.

Il me jette un coup d'œil et ajoute plus calmement :

– C'est fini d'être déchiré entre ces deux mondes.

– Quel petit con ! lance Bon Plan. Tu penses que tu peux te débarrasser de moi comme ça ? J'ai assuré tes arrières plus d'une fois, tu n'étais qu'un pauvre gamin quand je t'ai trouvé, avant de te donner un but dans la vie. Tu penses que tu appartiens à ce monde de riches, avec tes motos de luxe ? Ce n'est pas qui tu es, et tu le sais. Quand ils auront fini de t'utiliser, ils te jetteront comme un vieux mouchoir et tu viendras me supplier de te reprendre. Sauf que ce sera trop tard. Allez, viens, Grognon. On n'a plus rien à faire ici.

Il fait demi-tour mais Hayden l'appelle. Par son vrai nom.

– Tony !

Quand il se tourne vers lui, Hayden lui dit :

– Je sais ce que tu as fait et j'en ai des preuves. Si jamais je vous revois, tous les deux, traîner près d'un circuit, je vous dénonce aux flics. Cette fois tu ne pourras pas y échapper, avec tout ce que j'ai contre toi. Et puis sache que menacer de me faire tomber avec toi ne me fera pas changer d'avis. Je serais ravi d'aller en prison pour te voir derrière les barreaux.

Bon Plan lui lance un regard noir puis disparaît avec Grognon. Il faut dix bonnes minutes à mon cœur pour se calmer. Pourtant, même après, je me sens encore toute tremblante. Hayden passe sa main dans mon dos, sentant à quel point je suis bouleversée. Peut-être qu'il ressent la même chose mais qu'il arrive mieux à le cacher.

– Tu as vraiment des preuves contre lui ?

Il pousse un soupir qu'il semble avoir retenu depuis longtemps.

– Juste l'appareil que j'ai trouvé sur ta moto. Je ne sais pas vraiment comment on pourrait remonter jusqu'à lui… mais il ne le sait pas.

Les yeux écarquillés, je me tourne vers lui.

– Tu penses vraiment que tes menaces vont le dissuader ?

Il me fait un sourire rassurant.

– Oui, je pense.

Je ne me sens pas si rassurée que ça. Fronçant les sourcils, je lui demande :

– Va-t-il… s'en prendre à toi… pour éliminer les menaces ?

Son sourire est assombri par le doute, de façon presque imperceptible. Je m'en rends compte car je le regarde de près. Il finit par secouer la tête.

– Non… il n'est pas bête au point de prendre le risque de s'en prendre à moi. Je sais me défendre, ajoute-t-il en faisant un clin d'œil.

Je me souviens alors du jour où il a cassé la figure aux trois Benneti. Je sais qu'il a raison… mais j'ai quand même un mauvais pressentiment au sujet de Bon Plan. Et s'il s'en prenait à Hayden ? Si ce jour devait arriver… ce serait trop tard.

***

Hayden et moi avons quitté le New Jersey quelques jours plus tôt. Je passe le plus clair de mon temps à m'occuper de lui dans son appartement, au-dessus du garage de Keith. Je n'aurais jamais imaginé me trouver un jour dans la maison de Keith. J'ai l'impression que le simple fait de respirer l'air de sa maison constitue une trahison envers ma famille. C'est tellement bizarre de me trouver là. Surtout lorsqu'un après-midi Keith a débarqué en caleçon pour parler à Hayden. J'aurais préféré ne jamais avoir à y assister.

Chaque fois que je suis chez Hayden, je le materne beaucoup, ce qui ne cesse de l'énerver.

– Ce n'est pas la peine de tout faire à ma place, Kenzie. J'ai des béquilles, je peux me débrouiller. Je pourrais même venir chez toi pour que tu n'aies pas à croiser Keith si souvent.

Avec un grand sourire, j'approche une cuillerée de soupe à sa bouche.

– Tu ne peux pas encore monter sur ta moto. Et puis, ça m'amuse beaucoup de m'occuper de toi. Je n'ai pas envie d'arrêter.

Hayden marmonne quelque chose entre ses dents mais j'arrive à lui faire avaler la soupe. Puis il me présente à nouveau ses excuses.

– Je suis vraiment désolé, Kenzie. Pour tout. Tu devrais être en train de fêter tes résultats avec ta famille... Pas être coincée ici à t'occuper de moi.

Je pousse un soupir et repose la cuillère sur le plateau.

– Ce n'est pas ta faute, tu le sais bien. Je ne suis pas coincée ici. C'est mon choix, j'ai envie d'être avec toi.

Hayden me sourit et je me penche vers lui pour l'embrasser. Puis il me demande :

– Tu as parlé à ton père ?

Je sais d'avance que ma réponse ne va pas lui plaire alors j'hésite à lui dire la vérité.

– Non. Je l'ai appelé plusieurs fois mais il ne répond jamais. Quant à mes sœurs… Theresa m'ignore aussi. Daphné m'a incendiée. Elle me dit que j'avais brisé le cœur de mon père.

C'est difficile pour moi d'avouer tout ça. Je n'ai jamais voulu faire du mal à mon père ni à qui que ce soit d'autre. Je voulais simplement être libre de faire mes propres choix, d'écouter mon cœur. Hayden m'entoure d'un bras.

– Ne t'inquiète pas… ça va aller, je te le promets.

J'acquiesce, mais je ne suis pas sûre qu'il puisse me promettre cela. Toute ma famille est en colère contre moi et ce n'est pas le genre de colère qui se dissipe au bout de quelques heures. Je dois simplement leur prouver que Hayden est quelqu'un de bien. Je dois leur laisser du temps. Ils finiront peut-être par me pardonner.

Quelques jours passent encore et Hayden n'a enfin plus à rester enfermé avec moi pour se faire bichonner. Nous commençons alors à sortir, à voir des gens. Nous passons même du temps avec Myles et Nikki, ce qui est un peu bizarre pour tout le monde. Hayden fait de son mieux pour détendre l'atmosphère, et contre toute attente, Myles et Nikki se montrent plutôt chaleureux envers lui. J'aperçois pourtant Myles faire plusieurs fois la grimace, torturé d'être là. Et puis ils n'arrêtent pas de regarder derrière eux, comme s'ils faisaient quelque chose de mal et pouvaient être surpris à tout moment. J'imagine que l'habitude de l'interdiction est restée. Mais Cox Racing n'existe plus, pas plus que cette interdiction. C'est bel et bien fini.

– Alors, vous faites quoi, la prochaine saison ? je demande en buvant lentement ma bière.

Myles prend une gorgée de son verre avant de répondre.

– J'ai signé avec Stellar Racing… donc je vais à nouveau être avec Jimmy, dit-il avec mécontentement. Mais Eli et Kevin ont signé aussi, alors je ne serai pas tout seul.

Je sens un pincement au cœur en réalisant que Myles sera si loin de moi. L'équipe Stellar se trouve à San Francisco.

– Au moins… tu restes en Californie, on pourra… se voir.

Il acquiesce, mais nous savons tous les deux que les visites ne seront pas aussi fréquentes, surtout quand il s'entraînera.

– Et toi ? je demande à Nikki.

Elle pousse un long soupir.

– Rien pour le moment. Je n'y arrive pas… je ne sais pas. Je n'ai pas envie de partir, j'aime bien vivre ici.

Elle nous regarde à tour de rôle et je comprends ce qu'elle veut dire. Elle aime vivre ici avec nous, mais tout va changer quand Myles déménagera.

Elle aussi finira par partir. Ça ne me surprendrait pas qu'elle suive Myles chez Stellar.

Hayden pose ma main contre ses lèvres et m'embrasse délicatement les doigts. Le fait de pouvoir nous montrer affectueux en public est à la fois bizarre… et merveilleux. Je lui souris et dépose un baiser sur sa joue. Myles se racle la gorge et fait une grimace, pas encore habitué à cette réalité.

– Et toi ? Qu'est-ce que tu vas faire, Kenzie ? demande-t-il.

Continuant de regarder Hayden droit dans les yeux, je réponds :

– Je ne sais pas ce que je vais faire mais je sais que ça ira.

Myles nous observe pendant un moment avant d'esquisser un sourire.

– Tant mieux, je suis content pour toi. Tu mérites d'être heureuse.

Il lève son verre et dit :

– À Cox Racing ! C'est fini mais nous ne l'oublierons jamais.

Ses paroles me font mal au cœur, je serre la main de Hayden en levant mon verre. Effectivement, jamais nous ne l'oublierons. Après le dîner, Hayden reste silencieux et pensif. Lorsque nous arrivons à ma voiture sur le parking, il se tourne face à moi.

– Ça ne te dérange pas si on ne rentre pas tout de suite à la maison ? J'aimerais te présenter quelqu'un.

Mon cœur se met à battre fort. Je sais très bien de qui il s'agit, mais je demande quand même.

– Ah bon ? Qui ?

Hayden me lance un regard entendu car il sait que je sais.

– Izzy et Antonia. Je… leur ai beaucoup parlé de toi et Izzy se plaint de ne pas t'avoir encore rencontrée. Dans sa tête, vous êtes déjà meilleures amies.

Il lève les yeux au ciel mais je vois bien qu'il est touché.

Je sens mes paumes de main devenir toutes moites. Rencontrer Izzy, c'est un peu comme rencontrer les parents de Hayden. J'affiche un sourire qui, j'espère, ne trahit pas mon agitation.

– Tu leur as parlé de moi ?

Hayden pouffe de rire et regarde par terre.

– Oui. Au début je leur ai simplement dit qu'on s'entraînait ensemble. Je n'ai jamais dit que tu étais une fille. Mais Izzy est intelligente, elle s'en est rendu compte assez vite, dit-il en me jetant un coup d'œil. Elle a su que je t'aimais avant même que je ne le sache.

Cela me fait sourire de plus belle. Hayden m'embrasse et pousse un soupir.

– Plusieurs fois j'ai voulu te repousser, mais Izzy s'en est mêlée. Elle m'a toujours poussé à laisser à nouveau une chance aux gens… dit-il, puis il marque une pause, se racle la gorge. Elle est du genre à s'imaginer tout savoir… Mais elle est ma seule famille.

– J'adorerais la rencontrer, je réponds, toute contente.

Quelques minutes plus tard, Hayden m'indique comment me rendre à l'appartement d'Izzy. Lorsque nous arrivons, j'aide Hayden à sortir de la voiture. Il me regarde droit dans les yeux, me coupant le souffle. Bon sang, comme ses yeux sont beaux.

– Elle vit au quatrième étage, appartement A, murmure-t-il en pointant du doigt vers la gauche.

Je lui fais un bisou sur les lèvres. Je me sens nerveuse, mais avec Hayden à mes côtés, je parviens à me calmer. Izzy s'est battue pour nous avant même qu'il y ait un « nous ». Je n'ai aucune raison de la craindre.

Hayden frappe à sa porte. Une petite fille l'ouvre et glisse sa tête par l'entrebâillement. Elle a de très beaux yeux noirs bien qu'ils témoignent de sa fatigue. Elle a visiblement déjà vécu des choses trop difficiles pendant sa courte vie. Mais dès qu'elle aperçoit Hayden, son regard s'illumine.

– Tonton Hayden ! Tu es là ! crie-t-elle en ouvrant grand la porte.

C'est alors que je découvre son crâne chauve et que mon cœur se serre quand je vois Hayden se pencher en avant pour la prendre dans ses bras. Aucun enfant ne mérite ça.

– Bien sûr que je suis là, ma puce ! Je te l'avais bien dit.

Quel qu'en soit le prix, je suis sûre qu'il tient toujours parole avec elle. Izzy apparaît ensuite derrière sa fille et la ressemblance avec Bon Plan est frappante. Elle semble beaucoup trop jeune pour être déjà mère.

Elle regarde avec inquiétude les traces de l'accident de Hayden.

– Mon Dieu, Hayden, tu es dans un sale état. Ce n'est pas ce que tu avais dit. Maintenant je me sens vraiment mal de ne pas t'avoir rendu visite. Mais Antonia était… Tu sais… J'étais occupée.

Hayden passe la porte et la serre dans ses bras.

– Je t'ai dit de ne pas t'inquiéter. Je vais bien, Kenzie s'est très bien occupée de moi.

Il me lance un clin d'œil et je ne peux m'empêcher de sourire. Izzy se tourne vers moi et me regarde avec tendresse.

– Kenzie, je suis si heureuse de te rencontrer enfin. Hayden m'a tellement parlé de toi… Et c'est vrai, Tony a raison : tu ressembles à Félicia ! dit-elle avant de plaquer sa main devant sa bouche en jetant un coup d'œil à Hayden. Je suis désolée ! C'est sorti tout seul…

Hayden fronce les sourcils en la regardant, mais je fais un geste de la main pour qu'elle ne s'inquiète pas.

– Pas de problème, j'ai l'habitude, dis-je avec un sourire contraint.

Dès que j'aperçois Hayden qui essaie de faire des chatouilles à Antonia, je souris vraiment cette fois. Izzy les regarde avec attendrissement en refermant la porte derrière moi.

– Fais attention, Hayden. Elle vient juste de sortir de l'hôpital, je n'ai pas envie de la ramener là-bas.

Hayden lève alors les bras en l'air et Antonia en profite pour le chatouiller. Izzy se met à rire puis elle se tourne vers moi.

– Je ne sais pas comment je ferais sans Hayden. Elle est si heureuse quand il est avec nous.

Je me sens à la fois heureuse et triste en contemplant Antonia qui a un fou rire.

– Elle est belle, dis-je à Izzy.

Elle acquiesce et son regard s'embrume.

– Oui, dit-elle, avant de ravaler sa salive et de passer rapidement sa main sur ses yeux pour sourire.

– Nous allions justement préparer des glaces. Ça vous dit ?

Même si je n'ai plus du tout faim, j'accepte.

– Oui, bonne idée !

Passer du temps avec Izzy, Antonia et Hayden se révèle étonnamment… facile. Comme si nous étions tous faits pour nous entendre, comme si je connaissais Izzy et sa fille depuis des années. Izzy est très douce et chaleureuse, Antonia est vive d'esprit et drôle. Épuisée, aussi. Elle ne finit pas son dessert mais ne veut pas quitter la table tant que nous n'avons pas terminé.

Lorsque les derniers bols sont vides, elle attrape Hayden par la main.

– Tonton Hayden, lis-moi une histoire !

Pour rire, il fait la grimace.

– Ah bon ? Tu ne sais toujours pas lire ? dit-il en fronçant les sourcils en direction d'Izzy. Je suis déçu, Izzy, je pensais que tu lui apprendrais à lire avant de marcher.

Elle lui lance une serviette en papier à la figure tandis qu'Antonia ajoute en pleurnichant :

– S'il te plaît ! Tu fais mieux les voix que Maman.

Hayden me sourit, puis il se relève lentement en attrapant ses béquilles et lui répond :

– D'accord, très bien. Mais tu dois m'écouter les yeux fermés. On dirait que tu n'as pas dormi depuis des semaines, ma chérie.

Antonia est toute contente mais Hayden a raison, elle a l'air exténuée. Ils s'éclipsent dans la chambre d'Antonia. Izzy secoue la tête dès qu'ils ne sont plus là.

– Elle le mène par le bout du nez. Et puis il est si protecteur avec elle, depuis toujours. Sans doute à cause de son enfance, dit-elle avant de se tourner vers moi. Il t'a parlé de son passé en famille d'accueil ?

– Oui… Il m'en a un peu parlé, je réponds.

Izzy me fait signe d'aller sur le canapé du salon. Nous nous y asseyons.

– Il n'a jamais vraiment eu une vraie famille. Alors il s'est attaché à Tony et à moi… et à Félicia, bien sûr. Tous les quatre, nous faisions tout ensemble. Envers et contre tout. Nous formions une famille, en prenant soin les uns des autres…

Son visage se referme.

– Mais ça, c'était avant… Maintenant, les choses sont différentes.

Avant que je puisse lui demander si elle va bien, la mélancolie qu'elle affiche laisse place à une allégresse enfantine.

– Hayden va me tuer si je te dis ça, mais sache qu'il t'aime vraiment beaucoup. Il n'arrête pas de parler de toi, c'est pour ça que j'ai l'impression de déjà te connaître, déclare-t-elle en posant sa main sur la mienne. J'ai hâte qu'on devienne meilleures amies.

Je me mets à rire en l'entendant mais j'ai le sentiment qu'elle a raison ; vu comme elle est chaleureuse et vu combien elle compte pour Hayden, nous allons forcément nous rapprocher. J'ai à présent une autre sœur… qui accepte de me parler, elle.

Nous poursuivons notre discussion pendant quelques minutes jusqu'à ce que Hayden revienne dans la pièce. Le visage sombre, il dit à Izzy :

– Elle s'est endormie au beau milieu de l'histoire. Elle… va bien ?

Izzy lui offre un sourire rassurant ; j'ai le sentiment qu'elle s'est entraînée à le faire depuis des années.

– Elle fait au mieux.

Hayden pousse un soupir en venant s'asseoir à côté de moi. Izzy le regarde d'un air pensif, puis elle se penche en avant et dit :

– Tony est passé me voir, plus tôt. Il est vraiment en colère contre toi, Hayden, mais il ne veut pas me dire pourquoi. Il n'arrête pas de t'insulter… elle marque une pause et secoue la tête. Je l'ai obligé à partir parce qu'il n'arrêtait pas de dire des gros mots devant Antonia. Ça la perturbait.

Hayden regarde son plâtre. Le nom d'Antonia est maintenant inscrit en grosses lettres noires.

– Ce n'est rien, Izzy. Ça lui passera.

– Arrête, Hayden. Dis-moi la vérité. Je n'aime pas que tu me mentes.

Elle lui jette un regard noir. Elle peut paraître frêle au premier abord, mais c'est une femme forte. Hayden ferme les yeux et prend une longue inspiration. Lorsqu'il les rouvre, il lève son plâtre en l'air et dit :

– C'est Tony qui m'a fait ça.

Izzy devient toute pâle.

– Quoi ? murmure-t-elle.

– Pas de façon directe… mais il a blessé des gens, Izzy. Des gens bien. Et j'ai été touché moi aussi.

Il me jette un coup d'œil avant de se lancer dans le récit de tout ce que Bon Plan a fait. Il finit en disant :

– Il est devenu incontrôlable. Je ne veux plus rien faire avec lui.

– Qu'est-ce que tu veux dire par là ? demande Izzy.

Vu la détresse qu'elle affiche, je sais ce qui la tourmente. Hayden se mordille les lèvres. Nerveux, il met du temps avant de lui répondre.

– J'ai dit à Tony… Je lui ai dit que j'arrêtais les courses, et que je ne voulais plus être son ami… Je ne peux plus appartenir à ces deux mondes à la fois, Izzy…

Dévastée, elle baisse les yeux sur la table basse et Hayden pose sa main sur son bras.

– Ça ne veut pas dire que je ne vais plus m'occuper de toi et d'Antonia. Je serai toujours là. Et je vais continuer à vous aider, comme je peux, je te le promets. C'est juste que… il n'y aura plus de gros sacs remplis de billets.

Izzy se met à rire et Hayden lui sourit. Puis il ajoute :

– Je ne peux plus fréquenter Bon Plan. Il est toxique et tu devrais aussi… te demander si tu veux vraiment qu'il fasse partie de ta vie.

Elle change d'expression et ne semble plus aussi enfantine. Physiquement, d'un coup, elle fait plus âgée.

– Je sais que mon frère n'est pas recommandable, Hayden. J'ai appris à arrêter de poser des questions et à accepter qu'il vive dans un monde… différent. Mais il fait partie de ma famille et je ne peux pas l'effacer de ma vie.

Hayden acquiesce.

– Je sais. Je voulais juste te le dire. Fais attention quand tu es avec lui, Izzy. Je ne voudrais pas qu'il vous arrive quelque chose à cause de lui.

Elle hoche la tête, puis elle nous regarde à tour de rôle et sourit.

– Je ne pensais pas qu'un jour je verrais Hayden Hayes se ranger. Je pensais que tu suivrais les traces de Tony…

Elle marque une pause en se pinçant les lèvres. Lorsqu'elle rouvre la bouche, ses yeux sont remplis de larmes.

– Je suis tellement fière de toi, Hayden. Et je suis vraiment contente que tu t'en sois sorti.

Hayden lui prend la main et la serre fort.

– Je ferai en sorte que tu t'en sortes aussi, Izzy. Je te le promets.

Il plonge ses yeux dans les miens avec une question muette. J'acquiesce. *Oui, bien sûr, je vais t'aider. J'aiderai Izzy et Antonia autant que je le peux, moi aussi.*

CHAPITRE 25

Hayden récupère plutôt bien, même s'il se plaint tout le temps de la lenteur de sa guérison. Il préfère quand les choses vont vite. Les médecins lui ont recommandé de ne pas piloter pendant au moins huit semaines mais il s'est contenté de cinq semaines et demie avant que l'idée de monter sur sa moto ne le démange trop. Avec la jambe et le bras encore plâtrés, il ne peut pas faire grand-chose mais il veut la compagnie de sa moto, ce que je comprends. Mes deux Ducati sont maintenant parquées dans mon garage avec ma moto de loisir et je jette un coup d'œil au moins deux fois par jour.

Même si c'est encore difficile pour moi, je suis allée sur le circuit avec Hayden, histoire d'être sûre qu'il n'y aille pas trop fort. Mais pas seulement pour cette raison. J'avais envie de revoir mon ancien refuge. En arrivant au portail, je me prépare psychologiquement à la douleur que je vais ressentir. Pourtant, ça me fait quand même un choc de me retrouver là. Je n'arrive pas à bouger.

Je me rends compte que c'est beaucoup plus déconcertant de n'apercevoir plus aucune trace de l'équipe de ma famille sur ce circuit que de passer du temps chez Keith. Rien n'a vraiment changé, mais tout est différent. Le nom de notre équipe a été retiré de toutes les enseignes et les bâtiments en face de ceux de l'équipe Benneti sont complètement vides. On peut y voir, pour seule décoration, un grand panneau « À vendre », rappelant tristement que je ne peux plus rien y changer. Nikki a pleuré le jour où elle est venue chercher ses affaires. J'ai pleuré lorsqu'elle me l'a raconté. C'est vraiment… la fin. Le déclin d'un héritage familial que je n'ai pas été capable de sauver. J'ai échoué, sur tous les plans.

Les larmes aux yeux, je tourne le dos aux vestiges de mon passé, en faisant plutôt un pas vers mon avenir avec Hayden… du côté des Benneti. C'est si étrange de me retrouver sur leur territoire. Jamais je n'en aurais été capable si Hayden n'avait pas été là, à me tenir la main pour me donner du courage. Il sait combien c'est difficile pour moi.

Les portes du garage sont ouvertes. Hayden se précipite pour retrouver sa moto mais il est intercepté par deux pilotes baraqués. Je les reconnais, ce sont les deux abrutis qui l'avaient menacé en lui ordonnant de nettoyer leurs motos et de leur acheter de la bière en échange de leur silence à propos de nous. Je me raidis car je m'attends au pire ; Hayden aussi. Il contracte sa main autour de mes doigts, jusqu'à me faire mal.

– Rodney, Maxwell… comment ça va ?

Ces derniers le scrutent, comme pour déceler un signe de faiblesse. Il a deux points faibles évidents : sa jambe et son poignet. Pourtant, ils lui sourient.

– Hayes… Tu as survécu à un accident de dingue. Contents de te voir en vie.

Puis ils lui donnent une claque dans le dos et poursuivent leur chemin. Hayden semble amusé par leur métamorphose, mais moi je suis choquée.

– Ils t'aiment bien, maintenant ? je demande. Parce que tu aurais pu mourir ?

Il hausse les épaules.

– J'imagine que cet accident m'a fait marquer des points à leurs yeux. Surtout, ils ont enfin réalisé que la rumeur sur moi est fausse. Ce serait un comble si c'était moi derrière tout ça…

Il fronce les sourcils et le visage de Bon Plan me revient en tête. Non, Hayden n'y est pour rien, mais son ami est responsable. Quel enfoiré ! Sa négligence aurait pu tuer Hayden. J'espère qu'il a pris nos menaces au sérieux et qu'il va nous laisser tranquilles pour de bon.

Hayden me fait faire le tour du garage Benneti Motorsports avec un grand sourire aux lèvres. Je sens mon cœur se serrer en découvrant combien il ressemble à celui de Cox Racing. La décoration est un peu différente, les couleurs aussi, mais en regardant furtivement, j'ai vraiment l'impression d'être dans notre ancien garage. Je sens une boule de nostalgie monter en moi et je dois m'efforcer de cligner plusieurs fois des yeux pour ne pas pleurer.

Hayden s'en rend compte. Il s'arrête et se tourne vers moi.

– C'est trop ? Tu veux partir ?

Il cligne des paupières à cause des rayons de soleil qui passent à travers les grandes fenêtres du garage. Quand les nuages recouvrent à nouveau le soleil, ses pupilles translucides retrouvent leur couleur verte.

J'essaie de sourire, mais le cœur n'y est pas.

– Non, ça va. C'est juste… tellement bizarre et triste. Je n'arrête pas de me dire que je ne devrais pas être là… comme si je n'avais pas ma place ici.

Hayden prend ma joue dans sa main et me regarde droit dans les yeux.

– Je sais exactement ce que tu ressens. Lorsque je suis arrivé pour la première fois dans cet endroit, j'avais l'impression… d'avoir aux pieds des chaussures trop petites pour moi. Ça me faisait mal, je me sentais vraiment mal à l'aise. Tu sais qui m'a aidé ? demande-t-il en souriant.

– Non… qui ?

J'esquisse un grand sourire qui me réchauffe le cœur en réfléchissant à sa possible réponse. Il caresse ma joue avec son pouce et murmure :

– Toi. Dès que je t'ai vue, je me suis senti… attiré. Et j'ai oublié combien je me sentais étranger et seul ici.

Je me mets à rire en me remémorant comment nous nous comportions l'un envers l'autre au départ. Hayden fronce les sourcils.

– Je sais que les choses ne se sont pas passées comme tu aurais aimé, mais si tu me laisses faire, je saurai t'aider. Je peux te distraire, t'embêter, te pousser à aller plus loin… Je ferai tout ce que tu veux et je serai toujours là pour toi.

Il se penche vers moi pour effleurer mes lèvres. Nous nous embrassons quand, tout à coup, quelqu'un derrière nous pousse un long soupir.

– Pffff… Je vais avoir tout le temps droit à ça en étant ta mécanicienne, Hayes ? Parce que ce n'est pas dans mon contrat.

Je me détache de Hayden.

– Nikki ? Qu'est-ce que tu fais là ?

Elle se met à rire et elle se rue vers moi pour me prendre dans ses bras.

– J'ai accepté de travailler pour Keith. Ne te fâche pas… Je ne pouvais pas quitter cet endroit…

Elle regarde à travers la fenêtre. Ce lieu regorge de tant de souvenirs pour nous. Les larmes menacent à nouveau de couler, alors je la serre encore contre moi.

– Je ne suis pas fâchée. Juste contente que tu sois là. Tellement contente.

Par-dessus l'épaule de Nikki, j'aperçois Hayden qui nous observe avec bonheur. Il ne semble pas surpris, il devait déjà être au courant de son recrutement. J'ai envie de me venger de ne pas l'avoir su plus tôt mais je suis trop heureuse d'avoir deux amis à mes côtés. À présent, le camp Benneti semble moins diabolique.

Jusqu'à ce que leur chef fasse son apparition.

– Salut, Cox !

Nous nous retournons tous les trois vers Keith qui avance vers nous en boitant, aidé de sa canne. Il y a un air de ressemblance avec Hayden. Avec un gros ventre et une moustache en plus.

Il pointe son doigt sur moi.

– Il faut que tu appelles ton père et que tu lui ordonnes de me vendre ses parts du circuit. Selon mon agent immobilier, il n'accepte aucune de mes offres. Aucune ! C'est absolument ridicule. Il a liquidé son équipe, renié sa fille… Qu'est-ce que ça peut bien lui faire que je devienne propriétaire du circuit ?

J'ouvre la bouche pour parler mais Keith ne me laisse pas en placer une.

– C'est par pure vengeance, je suis sûr. Ça ne devrait pas m'étonner. Quel enfoiré !

Son commentaire, qui sous-entend sa liaison avec ma mère, me met dans une rage folle. Mais je pense ensuite à ce qu'il a dit précédemment : « Il a renié sa fille. » Est-ce que mon père a vraiment fait ça ? Est-ce qu'il m'a dénoncée ? Un sentiment de défaite me glace le sang. Je dis alors à Keith :

– Désolée, je ne peux pas vous aider. Mon père refuse de me parler. Je suis sûre qu'il ne pourra pas conserver sa part du circuit bien longtemps… Il a déjà beaucoup perdu…

Son entreprise… Sa fille… Je ravale la douleur et explique à Keith ce que jamais je n'aurais imaginé lui dire un jour.

– Je suis sûre qu'il aura bientôt besoin d'argent et qu'il n'aura pas d'autre choix que de vous le vendre.

Un sourire se dessine sur le visage de Keith, me tétanisant encore davantage. Il hoche la tête et pose sa main sur mon épaule.

– Je savais bien que ce n'était pas pour rien que ta présence ici ne me dérange pas.

Il repart en traînant des pieds et j'époussette mon épaule de la main. J'ai besoin d'une douche. Lorsque je rentre chez moi, j'essaie d'appeler mon père. Comme chaque fois que je l'appelle sur son portable, je tombe sur le répondeur. Combien de temps va-t-il encore éviter de me parler ? J'ai presque envie d'aller chez lui pour le mettre devant le fait accompli, mais Hayden est là. Je ne veux pas le laisser tout seul. Et… je ne me sens pas encore vraiment prête à affronter mon père. C'est une chose de savoir qu'à travers son silence il désapprouve mes choix et je l'ai déçu, mais le voir directement sur son visage en est une autre.

Je range mon téléphone dans ma poche en me demandant ce que je devrais faire. Les paroles de Keith n'arrêtent pas d'aller et venir dans mon esprit et m'empoisonnent lentement. Je ne sais pas si j'aurai un jour l'envie de piloter pour une autre équipe que Cox Racing… mais si c'est le cas, pourrais-je être recrutée par une autre équipe ? Ou mon père m'a-t-il déjà confisqué cette possibilité ? Il n'y a qu'une seule façon d'en avoir le cœur net.

Après avoir installé Hayden sur le canapé – en riant de l'entendre se plaindre d'être constamment materné –, j'entreprends de faire la liste des équipes pour qui je pourrais travailler. Je commence par celles qui sont le plus proches de chez moi, puis je poursuis par celles qui se trouvent dans les États les moins éloignés de Hayden.

– Qu'est-ce que tu fais ? demande-t-il, piqué de curiosité.

Je pose mon papier et mon stylo et le dévisage longuement avant de répondre.

– Je t'ai dit que je voulais arrêter les courses… mais tu as raison. C'est mon rêve et je devrais au moins essayer de trouver une autre équipe.

Je n'en reviens pas de lui avoir confié ça. Au départ, je voulais simplement savoir si mon père était passé à l'acte, mais vu ce que je viens d'avouer à Hayden, il est clair que j'ai envie de tout autre chose. Si je pouvais encore piloter tout en étant avec Hayden, mon rêve deviendrait réalité. Baisser les bras sans même postuler, c'est vraiment du gâchis.

– Super, dit-il, en me faisant un grand sourire. Je ne veux surtout pas que tu m'en veuilles en pensant que c'est à cause de moi si tu arrêtes de piloter. Ta place est sur un circuit, Kenzie. C'est dans tes gènes.

Je lui souris à mon tour et me pelotonne contre lui. Il a raison, j'ai la moto dans le sang. Si je ne pilote pas, je me sens comme amputée de quelque chose. Je pensais que c'était juste à cause de la liquidation de Cox Racing, mais je me rends compte que c'est plus profond que ça. J'ai juste besoin que quelqu'un me donne une chance.

***

Deux mois et demi sont passés depuis l'accident. On dirait que rien n'est jamais arrivé à Hayden. Il est guéri et en pleine forme. Il est à moi. Et en plus, là, il est tout nu. Nous nous amusons sur le grand lit de son appartement. Il me fait tourner sur le dos et bloque mes bras au-dessus de ma tête en souriant avec malice.

– Je t'ai eue, susurre-t-il.

Je me mords les lèvres et me tortille en dessous de lui.

– Et qu'est-ce que tu as l'intention de me faire ?

Ses grands yeux verts que j'adore m'observent tandis qu'il esquisse un sourire.

– Ne plus jamais te lâcher, répond-il.

Sa bouche se pose sur la mienne et son baiser me coupe le souffle. Je pourrais vraiment passer le restant de mes jours dans ses bras.

– Ça va être compliqué pour toi de piloter comme ça, je murmure.

Il déplace ses lèvres sur mon cou, puis sur mon oreille. Chaque partie qu'il effleure frissonne de plaisir. *Encore*. Il se met à sucer le lobe de mon oreille et chuchote :

– Je m'y habituerai.

Je pousse un gémissement et essaie d'entourer mes bras autour de lui mais il me maintient fermement par les poignets. Je le regarde, et voici que son sourire ravageur réapparaît. Ne me laissant pas le temps de rouspéter, il relâche mes bras et me fait rouler sur le côté, en embrassant mon épaule. Il se colle contre moi, dans mon dos.

Il dépose des baisers sur ma peau et entame une conversation.

– Tu as eu des nouvelles de PT Racing ?

– Oui… mais c'est la même réponse que tous les autres, dis-je en soupirant. « Vous êtes une excellente pilote. Malheureusement, nous n'avons actuellement pas de place dans notre équipe. »

La prochaine saison approche et j'ai de plus en plus de mal à admettre que ma carrière soit terminée. Alors qu'aucune équipe ne semble vouloir expliquer la véritable raison de son refus, je sais ce qu'il en est… Mon père a fait jouer ses contacts pour s'assurer que personne ne me recrute. Peut-être qu'il attend que je revienne le supplier de m'aider à trouver un boulot. En ayant quitté Hayden, bien sûr.

– Il n'y a qu'une seule équipe qui n'a pas encore répondu, celle de Myles : Stellar Racing.

Hayden se tait. Dans son silence, je perçois la culpabilité qu'il ressent. Finalement, il dit en murmurant :

– Je suis sûr qu'ils vont te prendre. Ils ne sont pas loin d'ici, ce qui est une bonne chose.

Il pose ses lèvres sur mes côtes et mon ventre se noue. Il se met à rire en me chatouillant puis il continue à parcourir ma peau. Lorsqu'il atteint mes chevilles, il écarte ma jambe du dessus et se met à m'embrasser l'intérieur de la jambe du dessous.

– Oh oui…, je susurre.

Le plaisir que je ressens en devinant vers où ses lèvres se dirigent augmente le rythme de ma respiration. *De quoi étions-nous en train de parler, déjà ?* Quand il arrive à mon genou, il marque une pause et me demande :

– Tu regrettes ta décision ?

Il arrête de m'embrasser. Sa voix semble plus sérieuse, alors je lutte pour réveiller mon cerveau. Je le regarde m'observer de près, décelant son inquiétude. Je pose ma main sur sa joue. La barbe qui recouvre son visage s'est épaissie. Depuis qu'il est totalement remis, nous rattrapons ensemble le temps perdu. Il y a longtemps que nous n'avons pas mis les pieds dehors.

– Non… bien sûr que non.

Même si ma vie est vraiment différente de ce que j'avais imaginé et que les courses me manquent plus que je ne l'aurais cru, je ne regrette pas d'avoir choisi Hayden. Mon seul regret, c'est de savoir que mon père n'accepte pas cette décision.

Ne me sentant pas d'humeur à penser à mon avenir incertain, je me relève et l'embrasse. Il émet un petit grognement de satisfaction puis il me fait à nouveau rouler sur le côté et recommence sa lente conquête. Il ne me pose plus de questions, cette fois. Moi, je suis secouée de plaisir avant même que sa langue ne se glisse entre mes jambes.

– Oh oui… je murmure, en retenant sa tête.

Il fait un bruit tellement érotique que je suis à deux doigts de jouir. Me voici au bord du gouffre, déchirée entre l'envie de me laisser aller et celle d'attendre qu'il vienne en moi.

Souhaitant plutôt atteindre l'orgasme en même temps que lui, je le repousse. Il me regarde le souffle coupé, les yeux brûlant de désir. Je me sens totalement vénérée par lui. J'ai confiance et, surtout, je sens qu'il a besoin de moi. Je l'empresse de s'allonger sur le dos, puis je m'assieds à califourchon sur lui. Il ferme les yeux au moment où je le fais glisser à l'intérieur de moi. Fermant les yeux à mon tour, je me dis que rien n'est aussi bon que lorsque nous ne faisons plus qu'un.

Nous commençons à bouger en rythme et chaque fibre de mon corps hurle de plaisir. Je suis tellement excitée que je suis déjà au bord de la jouissance. Seulement, je veux que ça dure, je veux que nous le vivions ensemble. J'ouvre les yeux et le regarde fixement. J'observe l'euphorie faire son apparition sur son visage. C'est hypnotisant. Je sens quelque chose s'ouvrir en moi. Je me sens plus proche de lui que jamais. Adversaires, amis, amants… et âmes sœurs. Il complète l'autre moitié de mon être.

– Je t'aime, je murmure avec émotion.

Hayden ouvre les yeux et me regarde avec intensité.

– Je t'aime aussi, dit-il entre deux souffles, cherchant à atteindre mon visage.

Il m'attire contre sa bouche en ajoutant :

– Je t'aime tellement fort… tellement fort.

Nos bouches, nos corps bougent en harmonie et je sens la tension qui monte. Je prends sa tête entre mes mains et l'embrasse encore plus fougueusement.

– Hayden… Je t'aime…

Et puis j'explose de plaisir, sentant la vague déferler sur moi. Hayden n'arrive plus à parler. Il se tend et hurle à son tour. Nous jouissons en même temps, ce qui ne fait qu'amplifier nos orgasmes, en nous connectant sur tous les plans : le corps, l'âme et l'esprit.

Quelques heures plus tard, nous voici enfin sortis du lit, en route pour le circuit. Keith doit faire une déclaration, il a demandé que tout le monde soit présent. Je n'ai pas vraiment envie d'y aller puisque je ne fais pas partie de l'équipe, mais j'ai envie de voir Nikki… et puis, je n'ai rien de mieux à faire de ma journée. Pour l'instant, je vis sur l'argent gagné aux courses de rue, mais si Stellar Racing ne me recrute pas – j'espère qu'ils vont me prendre… –, je vais devoir trouver du boulot.

Nous arrivons sur nos motos à hauteur du second portail du circuit. Comme depuis toujours, je regarde du côté des bâtiments Cox. J'imagine qu'un jour je perdrai cette habitude… pas avant quelques années. Je finis par détourner le regard du côté Benneti. Il y a déjà quelques personnes rassemblées devant les trois grandes portes du garage. Plusieurs tables ont été dressées avec de quoi grignoter et boire. Certains membres de l'équipe ont des bières à la main, d'autres des assiettes de nourriture. On fête quelque chose ? Est-ce que mon père a cédé et accepté la vente ?

Nous garons nos motos non loin des gens, puis nous enlevons nos casques. Lorsque nous nous rapprochons, j'aperçois Nikki qui mange une part de gâteau en compagnie d'un autre mécanicien. Elle porte la combinaison rouge et noir des Benneti, encore une chose à laquelle il faudra que je m'habitue. Elle nous repère, mais mon téléphone se met à sonner. Je m'arrête, regarde l'écran. C'est le numéro de Stellar Racing. Je jette un coup d'œil à Hayden.

– C'est eux… L'équipe de Myles. Ils doivent avoir une réponse pour moi…

Hayden sourit comme s'il savait déjà.

– Réponds, dit-il pour m'encourager.

Je prends une longue inspiration, décroche et rapproche le téléphone de mon oreille.

– Mackenzie Cox ?

La voix à l'autre bout de la ligne est enjouée… mais le message ne diffère pas des autres : merci, mais sans façon. Voilà mon dernier espoir qui tombe à l'eau. Personne ne veut me recruter. En tout cas, pas dans les alentours. Mais je ne veux pas m'éloigner de Hayden. Pas après tout ce que nous avons traversé ensemble. Je trouverai quelque chose, quelque chose qui me plaît…

– Je vous remercie de votre appel, dis-je avant de raccrocher.

Alors que je remets le téléphone dans ma poche, Hayden change d'expression.

– Qu'est-ce qu'ils t'ont dit ?

Même si j'ai l'impression qu'on s'entête à me claquer la porte au nez, j'esquisse un sourire.

– Comme tous les autres… C'est non.

Hayden fronce les sourcils.

– Je suis dé…

Mais je l'interromps.

– Ce n'est pas la peine d'être désolé. Il y avait peu de chances qu'ils me prennent, de toute façon. Ils viennent tout juste de recruter plusieurs membres de Cox Racing. Bon, on va manger du gâteau ? Je meurs de faim.

Hayden reste bouche bée. Je n'ai simplement pas envie de l'entendre dire qu'il est désolé pour moi. Alors je le laisse planté là et me dirige vers Nikki. Elle aussi fronce les sourcils en me voyant arriver. Puis elle me tend sa part de gâteau.

– Tiens. On dirait que tu en as plus besoin que moi.

– Merci, dis-je en enfonçant le gâteau dans ma bouche.

À défaut de trouver du travail, je jette mon dévolu sur du bavarois à la crème. Nikki semble vouloir me demander ce qui ne va pas, alors je lui coupe l'herbe sous le pied.

– Keith a fait son annonce ?

Elle secoue la tête.

– Non, je crois qu'il attendait Hayden.

Il nous rejoint et semble très touché, ce qui me fend le cœur. Mais je ne peux pas me permettre d'être triste… et je ne veux pas qu'on parle de mon avenir. J'ai fait ce choix.

– Il faut que tu goûtes ça, dis-je en lui proposant une part de gâteau.

Il ne semble pas très tenté, mais il finit par en avaler un bout, en allant jusqu'à fermer les yeux, de plaisir. Eh oui… c'est le pouvoir de la crème bavaroise. Pendant ce temps, je me demande si je devrais confronter mon père. Il ne répond toujours pas à mes appels. J'ai même totalement arrêté de lui téléphoner. Mais il est peut-être temps que je passe le voir. Si je lui dis en face que son comportement est puéril, qu'il doit me laisser vivre ma vie comme je l'entends, il changera peut-être d'avis et rappellera les gens du métier. C'est loin d'être sûr, mais j'ai quand même l'espoir de lui faire entendre raison. Soit il accepte, soit je quitte totalement le monde des courses de motos… pour de bon. Maintenant que je me trouve dans ce garage, avec l'odeur de l'huile et de l'essence, des motos et des pièces tout autour, je ne suis pas sûre de pouvoir m'avouer vaincue. Pas sans une dernière bataille.

Alors que je réfléchis à ce que je pourrais dire à mon père, Keith fait son apparition, accompagné d'un pilote portant une combinaison et un casque noir, à la visière baissée. Bizarre. Et vraiment trop théâtral. Le pilote porte les couleurs Benneti.

Keith va sans doute présenter une nouvelle recrue. Je n'arrive pas à trouver d'équipe et me voici obligée d'assister à la fête de bienvenue d'un pilote. Par rancœur, j'évite de regarder en direction du nouveau. Je n'ai rien à faire ici.

Keith lève les bras et le silence s'installe.

– Merci à tous d'être là. Et d'être à l'heure…

Il lance un regard noir à Hayden. Oups, nous avons passé un peu trop de temps sous la couette, ce matin. Hayden lui fait un signe de la main et Keith poursuit :

– Comme vous le savez, j'ai une bonne nouvelle à vous annoncer. Benneti Motorsports vient tout juste de recruter quelqu'un. Et, les mecs… vous allez me remercier…

C'est alors qu'il retire le casque du pilote masqué. Je n'en crois pas mes yeux. J'aurais dû m'en rendre compte plus tôt : c'est une fille.

Elle a l'air d'avoir mon âge mais elle sourit avec tant d'assurance que ça la vieillit. Elle ne semble pas être facilement intimidée. Je ne sais pas qui c'est, mais je suis assez troublée de voir à quel point elle me ressemble : mêmes cheveux bruns ondulés, mêmes yeux noirs, même silhouette. Elle me ressemble plus que mes sœurs. C'est perturbant d'avoir en face de moi… mon sosie.

Hayden semble aussi affecté que moi. Je l'entends soupirer profondément puis s'exclamer :

– Et… merde…

Surprise par sa réaction, je me tourne vers lui et lui demande :

– Qu'est-ce qui ne va pas ? Tu la connais ?

Avant même que Hayden puisse répondre, Keith la présente au groupe.

– Voici notre nouvelle star, et la première pilote fille à rejoindre les rangs de Benneti Motorsports : Félicia Tucker. Et vous pouvez me croire quand je vous dis que cette fille sait piloter. Elle va pulvériser tous les records féminins qui existent.

Keith me regarde droit dans les yeux et ajoute :

– Que tout le monde écoute bien : on a une nouvelle fille dans le championnat !

Félicia. Combien de fois Bon Plan m'a répété que je lui ressemblais ! Ça ne peut pas être elle ! Elle a disparu, personne ne sait plus où elle est. C'est forcément une coïncidence. Sauf que… Hayden semble réagir comme s'il la connaissait. Félicia le fixe du regard tout en s'adressant à nous tous.

– C'est un honneur de faire partie de l'équipe Benneti Motorsports. J'ai hâte d'apprendre à tous vous connaître.

Elle ne quitte plus Hayden des yeux et je sens mon ventre se serrer. Non, ce n'est pas possible. J'ai l'impression d'être dans un mauvais rêve. Je me tourne vers Hayden, tout pâle, le regard posé sur elle.

– Félicia ? je demande, la voix tremblante. Ta Félicia ?

Hayden se retourne lentement vers moi. Son regard a du mal à quitter cette fille. Puis il finit par poser ses yeux sur moi en se raclant la gorge.

– Non, pas la mienne. Plus la mienne… Mais oui… c'est la même fille.

J'ai la sensation de manquer d'air. Respirer devient extrêmement difficile. Keith l'a forcément recrutée pour se venger de moi, parce que mon père refuse de lui vendre sa part du circuit. Il prend une fille pour me discréditer ? Sait-il que Hayden a eu une histoire avec elle ? Je me retourne vers elle, je la vois échanger un regard conspirateur avec Keith. Elle lui a tout dit, Keith le sait. Et vu tous les regards qu'elle jette à Hayden, alors que tous ces mecs bavent devant elle, il est plus qu'évident qu'elle n'a pas lâché l'affaire. Son regard sensuel ne fait que hurler *Toi et moi, ce n'est pas fini.*

Mais il faudra d'abord me passer sur le corps, pétasse.

Putain. Ce n'est vraiment pas ce dont j'avais besoin. Je regarde à nouveau Hayden puis tourne les talons pour rejoindre ma moto. Je ne peux pas rester là, à assister aux retrouvailles de Hayden et de son ex. Les larmes me montent aux yeux dès que je commence à marcher. Mais j'entends des bottes qui se mettent à battre le pavé derrière moi. Étonnée, je regarde par-dessus mon épaule. Hayden me rattrape, il enlace ma main, puis il esquisse un sourire rassurant avant de demander :

– Où allons-nous, numéro vingt-deux ?

Je m'arrête et le dévisage, ahurie.

– Tu te fous de moi ? Ton ex fait sa réapparition dans ton équipe et tu me demandes où nous allons ? Tu ne veux pas plutôt rester là pour lui parler ? Lui demander, par exemple, pourquoi elle a disparu ? Lui demander ce qu'elle a fait pendant toutes ces années ? Et ce qu'elle a l'intention de faire maintenant qu'elle est de retour dans ta vie ?

Mes phrases se précipitent, tout comme le rythme de mon cœur. Hayden fait un pas en avant, prend ma tête entre ses mains et m'embrasse fougueusement… devant tout le monde. Et je sens un regard me transpercer le dos.

– Tu es la seule que j'aime. Cette fille, c'est du passé. Mais oui, ça m'a fait un choc de la voir. Et toi, tu es mon présent et mon avenir. Je me fiche de savoir où elle était, ce qu'elle veut, pourquoi elle est là… Tout ce qui m'importe, c'est de savoir où toi tu veux aller, maintenant. Il n'y a que toi qui comptes pour moi. Alors, dis-moi… où veux-tu aller, Kenzie ?

C'est bien la question. Où est-ce que je veux aller ? Je ne sais pas mais je me sens soulagée et comblée de savoir qu'il veut venir avec moi. Je lui souris et lui réponds :

– Allons faire un tour sur la côte… et puis… on verra où le vent nous mène.

Hayden acquiesce, puis il se penche pour m'embrasser encore.

– On fait la course ?

Je lui adresse un grand sourire.

– Oui !

Composition et mise en pages
Nord Compo à Villeneuve-d'Ascq